에리옌

Eriyen

by Osonbodog Hangtagod(杭圖德·烏順包都嘎)

대산세계문학총서
177

에리옌

항타고드 오손보독   한유수 옮김

문학과지성사

대산세계문학총서 177

에리엔

지은이   항타고드 오손보독
옮긴이   한유수
펴낸이   이광호
주간   이근혜
편집   박김문숙 김은주 박솔뫼
펴낸곳   ㈜문학과지성사
등록번호   제1993-000098호
주소   04034 서울 마포구 잔다리로7길 18(서교동 377-20)
전화   02) 338-7224
팩스   02) 323-4180(편집) 02) 338-7221(영업)
전자우편   moonji@moonji.com
홈페이지   www.moonji.com

제1판 1쇄 2022년 7월 22일

ISBN 978-89-320-4038-7 04830
ISBN 978-89-320-1246-9 (세트)

이 책은 대산문화재단의 외국문학 번역지원사업을 통해 발간되었습니다.
대산문화재단은 大山 愼鏞虎 선생의 뜻에 따라 교보생명의 출연으로 창립되어
우리 문학의 창달과 세계화를 위해 다양한 공익문화사업을 펼치고 있습니다.

차례

1장

2장

3장

일러두기

1. 이 책은 ᠮᠣᠩᠭᠣᠯ ᠪᠢᠴᠢᠭᠦᠨ 의 ᠭᠠᠷᠴ (民族出版社, 2011)을 우리말로 옮긴 것이다. 원작자와 협의하여 일부 수정한 부분이 있으나 일일이 명시하지 않았다. 원서 (재판본)에 들어간 머리말은 작가의 요청에 따라 싣지 않았다.

2. 본문의 주는 특별한 언급이 없는 경우 모두 옮긴이의 것이다.

3. 인명과 지명 등 고유명사는 내몽골 표준어에 가깝게 표기하려고 노력하였으나, 한국에서 널리 통용되는 일부 단어는 기존의 표기를 따랐다. 예외적으로, 작가 이름은 작가의 요청에 따라 문어체 표기 방식을 따랐다.

4. 이 책에서는 상황에 따라 '몽고'와 '몽골'이란 두 가지 표현을 사용하였다. 그러나 몽골어로는 '멍걸'이 가장 정확한 표현이다. 한자음을 파스파문자로 전사한 『몽고자운蒙古字韻』에선 '蒙古'라는 한자음을 멍걸ꡏꡡꡃ ꡂꡟ로 표기하였는데, 만약 이를 한자음의 전사로 본다면 적어도 일부 몽골인들은 '蒙古'라는 한자조차 '멍걸'로 읽었을 가능성도 생각해볼 수 있다. 따라서 어떤 이유에서건 '몽고' '몽골'이 아닌 '멍걸'로 표현하는 것이 합당하지만 본 번역에선 기존 습관 등을 고려해 '몽골' '몽고' 등으로 표기하였다.

1장

에리엔의 최하층

고원의 해는 서쪽으로 기울고, 쌀쌀한 저녁 기운이 사방에 깔리기 시작했다. 메마른 여름이 누리끼리한 녹색으로 깡그리 물들여놓은, 일망무제의 광활하고 평평한 북고비사막 위쪽 자락에는 높고 웅장한 빌딩들, 널찍한 거리와 골목, 아름다운 공원을 품은 젊은 도시가 자리 잡고 있다. 이 도시는 사람들의 어지러운 발길과 차량들의 시끄러운 소음 속에, 오늘도 평소처럼 저만의 색깔과 리듬에 맞추어 저만의 의의에 따라 하루의 태양을 닮게 한다. 이 시끌벅적한 젊은 도시가 바로 우리 귀에 못이 박히게 들었던 에리엔이다.

날마다 1만 명 정도의 인파가 몰려와 물건을 사고파느라 떠들썩한, 에리엔시에서 인구밀도가 가장 높은 남부시장이 열릴 때면, 동문에는 들락거리는 내외국인들뿐 아니라 손님을 기다리는 삼륜거꾼*들, 작은 사각형 종이 박스에 갖가지 담배를 담아 "담배 사요! 담배 사……"라고 쉼 없이 외치는 소녀들과 노

---

* 뒤쪽에 손님과 짐을 태울 수 있게 만들어진 세 바퀴 자전거를 페달로 밟아 이동하는 운송 노동자.

인들, 또 사막여우 가죽을 들고 누군가를 기다리는 중개업자 등 별의별 군상들이 비 오기 전 개미 떼처럼 바글거린다. 길 양편에 삼륜거를 나란히 세워놓고 젊은이 위주의 삼륜거꾼들이 두셋씩 모여 있는데, 일부는 담배 연기를 뻐끔거리며 두런두런 대화를 나누고, 일부는 삼륜거 안장에 궁둥이를 붙인 채, '내 삼륜거를 타려나' 하는 눈빛으로 시장을 드나드는 사람들을 쳐다본다. 또 일부는 터질 듯 가득 채운 가방을 메고 시장에서 나오는 할흐*족들에게 접근해 "조은 칭구, 내 삼륜거 타라, 싸다 싸다!"라고 서툰 몽골어로 말을 걸며 슬그머니 가방을 끌어당긴다. 일부 할흐족들은 잡아당기며 호객하는 저들의 무례한 행동에 짜증을 내며 "안 타, 안 타, 우리 호텔은 바로 저기야"라며 가방을 홱 잡아채서 뒤뚱뒤뚱 가버린다. 그러나 일부는 끌어대고 추근대는 사람의 삼륜거에 짐과 가방을 싣고 "델히 호텔 가요, 한 사람당 1위안, 오케이?"라고 흥정을 한 후 "그래, 그래"라고 호응하면 삼륜거에 올라타 자기들끼리 재잘거리며 저편으로 멀어져 간다.

입구 북쪽에서 가장 가까운 곳에 낡은 삼륜거 한 대가 서 있는데, 색이 바랜 녹색의 긴 널빤지를 묶어 만든 손님용 의자에 한 청년이 쭈그려 앉아 있다. 이 청년이 삼륜거의 주인임이 분명하다. 쌍꺼풀은 없지만 아름답고 생기 넘치는 눈은 그러나 감출 수 없을 정도로 우수에 차 있다. 갸름하고 그을린 뺨,

---

* 할흐 ᠬᠠᠯᠬᠠ(족): 몽골의 한 종족. 몽골국 사람들 중 다수를 차지하며, 내몽골에선 외몽골 사람을 지칭하는 말로 쓰이기도 한다.

곧고 오뚝한 코, 두툼한 입술 위로 삐져나온, 아직은 까매지지 않은 갈색 풋내기 수염이 난 청년은 푸른색 바탕에 하양과 빨강 줄무늬가 그려진 트레이닝복을 입고 있다. 180센티미터 정도의 큰 키에 스물 두세 살 정도로 보이는 그는 손가락 사이에 절반쯤 탄 잉빈 담배를 끼우고 길게 빨아들인 담배 연기를 자욱하게 뿜어대며 생각에 빠진 표정으로 힘없이 앉아 있다. 한눈에 보아도 대번에 정직하고 온순한 청년임을 알 수 있다. 그는 다른 삼륜거꾼들처럼 무리를 지어 떠들어대지도 않고, 또 일부 호짜*들처럼 이리저리 지나가는 할흐족들을 부르며 손을 흔들거나 끌어당기지도 않고, 삼륜거를 탈 손님들이 스스로 알아서 찾아와 주기를 바라는 건지 아닌지조차 알 수 없을 정도로 내내 침울한 표정을 짓고 있다. 이 청년의 이름은 철멍이다.

철멍은 3년 전, 다시 말하자면 1994년에, 나이만**에서 부모님과 형 만라이와 함께 한텡게르 컴퍼니의 사장이었던 작은아버지만 바라보고 에리옌에 온 후 여태까지 삼륜거를 끌고 있다. 처음 에리옌에 왔을 때 철멍은 불같은 열여덟 살이었다. 그 이후로 삼륜거 끄는 일이 아무리 지겨워도 다른 마땅한 일을 구할 수 없었다. 삼륜거꾼은 에리옌시에서 최하층의 시민이다. 업무에 묶여 바쁜 국가공무원과 정부 관료를 제외하면, 팔다리 달리고 모가지와 머리가 붙어 있는 이곳의 수많은 사람은

---

* 호짜 ᠬᠣᠵᠠ: 몽골족들이 한족을 비하해서 부르는 말. 보통 화교華僑의 중국어 발음인 화치아오huáqiáo라는 말에서 유래했다고 본다.

** 나이만 ᠨᠠᠶᠮᠠᠨ (奈曼旗): 내몽골 통리아오通遼시 서남부, 허르친사막 남쪽에 있다.

'장사, 장사' 하며 필사적으로 덤벼들어 기회만 잘 잡으면 산더미 같은 돈을 긁어모으는데, 삼륜거꾼은 그 옆에서 똥줄 빠지게 육신을 혹사해가며 받은 1위안, 2위안을 모아 부자가 되겠다는 궁리나 하고 있다. 이런 형편이니 삼륜거꾼인 그는 밑천 한 푼 없는 비렁뱅이거나, 다른 말을 쓰는 타지의 가난한 떠돌이거나, 아니면 말도 통하고 밑천은 좀 있지만 남들만큼 장사 머리를 굴려 온갖 수단과 방법으로 제 배 하나도 채울 줄 모르는 미련한 작자임이 틀림없다. 철멍은 마지막 예에 속한다. 이 시대엔, 참인지 거짓인지 알 수 없는 화려한 말솜씨와 사람도 비싸게 팔아 헐값에 사 올 만한 약삭빠름과 냉정함도 없이, 제 콧등만 쳐다보고 죽어라 힘만 쓰는 철멍 같은 우직하고 성실한 젊은이는 '가치'를 인정받지 못하고 사람들에게 '미련하고 바보 같은 놈'으로만 취급받게 되었다. 반세기 동안 중국인의 '가치관'은 시대에 따라 변했다. 1950년대엔 "이놈은 다른 건 다 좋은데 글 깨치는 게 별로야"라고 했다. 1960년대엔 "이놈은 다 좋은데 출신 성분이 별로야"라고 했다. 그러다 1970년대엔 "이놈은 다른 건 다 좋은데 간부가 아니야"라고 했고, 1980년대엔 "이놈은 다 좋은데 자격증이 없어"라고 말했다. 1990년대에 이르러서는 "이놈은 다른 건 다 좋은데 돈이 없는 게 흠이야"라고 말하게 되었다. 철멍은 바로 "다른 건 다 좋은데 돈이 없는 게 흠이야"라는 굴레를 쓴 인물에 속할 것이다.

　삼륜거꾼들이 에리옌의 최하층 시민인 이상 따돌림과 멸시, 비아냥거림과 괴롭힘을 당하는 것도 '마땅'한 일일 거다. 일부 불량한 놈들은 삼륜거를 타고 반나절 내내 실컷 돌아다니다가

1원 한 푼 안 내고 궁둥이를 털며 가버린다. 요금을 받겠다고 쫓아가면 험악한 눈을 부라리며 으름장을 놓거나 별 험한 욕을 내뱉으며 모욕을 하고, 수틀리면 턱과 코, 입이 피투성이가 되도록 두드려 패고는 태연히 휘파람을 불며 가버린다. 에리엔에는 이런 쓰레기 같은 놈들이 적지 않다. 그렇다고 이런 불량배들만 피하면 별일 없을 거라 생각하지는 말길. 교통경찰과 공안경찰 중 일부는 아주 악랄한 놈들이라는 걸 잊지 말자! 그들은 삼륜거꾼들이 새 번호를 받지 않았다는 이유*로, 번호가 찍힌 삼륜거꾼 제복을 입지 않았다는 이유로, 금지된 구역에 들어갔다는 이유로, 해마다 내야 하는 세금을 제때 내지 않았다는 이유로…… 걸핏하면 벌금 물리고, 수틀리면 바퀴에 구멍을 내고 삼륜거를 때려 부수기까지 한다. 심지어 삼륜거를 빼앗아 몰수하기도 하는데, 에리엔의 삼륜거꾼치고 이런 깔봄과 따돌림, 벌금과 징계를 맛보지 않은 사람은 대낮의 별만큼이나 드물다. 철명은 3년가량 해온 삼륜거 일에 신물이 났다. 이제는 단 하루라도 삼륜거를 끌고 싶지 않지만, 제 운명을 단번에 바꿀 수 없는 걸 어쩌랴. 만약 사람의 팔자가 뜻대로 되는 것이었다면, 철명은 벌써 어느 대학의 체육학과에 들어갔을 것이고, 자신의 우상인 농구 황제 마이클 조던과 같은 천재적인 농구 선수가 되겠다는 꿈을 이루기 위해 날마다 맹훈련을 하고 있었어야 했다. 그러나 꿈과 현실이 양쪽 수염, 양쪽 눈썹처

---

* 새로 일을 시작하거나 그만두는 등 노동자 현황이 바뀌기 때문에 관련 기관에서 상황에 따라 삼륜거꾼 현황을 조사하고 정리하는데, 그때마다 노동자들은 등록비를 내고 새 번호를 받는다.

럼 딱 맞아떨어지질 않으니 답답할 뿐이다. 에리옌에 와 처음 몇 년은 삼륜거를 끌며 10만 위안을 모은 사람도 있었지만, 지금은 삼륜거도 늘었고, 10만 위안을 모은 그 호짜처럼 불철주야 죽기 살기로 삼륜거를 몰며 빵 하나도 아까워 배를 곯아가며 일하는 '철인' 같은 의지를 가진 사람도 줄어들었다. 그 '역사적 기록'을 깰 사람은 다시는 나오지 않았다. 철명은 한 푼 두 푼 모아놓은 돈조차 집안에 이런저런 일이 생기면 어머니 아버지께 드렸기 때문에, 10만 위안은커녕 1만 위안도 모아둔 게 없었다. 삼륜거를 몰아 돈을 모으고, 그 돈으로 공부를 해서 훌륭한 운동선수가 되겠다는 철명의 꿈과 의지는 그렇게 서서히 희미해졌고, 아무 의욕도 의미도 없이 무료한 일상만 계속되었다.

철명은 다 피운 담배꽁초를 아스팔트 위에 던졌다. 이리저리 끊임없이 엇갈려 지나가는 저마다 다른 얼굴들을 보며 마음이 유난히 답답해진다. 성냥갑 속 성냥처럼 사람들 머리통으로 촘촘히 채워진 번잡하고 시끄러운 도시를 하루빨리 떠나, 인적 없는 들판을 혼자 거닐며 좋아하는 노래나 실컷 불렀으면 좋겠다.

그의 삼륜거를 탈 것 같은 사람은 도무지 보이지 않았다. 아침에 겨우 두 명을 태웠다. 그리고 고작 2위안을 벌었다. 점심을 먹고 나온 후론 한 사람도 태우지 못했다. 친해진 할흐족들이나 마주치면 좋으련만, 그들을 반나절이나 한나절 태워주면 20~30위안은 가볍게 던져주곤 했는데…… 하는 생각이 들었으나 그 생각도 금방 지워졌다.

어느덧 남부시장 동쪽 출입구가 나 있는 빌딩의 크고 웅장한 그림자가 길 건너편 바양실 식당 건물을 뒤덮었다. 근처에서 쏼라쏼라 지껄이던 몇몇 호짜 삼륜거꾼도 보이지 않았다. 철명은 트럭 두 대가 지나갈 정도 넓이의 사각형 모양인, 남부시장 출입구를 마지막으로 힐끗 쳐다보고 안장에 올라탔다. 그리고 손잡이를 잡고 가볍게 페달을 밟으며 왼쪽으로 돌아 전진로를 타고 북쪽으로 달렸다.

삼륜거꾼으로 말할 것 같으면 에리엔의 어느 지역, 어느 골목, 어느 거리에 무슨 호텔, 무슨 기관, 무슨 상점이 있는지 손바닥 보듯 훤히 꿰고 있어야 한다. 그러지 않으면 삼륜거에 탄 손님이 모르는 길을 갈 때 어떻게 태워다 주겠는가?! 남에게 길을 묻는 건 초보들이나 하는 짓이다. 게다가 비록 삼륜거꾼에 불과하지만 에리엔의 과거부터 현재까지 각종 지식과 특이사항들을 빠트리지 않고 아는 것도 필수다. 삼륜거에 탄 손님들에게, 에리엔에 대해 모르는 것을 알려주고 싹싹하게 이런저런 말동무도 해주면, 이 손님이 다음에도 자기 고객이 될 가능성이 높아진다는 말씀이다. 이런 것들을 철명은 누구보다 잘 안다! 그래서 철명의 머릿속에는 에리엔의 큰길부터 작은 골목까지, 높은 빌딩부터 낮은 건물까지 거의 완벽한 상태로 선명하게 기록되어 있다. 또 남에게 듣거나 책에서 본 에리엔에 관한 고금의 정보도 적지 않게 외우고 있다. 이제는 에리엔의 역사나 도시 외형의 변화가 철명에겐 그다지 새롭거나 신비하게 느껴지지 않는다. 하지만 에리엔에 와본 적 없는 독자들 입장에서는 에리엔의 역사와 이야기, 도시 외관의 변화 따위가 언제나 새롭고 신기하게 생각되는 법이다. 그럼에도 불구하고, 이 시대의 '바다',* 돈과 향락의 세계, 참과 거짓의 '전쟁터'가 된 에리옌의 혼란상, 온갖 군상들 간 갈등과 대립으로 가득한 천태만상의 삶의 모습은 역사나 옛이야기, 도시 외관보다 훨씬 더 흥미진진할 것이다. 어쨌든 이 이야기 속으로 들어오고자 하는 우리 독자들에겐 에리옌의 역사와 옛이야기, 도시의 겉모습이 에리옌에 대한 첫인상이 될 것임은 삼륜거꾼들이 에리옌의 지도를 손금 보듯 꿰는 것처럼 중요한 부분이기도 하다.

　몽골고원의 중심부에 자리 잡은 국경도시 에리옌은, 고생대에 원시 바다 밑바닥 한 모퉁이였던 흔적을 간직하고 있으며, 7천만 년 전, 즉 중생대 백악기 말기에는 짙고 무성한 종려나무와 커다란 아름드리 은행나무, 온 세상을 뒤덮은 양치식물들로 가득했고, 시퍼렇게 펼쳐진 호수와 구릉이 즐비한 분지였다고 한다. 머리에서 김이 날 정도의 뜨거운 태양을 견디지 못해 담수호에 뛰어들어 더위를 식히던 수많은 공룡은, 한없이 변화하는 기후 환경에 적응하지 못하고 서서히 자연계의 생물 목록에서 사라져 에리옌 고비사막 지하의 화석이 되었다. 아주 오랜 후에 에리옌은 주변의 유목민들 사이에서 '에리옌호'라는 소금 호수로 알려졌고, 다시 그 뒤엔 아시아 대륙에서 공룡 뼈가 처음 발견된 지역 중 하나가 되어 '공룡의 고향'으로

---

* 중국어에서는 장사에 뛰어든다는 것을 바다에 뛰어든다(下海)고 표현한다. 이 중국어의 영향을 받아 몽골어로 시장, 장사 등을 '바다'로 표현했는데 '시장'을 뜻한다고 볼 수 있다. 과거 바다 밑바닥이었던 에리옌이 지금은 상품의 바다가 된 것을 비유하는 것으로 이해해도 좋을 것이다.

세상에 이름을 알렸다. 1956년 이곳을 지나 몽골국 쪽으로 기찻길이 생기면서, 공룡의 고향에 인구도 얼마 안 되는 작은 도시 하나가 생겨났다. 이 도시는 1992년에 중국의 13개 변경 개방도시 중 하나가 되었고, 중국과 몽골 두 나라 사이의 '자유무역 도시'로 크게 발전해 더욱더 세계의 이목을 끌었다. 에리옌 시의 동쪽 편에는 흰색과 노란색이 섞인, 양쪽 날개에 '중화인민공화국만세' '인민대단결만세'라는 붉은 간판이 걸린 옛날식 큰 시계가 달린 건물이 보이는데, 이 건물이 1950년대에 지어진 에리옌 기차역이다. 울란바타르, 모스크바 및 동유럽과 서유럽의 각 나라로 연결되는 기찻길의 관문이 된 에리옌 역은 '대륙의 다리'라 불리는데, 날마다 몇천 명의 여행자가 이 역에서 내렸다 떠나곤 한다. 이 시간엔 아직 오가는 기차가 없어서 에리옌 역은 쥐 죽은 듯 조용하다. 도시의 북쪽 편에 해 뜨는 쪽을 향해 지어진, 유리로 된 길쭉한 신식 건물은 에리옌 버스 터미널이며 그 앞에는 반짝거리는 돌이 깔린 광장이 있다. 2시즈음에 큼직큼직한 가방과 짐을 지고 터미널 주변을 가득 채웠던 보따리장수 위주의 할흐족들도 모습을 싹 감추어 널따란 광장은 쓸쓸하고 휑뎅그렁해졌다. 넓고 환한 광장 가운데에 전통의상을 입은 두 명의 몽골 여인을 형상화한 흰 대리석상이 보인다. 한 여인은 긴 머리를 쓰다듬으며 어린 양 두 마리를 데리고 먼 곳을 응시하며 서 있고, 다른 여인은 곁에 어미 양을 데리고 우유 통을 든 채 고개를 살짝 숙여 그 많던 할흐족 여행자들을 그리워하듯 물끄러미 내려다본다. 버스 터미널 뒤쪽으로는 새로 지었으나 개장은 하지 않은 에리옌 북부시장의 새하얀 현대식 빌딩이 우뚝 솟아 있다. 3년 전에 에리옌시의 북쪽 면이 국경선에서 9리* 거리였다면 지금은 건물들이 잇달아 세워져 도시의 규모가 커지고 국경선에서의 거리가 3리 정도로 가까워졌다. 도시 북쪽 끝에서 다시 북쪽을 바라보면 '중화인민공화국'이라는 가로글씨가 쓰인 크고 웅장한 국경 관문이 또렷이 보일 정도다. 도시 북쪽 편의 아무 건물에나 올라가 북서쪽을 바라보면, 몽골국의 국경도시인 자밍우드** 기차역의 흰색 첨탑과, 대체로 누리끼리한 색깔의 게르 수백 채가 신기루처럼 어른거려 보인다.

에리옌시의 서쪽 면엔, 베이징과 전 세계에 일정 시간마다 기상 변화를 전송해주는 높고 뾰족한 기상청 철탑이 하늘을 찌를 듯 우뚝 솟아 있고, 전기 철망을 두른 높은 벽돌담으로 싸인 2층짜리 빨간 에리옌 교도소가 휑하고 쓸쓸하게 시야에 들어온다. 그곳에서 서쪽으로는, 굶주린 염소들에게 바깥쪽 잎사귀를 뜯어 먹힌 사막골담초들만 무더기무더기 자라난 인적 없이 황량한 고비사막이 한없이 펼쳐져 있고, 무인지경의 고비사막 한가운데에는 국경 관문에서 시내 쪽으로 길게 뻗은 포장도로가 저녁 햇살에 반사되어 한순간 반짝였다 한순간 검어졌다

---

* 중국의 1리里는 500미터.

** 고비사막의 국경을 중심으로 북쪽에는 독립국가인 몽골국이 있고 남쪽에는 중화인민공화국에 속하는 내몽골자치구가 있다. 내몽골자치구를 내몽고, 내몽골 등으로 부르고 몽골국을 내몽골과 상대되는 개념으로 외몽골, 몽골 등으로 부르기도 한다. 내몽골자치구 쪽의 국경도시가 에리옌이라면 국경을 사이에 두고 마주 보고 있는 몽골국의 국경도시는 더르너고비성에 속하는 자밍우드ᠵᠠᠮ ᠤᠨ ᠡᠭᠦᠳᠡ다.

하며 완만한 원을 그리다 동남쪽으로 휘어지며 시야에서 멀어진다.

서쪽에서 동남쪽으로 둥글게 휘어지는 포장도로를 마주 보는 쪽에, 4층짜리 나일론 회사의 희고 거대한 건물이 무리에서 처진 흰 젖소처럼 주택가에서 홀로 떨어져 나와 동쪽으로 그림자를 늘어뜨리며 높다랗게 솟아 있다. 나일론 회사의 동쪽과 북쪽으로는 빨간 기와를 얹은 벽돌집들이 나란히 늘어서 있다. 도시 외곽의 적지 않은 주민이 거주하는 벽돌집들의 동서쪽 바깥 담장은 붉은 진흙을 발랐는데, 이 진흙이 비에 젖어 안쪽 벽돌색이 여기저기 얼룩덜룩하게 비치는 모습은 아무 데서나 볼 수 없는 독특한 풍경이다.

에리엔 시내의 동서쪽으로 난 길을 남쪽에서부터 북쪽으로 차례대로 나열하면 올라안로, 향간로, 훌룬로, 사이한로, 실린로, 신화로 여섯 개가 있고, 북남쪽으로 난 도로를 동쪽에서 서쪽으로 차례대로 나열하면 영빈로, 우의로, 단결로, 전진로, 석화로, 건설로 여섯 개가 있다. 시내 중심에 있는 크고 이름난 건물은 남부시장, 백화점, 광따 호텔, 변경무역 빌딩, 교통 호텔, 멍위안 유흥 음식점, 만돌라 호텔, 차이위안 호텔, 델히 호텔 등이다……

에리엔시는 정주민 인구가 1만 명을 넘었고, 임시로 머물다 가는 뜨내기들도 4만에 달했다……

철멍은 삼륜거 페달을 천천히 밟으며 훌룬로에 도착했다. 그는 에리엔시의 중심에 있는 교차로 한가운데의 높은 기둥에 걸린, 밤이면 가장 밝게 보이는 비행접시 모양의 큰 등을 끼고 동남쪽으로 돌았다. 불룩한 가방을 어깨에 메거나 등에 지고 서넛씩 무리 지어 호텔 쪽으로 바삐 걸어가는 할흐족들, 한두 명의 내외국인을 태운 삼륜거들, 지체 높은 사람들을 안락한 앞뒤 좌석에 태운 아우디, 산타나, 도요타 같은 멋진 승용차들이 동서 방향으로 그의 곁을 쉼 없이 지나쳐 간다.

철멍은 우의로에 이르러 시 동쪽의 인적이 드문 골목을 한참 동안 빙빙 돌았지만 한 명도 태우지 못했다. 가끔 한적한 골목에서 삼륜거를 타려고 두리번거리며 기다리는 사람을 적지 않게 마주치곤 했는데 오늘은 어찌 된 일일까?!

여름의 작고 노란 태양이 높고 웅장한 빌딩들 너머로 새빨간 노을을 남기며 졌고, 에리옌은 어둠의 장막에 휩싸였다. 철멍의 마음에도 누런 황혼이 깔리고, 언제나처럼 건물들은 우뚝우뚝하고 사람들은 시끌벅적한 이 국경도시에서 마치 자기만 끔찍한 잉여 인간이 된 것 같았다. 그는 예전에 느껴보지 못한 고독감에 몸을 떨었다. 철멍은 속으로 그래, 어쨌든 후흐허트*에서 에리옌으로 오는 502호 완행열차나 마중 나가자, 502호 완행열차가 와도 태울 사람이 없으면 집에 가자! 어머니가 지금쯤 저녁밥을 해놓고 나를 기다리고 계실 텐데…… 라고 생각하며 신화동로를 타고 기차역을 향해 시무룩하게 페달을 밟았다.

---

* 후흐허트 ᠬᠥᠬᠡᠬᠣᠲᠠ : 내몽골자치구의 수도인 후허하오터呼和浩特의 원래 이름이다. 푸른 도시란 뜻의 몽골어 후흐허트를 중국어로 후허하오터라고 표기한 것이다. 허트ᠬᠣᠲᠠ란 말은 몽골어로 도시를 뜻하는데 중국어로는 하오터浩特로 표기하며 몽골어 지명에 많이 쓰인다.

날마다 새로운 사람들이 밀려오고

빨강, 초록, 노랑, 파랑…… 형형색색의 글씨와 오갈즈* 무늬
가 뒤섞인 간판의 불빛들이 마치 산호와 진주 장식으로 머리
장식을 화려하게 꾸민 신부처럼 길가의 높고 낮은 빌딩들을 우
아하고 신비스럽게 만들었다. 에리엔 기차역 앞에는 삼륜거와
멋진 승용차 들이 빽빽이 찼는데, 멀리서 보면 사람들의 얼굴
은 왠지 검고 흐릿해 보인다. 에리엔 기차역의 승무원들은 저
녁 6시 40분에 도착하는 502호 완행열차의 승객들을 검표소가
있는 중앙 역사의 입구로 내보내지 않고, 하차장에서 직통으로
연결된 후문 쪽 철문으로 내보내곤 했다. 에리엔에 내릴 승객
들의 열차표와 입경 허가증을 열차 안에서 미리 검사하기 때문
에 편리를 생각해 바깥문으로 내보내는 것이다! 그래서 손님
을 기다리는 삼륜거와 자가용 들은 전면의 넓은 광장을 놔두고
후문 쪽 비좁은 골목으로 빽빽이 몰려와 이 철문을 지키며 기
차를 기다린다.

철멍은 꽤 일찍 왔기 때문에 철문에서 가까운 자리를 찾아
삼륜거를 세우고 그 옆에서 이것저것 쳐다보거나 무언가를 생
각하며 서 있다. 체격은 중국의 농구 선수 바타르**에게 별로
뒤지지 않을 만큼 위풍당당하다. 너무 안쪽에 삼륜거를 세워

---

* 몽골 전통 디자인에 쓰이는 구름 형태의 문양으로 우리나라 단청의 구름 문
양과 비슷하다.

** 몽흐바타르 ᠮᠣᠩᠬᠡᠪᠠᠲᠣᠷ: 왕즈즈, 야오밍과 함께 중국의 대표 빅맨이었으며 아시
아 선수로는 처음으로 NBA 우승을 경험했다.

두면 나중에 온 삼륜거 때문에 나갈 길이 막히는 것을 잘 아는 철명은, 먼저 도착한 삼륜거에서 10미터가량 뒤로 떨어진 곳에 삼륜거를 세웠는데 생각처럼 되지 않았다. 철명보다 나중에 온 삼륜거들이 그의 앞쪽 빈자리를 빽빽이 채웠고, 그의 뒤쪽에도 몇백 대가 줄줄이 들어차 나갈 길을 다 막아버렸기 때문이다. 가끔 경험 많은 승객들은 맨 안쪽의 삼륜거에 타지 않고 조금 더 걸어가 맨 바깥에 있는 삼륜거를 탄다. 그러면 길이 막혀 시간 낭비할 일 없이 곧장 목적지로 갈 수 있다. 하지만 사람마다 달라서 안쪽에 세워놓은 삼륜거에 편안하게 가방과 보따리를 싣고 올라앉아 기다리는 경우도 꽤 많다.

철명은 오늘 사방이 막힌 막다른 곳에 삼륜거를 세웠다. 사실 일찌감치 온 사람에겐 원하는 자리를 선택할 기회가 얼마든지 있었지만, 이젠 꽉 차버려 옮길 수도 없다. 하지만 철명은 뒤늦게 도착해 투덜투덜 불평이나 하는 경박한 청년이 아니다. 속으로, 아무 데나 서 있으면 어때…… 운이 있으면 손님을 태우겠지 하는 생각으로 손목에 찬 야광 전자시계를 보았다. 6시 44분이 가까워졌다.

바로 이때 '띠이—' 하는 긴 경적 소리가 들렸다.

사람들이 바빠지기 시작했다. 철명도 역내 상황을 알아볼 생각으로 까치발을 하고 넘겨다보았지만 무성한 느릅나무와 높은 벽이 시야를 가려 볼 수가 없었다. 기차의 '풋, 풋, 풋' 소리가 잦아들고, 곧 정류장은 사람들로 북적거리기 시작했다.

절반만 열어놓은 철문으로 남녀노소 가리지 않고 수많은 여행객이 가방과 짐을 메고 끌며 홍수처럼 쏟아져 나왔다. 삼륜거꾼과 승용차 기사뿐 아니라, 오토바이와 자전거를 타고 친지를 마중 나와 철문 앞을 기웃거리는 사람들도 적지 않게 보인다. 그들 중 일부는 기다리던 사람을 만나 서로 안부를 묻고, 짐 드는 것을 도와주고, 삼륜거꾼들과 흥정을 한 후 짐을 싣는다.

손님을 태운 삼륜거꾼들은 제각기 다른 목소리로 고함치며 사람과 차량 사이를 뚫고 나간다. 한 내몽골 청년이 건장한 중년의 할흐 남자와 큰 가방을 같이 들고 몽골어로 이야기하며 철명의 옆을 바쁘게 지나갈 때, 철명은 "삼륜거 타요"라고 몽골어로 말했다. 이 내몽골 청년은 철명을 미심쩍은 눈으로 쳐다보고 대꾸도 하지 않았다. 그는 할흐 남자를 데리고 지닝 출신 호짜의 삼륜거를 타고 떠났다. 철명은 속으로 몽골 놈이 몽골 놈에게 못되게 굴고, 나무 삽이 진흙을 못 뜬다더니 딱 그 꼴이야, 하는 생각을 하며 머리를 돌려 철문을 빠져나오는 승객들 쪽으로 시선을 던졌다.

여행객들이 눈에 띄게 줄어들었다.

철명의 눈에 문득 낯익은 아가씨의 모습이 들어왔다. 큰 키에 풍만한 몸매의 이 아가씨는 흰 원피스 차림에 머리칼을 어깨까지 치렁치렁 늘어뜨렸는데, 한 청년과 손을 잡고 무언가를 속삭이는 모습이 누가 봐도 보통 관계가 아님을 알 수 있었다. 아가씨는 오른쪽 어깨에 작은 가방을 멨고, 동행한 청년도 커다란 여행 가방을 한쪽 어깨에 멨다. 너덧 걸음 정도로 가까워지자, 이 아가씨가 바로 작은아버지 바양달라이의 큰아들과 막내아들 사이에서 꽃처럼 피어난, 세상에 하나뿐인 딸

아리오나임을 철멍은 제대로 알아보았다. 내몽골사범대학교에서 사비로 공부했던 아리오나가 학업을 마치고 며칠 내로 후흐허트에서 돌아올 거란 소식을 들었는데, 그게 사실이었던 것이다.

사촌 동생 아리오나가 혼자가 아닌 낯선 청년과 각각 크고 작은 가방을 메고 서로 손을 잡은 채 눈앞에서 다가오자, 철멍은 자기가 민망한 짓을 하다 들킨 것처럼 당황했다. 무슨 말을 할지 몰라 삼륜거 옆에 허수아비처럼 서 있는 철멍의 모습은 우스꽝스러웠다. 철멍의 이런 어색한 모습을 발견한 아리오나는 속으로, 숨베르에게 가족과 친척 이야기를 할 때 삼륜거 끄는 사촌 오빠가 있다는 말은 하지 않고, 사촌 오빠 철멍과 철멍의 형 만라이가 큰 장사를 한다고 말했는데, 여기서 아는 척을 하면 거짓말이 들통날 거야! 이런 난감한 상황에선 못 본 척 지나가는 게 서로를 위해 좋은 거야, 라고 생각하고 남자친구 숨베르의 손을 오른쪽으로 살짝 끌어당겨 급하게 방향을 틀었다.

아리오나의 생각을 알 리 없는 철멍은 자기를 못 본 건가 하고 앞으로 다가가 더듬거리며 말했다.

"아리오나! 너…… 너희들…… 기차에서 방금 내렸어?"

모른 척 지나칠 수가 없게 된 아리오나는 이제야 사촌 오빠를 발견한 것처럼 숨베르의 손을 슬그머니 놓고 아는 척을 했다.

"어, 철멍 오빠! 잘 지냈어?"

철멍은 조금 전의 멍청한 상태에서 벗어난 듯 말을 꺼냈다.

"학교는 마쳤니?"

"응, 졸업했어……"

아리오나는 속마음을 들키지 않게 천연덕스러운 표정을 짓고, 키는 자기랑 비슷하지만 좀더 마른 몸매에, 가운데로 가르마를 타 양쪽으로 빗질을 한 머리 스타일과 쌍꺼풀 없는 온화한 눈, 얌전해 보이는 갈색 뺨에, 앞섶에 '시-사랑'이라는 몽골어가 선명하게 인쇄된 흰색 재킷 차림의 청년을 사랑스러운 눈빛으로 응시하고는, 반들반들 닦아놓은 오리 알처럼 둥글고 흰 볼에 수줍은 웃음을 지으며 철멍에게 소개했다.

"이쪽은 내 남자 친구, 숨베르."

그리고 숨베르에게도 철멍을 소개했다.

"이쪽은 사촌 오빠, 철멍."

숨베르는 메고 있던 큰 가방을 땅바닥에 내려놓으며 마음속으로, 학교 다닐 적에 아리오나는 사촌 오빠들이 큰 장사를 한댔는데. 지금은 왜 삼륜거를 끌지?! 장사가 망했나?! 아니면 체면 때문에 그럴듯하게 둘러댄 건가? 하는 생각을 하며 매우 친근하게 철멍의 손을 붙잡고 고개를 숙였다.

"만나서 반갑습니다."

아리오나의 남자 친구가 꽤나 유명한 시인이란 소문을 들었던 철멍은 그의 지나치게 정중한 태도에 머쓱하기도 하고, 겨우 중학교나 나온 초라한 제 처지가 창피하기도 해서 잡았던 손을 재빨리 빼고 말했다.

"아, 예. 둘 다 여기 타! 내가 집까지 태워다 줄게."

철멍은 오빠로서 뭐라도 해주겠다는 생각이었다. 숨베르가 아리오나의 그림 같은 예쁜 얼굴을 쳐다보자 아리오나는 잠시 망설인 후 대답했다.

"고마워! 우리는 다른 차 타고 갈게! 오빠는 손님 태워."

그녀는 다소 멋쩍게 말하고 택시를 잡으려 했다.

바로 이때 꽤나 드문드문해진 차들 사이로 흰 승용차가 미끄러지듯 다가왔다. 아리오나는 손을 흔들어 차를 세웠다. 그녀는 자기처럼 고상한 사람들은 이런 차를 타야 한다는 듯, 숨베르의 손을 끌고 차에 타며 의례적인 말을 내뱉었다.

"철멍 오빠! 내일 시간 나면 우리 집에 놀러 와!"

아리오나의 말이 철멍의 귀에 닿기도 전에 승용차는 부릉 소리를 내며 출발했다. 그리고 일곱 가지 무지갯빛으로 반짝이는 밤거리를 향해 미끄러지듯 사라졌다.

철멍은 씁쓸했다. 졸업하고 돌아온 사촌 여동생과 그 남자 친구를 공짜로 태워다 주려 했는데, 아리오나는 자기 삼륜거를 마다하고 고급 택시를 타고 가버렸다. 호의가 묵살당하니 자존심이 상했다. 얼음을 삼킨 것처럼 마음이 차가워졌다. 요즘 사람들은 세련된 말투에 교양 있고 예의 바른 말을 쓰지만, 하는 행동은 가식적이고 위선적이다! 아리오나는 부잣집 딸이다. 부잣집 딸이 하찮은 삼륜거를 탄다는 것은, 고귀한 사모님이 외진 사막의 허름한 흙집에 사는 것처럼 창피한 일일 거야. 철멍의 마음에 세상 사람에 대한 적개심이 생겨나는 듯했다.

여행객들은 다 떠나버렸다. 손님을 태우지 못한 몇몇 삼륜거꾼은 실망한 표정으로 페달을 밟고 각자의 길을 향해 떠난다. 철멍도 삼륜거를 타고, 겉으론 화려하고 아름다워 보이지만,

사실은 춥고 냉담한 에리옌의 넓고 긴 도로를 길 잃은 기러기
처럼 넋 놓고 달린다.

시와 미녀

아리오나와 숨베르가 탄 택시는 눈부신 간판 조명이 현란하
게 빛나는 에리옌의 도로를 쏜살같이 달린다. 그들이 탄 택시
옆으로 검정 빨강 등 색색의 승용차와 삼륜거가 휙휙 지나쳐
가고, 길가에는 내국인과 외국인 들이 서너 명씩 무리 지어 다
닌다. 외국인이라면 대개 외몽골 사람*이었다.

이렇게 신선하고 은밀하면서도 왠지 친근하게 느껴지는 국
경도시의 야경을 숨베르는 넋을 놓고 바라보며 가다가, 무언가
생각난 듯 아리오나를 향해 걱정스럽게 말했다.

"자기 삼륜거에 안 타고 택시를 타고 갔다고 철명 형이 섭섭
해하지 않을까?"

숨베르는 국경도시에 와서 매우 설레고 흥분되었지만, 좀 전
의 일이 적잖이 마음에 걸렸다.

숨베르의 말은 체면치레하기 좋아하는 아리오나를 뜨끔하게

---

* 원래 몽골인이라고 하면 내몽골과 외몽골에 거주하는 몽골인 모두를 포함
한다. 그러나 내몽골 사람들이 외몽골 사람을 표현할 때 '몽골인'이라고 하기
도 한다. 따라서 독자 입장에서 혼동되는 일이 있을 수 있으므로 이 책에선 혼
동을 피하기 위해 구별이 필요한 경우 가능한 한 내몽골에 거주하는 몽골인은
'몽골족'으로, '몽골국'에 거주하는 사람을 '외몽골 사람'으로 표현하였다.

했다. 그러나 손톱만큼도 티를 내지 않고 부드럽게 미소 지으며 시치미를 뗐다.

"사실 철명 오빠를 위해서 그런 거잖아! 우리를 태워다 주면 분명 돈을 안 받을 거야! 차라리 다른 사람 태우고 한두 푼이라도 더 벌라는 건데…… 물론, 네 말도 맞아! 오빠가 내 마음을 오해하고 섭섭해할 수도 있을 거야."

"내일 만나면 그 생각을 잘 설명해드리는 게 좋겠다!"

"괜찮아! 철명 오빠는 이런 사소한 일에 연연할 사람 아냐! 남자의 가슴엔 마구를 채운 말도 들어간다잖아."

숨베르와 아리오나가 이런 대화를 나누는 동안 택시는 수천 개의 띠 조명으로 독특하게 장식된 높은 유리 건물 앞을 지났다. 숨베르는 차창을 통해 그 멋지고 웅장한 건물을 보며 "저건 무슨 건물이야?"라고 물었다.

옆에서 무릎에 손을 얹고 앉아 있던 아리오나는 고개를 돌려 창밖을 보며 대답했다.

"델히 호텔. 개인이 운영하는 호텔인데, 철명 오빠 아버지, 그러니까 우리 큰아버지가 저기서 경비 일을 하셔."

"와, 얼마나 돈이 많기에 개인이 이렇게 큰 호텔을 소유해?"

"돈뿐이 아냐, 사장인 바트뭉흐 씨는 퇴직 전에 에리옌 부시장을 했어. 큰아들은 지금 에리옌시 공안국 국장이야!"

이 말을 듣고 숨베르는 권력과 돈은 엄마와 아들처럼 연결되어 있다고 말하려다가, 잘 알지도 못하는 사람을 함부로 비아냥거리는 게 부적절한 것 같아 혀끝까지 나온 말을 도로 삼켰다.

택시가 세무서 건물 앞에서 오른쪽으로 돌아 들어가자, 서로 경쟁하듯 현란하게 빛나던 장식 조명들이 눈에 띄게 줄어들고, 한도 끝도 없는 암흑 속에서 가정집의 사각 창문으로 흘러나오는 불빛만 깜박거렸다. 숨베르는 아리오나의 새하얀 오른손 손가락을 감싸 쥐고 사랑스럽게 쓰다듬으며 걱정스레 말했다.

"느닷없이 찾아왔다고 부모님께서 화를 내고 쫓아내진 않겠지?"

몹시 긴장되고, 떨리고, 불안해하는 숨베르의 마음이 어투와 몸짓에 그대로 묻어났다. 아리오나는 그런 숨베르를 나무라듯 쳐다봤다.

"내가 옆에 있는데 뭐가 그렇게 겁나?! 엄마 아빠가 우리 결혼을 반대한 가장 큰 이유는 네 집이 너무 멀어서야. 엄마 아빠는 나를 만리타향으로 시집보내기 싫은 거야. 네가 약속대로 에리옌에 정착하면 누가 우리를 갈라놓겠어……"

그녀는 답답하다는 듯 속삭였다.

"어느 골목으로 들어갈까요?"

젊은 기사가 핸들을 잡은 채로 그들의 대화를 끊고 중국어로 물었다. 아리오나는 전조등에 환하게 비친 앞쪽 길을 자세히 살펴보며 공손하게 말했다.

"저기, 저 골목에서 남쪽으로 돌아주세요."

아리오나와 숨베르가 탄 택시는 에리옌의 서남쪽에 위치한, 이층집 여섯 채가 담을 사이에 두고 나란히 서 있는 단지의 맨 오른쪽 담 앞에서 서서히 멈추었다. 아리오나는 기사에게 10위 안을 주며 "고맙습니다"라고 말하고 택시에서 내렸다.

숨베르가 큰 가방을 아리오나에게 건네주고 차에서 내려 문을 '쾅' 소리가 나게 닫자, 택시는 암흑 속으로 미끄러지듯 사라졌다.

아리오나네 집은 검은색 철문이 있는 이국적인 양식의 2층짜리 저택이었다. 에리엔에 좋은 집을 가진 고위 관료들과 돈 많은 부자들이 제아무리 많아도, 아리오나네처럼 2층짜리 저택에 사는 갑부는 손에 꼽을 정도였다.

숨베르는 2년 동안 사귄 여자 친구의 집에 처음 발을 내디딘다. 이렇게 예쁘고 으리으리한 저택과 자기네 시골의 흙집을 비교하면 하늘과 땅만큼이나 차이가 났다. 황금보다 값진 게 사랑이라고 노래하며 행복과 기쁨으로 두근거렸던 여린 마음은 갑자기 불안해졌고, 어딘가에 도사리고 있던 불길한 예감이 어둠 속에서 독버섯처럼 올라오는 게 느껴졌다. 숨베르는 자기만의 재기 넘치고 개성적인 시를 써서 내몽골의 시문학계에서 혜성처럼 떠오른 젊은 시인이다. 예전엔 아이막의 사범학교*를 졸업하고 시골의 초등학교에서 교사로 일했었다. 그의 고향인 향간 아이막** 각츠머드 솜***의 머거이트 가차****는 외딴 벽지인 데다 매우 낙후된 곳으로, 인가도 여기저기 띄엄띄엄 떨어져

---

* 2년제 중등전문학교로, 중학교를 졸업하면 입학할 수 있었으며, 당시엔 졸업 후 교사가 될 수 있었다.

** 흥안령(싱안링)의 흥안을 몽골어로는 향간 (hingan) 이라 한다. 몽골어 아이막 (aimag) 은 현재 중국의 내몽골자치구를 나누는 행정구역인 멍盟에 해당한다. 따라서 향간 아이막 (hingan) (aimag) 은 현재 중국 내몽골자치구의 싱안멍興安盟을 말한다.

*** 솜 (sum): 몽골어로서 중국 행정구역의 향鄕에 해당한다. 발음을 따서 중국어로 수무蘇木라고도 한다.

**** 가차 (gaqaa): 중국의 촌村과 비슷한 행정단위다.

32

있는 험준한 사막지대였다. 숨베르는 고향의 아이들에게 글도 가르치고, 작문법도 가르치겠다는 뜨거운 열정으로 시골 초등학교에서 첫 직장 생활을 시작했다. 그러나 의사소통도 잘되지 않고, 협조도 되지 않는 시골 분위기와 1년 내내 뼈 빠지게 일해도 월급조차 제대로 받지 못하는 업무 환경, 1년에 몇 번 가보면 주문한 잡지마저 잃어버리는 우체국, 게다가 학교에 가면 선생, 집에 오면 농사꾼으로 끝이 보이지 않는 힘겨운 잡무 등이 그의 뜨거운 열정을 완전히 식혀버렸다. 꿈이 크면 실망도 크다고 했다. 숨베르는 깊은 고민 끝에 결국 이곳에 맞는 사람에게 직위를 양보하고, 자신은 더 높은 학문 세계를 향해 헤엄치기로 했다. 꿈이 있는 맞은편 연안에 닿기 위해 이를 악물고 노력해서 사범대학교 몽골어과에 합격했다. 그리고 자치구의 중심인 후흐허트에서 수학하며 다수의 시인, 편집자 들과 교류도 하고, 열정적으로 시를 썼다. 그리하여 평범한 문학 애호가에서 힘차고 개성적인 시를 쓰는 재능 있는 대학생 시인 중하나로 자치구 전역에서 이름을 날렸다. 게다가 하늘 아래 최고 미인이라 할 아리오나를 만나 깊은 사랑에 빠졌고, 어느새 떨어질 수 없는 사이가 되었다. 숨베르가 아리오나와 처음 연애할 때 써서 발표한「금빛 사랑의 비너스」라는 시는 대학생들 사이에서 유명해져서, 자치구의 몽골 독자들에게도 큰 반향을 일으켰다. 이 시는 진실한 사랑의 마음을 표현한 훌륭한 시였다—

　　호수 가득 노랫소리 지저귀는 물새 같은 그대와

마주칠 인연이 부족했다면, 아리오나

내 한 번뿐인 생, 하고많은 날이

붉은 사막처럼 푸르름을 잊었을 거야

별빛에 반짝이는 흑장미 같은 그대 눈썹을

마주할 행운이 부족했다면, 아리오나

거룩한 내 청춘 짧디짧은 순간들이

혹한의 겨울 오아시스처럼 두근거림을 잊었을 거야

시어처럼 신비로운 여대생 기숙사 쪽으로

절반쯤 걸어가다 부끄러워 돌아오던 내 커다란 비밀— 아
리오나!

연적과 결투해 푸시킨처럼 상처를 입었다고

가위에 눌려 일어나던 모든 비밀— 아리오나!

아롤 고와, 나탈리야, 마르그리트, 에스메랄다……*

누구도 아냐, 누구도 아냐, 아리오나는 오직 아리오나!

생명의 중심, 해와 달, 미래의 거룩한 몽골 어머니

모든 미의 대명사— 아리오나— 나만의 아리오나!

---

* '아롤 고와 ᠠᠷᠤᠯᠠ ᠶᠣᠣ'는 몽골 유명 서사시 『게세르 ᠭᠡᠰᠡᠷ』의 주인공인 '게세르'의
부인 중 한 명이다. 게세르는 다양한 지역에서 수집되었는데 국내에 소개된 유
원수 번역 『게세르 칸』(베이징본)에는 '아렇가 고와 ᠠᠷᠤᠯᠠ) ᠶᠣᠣ'로 표기되었다. 터
드 문자로 기록된 신장 『게세르』에는 문어로 '아럴아 거어arola ɣō' '아롤아 거어
arula ɣō' 등의 기록도 있으며, '아롤' 부분은 1985년 내몽고인민출판사에서 출판
된 『게세르 이야기』에 '아롤오ᠠᠷᠤᠯᠣ'로 기록되어 있다. 본 소설에선 '아롤오'라
고 표기했고, 이를 구어에 가깝게 '아롤'로 표기하였다. '나탈리야'는 푸시킨의
부인, '마르그리트'는 알렉상드르 뒤마의 소설 『춘희』의 주인공, '에스메랄다'는
『노트르담의 꼽추』의 주인공이다.

밤마다 후흐허트덕신하르*에 취한 사내들은
몸을 가누지 못하고 비틀비틀 쓰러졌다네
존경하는 푸시킨의 시에 온 세상 사람들이
대를 이어 취하고 엉망진창이 되었지만
아름다운 네 분홍 입술에 입 맞추고 취한 것보다
더 취했단 말을 들어보진 못했네
홀룬 골목의 수천수만의 별은
나만큼 취해 아직도 깨지 않았네……
등 뒤에서 구름 타고 오는 그대
비단 같은 손바닥으로 내 눈을 가리네
그대 향기로운 사향 냄새가 가슴을 파고드네
생동하는 낭만의 세계가 나를 따라 도네
북고비의 참나리꽃은 내 가슴에서 피고
따뜻한 그대 숨결에 저녁달도 훈훈해지네
아름다운 그대 마음은 대자연에 스며들어 행복해하네
대서양 푸른 물은 그대 손바닥에서 출렁이네!
사랑한다는 것은 가장 아름다운 교향곡……
소중히 한다는 것은 설탕을 탄 커피……
학우들과 술을 마신다며
그대 주머니를 다 비워버린 것은 내 어리석음……
그리워한다는 것은 갚을 수 없는 빚……
헤어진다는 것은 건강한 날의 죽음……

---

* 후흐허트덕신하르(ᠬᠥᠬᠡ ᠲᠡᠷᠡ ᠰᠢᠨ᠎ᠠ ᠬᠠᠷ): 술 이름.

아름다운 그대와 함께할 수 없었다면
이 세상에 태어나서 가장 큰 잘못……
아리오나, 아리오나, 아리오나
금빛 사랑의 비너스— 아리오나!
아리오나, 아리오나, 아리오나
행복의 기네스 기록— 아리오나여!

　이 시는 아리오나와 숨베르의 '사랑 선언'이 되었고, 캠퍼스
를 넘어 수많은 독자 대중의 마음에도 깊은 인상을 남겼다. 또
한 이 시는 아리오나의 여린 마음을 벅찬 행복의 황금 소나타
로 두근거리게 했고, 비할 수 없는 사랑의 설렘에 취하게 했
다. 대학의 선후배들은 "얘는 유명 시인 숨베르의 애인이야"라
거나 "위대한 시인의 고귀한 사모님이 될 분이야"라고 추켜세
우며 아리오나를 으쓱하게 했다. 그 순간 그 분위기에선 자신
이 산의 정상에서나 자라나는 왕숨베루* 꽃처럼 다른 사람보
다 높은 곳에 있는 듯 특별하게 느껴졌다. 그러나 가끔 짓궂은
친구 하나는 "지금은 시가 화장지보다도 헐값이야. 그러니 시
인이랑 산다는 건 평생을 가난하게 살겠다는 거지. 몇백 위안
짜리 고급 치약만 쓰는 우리 아리오나가, 몇 위안짜리 싸구려
치약을 쓸 정도로 어려운 시절이 오면 버틸 수 있을까?"라고
놀리곤 했다. 그러나 아리오나는 자신이 그렇게 궁핍하게 사

---

* 왕숨베루 ᠣᠨᠳᠣᠰᠣᠨ ᠴᠡᠴᠡᠭ: 외몽골(몽골국)에서는 '완셈베루'라고도 부르며 중국어로
는 설련화雪蓮花라고 번역한다. 몽골인들은 이 꽃이 항상 쌍으로 핀다고 믿기
때문에 지고지순한 사랑을 의미하는 꽃으로 알려져 있다.

는 모습이 상상이 가지 않았기 때문에, 그 말을 지붕 스쳐 가는 바람 소리쯤으로 여겼다. 그래서 그녀는 천연덕스럽게 웃으며 "흥, 그냥 하는 말이지! 시인들이 다 가난하란 법은 없잖아"라고 대꾸하곤 했었다……

졸업할 즈음 둘 사이에 제삼자 때문에 약간의 갈등이 생겼다. 숨베르는 졸업하면 발령받은 곳으로 옮겨 가서 교사 일을 해야 했다.* 깡촌의 초등학교에서 솜이나 허쇼**의 초등학교 또는 중학교로 전근을 갈 수 있을지는 별개의 문제라 해도, 아리오나를 지방에 데리고 가면 사비로 공부한 그녀에게 일을 구해줄 수 있을지도 불확실했다.*** 그러나 뜨겁게 사랑하던 두 사람에게 이 문제는 대단한 장애로 생각되지 않았다. 가장 큰 장애는 아리오나의 부모님이 하나뿐인 딸을 멀고 외진 곳으로 시집보내는 것을 결사반대한다는 것이었다. 아리오나는 졸업을 앞둔 학기에 부모님께 전화로 '비밀'을 털어놓고 의견을 들으려 했으나, 부모님은 그놈하고 갈라서라고 수화기 너머에서 단호하게 말했다. 아리오나는 부모님과 전화로 여러 차례 다투었지만 합의점을 찾지 못했고, 진정한 사랑과 미래의 행복에 대해

---

* 장학금으로 공부한 학생은 일정 기간 동안 발령받은 곳에서 일해야 한다.

** 허쇼 hohhot: 몽골족이 거주하는 지역의 행정구역명. 중국어로 치旗라고 한다. 몽골어로는 '허쇼오'라고 장모음으로 읽지만 우리말의 습관상 장모음을 쓰지 않기 때문에 '허쇼'로 썼다.

*** 중국의 대학교는 공비公費로 공부하는 학생과 사비私費로 공부하는 학생으로 나뉘는데 공비로 공부하는 학생은 국가나 자치단체 등에서 비용을 지원받아 공부하기 때문에 졸업 후 취업이 용이한 경우가 많다. 아리오나는 사비로 대학을 다녔기 때문에 상대적으로 취업이 불확실하다.

설득하는 내용을 적은 열 장가량의 편지도 보내봤지만 부모님의 생각을 돌려놓지는 못했다…… 결국 아리오나는 숨베르와 진지하게 의논을 했고, 숨베르는 사랑하는 여인을 위해 첫 직장을 포기하고 에리엔의 '바다'에 뛰어들기로 결단을 내렸다. 그리하여 둘은 아리오나의 부모에게 미리 알리지도 않고 에리엔으로 오게 된 것이었다.

아리오나는 앞서가서 대문의 초인종을 눌렀다. 발소리가 나자 담 안쪽에서 도시가 떠나갈 듯이 '컹컹컹' 짖어대는 우렁찬 늑대개 소리가 들렸다. 아리오나가 닫힌 철문 밖에서 "걸러어, 걸러어!"라고 늑대개의 이름을 부르자, 주인의 목소리를 알아본 '걸러어'는 짖는 걸 멈추었다. 숨베르가 속으로 개를 '걸러어'*라고 부르다니…… 라고 재밌어하며 서 있을 때, 저택의 문이 열리는 소리가 났다. 그리고 "누구요" 하는 여인의 말소리가 들렸다.

하늘과 같은 급인 폭력배의 세계

3성급에도 들지 못하지만, 꽝따 호텔은 에리엔의 가장 고급스러운 호텔 중 하나로 꼽힌다. 물론 현재 얘기다. 머지않은 미래엔 에리엔에 5성급 호텔들이 우후죽순처럼 생길지 누가 알겠는가. 물론 앞으로의 일이다. 꽝따 호텔의 스탠더드 룸만 해

---

* 걸러어ɡʌlʌ: '아이'란 뜻.

도 눈부신 금박 무늬와 비단으로 도배한 벽, 시몬스 침대 같은 장식과 가구로 가득해 매우 화려하고 안락한 느낌이 든다. 프레지던트 룸은 더욱더 유명하다. 이 호텔에는 나이트클럽, 세계 수준의 당구장, 볼링장, 칸칸으로 나뉜 노래방, 에어컨이 비치된 룸들을 갖춘 화려한 레스토랑이 있기 때문에 돈과 권력을 가진 사람들의 유흥 '천국'이라 해도 과장이 아니다.

레스토랑의 5번 룸에는 똑같은 붉은 재킷과 파란 스커트를 입은, 꽃처럼 농염하고 백옥처럼 하얀 여종업원들이 자라탕, 대합, 말린 사슴 고기 등 값비싼 요리들을 나르느라 분주하다. 얼마나 높으신 분들이 행차하시기에 이렇게 부산을 떨까, 라고 생각하면 완전히 오해다. 이 룸의 손님들은 공룡 컴퍼니의 황 사장과 황금독수리 컴퍼니의 하 사장을 포함해 그들이 부리는 부하들이다. 황 사장과 하 사장의 본명이 무엇인지 현재 에리엔 인구의 5분의 1도 못 되는 토착민들은 정확히 알고 있지만, 개방도시로 지정된 후 대거 몰려온 에리엔 시민들 중에는 아는 사람이 매우 적다. 그렇지만 이 두 사람이 평범한 회사 사장이 아니라, 함부로 다가갈 수 없는 폭력 조직의 우두머리라는 것을 웬만한 사람들은 다 안다. 두 사람의 수하엔 살벌하게 생긴 20~30명의 젊은이들이 팔만 한번 휘두르면 나타났다가 손짓 한 번에 감쪽같이 사라지는 수족이 되어 목숨을 아끼지 않고 일한다. 세관을 통해 밀수품도 맘대로 들여오고, 다른 회사가 계약을 체결해 수입한 물건을 강제로 빼앗고, 외몽골 사람들에게 후불로 산 물건에 대해 환율을 낮추고 무게를 최대한 줄여 이득을 챙길 뿐 아니라 도둑질, 강도질에 협박, 사기 등 불법적 방법으로 돈을 긁어모아 3년이 못 되어 에리엔의 초기 백만장자 대열에 당당히 들어선 황 사장과 하 사장은 '용감한 놈은 배터져 죽고, 용기 없는 놈은 배고파 죽는다'는 한족의 속담이 빈말이 아님을 세상 사람들에게 다시 일깨워주었다.

　산 하나에 호랑이 두 마리가 살 수는 없는 법, 황과 하는 어느 쪽도 먼저 상대를 인정하지 않고 몇 차례나 충돌했을 뿐 아니라 한없이 많은 돈과 마음껏 부려먹을 수족들을 거느린 폭력 조직의 우두머리가 되어 세력을 키우면서 상대방의 피와 살을 뜯어 먹을 듯이 미워하게 되었다. 그러다 3년 전 양측은 에리엔의 텅 빈 체육관에서 만나 자웅을 겨루었다. 양쪽 합해 60명가량의 혈기왕성한 청년들이 미개한 원시 부족의 전사들처럼 칼과 몽둥이를 휘두르며 반 시간가량 붙어 치고받으며 코와 얼굴에 주먹질하고, 귀와 모가지를 찍어대고, 손발을 부러뜨리고, 대가리를 찍고, 집단 난투극을 벌이다가 누군가 "경찰이 왔다!"라고 고함을 치자마자, 양측은 부상자들을 부축하거나 질질 끌어가며 타고 왔던 아우디, 벤츠, 산타나 등에 나눠 타고 사방으로 줄행랑을 쳤다. 그리고 다음 날, 황 사장과 하 사장은 교대로 한 번씩 상대방을 초대해 후한 접대를 한 후 앞으로 사이좋게 지내자며 화친을 맺었다. 강호인들의 보편적 성격이라면, 일을 처리함에 있어 자신들의 방식으로 해결하는 것을 미덕으로 여긴다는 것이다. 그 후로 에리엔의 강호에서 황과 하는 '평등 평화' 원칙에 입각해서 서로의 영역을 침범하지 않고 각자 할 일만 했다. 하 사장은 에리엔에서 나고 자랐는데 어려서부터 싸움꾼으로 이름난 말썽쟁이였다. 에리엔이 개방

도시가 된 후 이 사내는 어떤 것도 두려워하지 않고 담력 하나에 의지해 편법으로 돈 버는 법을 배웠다. 하 사장보다 네 살아래인 황 사장은 기율검사위원장으로 파견된 아버지를 따라열두 살 때 어머니와 함께 실링허트에서 에리옌으로 왔다. 하고 싶은 건 다 해야 직성이 풀리는 응석받이로 자란 이 도련님은, 중학생 때 같은 반 학생을 칼로 찔러 퇴학을 당한 후 불량배들과 어울려 다녔다. 권력자인 아버지가 두 번이나 '철밥통' 같은 직업을 구해주었지만, 제멋대로 자란 황 사장은 그 일에 얽매이지를 못했다. 최근에 에리옌이 개방도시가 되자, 아버지는 10만 위안의 자본금으로 그에게 공룡 컴퍼니를 세워주었다. 그를 사장으로 앉혀 양지에서 살기를 바랐던 것이다. 그러나 황 사장은 아버지가 내준 10만 위안을 다섯 달도 안 되어 술과 여자, 도박에 써버리고 빈털터리가 되었다. 그러나 그는 아버지만 바라보지 않았다. 부하들과 함께 남방에서 온 달러쟁이 여자를 몰래 불러 "우리 회사의 외몽골 동업자가 1만 달러를 바꾸려 한다. 위안화가 충분히 있으면 빨리 우리를 따라 ○○ 호텔로 가자"라며 대포차에 태워 미리 모의한 곳으로 데려가 살해한 후, 10만여 위안을 가로채 마음껏 쓸 수 있는 넉넉한 자금을 확보했다. 이 달러쟁이 여자는 황 사장과는 얼굴만 아는정도였을 뿐이었다. 그런데 그 많은 달러를 남들 몰래 혼자 가서 바꾸다니, 오늘도 산신령님이 나를 돌보는구나 하며, 섣불리 욕심을 부렸다가 너무 쉽게 죽음의 미끼를 물어버렸다. 그녀의 입과 코, 손과 발은 스카치테이프로 겹겹이 묶여, 인적 없이 황량한 고비사막에 아무도 모르게 묻히고 말았다…… 에리옌에 이런 달러쟁이 여자 하나 없어져 봐야 누가 관심을 갖지도 않았고, 또 없어진 것을 아는 사람도 없었다. 함께 환전 일을 하던 친지들이 에리옌시 공안국에 신고했지만 사람 뼛조각조차 찾지 못했다. 지난해 좀새풀을 캐던 지닝 출신 한족들이 겨우내 묻혀 있어 알아볼 수도 없게 된 이 여자의 시신을 발견했다. 이 일로 공안국이 떠들썩했지만 단서는 털끝만큼도 찾을 수 없었다. 사건에 관련된 황 사장의 부하들만 입을 다물면 이 살인 사건을 공안국에서 밝혀내는 건 불가능했다. 이 뒤로 황 사장은 경찰도 얕잡아보며, 짭새들은 내 손바닥 안에 있다는 등의 허풍을 치곤 했다.

오늘 밤 에리옌의 유명한 폭력배 두 사람이 이런 고급 레스토랑에 행차해 비싼 요리를 주문하고 호화로운 연회를 여는 데는 다음과 같은 사연이 있었다.

연회용 테이블에는 황 사장과 하 사장 외에 경호원 격인 빨강 머리, 누렁 갈기, 대머리 원숭이, 귀 작은 숫염소, 여우 가죽, 미친 늑대 등 괴상한 별명을 가진 놈들이 동석하고, 허이트 허쇼 출신의 새까만 잡놈, 나이만 출신의 허풍쟁이 후데르, 포수 더르너 세 명도 얼굴에 억지웃음을 지으며 하 사장이 축사를 하는 동안 눈을 부릅뜨고 귀를 쫑긋한 채 바짝 붙어 앉아 있다. 새까만 잡놈의 진짜 이름은 강수흐다. 흑인처럼 새까만 얼굴에 비좁은 얼굴상을 한 놈이다. 한번은 남부시장에서 할흐족 노인에게 음담패설을 해가며 장난치다가 "이 새까맣게 생긴 놈은 위아래도 모르는 잡놈이구먼!"이라는 욕을 듣고 '새까만 잡놈'이란 별명을 얻었다. 올해 스물네 살인 새까만 잡놈은 고향 친구

소개로 황 사장 패에 들어온 지 1년이 조금 넘었다. 황 사장은 자기처럼 싸움 좋아하는 20~30명의 젊은이들을 월급 1천 위안 씩 주기로 약조하고 공룡 컴퍼니 직원으로 등록해놓았다. 필요 할 때 불러 싸움을 시키거나, 물건의 상하차를 돕게 하고, 필요 없을 때는 비곗살을 툭 치며 해산시키곤 했다. 그런데 한 달에 1천 위안을 약속했던 황 사장은 심복인 대머리 원숭이, 여우 가죽, 미친 늑대 세 명 외에는 1년이 지나서야 겨우 1천 위안씩 쥐여주고 입을 씻는 얄팍한 꾀를 썼다. 황 사장의 부하가 되었다고 그토록 잘난 척하며 안하무인으로 전횡을 일삼던 허이트 허쇼 출신의 몇몇 건달이, 나중에는 황 사장을 양아치라 며 뒤에서 비난하기 일쑤였다. 물론 면전에서는 습성대로 꼬리를 흔들어댔지만……

새까만 잡놈이 머리를 흰 천으로 싸맨 걸 보면, 최근에 누군가와 싸워서 머리가 깨진 것이 틀림없었다. 그의 머리를 깨뜨린 당사자는 다름 아닌, 옆자리에 가까이 앉아 있는 허풍쟁이 후데르, 포수 더르너 두 사람이었다. 후데르는 과장이 심해 허풍쟁이란 별명이 붙었고, 더르너는 마작을 하면 꼭 잃는다고 해서 포수* 더르너라고 불렸다. 후데르와 더르너는 늘 식품 도매시장을 어슬렁거렸다. 외몽골 상인이 와서 채소를 도매로 사려 하면 통역도 해주고 값도 깎아준다고 해놓고, 호짜들이 스무 푼에 파는 채소에 다섯 푼을 더해 수천 킬로그램씩 팔아 중

---

* 마작 게임에서 항상 잘못된 패를 내놓아 돈을 잃는 사람을 가리키는 말이다. 중국어의 파오쇼우砲手.

간에서 큰돈을 남겨먹는 능구렁이 같은 놈들이었다. 화요일에 후데르와 더르너가 잘 아는 외몽골 친구가 와 그들을 통해 감자 두 컨테이너를 도매로 구입하기로 했다. 그리고 그날 오후 식품 도매시장으로 같이 가서 어느 호짜네에서 흥정을 마치고 다음 날 실어 가기로 했다. 이것을 후데르, 더르너와 얼굴만 알고 지냈던 새까만 잡놈이 주워들었다. 그는 다음 날 일찍 외몽골 상인을 찾아가 "후데르와 더르너가 오늘 바빠서 나를 보내 당신 일을 도우라 했소"라고 거짓말을 했다. 그는 인부를 구해 반 시간 만에 감자 두 컨테이너를 실어주고 두 사람이 받아야 할 2,100위안을 가로챘다. 하필 약속한 시각보다 조금 늦게 도착한 후데르와 더르너는 외몽골 친구의 그림자도 찾지 못했다. 한참을 기다리다가 그가 묵고 있던 호텔로 가봤지만 벌써 짐을 싣고 떠난 후였다. 후데르와 더르너가 식품 도매시장으로 가 호짜 상인에게 영문을 묻자, 그 호짜는 어떤 생김새에 어떤 복장을 한 사람이 당신들 대신 와서 2,100위안가량을 챙겨 갔다고 사실대로 말해주었다. 후데르와 더르너는 그 말을 듣고 새까만 잡놈을 찾아가 "왜 우리가 다 해놓은 장사를 중간에서 가로채?! 절반은 내놔!"라고 겁을 줬지만, 새까만 잡놈도 겁이 없는 놈이라 "흥, 난 그런 적 없어. 받을 게 있거든 줄 놈을 찾아가"라고 딴전을 피우며 먼 하늘만 쳐다보았다. 그들은 돈을 못 받으면 흠씬 패줄 생각이었기 때문에, 더르너가 눈 깜짝할 사이에 상대방 코에 망치 같은 주먹을 날렸다. 그리고 피 튀기는 싸움이 시작되었다. 발로 차고, 주먹을 휘두르고, 돌과 벽돌을 집어 던지며 반 시간가량 격렬하게 싸웠다. 그러다 새까만 잡놈이 던진 벽돌을 후데르가 주워 휘둘렀고, 새까만 잡놈의 머리는 피투성이가 되었다. 두 사람은 바로 자리를 떴다. 머리가 깨진 새까만 잡놈은 공안국이 아닌 황 사장을 찾아가 원수를 갚아달라고 호소했다. 이 소식을 듣고 말썽도 잘 일으키지만 겁도 많은 더르너는 호랑이 새끼 잡으려다 호랑이에게 붙잡힌 사냥꾼처럼 화들짝 놀랐다. 하는 수 없이 에리옌 버스 터미널에서 사장으로 일하는 이종사촌 형 아밀랄을 찾아가 도움을 요청했다. 더르너의 이종사촌 형은 하 사장의 형과 동창이었다. 이런 인연으로 하 사장은 외몽골 동업자들에게 표를 예약해준다며 아밀랄에게 전화해 몇 번 부탁한 적이 있었다. 더르너의 다급한 상황을 들은 아밀랄은 할 수 없이 하 사장에게 전화해 이 사건을 어찌할지를 의논했다. 하 사장은 자기가 알아서 해결해주겠다고 큰소리를 쳤다. 그리고 오늘 이 연회 자리에 당사자들을 불러 이야기를 하던 중이었다! 벌초한 것처럼 깎아놓은 머리칼을 긁적거리던 그는 차갑게 빛나는 늑대 눈을 반짝거리며 말했다.

"오늘 밤 내 체면을 생각해 황 사장이 와줬으니 나 하 사장의 기대도 헛되지 않았소. 이 자리에서 다른 말 하지 않으리다. 다들 잘 마시고, 잘 먹고, 잘 놀면 됐소!"

그는 계란으로 벽을 찧듯 '탁탁'거리는 소리로 축사를 하고 술잔을 들었다. 다른 사람 같았으면 이런 접대 자리에서 최대한 우호적인 표정으로 친절하게 말했겠지만, 하 사장은 그러지 않았고, 그럴 사람도 아니었다. 머리 가운데로 가르마를 타고, 옆머리와 뒷머리를 면도기로 멋지게 깎고, 진한 청색의 '시그

마' 정장을 입은 황 사장은 배우처럼 세련되어 보였다. 그는 의심 많고 교만해 보이는 쌍꺼풀진 눈을 시종일관 교활하게 굴려댔다. 펼쳐놓은 독수리 날개처럼 짙고 검은 눈썹에, 입과 코마저도 총명하고 사내다워 보이는 희고 빛나는 얼굴의 황 사장은 고맙다는 인사치레 한마디 없이 술잔을 들어 하 사장과 건배를 하고 냉수처럼 들이마셨다. 하 사장도 지지 않으려는 듯 술잔을 가까스로 다 비우고 테이블 위에 탁 내려놓았다.

다른 사람들은 실컷 먹고 마시면서 딱딱한 분위기를 풀고자 "이 수프는 남자 정력에 좋아" "그 고기를 너무 먹으면 눈이 빨개져" 등의 말을 하며 바쁘게 수저를 놀려댄다.

하 사장을 그림자처럼 수행하며 꼬리처럼 붙어 다니는 빨강 머리가 자리에서 일어났다. 이마의 반쪽에 늘어뜨린 앞머리를 빨갛게 염색하고, 맨 팔뚝에는 해골을 물고 날아가는 독수리 문신을 새기고, 검은 재킷, 검은 청바지 차림을 한 빨강 머리는, 병에 든 '레미 마르탱'을 하 사장의 잔에 먼저 따르고 나서 황 사장의 잔에 따랐다. 이는 황 사장을 깔보는 행위가 분명했다. 양측 부하들은 늑대처럼 서로를 잡아먹을 듯이 험악하게 노려보았지만, 황 사장과 하 사장이 북극의 얼음을 조각해놓은 듯 무표정한 것을 보더니, 다시 각자의 자리에 점잖게 앉아 마시던 대로 마셔대고, 먹던 대로 먹어댄다. 이때 새까만 잡놈이 일어났다.

"제가 두 사장님께 한잔 올리겠습니다."

그는 먼저 황 사장의 잔을 가리켰다. 황 사장은 무심한 표정으로 술을 꿀꺽 삼키고 절반쯤 남은 잔을 내밀었다. 하 사장은 새까만 잡놈이 따라준 술을 마시지 않은 채 테이블에 내려놓고, 술을 권하려고 굽실거리는 더르너를 제지했다.

"자네 둘은 따르지 않아도 돼. 같은 편끼리 쓸데없이."

그는 다시 황 사장을 쌀쌀한 눈으로 쳐다보았다.

"이 두 놈은 내 형님의 외가 쪽 애들이오! 앞으로 황 사장이 잘 좀 돌봐주시면 좋겠소."

그는 진심과 거짓을 섞어가며 말했다.

황 사장은 잔을 빙빙 돌리며 대답했다.

"굳이 말할 것도 없소! 별일도 아닌데! 싸우지 않으면 친해지지 않는다는 속담도 있잖소! 앞으로 누구든 이 두 아우를 건들면 가만 안 둘 거야!"

그의 희고 깨끗하던 얼굴이 꽤나 달아올랐다. 허세는 부렸지만 술을 조금만 마셔도 얼굴이 빨개지는 체질이었다. 바로 이때 황 사장의 핸드폰이 '띠리리 띠리리' 울렸다. 그는 거드름을 피우며 전화기를 꺼내 상대방과 통화를 했다.

"여보쇼…… 어, 맹추 고양이야? 바로 갈게. 15분 내로― 오케이!"

하 사장은 그가 핸드폰으로 통화하는 동안 도둑 개의 눈빛으로 인상을 구기며 쏘아본다. 그리고 막 불붙인 '홍타산' 담배의 연기를 입가로 "푸―" 하고 뿜는다.

황 사장이 부인 몰래 만나는 정부의 전화임을 하 사장은 벌써 짐작했다.

황 사장은 핸드폰을 양복 안주머니에 찔러 넣고 모두를 얕잡아보는 거만한 태도로 말했다.

"또 누가 부르는군. 바로 가지 않으면 안 될 것 같소! 나중에 시간 나면 또 모입시다."

그가 나가려고 일어나자 여우 가죽, 새까만 잡놈, 대머리 원숭이, 미친 늑대 네 사람도 부랴부랴 일어나 황 사장에게 길을 터주었다. 그리고 황 사장을 따라 우르르 몰려 나갔다.

그들의 발소리가 멀어져 갈 즈음 하 사장은 식탁을 주먹으로 쾅 쳤다.

"빌어먹을 놈! 어른 앞에서 버릇없이 구는 것 봐라?! 이 할아비가 조만간에 손을 봐주마! 서두를 거 없다."

그는 화를 내고는 다시 젓가락을 들어 말린 사슴 고기를 집었다.

"저놈들이 안 먹겠다면 우리가 먹자."

'장모'의 눈에 시인 숨베르는 어떻게 보였을까?

아리오나와 숨베르에게 대문을 열어준 사람은 마흔을 넘어 쉰을 향해 가는, 둥글고 쌀쌀맞아 보이는 얼굴에 젊었을 때는 매우 예뻤을 듯한, 쌍꺼풀진 검은 눈가로 물고기 꼬리 모양 주름이 잡힌, 꽤 키가 크고 통통한 여인이었다. 키가 큰 편에 몸에 꽉 끼는 가지색 원피스를 입어서 중년 여성의 성숙하고 아름다운 풍만한 가슴과 통통한 허리가 독특한 매력을 과시해, 너무 뚱뚱하다거나 부었다는 인상은 주지 않는다. 이 여인은 아리오나의 어머니 구일레스 여사였다.

구일레스 여사는 딸을 보자 무척 반가워했으나, 뒤따라오는 사내자식을 보더니 토끼가 뱀 본 듯 징그러워하며 쌀쌀한 눈빛으로 돌변했다. 딸더러 "갈라서, 헤어져!" 하는데도 떨어지지 않고 붙어 있는 향간 촌놈이 바로 이놈인가? 하고 생각하는 구일레스 여사의 눈에 숨베르는 딸을 진정으로 사랑하는 남자친구라기보다, 딸을 올가미로 엮어 꾀어낸 나쁜 놈으로 보이는 듯했다. 어쨌든 낯선 사내를 달고 왔다는 이유로 반년 가까이나 보지 못한 딸을 다짜고짜 욕하고 쫓아낼 수도 없어 구일레스 여사는 억지로 웃음을 지었다.

"방금 기차에서 내렸니?! 오늘 올 거면 미리 전화 좀 하지 그랬어?"

그녀는 따뜻하게 이야기하며 대문을 잠갔다.

"바빠서 전화 못 했어."

아리오나는 대답을 하며 숨베르와 어깨를 나란히 하고 저택을 향해 걷는다. 구일레스 여사가 이년은 오랜만에 만난 엄마한테 안부도 안 묻네! 저놈도 주둥이를 안 달고 태어났나 보네, 하며 생각에 잠긴 채 찰싹 붙어 뒤쫓아가는 것을 아무도 신경 쓰지 않았다. 현관문을 통해 집 안으로 들어가자 오른쪽 벽에 붙은, 옷과 신발을 넣는 적갈색 옷장이 보인다. 복도는 북쪽 끝에서 오른쪽으로 휘어져 있었다. 그 복도 북쪽 끝에 위층으로 올라가는 계단이 보이고 오른쪽으로는 나뭇결이 선명한 황갈색의 멋진 참나무 문이 보인다. 거실로 들어가는 문이다.

아리오나는 집 안의 복도로 들어서자마자 흰 하이힐을 벗어 던지고 실내화로 갈아 신으며 실링걸 억양*으로 귀엽게 묻는다.

"엄마! 아빠는 또 울란바타르에서 안 왔어?"

구일레스 여사는 그들을 따라 들어와 바깥 등 스위치를 눌러 껐다.

"어젯밤에 전화 왔는데 일주일 후에나 온단다! 너흰 완전히 졸업했니?"

아리오나는 들뜨고 흥분된 말투로 "졸업했어"라고 대답하고, 뒤에서 들어오지도 나가지도 못하고 가방을 멘 채 머뭇거리며 서 있는 숨베르를 장난스레 바라보았다.

"너도 신발 갈아 신어! 가방 주고. 위층에 있는 내 방에 갖다 놓을게."

그녀는 가방을 받아 치마를 펄럭이며 사라진다. 구두를 벗으면 심한 발 냄새가 방 안에 진동할 것 같아 숨베르는 쭈뼛거리며 서 있기만 했다. 구일레스 여사는 바로 눈치를 채고 개의치 않는다는 듯 말했다.

"상관없어! 그냥 들어가요."

숨베르는 슬리퍼를 갈아 신지 않고 거실로 들어갔다. 그는 목동이 왕의 궁전에 들어오기라도 한 것처럼 발 둘 곳을 못 찾

---

* 내몽골에는 많은 몽골어 방언이 있는데 표준어는 실링걸 ᠰᠢᠯᠢ ᠶᠢᠨ ᠭᠣᠣᠯ 아이막 숄론후흐 허쇼 ᠰᠢᠯᠥᠭᠦᠨ ᠬᠦᠬᠡ ᠬᠣᠰᠢᠭᠤ의 차하르 ᠴᠠᠬᠠᠷ 억양을 기준으로 삼는다. 실링걸은 내몽골 중에서 몽골 문화가 잘 보존된 지역에 속하며 이곳의 몽골어 억양은 비교적 선명하다. 몽골국과도 언어적으로 여러모로 가까운 편이다. 에리엔도 실링걸 아이막에 포함된 도시다.

고 불안해하며, 이렇게 고급스럽고 화려한 저택이 나 같은 외진 사막 출신 시골뜨기를 받아들일 수 있을까 하는 생각에 더욱 머뭇거리게 되었다. 그러나 아리오나의 사랑스럽고 따뜻한 속삭임을 생각하자 마음이 조금은 편안해지는 듯했다.

숨베르의 학창 시절 교실도 현대식 건물, 기숙사도 현대식 건물이었다. 하늘을 떠받치는 기둥처럼 숲을 이룬 후흐허트의 마천루도 지겹도록 보았고, 다리가 아프도록 돌아다니며 화려한 상가 빌딩들을 구경해보기도 했다. 기념일에는 담임 교수님 아파트에 방문해 함께 술을 마시기도 했다. 그러나 개인이 사는 2층짜리 저택에 가본 적은 없었다. 개인이 2층짜리 대저택을 소유하고 그곳에 산다는 것은 대체 얼마나 대단한 행운인가 하고, 마음속으로 아리오나의 가족을 부러워했다. 아리오나는 예전에 그에게 "196제곱미터 넓이의 복층 주택에 살아"라고 간단히 말해준 적이 있었다. 숨베르는 아리오나의 부모님과 오빠 고비, 동생 테니게르에 대해서 여러 차례 자세히 묻고, 미래의 '처가 식구'가 될 가족을 잘 이해하려 했을 뿐, 살고 있는 집에 대해서는 자세히 묻지 않았다. 자신의 시에서는 사막지대 촌뜨기 아들로 태어난 것을 자랑스러워하며 당당히 노래했지만, 지금 이 순간만은 그렇게 낙후된 시골 마을의 누추한 흙집에서 나고 자란 자신의 처지가 초라하게 느껴졌다.

거실은 정말 에리엔의 부잣집 모습을 그대로 보여주는 고급스러운 실내장식으로 가득했다. 서쪽과 북쪽, 동쪽 벽을 따라 갈색 가죽 소파들을 중앙의 커피색 유리 테이블과 잘 어울리게 배치해놓았고, 동북쪽 모퉁이의 아담한 수납장 위엔 전화기를 올려놓았다. 얼굴이 비칠 정도로 반짝거리게 닦아놓은 마름모 꼴의 흰색 무늬가 그려진 연두색 대리석 바닥엔, 숨베르가 꿈에서도 본 적 없는 갖가지 모양의 화분에 담긴 초록과 빨강 등등의 꽃들이 줄지어 놓여 있었다. 동남쪽 모퉁이의 갈색 유리 테이블 위엔 31인치 컬러 TV를, 그 아래 서랍에는 VCD와 CD 플레이어 등을, 그 양쪽엔 스피커를 배치했다. 외국에서 수입한 질 좋고 때깔 좋은 참나무 판자로 정교하게 틀을 짜서 난방 파이프를 감쌌고, 두 개의 창문도 나무틀로 장식해서 황색 커튼을 달았다. 북쪽 벽에는 알록달록한 반점이 있는 눈표범 가죽 두 장을 머리가 위쪽으로 향하게 걸어놓고, 눈표범 가죽 사이로 마치 살아 있는 듯한 호랑이 가죽을 걸어놓았다. 동쪽 벽에는 사람 100명도 비출 것 같은 큰 거울을 달아놓고, 서쪽 벽에는 숨베르가 최근 아리오나에게 물어서 알게 된 외몽골에서 가장 좋다는 짙은 갈색 바탕에 오갈즈 무늬가 있는 알탄불락 상표의 양탄자를 걸어놓았다. 흰 천장 가운데에는 살랑살랑 흔들리는 큰 샹들리에를 달아 순백의 빛이 방 안 전체를 훨씬 선명하고 신선하게 만드는 듯했다.

구일레스 여사는 무언가 궁금한 듯한 표정으로 딸을 졸졸 따라다녔기 때문에, 숨베르는 혼자 거실의 서쪽 소파에 앉아 이 모든 것을 자세히 관찰할 수 있었다. 이때 모녀가 이야기를 나누며 들어왔다. 구일레스 여사가 숨베르에 대해 캐묻기 위해 따라 나간 것을 숨베르도 빤히 알고 있었다.

"숨베르! 가서 세수할래?"

아리오나는 들어오자마자 숨베르를 사랑스럽게 쳐다보며 달콤하고 청아한 톤으로 말했다. 그녀의 살구색 망사 양말 속 새빨갛게 칠한 열 개의 발톱은 숨베르 눈에 은반지에 박힌 산호처럼 환상적으로 보였고, 마음 같아선 입이라도 맞추고 싶었다. 처음의 불안하던 마음은 아리오나의 이 말에 씻은 듯 사라지고 대신 자신감이 좀 생겼다. 구일레스 여사는 백화점에 값비싼 명품을 사러 갔다가 점원이 저질 싸구려를 내놓았을 때 쳐다보았을 듯한 눈빛으로 숨베르를 머리끝에서 발끝까지 훑어보았다. 그녀는 티 테이블에서 '홍타샨' 담배를 꺼내 딸에게 주며 말했다.

"이 아이 담배 피우지?! 한 개비 줘."

숨베르는 마음속으로 '장모님'이 사위를 시험하시려는 건가 하는 생각에, 피우지 않는다고 거짓말을 해야 하나 머뭇거리는데, 아리오나가 "담배 안 피워, 담배 먹지"라고 생글생글 장난을 치며 숨베르의 품에 담뱃갑을 던졌다. 숨베르는 민망해서 빨개진 얼굴로 담배 한 개비를 꺼내 불을 붙이고 아리오나에게 말했다.

"먼저 세수해! 나도 곧 씻을게."

"그러든가."

나가려던 아리오나가 갑자기 서더니 물었다.

"엄마! 오빠랑 테니게르는 어디 갔어?"

구일레스 여사는 숨베르한테 재떨이를 갖다주며 대답했다.

"여자 친구가 전화로 부르니까 밥도 뜨는 둥 마는 둥 부리나케 나가버렸다. 테니게르는 영화 CD 바꾸러 갔는데 곧 올걸."

딸이 세수하러 간 후 구일레스 여사는 찻주전자에 우려놓은 식은 차를 한 잔 따라주며 시큰둥하게 물었다.

"고향이 어디랬지?"

그녀는 자기도 담배 한 개비를 꺼내 불을 붙이고 맞은편 소파로 가 앉았다.

아리오나 어머니가 담배를 피우건 말건 예의상 한 번쯤은 권했어야 했음을 숨베르는 깨달았다. 그러나 이미 늦었다. 그저 머쓱하게 앉아 있을 수밖에 없었다. 수천수만 개의 바늘이 박힌 방석 위에 앉아 있는 것처럼 좌불안석이 되어, 아리오나가 빨리 들어와 주기만 바랐다. 그는 담뱃재를 유리 재떨이에 떨며 조용히 대답했다.

"향간 아이막의 각츠머드 솜입니다."

"가족은 몇이나 되고?!"

"일곱요!"

"집에는 누가 계시지?"

"할아버지 할머니, 아버지 어머니 모두 계시고 아래로 동생이 둘 있습니다!"

"버뜨와 벅*은 몇 마리나 되고?!"

"저희 사는 지역은 반은 유목을 하고 반은 농사를 짓습니다. 그래서 가축이 적어요. 저희 집엔 암소 너덧 마리, 말 두 마리, 양 열 마리 정도 있고요."

이 말을 듣고 구일레스 여사는 마지막 기대마저 물거품이 된

---

* 버뜨ᠪᠤᠳᠠ는 큰 가축, 즉 낙타, 말, 소를 가리키고, 벅ᠪᠣᠭ은 작은 가축인 염소와 양 등을 가리킨다.

듯한 표정을 지었고, 반면에 숨베르의 마음속에는 아리오나의 어머니가 물질적인 것만 보고 사람의 진실한 마음과 많은 장점은 보지 못하는 속물인가 하는 반감이 생겼다.

에리엔으로 흘러들어 온 서민들의 애환

영감은 헐값에 산 중고 자전거를 타고 경비 일을 하러 나갔다. 큰아들 만라이는 중개업을 하는 동료들과 어디를 싸돌아다니는지 하루 종일 코빼기도 안 보인다. 삼륜거를 끄는 막내아들 철멍도 귀가하지 않았다. 어욘다리는 좀 전에 영감과 둘이서 식사를 마친 그릇과 접시를 부엌으로 가져가 설거지를 하려다, 곧 두 아들이 돌아와 식사를 하면 그때 한꺼번에 씻자며 양은 냄비에 그냥 넣어두고 안방으로 돌아왔다.

어욘다리는 건장한 사내가 들어오면 몸도 못 돌릴 비좁은 방으로 돌아와서, 사각 온돌 마루* 곁에 있는 원형 식탁을 닦고, 싸구려 담배 한 개비를 꺼내 불을 붙였다. 방 안에 값나가는 현대식 살림살이라곤 눈에 띄지 않는다. 벽에 기대어둔 2단짜리 플라스틱 선반엔 낡은 카세트와 몇 개의 노래 테이프가

---

* 내몽골의 광범위한 지역에서 온돌을 쓴다. 몽골어로는 한즈 ᠬᠠᠨᠵᠠ, 중국어로는 후어캉火炕이라고 부르는데 방의 일부를 마루처럼 올려서 그 아래로 부엌에서 불을 땐 열기를 통과시킨다. 그렇게 데워진 곳에서 낮에 쉬거나 밤에 잠을 잔다. 우리는 방 전체를 온돌로 깔지만 내몽골은 방의 일부만을 마루처럼 올려 온돌 마루로 쓰고 바닥에선 신발을 신고 생활하는 경우가 많다.

보인다. 북쪽 벽에는 류더화, 실베스터 스탤론, 리밍 등 배우들 사진이 붙어 있다. 온돌 마루에 깔아놓은 요 위엔 분홍색 싸구려 천을 덮어 단정히 보이도록 신경을 썼고, 담요는 반듯하게 개어 위쪽에 홍색과 청색의 베갯잇용 수건을 덮었다. 어욘다리의 느릅나무 껍질처럼 쭈글쭈글하고 마른 얼굴은 담배 연기에 휩싸여 오랜 시간 풍파를 겪고 수차례나 가혹한 시련에 닳아버린 조각상처럼 흐릿하다. 산호가 박힌 은귀걸이를 건 그녀의 양쪽 귀 뒤쪽으로 빗질해 넘긴 더부룩한 머리칼의 반은 하얗게 세었고, 실처럼 가는 눈은 별들 중에도 특히나 작은 별처럼 갈색 얼굴 위에 흐릿하게 떠 있다.

어욘다리는 스스로를 기구한 운명을 타고난 여자라고 오래전에 단정 지었다. 그녀는 걱정이 많은 여자다. 걱정하지 않아도 될 일에 걱정을 하는 성격이다. 그녀는 스물여섯이나 된 큰아들 만라이가 결혼하지 않는다고 걱정한다. 막내아들 철명이 언제쯤 징글징글한 삼륜거 일을 때려치우고 큰 장사를 할 수 있을까 걱정한다. 델히 호텔의 경비로 일하는 영감의 그간의 고생을 생각할 때마다 마음 아파하고 걱정한다. '안짱다리여도 제 엄마가 좋고, 야박해도 고향이 좋다'는 말처럼, 어욘다리는 40여 년을 살았던 고향 차간베르흐를 떠나 이 삭막한 에리옌으로 오게 될 줄은 꿈에도 생각지 못했었다. 지금이라도, 할 수만 있다면 원래 살던 고향으로 돌아가 고향 물을 마시며 살고 싶다. 하지만 사람의 팔자가 뜻대로 되지 않는 걸 어쩌랴!

어욘다리의 가족은 에리옌에서 수천 리나 떨어진, 북쪽으로 망가신차간을 등지고 남쪽으로 고토레 평야를 바라보는 나이만 허쇼의 차간베르흐 솜에 정착해 살았었다. 나산달라이 씨는 솜의 병원에서 회계 일을 했고, 어온다리는 차간베르흐 가차의 부녀회장으로 일했다. 그것도 한두 해가 아닌 무려 16년간 부녀회장을 맡았다.

집에 재산이나 가축은 넉넉하지 않았다. 검은 노새 한 마리와 10여 마리 양, 쓸모없는 땅을 포함해 10모*가량의 농지를 가진 가난한 집이었다. 나산달라이 씨가 처음 임시직으로 솜의 병원에서 회계 일을 할 때는 고작 30위안 정도의 월급을 받았지만, 나중에 정규직이 되면서 국가공무원의 월급도 올라 한 달에 300위안가량을 받게 되었다. 그러나 두 아들이 잇달아 솜의 중학교에 입학하면서 나산달라이 씨의 월급도 조금씩 부족해졌다. 양털을 판 조금의 수입과 약간의 콩과 농작물을 판 돈은 토지세, 교육세, 가축세, 지방특별교부세, 돼지사육세, 전기요금, 영화세…… 등등 머리숱보다 많은 세금을 내느라 남는 게 하나도 없었다. 종자, 화학비료, 농기계, 줄과 끈, 소금과 차, 설탕, 의약품…… 등을 구입하고, 혼례에 참석하고, 설을 쇠고…… 등등 생활에 드는 비용만도 1년에 2천 위안이 넘었다. 회계 일을 하는 나산달라이 씨는 성냥 한 갑을 사도 따로 제본한 작은 노트에 빠짐없이 기록해놓는 꼼꼼한 성격이라, 이런 계산이 어긋날 수 없었다. 이렇게 동쪽 담을 허물어 서쪽 담을

---

* 모畝: 중국의 토지 면적 단위. 1모는 약 666.7㎡. 10모면 한국에서는 상당히 넓은 땅이지만 내몽골 지역은 강수량이 적은 데다 사막이나 척박한 땅이 많아 수확량이 많지 않다. 따라서 척박한 지역에서 농사짓는 사람에게 10모는 많은 땅이 아니다.

수리하며 겨우겨우 버티던 중, 만라이가 학교에서 씨름을 하다 다리가 부러졌다. 바로 통리아오의 몽골 병원으로 가서 뼈를 접골하느라 1천 위안가량의 큰돈이 들어갔다. 나산달라이 씨는 병원의 재정 관리와 회계 업무를 함께 보았기 때문에, 지출이 생길 때면 할 수 없이 눈 딱 감고 공금을 가져다 쓰곤 했다. 이렇게 크고 작은 액수를 여러 차례 갖다 쓰다 보니 어느 순간 빚이 커져버려 채우려 해도 당장 구할 도리가 없었다! 윗선의 감시와 주변의 시선을 겨우겨우 피하며, 언제 횡재라도 해서 주머니에 돈이 좀 생기면 빚을 몰래 갚을 생각을 하고 있는데 갑자기 들통이 나 사태가 커졌다. 나산달라이 씨와 같이 일하던 보양와치르라는 중년의 의사가 나산달라이 씨의 유용을 눈치채고 병원장이 아닌 허쇼 위생국에 고발해버린 것이었다. 어느 날 정말로 허쇼의 관계자들이 지프를 몰고 와 나산달라이 씨의 장부를 자세히 조사해봤더니, 2,050위안 95푼이 어긋났다. 그리 큰 액수도 아닌 데다 경미한 사건이었기 때문에, 허쇼의 책임자들은 이 문제를 솜의 정당위원회에 넘기고 돌아갔다. 솜의 정당위원회는 나산달라이에게 사유서를 쓰게 한 후 곧바로 해고했다.

실패와 좌절, 곤란과 역경은 인간에게 엄청난 고통과 불안을 안겨다 준다. 술에 빠지고, 목숨을 가볍게 여기고, 불행에 굴복하는 등 나쁜 결과를 초래한다. 일상의 편안함 속에선 생각하기 어려운 현명하고 과감한 선택과 공간상의 새로운 변화를 가져다주기도 한다. 실직 후 2년 여간 허송세월을 했던 나산달라이 씨는, 넘어지면 짓밟고 엎드리면 올라타는 데 익숙해진 사람들을 믿는 것이 쓸데없는 일임을 깨달았다. 그는 에리옌에 있는 동생 바양달라이에게 편지를 보내, 온 가족이 에리옌으로 이주할 계획이라고 알렸다. 유용해서 쓴 돈을 채워 넣기 위해 차간베르흐의 일가친척들에게 빌린 2천 위안가량의 돈을 빨리 갚고 싶다는 생각도 그의 마음을 조급하게 했기에, 조상 대대로 뼈를 묻고 살아온 사막의 시골 마을을 떠나겠다는 그의 결심은 더 확고해졌다. 오래지 않아 동생 바양달라이로부터 가족의 운명에 대전환의 계기가 된 평범하면서도 평범하지 않은 편지가 날아왔다. 이렇게 해서 그들은 평생을 살아왔던 흙집을 남에게 헐값에 팔았다. 그리고 이웃, 일가친척 들과 눈물을 머금고 헤어져 멀고도 낯선 에리옌으로 왔다.

에리옌에 와서 몇 년간 죽기 살기로 노력해 정말로 차간베르흐에 있는 몇몇 친척에게 빌린 돈을 다 갚았고, 큰아들 만라이의 호적도 에리옌으로 옮겼다. 지불한 액수만큼 할당받은 124제곱미터 넓이의 땅에 행랑채도 짓고,* 수많은 날을 당당히 헤쳐왔다……

돌이켜보면 지난날이 마치 새하얀 담배 연기처럼 가물가물하게 생각된다. 이윽고 회상은 담배 연기처럼 스르르 사라져간다. 창밖에서 덜컹거리는 소리가 들렸다. 아들 철멍이 돌아온 게다. 어욘다리는 담배꽁초를 바닥에 던지고, 대문을 열어주러 바쁘게 밖으로 나갔다.

---

* 집터는 구했으나 돈이 부족해서 대문 옆에 비용이 적게 드는 작은 방을 우선 짓고, 본채를 지을 공간을 남겨두었다가 나중에 돈이 생기면 본채를 짓는 경우들이 있다.

철명은 대문 안으로 들어와 말없이 어머니 곁을 지나 안방으로 들어갔다. 대문을 잠그고 안방으로 들어온 어윤다리는 아들의 찌푸린 얼굴을 보고 놀라 묻는다.

"우리 아들, 누구랑 싸운 거 아니지?"

철명은 40~50위안을 벌면, 나무꾼 아비가 토끼를 잡아 온 것처럼 밝은 표정으로 돌아와, 어떠어떠한 사람들을 태우고 얼마를 벌었다고 어머니와 이야기꽃을 피우곤 했다. 5, 6위안밖에 못 벌어도, 먼지 낀 얼굴로 피곤한 표정을 지으며 들어오자마자 "배고파죽겠어. 밥했어요?"라고 말하곤 했다. 죽도록 돌아다니고 땡전 한 푼 못 벌어도, "에리엔에 삼륜거가 쫙 깔렸어! 이걸로는 재미 못 봐……"라고 말하며 한숨과 함께 밥을 삼키곤 했었다. 어떤 짜증 나는 일이 있었기에, 이렇게 인상을 쓰고 있지? 어윤다리는 아들을 손바닥 보듯 훤히 알고 있다.

철명은 방에 들어오자마자 온돌 마루에 쓰러지듯 벌렁 드러누웠다. 어머니의 말은 한 귀로 흘려들은 것처럼 대꾸도 하지 않는다. 아들의 홀쭉하고 먼지 낀 얼굴을 보며 대답을 기다리던 어윤다리는 가슴이 아팠다. 전생에 내가 얼마나 큰 죄를 지었기에 아들에게 이 고생을 시키나. 코끝이 찡해졌다.

어윤다리는 길게 한숨을 쉬고 부엌에서 쌀밥과 감자 반찬을 담아 와 식탁에 올려놓고 부드럽게 말했다.

"우리 아들, 일어나 밥 먹어야지."

철명은 아랫입술을 깨물고 벌떡 일어나 시큰둥한 표정으로 젓가락질을 시작했다.

어윤다리도 아들이 식사하는 동안 말동무라도 해주려는 듯 곁에서 말없이 담배를 피운다. 밥을 다 먹어갈 때쯤 철멍은 갑자기 입을 열었다.

"아리오나는 학교 졸업하고 돌아왔어! 남자 친구도 데리고……"

그는 밥그릇과 젓가락만 응시한 채로 말했다. 아들이 입을 열자 어욘다리는 반가워 되물었다.

"어? 아리오나가 벌써 졸업했어?! 사윗감을 데려왔구나?"

그렇게 묻고는, 작은아버지의 딸이 사비로 대학을 졸업하고 돌아온 것을 보고 불쌍한 우리 아들이 부러웠나 보구나 생각하며, 철멍이 우거지상을 하고 온 이유를 짐작할 수 있었다.

황금 방에 숨겨놓은 미녀

이 집은 에리엔 동남부에 위치한 서민주택 단지에 있다. 단지의 맨 동쪽을 차지한 이 고즈넉한 집은 행랑채를 남쪽에 짓고, 대문은 동쪽으로 냈다. 창문의 흰 망사 커튼에 순백의 전기등 불빛이 은은하게 비쳐 차가운 느낌의 높은 담이나 철문과 대조를 이룬다.

밖에서 보면 다른 집들과 크게 다르다 할 만한 건 보이지 않지만, 집 안은 눈부실 정도로 밝고 아늑하다. 참나무 무늬의 사각형 대리석을 깔아놓은 마룻바닥, 짙푸른 천장, 벽에 걸린 대형 거울, 절반쯤 젖혀진 금색과 은색의 비단 휘장, 비단 휘장너머 시몬스 침대 머리맡에 걸린 반라의 젊은 외국인 남녀가 껴안고 입 맞추는 사진과, 냉장고, 컬러 TV, 부드러운 소파, 화장대…… 등 가정집으로서 손색없을 정도로 완벽한 모습을 갖추었다.

화장대 앞 회전의자에는 긴 속눈썹을 세운 수정 같은 눈에, 복숭앗빛 붉은 입술 테두리를 번들거리는 푸른색으로 칠하고, 짧게 깎은 헝클어진 머리를 황금색으로 염색한 연약하고 작은 몸집의 사랑스러운 여인이, 잠옷 차림으로 눈을 똥그랗게 뜨고 앉아 '퍼그'를 껴안고 재잘재잘 이야기를 나눈다. 그녀가 바로 황 사장이 '황금 방에 숨겨놓은 미녀'* 멍나 양이다. 좀 전에 황 사장에게 전화해 불러낸 여자가 바로 그녀였다. '퍼그'는 부자들이 키우는 반려견인 발바리 개를 부르는 말이다. 툭 튀어나온 새빨간 눈에 더부룩한 회색 털, 팔랑거리는 검은 귀, 납작한 검은 코를 가진 이 발바리 개는, 송곳처럼 뾰족한 꼬리를 흔들며 주인의 젓가락 같은 흰 손가락을 긴 분홍빛 혀로 핥고 재롱을 떤다.

"에인절, 오빠 올 때 됐니?! 말해봐! 올 때 됐으면 세 번 짖고, 아니면 도리도리해봐!"

멍나가 상냥한 목소리로 속삭이자, '에인절'이라는 이름의 발바리는 정말로 "왕왕왕" 하고 가늘고 시끄러운 소리로 세 번을 짖었다.

---

* '좋은 집에 미녀를 감추어두다(金屋藏嬌)'라는 뜻의 말을 몽골어로 번역한 것이다. 원래 한나라 무제 유철劉徹의 사촌 여동생 진아교陳阿嬌를 가리키는데, 한 무제가 어릴 적에 진아교를 좋아해서 그녀를 화려한 집에 살게 했다. 즉 화려한 방에 좋아하는 여자를 들이는 것을 가리키는 말로서, 첩을 얻는다는 뜻이다.

"똑똑한 에인절, 우리 에인절은 재주도 비상하지."

멍나는 얼굴 가득 흐뭇한 웃음을 지으며 발바리 개를 칭찬하고, 사랑스럽다는 듯 이마에 몇 번이나 입을 맞추었다. 발바리는 주인의 칭찬과 애정에 더욱더 꼬리를 치며, 주인의 가슴에 새긴 무지갯빛 나비 문신을 비단처럼 부드러운 혀로 핥는다.

멍나 양이 애인의 입맞춤에 취한 것처럼 눈을 감고 취한 표정을 짓고 있을 때, 차 소리가 들리는 듯하더니 이어서 초인종이 '띠르 띠르 띠르' 울렸다.

"네가 말한 대로야?! 정말로 왔어!"

멍나 양은 반가운 눈빛으로 소리치며 '에인절'을 조심스레 내려놓고 잠옷 바람으로 뛰쳐나갔다.

황 사장은 자신의 산타나 승용차를 대문 옆에 세워놓고, 어둠 속에서 그녀가 문을 열어주기를 기다리며, 바지 주머니에 두 손을 찔러 넣은 채 느릅나무 말뚝처럼 꼿꼿이 서 있었다.

멍나 양은 문을 열어주고, 황 사장의 목에 매달려 뺨에 '뽁뽁' 두 번 입을 맞추며 아양을 떨더니 새침하게 말한다.

"6시에 온대 놓고 왜 제때 안 와?! 내가 전화 안 했으면 언제쯤 왔을까?"

황 사장은 '너는 나한테 이렇게 발바리처럼 굴어야지'라고 생각했던 모양으로, 멍나 양에게 답례로 입을 맞추어주긴커녕 살가운 표정 한번 짓지 않고 쌀쌀하게 대꾸했다.

"일이 있는데 어떻게 와?"

"무슨 일?! 또 먹고 마시는 일이겠지."

멍나 양이 철문을 잠그며 일부러 뾰로통한 목소리로 쫑알대는 것을 황 사장은 들은 척도 하지 않고 집 안을 향해 성큼성큼 걸어 들어갔다. 황 사장은 여자에게 자신이 어디서 뭘 하고 다니는지 절대 말하지 않는다. 멍나 양도 그것을 잘 알고 있지만, 수다 떠는 걸 좋아해서 말하고 묻기를 멈추지 않았다.

황 사장은 뭐가 발에 걸리는 듯해서 아래를 내려다보았다. '에인절'이었다. 그는 '에인절'을 안아줄까 하다가, 이놈은 할일 없는 계집이 갖고 노는 불결한 물건이라고 생각해 외면하고 안으로 들어갔다.

황 사장은 에리엔에 다섯 채나 되는 집을 갖고 있다. 멍나가 살고 있는 이 집은 그가 전에 살았던 집이다. 본처와 아들은 지금 아파트에 산다. 처음 두 채는 아버지의 권력과 자신의 위력, 그리고 든든한 자금력으로, 나머지 세 채는 갖고 있던 거금을 굴리고 불려서 마련했다. 그 세 채의 집은 모두 중심가에 자리하고 있어서, 식당이나 가게를 운영하는 지닝이나 저장 출신의 상인들에게 세를 주었다. 황 사장은 아무 일도 하지 않아도 해마다 5만 위안의 집세를 떵떵거리며 받아먹는다. 이 시대에, 돈 많은 사람은 가진 돈만 굴리면 재산을 눈덩이처럼 불릴수 있다는 것을 보여주는 아주 작은 예다.

황 사장은 방으로 들어가 집주인 티라도 내듯 소파에 앉아다리를 꼰 채로 몸을 뒤로 젖혔다. 양복 주머니에서 '낙타' 마크가 있는 노란 담뱃갑을 꺼내 노련하게 흔들자 담배 한 개비가 튀어나왔다. 황 사장은 절반쯤 삐져나온 담배를 천천히 입에 물었고, 이때 뒤쪽에서 멍나 양이 회오리바람처럼 나타나 가스라이터로 불을 붙였다. 황 사장은 담배 연기를 뿜어 고리 두 개를 만들었다가 귀찮은 듯 몸을 뒤로 젖힌 채로 남은 연기를 '푸' 하고 위로 뿜었다.

황 사장이 오면 늘 맥주를 마시기 때문에 멍나 양은 사뿐사뿐 걸어가 냉장고에서 '베이징' 캔맥주를 꺼내 왔다. 그녀는 뚜껑을 '픽' 따서 옆에 있는 티 테이블에 조심스레 내려놓는다. 멍나 양의 길고 까만 속눈썹은 더 길어 보이고, 수정 같은 눈은 요염하고 선정적으로 반짝인다. 그녀는 휘어질 듯한 부드러운 몸을 숙여 꼬리처럼 졸졸 붙어 다니는 '에인절'을 안아 올리고, 호랑이 새끼처럼 널찍한 이마에 자기 이마를 맞대고 엄마가 아이에게 하듯 어르고 달랜다.

"우리 에인절은 사람처럼 똑똑해. 오빠 올 때 됐으면 세 번 짖어봐 했더니 정말로 오빠 올 걸 알고 세 번 짖더라!"

멍나 양이 자신보다 발바리에게 더 다정다감하게 대하는 것을 보고, 황 사장은 못마땅한 표정을 지으며 절반쯤 태운 담배를 재떨이에 비벼 껐다. 그는 주머니에서 VCD 한 장을 꺼내 멍나 양에게 내밀었다.

"자, 이거나 틀어봐."

"또 야한 거 가져왔어?! 재밌는 거야?"

멍나 양은 왼손으로 발바리를 가슴에 꽉 껴안고 오른손으로 VCD를 받아 들고, 기분 좋은 듯 VCD 플레이어가 놓인 곳을 향해 걸어간다. 황 사장은 캔맥주를 한 모금 마셨다.

"나도 안 봤어. 흑인 백인 섞여 있는 괜찮은 거라고 애들이 추천해줬어."

그는 일상적인 식사 이야기를 하듯 무덤덤하게 대꾸했다. 그가 말하는 '애들'이란 대머리 원숭이, 여우 가죽 등을 가리킨다. 멍나는 수정 같은 눈을 야릇하게 빛냈다.

"흑인 백인 같이 나오는 거면 재밌겠는데? 일본 건 과장만 심하고, 우리 건 시늉만 해서 재미 없어!"

그녀는 VCD를 플레이어에 넣지 않고 몸을 돌려 말했다.

"오빠, 먼저 씻어! 우리 침대에 올라가서 보자! 응?"

멍나가 야한 테이프를 보면서 화면 속 온갖 체위와 소리를 따라 하며 법석을 떠는 것을 황 사장은 잘 알고 있었다. 황 사장은 캔맥주를 '꿀꺽꿀꺽' 두 번 마시고 멍나 양에게 명령하듯 말했다.

"하루 종일 개랑 붙어 있으니까 몸에 개 노린내가 뱄나 봐. 너 먼저 씻어."

멍나 양은 몸을 한들거리며 고분고분 욕실로 들어갔다. 황 사장은 침대에 혼자 드러누웠다. 그의 눈에 이 방에 있는 가재도구들은 모두 하찮게 여겨졌다. 나무와 쇠, 돌, 유리 등으로 잘 짜놓은 대단찮은 가재도구들뿐 아니라, 자신의 중지에 끼워진 해골 모양이 있는 금반지, 오른쪽 손목에 찬 스위스산 금시계도 대단찮게 느껴졌다. 이 휑한 방이 황 사장에겐 한도 끝도 없는 사막 같았다. 끝이 없는 사막에서 길을 잃은 공룡처럼 어디로 가야 할지 막막하다. 어디로 가든 시커먼 죽음이 그를 기다리는 것만 같다. 커다란 고독감이 그를 둘러싸고, 보이지 않는 칼이나 송곳처럼 가슴을 쿡쿡 쑤신다. 그는 원래부터 말썽 피우기를 좋아했고 자극적인 것을 좋아했다. 크고 작은 싸움만 해도 횟수로 천 번은 넘는다. 예쁜 여자들을 농락한 것도 백 번이 넘는다. 몇만 위안을 도박으로 잃기도 했다. '흰 가루'도 해봤다…… 살인도 해봤다…… 지금은 이 모든 것이 하찮게 생각된다. 삶이 그에겐 먹다가 질린 음식처럼 무미건조하게 느껴진다. 강호의 끝없는 갈등과 싸움도 지겨워졌다. 그는 또한 영원하지도 않을 세상의 허위와 공허함에 싫증이 났다. 그러나 죽고 싶지도 않다. 또한 강호를 떠나 조용히 평범한 삶을 영위하기를 바라지도 않는다. 그래서 그의 개인적 삶, 사회적 활동은 '시간을 견디는' 일이 되어버렸다. 하 사장의 체면을 봐서 술자리에 참석한 일을 떠올렸다. 하 사장의 눈은 나 같은 놈은 결코 인정할 수 없다고 말하는 듯 증오로 이글거렸다. 그는 빈 캔을 티 테이블에 '탁' 내려놓고 아랫입술을 깨물며 중얼거렸다.

"누가 누구를 밟는지 보자."

바로 이때 멍나 양이 젖은 황금색 머리칼을 뒤로 넘기며 잠옷 차림으로 사뿐사뿐 다가와 "오빠, 누구랑 이야기하는 거야?"라며 키득거렸다. 황 사장은 멍나 양의 잠옷 가운 속으로 어른거리는 둥글고 흰 두 개의 젖가슴과 비단처럼 흰 허벅지를 힐끔 쳐다보고, 일어나 게으른 소처럼 욕실을 향해 터벅터벅 걸어갔다. 황 사장이 몸을 다 씻고 가운 차림으로 안방에 돌아왔을 때 멍나 양은 이미 침대 위에 누워 있었다.

황 사장이 침대 곁으로 다가오자 멍나 양은 "빨리 올라와!"라며 리모컨을 눌렀다.

황 사장이 녹색 담요를 들추고 들어가 눕자, TV 모니터에는 입을 벌리고 눈을 부릅뜬 건장한 흑인이 긴 갈색 머리에 쌍꺼풀이 진 푸른 눈의 백인 여성의 하체를 핥고 있는 적나라한 화면이 보였다.

곧이어 색정적인 장면에 자극을 받은 황 사장은 담요를 들추고 벌거벗은 멍나의 하체에 머리를 파묻었다. 역시 비디오를 보고 달아오른 듯, 여자는 흥분하여 몸을 꼬고 소리를 지르며 오두방정을 떨었고, 황 사장은 마치 미친 야수처럼 난폭하게 덤벼들다가 갑자기 외마디 소리와 함께 폭발해버렸다. 극도로 흥분해 소리 지르고 폭발하는 순간, 그는 멍나 양의 곧추선 산홋빛 붉은 젖꼭지를 꽉 깨물어 버렸다. 머리를 흔들고 혓바닥을 날름거리며 신음을 내던 멍나는 "아— 아야" 하는 단말마의 비명을 지르며 피가 솟는 새하얀 젖꼭지를 눌렀다.

"아야, 젖꼭지를 물어뜯었어! 이 늑대야?! 아이고 아파! 아이고 엄마!"

그녀는 펑펑 울었다. 황 사장은 입에서 피 묻은 젖꼭지를 혀로 내밀어 손바닥에 떨어뜨렸다.

"제기랄, 진짜네! 빨리 옷 입어! 병원 가자!"

그는 벌거벗은 채로 침대에서 뛰어내려, 상자 속에서 상처에 붙이는 약을 찾았다.

둘은 서둘러 차를 타고 병원에 도착했지만, 젖꼭지 접합 치료를 하기엔 이미 늦어버렸다. 멍나는 짝젖꼭지가 되었다.

다양한 방언들이 뒤섞인 에리옌의 몽골어

아리오나와 숨베르는 서로 손을 잡고 남부시장 서쪽의 좁은 골목을 걷는다. 아리오나는 숨베르에게 에리옌을 자세히 소개해주려고 아침을 먹자마자 서둘러 밖으로 나왔다. 에리옌을 알려면 가장 먼저 남부시장을 가봐야 한다는 것을 아리오나는 잘 알았다. 흰 청바지에 새빨간 민소매 재킷 차림의, 흰 목에는 반짝이는 금목걸이를 걸고 있는 아리오나의 부드러운 손을 잡고, 개가 오줌을 갈긴 듯 여기저기 얼룩이 진 좁은 골목길을 걸으며 숨베르는 생각한다. 아리오나의 오빠인 경찰관 고비라는 사람은, 언행에 실수라도 있으면 사정 안 봐주고 그 자리에서 질책하는, 가까이하기도 멀리하기도 어려운 불편한 사람이다. 반면에 동생 테니게르는 친절하고 정이 많지만, 좋은 집에 태어나, 좋은 것을 입고, 좋은 것을 먹으며, 마음껏 누리고 사는 부잣집 도련님 스타일이다. 아리오나는 그를 사랑스러운 눈빛으로 쳐다보며 장난스레 물었다.

"무슨 생각 해?? 에리옌에 온 거 후회하지?"

"후회를 왜 해?! 너랑 함께라면 언제건 어디서건 후회 안 해! 그저……"

"그저 뭐?!"

"그냥, 네 엄마가 날 안 좋아하는 것 같아서!"

"네 엄마? 그렇게 남처럼 말하지 마. 그냥 엄마라고 불러도 되잖아?! 엄마라고 부르면 엄마도 분명 좋아하실 거야. 우리 엄마는 기분 맞춰주는 사람한텐 화통하신 분이야!"

"내가 붙임성 없는 거 너도 알잖아."

"이씨, 그냥 엄마라고 부르면 되지 그런 핑계를 대? 집에 가면 엄마라고 불러! 알았어?! 나도 엄마를 설득해볼게."

"그래, 그래. 노력해볼게!"

"노력해볼게?! 이 나쁜 놈아!……"

이렇게 이야기를 나누는 사이 둘은 어느덧 남부시장 서문에 도착했다.

중국인인지 몽골인인지 생김새와 옷차림만으로도 구별되는 수많은 사람이 어지럽게 지나쳐 간다. 녹색 지붕을 인 채 남북으로 뻗은 높고 웅장한 흰 건물 가운데, 차 두 대가 지날 정도로 넓은 사각 통로는 그 많은 인파를 수용하는 데 어려움이 없어 보인다. 아리오나와 숨베르는 붙잡았던 손을 놓고 어깨를 나란히 붙인 채 인파 속에 섞였다.

에리엔 남부시장은 사면이 모두 건물들로 싸여 있고, 동서를 향해 여섯 줄로 뻗은 1,500미터 길이의 간이 지붕이 달린 시장이었다. 가운데 두 줄의 큰 천막 양쪽엔 상품이 가득 진열되어 있었다. 진열대 위엔 옷감과 의복, 신발을 비롯해 설탕과 담배, 안장과 깔개, 가방, 펜과 노트, 화장품, 마노로 만든 코담배병, 계산기, 손목시계 등 갖가지 상품이 놓여 있고, 주로 외몽골 손님들이 저장이나 지닝 출신 상인들과 "더 싸게…… 가장 싸게 얼마요?" 하며 흥정을 한다. 한 난만쯔*가 억지로 정직해

---

* 난만쯔南蠻子: 남쪽 오랑캐란 뜻으로, 몽골족들은 대개 남방의 한족들을 가리키는 말로 쓴다.

보이는 표정을 지으며 옷을 둘러보는 외몽골 여자에게 "너 이 옷 몇 개 사?"라고 어리숙한 몽골어로 묻자, 할흐 여자는 "하나 살 거요"라며 사려는 아동복을 이리저리 뒤집어보며 꼼꼼히 살핀다. "아, 하나 사? 앙 까까줘"라고 난만쯔는 팔지 않을 것처럼 옷을 잡아당겼고, 외몽골 여자는 노련한 장사꾼의 뻔한 상술에 말려들어 "10위안에 살게! 됐어?"라며 지갑에서 돈을 꺼낸다.

숨베르에겐 이 모든 풍경이 너무 신기해 보였다. 건장한 체격과 흑갈색 얼굴, 잘 어울리는 청바지에 면 재킷 등 튼튼한 재질의 옷을 입은 외몽골 남자들은 무척 친근한 인상이면서도, 다가가 이야기를 나누려 하면 거들떠보지도 않고 지나가 버리는 것이 숨베르에겐 내내 아쉬웠다. 색다른 옷차림과 참한 눈빛만으로도 알아볼 수 있는, 대체로 풍만한 편인 외몽골 여자들의 토올강*처럼 투명하고 초롱초롱한 검은 눈, 서사시에 나오는 아롤 고와처럼 하늘거리는 호리호리한 몸매, 세련되게 차려입은 자태를 보자 몽골 시인 다와후의 시구가 저절로 떠올랐다.

집 안에 배어든 빛살 같은
벽을 타고 스며든 햇살 같은
수줍음 많고 얌전하며
남다른 고운 자태가
얼핏 멀리서 보아도

---

* 토올강 ᠲᠤᠤᠯ ᠭᠣᠣᠯ: 몽골국의 수도 울란바타르를 지나가는 강 이름이다.

사내의 눈을 사로잡아
날아 다가가고픈 아름다운
둥글고 알록달록한 눈에
고향의 꽃을 닮아
아리땁게 태어난 처녀들
귀엽고 보들보들한 몸매는
스쳐 지나는 찰나에도
사내의 혼을 쏙 빼놓게 아름다운

아리오나가 옷에 마음이 팔린 동안, 숨베르는 조상이 같은 외몽골 사람들을 쳐다보며 기분 좋게 걸어간다. 할흐는 벅드한 올 아이막, 체체를렉만달 아이막, 한헨티올 아이막, 한타이시르올 아이막을 지칭했음을 숨베르는 잘 안다. 숨베르가 시장을 가로질러 동쪽으로 가고 있을 때, 얼굴이 검게 그을린 동부 출신의 몇몇 중개상 여인이 외몽골 사람들을 볼 때마다 "헤이, 친구. 팔러 온 물건 있어?"라고 끈질기게 묻는 게 보였다. 땅딸막하고 주근깨투성이인 한 중개상 여인은 손에 딱딱한 사각 종이를 들고서 외몽골 사람들에게 최대한 보여주려 한다. 그 딱딱한 종이엔 키릴어로 무언가 쓰여 있었다. 키릴문자를 배운 숨베르가 읽어보니 '사슴 서혜부, 녹각, 녹용, 여우 가죽……'이라고 쓰여 있다. 그 여자들을 보니 실소가 나오는 동시에 역겹다는 생각이 들었다.

둘이서 이것저것 눈요기하며 다닌 지 얼마 되지 않아 시장의 동쪽 끝에 도착했다. 시장 동쪽 끝에는 대부분 얼굴이 까맣게 그을린 남녀 환전상들이 끊임없이 밀려오는 외몽골 사람들에게 "달러 있어요?! 몽골 투그릭* 팔아요?"라고 주문을 외우듯 똑같은 말을 반복하고 다녔다.

이때 누군가 숨베르의 어깨를 치는 것 같았다. 누가 사람을 잘못 보고 어깨를 쳤나 하는 눈으로 돌아보자 탑처럼 우뚝한 키에, 가위로 자른 듯한 가는 눈, 진한 갈색 양복 차림의 어깨가 약간 구부정한 모습의 너무 낯익은 사람이 숨베르 앞에 서 있었다.

"어이, 토 교수 아냐!"

숨베르는 키가 훤칠한 그 사내의 손을 덥석 잡았다.

"우리 시인께서도 '바다'에 들어오셨나?! 에리옌에는 언제 왔어?"

상대방은 가는 눈이 실처럼 보일 정도로 활짝 웃으며 마주 잡은 손을 세차게 흔들었다.

'토 교수'는 별명이었다. 토 교수라 불리는 이 친구의 원래 이름은 토그치다. 숨베르와는 중학교 동창이다. 무슨 일에 대해서든 깊이 연구하고 논쟁하는 것을 좋아하는 놈이었기 때문에 친구들은 토 교수라는 별명을 붙여주었다! 숨베르와는 소머리에 달린 양쪽 뿔처럼 단짝 친구였다. 이렇게 수천수만의 인파가 북새통을 이루며 오가는 국경도시에서 뜻밖에 옛 친구를 만난 숨베르는 굉장히 반가운 표정으로 농담을 했다.

"엊저녁 기차로 왔어. 네가 오래전에 에리옌에 와서 돈을 긁어모으느라 정신이 없다는 말은 들었지만, 이렇게 만날 줄은

---

* 투그릭 ᠲᠥᠭᠥᠷᠢᠭ : 몽골국(외몽골)의 화폐 단위.

꿈에도 생각 못 했다!"

그의 말 한마디 한마디에 반가움이 듬뿍 묻어났다. 토 교수는 옆에서 미소 짓고 서 있는 암사슴처럼 예쁜 아가씨를 힐끗 쳐다본 후 숨베르에게 의미심장한 눈빛을 보냈고, 숨베르는 턱으로 아리오나를 가리키며 소개를 했다.

"이쪽은 여기 토박이고, 내 미래의 부인, 아리오나야."

토 교수는 아리오나와 어색하게 악수를 하고 숨베르에게 말했다.

"들꽃도 부끄러워할 만큼, 달도 울고 갈 만큼, 그렇게 예쁜 여자랑 결혼할 거라더니, 이 녀석이 정말 꿈을 이루었구나!"

토 교수는 농담조로 웃으며 말하고, 주머니에서 따칭산 담배를 꺼내 숨베르에게 권했다. 토 교수는 숨베르의 담배에 가스라이터로 불을 붙여준 후 자기 담배에도 불을 붙였다.

"가자, 동쪽에 있는 벅드항가이 식당에 가서 한잔하며 5년 동안 못 본 사이에 생각이 어떻게 변했는지, 그동안 무슨 일이 있었는지 이야기나 나누자! 옛 친구를 만나 추억을 이야기하고, 지금의 세상사를 논하는 것은 최고의 즐거움이지!"

그는 아리오나에게도 '동행해주시겠습니까?'라는 듯한 눈빛을 보냈다.

셋은 남부시장 동쪽에 위치한 벅드항가이 식당으로 들어가 원형 식탁에 찬드만* 모양으로 앉은 후, 토 교수가 음식 네 가

---

* 찬드만 ᠵᠢᠨᠳᠠᠮᠤᠨᠢ: 라마교 사원의 탑 끝에 있는 장식으로 세 개의 물방울이 삼각형 형태를 이루고 있으며 행운을 상징한다. 여기선 세 사람이 삼각형 모양으로 둘러앉은 모습을 표현했다.

지를 주문했다. 맥주와 음료도 시켰다. 식당에 다른 손님은 없었다. 점심시간 전이라 내부는 매우 한산했고, 분위기도 편안하고 깨끗했다.

숨베르와 토 교수의 이야기보따리가 풀리고, 숨베르가 어떻게 교직을 포기하고 여기에 왔는지에 대해, 토 교수가 페이티엔이라는 회사에서 통역으로 일할 때 회사 사장 두 명이 물건을 구입해준다는 명목으로 외몽골 동업자의 100만 위안을 들고 종적을 감춘 후 여태까지 마땅한 일 없이 지내는 것에 대해, 토 교수가 옛날부터 책벌레였고 지금도 돈을 버는 대로 책을 사 읽는 것에 대해, 아리오나의 부모님을 토 교수도 몇 번 본 적이 있지만 말을 걸어보진 않았다는 것에 대해, 에리엔에서 발생한 몇 번의 살인 사건에 대해, 할흐족들이 왜 내몽골 사람을 호짜보다 더 싫어하는지에 대해…… 자기 집에 있는 것처럼 큰 소리로 떠들다가 나중엔 에리엔의 몽골어에 대해 이야기하기 시작했다.

"에리엔은 온갖 말이 다 모여 있는 곳이야! 같은 몽골어지만 할흐족은 할흐 방언, 우리는 내몽골 방언을 쓰지. 내몽골 방언 중에서도 실링걸 방언은 할흐와 억양은 비슷해도 할흐 방언엔 러시아어가, 실링걸 방언엔 중국어가 많이 섞였다는 차이가 있어. 우리 동부 몽골족들에겐 독특한 억양이 있고 중국어도 꽤나 많이 써. 에리엔에 오래 산 동부 청년들은 외몽골 방언을 흉내 내며 거만을 떨기도 하지. 하지만 외몽골 방언을 제대로 쓰는 경우는 거의 없어. 에리엔의 호짜들도 몽골어를 꽤나 배워서 나무 부러지고 유리 깨지는 소리로 몽골어를 해. 너도

에리옌에 오래 살 테니 외몽골 사람들이 많이 쓰는 외래어쯤
은 알아야 할 거야. 아우토보스왁잘, 와곤왁잘은 각각 버스 터
미널, 기차역을 말해. 호짜는 한족을 가리키는 말인데, '화치아
오(화교)'라는 중국어에서 나왔대. 야볼락은 사과, 먄드락은 귤,
리르는 배, 카세트는 녹음테이프, 에스트론은 가라오케, 빌리아
르드는 쑤시기공,* 바아르BAR는 술 마시고 춤추는 곳, 아트만
은 두목…… 외몽골 사람들과 교류하다 보면 이런 말들을 많이
듣게 될 거야. 외몽골 사람들이 자주 쓰는 욕은 우리에 비하면
아직 적은 편인데, 제기랄, 멍청이, 오살할 놈 정도지. 그들이
늘 쓰는 특이한 몽골어로는 '다르다'를 '우슈우'라 하고, '빨리'
를 '걀스', '됐습니까'를 '자요'라 하고, 맥주는 '노란 막걸리', 부
자를 '보오자'라고 해. 망쳤다는 말을 '밥 됐어!'라 하고. '손해
를 보다'란 말을 '태운다'라 하고 큰 가방을 '돼지'라 해. 백화
점을 '큰 가게'라 부르고…… 이것들을 한 번에 외울 순 없으니
너무 걱정하진 마! 조금 있으면 저절로 알게 돼!"

숨베르는 이미 토 교수의 이야기에 푹 빠져 그의 입술에 시
선을 고정하고 있었다. 일부는 숨베르도 책과 잡지에서 보았거
나 아리오나에게 들어봤지만, 대부분은 처음으로 듣는 말이다.
토 교수는 숨베르, 아리오나와 잔을 부딪치며 "원샷"을 외쳤다.
숨베르는 절반만 마시고 "난 술이 약해"라며 남은 잔을 탁자에
살짝 내려놓고 물었다.

"네 말대로라면 에리옌의 몽골어란 게 여러 가지 발음이 뒤

---

* 당구.

76

죽박죽 섞인 잡종이란 거네? 이런 괴상한 몽골어를 쓰는 사람들이 몽골의 문화 발전에 이바지할 수 있을까?"

"무슨 소리! 퇴보나 안 시키면 감사할 일이지! 호짜들을 생각해봐. 걔들이 몽골 문화에 이바지하려고 몽골어를 배웠겠어? 돈 벌려고 배운 거지. 게다가 뻔한 몽골어 몇 마디를 배웠을 뿐, 문자를 배운 경우는 거의 없어. 내몽골 사람 일부는 유창한 중국어를 이용해 외몽골 사람들을 워낙 등쳐먹어서 이제 외몽골 사람들의 신뢰를 다 잃었지. 그렇지만 에리엔의 일부 몽골족이 모든 몽골족을 대표하는 건 아니야. 그들은 돈에 눈이 멀어 제 부모도 등쳐먹을 놈들이니까! 외몽골 사람들이 내몽골 사람들을 호짜보다 싫어하게 된 것은 똥 덩이 몇 개 때문에 솥 안의 국물에 냄새가 밴 거나 같은 거야. 그럼 외몽골 사람들은 다들 믿음직한 사람들일까?! 아냐. 나중에 무슨 물건을 가져다준다고 약속을 하고는 입을 싹 씻는 웃기는 족속들이야. 당연히 모든 외몽골 사람이 그렇진 않지. 어쨌든 특정 상황, 특수한 관계에서 몇 사람이 한 국가와 민족의 이미지를 대표하게 된다는 건 안타까운 현실이야. 에리엔에서 너나 나처럼 오래 살려는 사람은 천당과 지옥을 오가며 갈등할 수밖에 없지!"

아리오나는 토 교수의 말이 마음에 들지 않았지만 재밌다는 표정을 지어가며 말없이 듣고 있었는데, 지겨워서 하품이 나올 것만 같았다. 하지만 무례해 보일까 봐 꾹 참았다.

숨베르와 토 교수의 담소는 정오가 되어도 끝날 기미가 보이지 않았다. 아리오나는 할 수 없이 숨베르를 살짝 치며 "맥주

조금만 마셔, 백화점 구경 가기로 했잖아"라고 은근히 주의를
주었다.

잠시 후 숨베르는 토 교수가 세 들어 사는 집이 어딘지 물었
다. 언제 만나자는 약속은 하지 않았지만, 마음속에 깊이 담고
헤어졌다.

한 부모 두 형제

오늘 저녁 식탁엔 나산달라이의 가족이 빠짐없이 모였다. 온
돌 마루 가까이 놓인 쇠 다리가 달린 적갈색 원형 식탁에는 잘
게 썬 오리 구이와 녹색 해콩을 넣고 삶은 돼지 살코기, 그리
고 가게에서 사 온 채소 절임 두 접시 등이 풍성하게 차려져
있다. 각자의 앞에는 창포꽃 같은 노란 거품이 일어난 투명한
맥주가 유리잔에 가득 담겼다. 나산달라이와 어욘다리는 온돌
마루 위에 무릎을 붙인 채 책상다리로 앉고, 만라이와 철멍은
의자에 앉아 저마다 먹고 마시는 데 열중한다. 평소에 비하면
진수성찬이라 할 오늘의 만찬은 행운의 수호신이 나산달라이
가정에 은혜를 베풀었음을 매우 잘 보여준다.

오늘 만라이와 망나니 막사르는 외몽골 사람에게 120킬로그
램의 염소 털*을 킬로그램당 230위안에 샀다. 그리고 염소 털
에 무게를 늘리는 분말을 섞어 남방 출신의 상인에게 팔았는

---

* 몽골 특산품 중 하나인 캐시미어의 재료로 쓰인다.

데, 순이익이 자그마치 2,400위안이나 남았다. 제 부모도 몰라볼 정도로 기뻐하며 분배한 수익을 갖고 돌아오는 길에 만라이는 고기와 채소, 배와 과일 등을 사 왔다. 에리옌에 이렇게 악질적인 중개업자가 있으리라고는 꿈도 꾸지 못했던 상인이 염소 털을 가공하려는데, 염소 털은 손만 닿으면 서걱서걱 부서져 쓰레기가 되었다. 누군가 순진하게 당하고 나면 다른 상인들도 덩달아 신중해지는 법이다. 이 일이 있은 후 상인들은 약을 탔는지 더 자세하게 검사하기 시작했고, 약을 섞어 크게 한 건 해보려던 몇몇 중개업자가 하필 이들에게 걸려, '크게 기대한 산에 사냥감 없고, 쌍둥이를 기대한 염소에게 새끼 없다'는 말처럼 되어버렸다. 모두 최근 일이다. 좁은 머리통에 가르마를 타 빗질한 검은 머리, 초롱초롱한 가는 눈의 만라이는 무명지에 와치르 은반지*를 끼고, 뭔지 알아볼 수 없는 이상한 무늬로 가득한 짧은 면 옷 소매를 겨드랑이까지 걷어 올린 채 맥주잔을 들었다.

"아버지, 어머니, 한잔하세요."

"오냐, 오냐!"

나산달라이 부부도 잔을 들어 맥주를 마신다.

철명은 맥주에 손도 대지 않는다. 그는 쟁반의 오리고기를 젓가락으로 집어 자기 밥그릇에 올려놓고, 그것을 다시 맨손으로 잡아 뼈에 붙은 살점을 맛나게 뜯는다. 만라이는 동생과 함

---

* 금강저金剛杵. 범어 바즈라Vajra에서 유래한 말로 절구 모양으로 생겼으며 이 모양을 새겨 넣은 반지를 말한다.

께 마시려고 맥주잔을 들어 "철멍아, 건배하자"라고 말했다. 철멍은 구름을 밀치고 나온 햇살처럼 환한 표정을 지으며 건배를 하고 '벌컥벌컥' 마셨다. 만라이는 바닥에 널려 있는 맥주병 하나를 집어 이빨로 깐 후 아버지 잔에 가득 따랐다. 나산달라이는 할멈이 찔끔 입만 대고 맥주잔을 다시 내려놓는 것을 보고, 삭풍에도 끄떡 없을 돌조각 같은, 주름도 별로 없는 커다란 얼굴에 시원한 미소를 지으며 그녀를 나무랐다.

"들어와 들어와 하면 빠꼼이 쳐다만 보고, 마셔 마셔 하면 핥기만 한다더니…… 시원하게 마셔!"

나무라는 말투였지만, 사실은 오랜 세월을 동고동락하며 이심전심으로 살아온 반려자가 친밀감을 표현할 때 쓰는 말투였다.

부모님에게 만라이는 외몽골의 지인에게 산 염소 털을 팔아 1천 위안가량 벌었다고 말했을 뿐, '무게를 늘리는 약'을 타 큰돈을 벌었다는 세세한 이야기는 하지 않았다! 에리옌이라는 곳에선 운만 좋으면 중개업자들이 남을 등치지 않고도 몇천 위안을 버는 게 대단한 일이 아니었다. 그래서 나산달라이 부부도 자세히 묻지 않았다. 만라이가 1천 위안가량을 번 것도 물론 좋은 일이었지만, 그보다 더 반가운 일이 나산달라이 부부의 마음을 설레게 했던 것이다.

오늘 어욘다리는 아들들의 묵은 때가 낀 담요와, 침대보 등을 빨았다. 만라이의 침대보를 벗겼더니 봉투 없이 접힌 편지몇 장이 나타났다. 무슨 편지일까?! 우리 아들놈한테 뉘 집 큰아기가 편지라도 보낸 건가 하는 생각으로 읽어보니, 여자의 글씨체가 확실해 보이는 깨알 같은 글씨가 침침한 눈에도 불꽃처럼 환하게 드러났다. 아들의 연애편지를 엿보면 못쓰는데 하며 잠시 머뭇거리면서도, 스물여섯이나 된 아들놈한테 오래전부터 여자가 생기기만 바라고 또 닦달을 해왔던 어윤다리는 신대륙이라도 발견한 것처럼 흥분했다. 그녀는 방으로 달려가 잘 준비를 하던 영감에게 "여보! 이거! 우리 만라이한테 뉘 집 큰아기가 편지를 보냈소!"라고 아이처럼 호들갑을 떨었다. 영감과 할멈은 다투듯 편지를 읽었다. 노부부는 이 처녀 역시 나이만 지역 출신인 데다, 아버지는 작년에 전기 사고로 유명을 달리하셨고, 언니인 하르가나에게 의지하려 최근에 에리엔에 왔으며, 만라이를 처음 본 순간부터 사랑하게 되었는데, 만라이만 좋다면 함께 행복한 가정을 꾸려나가기로 결심했다는 등의 상황을 알고 무척 감격했다.

어윤다리는 의미심장한 눈빛으로 영감을 응시한 후 다시 만라이를 쳐다보며 물었다.

"너 그 처녀랑 연애하냐?! 안 하냐?"

만라이는 처음엔 눈을 휘둥그렇게 떴다가, 곧 초롱초롱한 눈을 깜박거리기 시작했다. 그리고 이어서 얼굴 가득 함박웃음을 띠며 속마음을 감추지 못하겠다는 표정을 지으면서도 한편으로는 화가 난 척 딴청을 부린다.

"어떤 처녀?! 어떻게 알았어요?"

"이놈아! 어떤 처녀야?! 너한테 편지 쓴 올라나라는 아가씨 말이야."

어윤다리가 짐짓 화난 표정으로 말하자, 만라이는 부모님을 약삭빠른 눈으로 번갈아 쳐다보았다.

"어, 남의 편지를 훔쳐봐도 돼요?"

그는 '죄'를 추궁했다.

"아니―, 혼인 얘기를 하면서 부모한테 숨기면 되겠냐?"

어욘다리가 조용히 꾸짖자 만라이는 미소를 지으며 계속 말을 돌렸다.

"될지 안 될지 모르는 일을 어떻게 말해요."

"괜찮은 처녀면 얼른 결혼해! 설 지나면 스물일곱이야, 스물일곱! 이놈아!"

엄마와 아들이 이렇게 티격태격하고 있을 때 창밖에서 부릉거리는 차 소리가 나고, '빵빵빵' 경적이 울렸다. 곧 대문이 열리고 '쿵쿵쿵' 발소리가 나면서 소 눈깔처럼 커다란 눈이 들어왔다. 무서울 정도로 커다란 이 눈은 망나니 막사르의 것이었다. 이어서 아리오나와 숨베르까지 들어오자, 나산달라이의 좁은 안방이 꽉 차버렸다. 만라이는 의자에서 벌떡 일어났다.

"이쪽으로, 이쪽으로! 다들 앉아서 맥주 좀 마셔."

그는 의자를 가지러 나가려 했다.

나산달라이 부부도 오래전부터 망나니 막사르를 잘 알고 있었다. 그는 최근 2년간 난만쯔와 동업으로 외몽골에서 담비 가죽을 팔았는데, 난만쯔가 남방에서 담비 가죽을 싼 값으로 사다 주면, 몽골어를 하는 막사르는 담비 가죽을 울란바타르로 가져가 비싸게 팔아서 그 이득을 똑같이 나누었다. 친형제처럼 서로를 믿고 일했던 두 사람이 한번은 담비 가죽 300장을 들여와 외몽골에서 팔게 되었다. 그 난만쯔는 담비 가죽 하나에

2위안씩 더해 원가라고 속이고 막사르보다 더 많은 돈을 챙겨 왔기 때문에 이번에도 600위안을 더 가질 거라고 내심 좋아했는데, 갑자기 막사르가 우거지상을 하고 와 담비 가죽 300개의 몽골 세관 통과 서류를 난만쯔에게 집어 던졌다. 난만쯔는 믿기지 않아 몽골문자를 읽을 줄 아는 사람 두셋에게 보여주었고, 그들은 "증명 서류 맞아"라고 확인해주었다. 형제처럼 사이좋았던 두 사람은 이렇게 얼굴을 붉히며 갈라섰다. 사실 막사르가 가져온 그 증명 서류는 뒷돈을 주고 받아 온 가짜였다. 막사르는 이번엔 울란바타르로 가서 툭스바타르라는 외몽골 친구와 동업으로 염소 털 두 컨테이너를 수입하기로 했다. 막사르는 꾀를 짜내, 세금을 줄이자는 명목으로 염소 털 컨테이너 두 개를 하나로 적어달라고 했다. 뒷돈을 찔러주자 외몽골 세관원도 순순히 응해주었다. 계획대로 세금을 적게 냈고, 물건을 팔아 돈을 나눌 때가 되자 막사르가 돌연 태도를 바꾸었다. 소송이 벌어졌지만 통관 서류의 기록을 근거로 툭스바타르는 염소 털 한 컨테이너분의 몫만을 받았다…… 이렇게 피 한 방울 흘리지 않고 사람을 잡았다고 해서 막사르는 '망나니'라는 별명을 얻고, 한때 상당히 이름을 날렸다. 오늘 염소 털에 '무게를 늘리는 약'을 섞어 판 것도 만라이가 아닌 막사르의 아이디어였다. 막사르는 돈을 크게 벌 줄은 알았지만 모을 줄은 모르는 실속 없는 놈이었다……

어욘다리는 아리오나를 보자 엉거주춤 일어났다.

"오, 우리 이쁜이 왔냐?! 이리 와, 큰엄마랑 입 맞춰야지."

아리오나는 생글거리며 안부를 묻고, 어욘다리에게 다가가 입을 맞출 수 있도록 바린석*처럼 시원한 이마를 다소곳이 내밀었다.

망나니 막사르가 담배를 돌리며 소리쳤다.

"만라이, 의자 가져올 필요 없어! 오늘 밤 내가 친구들을 클럽으로 초대할 거야. 그래서 널 부르러 오던 길에 아리오나 커플을 만난 거야! 만나자고 해도 못 만날 귀인을 운 좋게 길에서 만났지 뭐야."

그의 목소리는 찢어진 북처럼 탁탁거렸다. 클럽에 초대한다는 말을 듣자, 의자를 옮기던 만라이 눈앞에는 화려한 조명이 어른거리는 것 같고, 귀에는 최신 유행가가 쿵쿵거리는 것 같아 벌써부터 마음이 두근거리기 시작했다. 그는 올라나를 부르러 당장 뛰어나가고 싶었다.

어욘다리는 맨 뒤에서 미소를 짓고 서 있는 조용한 청년을 '어쩌면 저리도 비범할까?' 하는 자상한 눈빛으로 바라보았다.

"아이고, 우리 아리오나가 사윗감을 데려왔댔지! 이 젊은이 맞지?! 오늘 보러 갈까 했는데 시간이 안 났다. 시간이 영 안 났어."

아리오나가 대꾸했다.

"백부님, 백모님 뵈러 저희가 와야지요."

숨베르는 나산달라이 부부가 꼭 자기 부모님처럼 친근하게 생각되어 "큰아버지, 큰어머니, 옥체 건강하시죠?"라고 인사를

---

* 바린석巴林石: 내몽골자치구 츠펑시赤峰市의 바린巴林 지역에서 나는 돌로 색깔이나 석질이 좋아서 도장이나 생활용품, 공예품 등의 재료로 매우 유명하다.

하며 담배를 권했다. 수인사를 나눌 때 담배를 권하면 꼭 받는 고향 풍습 때문에, 비흡연자인 나산달라이도 담배를 받아 불을 붙이고 연기를 뿜는 시늉을 했다. 어믄다리도 반가운 마음에 막사르가 권한 담배를 식탁에 비벼 끄고, 숨베르가 권한 담배를 떨리는 손으로 받았다.

"건강하지! 암, 건강하고말고! 아프지만 않으면 행복이라 여기고 산단다. 이리 와, 의자에 앉아서 한잔 마셔."

그녀는 이어서 조용히 철멍을 타일렀다.

"이런, 이런! 철멍아, 우리 아들은 손님이 왔는데 혼자서 꿍하니 먹고만 있냐?! 그릇이랑 젓가락, 술잔 좀 가져와라."

말은 그렇게 해놓고, 그녀는 몸소 온돌에서 내려와 슬리퍼를 신고 식기를 가지러 가려 했다. 아리오나가 말렸다.

"큰엄마, 그냥 앉아서 드세요! 저희는 먹고 왔어요."

철멍은 이 인간들이 뭘 어쩌든 자기와는 무관하다는 표정으로 빈 그릇을 밀치고 말없이 일어나 나가버렸다. 그는 옆방으로 가서 벌렁 드러누운 채 아이들이 갖고 노는 작고 빨간 전자오락기로 '띠링띠링' 게임을 시작했다. 그런 철멍에게 신경 쓰는 사람은 아무도 없었다.

잠시 후 막사르, 만라이, 숨베르, 아리오나 네 사람은 택시를 타고 떠났다.

사랑의 장애물

광따 호텔 내 나이트클럽은 오늘 밤 손님으로 가득했다. 예 쁘고 화려한 인테리어, 넓고 편안한 스테이지, 별실, 쾌적한 서 비스 등으로 에리엔에서 이름난 이 고급 클럽에 어지간한 사 람은 가격이 비싸 들어올 엄두도 못 낸다. 스테이지엔 빨강, 녹 색, 노랑, 파랑…… 형형색색의 조명등이 눈을 현란하게 한다. 여자들 몸에 뿌린 프랑스산 향수 냄새는 폐 속까지 찌르고, 귀 에 익은 유행가들은 가슴을 두근거리게 한다. 여기는 정말 별 천지 같다.

망나니 막사르는 계산대에서 병맥주와 캔 음료를 한 아름 들 고 와, 스테이지의 오른쪽 벽에 붙여놓은 긴 의자에 들쑥날쑥 앉아 있던 친구들에게 나눠주며, 예의 그 찢어진 북 같은 목소 리로 말한다.

"이제부터 다들 춤추고, 출출하면 뒤쪽 식당에 들어가 실컷 먹자! 오늘 밤은 맘대로 놀아! 황제처럼 마음대로!"

그의 목소리는 귀에 거슬렸지만, 그가 한 말은 모두의 마음 에 매우 흡족하게 생각되었다.

오늘 밤 초대되어 온 사람들 중 만라이와 올라나, 고비와 오 르나, 아리오나와 숨베르, 그리고 식은 올리지 않았지만 동거 중인 올라나의 언니 하르가나와 말썽꾸러기 오치랄트 등이 커 플이었다. 망나니 막사르와 테니게르, 계약 오치랄트만 짝이 없었다. 오는 길에 이미 망나니 막사르는 새 친구들을 서로 소 개했다! 그가 계약 오치랄트에게 맥주 한 병을 내밀며 장난을

86

쳤다.

"어이, 이 친구 그 외몽골 아가씨랑 장기 '계약'을 해야지?! 그렇게 금방 놓쳐버리냐! 오늘 밤 호짜 아가씨 하나 구해 밤새 춤추기로 '계약'을 해야겠어."

이 말에 다들 웃음을 참지 못하고 깔깔거렸다. 쉼 없이 돌아가는 둥근 등의 흐린 불빛에 계약 오치랄트의 네모진 흰 얼굴, 환자처럼 깜박이며 푸르스름하게 튀어나온 눈, 뒤로 빗은 짧고 검은 머리, 그리고 몽골 씨름꾼 호르가처럼 크고 단단한 허우대가 선명히 보이지는 않았지만 "자네가 기꺼이 돈만 지불하면 매일 밤 춤추기로 '계약'해도 좋지"라는 대답은 모두의 귀에 선명하게 들렸다.

계약 오치랄트 역시 동부 출신 젊은이다. 몇 년 전 빈손으로 에리옌에 와서 중개업을 시작했다. 오치랄트는 시장에서 아는 사람을 만날 때마다 뜬금없이 "오늘 외몽골의 후흐항가이란 회사와 수은을 수입하기로 계약했어"라거나 "방금 외몽골 동업자와 폐기된 기차를 수입하기로 했어"라고 뻥을 치곤 했다. 늘 '계약'을 했다고 큰소리치고 다니기 때문에 아는 사람들은 '계약 오치랄트'라는 별명을 붙여주었다. 계약 오치랄트는 어느 날 남부시장을 걷다가 호짜 상인이 어깨에 걸치고 가던 양복 주머니에서 흘린 700달러를 주웠는데 그 돈을 주인에게 돌려주지 않고 품에 넣은 채 인파 속으로 사라졌다. 이 돈으로 초대장과 여권, 비자 등을 준비해 울란바타르로 가서는, 수정 같은 눈망울에 자작나무처럼 키 크고 날씬한 무희 아가씨를 꼬드겨 국내로 데리고 왔다. 계약 오치랄트는 그 울란바타르 여자와 시장을 돌며 지인들에게, "나랑 결혼할 여자야! 이름이 나나야"라고 무척 뽐내고 다녔다. 그러나 3일이 되지 않아 나나는 오치랄트의 주머니 속에 있던 얼마 안 되는 돈을 다 바닥내놓고, 아는 남자와 함께 자기 나라로 달아나버렸다. 이 일화는 3천 리나 떨어진 고향에 전해지며 팔다리 꼬리까지 더해져 "오치랄트가 선녀처럼 예쁜 외몽골 여자랑 결혼해서 울란바타르에 집을 사서 살고 있대"라고 '새 신화'가 되어 퍼졌다. 방금 망나니 막사르의 말은 계약 오치랄트를 조롱하려는 게 아니라 허물없이 지내는 친구 사이의 가벼운 장난이었다.

계약 오치랄트와 '아민데'인 말썽꾸러기 오치랄트는 하루 종일 말썽을 피우고 다녀서 그런 별명을 얻었다. '아민데'란 이름이 같은 사람을 뜻하는 말로 동부 출신들이 많이 쓰는 말이다.

아리오나의 오빠인 경찰관 고비, 고비의 애인인 간호사 처녀 오르나, 그리고 아리오나의 동생 테니게르 등은 사촌 형 만라이를 통해 전혀 다른 계층에 속한 막사르, 계약 오치랄트, 말썽꾸러기 오치랄트, 하르가나, 올라나 등과도 알게 되었다. 적어도 에리엔에서 고비는 여기 모인 어느 누구보다도 각계각층에 많은 인맥을 가진 사람에 속한다. 그는 사회의 상류층인 일부 정부 관료나 갑부들의 형제 또는 자녀와 동창이거나 이런저런 관계를 맺고 있다. 또한 에리엔에서 소문난 갑부인 하일라스 씨도 고비, 테니게르, 아리오나의 외삼촌이다. 부모의 명성과 지위는 고비에게 많은 사람과 교류할 수 있는 다리가 되었다. 이렇게 다양한 사회관계망 속에 놓여 있는 고비는 어떤 사람과 어떻게 교제할지에 대한 방법을 일찍부터 깨친 청년이었다. 그가 막사르의 초대를 사양하지 않고 여자 친구와 함께 참석한 것은 이 그룹의 청년들이 같은 고향, 같은 언어, 같은 생각을 가졌고 말썽에 휘말리게 하지 않고, 자신을 형제처럼 여겨 진심으로 친하게 대한다고 생각했기 때문이다. 파티에 오면서 당연히 경찰 제복은 입지 않았다……

첫 곡이 절반 정도 흘렀어도 춤추는 사람이 없자 망나니 막사르는 커플들 앞으로 가서 장난을 친다.

"빨리들 춤 안 춰?! 안 출 거면 파트너를 바꾸거나 빌려주거나 해야지. 테니게르와 나 같은 싱글도 춤 좀 추자?!"

"너흰 남자끼리 춰! 요샌 동성연애가 유행이잖아."

말썽꾸러기 오치랄트가 "흐흐흐" 웃으며 너스레를 떨었다. 망나니 막사르는 맞받아쳤다.

"그럼 하르가나를 나한테 맡기고 네가 테니게르랑 동성연애를 솔선수범해봐."

하르가나가 일어나 말썽꾸러기 오치랄트의 손을 잡아 일으켰다.

"뭔 소리야?! 남들이 들어."

그녀는 한 손을 말썽꾸러기 오치랄트의 어깨에 올리고 빙빙 돌며 스테이지 중앙으로 나갔다. 이어서 고비, 만라이 등도 파트너를 빼앗기지 않으려는 듯 경쟁적으로 일어나 껴안고 춤추기 시작했다. 아리오나와 일상적인 대화를 나누고 있던 숨베르는 아리오나를 슬쩍 밀며, "막사르 형하고 한 곡 춰"라고 넌지시 말했다. 아리오나는 막사르를 형편없고 저속한 인간이라고 생각했기 때문에 같이 춤추고 싶은 생각이 추호도 없었다. 정말 다른 곳에서 마주쳤으면 거들떠보지도 않고 지나쳤을 것이다. 그러나 숨베르의 말을 막사르도 들었기 때문에 마지못해 일어나 춤을 청했다.

숨베르와 테니게르만 남았다. 숨베르가 물었다.

"광따 호텔 사장은 어디 사람이야?"

"저장 사람이래. 이름은 주리광. 주 사장이 홍콩 사람과 합작으로 운영한다고 들었어!"

"돈이 엄청 많겠다!"

"주식으로 백만장자가 됐대. 하지만 이렇게 큰 호텔 사장이면 뭐 해, 신문이나 겨우 읽을 정도로 무식한데! 요샌 초등학교 졸업하면 사장이 되고, 중·고등학교 졸업하면 육체노동 하고, 대학 졸업하면 '입사 지원서'나 쓰고, 외국 유학하고 오면 서빙을 하거나 그릇 닦는 일을 하는 '거꾸로' 된 시대니, 주 사장이 잘나가는 것도 이상할 건 없지만."

"넌 왜 공부하다 말았어?! 말하는 걸 보니, 나중에 박사 되는 것도 어렵지 않겠는걸!"

"비행기 태우지 마! 서로 추켜세우는 인간들은 권력 가진 놈들이고, 서로 잡아먹지 못해 안달인 인간들은 예술가들이고, 서로 거짓말하는 인간들은 장사꾼이래! 사실 이런 것들도 교과서에서 배운 게 아니라 사회에 나와서 알게 된 거지만 말이야!"

"일자리는 안 구해?!"

"아버지가 몇 번 괜찮은 기관에 일을 구해줬어. 하지만 정부기관의 일이란 게 대개는 사무실에 앉아 트림 나오도록 차나 마셔대고, 음담패설이나 하고, 기분 내키면 신문이나 훑어보고, 졸리면 카드 치고, 대가리가 간질거리면 머리나 감고, 그래도 안 되면 조퇴나 하는 일이더라고! 적응이 안 돼서 좋은 기회를 다 차버렸어. 나는 스스로 무언가를 이루고 싶어! 하지만 엄마 아빠는 미국 부모들처럼 자식들이 스스로 커나가도록 가르치질 않았어. 해놓은 밥 먹으라 하고 죽은 낙타나 돌보라고 했지!"

"앞으로 어떻게 살 건데?!"

"내 힘으로 천만장자가 돼서 별장과 잘 달리는 아우디 하나는 가져야지! 맞다! 아버지가 택시도 사주셔서 한 철 몰아봤는데 남는 게 없어서 못 하겠더라. 나중에는 아버지가 팔아버렸어!"

"원하는 걸 다 얻으면 그다음엔 뭘 할 거야?!"

"그 뒷일을 누가 알아?"

이 말을 듣고 숨베르는 얼음을 삼킨 기분이었다. 우리들 중에 이렇게 나무랄 데 없이 총명하면서도, 자기 민족을 위해서는 조금의 보탬이라도 되겠다는 의지가 없는 청년이 얼마나 많을까 생각하니 마음이 천근만근 무거워졌다. 현재 살아가는 사회를 냉소적으로 보고 모든 사회활동과 거리를 두려고만 할 뿐, 참여하고 변화시키려고는 하지 않는 테니게르와 같은 수많은 청년의 미래는 도대체 어떤 모습일까?!…… 숨베르가 이런 생각을 하는 동안 춤곡이 끝났다.

이어서 왈츠가 시작되었다. 망나니 막사르와 테니게르는 맥주를 마시며 남들이 춤추는 걸 구경했다. 아리오나는 숨베르를 껴안고 춤을 추며 애교 섞인 말투로 투정을 부렸다.

"잘났어, 정말! 아무하고나 춤추라고 나를 떠밀어?"

"막사르 형은 좋은 생각으로 우리를 초대했잖아! 존중의 의미로 한 곡 추면 어때서 그래?"

"같이 춤추고 싶으면 다음부턴 네가 춰. 난 싫어!"

"부잣집 따님 티 좀 내지 마!"

"뭐? 넌 내가 딴 남자랑 춤추는 게 좋아?! 아예 줘버리지 그래?!"

"그래, 그래. 다 내 잘못이야. 나도 네가 남이랑 춤추는 거 싫어. 남한테는 단 1초도 보여주기 싫어!"

"뺑 치고 있네!"

말을 끝내고 아리오나는 숨베르의 가슴에 찰싹 달라붙어 춤을 춘다.

숨베르도 가까운 데 다른 사람이 없는 것을 확인하고, 아리오나의 향기 나는 볼에 살짝 입을 맞추었다.

잠시 시간이 흐른 후 아리오나는 숨베르의 귀에 조용히 속삭였다.

"할 말이 있는데 화내지 마."

"화 안 내! 뭐야?!"

"엄마가 한 말……"

"응, 네 엄마가 뭐랬어?!"

"또 네 엄마야? 그냥 엄마라고 부르면 입에서 금이라도 빠져나가니?! 엄마는 이런 일에 나보다 예민해서 호칭 갖고도 한 소리 하셨어!"

"정말?! 그럼 내일부터 제대로 할게. 네 엄마가 또 뭐랬어?"

"또 네 엄마야?! 엄마는 네가 집에서 최소 3만 위안 정도의 밑천을 가져와 나랑 같이 옷 장사를 해도 괜찮겠다고 하셨어. 그렇게 하지 않으면 에리옌에서 정착하기 어렵다고 말이야!"

"3만 위안?! 우리 집 솥 팔고 밥그릇, 숟가락 다 팔아도 3만 위안이 안 되는 거 잘 알잖아……"

"알긴 알지만! 하지만 네 친척들이 농사도 많이 짓고 가축도 많다고 거짓말을 했단 말이야! 사실대로 말했으면 엄마가 우리 결혼을 허락 안 했을 거야."

"네 엄마?!…… 아니야, 그래서 내가 어디서 3만 위안을 구해 와?! 은행을 털까?!"

"부모님께 편지해서 임시로 몇만 위안만 융통해달라고 해봐!"

"부모님 충분히 고생시켰어! 또 손 벌릴 거면 내가 살아서 뭐 하겠냐!"

"그러면…… 그러면 아버지를 기다려보자! 울란바타르에서 곧 오실 거야! 아버지는 나를 두 아들보다 더 아끼시니까! 아버지께 사실대로 말하고 대답을 들어보자!"

"네 아버지가 정말 우리를 사랑하셔서 살아갈 길을 열어주신다면 나도 반드시 백배로 보은할게. 물론 네 아버지만 쳐다보겠다는 건 아냐. 나도 남자로 태어난 이상, 내 여자는 확실히 먹여 살릴 수 있어!"

"자기 여자라네! 뻔뻔하긴! 결혼도 안 했는데……"

몇 곡 춤을 춘 후 막사르의 제안으로 가라오케로 이동해, 노래 한 곡씩을 부르며 분위기가 고조되었다. 만라이와 올라나는 언제 사라졌는지 보이지 않았다. 만라이가 올라나와 함께 몰래 자리를 떠, 말썽꾸러기 오치랄트와 하르가나의 셋방에 들어가 '금단의 열매'를 훔쳐 먹은 것을, 클럽에 남은 사람들은 꿈에도 생각지 못했다.

생각지 못한 행운

일찍 일어나야 한다고 보이지 않는 곳에서 누가 명령이라도 한 것처럼, 철멍은 오늘 여느 날보다 일찍 일어났다. 어머니는 그보다 먼저 일어나 재와 쓰레기를 버리셨다. 그러나 어젯밤 늦게 들어온 형 만라이는 꿀잠에 빠져 '쿨쿨' 코를 골며 잔다.

철멍은 소변을 누고 들어오자마자 찬물로 대충 씻은 후 삼륜 거 열쇠를 들고 밖으로 달려 나갔다. 어욘다리는 막내아들 등 에 대고 "라면이라도 먹고 가, 우리 아들"이라고 소리쳤지만 철멍은 대꾸도 없이 나가버렸다.

철멍은 삼륜거 페달을 밟으며 자갈투성이 좁은 길을 덜컹거 리며 달린다. 어느 기관이나 회사 부지쯤 되어 보이는 넓은 공 터가 눕혀놓은 말안장처럼 남쪽으로 오목하게 펼쳐지다가, 끝 없이 펼쳐진 망망한 들판으로 이어지며 여름의 푸르름을 내뿜 는다. 여기저기 삐죽이 보이는 작고 검은 골담초엔 셀 수 없이 많은 비닐봉지, 화장지 등이 걸려 있는데 마치 실성한 여인의 머리카락에 달라붙은 지저분한 실오라기처럼 꼴사납게 보인다. 전에는 이런 흉한 것들이 없었지 생각하니, 철멍에게 인간이란 족속은 정말로 역겹게 느껴진다. 자신의 얼굴과 몸뚱이는 그렇게 사랑하면서 자연은 보살피지 않는 모습이란 참으로 역겨운 것이다. 그 외에도 인간의 역겨운 점은 수없이 많다. 그러나 철멍은 그 많은 것을 일일이 생각하고 싶지 않다. 내가 에리엔의 시장도 아니고, 신도 아니고, 이따위 것들을 생각한다고 무슨 소용이 있겠는가?! 삼륜거에서 하루라도 빨리 벗어나려면, 삼륜거를 붙잡고 하루 종일 죽어라 달리는 것이 가장 좋은 방법이라고 철멍은 생각한다.

철멍은 포장도로로 들어와 삼륜거의 속도를 줄였다. 이렇게 천천히 가다 보면, 어디서 누구라도 나타나 삼륜거에 탈지 모른다.

에리엔은 여름에도 바람 부는 날이 많다. 오늘은 하늘이 보살폈는지 바람 없이 화창하다. 하늘 동쪽 끝에서 솟아오른 둥글고 새빨간 태양이 건물들 사이로 서서히 떠오르며 햇살도 점점 강해진다. 아침 공기가 아직은 싸늘하다. 포장도로엔 산더미 같은 짐을 실은 삼륜거들이 남부시장을 향해 달리는 모습이 눈에 띈다. 그들은 남부시장에서 물건을 파는 장사꾼들이다.

이따금씩 철멍보다 일찍 나온 삼륜거꾼들의 모습도 여기저기서 눈에 띈다. 일부는 할흐족 몇 명을 태웠는데, 젖 먹던 힘을 짜내며 페달을 밟는다. 철멍에게 이런 모습은 전혀 새로운 풍경이 아니다. 사는 데 익숙해지면 아무리 아름다운 풍경도 눈에 들어오지 않는다는 말이 있다.

철멍은 훌룬로를 타고 전진로에 이를 때까지 손님을 태우지 못했다. 이른 아침부터 밤늦게까지 손님을 하나라도 더 태우고 더 많은 돈을 벌어, 이 고달픈 삼륜거를 때려치우고 아무 장사라도 했으면 좋겠다고 이를 악물고 일했지만, 운명은 그의 뜻대로 따라와 주지 않으니 어찌해야 할까! 철명의 주린 배가 '꼬르륵꼬르륵' 소리를 내기 시작했다. 다리는 마비된 것 같았고, 한도 끝도 없는 사막에서 길을 잃고 어디로 가야 인가가 있는지 알지 못하는 여행자처럼 마음은 불안해지고 초조해졌다.

바로 이때, 쓰러질 듯 짐을 잔뜩 실은 푸른색 트레일러가 남쪽에서 북쪽으로 달려오고 있었다. 교차로에 가까워지던 철명이 브레이크를 밟으며 속도를 줄이자 트레일러가 그의 앞으로 날 듯이 달려갔다. 그 순간 뒤쪽 짐칸에서 긴 타원형으로 포장된 물건이 다섯 걸음쯤 앞에 '툭' 소리를 내며 떨어졌다. 무거운 물건 같았다! 철명은 제 눈이 믿기지 않았다! 뭐라도 좀 먹어볼까 했더니 공교롭게도 먹을 게 떨어진다더니, 바로 이걸 두고 하는 말인가?! 그렇지만 이건 남이 떨어뜨린 물건이다.

트레일러는 짐이 떨어진 줄도 모르고 날 듯이 달리더니 순식간에 사라졌다. 저쪽에서 삼륜거꾼 하나가 방금 떨어진 물건을 보고 전속력으로 달려온다. 빨리 이 물건을 차지하지 않으면, 정말 '닭 쫓던 개 지붕 쳐다보는 격'이 될 것 같았다! 철명은 잽싸게 삼륜거에서 뛰어내려 앞으로 달려갔다. 그가 허리를 숙여 물건을 들어보니 황소나 바윗덩어리처럼 무거웠다. 허약한 사람 두셋이 들어도 꿈쩍 안 할 물건을 철명은 혼자서 들어올려 삼륜거에 실었다.

얼굴이 검게 그을린 삼륜거꾼이 철명에게 다가와 자기가 벌어야 할 돈을 빼앗긴 장사꾼처럼 얼굴을 찌푸리고 "뭐유?"라고 물으며 타원형의 물건을 만지작거린다. 철멍은 혹짜 삼륜거꾼이 욕심을 내고 물건을 나누자고 할까 봐 퉁명스럽게 쏘아붙였다.

"알 거 없수! 차 번호 외웠으니까 주인 돌려줄 거요!"

그는 삼륜거를 180도로 돌린 후 급하게 페달을 밟으며 도망치듯 달렸다.

사실 그는 차 번호를 외우긴커녕 본 적도 없었다. 이건 대체 무슨 물건일까?! 잃어버린 걸 알고 주인은 얼마나 놀랄까?! 이 물건을 정말 주인에게 돌려줄까?! 아니면…… 철멍은 삼륜거를 타고 별의별 생각을 하며 부랴부랴 달리는데……, 집에 도착할 때까지도 시원한 결론을 내지 못했다.

어욘다리는 포장된 타원형의 물건을 보자마자 철멍보다도 놀라서 어찌할 바를 몰랐다. 그녀는 물건을 껴안고 집으로 들어가는 철멍의 뒤를 허둥지둥 쫓아가며 부산을 떨었다.

"맙소사! 이게 뭐야?! 주운 거라고?! 그럼 주인 찾아 돌려줘야지, 왜 집으로 가져와?"

얼굴을 씻고 난 대얏물로 양치질을 하던 만라이는 동생이 물건을 주워 왔다는 말을 듣더니, 양치질을 대충 끝내고 동생을 도와 물건을 침대 위에 올렸다. 그리고 칼과 가위를 가져와 포장을 뜯으려 했다. 옆에 있던 어욘다리가 제지했다.

"잠깐! 남의 물건이니 뜯지 마라. 위에 이름과 주소가 적혀 있잖아."

철멍이 자세히 들여다보니 한쪽 귀퉁이에 붙여놓은 흰 천에 정말로 '왕리화. 에리엔 역……'이라고 써놓은 글씨가 보인다. 이 지역 상인이 외지에서 들여온 물건이 확실했다. 이때 만라이가 벌써 포장의 한쪽 끝을 뜯더니, "와, 비단이다!"라고 소리쳤다. 만라이는 철멍에게 확인하듯 묻는다.

"트럭에서 떨어진 걸 주웠댔지?"

재밌는 영화를 본 후 못 본 친구에게 우쭐거리며 이야기해주듯, 철멍은 비단을 주운 일을 처음부터 자세히 설명해주었다. 만라이는 다 듣고 흥분한 표정으로 말한다.

"이 정도 비단을 외몽골 사람들에게 팔면, 못 받아도 3천 위안은 넘을 거다! 네가 반년 동안 삼륜거 안 타도 되는 돈이야."

어욘다리는 기겁을 했다.

"큰일 날 소리! 남의 물건을 가로채면 되겠냐?"

그녀는 살생하는 현장을 본 라마승처럼 눈 둘 곳을 못 찾는다.

"안 되긴 뭐가 안 돼요?! 요즘 세상에도 엄마는 부처님 같은 소리만 하셔. 작년 겨울에 엄마가 술 취한 놈 주머니에서 떨어진 2천 위안 주워 돌려줬잖아요? 그때 '도둑 할망구'로 몰린 거 잊었어요?! 우리가 훔쳤어요? 사기를 쳤어요? 주운 것을 갖겠다는데 누가 뭐라고 해요? 내가 비단 팔아줄게."

만라이는 어머니와 동생에게 '에리엔식 인간성'에 대해 설파했다……

철멍은 이날 삼륜거 일을 나가지 않았다. 8시경에 나산달라이가 경비 일을 끝내고 돌아왔는데, 처진 귀에 마맛자국이 있는 검은 얼굴의, 어느 회사 사장님처럼 말끔한 양복 차림을 한 남자와 함께였다. 이 사람이 누군지 나산달라이 가족은 모두 알고 있었다.

마음에 그늘이 드리우는 시절

　나산달라이가 집에 데리고 온 사람은 하보라였다. 어욘다리의 큰언니 차간다리의 아들이다. 어욘다리가 알기로는 열몇 살짜리 딸을 둔 이 조카는 나이만 허쇼의 '고비왕'이라는 주류 회사에서 영업 사원으로 일했다. 재작년 가을 에리옌에 와서 며칠 묵고 갔다는 소식을 듣기도 했는데, 회사 술을 외몽골 쪽에 팔아볼 생각으로 조사차 온 것이었다. 외몽골 사람들은 중국 술이 아무리 싸도 마시지 않고, 어디를 가든 입에 밴 38도짜리 외몽골 술을 몇 배나 비싸게 사서 마시는 사람들이다! 세계적이긴커녕 자치구에서도 인지도가 별로인 나이만의 술을 그들은 거들떠보지도 않을 게 뻔하다! 맥반석으로 담았건, 부처님의 감로수로 증류를 했건, 그들은 사지 않는다! 이 뻔한 사실을 확인하기 위해 하보라는 1천 위안 넘는 회삿돈을 낭비했다. 가난하고 낙후한 지역에선 뭘 하든 남보다 더 많은 인력과 자금을 쓰고도 허탕만 치는 경우가 빈번하다!…… 어쨌든 하보라가 재작년 가을에 에리옌에 와서 공금으로 먹고 마시고, 질펀하게 놀다 간 것은 사실이었다. 어욘다리는 하보라가 에리옌에 들렀다는 소식을 지인들에게 듣고, '이 녀석이 에리옌까지 와서 이모 얼굴도 안 보고 가다니 웬일이지?! 그렇게 바빴나?!'라고 서운해했지만, 오늘 불시에 찾아오자 서운해하던 것도 잊고 진심으로 반가워했다. 반가운 까마귀가 깍깍거리듯 그녀는 쉴 새 없이 물었다.

"아이고, 우리 하보라 왔어!! 무슨 차로 왔어? 어머니는 건강하시지? 처랑 딸내미도 잘 있지?"

하보라는 자신의 곤란한 처지를 최대한 감추려는 듯 억지로 웃었다.

"오늘 아침 쾌속 열차로 왔어요! 삼륜거를 타고 델히 호텔에 가서 어렵지 않게 이모부를 만났고요. 어머니랑 식구들도 별일 없으세요."

그는 차분하게 대답한 후 메고 있던 회색 가죽 가방을 침대 맡에 조심스레 내려놓고 주머니에서 담배를 꺼냈다.

인기척을 듣고 바로 비단을 옮겨 창고 방에 숨겼던 만라이와 철멍이 부모님 방으로 돌아와 사촌 형과 악수를 하고 인사를 나누었다. 만라이는 건성으로 손만 잡았고, 철멍은 진심으로 반가워하며 뜨겁게 악수를 했다. 악수하는 순간 만라이는 이 작자의 어두운 눈빛과 먹구름 가득한 면상을 보니 볼 장 다 봤군! 이 화상처럼 에리엔 친척 집에 빌붙어 곳간과 쌀독까지 텅텅 비워버리는 동부 출신들을 많이 봤는데, 큰일 났네 하면서 걱정을 했다. 반면에 동생 철멍은 하보라 형이 에리엔에서 큰 장사를 하려고 왔을 테니, 가능하면 동업을 해서 돈 좀 벌었으면 좋겠다고 기대했다.

어욘다리는 이미 쌀죽을 끓여놓고 만터우*를 데워놓은 참이

---

* 만터우(馒头): 소를 넣지 않은 밀가루 반죽을 쪄서 만든 음식. 빵과 비슷하다.

라 곧 식탁에 둘러앉아 다 같이 아침 식사를 했다. 손님이 왔다고 어윤다리는 고추 두부 볶음 한 쟁반과 양파 살코기 볶음한 쟁반을 추가로 차려놓고 따뜻하게 말했다.

"아침은 대충 있는 대로 먹자, 하보라가 남도 아니니까."

하보라는 주저 없이 나산달라이가 따라준 술잔을 받아 식탁 가장자리에 놓았다.

"이거면 충분해요! 이모님도 앉아서 드세요."

"얘 이 인간들은 독한 술 못 마신다. 우리 둘이나 조금씩 마시자."

나산달라이는 잔을 들어 하보라와 건배를 했다. 윗사람과 건배하는 일이 잦았던지, 하보라는 술이 든 잔을 나산달라이의 잔 밑바닥에 '탁' 하고 부딪쳤다.

나산달라이에게 술은 목을 조이듯 하며 겨우 넘어갔지만, 갈증을 느끼던 하보라에겐 목구멍을 달콤하게 적시며 마치 꿀이나 설탕물처럼 위장 속으로 슬슬 미끄러져 들어갔다. 받은 사람 손은 부드러워지고, 먹은 사람 입은 관대해진다는 말처럼, 하보라는 술안주로 사 온 채소 절임을 젓가락으로 집어 먹으며 술을 칭찬했다.

"이 술은 어디 술이죠?! 진하면서 또 부드럽고, 맛과 냄새가 신선하네요."

나산달라이는 은은한 술 냄새를 풍기며 미소 지었다.

"이건 우리 고향 술이야. 다시 말하자면 자네 회사에서 만든 '고비왕'이지. 그해 자네 이모가 고향에 갔다가 가져왔어. 나도 술을 잘 못하니 손 안 대고 3년이 지났군."

자기 회사에서 만든 술맛과 냄새도 구별하지 못한 게 창피했는지 하보라는 화제를 돌렸다.

"이제 회사 문 닫았어요! 해가 갈수록 손실이 커져서 지금은 은행 빚만 몇천만 위안이나 돼요."

"어떻게 된 거냐?"

나산달라이는 자신과 관련된 중요한 일을 캐묻듯 씹은 음식을 꿀꺽 삼키고 황급히 묻는다.

"다 썩어빠진 윗대가리들 탓이죠! 랑 사장이 회삿돈 400만 위안 정도를 꿀꺽했는데, 기율검사위원회에서 장부를 조사하려 하자, 집이고 처자식이고 다 팽개치고 숨겨놓은 애인과 함께 종적을 감췄어요. 랑 사장과 다른 허쇼장*들을 통해 외상 거래한 술값만 해도 100만 위안이 넘어요. 그 돈을 받는 것은 하늘이 무너지기 전에는 불가능하고…… 회사에서 저처럼 갈데 없는 100명 넘는 직원들이 다 실업자가 됐어요!"

"제기랄, 세상이 참 이상해졌어! 몇 해 전 에리엔시의 ×× 위원장도 어느 회사에서 몰래 집에 갖다준 돈다발 한 자루를 받아먹고, 그 회사가 외몽골에서 밀수 차량 열다섯 대를 들여오게 허가서를 써줬잖아. 그게 최근에 발각이 돼서 감옥 갈 처지가 된 거야! 그런데 그 위원장은 위에다 돈을 찔러주고 감옥 문을 밟긴커녕 자치구 중앙으로 승진해 갔다. 그해에 내가 2천 위안가량 공금을 당겨 썼다고 양이 꼬리를 흔든** 큰 사건이 되

---

* 행정단위인 허쇼의 수장.

** '염소는 꼬리를 천 번 흔들어도 별일 없지만, 양이 꼬리를 흔들면 큰일이 생

고, 나는 회사에서 쫓겨났지! 내가 갖다 쓴 돈은 그놈들이 떼먹고 뇌물 받은 거에 비하면 돈도 아닌데!"

풀숲에 숨은 토끼는 사냥 매가 끄집어내고, 마음에 담아둔 말은 술이 끄집어낸다고 했다. 이모부 되는 사람이 술에 얼큰히 취해 속마음을 털어놓자, 술을 벌컥벌컥 마시며 대화를 나누던 하보라도 마음에 담아둔 말을 털어놓고 싶어 입이 근질거렸다. 그러나 무슨 생각에선지 입 밖으로 나오려던 말을 도로 삼켰다.

바로 이때였다. 문 열리는 소리가 나더니, 몸에 꽉 끼는 흰 바지와 청 재킷 차림에, 갈색 둥근 뺨, 찢어진 가는 눈, 얇은 분홍빛 입술의 통통한 아가씨가 뒤에서 호랑이나 늑대라도 쫓아오는 듯 숨이 차 헐떡거리며 들어왔다. 만라이의 여자 친구 올라나였다. 올라나는 들어오자마자 눈을 휘둥그렇게 뜬 채로 소리를 질렀다.

"야, 만라이! 서둘러! 외몽골 놈 셋이 형부를 마취총으로 쏴서 앞을 못 보게 해놓고는 택시에 싣고 북쪽으로 가버렸어."

만라이는 부모님께 여자 친구를 소개할 생각도 못 하고 그릇과 젓가락을 밀치면서 벌떡 일어나 "왜?"라고 물으며, 침대 위의 청 재킷을 잡아채 허둥지둥 몸에 걸친다. 어욘다리, 나산달라이, 철멍, 하보라 등은 넋을 잃고 멍하니 쳐다보거나, 어리둥절한 표정으로 얼떨떨해하거나, 깜짝 놀라 아연실색한 표정을 짓거나, 해괴한 일이라며 어처구니없어하며 각자 다른 눈빛으로 올라나

_____

긴다'는 속담에서 나온 말.

를 뚫어지게 응시한다. 올라나는 그들을 아랑곳하지 않고 만라이를 못마땅하게 노려보더니 입술을 비틀며 "서둘러!"라고 화를 내고 나가버렸다. 만라이도 전광석화처럼 뒤쫓아 나갔다.

어욘다리는 아이고, 삼보님!* 참말로 못돼먹은 처녀네?! 우리 만라이가 결혼하겠다는 처녀가 저 앤가?! 집에 들어와 잘 지내냐 어쩌냐 인사 한마디 없이 회오리바람처럼 휙 돌아서 나가버리네! 무슨 총으로 누구를 죽였다고?! 큰일 날 소리, 큰일 날 소리! 라고 속으로 생각하며 뭐라고 해야 할지 몰라 어리둥절한 표정을 지었다.

"저 여자가 형과 결혼할 올라나란 여자야."

철멍은 못마땅한 듯 말했다……

올라나는 만라이와 함께 토끼처럼 껑충껑충 뛰어가며 말했다.

"형부가 수흐, 조람트라는 친구들이랑 함께 외몽골 여자를 건드렸다가 거꾸로 붙잡혀 버렸어. 수흐와 조람트는 죽어라 도망쳤고. 그쪽에서 덩치 좋은 외몽골 남자 셋이 와서 그 여자와 합세해 경찰한테 간다며 형부를 끌고 갔어. 남부시장에 있던 사람들이 우르르 몰려와 구경하니까 화나고 창피했던지, 형부가 먼저 한 놈 코를 주먹으로 쳐서 피투성이로 만들어놨는데, 얼룩무늬 옷을 입은 놈이 주머니에서 마취총을 꺼내 형부 얼굴에 쐈어…… 형부는 얼굴을 감싸고 쓰러졌어. 눈물 콧물 범벅

---

* 삼보三寶, 즉 불보佛寶, 법보法寶, 승보僧寶. 깨친 사람들인 부처(佛), 깨친 사람들의 가르침인 법法, 깨친 사람들의 가르침을 수행하는 이들인 승가(僧)를 통칭하는 불교 용어.

이 되고, 입에서 피 나고. 솔개가 닭을 채 가듯, 그 외몽골 놈들이 형부를 끌고 택시에 태워 그 여자랑 같이 북쪽으로 가버렸어. …… 형부가 끌려가는 것을 동부 출신 젊은 놈들이 쳐다보고 있었는데도, 아무도 나서서 도와주지 않더라. 언니도 없었고. 내가 근처에 있다가 그 모습을 보고 놀라서 어쩔 줄 몰라 하다가, 갑자기 네 생각이 나서 달려왔어……"

만라이와 올라나가 백화점 쪽으로 황급히 달려가는데, 눈앞에서 두꺼운 입술을 헤벌린 덩치 큰 남자가 두 눈을 연신 비벼대며 걸어오는 게 보였다. 만라이가 놀라서 물었다.

"어, 저기 네 형부 아냐?"

"왜 이리 쉽게 풀어줬지?"

올라나도 제 눈을 믿지 못하겠다는 듯 중얼거리며 빠르게 다가갔다.

만라이와 올라나는 말썽꾸러기 오치랄트를 양쪽에서 부축했다.

"어찌 된 거야?! 외몽골 남자들은 어딨어?"

둘이 동시에 추궁했다.

"아야, 눈이 쓰려서 아무것도 안 보여. 그놈들이 내 주머니에 있던 1천 위안 넘는 돈을 뺏더니 나를 차 밖으로 던지고 가버렸어. 보통 놈들이 아니야."

말썽꾸러기 오치랄트는 증오보다는 후회에 가까운 말투로 눈물을 닦으며 말했다. 만라이는 말썽꾸러기 오치랄트의 팔꿈치를 당기며 명령조로 말했다.

"가요, 이 식당에 들어가 찬물로 씻어요."

말썽꾸러기 오치랄트는 뚝뚝 눈물을 흘렸고, 침에선 피가 섞여 나왔다. 올라나는 눈도 잘 안 보이는 형부를 째려보며 사정없이 야단을 친다.

"꼴좋다! 누가 그런 놈들이랑 어울리며 몽골 여자나 건드리랬어?"

하늘 같은 어머니께 용서를

숨베르는 제일 먼저 아침을 먹고 위층 침실로 돌아와 방 안을 서성거리며 생각에 잠긴다. 그가 에리옌에 온 지 정확히 보름이 지났다. 에리옌의 공기를 보름간 마셨고, 에리옌의 밥을 보름 동안 축냈다는 뜻이다! 툭하면 모래 먼지로 가득해지는 공기가 그의 가슴도 먼지로 채워놓은 듯 속이 답답하다. 봄 날씨처럼 하루에도 세 번씩 변하는 아리오나 어머니의 표정도 그를 속수무책으로 만든다. 에리옌에 오면 부모님에게 자금을 받아 숨베르와 함께 장사를 할 거라고, 아리오나는 후흐허트에 있을 때부터 이야기를 하곤 했다. 그러나 아리오나의 어머니는 느닷없이 숨베르에게 장사 자금을 구해 오라고 하니 어찌해야 할지 모르겠다. 그날 저녁 아리오나는 아버지가 오면 방법이 생길 거라고 말했다! 그러나 아리오나의 아버지는 아직 돌아오지 않았다. 만라이 일행을 따라다니며 약간의 돈이라도 벌어볼까 하고 말하면, 아리오나는 "중개업자란 게 사람이 할 짓이야?! 그 사람들은 같은 말을 쓰는 동족의 뒤통수를 치는 악랄한 인간들이야"라고 단호하게 반대했다. 생각해보면 아리오나의 말은 틀리지 않다. 에리엔에 온 후로 숨베르의 생각은 나날이 혼란스러워졌다. 지난 몇 년간 하늘 높은 줄 모르고 살때는 그의 생각이 이 정도로 심하게 혼란스럽지 않았던 것 같다. 그는 에리엔에 와서 듣지 못한 것을 듣고, 보지 못한 것을 보고, 생각하지 못한 것을 생각하게 되었다. 에리엔은 정말 그가 듣고, 보고, 생각했던 것보다 몇 배나 복잡해서, 무엇이 좋고 무엇이 나쁜지, 무엇이 아름답고 무엇이 추한지, 무엇이 진실이고 무엇이 거짓인지, 무엇이 옳고 무엇이 그른지를 명확하게 경계를 갈라 깃발을 꽂을 수 없는 인간 사회의 복잡미묘함으로 가득한 곳이었다. 숨베르는 이것을 뼈에 사무치도록 철저히 깨달은 적이 없었다. 모르는 사람의 운명에 관심을 두기보다 아는 사람의 운명에 더 관심을 보이고, 다른 언어를 쓰는 사람의 훌륭한 행동을 관찰하기보다 자기 민족의 잘못을 더 자세히 살피는 인간들의 속성상, 숨베르도 에리엔 곳곳에서 벌어지는 몽골족들의 일로 인해 혼란스러운 경우가 매우 많았다. 얼마 전 말썽꾸러기 오치랄트와 외몽골 청년들이 다툰 사건에서 말썽꾸러기 오치랄트는 '당해도 싼 놈'이 되었지만, 외몽골 청년들도 1천 위안보다 훨씬 소중한 것을 잃었다는 생각이 든다. 그런데 그 소중한 것을 우리가 먼저 잃지 않았던가! 그래서 외몽골 사람들이 '내몽골 놈들은 호짜보다 못한 놈들'이라고 여기게 되지 않았던가? 몽골족들도 외몽골 사람들을 약속한 물건을 가져다주지 않는 거짓말쟁이라고 말하는 일이 많아졌다…… 정말로 '몽골 놈이 몽골 놈에게 못되게 굴고, 나무 삽이 진흙을 못 뜬다'는 말 그대로다. 이렇게 '몽골 놈이 몽골 놈에게 못되게 구는' 일이 에리엔에선 한두 차례로 그치지 않았고, 시작부터 적지 않게 존재했고, 지금은 수백, 수천 차례 일어나고 있으며, 내일은 수만, 수십만 건에 이르지 않겠는가?! 누가 알겠는가? 이런 것들을 생각하면 숨베르의 마음은 더 착잡해진다. 에리엔에 모두 쓰레기 같은 몽골인만 득시글대는 게 아니라, 나처럼 생각 있는 사람들도 굉장히 많을 것이라고 그는 생각한다. 제일 먼저 아리오나의 아버지가 떠올랐다. 아리오나의 아버지 바양달라이 씨를 본 적은 없지만, 아리오나의 말로 판단해볼 때 어떤 사람인지 대략 짐작이 갔다. 모습은 사진으로 여러 번 보았다. 특히 침실에 걸려 있는, 64인치짜리 대형 액자에 끼워놓은 컬러사진에 부인과 함께 찍힌 아리오나의 아버지는, 유명 영화배우라도 기가 죽을 만큼 멋지고 준수했던 순간의 모습으로 멈추어 있었다. 아리오나 말에 의하면 아버지는 일곱 살 때 입양해서 키워준 큰아버지 부부를 따라 나이만에서 멀리 떨어진 실링걸 아이막으로 와서 살았다. 그 후 수니터주어치*의 병무청에서 일하다 나중에 에리엔 병무청으로 전근을 왔다. 1992년에 에리엔이 변경 개방도시가 되어 자유화된 후, 아버지는 기관 명의로 회사를 설립해 1년가량 일한 후 회사가 도산하자(첫해 에리엔에 설립한 국영 소회사들은 모두 손해를 입고 도산했다. 이는 사실 회사에서 일하는 개인은 부유해지고

---

* 수니터주어치蘇尼特左旗: 몽골어로는 수니드 준 허쇼 ᠰᠥᠨᠢᠳ ᠵᠡᠭᠦᠨ ᠬᠣᠰᠢᠭᠤ이며 실링걸 아이막의 허쇼명.

회사에만 손해를 떠안긴 것이었다. 유대인들은 여자와 아이들의 코 묻은 돈을 긁어모으고, 중국인들은 나라의 돈을 빼간다는 말, 그것은 부정할 수 없는 사실이다. 이런 역사적 사실을 아리오나는 잘 몰랐고, 설사 알았어도 사랑하는 남자 친구에게 아버지의 흠을 말하지는 못할 것이다) '무급 휴직'을 하고, 직접 '컨설팅 회사'를 운영하며 외몽골에서 물건을 수입해다 큰돈을 벌었다. 아리오나의 어머니는 할흐족들을 슬쩍 속여가며 돈을 벌었는데, 아버지는 "같은 말을 쓰는 동족끼리 서로 등쳐먹는 못된 것들!"이라고 사정없이 욕하고 야단쳤다고 한다. 이런 정황으로 판단컨대, 아버지는 사람들이 말하는 소위 '좋은 사람' 중 한 명이라고 숨베르는 확신한다.

숨베르는 이런 일들을 골치 아프게 생각하다가, 침대맡에 걸어둔 테니게르의 기타를 들고 능숙하게 연주하기 시작했다. 기타의 은은하고 감미로운 선율에 맞춰 그의 입술도 부드럽게 움직인다.

배 속에 품고 낳아주신 은혜에
보답할 여유 없이 바쁘게 살았어요
천치 같은 이 아들을
하늘 같은 어머니 용서하세요, 용서하세요
세상에 하나뿐인 어머니!
못난 아들을 용서하세요
하늘 같은 어머니 용서하세요!
당신 얼굴이 눈앞에 어른거리고

당신 생각은 제 몸에서 팔딱거려요
할머니가 되어버린 어머니 당신을
아아, 너무 보고 싶어요
뚝뚝 떨어진 제 눈물이
그릇에 차고 넘쳐서 흘러내려요
아아, 정말 보고 싶어요……

타지로 시집간 딸이 친정을 그리워하는 듯한, 제비가 들어
도 슬프게 지저귈 만한 간절한 멜로디에 남자의 마음도 쓰라리
고 슬퍼지는 법이다. 특히나 타지 타향을 떠돌며 궁색한 처지
가 된 젊은 사람이라면, 진실한 사랑의 마음으로 쓴 몽골 노래
의 서글픈 가사와 가락에 어찌 뭉클하지 않겠는가?!

문득 기타 줄을 퉁기는 숨베르의 코끝이 시큰해지고 뜨거운
눈물이 흐른다.

적갈색 문이 탁 열리고, 희고 가지런한 이를 드러낸 아리오
나가 생글생글 웃으며 들어왔다. 아리오나는 숨베르의 눈물을
보고 어리둥절한 표정을 지었다.

그녀는 조용히 다가와 숨베르 옆에 앉더니, 자작나무 같은
흰 손가락으로 숨베르의 눈물을 닦아준다.

"왜 그래?! 집에 가고 싶어?! 뭐 서운한 일 있어?"

그녀는 계속해서 애정이 듬뿍 담긴 목소리로 묻는다.

숨베르는 말이 없고, 그가 안고 있는 기타도 말이 없다. 아리
오나는 숨베르를 놀리듯 웃으며 장난을 친다.

"어구, 어구! 다 큰 남자가 괜히 눈물을 흘리고……"

숨베르는 자신이 지나치게 감상에 빠진 걸 깨닫고, 창피한 마음에 눈물 자국을 닦으며 웃었다.

"몽골 노래는 사람의 심금을 울리는 훌륭한 예술 작품이야! 노랫말과 가락에 취해서 나도 모르게 눈물이 났어."

그는 그럴듯하게 둘러댔다. 아리오나는 기타를 가져다 원래 자리에 걸어놓고 은근한 눈빛으로 쳐다보았다.

"오빠 일하러 나갔고, 엄마는 장 보러 갔고, 테니게르는 당구장 갔어. 이제 이 집엔 우리 둘뿐이야."

그녀는 기분이 좋았는지 콧소리를 냈다.

그렇지. 에리엔에 온 후 두 사람은 밖으로 몇 번 나돌아 다녔을 뿐, 이렇게 쾌적한 분위기에서 단둘이 즐길 시간을 누리지 못했다! 숨베르의 마음이 자기도 모르게 활활 타올랐고, 좀 전의 슬픔도 싹 사라지는 듯했다.

아리오나가 다가와 양쪽 어깨에 두 손을 얹고 몸을 굽혀 자신의 입술을 숨베르의 입술에 포갰다. 벌써 달아오른 숨베르는 머릿속이 하얗게 되어 아리오나를 껴안고 침대 위로 쓰러졌다.

숨베르의 손이 아리오나의 흰 셔츠 속으로 들어가, 한 쌍의 은빛 무덤처럼 봉긋하고, 새끼 양의 입술처럼 부드럽게 솟은 젖가슴에 닿았다. 숨베르의 손은 처음으로 남녀 간의 보이지 않는 선을 넘어 영혼마저 취하게 할 황홀한 자리에 닿았다. 이전에도 손만 내밀면 닿을 자리였다. 아리오나는 그에게 여러 차례 기회를 주었다. 그러나 숨베르에겐 자기만의 사랑의 원칙이 있었다. 그는 사랑하는 만큼 그 여자를 존중해야 한다고 생각하고 신중하게 행동했다. 때가 되지도 않았는데 모성을 간직한 여성의 성스러운 몸에 함부로 손을 댄다면, 내일 누려야 할 행복을 바보 천치처럼 파괴하는 거라고 그는 생각했다. 오늘 숨베르는 사랑의 원칙을 어느 정도 위반하고 있다. 그는 좀 전에 자기도 모르게 눈물을 흘렸던 것처럼, 자기도 모르게 먼지 한 점 닿은 적 없는 여린 가슴을 쓰다듬는다. 자기도 모르게, 라는 건 무서운 것이다! 때때로 사람들은 정말로 자신을 주체하지 못하게 되어버린다. 아리오나는 거부하지 않았다. 조금도 거부하지 않았다. 행복감이 그녀의 투명한 검은 눈에서 나비처럼 파닥거린다. 그녀는 "숨베르!"라고 부드럽게 부른다. 다시 "숨베르……"라고 사랑스레 부른다.

이 소리가 숨베르의 영혼까지 취하게 했다. 남자는 이럴 때 무엇이든 서슴지 않고 저질러버리게 된다…… 바로 이 중요한 순간에 아래층에서 "누구 있냐?"라고 묻는 남자의 굵은 목소리가 들렸다. 이 소리는 마치 천둥소리처럼 아리오나와 숨베르의 혼을 빼놓았고, 아교처럼 붙어 있던 몸을 순식간에 두 쪽으로 갈라놓았다. 아리오나는 머리와 옷매무새를 매만지며 작게 속삭였다.

"아빠 오셨어."

아리오나와 숨베르는 아무 일 없었다는 듯 시치미를 떼고 아래층 거실로 내려갔다. 정말로 바양달라이 씨가 소파에 등을 기대고 앉아 있었다. 아리오나는 아버지를 보자마자 어린아이처럼 달려가 목을 껴안고 아양을 떤다.

"아빠 오늘 차로 왔어?"

바양달라이 씨는 숨베르를 힐끔 쳐다본 후 사랑스러운 딸에게 시선을 옮긴다.

"엄마는?"

"엄마는 아빠 올 줄 알았나 봐. 장 보러 갔어!"

"테니게르는 또 놀러 가고?!"

"응! 아빠, 차 마셔야지?! 숨베르, 아침에 끓여놓은 차 좀 가져와!"

아리오나의 말에 허수아비처럼 서 있던 숨베르도 정신을 차리고 탁자 앞의 보온병을 조심스레 집어 들었다. 아리오나가 준비해놓은 크고 노란 잔에 숨베르는 신중하게 수테차*를 따랐고, 아리오나는 어리광 섞인 눈으로 아버지를 응시하며 말했다.

"여긴 남자 친구, 숨베르야! 학교 졸업하고 같이 왔어!"

숨베르는 바양달라이 씨가 어떤 표정을 지을까 하고 두 눈을 똑바로 뜨고 쳐다봤지만, 바양달라이는 무표정하게 찻잔을 들어 두 모금 마시고 소파에 기대어 눈을 감았다. 딸의 남자 친구보다 훨씬 중요한 일이 바양달라이 씨의 머릿속을 차지하고 있음을 숨베르도 눈치챘다. 아버지가 먼 길을 여행한 탓이라고 생각한 아리오나는 옆에 앉아 팔을 툭툭 치며 조급하게 굴었다.

"아빠, 말 좀 해봐! 딸도 두 아들과 똑같이 대우해주고, 똑같이 지원해주겠다고 전에 말했었잖아. 오늘은 왜 꿀 먹은 벙어리가 됐어?"

---

* 몽골인들이 즐겨 마시는 우유가 들어간 차.

바양달라이 씨는 눈을 감은 채로 아리오나가 꿈에서조차 생각지 못한 말을 토해냈다.

"아버지는 믿었던 개한테 물렸다. 친하게 지내던 외몽골 친구들에게 3만 위안을 빌려줬는데, 한 푼이라도 갚긴커녕 나를 야외로 유인해 산 채로 산에 묻어버리겠다고 협박해서 차용증도 없애버렸다. 동정할 가치도 없는 놈들. 그놈들도 에리옌에 와서 똑같이 당해봐야지!"

아리오나와 숨베르의 가슴이 철렁 내려앉았다.

외국인 클럽

신화동로 서쪽에 있는 커다란 변경무역 빌딩은 에리옌 시내의 명품 건축물 중 하나로 손꼽힌다. 이 하얀색 8층짜리 건물은 2층과 8층에 크기가 다른 처마가 남쪽으로 돌출되어 있고, 서남쪽의 원형 모서리 부분은 갈색 유리로 싸여 있어 현대식 건축물의 개성과 아름다운 품격이 돋보인다. 특히 밤이 되면 이 큰 건물은 형형색색의 등불로 장식되어 더욱 아름답게 보인다. 건물의 1층엔 매장이 있고, 2층과 5층엔 변경무역 총공사 사무실들이 있으며, 나머지 층은 호텔로 쓰인다.

변경무역 빌딩 3층에 '외국인 클럽'이라는, 도박을 주업으로 하는 오락장이 생겨 에리옌 사람들의 입방아에 오르내렸다.

"요새는 다들 양 머리를 걸어놓고 개고기를 팔아. 오락장이란 게 사실은 떠돌이나 창녀 소굴이잖아. '외국인 클럽'도 도박

소굴이 될 거야!"

"매춘과 도박은 사회 발전을 위해선 불가피한 거야. 타이를 봐. 사는 게 우리와 비교하면 아주 천국이잖아. 근데 타이에선 열여섯에서 마흔둘까지의 여자 15만 명 정도가 매춘을 해. 이 여자들이 국가를 위해 얼마나 많은 외화를 벌어들이는지 집계가 어려울 정도야. 또 마카오를 봐, 동양의 몬테카를로로 유명한 카지노 도시 마카오의 도박 수입은 한 해 12억 마카오달러나 돼. 도박 사업이 마카오 경제의 주요 수입원 중 하나 아니겠어?"

"그래도 타이인 중 85만 명이 에이즈에 걸리고, 매춘부 중 3분의 1이 에이즈에 감염된 것을 무시하면 안 돼. 마카오에도 전 재산을 도박으로 날리고, 손가락을 자르고, 수면제 먹고 자살하고, 투신하고, 고금리 대출의 노예가 되고, 가정마저 풍비박산하는 부작용들이 얼마나 많은데."

"모든 일엔 양면성이 있는 법. 사태를 거시적인 관점에서 보는 게 중요해. 일정 나이대 여성들의 순결한 몸을 희생시켜 도시를 고속으로 성장시키겠다고 남쪽 나라 어느 시장이 말했다지. 이런 시각에서 보면 에리엔에 도박장 생기는 것쯤 이상할 것도 없지!"

"시대가 이렇게 바뀌다니 참 무상하다. 돈만 아는 세상, 말세야, 말세!⋯⋯"

사람마다 생각이 다르니 말하는 것도 제각각이다. 에리엔에 '외국인 클럽'이 생긴 것에 대해 천차만별로 의견이 다르지만 대체로 위에서 언급한 두 가지 관점이 주된 것이었다. 이놈의 도박장을 열지 말지에 대해, 에리엔 시정부와 당위원회는 특별 회의를 열어 논쟁을 벌였다. 회의 끝에 '사상을 과감히 자유화하고, 기회를 놓치지 말고 개혁 개방을 확대하며, 개혁 개방의 확대를 통해 큰 발전을 이끌어낸다'는 목표로 외국인의 자본을 더 끌어모으기 위해 도박장도 시험적으로 운영해볼 수 있다고 의견을 모았다. '외국인 클럽'의 대표는 다름 아닌 기율위원장의 아들, 즉 부시장의 손자이며 공롱 컴퍼니의 대표인 황 사장이다. 이렇게 막대한 이윤이 나는 사업을 어지간한 부자들은 엄두도 낼 수 없고, 황 사장처럼 '천시, 지리, 인화'*를 모두 갖춘 사람이 가져가는 것은 중국에서 매우 흔한 일이다. 하지만 '외국인 클럽'을 실제 관리하는 사장은 황 사장의 '황금 방'에 숨겨놓은 짝젖꼭지 멍나 양이었다. 멍나 양은 황 사장에게 젖꼭지를 깨물려 짝젖꼭지가 된 후, "이제 누가 나를 데려가겠어? 오빠 부인이랑 이혼할 필요도 없지만, 나를 버리지도 마!"라고 떼를 썼다. 황 사장도 멍나의 '진실한 사랑'에 감동해, 그녀를 사회 활동을 하는 공개적인 자리에도 종종 데리고 다녔고, '외국인 클럽'의 관리도 맡겼다. 개업식 날 황 사장은 에리엔의 양지와 음지에서 활동하는 200명가량의 지인을 초청해 광따 호텔에서 성대한 연회를 열었는데, 총 12만 위안의 축의금을 챙긴 것까지 일일이 언급하지는 않겠다.

'외국인 클럽'을 연 지 5일째 되던 날 저녁의 일이다. 일곱

---

* 천시天時, 지리地利, 인화人和: 중국에서 사업 성공의 3요소로 불린다.『맹자』「공손추」편의 '천시불여지리天時不如地利, 지리불여인화地利不如人和'에서 나온 말이다.

가지 색깔의 장식 등이 반짝거리는 변경무역 빌딩 입구에 산타나, 아우디, 벤츠 등 예닐곱 대의 번쩍번쩍한 승용차들이 어지럽게 주차되어 있었다. 미국인이 열 대의 차를 주차할 공간에, 중국인은 겨우 한 대를 세워놓고 드나들 길도 막아버리는 습성이 여기서도 잘 드러났다.

9시경에 빨간 택시 한 대가 변경무역 빌딩 입구로 미끄러져 들어와 다른 차들 앞에 천천히 멈추었다. 차 문이 열리더니, 검은 선글라스를 끼고, 햇빛을 가리는 주름진 챙이 달린 흰 모자에, 얼룩무늬 셔츠 위로 청 재킷을 입고, 헐렁한 청바지 차림에 몽골식 장신구를 걸친 청년이 나와, 기사에게 "여기서 기다려! 가면 안 돼"라고 지시하듯 말했다. 그는 '탁' 소리가 나게 차 문을 닫은 후 건물 쪽으로 성큼성큼 걸어갔다. 이 젊은이는 사복을 입은 경찰 고비였다. 그는 공안국 벌러드 국장의 비밀 지시를 받아 '외국인 클럽'에서 정말로 외국인이 도박을 하는지, 아니면 '내국인'끼리 서로 '피 터지게 치고받는지'를 상세히 조사하기 위해 외몽골 사람 복장을 하고 택시를 타고 온 것이다.

고비는 두 명의 여종업원을 무심하게 지나쳐 계단으로 올라간다. 그러면서 '에리옌에는 아직도 엘리베이터가 없어! 이것만 봐도 남방의 개방도시를 따라가려면 멀었지!'라고 생각한다. 그리고 오늘 밤 수행해야 할 임무를 생각한다. 벌러드 국장은 내가 일을 시작한 이후 항상 중요한 임무를 맡겼다. 오늘 밤 임무도 가볍지 않다. 낮과 밤의 세계를 통틀어, 에리옌에서 첫손가락에 꼽히는 자가 경영하는 도박장에서 '사냥감'을 찾는 건 자칫하면 목숨도 보장할 수 없는 위험한 일이다. 에리옌의 당위원회와 에리엔 시정부에서 '외국인 클럽'을 시험 삼아 운영하게 허가는 했지만, 외국인 손님 위주로 도박을 허가한다는 점을 명시했었다. 그러나 개업 후 도박을 하러 온 외국인은 사실 단 한 명도 없었고, 에리엔의 권력 있고 돈 있는 놈들만 와서 눈에 쌍심지를 켜고 도박을 한다는 소문이 벌러드 국장의 귀에 들어갔다…… 벌러드 국장은 내게 자세한 현황을 파악해 오라고 했다. 안에 들어가면 과연 어떤 광경이 펼쳐질까?! …… 고비는 이렇게 생각하며 3층에 도착했다. 그의 심장이 유난히 두근거리는 듯하다.

계단을 통해 3층 복도까지 올라가자, 눈앞에 '외국인 클럽'이라는 금박 글씨가 붙은 검은 문이 보였다. 고비는 길게 숨을 들이마시고, '심장이 왜 이러지? 그만 좀 두근거려! 진짜 외몽골 사람이 도박을 구경하러 온 것처럼 자연스러워야 해!'라고 자신을 최대한 진정시키며 그 검은 문으로 다가가 노크를 했다.

문이 바로 열리고, 봉긋한 가슴 윗부분과 은밀한 가슴골이 훤히 들여다보이는 흰색 브래지어 차림에, 아래는 사타구니 약간 아래까지 내려오는 지나치게 짧은 검은색 가죽 스커트를 입은 미녀가 미소를 지으며 달콤한 목소리로 고비를 맞았다.

"고객님, 어서 오세요."

고비가 건강한 흰 허벅지를 드러낸 미녀 곁을 무심한 척 지나 안으로 들어가자, '돈 먹는 호랑이'라는 슬롯머신이 일곱에서 여덟 대 줄지어 놓여 있고, 각각의 호랑이 앞에는 젊은이 여럿이 모여 시끄럽게 떠들고 있었다.

고비는 두 젊은이가 정신 없이 쳐다보는 '돈 먹는 호랑이' 옆으로 다가갔다. 앞머리를 빨갛게 물들인 젊은이가 쟁반에 가득한 은화를 하나씩 집어 '호랑이'에게 먹인다. 그의 얼굴엔 초조한 빛이 역력하다. 그는 은화 하나를 넣을 때마다 '호랑이'의 쇠로 된 손잡이를 잡아당겨 몇 차례씩 흔들어댄다. 허탕을 칠 때마다 빨간 머리 젊은이는 "에미×" "할망구×"이라며 거친 욕설을 퍼붓는다. 한번은 손잡이를 잡아당기자 갑자기 '차르르 차르르' 하는 소리가 나더니 그 '호랑이'가 은화 더미를 토해내면서 화면에 '6,200위안'이라는 글자가 떴다. 두 젊은이는 8층짜리 건물이 떠나가도록 "예! 오케이!" 소리를 지르며 제 성도 잊을 정도로 환호했다. 다른 '호랑이'들 앞에서 욕과 저주를 퍼붓던 사람들은 두 젊은이가 미친 듯 소리 지르는 것을 아니꼬움과 질투, 부러움이 섞인 시선으로 쳐다보다가, 다시 각자의 '호랑이'에게 실성한 듯 은화를 먹이며 잭폿이 터지기만을 눈이 빠지게 기다린다.

바로 이때 좀 전의 흰 브래지어 차림을 한 미녀가 고비에게 다가와 한결같은 미소로 정중하게 물었다.

"고객님도 '돈 먹는 호랑이'를 하시겠어요?! 아니면 다른 걸로 하시겠어요?"

외몽골 사람으로 가장한 고비는 그녀의 말을 알아듣지 못한 것처럼 몽골어로 "뭐?"라고 되물었다. 흰 브래지어 차림의 아가씨는 덜떨어진 놈이라도 쳐다보는 듯 멸시하는 투로 "라오멍*이

---

* 라오멍老蒙: 한족들이 몽골인을 얕잡아 일컫는 말. 라오멍老蒙의 멍蒙은 몽골을 가리키는 한자인 몽고蒙古란 말과 같으며 한족들의 몽골족에 대한 역사적인 편견이 묻어 있다고 볼 수 있다. 멍蒙에는 멍청이, 미개인, 오랑캐 등등의 뉘앙

잖아"라고 혼잣말을 하고, 맞은편 룸을 향해 하느작하느작 걸어갔다. 그녀는 잠시 후 살이 비치는 망사 소매에 표범 무늬얼룩이 있는 짧은 원피스 차림을 한 검은 눈의 날씬한 아가씨를 데리고 왔다.

검은 눈의 아가씨가 고비에게 물었다.

"몽골분이세요?"

"그렇소! 울란바타르 사람이오!"

"혼자 오셨나요?!"

"혼자 왔소! 혼자 오면 안 되는 곳이오?!"

"우리 '외국인 클럽'이 어떤 곳인지 들어보셨나요?"

"들어봤으니까 왔지! 당신은 몽골족이오?!"

"예, 몽골족이에요. 통역 겸 종업원으로 일해요!"

"이 은화 먹는 '호랑이' 말고 다른 게임 있소?"

"포커 게임이 있고, 마작도 있어요. 룰렛 한번 해보시겠어요?!"

"어딨소?! 봅시다!"

"저를 따라오세요!"

고비가 몽골족 아가씨를 따라 다른 방으로 들어가자, 자욱한 담배 연기 속에서 살인이라도 할 것 같은 차가운 표정의 도박꾼들이 탁자 네 개에 둘러앉아 포커나 마작을 하고 있었다. 이곳은 상대적으로 덜 시끄러웠다. 탁자 위엔 다발도 뜯지 않은 빳빳한 100위안짜리 지폐들이 산더미처럼 쌓여 있다. 큰 방의 맨 동쪽에는 두 개의 '룰렛' 기계가 보인다. 맨 안쪽 탁자에서

스가 담겨 있다.

파쓰* 게임을 하는, 짧게 깎은 머리에 험악한 늑대 눈빛의 사내가 하 사장이란 것을 고비는 바로 알아보았다. 그의 뒤에는 빨강 머리와 누렁 갈기가 똑바로 서서 눈을 부라리고 있다.

하 사장 맞은편에는 갈색 양복을 입고, 빨간색 꽃무늬 넥타이를 맨, 20대쯤 되어 보이는 젊은이가 앉아 있다. 째진 눈에 뾰족하고 흰 얼굴의, 소가 핥은 듯 머리를 뒤로 넘겨 헤어젤을 바른 젊은이는 자신만만한 표정으로 하 사장이 탁자 가운데 놓아둔 돈다발 옆에 같은 양의 돈다발을 밀어놓고 카드를 한 장씩 잡아당긴다. 먼저 가져온 두 장의 카드는 뒤집어놓고 세번째 카드는 바로 펼쳐놓았다. 이 카드는 블랙 스페이드 3이었다. 째진 눈의 이 사내는 뒤집어놓은 패는 처다보지도 않고, 100위안짜리 지폐 열 다발을 추가해 탁자 중앙으로 내밀었다.

고비는 몽골족 아가씨에게 "조금 기다려요. 나는 이 게임 좀 구경하고 룰렛 게임으로 가겠소"라고 말하고, 하 사장 일행의 파쓰 게임을 조용히 구경했다.

하 사장도 카드 세 장을 잡아 두 장은 뒤집고 한 장은 위를 향해 펼쳐놓았다. 펼쳐놓은 카드는 클로버 A였다. 파쓰 게임을 할 때 대왕은 16을 뜻하고 A는 15, 작은 왕은 14를 뜻하며, 나머지는 각자의 숫자를 나타낸다는 것을 고비도 알고 있었다. 하 사장이 이길 가능성이 아주 높아 보였다.

하 사장도 같은 금액을 더 추가했다. 째진 눈의 네번째 패는

---

* 몽골어로 파지ᠫ라고 쓰지만 실제로는 '파쓰'라고 읽는다. 중국어로도 파쓰 怕死라고 한다. 포커 게임의 한 종류다.

다이아몬드 7이었다. 그는 다시 태연하게 판돈을 추가했다.

하 사장도 네번째 패가 레드 하트 K라서 '이번에는 절대 지지 않아!'라는 듯한 눈빛으로 같은 양의 판돈을 더했다.

째진 눈의 다섯번째 패는 블랙 스페이드 6이었다. 그는 하 사장 팔 옆에 있는 돈의 양만큼 판돈을 더했다.

하 사장도 마지막에 클로버 10을 잡고, 남은 돈 모두를 앞으로 내밀었다.

하 사장이 뒤집어놓은 두 개의 패를 펼쳐보니 레드 하트 2, 블랙 스페이드 3이었다. 그의 안색이 흙빛으로 변했다.

째진 눈의 사내가 뒤집어놓았던 패는 '대왕'이었기 때문에, 그의 곁에 서 있던 두 명의 여직원이 탁자 가운데 모아둔 판돈을 모두 그에게 몰아주었다. 하 사장은 험악한 얼굴을 부르르 떨더니, 기고만장하며 자리를 뜨려는 째진 눈의 젊은이를 늑대 눈빛으로 노려보면서 차갑게 소리쳤다.

"기다려!"

째진 눈의 젊은이는 체격이 좋지는 않았지만 하 사장에게 겁을 먹을 남자도 아니었다. 그는 짜증스럽다는 듯한 눈으로 하 사장을 쏘아보며 자리에 앉더니 약을 올리듯 말했다.

"하 사장님, 볼일이 남았나요?"

하 사장은 사각 무늬가 그려진 빨간 재킷을 입은, 눈꼬리가 치켜 올라간 여직원을 사납게 노려보며 명령조로 소리쳤다.

"사장 불러와!"

CCTV로 도박장의 전경을 두루 지켜보던 황 사장이 자기를 찾으면 없다고 하라며 미리 지시해둔 대로, 눈꼬리가 올라간 여직원은 "사장님 안 계십니다"라고 거짓말을 했다. 하 사장이 눈짓을 하자 빨강 머리가 앞으로 달려가 여직원의 뺨을 때렸다. 여직원은 바닥에 쓰러졌다.

"불러올래, 말래?"

가뭄 때의 다람쥐처럼 '찍' 소리를 내며 쓰러진 여직원은 얼굴을 일그러뜨린 채 울부짖었다. 빨강 머리가 다가가 길고 검은 머리채를 잡아당겨 일으켜 세우더니 다시 따귀를 두 번 때렸다.

도박하던 사람들은 모두 일어나 공짜 굿을 구경한다. 째진 눈의 젊은이는 앉은 자리에서 미동도 하지 않고 하 사장을 노려본다. 몽골족 아가씨가 사장에게 알리기 위해 사무실로 달려갔다.

바로 이때, 사장 멍나가 커다란 덩치에 검은 선글라스를 낀 두 명의 경호원을 데리고 들어왔다. 몽골족 아가씨가 알리기도 전에 황 사장이 멍나에게 전화를 해 상황을 알렸던 것이다.

하 사장은 멍나를 거들떠보지도 않고 의자에 기대앉아 천장만 바라본다.

"개를 때릴 땐 주인을 보는 법. 하 사장은 사내대장부인데 하찮은 계집을 괴롭히는 건 뭐요?"

멍나는 하 사장 맞은편에 서서 화난 얼굴로 따졌다. 째진 눈의 젊은이는 멍나의 경호원 옆으로 가서 나란히 섰다. 이 젊은이는 황 사장이 특별히 고용한 '타짜'였다.

하 사장은 못 들은 척 천장만 바라본다.

"너 따위 암캐랑 할 말 없어. 사장 데리고 와!"

빨강 머리가 멍나 사장의 말을 받아 빽 소리를 질렀다. 멍나의 눈이 분노로 이글거렸다.

"그분은 네까짓 것들 상대할 만큼 한가하지 않아! 할 말 있으면 내게 하고, 방귀가 나오거든 여기서 뀌어!"

하 사장은 황 사장에게 돈을 빌려 황 사장이 고용한 타짜와 다른 도박 게임을 해볼 생각이었는데, 황 사장이 끝내 나오지 않고 작은마누라를 보내자, 분노가 치솟으며 그동안 쌓인 감정이 폭발하고 말았다. 그는 앞에 있는 탁자를 엎어버리고 길길이 날뛰며 두 부하에게 소리쳤다.

"오늘 밤 도박장을 다 부숴버려!"

부하 두 명이 의자를 들어 내려치려 할 때, 멍나 곁에서 성난 황소처럼 두 눈을 부라리고 있던 경호원 두 명이 순식간에 품 안의 총을 꺼냈다. 그리고 하 사장, 빨강 머리, 누렁 갈기 세 사람에게 총을 겨누었다.

하 사장과 빨강 머리, 누렁 갈기의 눈이 휘둥그레졌다. 빨강 머리와 누렁 갈기는 품에 칼을 소지하고 다니지만 시커멓게 입을 벌린 총구 앞에서는 별도리가 없었다. 여우가 호랑이를 믿고 위세를 부린다더니, 멍나는 하 사장에게 손가락질을 하고 위협을 하며 "꺼져"라고 호통을 쳤다. 하 사장은 늑대 눈빛으로 멍나 사장을 노려보며 "서두르지 마, 나중에 보게 될 테니"라고 말한 후 씩씩거리며 두 명의 '꼬리'를 끌고 자리를 떴다.

멍나는 그들이 사라지자 얼굴에 미소를 머금고 도박꾼들에게 말했다.

"다들 맘 놓고 즐거운 시간 보내세요! 이 총은 진짜가 아니고 장난감 총이에요. 밖에 나가선 말할 필요 없어요. 이래저래

소문내고 다니면 우리한테도 안 좋지만, 그 사람에겐 더 안 좋을 테니까요.”

멍나는 그렇게 말하고 자리를 떴다.

몽골족 아가씨가 와서 ‘외몽골 청년’을 룰렛 게임장으로 안내하려 했지만 그는 어느새 사라져버렸다.

다음 날 에리옌시 공안국은 ‘외국인 클럽’을 폐쇄했다.

시는 낯선 사람을 벗으로 만들고

에리옌 남부시장은 날마다 왁자지껄한 소리가 끊이지 않는다. 오늘도 그렇다. 서쪽 끝에서 동쪽 끝까지 상품을 진열하는 여섯 줄의 판매대엔 갖가지 상품들이 화려하게 진열되어 있고, 각지에서 온 몽골이나 중국어를 쓰는 사람들로 인산인해를 이룬다. 이들 중 중국인이 절반 조금 넘고, 외몽골에서 온 손님들도 절반 가까이 된다. 또 러시아에서 온 단체 여행객으로 보이는 10여 명의 노란 머리에 푸른 눈, 흰 피부색에 체구가 큰 남녀 외국인들이 여행 가방이나 카메라, 비디오카메라 등을 메고, 물건을 사고파는 모습이나 지나다니는 사람들을 쌀쌀한 눈으로 구경하며 자기들끼리 쏼라쏼라 대화를 나눈다.

숨베르는 이렇게 수천수만 명이 흥정하고 떠드는 소리를 들으며 혼자 걷는다. 그의 안색은 어두워 보이고 눈에는 끝을 알 수 없는 수심이 어려 있다. 그는 천천히 걸으며 착잡한 시선으로 주변을 두리번거린다. 숨베르가 말없이 집을 나올 때, 아리오나는 아버지가 불러온 마작 친구들에게 차를 대접하느라 정신이 없었다. 아리오나의 어머니는 철명의 어머니와 한담을 나누러 나갔다. 테니게르는 당구 치러 갔는지, 다른 일이 있어 나갔는지, 숨베르가 나올 때는 보이지 않았다. 바양달라이 씨는 울란바타르에서 돌아온 날 저녁부터 마작에 빠져, 한번 나가면 하룻밤이고 이틀 밤이고 집에 들어오지 않는다. "집도 잊어버렸나? 늑대 소년 샬로후가 되어버렸나?"*라는 말은 바로 이를 두고 한 말이리라. 오늘은 자기 집에 모여 도박할 차례인 모양이다. 그는 얼마 전 아리오나에게 "조금만 기다려봐. 곧 돈이 생기면 너희들에게 큰 상가에 점포 하나 얻어서 옷가게라도 차려줄게"라고 말했다. 아리오나는 처음엔 아버지의 말을 믿고 입을 다물지 못할 정도로 좋아했지만, 두 달이 가도록 가게는커녕 빈 점포조차 알아봐 주지 않았기 때문에, 툭 하면 눈물을 찔끔거리며 고개를 숙이고 다녔다. 숨베르는 남의 눈치를 보기 싫었다. 그러나 애인인 아리오나의 말을 무시할 수도 없었다. 스스로 그만한 돈도 구하지 못하는 주제에, 여

---

* 민간에서 전해지는 이야기다. 칭기즈칸의 장수들이 헤를렌강을 훑으며 사냥을 하다가 네 살 정도의 아이를 데리고 다니는 늑대를 발견하고 늑대를 쫓은 후 어린아이를 데려와 말을 가르쳤다. 짐승들의 말을 알아듣는 이 아이의 이름은 샬로후였다. 나중에 이 아이도 칭기즈칸의 군대에서 장수가 되었다. 어느 날 군대가 이동 중에 주둔을 하게 되었는데 밤에 늑대가 울어대며 이곳에 홍수가 날 거라고 알렸고 샬로후가 이 말을 알아듣고 위험을 피했다. 적군은 홍수로 인해 궤멸하였다. 이런 식으로 어미 늑대는 샬로후를 보호해주었다. 이런 이유로 아이들이 들판에 나가 놀다가 깊이 잠들면 부모 형제는 그 아이를 불러 "늑대 소년 샬로후가 되었나? 집도 부모도 잊었나?"라고 꾸짖게 되었다고 한다. (탕구딩 갈상 ᠠᠮᠤᠭᠤᠯᠠᠩ ᠤᠨ ᠬᠡᠰᠢᠭᠲᠡᠨ, 『花的原野』, 文學月刊, 1998년 3월, 내몽골)

자 친구한테 기대지 않겠다고 큰소리만 친들 무슨 소용이겠는가?! 떫건 시건 당분간 이 맛을 견뎌야 했다. 이 쓰디쓴 날들을 견디면 좋은 일들이 생길 거라고 숨베르는 믿었다. 믿는 것이 옳았다.

그러나 사람의 마음은 날씨처럼 변덕스러운 법이다. 오늘 숨베르의 마음은 몹시 서글프고, 너무나 외롭고, 참으로 막막하였다. 가을이 와버렸다. 날씨도 아침저녁으로 쌀쌀해졌다. 숨베르는 오늘 아침 헐렁한 흰 바지를 벗고 청바지와 청 재킷으로 갈아입어 그다지 춥지는 않았다. 그는 고향 집과 부모님, 또 중학교와 고등학교에 다니는 두 동생을 떠올렸다. 고향의 초등학교에서 계속 선생 일을 하기를 바랐으면서도, 그가 대학 시험을 준비할 때 도움을 주셨던 그을린 얼굴의 촌장님도 생각났다. 그가 "고향으로 돌아와라, 사막의 아이들에겐 너처럼 훌륭한 선생님이 필요해"라며, 숨베르가 후흐허트로 갈 때 진심으로 당부하던 말도 생각났다. 그러나 숨베르의 이상이 훨씬 멀리, 훨씬 더 큰 무언가에 가 있었음을, 그는 이해하지 못했다. 독수리가 되어 온 하늘을 호령하고 싶은 꿈을 알지 못했다! 숨베르의 아버지는 그러나 아들의 생각을 짐작했기 때문에 이래라저래라 말하지 않으셨다. 숨베르는 아버지를 많이 존경한다. 아버지는 정말로 만담가에 뒤지지 않을 만큼 생생하게 언어를 구사하는 분이셨다. 한번은 먼 지방에 사는 동서가 찾아와 아버지에게 "올해 농사가 어떻소?"라고 묻자, "회색 쥐가 창고에 들어가 한숨만 쉬고 가버렸소"라고 대답했던 것을 숨베르는 잊지 못했다. 얼마나 생생하고 형상화된 묘사인가?! 어지간한 작가들도 할 수 없는 표현이다! 숨베르는 '어수선한 시국* 탓에 학업만 포기하지 않았다면 아버지는 틀림없이 교수나 박사는 되셨을 거야'라고 생각하곤 했다. 내 아버지, 내 가족들, 내가 아는 모든 사람이 이렇게 에리옌 남부시장을 정처 없이 헤매는 나를 보면 무슨 말을 할까?! 이런 생각에 마음이 횡해졌다. 수천수만의 인파 속에서도 마음을 알아주는 이가 없다면, 혼자인 것보다 더 고독하고 쓸쓸한 법. 숨베르의 마음에 르·처이넘**의 시가 절로 떠올랐다.

> 입으로 들이켠 술을 헤이
> 코로 쏟으니 쓰라리네 헤이
> 천생연분 내 사랑을
> 두고 가니 쓰라리네

숨베르는 처음에 왔을 때와 달리 이제 더 이상 남부시장의 이것저것을 신기한 눈으로 둘러보지 않는다. 그는 사람들 사이를 정처 없이 걸으며 생각에 잠겼다…… 에리옌에도 시 쓰는 사람이 몇 명 있다고 들었다. 왜 한 번도 마주치지 않았을까?!…… 최근 두 달간 몽골 잡지를 읽지 못했다. 누가 어떤 시를 발표했을까?! 우리 내몽골 문학 잡지들이 시대에 뒤떨어진 노인처럼 대학생들에게 외면받고, 일반 독자들에게도 옴 걸

---

* 문화혁명 시기에 학교가 폐교되기도 하는 등 많은 우여곡절이 있었다.
** 르·처이넘(ᠷ · ᠴᠣᠶᠢᠨᠣᠮ, 1936~1979): 몽골국의 서정시인.

린 양처럼 외면받고 있다는 말은 맞는 말이다. 시장경제가 길을 막고 있기 때문이라며, 어떤 이들은 자신들에겐 책임이 없는 듯이 말한다. 내몽골 문학이 모두 노쇠하거나 쇠퇴한 지경에 이른 것이 안타깝…… 숨베르가 이렇게 생각에 잠겨 걷고 있을 때, 눈앞에서 할흐 청년 하나가 커다란 검은 망원경을 들고 "망원경 사요, 망원경 사"라고 외치며 다가왔다. 머리엔 러시아문자가 적힌 챙 달린 모자를 쓰고, 종이처럼 얇은 외투를 입고, 무릎을 '헝겊 조각'으로 댄 검은 톤의 청바지를 입고, 통이 긴 검정 가죽 구두를 신은 멋쟁이 외몽골 청년이 매우 친근하게 느껴졌다. 숨베르는 그와 잡담이나 나눌 생각으로 망원경을 붙잡고 "얼마요?"라고 물었다.

"500위안! 200킬로미터까지 보이는 러시아 망원경이오!"

"왜 이리 비싸요?!"

"친구가 사면 아주 싸게, 400위안에 주리다!"

숨베르는 남부시장 동쪽의 건물을 망원경으로 당겼다 밀었다 쳐다보며 "다른 물건 있소?"라고 물었다. 외몽골 청년은 주머니에서 키릴문자로 인쇄된 구깃구깃한 신문을 꺼내 숨베르 눈앞에 흔들었다.

"이거요! 우리 『할론 훈질』*을 당신들은 비싸게 산다던데?! 사겠소?"

"어디, 봅시다."

---

* 『할론 훈질 (hml)/ (hml)』: 몽골국(외몽골)의 황색언론에 속한다고 한다. 몽골어로 '따뜻한 이불'이란 뜻.

숨베르가 손을 뻗자 외몽골 청년은 신문을 잡아당겼다.

"사면 보여주지요."

"봐야 내용을 알 거 아뇨! 일단 보고 삽시다."

"그럼 보슈!"

숨베르가 신문을 받아 펼쳐보니 봉긋한 큰 가슴과 또랑또랑한 검은 눈의 나체 여성이 1면에 보였고, 마지막 면엔 팬티를 무릎까지 내리고 한 손은 사타구니를 다른 손은 벌거벗은 젖꼭지를 가린 채 이를 드러내며 미소 짓는 미녀의 사진과, 벌거벗은 외국인 남녀가 뒤엉켜 한 사람이 다른 사람을 올라타고 있는 모습이 적나라하게 보였다. 나이만의 한 젊은이가 이런 신문을 갖고 자랑하다 경찰에게 잡혀 열흘간 구금되었다는 이야기를 떠올리고, 숨베르는 남이 보기 전에 잡지를 돌려주며 다른 핑계를 댔다.

"이런 신문을 우리는 황색언론이라고 해서 금지하고 있소! 경찰에게 걸리면 벌금을 내야 할 거요."

젊은이는 부랴부랴 신문을 접어 주머니에 넣고 어이없다는 표정으로 말했다.

"이상하네?! 이것도 하나의 문화잖아. 이거 없이 살 수 있소?"

숨베르는 바로 자리를 뜨지 않고 젊은이가 입고 있는 외투에 관심을 보이기 시작했다. 의기소침했던 숨베르에게 소소한 기분 전환이 되는 일인 듯했다.

"이 외투는 어디서 샀소?"

"내 외투는 일본제요. 한 장짜리 소가죽을 중국인은 두 겹으로 나누고, 일본인은 다섯 겹으로 나눈다오. 그래서 일제 외투가 이렇게 얇고 예쁘지 않소?!"

"모자는?!"

"러시아제!"

"바지는?!"

"미국제!"

"신발은?!"

"중국제!"

"다 외제군요! 그럼 형씨 몸뚱이만 몽골산이군요?!"

외몽골 젊은이는 숨베르의 의도적인 질문에 황당해하며, 지
나가려던 걸음을 멈추고 물었다.

"당신 몽골족이오?"

"그렇소!"

"당신들은 황금 바가지를 들고 쌀을 동냥한다던데, 사실이오?!"

"사실은 사실인 것 같소만. 그런데 당신들은 황금 부처가 있
어도 불공드리는 방법을 모른다던데, 거짓말이 아니죠?"

말싸움으론 안 되겠다 싶었는지, 외몽골 청년은 차갑게 웃으
며 말했다.

"우리 몽골에 베·에린친* 선생처럼 촌철살인의 입담을 자랑
하는 사람이 수없이 널렸소! 나랑 델히 호텔에 묵고 있는 젊은
시인 나차긴순달라이가 여기 있었으면, 형씨 혓바닥은 두 개라

---

* 베·에린친(ᠪ · ᠷᠢᠨᠴᠢᠨ, 1905~1975): 몽골국의 저명한 학자이자 작가, 번역가. 키
릴어를 몽골문자로 쓰는 데 반대하며 몽골전통문자를 계승해 쓸 것을 주장하
였다. 그의 대표작인 장편소설 『우린토야ᠦᠨᠡᠨ ᠦ ᠭᠡᠷᠡᠯ』가 1958년 북한에서 『초
원의 려명』이라는 제목으로 번역되어 출판되기도 하였다.

도 못 당할 거요.”

“젊은 시인이랬소?! 지금 그 호텔에 있소?”

숨베르는 소개받아 친구가 되고 싶다는 순수한 생각으로 물었지만, 외몽골 젊은이는 ‘이 자식이 정말 붙어보려는 건가?’ 하는 눈으로 숨베르를 쳐다보았다.

“만나고 싶으면 저녁에 가쇼! 지금은 외출했으니까! 그럼 이만!”

젊은이는 말을 내뱉고는 거들떠보지도 않고 가버렸다.

숨베르는 성급한 성격이라 저녁까지 기다릴 수가 없었다. 그는 책 살 돈도 없이 신화서점으로 가 새 책들을 훑어보았는데, 마음은 내내 델히 호텔에 가 있었다.

숨베르가 델히 호텔에 도착해 205호실 문을 노크하고 안으로 들어갔을 때, 거무스름한 둥근 얼굴에 갈색 양 눈을 한 젊은이가 여자처럼 긴 머리를 뒤쪽으로 묶어 허리까지 늘어뜨린 채 새로 산 붓과 수성 물감, 스케치용 연필 등의 문구류를 정리하는 중이었고, 옆에 있는 침대에선 약간 취기가 도는 갈색 얼굴에, 귀밑머리가 하얗게 센 건장한 체격의 배 나온 중년 남자가 16인치 흑백사진을 들고 뚫어져라 쳐다보고 있었다.

숨베르는 침입자라도 보는 듯 미심쩍어하는 두 쌍의 눈을 향해 소박하게 웃었다.

“나차긴순달라이 선생이 여기 계십니까?”

“선생은?”

머리 긴 젊은이는 누군지 모르겠다는 듯 되물었다. 숨베르가 말했다.

"제 이름은 숨베르라 합니다! 선생께서 시인이라는 얘길 듣고 인사라도 나누러 왔습니다."

순달라이는 반가워하며 숨베르의 손을 꽉 잡았다.

"고맙습니다. 선생도 시 쓰는 분이시겠죠?"

"그렇습니다."

"오호라, 인연이 있으면 천 리를 떨어져 있어도 만날 수 있지만, 인연이 없으면 얼굴을 마주하고도 만나지 못한다더니, 앉으세요! 앉으세요!"

숨베르는 침대 네 개짜리 방의 북쪽 벽에 있는 소파로 가서 앉았고, 순달라이는 그에게 맥주병을 하나 따서 주고, 옆에 있던 티 테이블에 직접 가져온 버어브*와 익힌 버르츠** 등을 내놓았다.

"마셔요! 맛 좀 보세요."

숨베르는 맥주를 한 모금 마시고, 적갈색의 둥근 버어브를 쪼개 맛을 보았다. 굉장히 맛있었다.

"두 분은 에리옌에 언제 오셨습니까?! 선생도 드시지요."

숨베르는 원래 친하게 지내던 사람처럼 스스럼없이 말을 걸며 순달라이에게 맥주병을 건넸다.

"셋째 날***(수요일) 왔어요. 내일 돌아갑니다."

---

* 버어브&: 밀가루 반죽을 기름에 튀겨서 만든 몽골 음식.

** 버르츠&: 몽골의 전통 방식으로 말린 고기.

*** 몽골국(외몽골)에선 월요일은 첫째 날, 화요일은 둘째 날, 수요일은 셋째 날…… 이런 방식으로 요일을 표현한다. 반면 내몽골에선 요일의 하나, 요일의 둘, 요일의 셋…… 과 같은 형식으로 표현한다.

순달라이는 손바닥으로 병의 주둥이를 문지른 후 맥주를 몇 모금 마시고, 다시 손바닥으로 병의 주둥이를 닦아 숨베르에게 돌려주었다.

"물건은 다 샀습니까?"

"거의 다 샀습니다. 에리엔의 물건 중엔 보면 사고 싶고, 사면 버리고 싶은 짝퉁이 많습니다! 저는 문구 위주로 샀는데, 문구는 짝퉁이 별로 없겠죠?!"

"예. 선생은 에리엔에 몇 번째 오셨습니까?!"

"처음이오! 에리엔에 자기 나이보다 많이 와본 이 형님을 따라와 별 어려움은 없습니다. 저희는 울란바타르에서도 한참 떨어진 에르드네트라는 도시에서 살아요! 에리엔에서 울란바타르까지 거리보다 두 배 멀죠! 에리엔에 한번 오는 것도 고된 일입니다!"

숨베르는 병에 든 맥주를 더 마시지 않고, 불쾌한 얼굴의 건장한 사내에게 말을 걸었다.

"선생님 성함은 어떻게 되십니까?"

숨베르가 처음 들어올 때 한번 멍하니 쳐다본 후, 다시 거들떠보지도 않고 사진만 뚫어지게 쳐다보며, 가끔 입을 맞추고 가끔 중얼중얼 혼잣말을 하던 건장한 사내는, 숨베르의 말을 잘 듣지 못했는지, 아니면 듣고도 무시했는지는 모르겠지만, 사진을 숨베르 쪽으로 내밀며 명령조로 말했다.

"이 사진 좀 보슈! 멋지지 않소?"

숨베르는 몸을 일으켜 사진을 받아 보았다. 건장하고 풍채가 좋은 백발노인의 흑백사진이었다. 순달라이가 옆에서 설명해주었다.

"이건 옛 사진을 복원해 확대한 겁니다! 30위안 들었어요."

"와, 엄청 비싸네요?! 바가지 썼군요."

건장한 사내는 손에 있던 너덜너덜한 낡은 사진 속 여섯 사람의 모습을 보며 말했다.

"상관없소. 30위안이 뭔 대수라고! 이건 우리 아버님이 세상에 남긴 유일한 사진이오. 우리 아버지는 어머니를 외몽골에 남겨두고 내몽골에 와서 잠깐 동안 사셨다 하오. 이들은 우리 아버지의 내몽골 부인과 그사이에 태어난 네 명의 아이들이오! 지금은 어디 있는지도 모르겠소. 불쌍해라! 우리 아버지는 이렇게 위풍당당한 분이셨는데."

그는 옛 사진에 다시 입을 맞추고, 갑자기 그리움이 북받쳤는지 뜨거운 눈물을 흘렸다.

돌아가신 분을 그리워하는 아들의 애절한 모습에, 숨베르도 가슴이 뭉클해지며 눈가가 촉촉이 젖었다. 그는 건장한 사내의 손에서 말없이 낡은 사진을 받아 새 사진과 비교하며 쳐다보다가, 건장하고 풍채가 좋은 백발노인에 대해 많은 것을 묻고 싶었지만, 사내가 하염없이 눈물을 훔치는 것을 보고 차마 묻지 못했다. 순달라이는 병맥주를 잡고 몇 모금 마신 후 '남자의 마음은 남자가 이해해야죠'라는 듯한 눈빛으로 숨베르를 응시하며 말했다.

"차린 형님 감정이 북받쳤나 봐요. 저도 아홉 살 때 어머니를 여의고 혼자 컸어요! 지금까지 어머니에 대한 시를 100편쯤 썼답니다! 새로 사귄 시인 친구께 한 수 읊어드릴까요?"

숨베르는 고개를 끄덕이고, 소파에 단정히 앉아 순달라이가 시 낭송하는 것을 경청했다. 그러면서 이들은 정말 감성이 바다처럼 풍부한 사람들이라고 부러워한다. 순달라이는 「어머니께」라는 시의 제목을 설명해주고, 넘칠 듯한 감정을 실어 읊기 시작했다.

세월을 못 이겨 쓰러지셨네, 어머니
내게 시를 쓰라고 시들어버리셨네, 어머니
제 명을 못 이겨 가버리셨네, 어머니
내 새끼, 내 새끼 하더니 나를 두고 가셨네, 어머니
가슴 터지도록 그리워하였네, 어머니께서
나무가 되신 것을 몰랐네, 어머니께서
나뭇잎을 흔들어대는 가을마다 찾아오고 싶었네
나를 기다리다 지쳐, 흐느끼며 가버리셨네, 어머니
방울방울 눈물이 옷깃을 타고 흐르네
마음이 자비로운 풀은 저절로 흔들리네
크나큰 슬픔에 넋을 잃고 눈물을 글썽이네
가물가물한 어머니 바람보다 먼저 말라버리네
세월을 못 이겨 쓰러지셨네, 어머니
나를 두고 시들어버리셨네, 어머니
손바닥을 펼쳐 보면
남과 다름 없는, 나도 누군가의 하나뿐인 자식이라네!

시를 읊어갈수록 순달라이는 감정을 주체하지 못하고, 양 눈을 닮은 갈색 눈에선 뚝뚝 눈물을 흘렸다. 격정은 취한 사람의 정서이면서 시인과 예술가의 정서이기도 하다. 순달라이는 손바닥으로 눈물을 닦으며 말했다.

"시를 읊으면 가슴이 뭉클해 자꾸 눈물이 나요! 남자의 눈물은 밖으로 흐르면 황금이고, 안으로 흐르면 불이죠."

숨베르는 서부 출신 동창들이 표준어 발음으로 시를 낭송하는 것을 들으며 매우 부러워했었다. 지금 외몽골의 시인 순달라이가 시 낭송하는 것을 보고 있자니 몽골 시는 이렇게 낭송하는 거구나 하는 생각에 내심 놀라고 감탄하여 테이프에 녹음했으면 좋았을 거라는 생각을 했다.

"펜과 종이 있습니까?! 선생의 이 아름다운 시를 적어놔야겠어요. 내몽골의 신문이나 잡지에 발표해드릴게요."

순달라이는 그에게 펜과 종이를 주고 「어머니께」라는 시와 「넌 나를 이해할 거야」라는 시 두 편을 한 글자 한 글자씩, 그리고 한 행 한 행씩 천천히 불러주며 잘 적을 수 있게 돕고, 다시 자신이 직접 펜과 종이를 들어 숨베르의 시를 적을 준비를 했다.

숨베르는 대부분의 내몽골 시인들과 마찬가지로 자기가 쓴 시들을 외우지 못했다. 단 하나, 아리오나를 위해 쓴 「금빛 사랑의 비너스」만은 다행히 외우고 있어서 낭송을 해주었다.

그들은 이렇게 꽤나 많은 시간을 보냈다. 순달라이는 숨베르의 시를 다 받아적고 흥분해서 말했다.

"아름다운 사랑 시예요! 저도 최대한 에르드네트의 신문에 발표해드리죠! 또 호텔이나 기차에서 만나는 사람들에게 제 내몽골 친구의 시라고 읽어줄게요."

"선생의 직업은 무엇인지요?"

"시골에서 교사로 일했어요. 얼마 전 에르드네트 시내로 이사 온 후 하는 일 없이 지내다, 장사라도 해보려고 여기 오게 되었어요, 선생은?"

"저도 시골 선생이었습니다. 나중에 후흐허트에 있는 사범대학교에서 공부했고, 최근에 졸업해서 에리엔에 왔습니다."

"저희는 비슷한 운명을 타고났네요. 언제부터 시를 쓰기 시작했어요?!"

"고등학교 1학년 때 시작했죠, 그러니까 9학년*부터 시작했네요."

"저도 시를 쓴 지 8년 됐습니다."

"선생은 '수정배' 시 경연대회에 참가하셨나요?!"

"입선한 적이 있어요! 큰 상은 젊은이 몫은 거의 없고요! '벌러르컵'**은 푸레브더르지나 라그와수렝*** 같은 분들도 신인 때는 받지 못했어요!"

"내몽골도 그렇습니다. 작은 상으로 젊은이들을 구슬려놓고, 큰 상은 나이나 지위, 이해관계에 따라 서로 '배려'하며, 권력

---

* 내몽골은 초·중·고등학교로 나뉘어 한국과 같지만, 외몽골은 초등학교 과정을 1~4학년, 중학교 과정을 5~8학년, 고등학교 과정을 9~10학년으로 분류한다. 내몽골과 외몽골이 학제가 다르기 때문에 상대방이 이해할 수 있게 숨베르가 몽골국 방식으로 설명해준 것이다. 당시의 내몽골은 초등학교 과정이 5년, 중학교가 3년 과정이었기 때문에 고 1이면 9학년인 셈이다.

** 외몽골의 시인들이 자신의 시를 낭송하는 일종의 경연 대회로 해마다 열린다.

*** 바오긴 라그와수렝(ᠪᠠᠭᠠᠳᠤᠷ ᠤᠨ ᠯᠠᠭᠪᠠᠰᠦᠷᠦᠩ, 1945~2019): 몽골국의 유명 시인으로 그의 시집이 『한 줄도 나는 베끼지 않았다』(이안나 옮김, 문학의숲, 2013)라는 제목으로 한국에 소개되었다. 이 번역서에는 '락그와수렌'으로 표기.

을 가진 사람들끼리 나눠먹을 뿐 젊은이들에겐 잘 주지 않습니다! 이는 정말 훌륭한 작품을 써서 상을 받은 소수의 재능 있는 작가들까지 오염시키고, 열심히 작품을 쓰는 젊은이들의 의욕마저 꺾어놓는 행위죠. 몽골 문학의 역사에서 지워지지 않는 오점으로 남을 겁니다."

"예, 이 이야기는 그만하지요! 훌륭한 작품은 상을 받지 않아도 영원할 겁니다! 관건은 우리가 대작을 창작할 수 있느냐 여부에 달렸죠! 대작은 시대, 지역, 민족에 국한되지 않고 전 인류의 지혜의 총화인 거죠. 저는 조국이란 개념 역시 국경으로 나뉜 영토가 아닌, 사람의 마음을 통해 한없이 연결된 사랑과 신뢰의 영역으로 봅니다……"

두 사람은 이렇게 시간 가는 줄 모르고 대화를 나누느라 차린 씨가 나가버린 것도 몰랐다.

갑자기 문소리가 나고, 외몽골 남자 둘과 여자 한 명이 가방과 물건을 가득 지고 재잘거리며 들어왔다. 이 방에 묵는 사람들일 것이다! 에리엔의 호텔은 외몽골 손님들을 남녀 구분 없이 원하는 방에 같이 숙박시킨다는 말을 아리오나에게 들은 적이 있었기 때문에, 그다지 신기하거나 이상하진 않았다. 그래도 침대 네 개짜리 방에 다섯 명이 어떻게 묵나?! 하는 생각이 들었지만 묻지는 못했다. 이때 차린 씨도 들어와서 "순달라이. 이제 가볼까?! 내 몽골족 친구가 호텔 식당에서 우리를 기다리고 있어"라고 아까처럼 저음의 명령조로 말했다. 순달라이가 "예, 예" 하며 소파에서 일어났고, 숨베르도 일어나며 헤어지기 아쉬운 표정을 지었다.

"또 언제 에리옌에 오십니까?"

"한 달쯤 후에나 올 것 같아요! 다음에 올 때는 물건을 좀 가져와 팔고 싶습니다. 선생께서 좀 도와주세요!"

"예!"

"내일 일찍 버스로 국경을 넘어 자밍우드로 가기 때문에 오늘이 마지막이네요! 다음에 오면 선생과 함께 좋은 시간 보내고, 같이 기념사진도 찍고 싶어요."

"좋지요. 다음에 오시면 전화 주십시오! 저는 여자 친구 집에 살고 있습니다! 전화번호는 (0479) 75213××입니다."

"고맙습니다. 다음에 올 때 꼭 연락할게요."

순달라이는 아까 숨베르의 시를 적었던 종이 뒷면에 전화번호를 적고, 품에 넣으며 미소 지었다. 숨베르는 순달라이와 건장한 사내의 손을 각각 붙잡고 "안녕히 가세요"라고 인사하고 '205호'실에서 나왔다.

순달라이가 뒤따라 나와 다시 그의 손을 힘껏 잡고 "선생도 나중에 에르드네트에 오세요! 조심해서 가세요"라고 진심에서 우러나온 말을 했다……

사람 관계는 끊어지기 쉽다

오늘은 일요일. 중개업자들에게 일요일은 '죽 쑤는 날'이다. 일요일에 남부시장을 찾는 외몽골 사람들이 상대적으로 줄어들기 때문이다. 그래서 이날은 시장에 나오는 중개업자도 줄어

든다. 일요일이면 점심때까지 자는 게 많은 중개업자의 습관이
되었다.

만라이도 오늘은 대낮까지 자고, 일어나자마자 홍수가 나도
록 소변을 보았다. 철멍은 더 가관이어서 최근 한 달 정도를
실수로라도 한번 삼륜거를 타고 나가본 적 없이 거의 매일을
한낮이 되도록 잠만 잤다. 어떻게 바라볼 것이냐에 따라 그 사
람에 대한 판단은 달라진다. 철멍을 지나치게 비난하는 입장에
서는 '잠꾸러기' '게으름뱅이' '무능력자'라고 말하겠지만, 지나
치게 옹호하는 입장에서는 '운명의 장난에 농락당한 가엾은 청
년이야'라고 이해할 수도 있다. 지나친 비난과 지나친 옹호는
모두 편견에 빠질 수 있는 안이한 태도임을 우리는 안다. 그러
나 실제 생활에서 모든 일을 정확하고 객관적으로 보는 경우
는 드물고, 왜곡된 눈으로 보는 경우가 더 많은 법이다! 어쨌
든 오늘 철멍은 형보다 늦게 일어났다. 그리고 뒤꼍에 가서 소
변을 보고 와서 세수를 하는 중이다.

나산달라이 씨는 경비 일을 끝내고 돌아와 일찌감치 일어나
있던 어윤다리와 조카인 하보라와 함께 쌀죽을 먹었다. 그리고
부부는 가을 절임용 배추*를 사러 철멍의 삼륜거를 끌고 밖으
로 나갔다.

만라이는 동생보다 먼저 세수를 끝내고 헤어젤과 스킨, 로션

---

* 내몽골에선 가을에 작은 항아리 한두 개 분량의 통배추를 뜨거운 물로 삶거
나 찬물로 씻어서 소금에 절인다. 대개 다른 재료 없이 소금만 넣고 한국의 김
치처럼 먹는다. 이와 비슷한 셴세 ~~~~(중국어 시엔차이咸菜)는 썰어서 생강
등과 섞어 절이고 고기나 다른 재료와 함께 요리를 하거나 탕을 해서 먹는다.

등을 빠진 데 없이 다 발랐다. 그는 쌀죽을 좋아하지 않았기 때문에, 집에서 제일 가까운 신신슈퍼에서 라면 네 개를 사 와 전기 솥에 끓이느라 부산을 떨었다.

15분이 채 되지 않아 만라이는 라면을 다 끓이고 그릇 세 개에 나누어 담았다.

"하보라 형! 철멍! 안 먹어?"

개어놓은 이불 위에 드러누워 『국내외의 재밌는 소식들』이라는, 외설과 살인 사건으로 가득한 중국 잡지에서 나체 여성들 사진이 있는 페이지를 활짝 펼쳐놓고 정신없이 읽던 하보라는 책에서 눈을 떼지 않고 대꾸했다.

"난 방금 먹었다. 너희들 먹어."

"쌀죽으로 배불러?! 와서 라면 먹어! 형 몫도 끓였으니까."

만라이가 재차 권하자 배가 출출했던 하보라는 몸을 일으켰다. 그는 잡지를 침대에 뒤집어놓고 둥근 식탁을 향해 앉은걸음으로 다가왔다.

철멍도 묵묵히 식탁으로 다가와 맛있는 향을 뿜는 라면을 먹는다. 그의 표정은 내내 어두웠다. 하보라의 표정은 철멍보다 심각해서, '본전마저 다 날린 한족' 같은 표정으로 시큰둥하게 라면을 먹는다. 그는 정말로 본전을 다 날렸다. 자신의 돈만 날린 게 아니라 철멍의 돈까지 깡그리 날렸다. 얼마 전 철멍이 주워 온 비단을, 만라이가 반 달가량 뛰어다니며 외몽골 친구들에게 시장 가격보다 조금 싼 3천 위안에 팔아주었다. 철멍은 3천 위안을 받아 들고 펄쩍 뛰며 좋아했다! 좋긴 했지만 한편으론 무슨 장사를 할지 몰라 고민 중일 때, 하보라가 "우리 양파 장사를 해보자! 내게도 몇천 위안이 있으니까, 둘이 힘을 합해 남보다 먼저 양파 두 컨테이너만 들여와 팔면 아주 많이 남을 거야. 내가 재작년 가을에 여기 왔을 때 보니 외몽골 사람들이 이때쯤 양파, 감자, 당근 같은 겨울 식량을 사느라 정신없이 바쁘더라. 그저께 시장의 채소상들과 이야기를 해봤어. 일부는 당장 양파와 감자 등을 들여오려고 준비 중이라는 소식이 들리고, 또 일부는 손안에 자금이 부족해 애가 타는 것 같아. 우리도 지금 시작하면 반드시 성공할 거야"라고 말했다. 이 말을 들은 어욘다리도 "맞아, 맞아. 외몽골 사람들 겨울 식량 가져갈 때가 됐다. 어디서 어떤 채소를 싸게 살지는 하보라 형이 알 거다. 남 따라 장사하면 이윤이 적고, 남보다 먼저 하면 이윤이 크다고 사업의 달인인 아리오나 외삼촌 하일라스가 말했잖아"라고 맞장구를 쳤다. 사촌 형 하보라를 따라다니며 장사를 하면 철멍도 손해 볼 이유가 없다고 어욘다리는 철석같이 믿었고, '또 같이 장사해 돈 좀 모은 후 다른 장사를 해도 되지. 그저 삼륜거 끄느라 고생만 안 하면 돼! 그러다가 맘에 드는 며느리를 얻어 가정을 꾸리면 우리 임무는 끝이야' 하면서 흐뭇한 상상을 했다. 우연찮게 굴러 들어온 돈으로 철멍이 더 큰 돈을 벌 수 있다면 쌍수를 들고 환영할 일이 아니겠는가? 철멍의 생각도 어머니와 크게 다르지 않았다. 딱 하나, 3천 위안을 눈덩이처럼 굴려 크게 크게 불린 후 써도 써도 끝이 없는 큰돈이 되면, 사비로 체육대학에 진학해 우선 전국적으로 유명해지고, 그 이후에는 마이클 조던처럼 세계적으로 유명한 농구 선수가 되겠다는 생각만이 며느리를 얻어 가정을 꾸렸으면 하는 어머니 생각과 다를 뿐이었다!

하보라가 수중에 지니고 있던 5천 위안의 자금은 나이만에 있는 친척들에게 사정사정해서 빌려온 돈이었다. 얼마 전까진 빚 받아내는 일이 돈을 빌리는 것보다 힘들다고 말하곤 했는데, 최근 들어서는 빌리는 일이나 받는 일이나 다 만만치 않게 되었다. 그렇기 때문에 힘들게 빌린 5천 위안은 하보라에게 목숨과도 같은 돈이었다! 이모부 집에 처음 와 술을 마시던 그날, 하보라는 마음에 담아놓은 말을 털어놓고 싶었지만 무슨 생각에선지 입 밖으로 꺼내지 않았다. 그 주류 회사가 은행에 수천만 위안을 빚지고, 사장이 엄청난 돈을 빼돌렸다 들통나 작은마누라와 내뺀 탓에 자신을 비롯한 수많은 직원이 직장을 잃었다고 말한 것은 일방적인 주장이었다. 사실 그 역시 츠펑, 베이징, 장자커우, 다롄, 선양 등지로 술을 팔러 다니며 공금으로 좋다는 것은 다 먹고, 예쁘다는 아가씨들과 마음껏 즐기고, 각지의 특산물을 선물로 받아 챙겼던 것이다. 나중엔 술 판 돈을 회사에 입금하지 않고 몇백, 몇천 위안씩 써버려 빚을 6만 위안이나 지고 말았다. 작년 겨울, 회사가 사유화되면서 공장 측은 과거의 장부를 정리하고 회수 가능한 빚은 매서울 정도로 추심을 했다. 빚을 갚지 않는 직원들에게는 법으로 해결하겠다고 으름장을 놓자, 빚이 있는 사람들은 질겁을 하고 사방팔방으로 돈을 빌리러 다녔다. 하보라 역시 이 운명을 피하지 못했다. '동쪽 벽을 허물어 서쪽 벽을 보수'하고 난 후, 최근에 다시 친척에게 5천 위안을 빌려 에리엔에서 돈을 벌어보려고 온 것이었다.

하보라는 이전에 봐둔 것과 새로 조사한 것을 근거로 남들보다 앞서 양파를 들여오면 큰 이익이 떨어질 거라고 확신했다. 그러나 자금이 약간 부족한 듯했기 때문에 철명과 동업하자고 말을 꺼낸 것이었다! 그렇게 해서 하보라는 철명의 3천 위안과 자신의 5천 위안을 싸 들고, 컨테이너 두 개를 실을 수 있는 트레일러를 빌려 베이징의 채소 시장으로 향했다. 다음 날 저녁 두 명의 '협객'이 양파 두 컨테이너를 실어 와 에리옌의 채소 도매시장에 자리를 얻고 짐을 풀었다. 물건을 도둑맞을까 봐 둘은 덜덜 떨며 밤을 새워 지켰을 뿐 아니라, 다음 날 남들보다 일찍 들여온 양파를 도매로 팔려고 졸음과 배고픔도 참고 기다렸다. 그리고 정말로 그을린 얼굴에 신체 건장한 외몽골 남자가 산더미 같은 양파 더미 앞으로 다가왔다.

"푸우, 전부 빨간 양파네."

그는 혼자 중얼거리며 귀신이라도 본 듯 인상을 쓰고 휙 돌아서 가버렸다. 하보라는 달려가 길을 막고 물었다.

"손님, 새로 들여온 베이징 양팝니다. 싸게 드릴게요! 몇 킬로나 사실 건가요?"

"당신들 양파가 빨간색이 아니고 흰색이었다면 내가 다 샀을 거요! 우리는 빨간 양파 싫어해."

외몽골 남자는 어깨를 으쓱하더니 감자 더미가 있는 다른 곳으로 가버렸다.

하보라는 제 귀를 믿지 못하겠다는 듯 망연자실한 표정을 지었다. 철명도 넋을 잃고 멍하니 바라보았다! 남들보다 먼저 양파를 들여올 생각만 했지, 외몽골 사람들이 어떤 색깔의 양파를 사는지는 생각조차 못 했다. 왜 남들에게 물어보지도 않았을까?! 하보라는 가슴이 철렁 내려앉아 이제 어쩌지?! 이 많은 양파를 아무도 안 사면 나는 이제 죽었다! 목숨 같은 돈을 날려버렸어! 하며 땅을 치고 후회했다. 그러나 옆에 있던 철명은 문제의 심각성을 잘 모른 채 의견이랍시고 말을 꺼냈다.

"외몽골 사람들이 안 사면 에리엔 사람들한테 팔지 뭐."

사실 그것 말고 다른 방법이 없었다! 둘은 보름 정도 죽을 고생을 해가며 겨우 100킬로그램을 팔았다. 도매로 산 사람은 하나도 없었고, 그저 다섯 근이나 열 근을 사는 사람이 대부분이었다. 그들보다 나중에 호짜들이 들여온 흰 양파가 한 컨테이너씩 도매로 팔려나가는 것을 멍하니 쳐다보며, 하보라는 수도 없이 제 뒤통수를 치고 후회했다. 그러나 후회는 손실을 손톱만치도 채워주지 못했다.

'외국인 클럽'을 공안국에서 폐쇄한 밤, 하보라와 철명은 후회, 피로, 좌절로 인해 심신이 피폐해졌다.

"이따위 양파를 누가 가져가겠어?"

그들은 밤을 새워 지키지도 않고 방치해버렸다. 다음 날 아침 일찍 가보니, 산더미 같던 양파가 쓸모없는 껍질과 쓰레기만 남기고 모두 사라졌다. 하보라와 철명은 "밤새 안 지켜도 된다고?! 지닝 출신 한족 중에는 도둑이 수도 없이 많아!"라는 어욘다리의 충고를 듣지 않은 것을 혀를 차며 후회했지만, 도둑맞은 물건을 되찾는 것은 불가능한 일임을 알고 공안국에 신고도 하지 않았다. 이렇게 하보라와 철명은 본전까지 다 날리고 빈털터리가 되었다.

만라이와 하보라, 철멍 세 사람이 각자의 그릇에 담긴 라면을 다 먹어갈 즈음, 문이 열리며 말썽꾸러기 오치랄트가 들어왔다.

"와, 먹을 복이 있는 사람은 어딜 가나 먹을 게 있군! 큰창자가 작은창자를 잡아먹을 것 같아! 만라이야, 그릇 좀 줘봐."

말썽꾸러기 오치랄트는 들어오자마자 넉살 좋게 주절거리며 만라이의 그릇을 채 갔다. 만라이는 동서가 될 말썽꾸러기 오치랄트와 원래부터 허물없는 친구 사이였다.

"걸신들렸군! 새로 라면 끓여줄까?"

"아냐, 아냐. 이거면 됐어! 내 마누라는 아침밥을 해줄 생각을 안 해! 아침 굶는 게 습관이 되긴 했지만, 엊저녁에 밥 안 먹고 술만 마셨더니 아침에 배고파 죽을 뻔했어."

그는 그릇 밑바닥에 남은 라면을 국물과 함께 훌훌 들이켜며 굵은 저음으로 지껄였다.

말썽꾸러기 오치랄트는 젓가락을 몇 번 휘저어 게 눈 감추듯 먹어치우고, 보온병을 잡아채 뜨거운 물을 그릇에 가득 부었다. 그는 하보라와 철멍을 힐끗 쳐다보며 말했다.

"옳지! 오늘 넷이서 내기 카드 어때?"

철멍도 하는 일 없이 노느니 카드라도 치는 게 나을 것 같아 맞장구를 쳤다.

"좋아! 무슨 게임으로 할까?"

말썽꾸러기 오치랄트가 제안했다.

"백점* 게임으로 하지. 파쓰 게임은 자네들한테 어려울 테

---

* 중국어로 바이펀百分이라 한다. 트럼프 놀이의 일종이다.

니까.”

잠시 후 네 사람은 식탁에 둘러앉아 백점 게임을 시작했다. 블랙 카드와 레드 카드로 편을 나누자, 하보라와 철명이 한 편, 말썽꾸러기 오치랄트와 만라이가 한 편이 되었다. 진 쪽에서 각자 10위안씩 갹출해 맥주, 햄, 채소 절임 등의 먹거리를 사다 먹기로 했다.

열두번째 순서가 되었을 때 하보라와 철명의 점수가 490점, 말썽꾸러기 오치랄트와 만라이가 215점이었다. 말썽꾸러기 오치랄트는 남은 여섯 패를 100점으로 받았다. 이번 순서에서 모든 점수가 나면 215점에 300점이 더해져 게임이 끝나고, 말썽꾸러기 오치랄트와 만라이 쪽이 이긴다. 반면에 하보라와 철명은 상대에게서 10점 이상만 따면 500점이 나 끝나는 상황이었다. 정말로 네 사람의 머리에서 김이 나고, 속은 바짝바짝 타고, 승부의 향방이 정해지는 결정적인 순간이 왔다!

세번째 세트*에 만라이가 먼저 패를 냈다. 그가 내놓은 것은 ‘주패’**가 되는 레드 하트 9였다. 철명은 손안에 ‘10점’짜리가 하나뿐이라 레드 하트가 그에게 없으면서도 점수를 아끼느라 내놓지 않고, 아무거나 다른 것을 내놓았다. 그로 인해 하보라의 ‘작은왕’을 빼앗겨 아무것도 먹을 게 없게 되었다. 말썽꾸러기 오치랄트는 오직 ‘작은왕’만을 두려워했기 때문에 카드를

---

* 500점이 날 때까지 카드를 여러 판 치게 된다. 500점이 나면 1세트가 된다.
** 주패主牌: 여섯 개의 패를 가진 사람이 하트, 스페이드, 클로버, 다이아몬드 중에서 하나를 지정하는데 지정된 패는 가장 끗발이 강한 패가 된다.

탁자에 차르륵 펼치며 방 안이 떠나가게 소리를 질렀다.

"하하하, 그쪽에선 더 낼 점수가 없어. 우리가 이겼다!"

얽은 얼굴이 창백하게 변한 하보라는 식탁에 탁 소리가 나게 카드를 집어 던지고 돌아앉았다.

"게임 망친 사람이 돈 내!"

철멍은 이 말에 울컥 화가 치밀었지만, 형뻘 되는 사람이라 지껄이고 싶은 대로 지껄이라지 하며 꾹 참고 말썽꾸러기 오치랄트에게 말했다.

"한판으로 승부를 가릴 수는 없지! 남자의 승부는 모두 세 판이야! 세 판 중 두 판을 이겨야 이긴 거지."

만라이는 동생 편을 들었다.

"좋아, 좋아! 부흐식*으로 승부를 가리자."

만라이는 탁탁 소리를 내며 패를 섞었다. 그러나 하보라는 아까 보던 잡지를 집어 들고 개어놓은 이불을 베개 삼아 벌렁 드러누웠다.

"나는 안 해. 안 할 거야. 철멍이랑 한 편이면 다 질걸."

3천 위안을 몽땅 날려버린 하보라에게 감정이 쌓여 있던 철멍은, 아까 들은 말은 간신히 참았지만 이 말에는 더 참지 못하고 반박했다.

"뭐라고?! 보자 보자 하니까 못 하는 말이 없네?! 알았어. 내가 잘못해서 졌으니 내가 게임비 낼게! 그럼 형도 양파를 잘

---

* 부흐ᄶ는 몽골 씨름을 가리키는데, 원래 정식 경기에서는 한 번 싸워서 승부를 가리지만, 일반인들 사이에서 장난처럼 세 번 싸워서 승부를 가리는 일도 있다 한다. 따라서 정확한 표현은 아니다.

못 샀으니 잃은 돈 내놔!"

이 말에 하보라는 벌떡 일어나 살기등등한 표정을 지으며 화를 냈다.

"내가 너한테 동업하자고 강요를 했냐?! 좋은 뜻에서 같이 장사해 이익도 같이 나누기로 했던 거잖아! 그러다 망한 것을 어쩌라고?! 사실 너한테도 책임이 있어. 넌 몇 년씩이나 에리엔에 살고도 외몽골 사람들이 무슨 양파를 먹는지도 몰랐냐?"

철멍은 조용할 땐 조용하지만 분노가 폭발하자 사나운 말처럼 흥분해서 고함을 쳤다.

"부끄러운 줄 알아! 혼자 다 아는 것처럼 잘난 척해놓고, 망하니까 애꿎은 사람한테 책임을 전가해?! 우리도 형을 친척으로 생각 안 했으면 밥 먹여주고 재워줬겠어? 낯두꺼운 사람에겐 염치가 없고, 거친 땅에는 길이 없다더니, 참 나!"

"그만해, 그만!"

만라이가 동생을 말렸지만 소용없었다. 말썽꾸러기 오치랄트도 하보라를 달랬다.

"놀이가 싸움이 되면 되겠어?! 쓸데없이 싸우지 마, 그만 싸워!"

하보라는 철멍의 말에 더 격분해 눈을 치켜뜨고 소리를 질렀다.

"너 말조심해! 멋대로 짖지 말고!"

"자기는 말조심했나?! 짖지 말라니, 어디다 대고 욕하고 무시해?! 이 집에서 꺼져! 개처럼 꼬리 내리고 꺼져!"

철멍도 눈에 불을 켜고 삿대질을 하며 고래고래 소리를 질렀다.

다툼이란 게 이렇다. 싸우다 보면 누구나 한순간의 분노로 인해 해선 안 될 말을 하고, 흥분해 인륜을 저버리기도 한다. 이 싸움 끝에 하보라는 정말 이모와 이모부의 말도 안 듣고 가방과 재킷을 챙겨 씩씩거리며 나가버렸다.

가물 때 내리는 비가 단비,
고달플 때 찾는 친구가 좋은 친구

같은 시간 다른 장소에서 유사한 일들이 허다하게 일어나는 것은 자연의 섭리에 따른 일반적 현상이다. 숨베르가 외몽골 시인 순달라이와 기분 좋게 만난 다음 날, 즉 철멍과 하보라가 카드놀이를 하다가 다툼이 있었던 일요일에, 숨베르와 아리오나 사이에 처음으로 말다툼이 생겼다. 이 말다툼의 원인은, 어제 숨베르가 아리오나에게 말도 없이 나가버려 아리오나가 하루 종일 걱정을 했기 때문이 아니라, 아리오나의 어머니 구일레스 여사 때문이었다. 어제 오후 숨베르가 외몽골 시인 순달라이와 만나 기분 좋게 취해 들어왔을 때, 아리오나의 화난 얼굴과 구일레스 여사의 불쾌한 눈빛이 그를 맞이했다. 숨베르는 한편으로 얼큰히 취하기도 하고 한편으로는 아침에 아리오나에게 말도 없이 나갔던 일로 적잖이 미안했기 때문에, 아리오나의 화난 얼굴을 향해 민망한 웃음을 지으며 "아침에 잠깐 남부시장을 돌아보고 오려고 말을 안 하고 나갔어. 그런데 시장에서 외몽골 시인을 만났지 뭐야. 그래서 호텔에 가서 놀다 보니 하루가 가버렸어"라고 그날의 사정을 설명했다. 하루 종일 어머니의 "그 화상은 혓바닥도 안 달린 놈처럼 말도 없이 어디로 쏘다닌다냐?! 설마 고향으로 몰래 도망친 건 아니겠지?! 집에서 3만 위안만 가져오라고 한 게 언제인데 이렇다 저렇다 말도 없고. 네 아버지만 쳐다보면 어쩌라는 거니?! 네 아버지가 금똥을 싸는 것도 아니고. 남의 자식 먹여 살리느라 장가갈 나이 된 우리 두 아들도 걱정이야! 아리오나 너! 저녁에 숨베르가 오거든 말해! 집에서 3만 위안 구해 오지 않을 거면 헤어지자고. 너희가 헤어지기 싫다 해도 우리가 못 받아들여!"라는 잔소리를 귀가 윙윙거리게 들었던 아리오나는 속으로 '자기도 여자면서 딸 차별하고 있어!'라고 엄마를 원망했지만, 숨베르한테도 화가 나 마음에 짜증이 가득 차 있었다. 숨베르가 내내 엄청난 부담감을 안고 있는 것을 헤아려 화내지 말자 하면서도 답답하고 화가 나는 것은 어쩔 수 없었다! 그러나 그녀는 어머니 앞에선 숨베르에게 인상만 썼을 뿐, 함부로 성깔을 부리거나 화내지는 않았다. 오늘 아침이 되어서야 아리오나는 욕실에서 세수를 하던 숨베르를 쫓아가 불만을 토해냈다.

"도대체 무슨 생각을 하고 다니는 거야?! 엄마는 네가 3만 위안 못 구해 오면 헤어지래."

얼굴을 닦고 있던 숨베르는 수건을 든 채로 아리오나를 멀뚱히 쳐다보며 물었다.

"그래서 3만 위안 못 구하면 나랑 헤어지기로 했어?"

이 말에 아리오나는 화가 나 반문했다.

"그럼 3만 위안을 구할 생각도 안 하는 것은 내가 싫어서 그런 거야?"

"그럼 넌 3만 위안짜리란 말이지?"

숨베르가 따지고 들자 아리오나는 얼굴을 붉혔다.

"나는 그깟 돈 구해 오라고 안 해, 하지만 엄마는 내 뜻대로 할 수 없잖아."

"아, 그럼 넌 자기 일도 주체적으로 못 한다는 말이네?! 지금은 20세기 90년대야!"

"말장난하지 마! 이상은 이상이고 현실은 현실이야! 정말로 나를 사랑한다면 집에서 3만 위안 구해 와!"

아리오나는 욕실 문을 쾅 닫고 나가버렸다. 숨베르는 작은 욕실에서 혼자 거울을 등지고 서 있었다. 아리오나를 처음 만난 때부터 지금까지 겪은 일들이 떠올랐다. 아리오나에게서 첫 답장을 받았을 때의 격렬한 두근거림, 처음으로 데이트를 하던 밤의 설렘, 첫 키스의 황홀함, 그리고 아리오나를 위해 「금빛 사랑의 비너스」라는 사랑 시를 써 잡지에 발표하고 대학생들 사이에서 각광받던 날들이 마치 파노라마처럼 눈앞에 펼쳐졌다. 이어서 아리오나가 했던 좀 전의 말이 푸른 산을 폭파하는 화약 소리처럼 귓속에서 세차게 메아리쳤다. 그 말을 던지던 아리오나의 쌀쌀한 눈빛이 아름답던 추억들과 함께 번갈아 떠올랐고, 숨베르의 눈에선 자신도 모르게 원망과 슬픔의 눈물이 나와 뺨을 따라 흘렀다. 그는 순달라이가 말했던 "남자의 눈물은 밖으로 흐르면 황금이지요"란 말을 생각했다. 그러나 황금 같은 귀한 눈물을 자기 외에는 알아주는 사람이 없다. 현실은 현실이다. 객관적 현실을 숨베르도 받아들이지 않을 수 없었다. 숨베르는 토 교수를 떠올렸다. '가물 때 내리는 비가 단비, 고달플 때 찾는 친구가 좋은 친구'라고 했다…… 어쨌든 부모님께 돈 달라고 손을 벌릴 순 없어. 두 분이 어디서 3만 위안을 내놓겠어?!…… 숨베르는 이렇게 앞뒤를 곰곰이 생각하다가 오늘 토 교수를 만나 3만 위안을 빌리기로 마음먹었다. 이 결정 한편엔 말할 것도 없이 토 교수에게 못 빌리면 아리오나와 다른 방법을 논의해보자, 라는 계산도 깔려 있었다.

숨베르는 아침을 먹자마자 아리오나에게 말했다.

"나가서 집으로 편지 보내고 올게."

아리오나는 열심히 젓가락질을 하고 있던 아버지 어머니의 얼굴을 의기양양한 눈빛으로 번갈아 쳐다본 후, 애정 가득한 목소리로 묻는다.

"이렇게 빨리 편지를 썼어?"

숨베르는 아리오나를 흘깃 쳐다보았다.

"우체국 가서 몇 글자 끄적이면 되잖아."

숨베르가 대답을 하고 나가려 하자, 아리오나는 의자에서 부랴부랴 일어났다.

"기다려, 펜과 종이도 가져가!"

그녀는 탁탁 슬리퍼를 끌며 위층으로 달려갔다.

아리오나는 가져온 펜과 종이를 숨베르에게 주고, 볼에 살짝 입을 맞추며 속삭였다.

"아침에 생리가 시작됐어. 같이 우체국에 못 갈 것 같아! 그 날이면 신경이 예민해지는 거 너도 알잖아! 아깐 괜히 짜증을 낸 것 같아."

이런 말과 태도가 산들바람처럼 숨베르의 마음속 자욱한 안개를 싹 쓸어버리고, 사랑하는 애인 아리오나를 위해 물불을 가리지 않겠다는 무한한 에너지를 주는 것은 참 신기한 일이다! 숨베르는 이렇게 여리고 쉬이 감상에 빠지는 사람이었다. 나가면서 집에 편지할 생각은 추호도 없으며, 친구인 토 교수에게 돈을 빌리러 가는 거라고 아리오나에게 솔직히 말할까 생각했으나, 때로는 선의의 거짓말이 내성적인 자신을 지키는 방법이란 생각에 그냥 밖으로 나갔다. 아리오나가 그의 뒤에서 쫓아와 주머니에서 빳빳한 50위안짜리 새 지폐를 꺼내 숨베르의 손에 쥐여주었다.

"받아. 택시 타고 다녀와."

숨베르가 망설임 없이 50위안을 받아 주머니에 넣고 나가는데, 걸러어라는 이름의 늑대개가 그의 바짓가랑이를 핥더니 다시 개집을 향해 꼬리를 흔들며 돌아갔다. 마치 구일레스 여사의 약삭빠른 생각을 닮은 듯했다. 이런 생각이 드는 것은 구일레스 여사가 숨베르를 못마땅해하고, 숨베르 역시 구일레스 여사를 존경과 사랑으로 대하지 못하기 때문이었다. 아리오나는 문 앞에서 손을 흔들며 "빠이, 빠이"라고 사랑스럽게 소리치며 그를 배웅했다.

숨베르는 택시를 타지 않았다. 삼륜거도 타지 않았고, 그냥 어슬렁거리며 토 교수의 셋집을 향해 걸어갔다. 토 교수의 셋

집에 가서 속이 후련해지도록 이야기를 나눈 적이 있었다. 그
때 숨베르는 토 교수를 '사회백과사전'이라고 속으로 생각하
게 되었다. 토 교수는 웬만한 사람들은 하찮게 여겨 별로 대화
를 나누지 않지만, 숨베르와 만나면 이야기보따리를 술술 풀어
놓았다. 클린턴, 옐친부터 황 사장, 하 사장, 고비, 만라이, 철
명…… 등 주변 사람들까지, 칭기즈, 쿠빌라이, 릭단호토그트*
부터 뎀첵둥롭,** 하풍가,*** 어치르바트****까지, 『안나 카레니나』
『고요한 돈강』 『통갈락타미르』*****에서 『뎰게르항가이』******『자
사긴허트고르』*******『차강보그틴실』********까지, 걸프 전쟁, 노스트

---

* 릭단호토그트한(ᠯᠢᠭᠳᠡᠨ/ ᠬᠣᠲᠣᠭᠲᠣ ᠬᠠᠭᠠᠨ, 1592~1634): 북원의 마지막 황제.

** 뎀첵둥롭(ᠳᠡᠮᠴᠦᠭᠳᠣᠩᠷᠣᠪ, 1902~1966): 내몽골 수니드 허쇼의 왕후王后 가문에서
태어나 열일곱 살 때 부맹장이 되었다. 중일전쟁 발발 후 몽골연합자치정부의
주석으로서 일본의 힘을 이용해 몽골족의 통일과 독립을 쟁취하기 위해 일본
에 협력하는 입장을 취하였다. 중화인민공화국이 들어선 후 전범자로 수용되었
다가 1963년에 특사로 석방되어 내몽골인민위원회 참의參議에 취임하였다.

*** 하풍가(ᠬᠠᠹᠤᠩᠭᠠ, 1908~1970): 몽골족 혁명가.

**** (폰살마) 어치르바트(ᠣᠴᠢᠷᠪᠠᠲ, 1942~): 몽골국의 초대 대통령.

***** 『통갈락타미르 ᠲᠤᠩᠭᠠᠯᠠᠭ ᠲᠠᠮᠢᠷ』: 차드라발 로도이담바(ᠴᠠᠳᠷᠠᠪᠠᠯ ᠤᠨ/ ᠯᠣᠳᠣᠢᠳᠠᠮᠪᠠ, 1917~
1970)의 장편소설로 국내에선 『맑은 타미르강』이라는 이름으로 번역되었다. 몽
골 혁명 시기의 이야기를 다루었다.

****** 『뎰게르항가이 ᠳᠡᠯᠭᠡᠷ ᠬᠠᠩᠭᠠᠢ』: 부렝톡스(ᠪᠦᠷᠢᠩᠲᠦᠭᠦᠰ, 1947~)의 장편소설로 '광활한
항가이' '광활한 산맥' 등의 의미를 지니며, 몽골국의 『통갈락타미르』에 비교되
는 내몽골의 대표적 역사소설이다.

******* 『자사긴허트고르 ᠵᠠᠰᠠᠭ ᠤᠨ/ ᠬᠣᠳᠠᠭᠣᠷ』: 므·하스바간(ᠮ · ᠬᠠᠰᠪᠠᠭᠠᠨ/, 1950~)의 장편소설
로 '자사긴 분지' 등의 의미를 지니며 역시 내몽골의 대표적 역사소설 중 하나
다(내몽고인민출판사, 1989).

******** 『차강보그틴실 ᠴᠠᠭᠠᠨ ᠪᠣᠭᠳᠠ ᠶᠢᠨ/ ᠰᠢᠯᠢ』: 『백록원白鹿原』이라는 중국 소설을 어트건
ᠣᠳᠬᠣᠨ/과 세왕직지드 ᠰᠡᠸᠠᠩᠵᠢᠭᠵᠢᠳ/ 가 번역한 것이다.

156

라다무스의 '대홍수설', 엘니뇨 현상에서 '한 국가 두 체제',* 복제 양과 유대 민족에 이르기까지, 1980년 모스크바에서 열린 학자들의 회의에 일본이 200명가량의 아름다운 일본 미녀를 데려가 접대를 시키고 세계적으로 저명한 인사들의 유전자를 수입한 이야기부터 외몽골 최초의 '미녀' 경연 대회에서 반드리아라는 여자가 우승한 일, 타이완의 몽골 여류 시인인 시·무룽이 몽골에 여행을 온 것부터 우리 내몽골 가수 텡게르가 외몽골에서 열린 세계 몽골 노래 경연에서 우승한 것까지…… 토 교수가 모르는 것은 거의 없었다. 이 모든 것을 토 교수에게 다시 듣거나, 또 이런 일들에 대해 의견을 교환할 때, 숨베르의 사유도 더욱 넓어지고 완전해지는 느낌이었다. 지혜와 식견을 지닌 사람은 한 권의 좋은 책과 같다. 숨베르는 토 교수의 셋집을 향해 걸어가며 이런 것들을 되새겨보다가 '실수했다, 아리오나한테 좀 늦을 거라고 말을 안 했네. 토 교수 만나면 또 이것저것 이야기하느라 늦을 텐데'라고 후회를 했다.

숨베르가 토 교수의 셋집 판자문을 밀고 들어가자, 바닥에 가득 쌓인 염소 털 자루와 여우 털가죽 더미 속에서 토 교수가 침대에 등을 기대고 앉아 책을 읽고 있었다. 좁은 셋방에 축축한 냄새와 가죽, 염소 털 냄새가 섞여 심한 악취가 풍긴다.

"이리 와, 이리 와! 네가 오늘 올 줄 알고, 회사에 있을 때

---

* '일국양제一國兩制'를 뜻하며 중화인민공화국의 덩샤오핑이 중국 통일을 목표로 만든 정책. 중국과 타이완 문제를 다루는 정책으로서 홍콩이나 마카오 등에도 적용하는 정책이다. 즉 중화인민공화국 경내에서는 사회주의를 실시하고 홍콩, 마카오, 타이완에선 자본주의를 실시한다는 내용이다.

알던 외몽골 친구들이랑 시장에 함께 안 나가고 혼자 남았어."

토 교수는 상황을 알고 있다는 듯 우쭐한 표정으로 말하며 책을 한쪽으로 집어 던졌다. 숨베르는 새빨간 여우 가죽 하나를 집어 자세히 살펴보며 빈정대듯 말했다.

"내가 올 걸 알았다고?! 장훙바오*처럼 초능력자가 된 거야?"

토 교수는 그에게 미소를 지었다.

"정말 못 믿겠지?! 네가 왜 왔는지도 알아."

숨베르는 속으로 '이 친구가 오늘 귀신이라도 들렸나?! 정말 내가 돈 빌리러 온 것을 알고 있었나?'라고 생각하며 얼굴을 붉혔다.

"말해봐."

"나한테 돈 꾸러 왔지. 더도 말고 덜도 말고 삼십천 위안!"**

이 말을 듣고 숨베르는 눈이 휘둥그레졌다.

"어떻게 알았어?"

토 교수는 일부러 신비스러운 표정을 지었다.

"이 정도는 손바닥 뒤집듯 쉽지! 네 미래도 계산해보면 알 수 있어."

숨베르는 토 교수를 반신반의하는 표정으로 쳐다보며 말했다.

---

* 장훙바오(張宏堡, 1954~2006): '중화양성이즈궁中華養生益智功'의 창시자. 2000년에 사교조직으로 지정되었다.
** 내몽골에선 숫자 만을 표현하는 단위로 '툼 ᠲᠦᠮᠡᠨ'을 쓰는데 몽골국에선 10과 1,000을 써서 십천이라 한다. 따라서 내몽골식으로 3만 위안을, 몽골국에선 삼십천 위안으로 표현한다. 토 교수는 몽골국의 언어 습관을 흉내 낸 것이다.

"그럼 아리오나와 내 미래도 좀 봐줘."

"잠깐만 잠깐만. 그런 건 안 봐줄 거야. 그건 하늘의 기밀이거든. 천기는 누설하면 안 돼! 오늘 나한테 삼십천 위안 꾸러온 거 맞지?!"

"그래! 돌리지 않고 솔직하게 말할게! 내 미래의 장모가 집에서 장사 자금 3만 위안을 가져오라는데 돈이 없다. 네가 도와줄 수 있어?!"

"도울 순 있지! 하지만 이틀은 기다려야 해. 외몽골 동업자들이 가져다준 이 물건들을 물류업자에게 팔아야 돈이 좀 생기거든. 갖고 있던 돈을 동업자에게 주고 이 물건들을 받은 거야!"

토 교수는 '이리' 회사의 분말 수테차를 타주었다. 토 교수가 선뜻 3만 위안을 빌려준다는 말에 숨베르는 형언할 수 없을 정도로 감동하였다. 그는 커다란 푸른 잔에 담긴 향기로운 수테차를 맛있게 두 모금 마시고 아까 하던 말을 이어갔다.

"전에는 그 초능력을 내 앞에서 보여준 적이 없었잖아! 어쩌다 갑자기 그런 능력이 생겼어?"

"원래는 나도 이 방면에 초보적인 수준이었어. 최근 들어 이치를 터득하게 되었지! '등불이 아래로 향하고, 쇠로 만든 거미줄이 하늘을 뒤덮고, 갓 태어난 아이가 죄를 짓고, 몽골인의 문 앞에 가축의 흔적이 사라지고, 한족의 문 앞에 사람의 자취가 사라질 거라고'* 민간에 널리 유행하던 이 예언이 어디서 나온

---

* 청나라 때의 1대 활불 나이치 터인(ᠨᠠᠶᠢᠴᠢ ᠲᠣᠶᠢᠨ, 1557~1653)의 예언이라고 한

건지 알아?"

숨베르는 고개를 저었다. 토 교수는 비유로 가득한 이 말을 시작으로 숨베르의 사유를 팔괘의 세계로 이끌어 반나절 동안 설명했다.

"총을 갖고 싶어"

에리옌시의 북쪽에 있는 국경 제2 관문으로 뻗은 포장도로 위를 빨간색 SUV 차량이 날 듯이 달린다. 차 안에는 선글라스를 낀 건장한 남자 세 명이 타고 있다.

하 사장과 빨강 머리, 귀 작은 숫염소 세 사람이다. 빨강 머리는 손가락 사이에 절반쯤 탄 담배를 끼우고 우쭐대며 차를 운전한다. 하 사장은 그의 옆에서 훨씬 더 거들먹거리는 자세로 등받이에 기대 담배 연기를 뿜으며 부하들 말에 종종 이를 활짝 드러내고 웃는다. 검은 선글라스를 끼고 있어서 이들이 기뻐하는 건지, 화를 내는 건지, 무덤덤한 표정인지는 입 모양을 보아야 겨우 짐작할 뿐이다. 오늘 하 사장이 누구보다도 즐거워하는 것은 자주 입을 벌리고 웃는 모습으로 짐작할 수

다. 등잔의 불이 아래를 향한다는 것은 전기등의 출현을 말한 것이고, 쇠로 만든 거미줄은 전선을, 갓 태어난 아이가 죄를 짓는다는 것은 중국의 산아 제한 정책으로 인해 불법(?)으로 태어난 아이들을 말하며, 가축의 흔적이 사라진다는 것은 몽골인의 유목 전통이 사라지는 것을, 사람의 자취가 사라진다는 것은 한족의 집이 핵가족화되는 시대상의 변화를 뜻한다고 해석하기도 한다.

있다. 그게 아니라면 험악하게 생긴 얼굴이 얼어붙은 당근처럼 싸늘해서 도대체 웃는 법을 모르는 듯한 사람이 하 사장이었다. 그의 얼굴에 구름을 제치고 나온 햇살처럼 웃음이 떠오를 때마다, 호위하고 다니는 빨강 머리, 귀 작은 숫염소의 마음에도 햇살이 비치고 더 힘이 솟아나, 듣기 좋은 말들을 열심히 찾아가며 하 사장의 귀에 들려주었다. 새빨간 앞머리를 선글라스 위까지 늘어뜨린 빨강 머리가 아랫입술을 깨물며 말했다.

"노랑 족제비(황 사장)가 이젠 우리를 얕볼 수 없게 됐어요. 여차하면 그 망할 잡종을 염라대왕한테 보내서 그간의 빚을 갚아야죠."

"노랑 족제비한테 복수하려면 철저한 계획부터 세워야지."

한쪽 귀를 황 사장 부하에게 물려 뭉툭 귀가 된 귀 작은 숫염소가 인상을 쓰며 잘난 척을 했다.

"맞아, 맞아, 반드시 비밀로 해야 해! 아니면 제 무덤을 파는 수가 있어."

빨강 머리도 귀 작은 숫염소의 말에 맞장구를 쳤다. 귀 작은 숫염소는 화제를 바꾸었다.

"노랑 족제비의 '지에' 성을 가진 마누라는 황 사장과 멍나의 관계를 눈치채고 미행을 해서 현장을 적발했대요. 대판 싸우고 지금은 노랑 족제비랑 이혼 직전이랍니다."

귀 작은 숫염소는 고소하다는 듯 말했다. 상대편에겐 나쁜 소식이 당연히 이들에겐 반가운 소식이었다. 하 사장은 "흥흥흥" 콧소리를 내며 가소롭다는 듯 소리쳤다.

"지 아비 배경만 믿고 까불다가 황가도 곧 골로 가지."

그들이 이런 대화를 하는 동안 차는 늦지 않게 국경 제2 관문에 가까워졌다. 하 사장은 핸드폰을 꺼내 다이얼을 누르더니 상대방과 통화를 시작한다.

"어이, 누렁 갈기야? 우리 제2 관문에 왔다. 물건은 완벽하지?! …… 어…… 좋아, 좋아!……"

하 사장의 수족 중 하나인 누렁 갈기는 몽골족 젊은이였다! 그는 얼마 전 울란바타르에 가서 황금독수리 컴퍼니의 명의로 바야르멘드라는 동업자와 함께 소가죽 두 트럭을 수입했다. 그리고 오늘 아침 국경 제2 관문에 도착했는데, 사실은 소가죽만 들여온 게 아니었다. 그의 화물을 실은 러시아산 트럭에는 총세 자루와 총알 1천 발 정도가 숨겨져 있었다. 그 차는 겹겹의 세관 심사를 통과해 에리옌의 제2 관문에 무사히 도착했다. 방금 최후의 관문을 통과했기 때문에 하 사장은 드디어 오래전부터 꿈꾸던 것을 손에 넣게 되었다. 방금 전화로 이야기한 "물건은 완벽하지?"라던 말은 그런 의미였다.

잠시 후 하 사장이 탄 SUV 차량이 제2 관문의 널찍한 공터 안으로 미끄러지듯 들어와 트럭 옆에 서 있는 누렁 갈기, 바야르멘드 등이 있는 곳으로 다가갔다.

하 사장은 차에서 내리자마자 누렁 갈기의 어깨를 두 번 치고, 다시 바야르멘드와 그의 동료 갈바타르의 손을 잡으며, "조은 칭구, 안녕해"라고 아는 몽골어 몇 마디를 동원해 인사를 나누었다.

바야르멘드는 씨름 선수처럼 크고 단단한 체격에 누르스름한 얼굴이 통통하게 살지고, 머리가 짧은 다부진 사내다. 갈바타르 역시 크고 건장한 체격에 얼굴이 시커멓고, 길게 기른 머리를 무지개 색으로 염색한 우락부락한 놈이다. 울란바타르에 사는 바야르멘드는 사람들이 두려워하는 '아트만'*으로 악명을 떨쳤으며, 강도질은 물론 대포차와 총기까지 밀수하는 만만찮은 놈임을 하 사장도 잘 알고 있었다.

하 사장은 바야르멘드 등과 인사를 나누고 나서 황금독수리 컴퍼니 사장 자격으로 제2 관문에서 화물을 인수하는 수속을 바로 끝냈다. 제2 관문의 직원들이나 경찰들은 하 사장을 잘 알았고, 또 어느 정도 무서워했기 때문에 눈앞에서 신속히 일을 처리해주었다. 하 사장은 제2 관문을 포함한 에리엔의 많은 지역을 자기 '관할 구역'이라고 말하고 다녔는데, 이는 거짓이 아니었다.

곧 소가죽을 산더미처럼 실은 트럭과 SUV 차량이 잇달아 제2 관문을 빠져나갔다.

그들은 10여 분 후 텡게린촐로 호텔에 도착해 차 두 대를 사람들의 시야에 잘 보이지 않는 비좁은 곳에 세우고 총과 총알을 꺼내려고 분주히 움직였다.

누렁 갈기와 갈바타르는 두 손을 놀려 트럭의 스페어타이어를 풀고 공기를 뺀다. 타이어의 공기가 '쉬이익' 하며 맹렬하게 빠져나갔다. 스페어타이어를 풀 때 이미 그 안에 총과 총알이 있음을 짐작한 하 사장의 얼굴에 만족스러운 웃음이 떠올랐다. 귀 작은 숫염소는 "헤헤헤" 웃으며 호짜 말로 하 사장의 비위

---

* 아트만 ᠠᠲ᠊ᠮᠠᠨ/: 몽골국에서 깡패 두목, 보스 등의 의미로 쓰인다.

를 맞춘다.

"이건 틀림없이 누렁 갈기의 아이디어입니다."

누렁 갈기는 샛노란 앞머리를 뒤로 쓸어 넘기고 흐뭇한 미소를 지으며 자랑을 했다.

"꾀는 잘 쓰면 지혜, 새어 나가면 재해!"

타이어의 공기가 다 빠져나간 후 누렁 갈기와 갈바타르는 쇠막대로 타이어를 빼낸다. 귀 작은 숫염소도 달려들어 돕는다. 타이어를 벗겨내자 염소 털로 빈틈없이 싸서 나일론 줄로 겹겹이 묶어놓은 길고 짧은 뭉치 세 개가 나왔다. 갈바타르가 칼을 꺼내 뭉치를 뜯으려 할 때 누렁 갈기가 제지했다.

"여기선 안 돼!"

갈바타르는 트럭 안으로 들어갔다가 자루에 든 물건을 들고 나왔는데 그건 총알이었다.

이때 빨강 머리가 차에서 작은 갈색 가죽 상자를 들고 와 "이 안에 다 넣어"라고 말한 후, 직접 가죽 상자를 열고 뭉치 세 개를 집어넣었다. 그 위에 다시 총알 자루를 넣은 후 탁 소리가 나게 잠그고 승용차에 실으려 했다. 바야르멘드가 "어이, 어이" 하고 손을 휘저으며 빨강 머리를 막고 누렁 갈기에게 말했다.

"호텔로 가서 물건을 먼저 하 사장에게 보여주고 확인을 받아야지?"

누렁 갈기가 하 사장에게 바야르멘드의 말을 통역해주자 하 사장도 머리를 끄덕이며 빨강 머리에게 지시했다.

"우선 호텔로 가져가."

그들은 호텔에 체크인을 하고 룸으로 들어갔다. 여종업원이 나간 후 빨강 머리가 가죽 상자를 열고 안에 든 뭉치들을 꺼내 겹겹이 묶은 끈을 풀었다. 두 자루의 권총과 한 자루의 자동소총이 모두의 눈앞에 모습을 드러냈다. 하 사장은 검은 선글라스를 벗어 주머니에 넣고 빨강 머리의 손에서 총 한 자루를 받아 유심히 살펴본다. 뒤쪽에 있던 누렁 갈기가 손가락으로 가리키며 호짜 말로 설명을 한다.

"이것은 7.65구경의 뱀 마크가 있는 독일제 권총입니다! 저건 소련제 AK-47 자동소총이죠! 이렇게 세 자루의 총과 1천 발 정도의 총알을 원래 5만 2천 위안에 사기로 합의했지만, 잘 말씀하시면 깎을 수도 있을 겁니다."

하 사장은 총의 약실을 열었다 닫았다 하며 말했다.

"좋은 총이야, 좋은 총! 남아일언 중천금이니 약속대로 5만 2천 위안을 주지! 토끼도 제가 깔고 누운 풀은 안 뜯어 먹는데, 우리가 왜 오랜 동업자한테 손해를 끼쳐?"

"이번에 누렁 갈기 공이 커요! 사장님이 술자리에서 아가씨 하나 붙여줘야겠어요."

귀 작은 숫염소가 음흉하게 웃으며 말했다. 빨강 머리가 그 말을 받아 장난을 쳤다.

"힝, 누렁 갈기는 울란바타르에 있을 때 밤마다 죽여주는 몽골 여자들을 데리고 잤을 텐데, 몸매도 별로에 성질도 더러운 에리엔 여자가 맘에 차겠어?"

하 사장은 총과 총알을 다시 가죽 상자에 넣고 잠그라고 지시했다. 그리고 바야르멘드의 커다란 손을 붙잡으며 "존 칭구!

조은 무을건!"이라고 칭찬하면서 누렁 갈기에게 말했다.

"이제 같이 밥 먹으러 가자고 해라! 총과 총알 값은 물론이고 가죽 값도 계산해줄 거라고 해."

하 사장의 눈에 '외국인 클럽'에서 멍나 양의 두 경호원이 겨누었던 리볼버 권총의 시커먼 총구가 떠올랐다가, 다시 손에 쥔 7.65구경의 뱀 마크가 있는 반짝거리는 독일제 검은 권총을 황 사장과 멍나의 머리에 겨누는 모습이 그려졌다. 총을 갖고 싶었던 그의 꿈은 오늘 실현되었다.

부잣집 사위 되기

며칠 뒤 토 교수는 정말 숨베르에게 3만 위안을 빌려주었다. 토 교수의 셋집에 가서 반나절 동안 한담을 나누었던 날 숨베르는 집에 돌아와 아리오나에게 거짓말을 했다.

"잘라이드 허쇼의 교육국에서 일하는 작은아버지한테 전화해서 며칠 내로 3만 위안만 보내달라고 했어! 토 교수 주소지로 보내달랬어."

아리오나의 가족은 모두 사실로 받아들였다.

숨베르가 3만 위안을 들고 아리오나의 집에 돌아왔을 때, 부모님은 모두 거실에 앉아 있었다. 아리오나는 엄마와 무언가를 이야기하는 중이었고, 테니게르는 TV를 보았다. 숨베르가 아리오나에게 다가가 "돈 왔어"라고 작은 목소리로 말하자, 아리오나는 "오예!"라고 소리를 지르며 소파에서 벌떡 일어나, 부모님과 동생 앞에서 숨베르의 목에 매달려 뺨에 쪽쪽 입을 맞추었다. 아리오나의 얼굴에 행복감이 차올라 더 예쁘고 더 아름다워 보였다. 아리오나가 부모님 앞에서 미친 듯이 좋아하자 숨베르는 너무 민망해 얼굴에서 목까지 온통 새빨개졌다. 구일레스 여사도 매우 좋아하며 소파에 드러누워 있던 남편에게 "저 봐! 당신 딸이 저렇게 철이 없어!"라고 딱하다는 듯 말하고 이어서 "숨베르 부모님이 숨베르와 아리오나한테 진작부터 보내려 했던 3만 위안이 드디어 왔답니다"라고 일일이 설명을 했다. 부인이 딸을 시켜 3만 위안을 가져오지 않으면 둘 사이를 갈라놓겠다고 으름장을 놓은 최근의 사정을 바양달라이 씨는 전혀 몰랐기 때문에, 구일레스 여사는 '도둑이 제 발 저린' 꼴이 되어 감언이설을 늘어놓고 있는 것이다! 숨베르는 이를 잘 알았지만 모르는 척 지나칠 수밖에 별도리가 없었다.

바양달라이 씨는 귀머거리처럼 아무 말 없이 소파 등받이에서 머리를 들어 길게 하품을 했다. 그가 잔을 들어 차를 마시려 할 때, 마침 전화벨이 '띠링 띠링' 울렸다.

TV에 푹 빠져 있던 테니게르가 달려가 전화를 받았다.

"아버지, 전화요!"

테니게르는 바양달라이 씨에게 전화기를 가져다주었다. 바양달라이 씨가 소파에 드러누운 채로 "여보세요"라고 전화를 받자, 수화기 저편에서 "바양달라이 선생이오? 나 쳉겔트요, 빨리 우리 집으로 오셔야겠소! 일이 생겼소"라는 귀에 익은 목소리가 들렸다. 쳉겔트는 바양달라이와 친하게 지내는 막역지우였다. 그들은 원래 같은 기관에서 일했었다. 쳉겔트는 수니터주어치의 병무청에서 일할 때 역시 바양달라이처럼 '무급 휴직'을 하고 에리엔에 와 컨설팅 회사를 차린 후 큰 사업을 했다. 지난 2년간 돈을 갈퀴질하듯 긁어모았고, 지금은 에리엔에 방세 개, 거실 하나짜리 저택을 사서 부인이랑 아이들과 함께 살고 있다. 그리고 쳉겔트는 자치구 수도인 후흐허트의 한 잡지사에서 편집자로 일했는데, 울란바타르에서 당시 유행 따라 장사를 하던 사란게렐이라는 아리따운 여자를 만나 가까워졌고, 금붙이나 야마하 오토바이 같은 비싼 선물을 사주고 2만, 3만 위안씩 적지 않은 돈을 주기도 했다. 울란바타르에서 만나는 사람들에겐 부부라고만 말하고 상세한 이야기는 하지 않았다. 이렇게 남의 여자와 1년가량 즐기고 있을 때, 사란게렐의 남편이 이들의 관계를 알아차리고 이혼하겠다며 소란을 피웠다. 이런 날이 언젠가 올 거라 각오했던 사란게렐은, 쳉겔트에게 "이제 당신을 마음으로 사랑하는 수밖에 별도리가 없네요. 이생에선 부부의 연을 맺지 못했지만, 다음 생에선 부부로 태어나요, 우리······"라는 마지막 말을 남긴 채 장사를 그만두고 돌아갔다······ 이 비밀을 쳉겔트의 부인은 여태 알지 못한다. 바양달라이 씨는 친한 친구의 비밀을 자기 부인에게도 말하지 않았다.

바양달라이 씨의 눈에 어떤 비밀스러운 빛이 스쳐 갔다. 그는 조용히 전화기를 내려놓고 말했다.

"쳉겔트가 부르는군! 일이 있대."

가마꾼 여덟 명이 모시러 와도 일어나지 않을 것처럼 게으름을 피우며 드러누워 있던 사람이, 친정 갈 생각에 안달 난 새

색시처럼 벌떡 일어났다. 구일레스 여사의 안색이 하얗게 변했다. 그녀는 눈을 부라리며 가로막았다.

"일이란 게 또 마작질 아냐?! 따지도 못하면서 갈 필요 없어! 돈 잃지, 몸 상하지, 시간 낭비하지! 요새 도박하느라 조금만 움직여도 허리 아프네, 어깨 아프네 하던 거 잊었어?"

바양달라이 씨는 아내를 못마땅한 눈초리로 노려보았다.

"눈먼 개가 발소리만 듣고…… 알지도 못하면서 짖지 마. 쳉겔트 마누라가 집에서 마작 하게 놔둘 줄 알아?! 다른 일이 있단 말이야."

그는 옷매무새를 가다듬고 밖으로 나갔다. 쳉겔트가 그를 왜 불렀는지 바양달라이가 모를 리 없다. 분명 그녀가 전화해 나를 찾는 거다. 그녀에게 집 전화번호를 알려주지 않기를 잘했어. 알려줬으면 벌써 '3차 세계대전'이 일어났지! 무슨 일로 나를 찾는 걸까?! 약속한 날에 돌아오지 않았다고 마음이 불안했나?! 에리옌에서 뭐 살 게 있나?!…… 바양달라이 씨는 출입구로 나가 슬리퍼를 벗고 구두로 갈아 신는 동안 내내 생각에 잠겼다. 사람의 마음속으로 들어가 볼 수 없으니, 바양달라이 씨의 이런 생각들을 혼자서 투덜거리는 구일레스 여사가 어찌 알겠는가!

두 시간 뒤에 바양달라이 씨는 쳉겔트의 집에서 돌아왔다. 바양달라이 씨가 거실로 들어왔을 때, 부인은 혼자 이런저런 세간들을 닦고 있었다. 아이들이 어디에 갔는지 좀체 묻지 않던 바양달라이는 들어오자마자 "숨베르랑 아리오나 어디 갔어?"라고 소재를 묻는다. 구일레스 여사는 하던 일을 하면서

"위층에서 노래 듣고 있어"라고 시큰둥하게 대답하더니 "왜?! 쳉겔트는 왜 불렀어?"라고 물었다. 바양달라이는 "나랑 같이 외몽골에서 목재를 수입하자네"라고 건성으로 대답하고 돌아나갔다.

바양달라이가 위층으로 올라가 딸의 침실로 다가가자, 방에선 정말로 외몽골의 록 음악이 들린다. 바양달라이는 원래 요즘 노래엔 전혀 관심이 없었다. 그러나 그에게 오늘 전화해 불러낸 사람의 영향으로, 외몽골의 록그룹인 하르사르나이의 노래들을 자주 듣게 되었고, 일부 노래는 가사까지 외웠다. 그러지 않았다면 이 노래의 가사를 듣고도 알아듣지 못했을 것이다. 딸의 방에서 바로 그 하르사르나이 그룹의 「그대」라는 로큰롤이 흘러나오고 있었다.

내 사랑이여 난 그대를 사랑했네
그러나 그대 내 사랑 감당할 수 없었네
귀엽고 깜찍한 그대 마음은
어느 날엔가는 끝장나고 말 거야
비 내리고 하늘이 개듯
흐린 내 마음 맑게 씻어주오!
사랑스럽고 부드러운 입술로
오래오래 입 맞춰주오 그대 오오 그대

바양달라이는 내 딸이 숨베르와 노래를 들으며 목에 매달려 부둥켜안고…… 있지 않을까 생각해서 돌아가려다 다시 다가가 살짝 문을 노크했다.

정말로 노랫가락에 기분이 고조되어 껴안고 입 맞추며 애정 행각을 벌이던 숨베르와 아리오나는 노크 소리에 화들짝 놀라 양쪽으로 갈라지며 허둥지둥 옷매무새를 수습한 후 소리쳤다.

"들어오세요!"

바양달라이 씨는 예쁘게 꾸며놓은 딸의 침실에 들어와 잠시 머뭇거린 후 조용히 말을 꺼냈다.

"일에 대해 너희들과 의논 좀 하자. 내가 모레 울란바타르에 갈 일이 생겼다. 숨베르는 며칠 전 집에서 보내준 3만 위안을 들고 테니게르와 함께 남부시장에 가서 1위안당 57이나 57.5 정도로 몽골 돈으로 바꿔 와라! 내가 울란바타르의 은행에 있는 친구한테 환전한 몽골 돈을 송금하면, 중간에 2천~3천 위안 정도가 남는다. 울란바타르에서 돌아오면 너희들 원금을 이익과 함께 돌려주마! 그러면 너희들도 큰 상가에 점포를 얻어 옷 장사를 할 수 있을 거야."

이는 바양달라이 씨가 쳉겔트의 집에서 돌아오는 길에 숨베르의 돈을 임시로 가져다 쓰려고 생각해낸 방법이었다. 3만 위안에서 3천 위안가량의 이익을 얻는단 말은 당연히 거짓이 아니었다. 그렇게 얻은 이익을 한 푼도 빠짐없이 숨베르에게 돌려주겠다는 것도 거짓이 아니었다. 수중에 굴릴 돈이 부족해서 이렇게나마 숨베르의 돈을 잠시 융통해 자금으로 쓰려는 것뿐이었다. 쳉겔트가 그와 합동으로 외몽골에서 목재를 수입하겠다는 것도 사실이었다. 그러나 이 모든 일의 배후엔 '3차 세계 대전'을 일으킬 수도 있는 큰 비밀이 숨겨져 있음을 숨베르가

이 순간 어찌 상상할 수 있겠는가?! 숨베르는 '장인'의 말씀을 황제의 명처럼 따라야만 한다.

잠시 후 숨베르와 테니게르는 각자의 목에 가방 하나씩을 걸고 위안화를 몽골 돈으로 바꾸러 남부시장으로 출발했다.

검은 비단 같은 에리옌의 밤 저편엔 무엇이 있을까

밤의 어둠이 에리옌시를 검은 비단처럼 휘감았다. 번화가의 자동차 소음과 시끄러운 노랫소리가 끊어졌다 이어졌다 하며 흘러나온다. 어욘다리 영감이 경비 일을 끝내고 돌아왔을 때, 철멍은 카세트에 시끄러운 중국 노래를 틀어놓고 담배를 피우며, 멍한 듯 또는 취한 듯 또는 무언가 생각에 빠진 듯 복잡한 표정으로 의자에 앉아 있었다.

철멍이 하보라와 다투고 쫓아냈던 그날, 부모님이 그 이야기를 듣고 아들에게 "사리 분별 못하는 바보 천치 같은 놈…… 노름하다가 형뻘 되는 사람하고 그렇게 쌈박질을 하냐?" "하보라 형은 만리타향에 와서 장사 자금도 잃고 근심 걱정이 태산 같은데, 넌 말 한마디를 못 참아서 싸우고 갈라서냐? 그게 뭐하는 짓이야?"라고 호되게 야단을 쳤다. 어욘다리는 하보라의 화가 풀리면 돌아올지 모른다며 이틀 동안 눈이 빠지도록 기다렸지만, 하보라는 그림자도 비추지 않았다. 만라이도 수소문을 해봤지만 찾지 못했다. 이 일은 어욘다리 부부에게 마음의 병이 되었다.

어윈다리는 원래 쿵쾅거리는 유행가를 듣기 싫어하는 데다, 요즘 철명이 아무것도 하지 않고 그저 빈둥거리는 것을 볼 때마다 애가 탔다. '불쌍한 우리 아들. 삼륜거 끄느라 얼마나 고생이 많았을까. 하지만 남의 복은 제 것이 못 되니 어쩌겠어. 언제쯤에나 삼륜거 일에서 해방이 될까'라고 걱정하며 아무리 애가 타도 아들에게 심한 말은 하지 않으려고 했다! 그러나 어떤 일에나 정도가 있는 법이다! 늙어가는 영감은 낮을 밤 삼아 밤을 낮 삼아 남처럼 실컷 자지도 못하고 쉬지도 못하며 한 달에 겨우 300위안 정도를 벌기 위해, 즉 마누라와 다 큰 두 아들의 먹고 마시는 것까지 대주려고 생고생을 하는데, 이 황소만 한 아들놈은 종일 집에서 빈둥거리고 있으니 누가 봐도 볼썽사납다! 이런 생각이 들자, 어윈다리는 화도 나고 속도 부글부글 끓고 해서 그동안 참았던 말을 내뱉었다.

"아들아, 남들은 다들 먹고살겠다고 죽을 둥 살 둥 하는데, 넌 이렇게 놀기만 하면 되겠냐?! 삼륜거 끌고 나가서 한두 푼이라도 벌면 생활에 보탬이 되지 않겠어?"

"한밤중에 나가서 누구를 태워요?"

철명은 어머니를 힐끔 쳐다보며 퉁명스럽게 말했다. 언제나 부모의 생각과 말씀을 거스르고 선의를 무시하는 건 요즘 젊은 이들의 보편적 습성일지도 모른다. '세대 차이' 또는 나고 자란 환경이 그들을 전통에 대항하는 '반항아'로 만들었을 것이다. 어윈다리는 아들에게 훈계조로 말한다.

"지금이 무슨 한밤중이야?! 우리 집 양쪽에 세 들어 사는 지

닝 출신 한족들 봐. 삼륜거 일을 하면서 매일 밤 12시가 되어
야 집에 돌아오지 않더냐?! 너도 원래는 밤 9시, 10시가 되어
서 돌아오곤 했잖아?! 나가서 돌아다니면 누구 하나라도 네
삼륜거를 타겠지만, 집에만 죽치고 있으면 누가 네 삼륜거에
타겠어?"

철명은 어머니의 잔소리에 버럭 화를 내고 카세트를 '탁' 껐
다. 그리고 양파를 도매하러 베이징에 갔을 때 샀던 검은 얼룩
점퍼를 집어 들고 휘적휘적 걸어 나갔다. 어온다리는 아들에게
하고 싶은 말을 해 원하던 대로 내보내긴 했지만, 마음은 영
편치 않아서 긴 한숨을 쉬었다.

철명은 툴툴거리며 삼륜거를 몰고 좁은 골목을 이리저리 돌
아다니다가 전진로에 이르렀다. 수만 가지 색깔의 등불이 현
란하게 빛나는 밤거리에 띄엄띄엄 화물차와 사람의 모습이 보
인다. 그 많은 등불로 장식된 빌딩숲 속에서 커다란 광따 호텔
건물은 마치 수정궁처럼 웅장하고 또 신비스러워 보인다. 철명
은 몇 년간 에리엔에 살면서도 광따 호텔 정문 쪽을 지나간 적
이 없었다. 이 호텔은 돈 있는 사람들만 들락거리는 곳이라고
그는 생각한다. 또 이 호텔이 돈 있는 사람들의 쾌락의 천국이
라는 것도 대충 알고 있다. 그러나 그 돈 있는 사람들이 어떻
게 쾌락을 누리고, 얼마나 방탕하게 사는지, 구체적인 실상은
알지 못한다. 철명의 입장에서 그들의 세계는 완전히 다른 비
밀의 세계였다! 철명은 그 비밀스러운 세계를 끔찍하게 혐오
했었다. 그런데 색과 돈 속을 뒹구는 저 사람들을 끔찍이 미워
하면서도, 가끔은 이상한 호기심이 생기기도 했다. 하지만 사

람이 다가가면 저절로 열리는 광따 호텔의 검은 유리문이 그에게는 영원히 열리지 않을 것 같다.

이때, 빨간 택시 한 대가 뒤쪽에서 달려와 광따 호텔의 쇠담장 안으로 쑥 들어가는 게 보였다. 택시가 호텔 입구에서 멈추자, 안에서 흰 양복을 입은 귀티 나는 중년 남자가 나오더니 기사에게 손짓을 하고는 입구의 계단으로 걸어간다. 갈색 유리문은 그가 다가가자 저절로 활짝 열렸다가 그가 들어가자 다시 닫혔다. 택시는 들어간 길을 돌아 나와 철멍 곁을 바람을 일으키며 달려갔다.

광따 호텔을 들락거리는 사람들 대부분이 멋진 자가용을 타고 다니는 것을 잘 알고 있는 철멍은, 삼륜거 페달을 천천히 밟으며 광따 호텔을 지나 앞으로 나아갔다.

공원까지 가는 동안 그의 삼륜거에 탈 사람은 나타나지 않았다.

철멍은 동쪽으로 돌았다. 그의 가슴에 말할 수 없는 설움이 치밀어 오르는 것 같다. 이 세상에 그처럼 고달프고 그처럼 고독한 사람은 없는 듯하다.

기나긴 골목…… 기나긴 밤…… 하늘에 아무리 많은 별이 반짝거려도 그의 반려가 되어줄 수는 없겠지. 세상이 아무리 넓어도 그가 갈 만한 길은 없겠지.

기나긴 밤…… 기나긴 골목…… 철멍은 자기도 모르게 쓸쓸함이 묻어나는 노래를 흥얼거리기 시작했다. 혼자일 때마다, 마음이 외로움으로 가득 차 감당할 수 없을 때마다, 그는 노래를 흥얼거리곤 했으며, 그가 흥얼거리는 노래는 대부분 구슬픈 한족 노래였다.

기나긴 길

한 사람이 헤매네

계절을 혼동한 추운 밤

한 사람이 떨면서 가네

그는 무엇으로부터 도망치는가?!

다른 사람에게서인가, 자기 자신에게서인가?

그 사람은 무엇을 두려워하는가?!

밤의 추위인가?! 영원한 고독인가?!……

한밤의 등불이

내 그림자를 잡아당기네

이리저리 지나치는 사람들이

흐릿하게 비치네

색 바랜 1년 열두 달이

바람 따라 굴러가네

방랑벽이 도진 나그네는

세상의 먼지에 가려 흐릿해지네*

절름발이 한족 가수 정즈화의 노래를 부르며 나아가는 동안,
아주 먼, 아주 멀리 있는 한 사람이 철명의 마음을 손바닥 보

---

* 한족 가수 정즈화鄭智化의 「단신도망單身逃亡」이라는 노래를 소설에선 원곡과
약간씩 다르게 옮겼다. 한국어 번역은 소설 속의 몽골어를 기준으로 하였으므
로 원곡 내용과 약간 다르다.

듯 이해해주고, 황금으로도 바꿀 수 없는 언어로 어루만져 주는 것 같다.

기나긴 길도 끝은 있는 법. 기나긴 밤도 여명을 맞이하는 법이다! 이렇게 생각하자 철명의 온몸에 마법 같은 힘이 솟는 것 같고, 어떤 역경과 괴로움도 이를 악물고 헤쳐나갈 용기가 솟는 것 같다.

철명이 이렇게 가고 가다 기차역에 이르렀을 때, 후흐허트에서 에리엔으로 오는 기차는 이미 도착해버려 하차한 승객들도 벌써 다 떠난 듯했다. 불빛도 거의 없는 기차역 앞은 고요하다. 철명은 삼륜거를 남쪽으로 돌려 소달구지처럼 천천히 나아갔다.

삼륜거꾼의 일이란 이렇게 단조롭고, 무의미하며, 힘에 겹다. 머리가 단순한 사람들이 하면 몰라도, 철명처럼 어느 정도 교양 있고, 나름대로 돈에 대한 관점도 갖추고, 또 미래의 원대한 꿈을 지닌 청년이 오래 하기엔, 한없는 나락에 떨어지는 것처럼 고통스러운 일이다.

철명은 이렇게 에리엔의 거리와 골목을 거의 다 돌아다녔지만, 단 한 명도 태우지 못했다. 그는 돌고 돌아 어느 순간 다시 광따 호텔 앞에 왔다. 광따 호텔의 담장 입구에는 아까 택시를 타고 왔던 흰 양복 차림의 중년 남자가 아가씨를 데리고 차를 기다리는 중이었다. 철명을 보자 그는 바로 손을 흔들었다. 살다 살다 생각지도 못한 곳에서 손님을 태운다고 생각하며 철명은 속으로 쾌재를 불렀다. 흰 양복 차림의 남자는 털 재킷에 짧은 털 스커트를 입은 통통한 아가씨와 엉켜 붙은 채로 삼륜거에 오르더니 취한 목소리로 지껄였다.

"오늘 밤도 귀신이 씌었어, 광따 호텔에서 자려 했더니 방이 다 찼다네! 나와서 택시를 기다리니…… 택시 기사들은 다 뒈졌는지 보이지도 않아. 이따위 삼륜거나 타게 되다니, 제기랄!"

철명은 이 말을 듣고 '이것들 눈에는 삼륜거꾼이 사람으로도 안 보이나?' 하는 생각에 울화가 치밀어, "어디 가요?"라고 차갑게 물었다. 흰옷 입은 남자가 통통한 여자와 어디로 갈지 잠깐 의논을 하더니, "델히 호텔!"이라고 명령조로 소리쳤다. 철명은 속으로 나이 처먹고 나이 값 못하는 놈…… 하면서 욕을 하고는 페달을 밟으며 델히 호텔로 향했다. 흰옷 입은 남자와 찰싹 붙어 있던 통통한 여자가 물었다.

"황 오빠, 오늘은 높은 사람들 접대하는데 왜 관용차를 안 타요?"

"재수 없게 말이지, 어저께 검찰청 한 원장이 빌려 타다가 사고를 냈어."

"그래서 어떻게 됐어요?"

"사람은 멀쩡해, 차만 망가뜨렸어. 수리하는 데 1만 위안이라더라!"

통통한 여자가 '황 오빠'라고 부르는 말을 듣자, 철명도 흰옷 입은 사람이 낯이 익은 것 같았다. 가만, 가만, 어디였더라?! 맞아, 어젯밤 에리엔 TV의 뉴스에 나왔던 기율검사위원회의 황 원장이 바로 이 사람이다. 이자가 에리엔의 악명 높은 폭력배 황 사장의 아버지다. '그 아비에 그 아들, 삐뚤어진 암말에 찌그러진 망아지'라더니, 이 부자에게 딱 들어맞는 말이었다. 철멍의 귀에 호짜들이 떠들던 "배 나온 우리 간부들은 다들 이상해졌어. 쉰, 예순이 되어서 못된 짓을 배우기 시작하더니, 노래를 하면 늦게 만난 사랑 어쩌고, 춤을 추면 꼭 딸 같은 년 부둥켜안고"라는 말이 들리는 것 같았다.

통통한 여자가 농염한 목소리로 아양을 떨며 물었다.

"높은 사람들은 어떻게 접대해요?"

"어쩌긴. 요즘 고위층을 접대하는 풀코스 못 들어봤냐?! 고위층이 오면 어쩌냐, 처음엔 호텔, 다음은 식당, 식사 후엔 마작, 마작 다음은 춤, 춤 다음은 사우나지. 사우나에서 씻고 나면 여자. 이 많은 비용은 모두 공금으로 계산하지 않겠어?"

"전부가 다 그래요?"

"아니, 아니! 이건 다 사람들이 지어낸 얘기에다 머리 붙이고 꼬리 붙인 헛소리야! 뭐, 가끔 그런 일들이 있기는 하지만."

황 씨가 통통한 여자의 어디를 만졌는지, 여자는 간드러진 소리로 가뭄 든 해의 다람쥐처럼 찍찍거리는 소리를 냈다.

이 둘은 정말 철멍을 사람으로 여기지 않는다. 마치 인적 없는 벌판에 단둘만 있는 것처럼, 추잡스러운 이야기를 하고 점잖지 못한 짓을 하는 것을 보며 철멍은 더욱더 분개했다.

어쨌든 그들은 델히 호텔 입구에 도착했다. 황 씨는 주머니에서 손 닿는 대로 한 장의 알록달록한 지폐를 꺼내어 철멍에게 주고, 그 통통한 아가씨와 서로 부둥켜안은 채 삼륜거에서 내렸다.

철멍이 지폐를 등불에 비추어 보니 100위안짜리 지폐였다.

철멍은 놀라고 당황하여 찰싹 붙어 비틀비틀 호텔을 향해 걸어가는 두 사람을 향해, "어이, 돈을 더 줬어요!"라고 소리치려다가, 이런 나쁜 놈들 돈은 돌려주지 않는 게 낫다는 생각이 들어 벌렸던 입을 다물고 말았다. 그는 다시 이 돈이 위조지폐일 수도 있다고 생각하고, 불빛에 비추어 접어도 보며 자세히 살펴봤다. 가짜는 아닌 것 같았다. '황 씨가 돈 많은 걸 여자에게 자랑하려고 그런 것 같아! 아무리 취했어도 100위안짜리를 1, 2위안과 혼동할 수가 없지! 됐다! 됐어! 오늘 밤 운이 좋았던 거야'라고 생각하며 철멍은 삼륜거를 집 쪽으로 돌렸다.

이 밤도 철멍은 잠을 설쳤다.

결혼 전 '동침'은 20세기 말의 유행이 되었나

수정 같은 투명한 눈, 긴 갈색 머리, 수영복을 밀치고 봉긋 솟은 두 가슴, 버들가지처럼 하늘거리는 가는 허리, 이 얼마나 아름다운 아가씨인가?! 정말로 전설 속 인어 아가씨가 맞나? 숨베르는 이 미녀를 쫓고 쫓아 한도 끝도 없는 망망대해까지 왔다. 미녀는 바로 바닷물 속으로 뛰어들었다. 숨베르도 겨드랑이에 빨간 튜브를 끼고 바다에 뛰어들었다. 미녀는 가슴 깊이쯤 되는 곳에 이르자마자 날렵한 동작으로 헤엄을 친다. 숨베르도 튜브에 매달려 철벅철벅 물을 튀기며 그녀를 쫓는다. 숨베르가 전력으로 쫓아가 미녀의 금팔찌를 낀 섬섬옥수를 붙잡으려 할 때, 그녀는 순식간에 한 마리의 황금 물고기가 되어 속이 보이지 않는 심연 속으로 쏜살같이 헤엄쳐 들어갔다. 숨베르가 너무 허탈해하며 그 자리에서 맴돌고 있을 때, 서너 마리의 무시무시한 송어가 커다란 입을 벌리고 그에게 달려들었다. 숨베르가 "으악" 소리를 지르며 뒤로 돌아 도망갈 때 어디선가 빛나는 황금 칼 하나가 날아와 손안으로 들어왔다. 그는 몸을 돌리며 황금 칼로 둥근 원을 그렸고, 송어들은 감히 다가오지 못했다. 송어의 수는 점점 더 불어났고, 배고픔을 참지 못하고 미친 듯 서로를 물어뜯기 시작했다. 헤아릴 수 없이 많은 송어가 강한 놈은 약한 놈을 잡아먹고, 큰 놈은 작은 놈을 삼켰다. 어느 순간 맑고 투명하던 바닷물이 핏물로 까매지고, 코가 막힐 정도로 악취가 심해져 숨 쉬기가 힘들어졌다. 이때 홀연 하늘을 찌를 듯한 거대한 회오리바람이 몰려와 검고 악취 나는 바닷물을 빨아들였다. 숨베르는 하늘이 하사한 황금 칼 덕분에 그 회오리바람 속으로 빨려들어 가지 않고 말라붙은 바다 밑바닥에 혼자 남았다. 숨베르가 얼떨떨해진 눈을 비비며 사방을 둘러보니, 바다 밑바닥은 어느새 눈부시게 푸릇한 초원으로 변하여 낙타, 소, 말, 양과 염소 떼가 흩어져 풀을 뜯고, 진주처럼 하얀 몽골 게르가 아득히 먼 곳에서 희끗희끗 빛났다! 숨베르는 게르를 향해 있는 힘껏 달려갔고, 게르 안에선 선녀처럼 예쁜 아가씨가 사뿐사뿐 걸어 나와 그를 향해 수줍게 웃었다.

바로 이때 "숨베르, 숨베르!" 하고 어떤 여자가 그를 부르는 것 같았다. 숨베르는 선녀처럼 예쁜 이 아가씨가 나를 부르나 했는데, 누가 그의 머리를 살살 흔드는 게 느껴졌다. 숨베르가 깜짝 놀라 정신을 차리자 아리오나가 머리맡에 서서 장난기 어린 눈빛으로 쳐다보고 있었다.

"야, 안 일어날 거야?! 네 궁둥이 위로 해가 떴어."

숨베르는 어젯밤 로런스의 『채털리 부인의 사랑』이라는 책을 늦게까지 읽느라 아침에 일찍 일어날 수가 없었다. 그와 한 방에서 자는 테니게르도 그를 깨우지 않았다.

"이씨, 아까워라! 좋은 꿈이었는데!"

숨베르는 눈을 비비며 일부러 안타까운 어조로 말했다. 아리오나가 물었다.

"무슨 꿈인데 그렇게 아까워?"

"너처럼 예쁜 여자가 게르 앞에 서서…… 달려가서 입을 맞추려 했더니 네가 깨워버렸어."

일부러 짓궂게 한 말에 아리오나는 숨베르의 가슴을 주먹으로 살짝 쳤다.

"창피한 줄도 모르고! 어서 안 일어나고 또 잘래?"

숨베르는 러닝셔츠 차림으로 일어나 침대맡의 시계를 보고 다시 베개 옆의 책을 가리켰다.

"이 책을 다 읽으려고…… 2시 넘어서 잤어."

그는 민망한 표정으로 변명을 하고 재킷을 잽싸게 잡아챘다. 아리오나가 침대에 앉아 책을 이리저리 넘겨보았다.

"얼마나 좋은 책이기에 그렇게 열심히 읽었어?"

숨베르의 얼굴이 살짝 달아올랐다.

"처음 출판되었을 때 판매가 금지된 책이야."

"음란 서적이네!"

"사실은 건강한 사람이면 다 가진 욕망을 자연스럽고, 매우 섬세하게, 전형적으로 묘사한 명작이야! 단지 독자들 해석이 엇갈려서 지금까지 논란이 되는 것뿐이지."

"줄거리 좀 얘기해줘!"

"먼저 나한테 뽀뽀해봐! 그럼 얘기해줄게!"

아리오나가 사뿐사뿐 다가가 볼에 부드럽게 입을 맞추자 숨베르는 느닷없이 그녀를 꽉 껴안고 키스를 하며 성급하게 빨아대기 시작했다. 아리오나는 살짝 밀며 입술을 떼어냈다.

"놔봐! 잠깐만."

그녀는 싫은 듯 소리쳤지만 숨베르의 손에 이끌려 베개 위에다 새까만 머리칼을 흐트러뜨리며 한 몸이 되어 쓰러졌다.

숨베르의 입술이 아리오나의 입술에서 옮겨 와 작고 아름다운 귀, 향기로운 검은 머리칼, 넓고 새하얀 이마, 부드러운 분홍 뺨, 귀엽고 예쁜 목 등에 빠짐없이 입을 맞추었다. 그리고 다시 입술로 돌아와 입안에 혀를 넣고 빠르게 놀린다. 아리오나도 번갈아 뾰족하고 새빨간 혀를 숨베르의 입안에 넣고, 꿀맛 같은 사랑의 즐거움에 깊이 취한다.

좋은 것은 언제나 좋은 것이다. 좋은 것을 나쁘다고 누명 씌우고 매도하는 것은 받아들일 수 없는 나쁜 짓이다. 젊은 날은 좋았다. 젊은 날 사랑하고 사랑받는 것은 좋았다. 젊은 날 사랑의 불길로 서로를 불태우며 세상사를 잊는 것은 너무나 좋았다!

문득 아리오나의 빨간 솜털 재킷이 벗겨지고, 부드럽고 하얀 브래지어도 벗겨져, 여인의 수줍고 소중한 보석이며, 모성

의 영원한 신성함의 표상이며, 남성의 원초적 욕망을 타오르게
했던 사랑스러운 두 젖무덤이, 숨베르의 눈에 빛을 내며 부풀
어 오른 것이 보였다. 이때의 아리오나는 정말로 막 피어난 장
미꽃처럼 곱고, 더위에 증발하는 풀 이슬처럼 수줍고 얌전하
며, 봄의 생명력으로 두근거리는 대지처럼 사랑스럽고 상냥했
다. 그녀의 넓은 이마는 빛이 나고, 따스한 검은 눈도 빛이 나
고, 탐스러운 빨간 볼도 빛이 나고, 새빨간 입술도 빛이 나고,
목덜미의 금목걸이도 빛이 나고, 젖가슴의 여린 갈색 젖꼭지까
지 빛이 나, 숨베르의 넋을 빼놓고 취하게 했다. 숨베르의 눈빛
은 불타고, 전신의 피도 불타고, 몸의 한 부위는 화산처럼 폭발
할 것 같았다.

　다시 정신을 차렸을 때, 아리오나와 숨베르는 하나의 완전체
로 섞여, 진정으로 사랑하고 사랑받아왔으며, 앞으로도 영원히
사랑받고 사랑하리라 다짐했던, 연인들이 모두 맛본 '금단의
열매'를 아담과 이브처럼 훔쳐 먹었다.

　오늘은 평범한 하루였지만 아리오나에게는 처녀로서의 몸을
벗고, 자신의 모든 것을 숨베르에게 맡긴, 평생 잊을 수 없는
특별한 날이었다. 숨베르의 입장에서도, 성인 남자가 되었음을
인식하고, 자랄 때 자라고 성숙할 때 성숙하는 신체의 경이에
감격하며, 자신의 곁에 절대 행복의 완전하고 아름다운 세계가
있었음을 온전히 깨달은, 일생일대의 의미 있는 날이었다.

　아리오나는 행복감으로 들릴 듯 말 듯 한 신음을 내뱉을 때
도, 첫 경험이 끝난 후의 알 수 없는 부끄러움과 두려움이 엄
습할 때도, 혼전의 '동침'을 조금도 후회하지 않았다. 만약 결

혼 전에 '동침'한 것을 잘못이라 한다면, 이 잘못은 아리오나와 숨베르 두 사람의 잘못이 아닌 시대의 잘못일 테니까!……

9시경에 아리오나와 숨베르가 행복한 연인답게 맛나게 식사를 하고 있을 때, 바양달라이 씨에게서 전화가 왔는데, 오늘 아침 8시 35분에 무사히 울란바타르에 도착했고, 가져간 몽골 돈도 이득을 남겼다고 알려주었다. 아리오나와 숨베르는 이 전화를 받고 기쁨을 감추지 못했다. 행복한 삶이 곧 도래할 것임을 확신하고 그들은 행복해했다.

에리옌에 오기 전 후흐허트에서 고향 집으로 한 차례 편지를 보낸 후 다시 연락을 하지 못했던 숨베르는, 식사를 마치고 펜과 종이를 가져와 에리옌에선 별일 없이 잘 지내고 있으며 가능하면 겨울에 결혼할 거라고 간단히 적었다. 그리고 뒷부분에 아리오나에게 인사말을 쓰게 한 후 편지를 등기우편으로 부쳤다.

2장

여자를 몰랐던 젊은 날

사람들은 저마다 갖고 있던 털옷, 솜바지, 모직 외투, 가죽 코트 등 추울 때 입는 것들을 입기 시작했다. 에리옌에는 겨울이 일찍 온다. 에리옌의 남부시장은 여전히 인산인해를 이루었다. 겨울 추위 때문에 아이스크림을 파는 여자들은 보이지 않았고, 담배와 볶은 해바라기씨를 파는 할아버지 할머니 들만 소리를 지르며 사람들 사이로 지나다닌다.

만라이와 올라나는 연인 사이임을 만인에게 과시하듯 손을 잡고 인파를 헤치며 느긋하게 동쪽을 향해 걸어간다. 만라이는 볶은 해바라기씨를 파는 노인을 보고, 올라나의 눈치를 보며 묻는다.

"한 컵 살까?"

올라나가 군것질을 좋아한다는 것을 만라이는 잘 알고 있다. 군것질하느라 식량이 바닥나고, 수다 떨다 사람이 다 떠난다는 속담이 있지만, 사랑에 빠진 만라이에게 이런 속담은 지나친 과장이었다. 그는 올라나에게 군것질거리를 사주는 데는 돈을 아끼지 않는다. 가능하다면 머리가 백발이 되고 이빨이 다 빠질 때까지 올라나에게 군것질거리를 사다 먹이고 싶다. 군것질은 군것질에 불과하지만 한편으론 사랑의 표현이었다!

올라나는 주름투성이 얼굴의 삐쩍 마른 노인이 팔에 들고 가는 바구니 속 볶은 해바라기씨를 시큰둥하게 쳐다보았다.

"신 게 먹고 싶어."

그녀는 병에 갇힌 벌처럼 윙윙거리는 가는 목소리로 새침하게 말했다. 만라이가 속으로 신 음식이 뭐가 있지 하고 생각할 때 탕후루* 파는 소녀가 보였다. 만라이의 눈이 반짝였다.

"그렇지! 탕후루 먹자."

그는 속삭이며 올라나의 손을 끌고 빠르게 걸어갔다. 돈만 있으면 뭐든지 다 구할 수 있는 에리옌 남부시장이 만라이에겐 자기 집에 있는 것처럼 편했다. 만라이는 2위안으로 탕후루 두 꼬치를 사서 올라나에게 하나를 주고 아부하는 말투로 물었다.

"왜 느닷없이 신 것이 땡겨?"

올라나는 얼굴을 붉히고 잠시 꾸물거리다가 대답했다.

"생리도 끊겼어. 생겼나 봐!"

"뭐가 생겨?"

"자기가 해놓고도 몰라!"

이 말에 만라이도 무언가를 퍼뜩 깨달았는지, 너무 기뻐하며 올라나의 허리를 껴안고 흥분된 목소리로 물었다.

"임신했다고?! 그럼 빨리 결혼하자! 응?"

올라나는 가는 눈으로 만라이를 쏘아보더니, 요새 들어 눈에

* 탕후루糖葫蘆: 명자나무, 산사나무 등의 열매를 꼬치에 끼워 물엿과 버무린 중국 과자.

띄게 마른 얼굴을 찌푸리며 화를 냈다.

"방귀 뀌는 소리 하네! 본채 안 지으면 죽어도 결혼 안 해. 산 메추라기 똥구멍만 한 너희 행랑방에서 어떻게 살림을 차려?"

"우선 결혼하고, 나중에 본채를 짓자. 정말 임신했다면 별수 없잖아?!"

"지워버릴 거야! 낳을 의무 없잖아?! 아니면, 부모님과 동생을 따로 내보내고 우리 둘만 살기로 하면 행랑채라도 허락할게."

"어떻게 그래?! 그 집은 동생과 아버지가 피땀 흘려 번 돈으로 지은 거야!"

"형제란 어차피 따로 사는 법이야. 부모님은 작은아들 따라가고 싶으면 따라가라 하고, 꼭 큰아들과 살아야 되는 건 아니잖아. 빌어먹을 행랑채라도 우리한테 넘겨주면 그들을 너그러이 용서할 테니 그렇게 알아! 아니면 남들처럼 빗자루 하나 부족하지 않은 본채를 받을 거야!"

"하지만 형편을 봐야지. 지금 없는 건 나중에 구하자."

"뭐라고 말하든 좋아. 부모님을 따로 내보내면 바로 너랑 결혼할게. 아니면 본채를 지어! 둘 중 하나를 선택하지 않으면 결혼 안 해! 임신했어도 네가 부모님과 동생을 내보내지 않으면 애는 지울 거야!"

올라나는 말을 끝내자마자 허리를 안고 있던 만라이를 툭 밀치고, 탕후루도 땅바닥에 패대기친 후 씩씩거리며 인파 속으로 사라져버렸다. 만라이는 울컥 화가 치밀었지만, 이미 사랑의 덫에 영혼마저 붙잡혔기 때문에 하는 수 없이 화를 누르고 올라나를 쫓아갔다. 제 눈에 안경이라더니, 사랑의 덫에 걸린 만라이는 올라나와 죽어도 헤어질 수 없는 지경에 이르렀다. 만라이는 올라나를 쫓아가 실눈을 짓고 이를 드러낸 채 헤헤 웃으며 그녀를 달랬다.

"화는 몸을 상하게 하고, 산은 말을 상하게 한대. 화 풀어! 네 말대로 할게. 자, 내 탕후루 먹어."

올라나는 쳐다보지도 않고 남부시장 동문 너머로 엉덩이를 씰룩거리며 휘휘 걸어간다. 만라이도 쫓아가 손을 붙잡고 탕후루를 쥐여주며 비위를 맞춘다.

"화 풀면 네가 갖고 싶은 거 다 사줄게, 응?"

올라나는 이 말을 듣자마자 창백하던 얼굴에 막 피어나는 꽃처럼 화색이 돌았다. 그리고 탕후루를 받아 쥐며 만라이를 살짝 발길질하고 귀엽게 말했다.

"이 나쁜 놈! 남아일언 중천금이야!"

만라이는 마지못해 웃고는 익살스러운 표정을 지으며 말했다.

"그래, 사고 싶은 거 말해! 먹을 거야? 입을 거야? 아니면 놀러 갈까?"

"내 말대로 한다고 방금 말했지?! 그럼 부모님부터 내보내!"

"에이, 부모님을 어디로 내보내? 이렇게 하자. 나중에 따뜻해지면 본채를 짓고 우리 둘이 본채에서 결혼해 살자! 그럼 되지?!"

"그리고 배 속에 든 애는 어쩔 거야?"

"어……네가 방금 지운댔잖아."

"다 네 잘못이야! 콘돔을 쓰자니까 말 안 듣고. 내 말대로 했으면 이런 일이 생겼겠어?!"

"그래 내 잘못이야, 내 잘못! 자아, 이제 뭐 살지 말해! 하지만 100위안 아래로 해야 해."

"우씨, 금귀걸이 말고는 그럴듯한 거 하나도 안 사주고는 또 쩨쩨하게 구네. 어제 언니랑 같이 백화점 갔다가 빨간색 털목도리가 달린 외투를 봐뒀어. 가서 그거 사줘!"

"얼마야?!"

"400위안!"

"뭐— 젠장, 그렇게 비싸?!"

"사줄 생각 없으면 말고!"

올라나가 또 토라질 것 같자, 만라이는 다급하게 그녀의 팔짱을 꼈다.

"사줄게, 사줄게. 지금 가서 사줄게."

올라나는 승리자의 의기양양한 미소를 머금고, 찰싹 붙어 만라이의 팔짱을 끼고 백화점으로 향했다.

부자는 수전노라던데 사실인가?

바양달라이 씨는 외몽골에 간 지 한 달 가까이 되었지만 돌아오지 않았다. 전화로 "수입하려던 목재가 비싸더라. 더 이윤이 큰 물건을 물색 중이야"라며 이런저런 핑계를 대더니 돌아올 시기를 계속 늦추었다.

오늘은 서북풍이 불어오는 쌀쌀한 날이었다. 토요일이라 아리오나의 오빠는 출근하지 않았다. 숲 가까이 사는 사람은 사자나 호랑이에 대해 이야기하고, 물가에 사는 사람은 물고기에 대해 이야기하듯, 고비는 어머니와 동생에게 에리옌에서 일어난 범죄에 대해 열정적으로 이야기하고 있다. 갈색 가죽점퍼를 입은 숨베르도 옆에 앉아 소파에 무릎을 붙이고 귀를 기울인다. 갈색 가죽점퍼는 어머니가 특별히 준 돈으로 아리오나가 사준 것이다.

이때 3월의 할미꽃처럼 맵시 있게 차려입은 아리오나가 위층에서 내려왔다. 그녀는 화장품 냄새를 풍기며 거실로 들어오더니 애교를 부렸다.

"엄마, 숨베르랑 외삼촌 집에 놀러 가고 싶어."

어머니는 미소 지으며 딸을 사랑스럽게 쳐다보았다.

"가야지, 가야지! 외삼촌은 그저께 외몽골에서 돌아오셨어! 너한테 사위 데리고 놀러 오라고 몇 번이나 전화했었다."

숨베르가 보기에 이 순간 구일레스 여사는, 딸의 마음을 깊이 배려해주는 인자한 몽골 어머니의 전형으로 보였다. 어머니의 말에 매우 기뻐하며 아리오나는 흰 이를 드러내고 웃었다.

"나도 그래서 가보려는 거야."

아리오나는 숨베르를 따뜻하게 쳐다보았다.

"가자!"

이렇게 해서 아리오나와 숨베르는 한 쌍의 참새처럼 재잘거리며 하일라스 씨의 집으로 향했다. 이전에도 아리오나와 숨베르는 하일라스 씨 댁에 몇 차례 찾아갔지만, 그때마다 하일라스 씨는 외몽골이나 톈진, 베이징에 가 있거나, 에리옌에 있다

해도 마침 지인들과 이런저런 일을 처리하러 외출한 때여서 만나지 못했다. 아리오나도 외삼촌이랑 만나지 못한 지 여덟, 아홉 달이나 되었다! 차강사르* 후론 전혀 만나질 못한 것이다.

숨베르는 하일라스 씨에 대해 간접적으로나마 상당히 많이 알고 있었다. 하일라스 씨는 자산이 몇천만 위안이나 되는 갑부였다. 그가 모은 돈은 3대가 써도 다 쓸 수 없다고들 말한다. 그러나 이 사람은 편히 즐기기보다는 고삐 채운 말처럼 쉼 없이 사업에만 매진한다. 그가 그렇게 많은 돈을 모으는 최종 목적이 무엇인지 숨베르는 모른다. 나에게 만약 그만한 돈이 있었다면 고생하며 어렵게 생활하는 시인 친구들 모두에게 전집을 출간해주고, 또 10만, 100만 위안짜리 상을 만들어, 역사에 길이 남을 위대한 몽골 문학작품을 발굴해낼 것이다. 또한 현장에서 활동하는 뛰어난 몽골인 문화 역군들을 세계의 몽골학 연구자들과 만나게 하고, 세계의 유명한 지역을 탐방하게 해줄 거라고 숨베르는 생각한다. 그러나 생각이 있으면 여건이 따르지 않고, 여건이 되면 생각이 따르지 않는 이 세계는 엄청난 모순투성이다!

하일라스 씨 가족은 에리엔 연료 회사의 직원 아파트에 살고 있다. 하일라스 씨의 부인 오란이 그 회사에서 일할 때 받은 아파트다. 3층에 위치한, 방 셋에 거실이 하나인 멋진 집이었다. 하일라스 씨에겐 아들 하나 딸 하나가 있는데, 아들은 열

---

* 차강사르 ᠴᠠᠭᠠᠨ ᠰᠠᠷᠠ: 한국의 음력설과 비슷한 몽골의 설날이다. 티베트 달력을 쓰기 때문에 한국이나 중국의 음력 설날과 약간씩 차이가 날 때도 있다.

네 살로 이름이 동동이고, 중학교 1학년이며, 중국어로 수업을 받는다.* 딸은 막 여섯 살이 되었는데 이름이 잉잉이고, 시내의 한족 유치원에 다닌다. 부모는 완벽한 몽골인인데, 아들딸은 중국어만 쏼라쏼라 하는 완전한 한족이 되어버려, 아빠 엄마라는 한두 마디 몽골어조차 할 줄 모른다…… 아리오나 말에 의하면 하일라스 씨는 개인적으로 총기를 소지하고 있다. 당연히 암시장에서 샀을 거다. 그러나 나쁜 짓을 하려고 산 건 아니고, 자신과 재산을 지키기 위한 목적으로 산 것이었다. 이 사실을 아리오나는 이미 오래전에 부모님들이 이야기하는 걸 듣고 알았다. 하일라스 씨 역시 현재의 치안을 믿지 못하는 사람 중 하나임을 보여준다. 하일라스 씨는 오래전 에리옌의 백화점에서 사장으로 일할 때, 전국인민대표자대회에 대표로 참가했던 화려한 경력과 성급 노동영웅으로 칭송받았던 명예로운 이력을 지닌 대단한 사내였다. 에리옌시가 개방도시가 된 후 회사 명의로 물건을 들여왔고, 대부분의 이익을 개인적으로 유용해 몰래 배를 불리기 시작했다고 한다. 나중엔 구조조정으로 '백화점'을 없애버리고 백화점 건물만 독립적으로 남겨 상급기관에서 하일라스 씨를 백화점 건물의 부사장으로 임명했다. 그러나 하일라스 씨는 자발적으로 퇴직을 결심하고, 12만 위안의 퇴직금을 받아 개인 '컨설팅 회사'를 차렸고, 울란바타르와

---

* 내몽골에는 몽골족들을 위한 몽골족 학교가 따로 있지만 일부러 한족 학교에 보내 중국식 교육을 시키는 경우도 적지 않다. 이들 중 상당수는 한족처럼 중국어로만 교육을 받기 때문에 몽골어도 전혀 못 하고 물론 몽골문자도 읽지 못한다.

에리엔 사이를 오가며 큰 장사를 시작했다. 하일라스 씨는 장사꾼 머리가 노련해서 백 번 거래하면 아흔아홉 번은 남는 장사를 했다. 그렇게 갑부가 되었다! 그런데 하일라스 씨의 부인 오란은 언제나 부자란 사실을 감추고, "동동이네 학교에서 또 ××돈을 걷어갔어!" "잉잉한테 옷을 사줬더니 주머니에 있던 푼돈마저 바닥났어!" "하일라스가 이번에 장사하다가 쫄딱 망했어"라고 엄살을 떤다. 오란 여사는 혓바닥을 입속에 담아둘 줄 모르는 수다쟁이였지만 감춰야 할 말은 철저히 감췄다.

1리 정도만 가면 하일라스 씨가 사는 아파트가 나오기 때문에, 아리오나와 숨베르는 곧 목적지에 도착했다. 철제 방범 문을 두드리자 오란의 사촌 여동생 우우뎅이 문을 열어주었다. 우우뎅은 2년 전에 오란 여사가 잉잉을 돌보게 하려고 시골집에서 데려온 처녀. 부모에게는 에리엔에서 우우뎅의 신랑을 구해주고 정착하게 해준다고 약속했었지만, 잉잉이 유치원에 들어간 지금도 우우뎅은 여전히 이 집의 살림을 돌보고 있다. 이 집 안의 온갖 잡일은 퇴직하고 집에 있는 오란 여사가 하는 게 아니라 우우뎅이 거의 도맡아 한다. 우우뎅은 아리오나와 숨베르를 보자 뻐드렁니가 보이게 미소를 지으며 맞이했다.

"너희구나?! 어서 들어와."

두 사람이 웃으며 우우뎅에게 감사 표시를 한 후 슬리퍼를 신고 거실로 들어가자, 적갈색 스웨터와 검푸른 색 바지 차림에, 혈색 좋고 통통한 얼굴의 몸집이 큰 남성이 수화기를 들고 누군가와 큰 소리로 이야기하고 있었다. 이 사람이 당연히 하일라스 씨일 것이다. 하일라스 씨는 아리오나와 숨베르를 향해 손짓으로 '앉아, 앉아'라는 신호를 보내며 아까보다 현저히 낮은 소리로 전화 통화를 이어간다. 역시 누군가와 어떤 사업 이야기를 하는 중이었다. 아리오나와 숨베르가 소파에 앉아 기다리고 있을 때, 다른 방에 있던 오란 여사가 들어오며 "아, 너희들 왔구나!"라고 반가워하더니 큰 소리로 우우뎅을 불렀다.

"우우뎅, 차 좀 타줘!"

우우뎅은 외사촌 언니가 시키는 대로 묽은 차를 두 잔 따라와 아리오나와 숨베르 앞의 작은 유리 테이블에 올려놓았다.

바닥에 빨간 카펫이 깔린 거실엔 매우 많은 소파가 놓여 있고, 커다란 '홈시어터' 스크린과 장비들이 갖추어져 있다. 동쪽 벽에는 두 개의 큰 액자 안에 양각으로 새긴 공예품이 걸려 있고, 흰색 천장 중앙엔 화려한 샹들리에가 매달려 있다…… 숨베르가 도시 집 대부분에 있을 법한 세간과 장식을 별생각 없이 쳐다보고 있을 때, 하일라스 씨는 전화를 끊고 두 사람을 향해 매우 다정하게 미소를 지었다.

"차 마셔! 차 마셔!"

그는 숨베르를 쳐다보고 말했다.

"아리오나 신랑이 이 젊은이군."

"그래! 몇 번이나 왔었는데 당신만 못 봤지."

아리오나의 옆쪽 소파에 앉은 오란 여사는 화통한 목소리로 대꾸했다. 그녀는 다시 아리오나에게 물었다.

"네 엄마는 왜 같이 안 왔냐?! 뭐가 그리 바빠?"

"엄마는 오빠랑 얘기 중이에요."

"네 엄마는 중개업 그만두고 어떻게 2, 3년이나 집구석에 처박혀 있다니?! 나는 퇴직하고 겨우 한 달 지났는데도 갑갑해 미치겠다!"

"익숙해지면 괜찮아질 거예요."

아리오나가 외숙모와 이런 대화를 하는 동안 숨베르는 하일라스 씨에게 다가가 '나비샘'을 권했다. 하일라스 씨는 숨베르를 마치 오래전부터 알고 지낸 사람처럼 살갑게 바라보며 담배를 받아 불을 붙인다.

"어디 출신이더라?"

하일라스 씨의 외모, 복장, 말투 등은 처음 보는 사람이라면 외몽골 사람으로 착각할 정도였다.

"향간에서 왔습니다."

숨베르가 진실한 태도로 대답하자 하일라스 씨는 다시 외몽골 억양으로 묻는다.

"그래?! 여기 적응은 잘하고?"

"예, 잘하고 있습니다."

"옳지, 옳지! 젊은 사람들은 어디서든 빨리 적응하더라고!"

숨베르는 내심 계속해서 자기 성과 이름, 관심사와 특기 등에 대해 물어올 거라고 생각했지만, 하일라스 씨는 더 묻지 않고 다시 전화기를 들어 열 자릿수를 누르기 시작했다. 숨베르가 자존심이 상해 아리오나를 힐끔 쳐다보았다. 아리오나는 외삼촌에게 일부러 새침한 표정으로 웃으며 말했다.

"외삼촌은 나한테 말 한 마디 안 걸어."

하일라스 씨는 상대가 전화를 받지 않은 듯, 전화기를 제자리에 내려놓고 큰 소리로 "허허허" 웃었다.

"우리 조카는 성깔이 여전해. 좋아, 한번 얘기해봐! 외삼촌은 대화할 준비 됐다."

그는 익살스러운 표정으로 말했다.

아리오나는 바로 질문이나 이야깃거리를 찾지 못해 얼굴이 달아올랐고, 오란 여사는 입이 근질거렸는지 궤변을 늘어놓았다.

"네 외삼촌은 며칠 전 우우뎅한테 신랑감을 소개해줬다. 가능하면 올해 안에 결혼시키려고 노력 중이야! 나도 퇴직했으니 다 큰 처녀를 집에 두고 먹여 살리는 게 큰 골칫거리가 됐어! 우우뎅은 다른 처녀들처럼 스스로 신랑감을 못 구한다니?! 무슨 일이든 우리 둘만 쳐다봐."

우우뎅은 아리오나와 숨베르에게 차를 타 주고 곧바로 다른 방으로 갔기 때문에, 사촌 언니의 말을 듣지 못했을 것이다. 만약에 들었다면 정말 섭섭했을 거라고 아리오나는 생각했다. 하일라스 씨는 부인을 노려보고 화를 냈다.

"참 나, 그게 무슨 소리야?! 우우뎅이 잉잉을 몇 년이나 보살펴주고 키워줬잖아. 머리숱보다 많은 이 집 잡일도 우우뎅이 다 해왔어! 이제 우우뎅도 나이가 다 찼는데, 부려먹기만 하고 혼사를 미루면 되겠어?"

바로 이때 전화벨이 요란하게 울렸다. 하일라스 씨가 전화를 받고 "숨베르 전화"라고 말하며 전화기를 건네주었다. 숨베르가 의아해하며 황급히 전화를 받자, 수화기 저편에서 아리오나 어머니의 떵샤* 같은 소리가 들려왔다.

---

* 떵샤དང་ཤགས་: 두 개의 금속을 실로 연결해 한 손으로 쥐고 흔들어 소리를 내

"방금 외몽골의 순달라이라는 사람한테서 전화가 왔다. 델히 호텔 103호에서 기다린대!"

열 길 물속은 알아도 한 길 사람 속은 모른다

숨베르와 아리오나가 택시를 타고 델히 호텔에 가보니 정말로 순달라이가 와 있었다. 호텔 방에는 다른 한 쌍의 남녀도 한 이불 안에서 마주 보고 누워 있었는데, 숨베르와 아리오나가 문을 노크하고 들어오는 소리를 듣고, 쥐구멍 밖으로 머리만 내민 생쥐처럼 머리를 쑥 쳐들고 한번 훑어보고는 다시 아까처럼 누운 채로 소곤소곤 이야기를 나눈다. 이 두 사람의 얼굴에는 당황하거나 부끄러워하는 기색은 전혀 보이지 않았다. 아리오나는 낯선 광경에 어쩔 줄을 모르고 부끄러워했지만, 애써 침착한 표정을 짓고 문을 살짝 닫은 후 그림자처럼 숨베르를 따라 들어와 순달라이를 바라보았다.

침대 위에 누워 외몽골의 정치적 사건 위주로 편집된 『샤르서닝』을 읽고 있던 순달라이가 벌떡 일어나 보고 싶었던 오래된 친구를 만난 듯 반가워했다.

"잘 지내셨죠?! 금방 달려오셨군요."

그는 크게 웃으며 숨베르에게 다가와 두 손을 힘껏 잡았다. 인사하는 말엔 감사하는 말로 응대하고, 그릇엔 국자로 답하듯

는 타악기. 티베트 불교의 법구.

이 숨베르도 미소를 지어 보였다.

"잘 지냈습니다. 방금 선생 소식을 듣고 바로 달려왔어요. 언제 오셨습니까?"

두 사람은 아는 사람끼리 만나면 첫인사는 이런 식으로 한다는 걸 보여주듯 서로 안부를 물었다.

"아침 일찍 버스로 왔습니다."

순달라이는 대답을 한 후 이름이 가물가물한 옛 친구를 바라보듯 아리오나를 바라보았다.

"이분은 선생의 애인이시죠?"

숨베르는 순달라이의 손을 놓고 소개를 했다.

"맞습니다.「금빛 사랑의 비너스」속 아리오나가 이 친구입니다."

아리오나가 선뜻 손을 뻗어 순달라이와 강하지도 약하지도 않은 적당한 힘으로 악수를 하고 짧게 말했다.

"선생의 명성은 숨베르에게 들었어요."

순달라이는 늘어뜨린 긴 머리칼이 휘날리도록 고개를 끄덕이고 상냥하게 웃었다.

"친구 숨베르 선생의 마음을 밝힌 촛불 같고, 호젓한 제 고향 꿈에 활짝 핀 산나리꽃 같은, 님을 뵙게 되어 영광입니다."

그는 시를 읊듯이 말을 하고 아리오나의 손을 놓은 후 옆의 소파를 가리켰다.

"두 분 앉으세요."

한쪽에선 아교로 붙인 듯 떨어질 줄 모르는 커플이 한 이불 안에 누워 있는데, 한쪽에선 흥겹게 이야기를 나누는 것이 어

색하게 느껴졌지만, 숨베르는 아리오나에게 잠깐만 참아달라
는 눈짓을 하고 소파에 나란히 앉았다.

"이번엔 차린 선생과 같이 안 오셨나요?"

순달라이는 침대 밑에서 큰 녹색 가방을 끄집어낸 후 옆에
있던 자루를 뒤지며 대답했다.

"차린 형님은 일이 있어서 못 왔어요. 친척 되는 형님, 누님
과 함께 왔는데, 두 분은 물건 사러 도매시장에 갔어요."

"그래요?! 차린 선생이 오셨으면 아버지 사연을 더 듣고 싶
었는데."

"차린 형님도 아버지 이야기를 자세히 몰라요. 가슴 아픈 일
이에요!"

순달라이는 가방에서 키릴문자로 인쇄된 신문을 꺼냈다.

"『에르드네트 신문』이 아닌 『몽골반점』이란 신문에 선생의
시가 실렸어요. 제가 읽어드릴까요?"

숨베르는 굉장히 기뻤지만, 한편으론 순달라이의 시를 『실링
걸』 잡지에 보내놓고 여태껏 실렸는지 여부도 모르고 있어 난처
해하며, 순달라이가 낭송해주는 자기 시를 두근거리며 경청했다.

　　　호수 가득 노랫소리 지저귀는 물새 같은 그대와

　　　마주칠 인연이 부족했다면, 아리오나

　　　내 한 번뿐인 생, 하고많은 날이

　　　붉은 사막처럼 푸르름을 잊었을 거야

　　　별빛에 반짝이는 흑장미 같은 그대 눈썹을

　　　마주할 행운이 부족했다면, 아리오나

거룩한 내 청춘 짧디짧은 순간들이
혹한의 겨울 오아시스처럼 두근거림을 잊었을 거야
......

순달라이가 마치 자신의 시를 읽듯이 진지하고 정열적으로
시를 낭송하자, 연애를 시작하던 때의 추억들이 되살아나 아리
오나의 눈시울이 뜨거워졌다. 한 이불 속에서 속삭이던 두 남
녀도 낭랑한 낭송 소리에 귀를 기울이고 있었다. 숨베르는 흥
분된 마음으로 신문을 받아 들고, 자신의 시를 한 글자 한 글
자 소리 내어 읽기 시작했다. 키릴문자를 배우긴 했지만 지금
은 많이 낯설었다. 신몽골문자라 불리는 그 러시아문자는 배우
기도 쉽고 까먹기도 쉬웠다.

순달라이는 다시 가방을 열어 비닐봉지로 싼 물건을 꺼냈다.
포장을 조심스레 풀자 말라서 갈색이 된 둥글고 신비로운 꽃이
나타났다. 순달라이는 이 둥글고 예쁜 꽃의 줄기를 조심조심
잡아 숨베르에게 쥐여주고 진지하게 말했다.

"에르드네트 산에서 자라는 왕숨베루 꽃입니다. 야보홀란*
이 쓴 '고운 꽃봉오리를 어루만지면, 망아지 입술처럼 보드라
운, 자줏빛 꽃에 닿으면, 아이 정수리처럼 따스한' 늘 쌍을 이
루어 자라는 '천상의 꽃'이 이 꽃입니다. 한 송이는 제가 갖고
있고, 한 송이는 선생께 가져왔습니다. 비단처럼 부드러운 꽃

---

* 벡진 야보홀란(ᠪᠡᠭᠵᠢᠨ ᠶᠠᠪᠤᠤᠬᠤᠯᠠᠩ, 1929~1982): 20세기 몽골의 대표적 서정시인.
그의 시는 내몽골에서도 사랑을 받고 있다.

부리에, 먼지도 앉지 않는 왕숨베루 꽃을 보기만 해도 영생한다는 옛말도 있죠."

숨베르는 '천상의 꽃'을 받아 들고 형용할 수 없이 기뻐했다. 갈색 꽃을 어루만져 보니 정말로 아이의 정수리처럼 부드럽게 느껴졌고, 코에 대보니 신선한 향기가 폐 속으로 스며들어 매우 편안했다.

"너무 향기로운 꽃이에요."

그는 왕숨베루 꽃을 아리오나에게 건네주고, 순달라이를 향해 겸연쩍은 표정을 지었다.

"죄송스럽게도 선생의 시를 아직 잡지에 발표하지 못했습니다. 하지만 다음에 오실 때는 꼭 발표하도록 하겠습니다."

"괜찮습니다. 우리가 편집자도 아니고, 눈치를 보며 기다리는 수밖에요. 참, 에리옌에 지금 염소 털 가격이 얼마쯤 합니까?"

숨베르는 다시 민망한 표정을 짓고 어림짐작으로 말했다.

"저는 알아본 적이 없는데, 아마 오르지 않았을까요."

"제가 염소 털 조금과 사슴 서혜부 몇 개를 가져왔어요. 선생께서 저를 도와 괜찮은 가격으로 팔아주실 수 있나요?"

이런 일이 중개업자에게 걸렸다면 이윤을 챙길 절호의 기회였다. 그러나 숨베르 입장에선 번거로운 일이었다. 숨베르는 속으로 누군가가 자신을 친구라 여기고 진실한 마음으로 대하는데 자기가 팔짱만 끼고 있는 것은 옳지 않다고 판단했다.

"예, 그러죠! 아리오나의 어머님은 원래 장사하시던 분이라 아는 사람이 많습니다. 우리가 그 물건을 아리오나의 집으로 가져가면 어떨까요?! 아리오나의 어머니는 선생 물건을 좋은 가격으로 팔아주실 겁니다."

"좋아요, 좋습니다!"

순달라이는 기꺼이 승낙하고 다시 허리를 굽혀 침대 밑에서 자루 두 개를 꺼냈다.

15분 후 세 사람은 순달라이의 물건을 택시에 싣고 아리오나의 집에 도착했다. 구일레스 여사는 혼자서 집을 지키고 있었다. 불청객을 데려왔다고 화를 내고 인상을 쓸 거라 생각했던 숨베르의 걱정은 기우였다. 구일레스 여사는 순달라이를 매우 반갑게 맞이하고, 차와 과자 등을 내놓으며 친절을 베풀었다. 게다가 팔 물건을 가져왔다는 말을 듣고는 손발이 더 가벼워졌고 말투도 부드럽게 변해, 아리오나에게 "우리 딸, 밥과 반찬 준비해! 고기와 채소는 다 있으니까 어서"라고 몇 번이나 재촉했다.

이렇게 해서 숨베르와 순달라이는 자유롭고 편안한 마음으로 담소를 나누며, 아리오나가 삶고 볶고 해서 식탁 가득 차려 놓은, 맛있고 영양 많은 고기와 음식 들을 한 시간 동안 먹으며 술도 거나하게 마셨다. 아리오나는 카메라를 가져와 숨베르와 순달라이의 사진과, 순달라이와 아리오나의 사진을 여러 각도에서 열 장 정도 찍어 기념으로 남겼다.

그들이 식사를 마친 후에, 모습을 보이지 않았던 구일레스 여사가 들어왔다.

"이렇게 빨리 식사를 마쳤어?! 난 물건값을 알아보고 왔다. 염소 털은 킬로당 280, 사슴 서혜부는 하나에 50위안 안팎

이야."

술 탓에 거무스름한 얼굴이 적갈색으로 변한 순달라이는 주머니에서 계산기를 꺼내 계산을 해봤다.

"그 정도면 저한테도 이익이에요! 그럼 사슴 서혜부 하나당 50위안으로 하고, 염소 털도 그 가격으로 팔아주시겠습니까?"

그가 구일레스 여사를 쳐다보며 말하자 구일레스 여사가 대답했다.

"그럼, 그럼. 내가 물건을 다 살게! 숨베르 친구니까 서로 믿고 거래할 수 있잖아. 그럼 지금 나가서 무게랑 숫자를 확인해볼까?"

숨베르와 순달라이는 구일레스 여사와 함께 뜰로 나가, 현관문 동쪽에 놓아둔 두 개의 마대 자루를 열고, 안에서 비닐봉지로 싼 사슴 서혜부를 꺼냈다. 그리고 자루에 남은 염소 털 무게를 재기 위해 자루를 묶었다. 늑대개가 개집에서 나와 순달라이에게 달려들 듯 무섭게 짖었다. 구일레스 여사는 손을 휘저으며 "들어가, 이놈아!"라고 호통을 쳐 개집으로 쫓아 보냈다.

순달라이는 사슴 서혜부를 세어보고 눈이 휘둥그레졌다.

"모두 일곱 개였는데 왜 두 개가 없지?"

구일레스가 남의 일처럼 무덤덤하게 말한다.

"자네가 다섯 개를 일곱 개로 착각한 거 아냐? 아니면 오는 길에 도둑을 맞았던가."

"착각할 수가 없어요. 더도 말고 덜도 말고 일곱 개가 맞아요! 오는 길에 도둑맞을 수도 없어요! 몸에서 떨어진 적이 없었는데."

순달라이가 괴이한 표정을 짓자 구일레스 여사가 물었다.

"아니면 호텔에 함께 묵었던 사람들이 자네가 화장실 간 사이에 훔쳤을지도 몰라."

순달라이는 잠깐 생각에 빠졌다.

"제기랄! 어떻게 이럴 수가 있지."

그는 염소 털의 무게를 재기 위해 주머니에서 휴대용 저울을 꺼낸다. 내몽골의 저울 대부분은 조작된 저울이라는 말을 듣고 직접 가져온 것이다. 숨베르는 걱정스럽게 친구가 무게 재는 일을 돕는다. 순달라이는 마대 자루 두 개의 무게를 재더니 소스라치게 놀라 소리쳤다.

"맙소사. 염소 털이 전부 12킬로였는데, 왜 10킬로지?! 완전히 망했네."

구일레스는 몹시 안쓰러운 표정을 지었다.

"아이고, 정말 2킬로가 모자라?! 호텔로 가서 자세히 조사해 봐. 여기서는 손댄 사람이 없어. 물건이 모자라면 원래 가격으로 팔아도 손해일 것 같은데. 그래도 가져온 것을 어쩌겠어?! 자네 알아서 하게."

그녀는 강 건너 불구경하듯 말했다.

첫 단추를 잘못 꿰면 소매가 비뚤어지고

검은 선글라스를 낀 황 사장은 승용차를 타고 에리엔 시청

208

안으로 들어와 사무동 앞에 차를 세웠다. 그는 구둣발로 시멘트 바닥을 또각또각 밟으며 아무 두려움 없이 의기양양하게 안으로 들어간다. 그리고 바로 2층에 올라가 한자로 '부서기실'이라고 쓰여 있는 사무실 문을 자기 집 문처럼 노크도 없이 밀고 들어갔다.

책과 노트, 서류, 펜 꽂이, 전화기, 작은 오성홍기 등이 제자리에 가지런히 놓인 반들반들한 갈색 책상 너머에 푸르스름한 정장을 입고, 노란 꽃무늬 넥타이를 매고, 검게 염색한 머리를 소가 핥은 것처럼 뒤로 빗어 넘기고, 개미 수십만 마리가 지나갈 만큼 넓고 반짝이는 이마의, 배가 나온 건장한 중년 남자가, 손가락 사이에 담배를 끼우고 꼿꼿이 앉아 있다. 황 사장은 선글라스를 벗고 소파에 털썩 주저앉아 차갑게 묻는다.

"아버지, 뭔 일로 불렀수?"

이 중년 남자는 며칠 전 기율위원회 위원장에서 시당위원회 부서기로 진급한 황시쥐였다. 황 부서기가 아들을 싸늘한 눈빛으로 노려보며 고압적인 어조로 물었다.

"듣자 하니 네가 아직도 '외국인 클럽'에 관한 일을 몰래 캐묻고 다닌다던데?"

황 사장은 다리를 꼬고, 중년 사내를 경시하는 듯한 눈빛으로 힐끗 쳐다보며 좀 전의 그 차가운 말투로 대답한다.

"나는 그저 고비라는 잡종에게 황 씨를 건들면 어떻게 되는지 맛을 좀 보여주려 했을 뿐이우."

황 부서기는 화를 내며 담배를 재떨이에 힘껏 비벼 껐다.

"간덩이가 배 밖으로 튀어나왔냐?! 하다 하다 이제는 공안경찰한테도 덤비려고?! 죽을 때가 된 당나귀가 늑대 아가리로 들어간다더니…… 내가 겨우 기율검사위원회에서 무사히 일을 마치고 나왔는데 네가 새로 말썽을 일으키려고?"

그가 호되게 야단을 치자, 황 사장은 아버지의 눈을 똑바로 노려보고 아랫입술을 깨물며 사납게 대든다.

"내가 당신한테 무슨 말썽을 일으켜?"

황 부서기가 닫힌 문을 힐끔거리며 작은 목소리로 화를 내며 말했다.

"키워놓은 송아지가 달구지를 부순다더니…… 지난번 환전하는 여자를 살해한 사건도 나 없었으면 넌 진작 감방에 말뚝 박았어."

비밀이 들통난 걸 알고, 황 사장은 말없이 고개를 떨구었다. 황 부서기는 아들이 고분고분해진 틈을 이용해 아버지로서 충고의 말을 했다.

"이제 네 아들도 유치원에 들어갔는데 어쩌자고 이혼한다고 소란을 피워?! 마누라 잘 달래서 친정에서 데려와."

황 사장이 이렇다 저렇다 말 없이 침울하게 앉아 있을 때 핸드폰이 떨떨떨 울렸다. 그는 짜증스럽게 핸드폰을 꺼내 폴더를 열고 소리쳤다.

"여보쇼."

"황빙빙의 학부모세요? 저는 그 아이 담임입니다."

수화기 저편에서 여자 목소리가 들렸다.

"맞소, 뭔 일이오?!"

"시간 있으시면 지금 유치원에 좀 와주시겠어요?!"

"뭔 일이오?! 지금 말하쇼!"

"빙빙에 대해 부모님과 상의할 중요한 일이 있어요!"

"나 그렇게 한가하지 않소, 일 있으면 전화로 말하쇼!"

"예…… 빙빙이 늘 욕하고 싸움질을 일삼더니 오늘은 같은 반 어린 여학생을 억지로 껴안고 뽀뽀까지 했어요! 그 밖에도 다른 나쁜 짓들을 합니다. 여러 번 말해도 말을 듣지 않아요! 이건 모른 척할 수가 없는 일입니다!……"

화를 억누르고 있던 황 사장은 이 말을 듣고 큰 소리로 화를 냈다.

"당신들한테 빙빙을 맡겼잖아? 당신들이 가르쳐야 하는 거 아냐?"

"저희 입장도 좀 이해해주세요. 빙빙을 가르칠 의무가 있는 건 맞아요! 그렇지만 학부모님들이 무심코 이상한 것을 빙빙에게 보여줘서 이런 일이 생겼다고 봅니다. 그래서 이 문제를 해결하려면 반드시 학부모님 상담이 필요합니다!"

"그럼 엄마 부르쇼. 그 아이는 요즘 엄마랑 같이 사니까."

황 사장은 말을 마치자마자 아버지의 "야, 잠깐만"이란 말이 떨어지기도 전에 핸드폰을 탁 끊어버렸다. 황 부서기는 아들을 노려보며 질책했다.

"너 이게 무슨 태도야?! 아들 선생님한테 그렇게 막말을 하냐?"

그는 바로 전화번호부를 꺼내 유치원 연락처를 뒤지기 시작했다. 그는 속으로 첫 단추를 잘못 끼우면 소매가 비뚤어지고, 윗사람이 삐딱하면 아랫사람도 비뚤어진다는 게 맞는 말이라고 씁쓸해하며 분풀이하듯 전화번호를 눌러댄다. 황 부서기가 유치원 원장과 막 통화하려는 순간 황 사장은 씩씩대며 나와버렸다……

황 사장은 승용차를 몰고 실성한 듯 달린다. 그의 눈은 분노로 불타올랐다. 마누라가 어떤 놈팡이와 놀아나는 모습과 아이의 천진난만하고 호기심 많은 눈빛이 번갈아 눈앞에 어른거렸다.

그는 차를 몰아 길 한가운데로 날 듯이 달리고…… 길 양쪽의 건물들과 이리저리 오가는 차량들, 사람들이 보였다 안 보였다 하며 신기루처럼 지나쳐 간다. 황 사장의 차가 큰길을 빠져나와 좁은 골목으로 한참을 달리더니 어느 가정집 앞에 멈추었다. 황 사장의 부인 평원의 친정집이었다.

황 사장이 장모 집에 들이닥쳤을 때 누런 얼굴 살이 축 늘어진 장모는 혼자 TV를 쳐다보고 있었다. TV에선 가슴에 털이 수북한 나체의 외국 남자가, 나체의 노란 머리 여자 네 명과 음란한 행위를 하는 장면이 나왔다. 황 사장은 살기를 뿜으며 위협하듯 소리쳤다.

"평원 어디 갔어?"

평원이 가져온 CD를 사람이 없는 사이 몰래 훔쳐보다 사위에게 들킨 장모는, 몸 둘 바를 모르고 쩔쩔매다가, 리모컨으로 음란한 화면을 끄고 다른 채널로 바꾸었다.

"광따 호텔에서 누가 부른다며 나갔네."

그녀는 엉겁결에 사실을 말해버렸다. 황 사장은 몸을 돌려 나가려다 잠시 멈추고, TV를 가리키며 물었다.

"당신들 저걸 빙빙한테 보여줬지?"

볼살이 누렇게 처진 노인은 당황해했다. 그녀는 불똥이 자기한테 튈까 봐 겁을 먹은 듯했다.

"요전 날 밤에 애가 잠든 줄 알고 평원이 보고 있는데, 애가 몰래 훔쳐보고 있었다고 하네."

"이 암캐가 죽고 싶다면 죽여주지!"

황 사장은 눈을 창날처럼 벼리고 아랫입술을 깨물며 문을 박차고 나갔다.

누런 얼굴 살이 축 늘어진 노인은 황 사장의 말을 듣고 소스라치게 놀라, 실수로 딸이 있는 장소를 알려준 것을 후회하고 걱정하다가, 돌연 정신을 차리고 전화기 쪽으로 달려갔다.

황 사장은 마누라가 남자와 같이 있을 걸로 단정하고, 증오와 질투심에 불타 광따 호텔로 왔지만, 그녀의 그림자조차 찾지 못했다. 어머니의 전화를 받고 남편이 살인할 기세로 자기를 찾는다는 말을 전해 들은 평원이 즉시 함께 있던 남자와 다른 곳으로 빠져나간 것을 황 사장은 알지 못했다.

사랑의 포로

숨베르는 밤새 뒤척이느라 잠을 설쳤다. 생각이 많으면 졸음도 달아나는 법이다. 순달라이의 염소 털과 사슴 서혜부가 호텔에서 없어졌을 가능성은 매우 적다. 오히려 숨베르와 순달라이가 술을 마시는 사이 아리오나의 어머니가 훔쳤을 거라 의심되는 정황이 더 많았다. 아무리 결백한 표정을 지었어도, 그녀의 눈은 자기 죄를 고백하고 있었다. 이를 숨베르는 놓치지 않고 꿰뚫어 보았지만, 순달라이 앞에서 대놓고 말할 수는 없었다. 그는 장차 장모가 될 구일레스 여사를 끔찍이 원망했고, 귀신이라도 쳐다보듯 미워했지만, 그저 속으로만 미워할 뿐 눈앞에선 티를 낼 수도 없었다. 선한 사람은 공경해주면 벼가 고개를 숙이듯 하고, 악한 사람은 공경해주면 뱀이 머리를 흔들듯 한다는데 틀리지 않았다. 숨베르도 한쪽 눈을 감고, 양심을 버리는 수밖에 없다. 이 또한 죄가 되겠지?! 구일레스 여사의 죄를 까발리면 그 결과는 숨베르에게 치명적이 될 것이다. 달리 말하면 숨베르는 아리오나를 잃을 수도 있다. 그러나 구일레스 여사의 범행을 의심하지 않을 수 없는 순달라이는 숨베르를 어찌 생각할까?! 사랑이 한없이 값진 것처럼, 신뢰와 우정도 값진 것이다! 순달라이가 호탕하게 "어쩌겠어요. 손해 볼 땐 손해 봐야죠. 남자가 돈과 재화를 잃을 때도 있고 얻을 때도 있는 거죠"라고 한 말은 숨베르에게 이 일로 인해 신뢰와 우정이 깨지지는 않을 거라는 생각을 하게 했지만, 진실한 친구에게 잘못을 저지르고 양심에 어긋나는 행위를 했다는 자책감은 숨베르를 밤새도록 뒤척이게 했다…… 괴로워하느라 밤잠을 설친 숨베르가 아침에 일어났을 때, 두 눈에는 술잔을 뒤집어놓은 것처럼 시퍼런 눈그늘이 생겼다. 머리도 100근은 되는 듯 무거웠다.

세수를 하고 나니 숨베르의 머리도 꽤나 가벼워졌고 정신도 맑아졌다. 아리오나가 식사하는 방에서 사랑스러운 목소리로 부른다.

"숨베르, 어서 와 밥 먹어."

숨베르는 문득 이불을 개지 않고 어질러놓은 게 생각이 났다. 구일레스 여사가 보면 딸에게 잔소리를 할까 봐 "어, 어, 갈게"라고 대답하고 위층으로 달려갔다.

숨베르가 자는 방은 양지 쪽이었다. 이불을 개기 전에 황금색 커튼을 열어젖히자 바깥의 풍경이 한눈에 들어왔다. 구일레스 여사가 테니게르와 함께 창고 입구에서 분주하게 움직이는 게 보였다. 자세히 지켜보니 테니게르가 뭔가로 가득한 마대 자루 주둥이를 붙잡고 있다. 어머니는 창고에서 푹신푹신한 염소 털을 몇 움큼이나 가져다 마대 자루에 쑤셔 넣는다. 숨베르는 마대 자루 가득한 물건이 어제 순달라이한테서 산 염소 털임을 알아보았고, 구일레스 여사가 몇 움큼씩 나르고 있는 부푼 염소 털은 훔친 장물임을 확신할 수 있었다. 그들은 염소 털을 마대 자루에 채우고 입구를 겹겹으로 묶고, 이번에는 빼돌렸던 사슴 서혜부 두 개도 다른 것들과 함께 한 봉지에 넣고 갈무리했다. 그리고 구일레스 여사가 뭐라고 말을 하자 테니게르가 밖으로 나갔다. 삼륜거를 부르러 간 것을 숨베르가 모를 리 없었다. 숨베르는 볼품없게 된 노인이 벌거벗은 것을 무심코 목격한 것처럼 혐오스러움을 느꼈다. 그는 순달라이에 대해 죄스러운 생각을 안고 멍하니 계단을 내려왔다.

숨베르가 식사하는 방으로 들어갔을 때, 아리오나는 보이지 않았다. 주방 쪽에서 설거지하는 소리가 들린다. 숨베르가 주방으로 들어가자 설거지를 하고 있던 아리오나가 그를 힐끔 쳐다보며 놀렸다.

"일찍 안 일어나고 뭐 해?! 제 발뒤꿈치나 삶아 먹는 게으름뱅이*가 됐니? 과자를 묶어 목에 걸어줄까?"**

"놀다 보면 더 게을러지고, 좋은 것을 먹다 보면 더 먹고 싶어진다잖아."

숨베르는 억지웃음을 지으며 아리오나의 말에 장단을 맞추고 무언가를 기다리듯 서 있었다. 방금 본 장면을 아리오나에게 말하려고 몇 번을 마음먹었지만, 혀끝까지 나온 말을 도로 삼키고 말았다. 아리오나는 젖은 손을 수건으로 윤이 나게 닦았다. 그리고 전기밥솥에서 김이 무럭무럭 나는 만터우를 꺼내 접시에 올린 후 쌀죽을 그릇에 듬뿍 담아 숨베르에게 주었다. 숨베르는 죽 그릇을 두 손으로 조심스레 들고 식사하는 방으로 가져와 크고 둥근 식탁에 올려놓았다. 그리고 의자에 앉아 젓가락을 집었다. 식탁에는 절인 채소 두 접시, 식은 가젤 고기 한 솥이 있었다. 아리오나는 쟁반에 든 만터우를 가져와 식탁에 올려놓았다.

숨베르는 가젤 고기를 한 점 찢어 김이 나는 쌀죽에 담근

---

* 배가 고프면 가축을 잡아야 하는데 그것도 귀찮아서 제 발목을 삶아 먹는다는 뜻. 매우 게으르다는 뜻이다. 몽골 속담.

** 손 하나 까닥하기 싫어하는 사람에게 하는 말. 민간설화에서 유래한 말이다. 30대 부부가 살았는데 아내는 매우 게으른 여자였다. 남편이 멀리 떠날 일이 생겼는데, 그동안 아내가 굶어 죽을까 걱정이 되어 20근의 밀가루 과자를 꿰어 묶음으로 만들고 아내의 목에 걸어주었다. 열흘 정도 지나 돌아와 보니 아내는 누운 자세 그대로 죽어 있었는데 입이 닿는 부분의 과자만 다 먹고 입이 닿지 않는 과자는 귀찮아서 먹지 않고 굶어 죽었다고 한다. (『허르친 민담』, 상다이 ꟷ 정리, 내몽고문화출판사, 2014년 7월)

후, 새하얀 만터우 하나를 입에 넣고 우물우물 씹는다. 가젤 고기를 그릇에 가득 채우고 싶었지만, 무언가가 목을 조여와 한 점만 담은 것이었다. 아리오나는 맞은편 의자에 앉아 편안한 눈빛으로 숨베르를 응시하고, 얼굴을 붉히며 말했다.

"나 어젯밤에 안 좋은 꿈 꿨어."

"무슨 안 좋은 꿈인데?"

숨베르는 입안에 있던 것을 삼키고 시큰둥하게 물었다.

"창피해!"

"창피할 게 뭐가 있어?! 꿈일 뿐인데!"

"너랑 벌거벗고 씻고 있는데…… 네가 갑자기 다른 남자가 되어버렸어……"

아리오나의 부끄러움으로 빨개진 볼과, 피하고 외면하는 따뜻한 눈을 보며 숨베르의 눈빛이 흔들렸다. 숨베르가 별안간 무슨 생각을 했는지, 들고 있던 만터우와 가젤 고기를 넣은 쌀죽을 허겁지겁 삼키기 시작하더니 호랑이가 늑대를 쫓듯 순식간에 먹어치웠다. 그는 아리오나와 함께 그릇과 접시를 주방으로 날라놓고는 아리오나의 손을 끌며 이글거리는 눈으로 속삭였다.

"우리 그 꿈속으로 들어가 보자! 내가 정말 다른 남자로 변하는지 한번 보자."

"곧 엄마랑 테니게르가 돌아올 텐데."

아리오나는 잠깐 머뭇거렸지만 결국은 욕실로 함께 들어갔다. 둘은 자욱한 수증기와 수만의 물보라 속에서 서로의 육체를 만끽하고 달콤한 사랑의 열매를 마음껏 음미했다.

두 사람은 낭만적으로 사랑을 나누었고, 몸을 씻은 후 거실로 나와 행복한 한 쌍이 으레 그러하듯 재잘재잘 이야기를 나눈다. 아리오나는 이야기를 나누며 숨베르에게 배를 깎아준다. 숨베르가 리모컨으로 TV 채널을 이리저리 돌려보니, 홍콩, 싱가포르 등지의 연속극들이 방영되고 있었다. 숨베르는 못마땅한 표정으로 얕보듯 말했다.

"타이완의 TV 드라마를 보면 절반은 사랑, 절반은 눈물이야. 싱가포르 드라마는 사생아가 없으면 이야기 전개가 안 돼. 홍콩 드라마는 돈 많으면 최고란 것 말고는 별 느낌이 안 들어."

"중국 드라마는?"

아리오나가 과도로 배를 깎으며 묻자 숨베르는 천연덕스럽게 웃으며 말했다.

"시작을 보면 결말을 알아. 중간을 보면 감독 욕이 나와. 끝을 보면 광고만 남고 다 까먹어."

"모자란 놈이 눈은 좋다더라."

아리오나는 입을 오므리고 웃으며 장난을 쳤다.

"내 생각만 그런 게 아냐. 많은 시청자 생각이 그래."

아리오나는 동남아 채널에서 파티 장면이 나오자 "어, 이것 좀 봐"라면서 깎은 배를 숨베르 입에 대주고 "자, 먹어"라고 말했다. 숨베르가 배와 함께 아리오나의 손을 붙잡고 입을 크게 벌려 맛있게 깨물어대자, 아리오나는 배를 숨베르 손에 쥐여주고 "손도 먹을 뻔했어!"라고 애교를 부린다. 숨베르는 배를 받아 다시 한 입을 물고 맛있게 씹더니, 생각에 잠긴 표정으로 진지하게 말했다.

"네 아버지 오시면 우리 일부터 빨리하자. 차강사르 대목 때 물건이 제일 잘 팔린대. 그리고 부모님만 괜찮으시다면 간단히 식 올리고 셋집을 얻어 나가 살자."

남의 집에서 더부살이하는 숨베르의 복잡한 심경이 담긴 말이었다.

"대충 식 올리는 건 부모님이 허락하지 않고, 나도 동의 못 해! 우리 결혼식은 크게 할 거야. 그래야 하고! 성대한 장면을 모두 비디오로 녹화할 거야."

그녀는 단호하게 자신의 생각을 말한다.

"오빠가 장가를 안 갔는데 부모님이 우리 결혼을 허락하실까?!"

"허락 안 할 수 있겠어?! 꼭 옛날식으로 오빠 먼저 결혼해야 해?! 지금은 20세기하고도 90년대야!"

둘이서 이렇게 이야기를 나누고 있을 때 문소리가 나더니 곧이어 검은색 가죽 가방을 멘 바양달라이 씨가 본전을 날린 한량처럼 우거지상을 하고 거실로 들어왔다. 그가 이렇게 아무 연락 없이 올 거라고는 꿈도 꾸지 못했던 아리오나와 숨베르는 놀라고 반가워 제자리에서 벌떡 일어났다.

옥황상제는 눈이 멀고 속세엔 죄가 끊이지 않고

광활하고 메마른 들판에 한 무리의 몽골가젤이 북쪽을 향해 날 듯이 질주한다. 가젤의 가녀린 정강이들이 쉴 새 없이 움직이고 노란 흙먼지가 뭉게뭉게 솟아오른다. 후미에서 보면 선두가 보이지 않을 정도로 긴 황갈색 가젤 무리가 세상에서 가장무자비한 야수의 추격을 피해 경쟁하듯 전속력으로 달리는 중이다. 쉴 새 없이 질주하는 가젤 무리 뒤쪽에, 머리에 노란 헬멧을 눌러쓴 야수가 빨간 싱푸 오토바이를 타고 시커먼 연기를 뿜으며 뒤처진 가젤들을 쫓고 있었다. 신시대의 철마를 타고, 가젤들이 들판에서 뛰어놀며 대자연에서 얻은 힘을 다 써버릴 때까지 몰아붙이고 있는 야수는 하 사장의 부하 중 하나인 빨강 머리였다. 총을 손에 넣은 하 사장은 손바닥이 근질근질해졌다. 그러다 드디어 오늘, 입수한 총의 성능과 사격 실력도 알아보고 소득도 올릴 겸 해서 가젤 떼를 사냥하러 출병한것이다.

빨강 머리는 오토바이의 속도를 끌어올린 후, 체력이 현저히 떨어져 뒤에 처진 가젤들을 옆으로 가로지르며 무리에서 갈라놓았다. 기괴한 형상의 야수에게 쫓겨 무리에서 떨어져 나온20여 마리 가젤들은 방향을 바꾸어 서쪽으로 달린다. 빨강 머리는 20여 마리의 가젤을 계획했던 방향으로 몰아 하 사장, 누렁 갈기, 귀 작은 숫염소, 길잡이 등이 매복하고 있던 골담초 수풀 쪽으로 향하게 했다.

가젤들이 50미터 정도의 거리를 두고 지나갈 때, 진작부터안달을 하며 기다렸던 하 사장은 벌떡 일어나 AK-47 자동소총을 갈겨댔다.

20여 마리의 가젤들이 순식간에 머리를 땅에 박고 처참하게 고꾸라졌다. 맨 마지막에 달리던 가젤까지 바닥에 곤두박

질치자, 하 사장은 자동소총을 들어 올리며 "하하하…… 하하하……" 큰 소리로 웃었다. 가련하게도, 인간에게 아무 해도 끼치지 않고, 남의 것을 가로채지도 않고, 푸른 풀로 배를 채우고, 찬물로만 목을 축이며, 대지 위를 자유롭게 뛰어다닐 뿐, 광활한 몽골의 자연 속에서 소유와 경계도 나누지 않고, 알아서 번식하며 스스로 자란 신성한 생명들의 이 참혹한 죽음이, 인간이라는 차갑고 악랄한 마음을 가진, 너무 위협적이고 파괴적인 야수에게 단지 만족과 쾌락을 안기기 위해서였다니, 너무나 끔찍한 일이다! 선혈을 뚝뚝 흘리며, 눈을 부릅뜨고, 뛰어놀며 자라났던 비단 같은 흙바닥에 처참하게 쓰러진 가젤들을 향해 하 사장 일행이 "와와" 함성을 지르며 달려왔다. 숫자를 세어보니 더도 말고 덜도 말고 스물한 마리였다. 목에서는 피를 뿜고, 다리는 부르르 경련을 일으키고, 죽음의 공포 앞에서 부릅뜬 눈을 껌벅거리는 가젤의 목을 귀 작은 숫염소가 발로 밟고 알랑거린다.

"사장님, 이렇게 많은 가젤을 어떻게 가져가죠?"

"쓸데없이 걱정하긴. 전화로 트럭을 부르면 되잖아."

누렁 갈기가 못마땅한 표정으로 대답했다. 빨강 머리는 신중한 태도를 보였다.

"어쨌든 밤에 움직여야 돼. 잡히면 다 허사야."

하 사장은 빨강 머리를 야무진 놈이야 하는 듯 만족스러운 눈으로 바라보았다. 그리고 흙빛으로 그을린 붓고 충혈된 눈의 길잡이 사내를 보며 부하들에게 지시를 내렸다.

"그럼 우리는 이 형제 집에 가서 먹고 마셔볼까."

"사냥한 것들은 이대로 두고 가요?"

검은 가죽점퍼의 지퍼를 턱밑까지 올리고 헬멧을 쓴 빨강 머리가 물었다. 하 사장은 누가 제일 한 게 없지?! 그놈이 이런 단순한 일을 맡아야지, 하는 듯한 눈으로 귀 작은 숫염소를 쳐다보며 지시했다.

"귀 작은 놈이 남아서 지켜! 소주 한 병, 햄 몇 개 갖고 있다가 배고플 때 먹어! 알았지?"

당황한 귀 작은 숫염소는 짧은 귀를 후비며 원망스러운 표정을 지었다.

"이렇게 추운데…… 아무도 없는 들판에…… 언제나 안 좋은 일은 나한테만 맡겨요. 이…… 이게…… 나…… 내가……"

이를 본 길잡이 사내가 몽골어 억양이 섞인 중국어로 귀 작은 숫염소의 편을 들었다.

"괜찮아요, 모두 갑시다! 이 추운 겨울에 아무도 없는 벌판에 누가 오겠소."

귀 작은 숫염소가 누렁 갈기를 향해서도 도와달라는 듯이 눈을 깜박깜박하자 누렁 갈기도 하 사장에게 의견을 말했다.

"길잡이 푸레브 말이 맞아요. 이 추운 날 이 먼 곳에 누가 오겠어요."

하 사장은 왼손에 자동소총을 들고, 오른손으로는 검은색 샤넬 가죽 코트 안주머니에서 선글라스를 꺼내어 끼고 대범한 척 말했다.

"좋아, 좋아. 그럼 다 같이 가자! 가젤도 한 마리 가져가고, 싱싱한 고기 맛을 봐야지."

이렇게 해서 길잡이 푸레브는 빨강 머리에게 자기 헬멧을 받아 헝클어진 크고 둥근 머리 위에 쓰고, 좀 전에 가젤 떼를 쫓으며 시커먼 연기를 뿜던 오토바이 뒤에 큼지막한 가젤 한 마리를 실었다. 그는 미리 가서 껍질을 벗기고 고기를 삶아놓겠다는 말을 남긴 후 동남쪽으로 달려갔다. 검은 가죽점퍼나 가죽 코트를 걸친 하 사장과 빨강 머리, 누렁 갈기, 귀 작은 숫염소 등은 근처 말라붙은 호수 한쪽에 감춰둔 빨간 SUV 차량 쪽으로 갔다. 잠시 후, 빨강 머리는 차의 운전대를 잡고 서서히 속도를 높이면서 푸레브를 따라 날 듯이 달려갔다. 빨강 머리 외에 나머지는 차를 운전할 줄 몰랐다.

그들은 반 시간 가까이 달려서 낡고 오래된 몽골 게르에 도착했다. 그들은 줄줄이 안으로 들어갔다. 게르의 주변에는 빈 술병들이 어지럽게 굴러다녔다. 푸레브는 진작 와서 먼저 가져온 가젤의 가죽을 벗겨놓았다.

푸레브가 과거엔 혼자가 아니라, 아리따운 부인과 예쁜 외동딸과 함께 살았음을, 장롱 위에 놓인 액자 속 사진이 말해주고 있었다. 술과 마작에 전 재산과 가축까지 탕진한 푸레브와 산다는 것이 아리따운 부인 입장에서는 평생 고생만 하다 죽어야 한다는 뜻이었으리라. 지금은 대부분의 여성이 그런 고통에 갇히기를 필사적으로 거부하고, 끝없이 투쟁하려는 일이 많아졌다. 푸레브의 부인도 그 길을 좇아, 한 달 전에 헤어지자는 말만 남기고 딸과 함께 친정으로 가버렸다. 오토바이 외에 변변한 재산도 없이 홀로 남은 푸레브는 부인을 데리러 가지 않았고, 남의 집을 떠돌며 술을 마시고, 돈을 빌려 마작을 했다. 그런 푸레브에게 오늘은 억세게 운수 좋은 날이었다. 어젯밤 팡하이라는 사람 집에서 과음을 하고 잠이 들었던 푸레브는 꼭두새벽에 오토바이를 타고 집으로 돌아오다가 멀리 가젤 떼가 지나가는 것을 보았다. "쩝, 총이라도 있으면 얼마나 좋을까"라고 입맛만 다시고 집으로 돌아와 해장이 될 만한 걸 한 모금 마시며 상념에 빠져 있을 때, 하 사장 일행이 와서 가젤이 많은 장소를 탐문했다. 이는 곧 길잡이를 물색하는 일이나 다름없었다! 이치는 너무 좋아하며 "가젤이 많은 곳을 오늘 아침 내 눈으로 직접 봤수! 그런데 당신들에게 그곳을 알려주면 내게 무엇을 주겠소?"라고 물었다. 하 사장은 망설임 없이 "만약 가젤 떼가 있는 곳으로 우리를 데려다주면 200위안 주리다"라고 제안을 했다. 누구한테 돈 좀 빌릴까 궁리하던 푸레브는 200위안이란 말을 듣고 뛸 듯이 기뻐했다. 그는 낡은 오토바이를 타고 이들을 안내해 사냥을 도왔다.

일행이 가젤 고기를 먹으며 얼굴이 대춧빛이 되도록 술을 마시고 노는 사이 해가 지고 어두워졌다. 하 사장은 푸레브의 집으로 오는 길에 부하에게 전화해 트럭을 한 대 보내라고 지시해두었다. 운전을 핑계로 술은 적게 마시고 고기만 배 터지게 먹고 있던 빨강 머리는, 검은 가죽 코트를 벗고 스웨터 차림으로 상석에 앉아 있는 하 사장에게 말했다.

"사장님, 다시 전화 좀 해보세요! 트럭이 왜 여태 코빼기도 안 비치죠?"

하 사장은 핸드폰을 띠띠띠 눌렀다.

"여보쇼, 나 하 사장이야! 차 보냈어?!…… 어. 도착할 때 됐다고?!…… 어, 알았어."

문 쪽에 앉아 있던 귀 작은 숫염소가 아양을 떨며 물었다.

"사장님, 차 도착한답니까?"

"곧 올 거야! 이제 야한 얘기나 해봐."

하 사장은 꽤나 만족스럽게 말했다. 두목이 야한 이야기를 좋아하는 것을 잘 알고 있던 누렁 갈기가 회심의 미소를 지었다.

"그럼 제가 얘기합죠! 제 말이 여러분을 웃기지 못하면, 제가 벌주를 한 잔 하겠습니다! 제가 여러분을 웃기면, 다들 반 잔씩 마셔요!"

그는 자신 있게 말하고 이야기를 이어나갔다.

"한 아가씨가 기차에서 내려 삼륜거에 타고 자기가 일하는 클럽으로 가고 있었죠. 에리엔 동쪽 끝에서 서쪽 끝까지 한참을 달려 목적지에 도착한 후, 삼륜거꾼은 아가씨에게 2위안을 달라고 했어요. 이 아가씨는 그러나 1위안만 내겠다고 해서 둘 사이에 말싸움이 시작됐죠. 삼륜거꾼이 '당신들은 힘든 일도 안 하고 큰돈을 벌잖아! 우리는 하루 종일 불알이 까지도록 삼륜거를 끌고 겨우 몇 위안 버는 거유. 2위안 내쇼'라고 말하자 이 아가씨는 입을 삐죽거리며 '흥, 애 낳지 않은 여자가 애 낳은 여자의 아픔을 모르지. 당신 궁둥짝 아픈 것은 아무것도 아니오! 우리는 밤마다 사내들한테 젖을 물리느라 젖꼭지가 아파죽겠소. 요즘 세상에 몸 안 쓰고 돈 버는 장사가 어딨어!'라고 따졌고, 삼륜거꾼은 입을 다물지 못했다고 합니다."

일부는 크게 웃었고, 일부는 마지못해 웃었다. 귀 작은 숫염소가 이의를 제기했다.

"별로야, 별로. 3등급짜리네! 1등급짜리로 해봐!"

성인 비디오를 1등급, 2등급, 3등급으로 나눈 것처럼 귀 작은 숫염소는 야한 이야기를 등급으로 나누었다. 1등급이라면 당연히 가장 야한 이야기를 말했다! 누렁 갈기가 하 사장을 쳐다보자 하 사장도 웃으며 지시했다.

"좋아, 좋아! 말은 많이 하고 술은 적게 마시자! 오늘 밤 사고 치면 안 되니까."

누렁 갈기는 '우물을 판 청년'이라는 이야기를 시작했다. 이들이 이렇게 즐기며 깔깔거릴 때 밖에서 엔진 소리가 들렸다. 귀 작은 숫염소는 하 사장의 지시로 나갔다가 들어와 보고했다.

"트럭이 도착했습니다!"

반 시간 후 하 사장을 필두로 한 일행이 차 두 대에 나눠 타고 가젤을 사냥한 곳으로 달려갔을 때, 죽은 가젤들이 날개라도 달린 것처럼 사라지고 없었다. 여기가 아닌가 하고 자세히 살펴보니 검게 변색한 가젤의 피가 보였다.

"어떤 뒈질 놈이 가져갔어?! 귀 작은 놈한테 지키랬더니 안 지키고, 이제 어쩔래?"

하 사장이 욕을 퍼부으며 험악한 표정을 짓자, 귀 작은 숫염소는 어쩔 줄 몰라 하며 거의 울상이 되었다.

"모두 제 잘못입니다! 제 잘못이에요!"

그는 제 뺨을 찰싹찰싹 친다. 푸레브는 귀 작은 숫염소를 위해 "이 추운 겨울에 아무도 없는 곳에 누가 오겠소"라고 말한 것을 생각하며, 이제 200위안 받기는 글렀겠다고 어둠을 찢는 트럭의 전조등 앞에서 겁먹은 표정으로 후회를 하다가 문득 무언가를 떠올렸다. 하 사장에게 겁먹은 그는 자신이 생각한 꾀를 누렁 갈기에게 다가가 소곤거렸다. 누렁 갈기는 옳지! 하더니, 다시 하 사장의 귀에 전달했다.

이렇게 해서 푸레브의 집에서 100여 미터 떨어진 곳에 사는, 평소 푸레브의 우유에 손가락을 담그거나 가축에게 올가미를 던지기는커녕 오히려 먹고 마시는 데 적지 않게 도움을 주었던 잘상이라는 사람네 집이 이날 밤 100마리가량의 양 떼를 도둑맞았다. 이틀 전 아들이 오토바이에서 떨어져 다리를 다쳐 잘상 씨가 아들을 데리고 후흐허트로 가 있는 동안, 부인 혼자 집과 가축을 지킨다는 것을 푸레브는 잘 알고 있었다. 그리하여 사람의 가죽을 쓴 늑대들에게 사냥감을 일러준 대가로 500위안의 보상을 받은 푸레브는, 이웃에 화를 입히고 그 큰 죄를 반성하긴커녕, 스스로를 대단한 사람이라고 치켜세우며 흐뭇해했다.

사고는 예고 없이 온다

때로는 누군가에게 무언가를 묻지도, 묻지 않을 수도 없는 난감한 상황에 처한다. 숨베르가 이런 곤란한 처지에 놓였다. 바양달라이 씨는 그의 3만 위안을 몽골 투그릭으로 바꾸고 다시 위안화로 바꾸는 과정에서, 에리옌과 울란바타르의 몽골 돈

환율 차를 이용해 3천 위안을 남겼다고 분명히 말했다. 그런데 집에 돌아와서는 그 돈에 대한 언급은 한 마디도 하지 않았다. 숨베르는 차마 물어볼 수도 없었고, 얼굴을 봐도 어찌 된 일인지 짐작할 수가 없었다. 이 일 때문에 숨베르는 우울한 마음으로 하루하루를 맞이했다.

바양달라이 씨 가족이 둥근 식탁에 다 같이 둘러앉아 아침식사를 하고 있을 때, 전화기가 따르릉따르릉 울렸다. 테니게르는 젓가락을 내려놓고 거실로 달려가더니 곧 되돌아왔다.

"아버지 전화."

말없이 먹고만 있던 바양달라이 씨는 절반으로 나눈 보쯔*를 그릇에 내려놓고 굼뜬 걸음으로 나갔다. 구일레스 여사는 남편의 뒷모습을 쏘아보며 위협하듯 소리 질렀다.

"마작 하자고 부르면 가지 마!"

바양달라이 씨는 부인의 말을 들었는지 어쨌는지 한참 후에야 돌아와 미소를 머금고 말했다.

"많이들 먹어! 난 일이 있어 나간다."

식구들 눈이 구일레스 여사의 얼굴에 집중되어 무슨 말이 나올지 기다린다. 숨베르만 고개를 숙인 채 먹던 것을 먹는다. 구일레스 여사의 눈이 창날이 되어 바양달라이 씨에게 꽂혔다.

"무슨 일로 어디를 가?"

그녀가 퉁명스럽게 묻자 바양달라이는 아내 앞에서 위신을

---

* 보쯔 ᠪᠣᠣᠵᠠ : 밀가루를 반죽해 만든 만두피 속에 양고기 등을 넣은 몽골 전통 만두.

세우겠다는 듯 웃음을 흘렸다.

"버 국장 동생이야."

그는 태연스레 말하고 나가버렸다. 버 국장은 공안국의 벌러드 국장을 말한다.* 그의 동생 투무르는 개인 회사를 경영하는데, 주로 대포차를 판다는 것도 고비는 잘 알았다. 투무르가 마작을 하려고 바양달라이를 부른 것을 구일레스 여사도 잘 알았다. 그러나 아들의 상사인 국장의 동생이 불렀으니, 중 체면은 안 봐줘도 부처님 체면은 봐줘야 했다. 구일레스 여사는 남편이 나간 후 다 큰 자녀들 앞에서 맹비난을 했다.

"너희 아버지에겐 살고자 하는 의지가 없어졌다! 사업하면 폭삭 망하고, 마작 하면 탈탈 털리고! 도대체 어쩌자는 건지."

"사업하면 폭삭 망하고"라는 말은 숨베르에게 예사롭지 않게 들렸다. 그러나 그는 얼굴에 어떤 표정도 드러내지 않고 침착하게 앉아 있었다. 아리오나의 아버지가 돈을 다 탕진해버린 것을 그도 짐작은 하고 있었다.

다 큰 자식들 앞에서 아버지를 깎아내리는 행위는 여자가 해서는 안 될 짓이다. 그로 인해 아버지의 위신이 추락하고, 자기의 천박함만 드러날 뿐이다. 그 밖에 어떤 이로운 점도 없다. 고비는 어머니를 쏘아보며 단호하면서도 조용하게 말했다.

---

* 몽골 이름 '벌러드 ᠪᠤᠯᠤᠳ'를 중국인들은 한자로 '빠오루더包魯德' 등으로 표기한다. 즉 벌러드의 '벌'의 'ㄹ' 받침이 중국어 표준 발음에는 존재하지 않기 때문에 '벌러드'를 '버러드' 비슷하게 읽고 비슷한 한자음인 '빠오包'로 표기한 것이다. '빠오包'를 몽골인들은 다시 '버'로 읽어 버 국장이라 부른 것인데, 몽골 이름을 중국어로 표기할 때 자주 생기는 현상이다.

"할 말 있으면 앞에서 하세요. 뒤에서 떠들면 무슨 소용입니까? 엄마는 이런 태도 좀 바꿀 수 없어요?"

구일레스 여사는 숨베르, 아리오나, 테니게르, 고비를 훑어보고는 민망함을 감추려는 듯 억지웃음을 지으며 대꾸했다.

"사실을 말한 거잖아."

숨베르는 더 먹을 수가 없었다. 목구멍을 무언가가 턱 하니 막고 있는 것 같았다. 그는 세번째 보쯔를 다 먹고, 그릇을 밀치며 아리오나에게 "배불러"라고 말한 후 자리를 떴다. 숨베르가 나간 후 고비는 어머니를 흘겨보며 나무랐다.

"엄마는 말 좀 함부로 하지 마요! 엄마 말을 듣자마자 숨베르 얼굴이 흙빛이 돼 나갔어요! 아버지가 3만 위안을 다 털리고 온 걸 숨베르도 눈치챘을 거예요."

"어차피 알 일이야! 그게 뭐 어때?! 그까짓 3만 위안이 대단히 큰돈도 아니고."

구일레스 여사는 스스로를 합리화했다. 아리오나도 젓가락을 내려놓고 말없이 나갔다.

아리오나는 계단으로 올라가 숨베르의 방으로 들어갔다. 숨베르는 창밖을 보며, 말뚝처럼 꼼짝 않고 우두커니 서 있다. 아리오나는 숨베르의 곁으로 조심스럽게 다가가 속삭였다.

"왜 그래? 화났어?"

숨베르는 아무 말도 하지 않았다. 그러나 그의 마음은 분노와 절망감으로 가득 차 있었다. 진정한 남자에게는 가장 사랑하는 사람에게도 말할 수 없는 가슴속 깊은 곳의 고뇌란 게 있다. 이는 단지 자신과 관련된 고뇌가 아니며 모든 민족과 종족, 모든 인류와 관련된 고뇌일 것이다. 에리옌에 와서 별의 별 이야기들을 듣거나 직접 보고 다니며, 숨베르는 자신의 처량한 신세에 대해, 몽골인이 몽골인을 등치는 것에 대해, 돈구멍으로 엿본 사회에서 양심과 인간성과 인생의 아름다운 것들이 점점 사라져가는 것에 대해…… 수많은 것을 사색하고 아파하고 고민해왔다. 그는 이런 것들을 아리오나에게 말하지 않았고, 아리오나도 그의 이런 고민에 대해 흥미를 보일 사람이 절대 아니었다. 아리오나의 흥미를 끄는 것은 금으로 된 장신구나, 새로 출시된 의류, 성대한 결혼식이나, 써도 써도 바닥나지 않는 큰돈 등의 물질적인 것들이나, 우아하고 세련된 도시 생활 정도다. 이런 것들을 알면서도, 숨베르는 현대의 삶 속에서 부녀자들 대부분의 일반적 특성이 되어버린 이런 점들이 받아들일 수 없을 정도로 혐오스럽지는 않았다. 그의 아리오나에 대한 애정에도 장애가 되지 않았고, 오히려 아리오나를 상냥하고, 사랑스럽고, 우아한 품성을 지닌 여성으로서 남자들의 이상에 걸맞은 평생의 반려자감이라고 생각했다. 특히 아리오나가 그에게 모든 것을 허락한 뒤, 숨베르는 아리오나를 자신의 간과 심장 또는 눈 속의 눈동자처럼 없어선 안 될 신성한 신체 기관처럼 여기게 되었다.

그러나 아리오나의 부모님은 숨베르의 겉모습보다 내면을 존중해주셨던 친부모와 달랐다. 한 사람은 숨베르가 국경을 초월해 사귄 친구의 황금보다 값비싸고 소중한 우정에 씻을 수 없는 오점을 남겼고, 다른 한 사람은 아름다운 미래와 창창한 사업의 밑천으로 여기고 친한 친구에게서 빌려온 3만 위안을 탕진해 그의 믿음을 배신했으며, 도전할 용기와 전진할 희망마저 지평선 너머로 걷어차 버렸다. 숨베르는 이런 일들도 속으로만 고민했을 뿐 아리오나에게는 말하지 않았다! 아리오나는 숨베르의 어깨를 껴안고 조용히 속삭였다.

"아버지가 네 돈을 몽골에 가져가 다 날리고, 미안하단 말 한 마디 안 해서 화났지?! 아버지가 그래…… 이상한 분이야."

아리오나는 최대한 부드러운 태도와 따뜻한 말로 숨베르의 마음을 위로해주려 했다. 그러나 숨베르에게는 어떤 말도 소용 없었다. 그는 아랫입술을 깨물고 사나운 눈빛으로 아리오나를 뚫어지게 쳐다보았다.

"우리 같이 가자! 같이 나아가자! 네가 진짜로 날 사랑한다면 우리 둘이 어디를 가 어떻게 살든 남 눈치 보며 사는 것보다 훨씬 행복할 거야. 우리는 원하는 대로 살 자유가 있어. 둘이 힘을 합치면, 행복한 미래를 만들어갈 무한한 가능성이 열리잖아."

그는 기대가 아닌 부탁을 하듯, 간청이 아닌 강요를 하듯 말했다. 이 말을 듣고 아리오나는 마치 숨베르가 그를 벼랑 끝으로 데려가려는 것처럼 느꼈다. 눈동자가 두려움과 망설임으로 흔들거렸고, 머리를 절레절레 흔들며 간절하게 외쳤다.

"아니, 난 죽어도 그렇게 고생하며 살지 않을 거야. 네가 좀 참아줘! 기다려줘! 아빠 엄마에게도 당신들만의 계획이 있을 거야! 우리를 외면하지 않으실 거야."

숨베르는 마치 자신의 간과 심장, 눈 속의 눈동자가, 자신을 버리고 다른 사람의 소유가 되기를 갈망하는 것이라도 본 양

분노해 고함을 질렀다.

"넌 부모한테 기대지 않고는 살 수 없다는 거야? 평생 부모한테 의지할 거야?"

사람은 부드러움을 무서워하지 사나운 것을 무서워하지 않는다. 아리오나는 오히려 "가려면 너나 가, 난 안 가"라며 더 완강해졌다. 이 말은 숨베르에게 도끼로 찍히는 것보다 더 아프게 느껴졌고, 슬픔과 아픔이 심장까지 사무쳐 가슴에 꼭꼭 눌러놓았던 분노가 수류탄처럼 터져버렸다! 숨베르는 피할 틈도 주지 않고 몸을 돌려 아리오나의 뺨을 힘껏 때렸다. 누구에게나 분노를 참고 억누를 인내심이 있지만 그 역시 한계가 있다. 더욱이 젊은 사람에겐 분노를 참고 억누를 인내심이 부족하고, 분노가 폭발하면 앞뒤를 헤아리지 못하고 염라대왕과도 일전을 불사하게 된다! 오늘 숨베르는 정말 화가 났다. 그러나 그 화는 아리오나의 말에서 비롯된 것만은 아니고, 오랫동안 남의 집 처마 밑으로 허리를 굽히고 들어가, 남의 눈치를 보고 사느라 쌓여 있던 마음의 병에서 비롯된 것이다. 바양달라이가 돈을 다 날리고 온 것을 알고 난 후부터, 너무나 절망하고 고통스러워 전신의 피가 머리로 몰리고, 두개골은 빠개질 것 같았다. 공기가 가득한 통처럼 웅웅거리기 시작한 머릿속에서 단하나 희망의 빛줄기가 되어 빛난 것은 역시 아리오나뿐이었다. 그러나 아리오나는 뜻밖에도 숨베르를 원망했다. 숨베르는 정말 자기도 모르게 아리오나의 뺨을 쳤다. 손바닥이 아리오나의 뺨에서 불꽃을 일으키는 그 순간에야 그는 무슨 일이 벌어지는지 깨달았지만 이미 늦었다. 숨베르의 손바닥이 인정사정없이 뺨을 치자, 아리오나는 "아야!" 하는 날카로운 비명을 지르며 침대에 쓰러졌다. 그녀의 코에서 피가 쏟아졌다. 아리오나는 쓰러진 채로 빨간 피가 쉴 새 없이 흐르는 코를 막고 가는 목소리로 울음을 터뜨렸다. 숨베르는 아리오나의 코에서 피가 쏟아지는 것을 보고 가슴이 철렁해져 바로 후회하기 시작했다. 그러나 한번 일어난 일은 되돌릴 수 없다!

숨베르가 어찌해야 할지 몰라 우두커니 서 있을 때, 구일레스 여사가 문을 탁 밀치고 들어왔다. "아야!" 하는 아리오나의 비명 소리에 불길한 일이 생긴 걸 짐작하고, 뛰어 올라온 것이었다. 구일레스 여사는 딸이 침대 위에 쓰러져 얼굴을 감싸고 우는 모습을 보더니, 옆에서 우거지상을 하고 허수아비처럼 얼어붙어 있는 숨베르를 노려보며 고함을 질렀다.

"이게 무슨 짓이야?! 돈 몇 푼 때문에 내 딸을 때려?"

숨베르는 혐오 섞인 눈으로 구일레스 여사를 쳐다보며 말없이 침통한 표정으로 서 있다. 구일레스 여사가 달려가 딸의 손을 당기자 얼굴과 뺨, 손바닥과 손등, 침대와 침대보가 모두 피로 흥건했다. 아리오나의 코에선 계속 피가 나왔다. 딸이 이렇게 무자비하게 맞은 것을 보자, 구일레스 여사는 다른 맹수에게서 병아리를 지키려는 암탉처럼 변했다. 그녀는 부릅뜬 눈으로 숨베르를 노려보며 삿대질을 하고 미친 듯 소리를 질렀다.

"체면을 봐줬더니 은혜도 모르는 촌뜨기 거지새끼! 꺼져버려! 이렇게 인정사정없는 악독한 놈한테 우리 딸을 줄 것 같아? 두 눈을 까마귀가 파먹어도 못 줘! 꺼져, 당장 꺼져!"

바로 이때, 출근하려고 경찰복으로 말끔하게 갈아입은 고비도 어머니를 쫓아와 눈앞에 벌어진 광경을 보고 화가 나 차갑게 소리쳤다.

"이게 어찌 된 일이야?"

아리오나는 아까처럼 쓰러져 울고 있었다. 구일레스 여사는 아들을 보자 더욱 기세등등해져 더 크게 소리쳤다.

"돈 몇 푼 때문에 내 딸을 핏덩이로 만들었다! 이런 저승사자 같은 놈한테 딸을 줬다가 지옥에 떨어질라! 고비야, 저 거지 놈을 쫓아내!"

고비는 처음부터 숨베르가 맘에 들지 않았지만, 여동생이 좋아했기 때문에 중간에서 좋다 싫다 말하지 않고 지냈다. 그는 여동생 코에서 흘러나온 피와 어머니의 노기등등한 얼굴, 그리고 숨베르의 차갑고 증오에 찬 눈을 번갈아 쳐다본 후, 숨베르 앞으로 다가가 눈을 마주 보고 손가락으로 밖을 가리키며 "꺼져"라고 위압적으로 말했다. 숨베르는 미동도 하지 않았다.

"꺼지라고 했다!"

고비는 더 위압적으로 호통쳤다.

숨베르는 역시 꿈쩍하지 않았다. 이때 아리오나의 우는 소리가 잦아들었다. 아리오나는 소리 없이 흐느끼며 어깨만 들썩거렸다.

고비는 거칠게 숨베르의 멱살을 잡고 밖으로 끌어냈다. 숨베르는 고비의 손을 탁 쳐냈다.

"이건 아리오나와 나의 일이야! 당신들은 빠져!"

그는 이 상황에서 상상하기 어려울 정도로 차분하게 말했다. 이 말에 고비의 분노가 폭발해 악당을 대하는 경찰관의 사나운 모습으로 돌변했다.

"개자식! 그만 짖고 입 닥쳐!"

고비는 숨베르의 얼굴과 눈에 사정없이 주먹을 몇 차례 날렸다. 그리고 다시 멱살을 잡아 밖으로 끌어내기 시작했다. 숨베르의 눈은 고비의 주먹에 심하게 맞아 앞이 보이지 않을 정도로 망가졌다. 그는 문을 붙잡고 고비에게 끌려 나가지 않으려고 온몸으로 버텼다.

베갯잇으로 딸의 얼굴과 코를 닦아주던 구일레스 여사도 벌떡 일어나, 아들과 함께 숨베르를 밖으로 밀어내며 욕을 퍼부었다. 이윽고 숨베르는 침실 밖으로 쫓겨 나왔다. 이때 아리오나가 달려 나와 엄마를 말린다.

"엄마, 오빠, 그만해! 제발."

그녀는 울고불고 애원을 한다. 고비는 한 손으로 여동생을 방으로 밀어 넣고 "너는 끼지 마!"라고 화를 내며 문을 탁 닫아버렸다. 그리고 어머니와 함께 숨베르를 밀고 당기며 계단을 통해 밖으로 끌고 나갔다. 그들이 이렇게 소란을 피우고 법석을 떠는 동안, 테니게르는 거실 밖으로 나오지 않았다.

고비는 어머니와 함께 숨베르를 담 밖으로 쫓아내고 검은 철대문을 안쪽에서 잠가버렸다. 철문 밖에서 눈이 퉁퉁 부은 숨베르는 죄의 유무를 가리지 않고 발길질을 해대는 매서운 바람을 맞고 서 있다. 그는 철문을 있는 힘껏 발로 차려다가 그만두고, 몸을 돌려 흙먼지 날리는 골목 한가운데로 한쪽 눈을 감싼 채 멀어져 간다……

친구가 한 명 더 생기면, 길도 하나 더 생긴다

매서운 서풍이 휘몰아친다…… 모래 먼지가 온 하늘을 뒤덮으며 날아다닌다…… 에리옌에선 흔한 현상이다. 머리칼과 얼굴에 모래 먼지가 달라붙지 못하도록 일부 여인들은 머리에 망사를 쓰고 다닌다. 외몽골 여인들 일부도 머리에 망사를 두르고 흰 마스크를 쓴 채 눈만 내놓고 다니는 게 보인다. 여우 가죽을 메고 지나가던 중개업자들이 "이런 에미 ×할 날씨를 보게"라며 욕하는 소리가 이따금씩 들린다. 아무리 큰 모래바람이 부는 날에도, 에리옌의 시내를 거니는 사람들과 도로를 달리는 차량은 끊임없이 지나다닌다……

이렇게 바람이 드센 날은 삼륜거꾼들도 맥이 다 풀려 녹초가 되고 만다. 순풍을 타고 달리는 길은 없는 법, 하필 꼭 역풍에 맞서 달리게 된다. 에리옌이란 곳이 돌고 돌아봐야 한정된 몇 개의 길과 골목이 전부지만, 이렇게 맞바람을 안고, 더욱이 높낮이가 일정치 않은 오르막길로 사람을 태우고 간다는 것은 정말 마소의 힘을 짜내야 겨우 나아갈 수 있는 생지옥을 달리는 기분이었다. 두 명의 외몽골 여자를 남부시장에서 홀룬로 서쪽 끝 후흐항가이 호텔까지 태우고 가며 철멍은 그런 생지옥을 맛봤다. 얼굴과 입을 가린 뚱뚱한 몽골 여자 두 명을 호텔 입구까지 태워주고 2위안을 받아 든 후, 집으로 돌아가려던 마음을 바꾸어 몇 사람만 더 태워볼 생각으로 왔던 길을 따라 동쪽으로 향한다. 동쪽으로 갈 때는 페달을 밟지 않아도 삼륜거가 바람을 타고 날 듯이 나아갔다.

철명은 전진로에서 북쪽으로 방향을 바꾸었다. 멀리 꽝따 호텔이 보이자 그날 밤 뜻밖에 100위안을 벌었던 일이 생각났다. 그때의 기쁨과 흥분은 오래전에 흔적 없이 사라졌다. 그보다 훨씬 많은 돈으로도 뭐 하나 못 해보고 허무하게 날려버렸는데, 100위안으로 무엇을 하겠는가! 그러나 100위안도 돈이었기에 큰 장사 밑천은 못 돼도 생활비로 쓰기엔 적지 않은 도움이 되었다. 집에 마침 먹을 것이 떨어질 때라서 철명은 100위안에 약간의 돈을 보태 밀가루 한 포대와 쌀 한 포대를 샀다. 황 부서기가 뜻하지 않은 '빈민 구제'를 한 셈이었다.

철명은 백화점 쪽으로 난 넓고 평평한 포장도로 위로 천천히 삼륜거를 몰고 나아간다……

길 양옆으로 일정한 거리를 두고 줄지어 서 있는 어린 느릅나무들은, 여름의 푸른 장식을 벗어버린 벌거벗은 가지들을 거센 바람에 마구 흔들어대느라 여차하면 제 뿌리마저 뽑힐 듯 위태롭다. 서쪽에서 바람이 불었기 때문에 철명은 얼굴을 동쪽으로 향하고, 바퀴 가는 대로 페달을 밟으며 서서히 전진한다.

바로 이때, 길 동쪽에서 낯익은 청년이 머리칼을 바람에 흩날리며 바지에 손을 넣고 걸어가는 게 보였다. 흰색 청바지에 갈색 가죽점퍼를 걸친 땅딸막한 몸에, 눈이 불룩 튀어나온 이 청년을 자세히 바라보던 철명은 눈을 번뜩이며 큰 소리로 외쳤다.

"어이, 후브치!"

사실 삼륜거꾼은 에리엔의 구석구석을 밤낮없이 누비고 다니기 때문에 누군가와 맞닥뜨릴 기회가 굉장히 많았다. 후브치도 철멍과 거의 동시에 소리쳤다.

"어이, 철멍!"

그는 튀어나온 검은 눈에 매우 반가운 빛을 보이며 빠른 걸음으로 다가왔다. 철멍은 삼륜거에서 날렵하게 뛰어내려 후브치의 손을 힘껏 잡고 함박웃음을 지었다.

"여기는 언제 왔어?"

후브치도 눈웃음을 지으며 반갑게 대답했다.

"어제 실링허트에서 버스로 왔어! 너도 잘 지내지? 네가 여기 있다는 말은 오래전에 들었다."

철멍과 후브치 두 사람은 중학교 3년 동안 같이 공부하며 가장 친하게 지내던 단짝 친구였다. 머나먼 타향 땅 에리엔에서 오래전에 헤어진 옛 친구와 만난다는 것은 정말 대단한 행운이다. 철멍은 바람이고 흙먼지고 개의치 않고 오랜만에 만난 옛 친구와 반갑게 담소를 나누었다.

"네가 여기 있단 말도 들었어! 수소문했지만 못 찾겠더라."

후브치는 철멍의 손을 잡은 채로 이야기보따리를 술술 풀어놓았다.

"여기서 우리 큰형이 알탄후르드라는 회사를 운영했어. 나도 거기서 반년 정도 일하다가 형의 권유로 사범전문대학교에 들어가 사비로 공부했지. 실링허트에서 교육국 주임을 하던 큰형은 올봄 무급 휴직이 끝나서, 회사를 정리하고 실링허트로 돌아갔어. 올해 7월에 2년간의 학업을 마치고 대학 졸업장을 들고 왔는데, 일을 구해주기로 했던 큰형이 아직 일을 못 구한 거야! 몇 달 동안 큰형 집에서 일을 기다리다가 별말이 없기에 에리옌에서 장사라도 해보려고 왔지."

후브치는 원래 말재주가 뛰어나지는 않았지만, 철멍에 비하면 훨씬 말을 잘하는 친구임을 바로 알 수 있었다. 다른 동창이나 옛 친구들이 이렇게 만났으면 몇 마디 나누지도 않고 바로 식당에 들어가 술이나 마시고 놀았겠지만, 철멍과 후브치는 누구도 그런 말을 꺼내지 않았다. 이렇게 거센 바람이 부는 길 한쪽, 사방이 뻥 뚫린 거리에서, 둘은 화기애애하게 이야기를 이어나간다.

"무슨 장사를 하려고?"

"오늘 남부시장에 가서 시장조사를 하고 오는 길이야. 나온 김에 셋방도 좀 알아보려고."

후브치는 숨김없이 털어놓았다. 철멍은 후브치가 셋방을 얻으려 한다는 말을 듣자 진심을 담아 말했다.

"뭐 하러 셋방을 얻어? 우리 집으로 와. 월세도 낼 필요 없고, 혼자 밥한다고 청승 떨 필요도 없고."

후브치는 철멍이 이렇게 진실하고 따뜻한 마음으로 대하자 진심으로 기뻐했다.

"빙빙 돌리느니 직접적인 게 낫댔지. 그럼 너희 집으로 가자! 이참에 너도 삼륜거 때려치우고 둘이서 장사나 하자. 나한테 큰 밑천은 없지만 중개업 하는 데는 문제없어. 삼륜거 끄는 것보다는 나을걸."

그는 확신에 찬 눈빛으로 말했다. 철멍도 같이 장사하자는 말을 듣고 너무 기뻤다.

"오래전부터 나도 중개업을 해보고 싶었는데 생각대로 안 되더라. 한 사람의 지혜는 쓰기에 부족하고, 두 사람의 지혜는 아무리 써도 끝이 없다지?! 내가 삼륜거 몰면서 꽤 많은 외몽골 사람들을 알고 있고, 그 사람들도 나를 믿을 만한 몽골족이라며 잘해주거든. 그들이 여우 가죽, 양털, 염소 털, 사슴 서혜부, 사향, 녹각, 녹용 같은 물건을 많이 가져왔어. 난 중개업을 배우지 못해서 그저 눈 빠지게 쳐다보며 싣고 다니다가, 그것들을 다 남들한테 넘겨줘야 했어! 네 머리와 내 인맥을 합하면 남들보다 유리할 거야."

그는 벌써 떼돈을 번 것처럼 좋아하며, 그동안 생각했던 것들을 막힘 없이 말해주었다. 후브치도 고개를 끄덕끄덕하며 동의한다는 듯 겸손한 태도를 보였다.

"참, 어느 호텔에 묵고 있냐? 가방이랑 짐도 있지?! 지금 가지러 가자."

"샹드 호텔! 정말 너희 집에 잘 데 있어?"

"없을 수가 있냐?! 넌 걱정 말고 오기만 해."

철멍이 삼륜거 앞자리에 올라타려 하는데, 후브치가 그의 갈색 코르덴 재킷의 소매를 잡아당겼다.

"내가 태워줄게! 넌 뒤에 타!"

그는 앞자리에 날쌔게 올라타 한쪽 발을 페달에 얹고 출발할 준비를 했다. 늘 남을 태우고만 다녔지, 남이 태워주는 걸 타본 적이 없는 철멍은 입을 다물지 못할 정도로 기뻐했다. 그는 오늘부터 삼륜거 끄느라 고생하는 일도 끝이겠군, 영원히 이 일에서 해방되었으면 좋겠다, 라고 생각했다. 후브치는 삼륜거를 뒤쪽으로 돌려 힘껏 페달을 밟으며 묻는다.

"요새 에리옌의 경기가 좋아? 나빠?"

"나쁘다 하자니 버는 놈들은 벌어. 좋다 하자니 우리 같은 놈들은 버는 게 없어. 들리는 말로는 동부 출신 중개업자들이 몽골 돈으로 외몽골 사람들한테 사기를 친다더라!"

"몽골 돈으로 어떻게?!"

"만라이 형이 그러는데, 우선 환전하는 사람한테 2만이나 3만 투그릭을 사서 갖고 다닌대. 그리고 전자계산기를 들고 하루 종일 남부시장을 돌며 외몽골 사람들에게 '몽골 투그릭 사요?! 싸게 팝니다'라고 말하고 다니는 거야. 정말로 큰 이득을 보겠다고 환율을 물어오면 20이나 30으로 준다고 머리를 헷갈리게 해놓고, 전자계산기를 꺼내서 갖고 있는 몽골 투그릭을 20, 30으로 나누기를 해 그 결과를 보여준대. 이것을 다시 60으로 팔면 얼마 얼마라고 결과를 보여준 후, 그 차이만큼 자기들이 손해라며 '이게 당신들 이익이오'라고 말하는 거야. 그리고 혹할 만한 말들을 늘어놓으면, 멍청한 놈은 정말로 믿고 사는 거야. 이런 수법에 외몽골 사람들이 매일 몇천 위안을 날리고 있대! 중개업자들 중에 이런 사기 거래를 1년 정도 해서 10만 위안을 번 놈도 있어!"

"와. 경찰한테 안 잡혀?"

"한두 명이 고소당해서 붙잡혔는데 벌금만 몇천 위안 내고 나왔어. 그리고 또 그 일을 하며 사정없이 등치는 거지. 외몽골의 신문과 방송에서 외몽골 사람들이 에리옌에서 환전 사기를 당한다는 뉴스를 내보내도, 속는 놈은 계속 속지……"

"그렇게 속여서 쉽게 돈을 벌 수 있으면 우리도 한번 해보

242

자! 장사란 말도 거짓말*에서 나왔다는데, 빨리 부자가 되려면 크게 거짓말하고, 크게 속여야지, 안 그래?!"

"우리 최대한 신용 있는 중개업을 해보자! 정말 돈이 안 되면 그때 시도해보면 되잖아?"

"넌 에리엔에서 몇 년이나 산 놈이 여전히 정직하게 살 생각을 하나?! 하하하…… 이 시대엔 매춘부한테 빌붙지 않고, 살인만 안 하면 뭘 해서 돈을 벌든 다 괜찮아."

둘이 이렇게 떠들고 이야기하는 사이 샹드 호텔에 도착했다. 후브치는 숙박비를 계산하고 가죽 가방을 들고 철멍의 집으로 향했다.

에리엔에 있을수록 시름은 깊어지고

정확히 오전 8시 22분에 에리엔에서 후흐허트로 가는 기차가 출발했다. 훗 훗 훗 훗…… 둔중한 음이 점점 더 빨라진다. 에리엔 기차역에서 비 오기 전의 개미 떼처럼 웅성거리던 사람들 대부분은 기차를 타고 가버리고, 친구나 친척을 전송하러 온 소수의 사람만 남았다. 이들 속에 숨베르가 있었다. 그는 기차를 바라보며 오래도록 손을 흔들었다. 그의 두 눈에서 자기

---

* 몽골어로 거짓말을 '호달 ᠬᠤᠳᠠᠯ'이라 하고 장사나 상거래를 '호달다 ᠬᠤᠳᠠᠯᠳᠤᠬᠤ'라고 한다. 어떤 이들은 이런 발음상의 유사성 때문에 상거래를 뜻하는 '호달다'를 거짓말을 뜻하는 '호달'이란 말에서 파생된 걸로 보기도 하지만 확실한 근거가 있다기보다는 일종의 '통속어원설'이라 할 수 있다.

도 모르게 수정처럼 맑은 눈물이 뺨을 타고 흘러내린다.

토 교수가 가버렸다. 간과 심장처럼 가까웠던 친구는 꿈을 찾아 떠나버렸다! 에리엔에는 이제 숨베르가 믿고 의지할 만한 친구가 사라졌다! 숨베르는 정말 혼자가 되어버렸다! 아침 찬바람이 그의 뺨을 찢고, 좀 전에 토 교수의 손을 뜨겁게 붙잡았던 손을 찢고, 아름다움을 좇았던 가슴을 찢는다! 에리엔의 겨울은 왜 이리 추운 거지?!

"에리엔에 있을수록 마음이 고통스러워. 일본에 가서 공부하기로 결심했어. 공부하면서 몸 아끼지 않고 일하면 에리엔에서 버는 것보다 훨씬 많이 벌 수 있어! 또 에리엔에서 공부하는 것보다 훨씬 많이 배울 수 있지……"

어젯밤 잠들기 전에 토 교수가 했던 말이 숨베르의 귀에 들리는 것 같다!

그날 '장모'에게 인정사정없이 쫓겨났던 숨베르는 매서운 바람을 맞으며 정처 없이 걸었다. 넋을 잃고 걷다가 정신을 차려보니 토 교수의 셋방 앞이었다. 3만 위안을 빌려서 한 푼 남김없이 날려버린 데다가, 제 심장보다 사랑하고 사랑받았던 여자친구 아리오나까지 잃을 위기에 처했다. 들어갈 집은커녕 마실컵 하나도 없는 형편에 처한 숨베르가 또 친구에게 짐이 될까봐 선뜻 들어가지 못하고 망설이는데, 토 교수가 셋방 문을 열고 흰색 스웨터 차림으로 나왔다.

"야, 냉큼 안 들어오고 뭘 꾸물거려?"

그는 화를 내며 숨베르를 끌고 들어갔다. 숨베르는 친구의 셋방에 들어가 자세한 사정을 하나씩 하나씩 설명해주었고, 토 교수는 가는 눈 속에 사람의 마음을 움직이는 진실하고 섬세한 마음을 담아 진심 어린 충고를 했다.

"그 3만 위안을 너한테 줄 때 이렇게 될 줄 알고 있었어! 그렇다고 내가 어떻게 널 실망시키겠냐! 3만 위안은 너무 신경 쓰지 마! 나중에 벌면 갚아, 못 벌면 말고! 벌어놓은 돈을 쓴 거지 없는 돈을 쓴 것도 아니잖아?! 남자는 칠전팔기랬어! 눈앞의 어려움에 굴복해 그 너머에 있는 밝은 미래를 포기하면 안 돼! 넌 큰일을 할 놈이야! 몇백 년, 몇천 년 후 역사책에 네 이름이 남을 거라는 걸 스스로 믿어야 해! 이건 내가 잘난 척하는 것도 아니고, 허황된 예언도 아냐! 구일레스는 에리엔의 중개업자들 중에서도 '마피아'였어. 에리엔에 이 사실을 모르는 사람은 거의 없어. 험담하거나 이간질하려고 이 말을 하는 건 아냐. 네가 직접 보고 확인했기 때문에 몇 마디 덧붙이는 거지! 어차피 너도 딸과 결혼하려 했던 거지, 구일레스 씨 집에서 평생 살려던 건 아니었잖아. 본인이 좋다면 부모나 가족이 반대한들 어쩌겠어. 며칠 있다가 아리오나한테 전화해서 잘못했다고 사과하고 화해해. 그리고 싫지만 않으면 여기서 지내."

숨베르는 사흘 동안 연달아 아리오나에게 전화를 걸었지만, 그때마다 구일레스 여사가 받았기 때문에 바로 끊어버렸다. 넷째 날에 전화했을 때는 다행히 아리오나가 받았지만, 화가 풀리지 않았는지, 제대로 한두 마디도 하기 전에 그쪽에서 끊어버렸다. 숨베르는 아리오나가 전화기 곁을 뜨지 않았을 거라 확신하고 연이어 네 번이나 전화를 했고 정말 아리오나가 전화를 받았다. 숨베르가 반복해서 사과를 하자, 아리오나는 화가 좀 풀린 듯 말투가 부드러워졌다. 그러나 그녀가 한 말은 숨베르의 심장을 칼로 도려내는 것 같았다.

"우리 둘의 인연은 끝났어! 엄마와 오빠는 나를 죽어도 너한테 시집보내지 않겠대. 나한테 무섭게 화를 냈다가 살살 달래기도 했다가…… 아버지도 말은 안 했지만, 엄마 오빠랑 같은 생각인 것 같아…… 엄마 왔어. 안녕. 날 잊어."

믿음과 희망의 한쪽 날개였던 연인과 이렇게 느닷없이, 이렇게 허탈하게 이별해야 한다는 것을 숨베르는 견딜 수가 없었다. 시가 없는 날에는 시가 되어주었던 상냥하고 사랑스러운 아리오나는 왜 그런 부잣집에, 왜 그런 못된 어미한테서 태어난 건가?! 가난한 집 딸로 태어났더라면 얼마나 좋았을까?!…… 또는 내가 돈과 권력이 있는 집 도련님으로 태어났다면 구일레스 여사도 딸을 기꺼이 주었겠지?! 나를 '촌뜨기 거지새끼'라고 모욕했지. 구일레스 여사의 부모는, 또는 부모의 부모는 '촌뜨기 거지새끼'가 아니었을까?!……

난 고향으로 돌아갈 수 없어! 얼마 전 부모님께 쓴 편지에, 아리오나와 결혼 전에 고향에 들러 부모님과 친척들께 인사를 드린다고 했는데! 고향 사람들, 함께 일했던 동료 선생님들까지 모두들 내가 여자 친구와 함께 에리엔으로 와서 '바다'에 뛰어들었다는 것을 들었을 거다. '바다'에 뛰어들어 쫄딱 망해 알거지가 되었나, 아니면 대박을 터뜨려 알부자가 되었나, 귀를 기울이고 있을 게 분명했다. 숨베르는 쫄딱 망한 알거지 신세라 고향으로 돌아갈 면목도 없게 되었다…… 어느덧 기차역에는 숨베르 혼자 남아 있었다. 토 교수를 태운 기차는 기나긴 철로를 따라 멀어지며 점점 작아지더니, 마침내 보이지 않게 되었다. 숨베르는 눈을 닦고 몸을 돌려 북쪽으로 뻗은 길고 긴 철로를 보았다. 이 길은 울란바타르로 가는 길이다. 이 길로 자기도 언젠가 울란바타르에 가보고 싶다는 생각이 꿈틀거리며 솟아났다.

토 교수는 솥과 주걱, 빗자루와 이불, 쌀과 밀가루…… 등 쓸 것과 먹고 마실 모든 것을 숨베르에게 남겨주었고, 오늘 아침엔 1천 위안을 쥐여주며 "내 지금 능력은 이 정도야. 넌 어떻게든 아리오나와 화해하도록 해! 나는 독학으로 일본어를 상당히 공부했고, 모든 수속은 일본에 있는 친척 형이 도맡아 해주고 있어. 여권 관련 업무만 끝내면 바로 일본으로 날아갈 거야. 너만 좋다면 나중에 초대할 수 있게 힘써볼게! 넌 꿋꿋이 살도록 해라! 하지만 매사에 신중해야 해! 내가 떠난 후에 에리옌이 좀 시끄러워질 것 같아"라고 침통한 목소리로 말했다. 숨베르는 친구가 준 1천 위안을 사양하지 않았다. 그릇에 대한 보답으로 국자를 건네고, 은혜에 대한 보답으로 보은을 한다는 말처럼, 언젠가는 이렇게 큰 도움을 준 친구에게 보답할 거라고 생각하며 가슴이 뜨거워졌다. 토 교수는 그에게 물질적 도움을 주는 걸로 그치지 않고, 영원히 꺾이지 않을 힘을 주었다……

숨베르는 삼륜거를 타고 셋집으로 돌아오는 동안 내내 깊은 생각에 빠졌다. 셋방의 자물쇠를 열고 문을 밀고 들어가자 세간들이 그대로 남아 있는 작은 방은 마치 허허벌판처럼 휑뎅그렁했고, 숨베르의 마음은 형용할 수 없는 고독감으로 채워졌다. 토 교수가 누워 있던 침대와 침대보, 사용하던 솥과 주걱,

벽에 붙여놓은 몽골 씨름꾼의 사진 등을 하나씩 쳐다보던 그는
엄습해오는 고독감에 몸을 떨며 목청이 떨어지게 고함을 지르
고 싶어졌다.

공무와 사적인 원한

시 쓰기와 흡연 두 가지는 숨베르의 외로움을 쫓는 가장 큰
낙이 되었다. 토 교수가 떠난 지 보름쯤 되는 동안에 그는 열
일곱 갑의 담배를 피웠다. 그리고 여덟 편의 시를 써서 여러
잡지사에 보냈다. 이 기간에 아리오나 집으로 두 번 전화를 했
지만 통화는 할 수 없었다. 첫번째는 구일레스 여사가 받았고,
두번째는 고비가 받았다. 고비는 숨베르가 전화를 끊으려 하자
바로 눈치를 챘고, "숨베르 동지에게 경고한다! 다시 우리 집
에 전화하면 타인의 정상적인 생활을 방해하고, 타인의 인권을
침해한 죄로 널 체포하겠다! 알았나?"라며 위협을 하고는 거
칠게 끊어버렸다……

숨베르는 밤 9시가 넘도록 책을 읽으며 누워 있다가 밥을 해
먹기도 귀찮아 식사를 하러 밖으로 나갔다. 뭘 먹지?! 요즘 제
대로 된 밥을 먹지 못했는데! 먹어도 넘어가지도 않고…… 턱
마저 눈에 띄게 수척해졌다는 생각을 하며, 그는 셋방에서 가
까운 부르테 천* 식당으로 들어갔다.

---

* '부르테 천꼬이/ ꭇꭗ;'이라는 이름은 『몽골비사』 첫 문장에 나오는데, 몽골인

길의 북쪽 면에 위치한 이 작은 식당엔 세 명의 외몽골 손님이 와 있었다. 창가에 놓인 사각형의 노란 식탁에 남자 둘과 여자 한 명이 마주 보고 앉아 있었다. 그들은 각자 주문한 음식을 자기 앞에 놓고 '두루분 오올린 세르짐'*이라는 38도짜리 몽골 소주를 곁들이며 두런두런 이야기를 나누고 가끔씩 웃음을 짓는다. 숨베르는 이들과 인사도 하고 함께 어울리고 싶었지만, 전혀 알지도 못하는 외국인에게 무턱대고 말을 거는 것은 무례한 짓이란 생각에 곧장 카운터 쪽으로 걸어갔다.

카운터엔 사람이 없었다. 숨베르는 헛기침을 한번 하고 주방을 향해 "사람 있어요?"라고 중국어로 물었다.

안에서 다급한 발소리가 들렸다. 어린 낙타 같은 예쁜 눈과 여리고 빨간 볼에 검은 가죽바지, 긴 갈색 윗도리 안쪽으로 흰 스웨터가 살짝 비치는 옷차림을 한 여종업원이 호쇼르** 한 쟁반을 들고 주방에서 나왔다. 그녀는 숨베르에게 상냥하게 웃으며, "잠깐만 기다리세요"라고 말하고는 외몽골 손님들에게 다가갔다.

여종업원이 외몽골 손님들에게 호쇼르를 갖다주는 동안, 숨베르는 카운터 위에 펼쳐진 잡지 『실링걸』을 훑어봤다. 신간

의 뿌리, 시조로 알려져 있다. 한자로 '孛兒帖赤那(패아첩적나)'라고 쓰고 '蒼色狼(창색랑, 푸른 늑대 또는 잿빛 늑대)'으로 번역했다. 유원수 한글 번역본 『몽골비사』(사계절, 2018)에는 '부르테 치노'로 표기하기도 했지만, 여기선 현대 구어에 맞추어 '부르테 천'으로 옮겼다.

* 두루분 오올린 세르짐 ᠳᠥᠷᠪᠡᠨ ᠠᠭᠤᠯᠠ ᠶᠢᠨ ᠰᠢᠷᠠᠵᠢ : '네 산의 술'이란 뜻.

** 호쇼르 ᠬᠤᠱᠤᠷ : 밀가루 반죽 안에 고기 소를 넣어 기름으로 튀긴 음식.

이었다. 순달라이의 시를 『실링걸』에 보냈던 게 생각나 목차를 보니 「넌 나를 이해할 거야」라는 제목이 눈에 선명하게 들어왔다. 작가는 확실히 순달라이였다. 숨베르는 매우 기뻐하며 72페이지를 펼쳤다. 순달라이의 시 두 편이 4호 소자* 크기로 편집되어 실렸고, 시의 뒷부분에 '숨베르 필사'라고 정확히 출처를 밝혀놓았다. 숨베르는 자기 시가 실린 것보다 더 설레고 감격했다. 이 잡지를 종업원 아가씨한테 부탁해 사고 싶은데! 순달라이가 잘하면 올해 안에 에리옌에 올 거랬지! 시가 실린 이 잡지를 주고 기쁘게 해줘야지! 아, 그런데 순달라이가 나를 찾기 어렵게 됐어⋯⋯ 숨베르가 이런 생각을 하고 있을 때, 종업원 아가씨가 카운터로 돌아와 친절하게 물었다.

"몽골족이세요?! 뭐 주문하실래요?"

"맞아요. 저도 호쇼르로 하죠! 200그램만 주세요."

숨베르는 잡지를 든 채로 대답했다. 그리고 종업원 아가씨가 음식을 더 팔려고 또 무엇을 주문할 거냐고 물을 걸로 예상했지만, 아가씨는 다시 묻지 않고 상냥하게 미소 지으며 입구 쪽 빈자리를 가리켰다.

"저쪽 식탁에 가서 앉아 계세요."

숨베르는 『실링걸』을 들어 보이며 물었다.

"이 잡지를 구독하세요?"

"아뇨, 큰아버지 책이에요. 전 그냥 읽으려고 가져왔어요!"

"큰아버지께서 문학을 좋아하시나 보죠?"

---

* 크기가 4.25mm인 글자.

"좋아한다기보다 그냥 재미로 보는 거죠! 해마다 몽골 잡지를 몇 개씩 주문해서 읽어봐요."

"이번 호에 제가 필사한 시가 실렸네요! 10위안 드릴 테니 이 잡지를 팔 수 있나요?! 큰아버지께서 화내시겠죠?!"

"어떤 시인데요?! 한번 봐요."

여종업원은 반가워하며 잡지를 건네받았다.

"아, 저도 읽었어요! 너무 아름다운 몽골 시였어요. 이름이 숨베르 씨예요?"

그녀는 존경스럽다는 표정으로 물었다. 숨베르는 고개를 끄덕였다.

"예, 제가 숨베르입니다! 이제야 이 잡지를 봤어요."

숨베르가 정중하게 대답하자, 종업원은 망설임 없이 잡지를 내밀며 호탕하게 말했다.

"그쪽도 시를 쓰시는 분이죠?! 잡지는 기념으로 드릴게요."

숨베르는 대단히 기뻐하면서도 잠시 머뭇거렸다.

"큰아버지께서 화내지 않을까요?! 나중에 자료로 쓰려고 보관하는 거라면, 한 호라도 부족해선 안 될 텐데."

"큰아버지는 다 읽고 나면 버려요. 보관이 뭔지도 몰라요."

잘 알지도 못하는 사람에게 이렇게 친절하고 따뜻하게 대해주는 아가씨에게 뭐라고 감사 표시를 해야 하나 생각하다가, 숨베르는 주머니에서 20위안을 꺼냈다.

"이건 호쇼르와 책값입니다."

"호쇼르 200그램은 8위안이에요."

그녀는 서랍에서 2위안을 꺼내 숨베르에게 12위안을 돌려주려 했다.

숨베르가 돈을 받지 않고 입구 옆 식탁으로 가서 자리에 앉자 아가씨가 쫓아와 12위안을 식탁에 내려놓았다.

"꼭 돈 내고 사겠다면, 잡지를 그냥 가져갈 거예요."

그녀는 생글거리며 말하고 주방으로 가버렸다.

숨베르가 호쇼르를 다 먹을 때쯤, 외몽골 손님 세 명도 식사를 끝내고 줄지어 밖으로 나갔다. 아가씨는 숨베르의 뒤를 따라 나와 상냥하게 웃으며 "잘 가요! 또 오세요"라고 배웅하고 안으로 들어갔다. 잘 알지도 못하는 젊은 남자에게 지나친 호감을 표현하는 것은 가벼워 보일 수도 있었지만, 이 아가씨는 그에게 호감을 보인 것이 아니라 모든 손님마다 친절하게 대할 뿐이며, 조금 더 우호적이었다고 보는 게 타당할 것이다. 아가씨와 숨베르 사이의 거리는 사실 매우 멀었다.

숨베르는 바로 셋집으로 돌아오려 했지만, 담배가 다 떨어졌기 때문에 외몽골 사람들을 따라 동쪽의 불 켜진 가게로 향했다. 걷는 동안 손에 든 잡지를 생각하며 매우 흡족해하다가 아차, 그 아가씨 이름도 안 물어봤네, 에리엔에 이렇게 착한 사람들도 참 많았는데. 사실 많아야 하는 거고…… 라는 생각을 한다.

숨베르가 가게에 도착하자 등불만 빛날 뿐, 가게는 안쪽에서 닫혀 있었다. 문을 두드리며 사람을 불렀지만 듣지 못했는지 기척이 없다. "이렇게 일찍 문을 닫아?! 정말 이상한 가게네"라고 중얼거리며 숨베르는 다른 가게가 있나 여기저기 두리번거렸으나 보이지 않았다. 밤거리는 조용했다. 멀어져 가는 외몽골 사람 세 명 외에는 사람의 그림자도 보이지 않았다.

숨베르는 길게 한숨을 쉬고, 담배가 없으면 어때, 누워서 『실링걸』이나 읽으면 적적함도 잠시 잊히겠지, 라고 생각하며 셋집으로 향했다. 그가 몇 발짝 걸어갔을 때, 어둠 속에서 경광봉을 든 경찰 셋이 느닷없이 나타나, 그중 하나가 험악한 목소리로 호통을 쳤다.

"이 밤중에 혼자 뭐 하러 돌아다녀?"

숨베르는 소스라치게 놀랐지만 무슨 죄를 지은 것도 아니라서 마음을 진정시키고 말했다.

"담배 사려고요."

그는 대답과 함께 곁에 서 있는 호리호리한 몸매의 경찰을 보았다. 고비였다. 고비는 숨베르와 눈이 마주쳤으나 고개를 돌려 외면하고 들고 있던 경광봉을 켜 한쪽으로 신호를 보낸다.

길옆의 캄캄한 곳에 서 있던 경찰차가 비상등을 켜고, 시끄러운 소리를 내며 다가왔다. 숨베르와 마주 보고 서 있던 땅딸막하고 뚱뚱한 젊은 경찰이 말했다.

"가게에서 담배 사려 했다고?! 일찍 안 사고 이 늦은 시간에 담배를 사겠다는 이유가 뭐야?! 저기 외몽골 사람을 왜 미행했지? 여기서 얘기할 거 없어! 따라와!"

그들은 숨베르가 억울함을 호소하는 말은 듣지도 않고, 곁으로 다가온 차를 향해 무작정 떠밀었다. 숨베르는 자신이 어떤 사람인지 잘 알고 있지 않냐는 듯 고비를 쳐다봤지만, 고비는 그를 전혀 모르는 척 외면하고 운전사 옆자리에 털썩 올라탔다.

숨베르는 차에 올라타, 그들의 경찰모 쓴 뒤통수를 성난 눈으로 노려보았다. 화가 머리끝까지 치밀어 올랐다. 고비는 개인적인 감정 때문에 업무를 빙자해 나를 미행하고, 누명을 씌워 체포한 거야…… 이놈을 국장에게 고발할 거야! 국법이 어디 고비 개인의 노리개도 아니고, 라고 생각하며 숨베르는 입술을 깨물었다.

경찰차가 앞으로 200미터도 못 갔을 때, 어깨동무를 하고 비틀거리며 걸어가는 두 젊은이가 나타났다. 경찰차는 두 젊은이의 곁으로 다가가 고비의 신호에 맞추어 끼익하고 멈추더니, 경찰 셋이 번개처럼 뛰어내려 한두 마디 묻지도 않고 두 젊은이를 숨베르와 함께 뒤편의 좌석에 쑤셔 넣고 다시 날 듯이 달렸다. 두 젊은이는 몽골어로 이야기를 나눈다.

"에미를 ×할 후레자식들! 큰 사건만 터지면 마구잡이로 사람을 잡아가고 난리야!"

"재수 옴 붙은 거지! 델히 호텔에 가서 몽골에서 온 물건을 받아야 하는데, 물건은커녕 이 나쁜 놈들한테 걸렸으니……"

"바로 임시 구치소로 가게 될 거야! 하룻밤 갇혀서 콩밥 좀 먹고……"

"미국 같았으면 이놈들을 고발해서 정신 번쩍 들게 해줄 텐데……"

숨베르는 그들의 대화를 조용히 듣다가 공감한다는 듯한 눈빛을 하고 몽골어로 물었다.

"무슨 큰 사건이라도 터졌어요?"

투박한 검은 얼굴의 젊은이는 이 인간도 몽골족이네 하는 눈으로 놀라서 쳐다보더니 불만스러운 목소리로 말했다.

"못 들었소? 최근 10여 일 동안 외몽골 사람 넷이 연쇄적으로 살해당했수다! 하나같이 밤거리에서 목을 졸리거나 칼에 찔려 죽었답디다! 어디서 그런 끔찍한 살인마가 나타나 몽골 사람만 골라 죽이는지 참나! 아무 상관 없는 우리만 이렇게 잡혀가 콩밥을 먹는 거 아뇨?"

숨베르는 깜짝 놀랐다. 에리엔의 가게들이 일찍 문을 닫은 것과, 10시가 지나자마자 길거리에 인적이 끊어졌던 이유를 알 것 같았다. 셋방에 틀어박혀 있느라 이렇게 큰 사건이 일어난 것도 몰랐다. 더불어 고비를 고발한다는 것도 쓰잘머리 없는 일이 된 것을 알고, 그저 벙어리 소태 씹은 꼴이 되어버렸다. 그러나 고비가 숨베르를 잘 알면서도 풀어주지 않은 것은 개인적인 화풀이를 하려는 악의적인 태도임이 분명하다.

정말 두 젊은이의 말대로였다. 경찰차는 한참을 달리더니 세 사람을 바로 구치소로 데려가 가타부타 설명도 없이 가두었다. 좁고 차가운 구치소에는 이미 다섯 명이 더 있었는데, 그중에 노랗게 머리를 물들인 건장한 젊은이와 귀 짧은 놈은 하 사장의 부하인 누렁 갈기와 귀 작은 숫염소였다. 이렇게 풀로 붙여도 붙지 않고, 올가미로 묶어도 하나로 묶이지 않을 사람들이, 누울 곳도 없는 한방에서 서거나 앉아서 긴 밤을 보냈다.

하 사장과 오사마 빈라덴

다음 날 오전 8시 반에 숨베르, 누렁 갈기, 귀 작은 숫염소 등 구치소에 있던 사람들은 전용차에 실려 공안국으로 갔다. 그들은 한 명씩 조사를 받고, 자세히 조서를 쓰고, 지문을 찍은 후에야 겨우 풀려났다. 부하 둘이 느닷없이 체포되어 구치소에 갇히자 하 사장은 기겁을 했다. "살인 혐의로 붙잡힌 게 분명합니다. 경찰들이 조금이라도 수상한 젊은이를 보면 무조건 잡아간답니다"라고 빨강 머리가 말해준 후에야 하 사장은 외지로 도망갈 생각을 슬그머니 접었다. 그러나 인간이라는 짐승은 믿을 수가 없었다. 누렁 갈기와 귀 작은 숫염소도 모질게 취조를 하면 총을 밀수하고, 양 떼를 훔친 일 등 모든 죄를 불 거라는 걱정에 뜨거운 솥 안에 든 개미처럼 좌불안석이 되었다. 약은 토끼는 굴이 세 개라고, 하 사장은 어젯밤 빨강 머리도 알지 못하는 지인 집에서 바람 소리에 귀를 기울이며 밤을 꼬박 새웠다.

10시쯤, 그의 핸드폰이 울렸다. 수화기 저편에서 빨강 머리가 말했다.

"누렁 갈기와 귀 작은 숫염소가 나왔습니다. 아무 문제 없어요. 바로 그 외몽골인 연쇄살인 사건 때문에 붙잡힌 거였어요."

눈앞의 재앙이 자기를 비껴갔다는 안도감에, 하 사장은 구름을 제치고 나온 햇살처럼 밝게 웃었다.

"그래?! 그럼, 오늘 점심은 누렁 갈기와 귀 작은 숫염소에게 한턱 내야지! 어디가 좋을까?"

"토올 레스토랑이 어때요?! 외곽 지역이라 한산합니다."

"좋아, 그럼 너희들 먼저 가서 주문해. 나도 금방 갈게."

하 사장은 전화를 끊고 에리엔시의 동남쪽 끝에 위치한 주인 없는 벽돌집을 나왔다.

잠시 후 시내 서북쪽의 토올 레스토랑에 하 사장, 빨강 머리, 누렁 갈기, 귀 작은 숫염소 등이 모여 회식을 시작했다. 하 사장이 술을 채운 유리잔을 들어 올리며 건배사를 했다.

"누렁 갈기와 귀 작은 숫염소가 호랑이 아가리에서 무사히 빠져나온 것을 축하하며, 형제들 모두 건배!"

다들 일어나 "건배!"라고 외치며 잔을 부딪치고 술을 들이켰다. 둥근 식탁 위 김이 무럭무럭 나는 요리에 젓가락이 바쁘게 오가고 난 후, 누렁 갈기가 면목 없다는 표정으로 하 사장을 쳐다봤다.

"어젯밤 귀 작은 놈과 술 한잔하고, 마작이나 할까 하고 가던 중에 '늑대'들한테 걸렸습니다."

"이후론 모든 일에 신중해야 해! 에리엔에 큰 사건이 생겼으니 '늑대' 놈들도 더 예민해지고, 더 사나워질 거야."

하 사장이 주의를 주자 귀 작은 숫염소가 실실거리며 아부를 했다.

"저희는 절대로 하 사장님을 불지 않을 겁니다. 의형제를 맺을 때 했던 맹세를 목숨 걸고 지키겠습니다!"

하 사장은 오른쪽 눈을 씰룩거리며 천천히 고개를 끄덕였다.

두번째 건배를 하고 빨강 머리가 문 쪽을 힐끔거리며 인기척을 확인한 후 말했다.

"'은칼' 작전을 연기해야겠습니다! 현재 상황이 좋지 않아요. 조심하지 않으면 산통이 깨질 수도 있어요."

'은칼' 작전이란, 황 사장을 인질로 납치해 가족들로부터 100만 위안을 뜯어낸 후, 총으로 살해하고 에리엔을 접수하겠다는 계획이었다. 하 사장은 생각할 게 많은 듯 증오로 이글거리는 눈을 찡그리고 천천히 고개를 끄덕였다. 귀 작은 숫염소는 다시 체면을 세워보려는 듯 웃으며 말했다.

"'노랑 족제비'도 이제 저희한테 함부로 못 합니다. 클린턴에게 핵무기가 있다면 옐친에게도 핵무기가 있죠. 만약 클린턴이 옐친을 과도하게 몰아붙인다면, 검은 가방을 열어 단추만 누르면 공멸입니다."

그는 시답잖은 비유로 자신들이 황 사장 패거리에게 뒤지지 않는 총과 무기를 갖게 된 것을 과시했다. 빨강 머리는 귀 작은 숫염소를 못마땅하게 쳐다보았다.

"우리가 뭐 좀 있다고 잘난 척하면 안 돼. 특히 외부인에게 자랑하고 다니면 안 돼! 경솔하고 오만한 것보다 신중한 게 훨씬 나아."

빨강 머리는 귀 작은 숫염소의 가볍고 충동적인 언행에 주의를 주었다. 하 사장도 빨강 머리의 말에 동의하는 듯 고개를 끄덕였다.

"맞아, 맞아. 비상시일수록 더 신중해야지! 불필요한 손실은 없도록 해."

귀 작은 숫염소는 누구의 말도 듣지 않지만, 하 사장 말만은 사냥개처럼 충실하게 따랐음을 증명하듯, 어떤 깨달음을 얻은 듯한 눈빛으로 연신 고개를 끄덕였다. 빨강 머리가 목청을 가다듬고 말을 이어갔다.

"'노랑 족제비'는 본처와 이혼하고, 지난주에 바로 스무 살짜리 류가 여자랑 결혼했어요. 이놈은 암캐 멍나와 결혼하지 않는 대신 100만 위안을 주고 정리했답니다."

하 사장은 속으로, '노랑 족제비'는 정말 뭘 아는 놈이야! 생각 있는 남자는 즐기는 여자랑 같이 살지 않지. 즐길 때 즐기고 버릴 때 버리고, 나중에 다들 참한 여자랑 결혼하던데! 나는 미련하게 시골의 조강지처를 버리고 재미나 보던 헤픈 년이랑 결혼하고. 이제 하루 종일 남의 집을 전전하며 마작질이나 하는 여편네와 사는 게 지겹다, 라고 생각을 하며 눈은 증오로 이글거렸다.

"흥, '노랑 족제비' 이놈 멋대로 날뛰어보라지! 조만간에 이 아비가 손을 봐주마."

그는 아랫입술을 깨물며 말했다. 누렁 갈기는 무언가 골똘히 생각하더니 하 사장에게 제안하듯 말했다.

"돈이 있으면 귀신에게 강도질을 시킨다는 말이 있죠. 여차하면 우리도 전 세계 테러리스트들의 우상인 오사마 빈라덴처럼 하면 됩니다."

하 사장은 쟁반에 있던 생선볶음 한 조각을 손으로 집어 쩝쩝거리며 먹다가 매우 흥미롭다는 듯 물었다. "오사마 빈라덴이 누구야?"

하 사장이 자기 말에 관심을 보이자 누렁 갈기는 신이 나서 열정적으로 떠들었다.

"이 사람 전기를 얼마 전에 읽었습죠. 이 사람은 사우디아라비아 갑부의 아들인데요. 아버지는 자녀가 예순다섯인데, 죽으면서 자식들에게 100억 달러의 유산을 남겼답니다. 1979년 12월에 소련이 이슬람 국가인 아프가니스탄을 침략하자, 빈라덴은 격분해서 아프가니스탄으로 달려갔죠. 대량의 식량과 화약, 무기 등을 공급하고, 아랍에서 지원군을 모집해 직접 싸움에 나섰습니다. 1989년에 소련이 아프가니스탄에서 후퇴할 때, 빈라덴이 데리고 온 무장군인이 2만 명이나 됐답니다. 이 사람은 아프가니스탄을 도와 싸우는 동안 돈을 수백만 달러나 썼고, 중요한 전투에서 크게 승리하기도 했답니다. 말투도 온순하고 만나는 사람에겐 항상 예의 바른 빈라덴은, 세상을 정의로운 이슬람 세계와 패배한 서양 세계로 분리해서 보았습죠. 그는 서양의 모든 존재를 이슬람에 대한 위협이라며 적대하고 배척했습니다. 소련을 아프가니스탄에서 쫓아낸 후에도 빈라덴은 가만히 있지 않았죠. 1990년 8월에 이라크가 쿠웨이트를 침공하자, 사우디아라비아의 국방장관과 만나 미국을 끌어들이지 않으면 자신이 '사막의 폭풍' 작전을 도와 이라크를 몰아내겠다고 제안했습니다. 하지만 사우디 정부는 그의 제안을 거절했습죠. 1992년에 빈라덴은 2억 6천만 달러를 들여 테러 활동을 계속했습죠. 이집트 극단주의자들을 사서 무바라크 대통령에게 '미국과 동맹하지 마시오'라는 경고 편지를 보냈습죠…… 1993년에 미국의 중심인 뉴욕의 세계무역센터가 폭발하고 다른 곳에서도 연쇄적으로 테러가 발생한 것은 모두 빈라덴과 관련이 있었습니다…… 그해 소말리아에서 미군이 습격을 받았고, 마침내 미국

의 평화유지군이 철수하게 되었습죠…… 빈라덴이 화수분 같
은 재산으로 세계의 테러리스트를 지원하고, 자기 손 하나 대
지 않고 목적을 이루는 것은 저희가 배워야 할 점이죠. 말하자
면 우리도 돈으로 킬러를 고용해 황 사장을 처치할 수 있다 이
거죠! 듣자 하니 대도시엔 1만 위안에서 10만 위안 정도만 주
면 원하는 사람을 없애주는 킬러가 넘쳐난다 합니다."

하 사장은 매우 흥미롭게 경청하더니 말했다.

"빈라덴이란 사람 멋진 남자로군! 배울 게 많아! 우리도 시
야를 넓혀야겠어. 킬러를 어디서 어떻게 구할지 구체적으로 연
구해보자."

그는 말을 마치고 잔을 들어 호기롭게 소리쳤다.

"뜻이 있는 곳에 길이 있고 천 리 길도 한 걸음부터다! 마
시자!"

귀 작은 숫염소가 원샷을 한 후 헤헤거린다.

"하 사장님만 따르면 우린 백전불패입니다."

시련을 만나 마음은 약해지고

외몽골 사람 넷이 연쇄적으로 살해당한 안타까운 사건은, 에
리옌시 공안국 경찰들을 떨어진 모자 주울 시간도 없이 바쁘게
했고, 에리옌 전체를 공포의 도가니로 몰아넣었다! 이 일은 에
리옌 역사뿐 아니라 내몽골 전체의 역사에서도 유례없는 큰 살
인 사건이었다. 밤 10시가 되기 전에 에리옌의 작은 상점과 가

게, 식당, 당구장, 미용실, 노래방이 대부분 문을 닫았고, 거리
엔 오가는 사람도 거의 보이지 않았다. 거리의 음산한 분위기
는 에리옌 사람들의 마음에 두려움을 심어놓았고, 몽골국 국민
이 네 명이나 중국 국경에서 살해되었기 때문에 양국 간 우호
관계에도 보이지 않는 검은 장막이 드리워졌다. 몽골국의 『인
민의 권리』 『정부신문』 『황색신문』 등 메이저 신문들도 잇따
라 에리옌의 연쇄살인 사건을 보도했다. 피살자들의 가족과 친
척 들은 에리옌으로 달려와 살인자를 잡아달라고 재촉하면서
생활비까지 요구해 공안국을 난처하게 했다. 몽골국의 외교부
도 중국 대사관에 통첩을 보내 몽골국 국민의 피살 사건에 대
해 진실하고 상세한 답변을 요구했다. 에리옌시 공안국은 살
인자를 최대한 빨리 검거하기 위해 자치구 공안국의 협력 아
래 모든 단서를 뒤지고 모든 혐의자를 조사하느라 밤낮으로 야
단법석을 떨었다. 고비도 당연히 이런 소동에 휘말려 정신없었
다…… 에리옌에 와서 장사를 하거나 여행을 하는 몽골 사람들
의 수가 한때 급격히 줄었고, 차강사르 대목이 되어서야 예전
과 비슷한 규모로 국경을 넘나들며 간신히 활기를 되찾는 듯
했다.

이런 일들은 아리오나 입장에선 전혀 관심 밖의 일이었다.
숨베르와 생각지도 못하게 이별한 사건은 아리오나를 극심한
고통 속에 빠트렸다. 이렇게 큰 충격을 경험해본 적 없는 연약
한 아리오나에게 이 갑작스러운 충격은 감당하기 어려운 일생
일대의 시련이었다. 그녀는 매우 고통스러워하며 일주일간 침
실에서 나오지 않은 채 누워만 있었다. "우리 딸, 이 세상에 숨

베르보다 몇 배나 좋은 남자가 수도 없이 널렸어. 숨베르처럼 가진 것 없는 가난뱅이와 일시적인 감정으로 결혼하면, 평생 풍요롭고 행복하게 살 수 없다. 꽃같이 예쁜 우리 딸, 조금만 참으면 에리엔에서 우리랑 비슷한 명문대가의 훌륭한 신랑을 얻는 것도 어렵지 않아! 이 엄마는 모두 널 위해 걱정하고, 널 위해 말하고, 널 위해 이러는 거야! 엄마 아빠는 연애 없이 중매로 결혼했지만 지금은 누구보다 잘 살고 있잖니?!…… 마음의 병도 짧을수록 좋단다! 오빠가 기분 전환할 만한 일자리를 구해준댔다…… 우리 딸, 마음을 활짝 펴라! 각오 단단히 하고……"라고 어머니가 날마다 귀에 못이 박히도록 토해내는 말들이 처음에는 터무니없게 여겨졌지만, 최근 들어선 맞는 말처럼 생각되기도 했다. 얼마 전에 그녀가 숨베르의 전화를 받고 "우리 둘의 인연은 끝났어! 엄마와 오빠는 나를 죽어도 너한테 시집보내지 않겠대. 나한테 무섭게 화를 냈다가 살살 달래기도 했다가…… 아버지도 말은 안 했지만, 엄마 오빠랑 같은 생각인 것 같아…… 엄마 왔어. 안녕. 날 잊어"라고 말한 것도 그 때문이다. 현실에 굴복했다는 뜻이겠지?! 쯧쯧. 그러나 아리오나가 어찌 숨베르를 생각하지 않고 그리워하지 않을 수 있겠는가. 한 사람을 진정으로 사랑했던 누구에게나 존재하는 잊을 수 없는 추억들, 회한, 그리움이 아리오나의 심장을 아프게 후벼 팠다……

에리엔에 어떤 살인 사건이 났건 아리오나에겐 상관없는 일이었지만, "숨베르도 붙잡혀서 하룻밤 콩밥 먹었어"라고 오빠가 식구들에게 한 말은 아리오나를 아연실색하게 했다. 숨베르가 어쩌다가 살인 혐의자로 붙잡혔는지 오빠에게 자세히 묻고 싶었지만, 여전히 숨베르 생각을 하고 있다는 사실을 들킬까 봐 묻지 못했다…… 아리오나는 가끔씩 아버지가 원망스럽고 화가 난다. 숨베르의 3만 위안을 몽골에 가져가 날려버리지 않았다면 이런 일도 일어나지 않았을 것이다. 결과적으로 아리오나와 숨베르의 관계를 이용해 3만 위안을 갈취하고, 갑자기 태도를 바꿔 무자비하게 내쫓은 셈이다. 이런 생각이 들자 아리오나는 너무 부끄러워졌고, 양심에도 큰 상처를 입었다…… 아리오나가 이렇게 번뇌와 괴로움, 추억과 그리움, 슬픔과 절망 속에서 밤낮으로 괴로워하는 동안 차강사르가 다가왔다. 숨베르는 에리엔에 있을까?! 아니면 고향으로 돌아갔을까?! 에리엔에 있다면 수중에 돈 한 푼 없이 누구를 의지하며 어떻게 살고 있을까?!…… 우리가 헤어진 것을 알면 부모님은 또 얼마나 걱정하고 실망하실까?!…… 숨베르는 아직 부모님께 이 사실을 알리지 않았을 거다. 그는 늙어 백발이 되신 부모님을 걱정시키지 않으려는 고집스럽고 엄격한 사람이었다…… 그는 고향 집에 돌아가지 않았을 거야…… 그렇지만 빈손 맨주먹으로 뭘 할 수 있을까?! 무슨 장사를 해서 돈을 벌지?! 언제쯤 자기 말처럼 써도 써도 다 쓸 수 없는 큰돈을 벌고, 많은 책을 쓴 유명 시인이 될까?!…… 미끄럼을 타면 신발이 닳고, 괴로워하면 마음이 닳는다는데, 아리오나는 이처럼 숨베르에 대해 하고많은 걱정을 떨쳐낼 수가 없었다……

아리오나의 뇌리에서 숨베르가 떠나지 않는 것처럼 숨베르의 머릿속에서도 아리오나가 떠나지 않았다. 뜻하지 않게 구치소에 들어간 것이, 아리오나의 오빠인 고비가 작정하고 해코지한 것이었음을 생각할 때마다 증오로 몸을 떨었지만, 그것 때문에 아리오나를 사랑하는 마음이 사라지거나 줄어들지는 않았다. 현실 속에서 아리오나와 결혼할 가능성은 매우 희박해졌지만, 아리오나와 함께 살고 싶다는 생각은 조금도 줄어들지 않았다. 살아가는 데 당연히 돈이 필요하겠지만, 아리오나와 결혼해 함께 살겠다는 꿈을 실현하려면 엄청나게 많은 돈이 필요하다는 것을 그는 깨닫게 되었다. 많은 돈이 있어야만 아리오나의 아버지 어머니, 오빠까지 결혼을 허락할 가능성이 생긴다. 그러나 돈은 벌겠다고 해서 벌어지는 것이 아니다. 특히나 에리옌에서 자리도 못 잡은 초라한 떠돌이 시인이, 그렇게 많은 돈을 번다는 것은 하늘로 날아오르는 것보다 더 어려운 일 같다. 개도 코까지 물이 차면 헤엄을 친다고, 숨베르는 어쩔 수 없이 시 쓰기를 잠시 제쳐두고, 오늘은 돈 벌 방법을 찾아 남부시장을 이리저리 떠돌았다.

숨베르는 개미 떼처럼 바글바글한 사람들 속에서 낯선 젊은 이와 함께 돌아다니는 철멍과 마주쳤다. 철멍은 숨베르와 아리오나가 어떻게 헤어졌는지 진작 알고 있었지만, 숨베르의 진중하고 외유내강한 성품과 평범하지 않은 재능을 매우 좋아했다. 그는 반갑게 악수를 하고 예전과 다름없는 태도로 정답게 말을 걸었다.

"바람 쐬러 나왔어요?"

숨베르에게 철멍의 손은 정말 따뜻하게, 너무나 따뜻하게 느껴졌다. 사랑을 잃고 혼자 된 사람에게는, 그저 얼굴만 아는 사람의 다정하고 친절한 몇 마디 말도 너무나 값진 것이었다. 숨베르는 궁색한 표정으로 웃으며 조용히 대답했다.

"그냥 돌아다니는 중입니다. 두 분은 무슨 일 하시는지?"

철멍은 하기 싫은 일을 억지로 하는 양 어색하게 웃으며 숨김 없이 말했다.

"몽골 돈 바꾸며 몽골 사람들 등치고 다녀요."

후브치는 철멍 곁에서 아무한테나 제 허물을 드러내고 다니는 답답한 친구 같으니, 라고 딱한 눈으로 쳐다보고는, 다시 이렇게 거짓말도 못 하는 순진한 놈을 어쩌겠나 하는 표정으로 웃기만 했다.

숨베르는 몽골 돈으로 외몽골 사람들을 속이는 사기 거래에 대해 들어보았고, 그런 짓을 하는 몽골족들을, '몽골 놈이 몽골 놈에게 못되게 굴고 나무 삽이 진흙을 못 뜬다'라고 비난했지만, 철멍의 입에서 이 말이 거침없이 튀어나오자 그렇게 더러운 것으로 느껴지는 게 아니라, 이상하게도 그저 먹고살려고 마지못해 하는 일처럼 느껴졌다.

"날마다 바꿔요?"

"토요일과 일요일은 외몽골 사람들이 적어서 바꿀 기회도 적어요. 평일엔 보통 하루 한 번꼴로 바꿔요! 그들은 욕심부리다 돌이나 핥고, 우리는 신뢰를 이용해 달콤한 말로 속이고 목에 칼을 꽂지요."

철멍은 사실대로 말했다.

숨베르는 속으로 수중에 밑천 없는 사람이 큰돈을 벌려면 거짓말하고, 속이고, 불법이라도 저지르지 않고는 어렵지, 나도 철멍에게 부탁해서 이들과 함께 이 일을 좀 해볼까?! 아무래도 다른 수가 없는 것 같아, 라는 생각에 에둘러 묻기 시작했다.

"두 분이 동업하시나요?"

"예, 그렇죠. 여기는 친구, 후브치예요! 이 친구 머리 덕에 잘 벌고 있어요."

철멍이 이렇게 소개하자 이리저리 지나가는 외몽골 사람들을 사냥꾼 같은 눈으로 지켜보던 후브치가 손을 내밀었다.

"명성은 들었어요! 시도 오래전부터 알고 있어요."

그는 영리한 눈을 번득이며 미소를 지었다. 숨베르도 웃었다.

"두 분은 언제부터 이 일을 시작했어요?"

"두 달쯤 됐죠! 내일은 나도 나이만으로 돌아가요. 고향에 가서 설을 쇠려고요! 오늘이 마지막 날이라 외몽골 놈 하나 제대로 벗겨먹으려는데 아직 얼간이를 못 물었어요."

그 역시 천진난만하게 말했다. 숨베르는 이들과 같이 일해볼까 하는 생각을 슬그머니 접었다.

"해가 가면 다시 오겠지요?"

"형편을 봐야죠."

철멍이 옆에서 거들었다.

"후브치와 두 달 정도 일했는데, 삼륜거로 2년쯤 일해야 벌 돈을 벌었어요."

철멍은 친구의 공을 추켜세우듯 말했지만, 후브치의 마음은 딴 데 가 있었다.

"그럼 우리는 저쪽으로 가서 사냥감을 찾아보자."

그는 별말 없이 숨베르를 지나쳐 갔다. 철멍은 상냥한 표정으로 말했다.

"집에 놀러 와요."

그리고 서둘러 후브치를 쫓아갔다.

숨베르는 철멍의 뒷모습을 오래도록 쳐다보며, 사람이란 딱하기도 하지, 살기 위해 해서는 안 될 일도 하고, 가서는 안 될 길로 가기도 하고! 철멍처럼 정직한 젊은이가 그런 일을 하다니! 좀 전에 나도 그 일을 해볼까, 라고 생각하지 않았던가! 다행히 입 밖으로 내뱉지 않았을 뿐, 말을 꺼냈다면 시인으로서의 명예는 물론, 개인으로서의 품격마저 잃었을 것이다. 철멍이 그런 일을 하는 것은 그리 큰 죄악이나 수치스러운 일로 여겨지지 않았지만, 그 자신은 그런 일을 하겠다고 생각한 것만으로도 창피하고 낯이 뜨거워졌다! 그럼 통역 일이라도 하면 좋으련만?! 그렇게 해서 부자가 될 기회를 모색하고, 살아갈 길을 찾고, 꿈을 실현할 날개도 얻어보자. 숨베르는 되돌아서 각양각색의 상품이 일렁이는 비즈니스의 바닷속을 걸으며 생각했다. 당장은 다가오는 차강사르를 어디서 쇨지가 걱정이야. 에리엔에서 혼자 있을 순 없고. 맞다, 사범대 동창 터디가 주어즈시엔의 몽골 학교에서 교사를 하지? 후흐허트에 있을 때 편지를 보내 초대했었는데. 그는 처자식도 있고, 처가의 도움으로 여유롭게 산다고 했어! 그 집에서 차강사르를 쇠자……, 라고 생각을 이어나가다 어느덧 남부시장의 서문에 도착했다.

근사한 첫인상

차강사르에도 아리오나는 즐겁고 신나긴커녕, 찾아온 손님들에게 물이나 차를 따라주느라 쉬지도 못했고, 어머니를 도와 음식을 장만하고 밥상이나 차리는 등 성가시고 피곤하며 아무 쓸데 없는 일들만 늘어나 스트레스만 쌓였다. 이런 잡다한 일들로 부산을 떠느라 사랑하는 사람과 헤어진 후의 슬픔, 괴로움, 공허함을 정리할 여유도 없이, 친척이나 지인 등 새해 인사하러 오는 손님들에게 종처럼 시중이나 드는 것이 쓸모없고 자존심 상하는 일이라고 생각하는 아리오나는 차강사르가 너무 싫었다. 어쨌거나 아리오나가 싫어하는 차강사르의 명절 분위기도 점차 옅어졌고, 아이들은 수업을 받으러 다녔으며, 희망과 절망, 기쁨과 슬픔에서 평생 벗어날 수 없는 중생은 일이네, 장사네 하며 저마다 분주해지기 시작했다. 삶은 새 달의 하루하루를 옛 방식대로 답습하기 시작했다.

오늘은 양력으로 3월 27일, 음력으로는 2월 스무아흐레였다. 봄의 절반이 지났고 한식이 가까워졌지만 에리옌은 아직 겨울의 추위에서 완전히 벗어나지 못했다. 아침 7시 반에 아리오나는 오빠가 운전하는 야마하 오토바이의 뒤편에 실려 홍장미 레스토랑으로 날 듯이 달려왔다. 고비가 숨베르를 체포할 때 같이 있었던 사나운 성격의 뚱뚱한 경찰 시아오구어*에게 부탁

---

* 상대방이 비슷한 연령대거나 연소자일 때 성의 앞에 시아오小를 붙이는 중국식 호칭으로 성이 '구어' 씨가 된다.

을 하고, 시아오구어가 다시 다른 친구에게 부탁을 해서, 아리
오나를 홍장미 레스토랑의 카운터 직원으로 취직시키기로 합
의가 되었던 것이다. 아리오나는 사실 레스토랑에서 일할 생
각이 없었다. 그러나 어머니가 종일 집에 틀어박혀 허튼 생각
이나 하느니, 일이라도 하면 기분 전환도 되고 또 화장품값이
라도 벌지 않겠느냐고 늘 충고를 하는 데다, 다른 마땅한 일자
리도 구할 수 없었기 때문에 할 수 없이 오빠를 따라 나온 것
이었다. 한편으론, 오빠가 구해준 일이 식당의 카운터에 서서
돈만 받으면 되는 몸 편한 일이라서 일단 해보자는 생각도 있
었다.

홍장미 레스토랑은 목 좋은 곳에 위치했다. 훌룬로를 타고 동
쪽으로 한참을 가면 우의로가 나오고, 그곳에서 북쪽으로 70미
터쯤 들어가면, 길 서쪽 면에 동쪽을 마주 보는, 파란 바탕에 빨
간 글씨로 홍장미 레스토랑이라고 쓰인 예쁘고 큰 간판이 보인
다. 가운데는 중국어, 하단은 몽골전통문자와 신몽골문자로 쓰
여 있다.* 홍장미 레스토랑은 이전에 운수회사의 대형 창고였
다. 재작년에 홍장미 레스토랑 사장인 시아오탕이 1년에 12만
위안으로 이 창고를 빌려 일부를 고치고, 칸막이를 나눈 후 예
쁘게 인테리어를 해서 정말 멋지고 현대적인 디자인의 유흥 음
식점으로 개조했다. 여기까지는 고비도 잘 알고 있지만 모르는
내용도 상당히 많았다. 고비는 탕 사장을 시아오구어의 폭력배

---

* 내몽골자치구에선 간판에 중국어와 몽골전통문자를 같이 쓴다. 에리옌처럼 외
몽골 사람들이 많은 곳에선 신몽골문자라고도 부르는 키릴문자도 많이 쓰인다.

270

친구를 통해 알게 되었고, 딱 한 번 식당에 초대된 적이 있을 뿐이어서, 탕 사장에 대해 그다지 상세하게 알지 못하는 것이 당연했다. 시아오구어의 말로는 시아오탕은 랴오닝 출신이라 한다. 에리옌에 온 지 3년가량 되는 돈 많은 젊은이라고. 이전에는 목재, 쌀과 약 등을 여기저기 도매로 팔아 큰돈을 벌었고, 변경 개방도시인 에리옌에 와서 식당을 열었다⋯⋯ 고비가 본 시아오탕의 첫인상은 부지런하고, 친절하며, 우정을 매우 중요하게 생각하지만, 절구에 넣어도 찧어지지 않고, 자루에 넣어도 잡히지 않는 약삭빠른 남자였다. 어쨌거나 시아오탕은 서른 살 안팎의 야심 찬 젊은이였다.

고비가 아리오나를 데리고 음식점으로 들어갔을 때, 탕 사장은 요리사와 종업원들과 함께 홀 가운데의 커다란 원형 식탁에 앉아 아침을 먹고 있었다. 인형처럼 작고 아름다운 몸매에 머리는 남자처럼 짧게 깎은 검은 눈의 여자가 탕 사장의 옆에 앉아 작은 그릇에 담긴 국수를 한 가닥씩 먹다가 아리오나와 고비 두 사람을 뚫어지게 쳐다본다. 그녀 곁에는 길쭉하고 불그스름한 얼굴에 온화한 눈빛의 통통한 아가씨가 앉아 있다가 역시 의아해하는 눈길로 바라본다. 등을 보인 채 사장과 마주 앉아 식사하고 있던 요리사용 앞치마를 두른 젊은이는 뒤돌아 한 번 쳐다보더니 다시 국수 그릇에 젓가락질을 한다.

통통하고 큰 몸집에 단정한 사각형 얼굴, 짧게 깎은 머리칼, 오그라져 머리에 달라붙은 부처님 귀, 스웨터 안에 황금색 넥타이를 매고 사각의 노란 꽃무늬가 있는 흰색 양복 상의의 단추를 풀고 앉아 있던 탕 사장은 고비를 보자마자 그릇과 젓가락을 내려놓았다. 그는 자리에서 벌떡 일어나 활짝 웃으며 빠른 걸음으로 다가와 손을 잡았다.

"이렇게 일찍 오셨습니까?"

그는 놀랍고 만족스러운 눈빛으로 아리오나를 힐끗 쳐다보고 말을 이어나갔다.

"이분이 여동생 아리오나 양이군요."

고비가 정중하게 고개를 끄덕였다.

"제 출근 시간 전에 아리오나를 데려다주려고 조금 일찍 나왔어요. 여기도 굉장히 일찍 시작하시네요."

탕 사장은 고비의 어깨를 친근하게 끌어당겼다.

"이쪽으로, 이리 오세요! 이제 겨우 7시 반이니 여유가 있잖아요. 한잔하고 가셔야죠."

그는 친절하게 응대하며 요리사를 향해 "빨리 식사 좀 가져와"라고 부드럽게 말했다. 벌써 그릇을 비운 요리사가 "예" 하고 민첩하게 일어나 주방으로 가려 할 때 고비가 손을 저으며 만류했다.

"잠깐, 기다려요! 저는 지금 가야 해요. 다른 일이 있거든요. 탕 사장께서 여동생을 더 잘 보살펴주시면 됩니다. 이런 일을 처음 하니까 잘 좀 지도해주세요. 월급은 알아서 주시면 되고요."

그는 아리오나에게도 당부했다.

"그럼 난 갈 테니, 넌 여기서 열심히 일해라. 저녁때 테니게르가 데리러 온댔지?! 문제 생기면 나한테 연락해."

그는 의미심장한 말을 남기고 돌아 나갔다. 탕 사장은 고비

를 배웅하러 쫓아 나와 다시 손을 잡고 지나치리만치 친절하게
말했다.

"이번엔 바쁘시니 그냥 보내드리죠! 나중에 시간 내서 꼭 같
이 한잔해야죠!"

그는 이어서 믿음직스럽게 말했다.

"아리오나는 걱정 마세요! 원래 말한 대로 한 달에 800위안
씩 줄게요. 카운터에서 일했던 직원이 고향으로 돌아가서, 마
침 아리오나처럼 교육받고 수준 높은 아가씨가 필요했답니다."

고비는 오토바이에 타 시동을 걸었다.

"예, 그럼 저는 갈게요. 들어가세요."

고비는 말을 마치고 흰 연기를 뿜으며 굉음과 함께 떠났다.

탕 사장은 되돌아와, 오빠를 배웅하러 나오려다 어정쩡하게
서 있던 아리오나를 향해 정중하게 고개를 끄덕이고 미소를 지
으며 부드럽게 말했다.

"식사 좀 하세요!"

아리오나는 고맙다는 눈빛을 하고, 자기보다 약간 작지만 젊
은이답게 혈기왕성한 탕 사장을 응시하며 조용히 대답했다.

"전 먹었어요. 드시던 것 마저 드세요."

요리사 청년이 따끈따끈한 국수 한 그릇을 들고 와 '네 거야'
라는 듯한 눈으로 아리오나를 쳐다보며 식탁에 놓았다. 요리사
가 돌아가려 할 때 바지 주머니에 한 손을 넣고 있던 탕 사장
이 그를 불렀다.

"시아오샨! 기다려봐! 새 직원과 인사하고……"

탕 사장은 모두에게 아리오나를 소개했다.

"이 친구는 우리 식당에 새로 일하러 온 아리오나 양이야! 우리와 비교하면 진짜 에리엔 토박이지. 게다가 대학도 졸업한 교양 있는 아가씨고! 오늘부터 아리오나 양이 카운터를 담당할 거야."

상·하의 모두 흰색 옷차림을 한 아리오나는 마치 천사처럼 아름다워 보인다. 그녀의 예쁘고 단정한 자태를 접한 요리사와 종업원들은 '저렇게 잘난 여자가 왜 우리 가게에서 일하지?! 탕 사장과 무슨 관계야?! 이 여자의 출신과 경력을 탕 사장은 잘 아나?'라는 듯 의심스러운 눈빛으로 아리오나를 뚫어지게 바라본다. 탕 사장이 아리오나에게서 시선을 못 떼고 서 있는 요리사 청년을 가리키며 소개했다.

"이 젊은이는 시아오샨이오. 우리 주방장."

시아오샨은 고개를 끄덕이고 미소를 지으며 반갑다는 표시를 했다. 탕 사장은 이어서 인형 같은 얀얀과 약간 길쭉한 얼굴의 사란체첵을 소개했다.

"이들 말고 아란이라는 아가씨가 있어요. 혼자 방을 얻어 살기 때문에 아침은 여기서 안 먹어요. 그리고 주방 일을 돕는 젊은 친구 순 씨가 있는데, 주방에서 실컷 먹기 때문에 식탁에 와서 먹지는 않아요."

그 말에 모두 웃음을 터트렸다……

이렇게 아리오나는 파란색과 빨간색이 섞여 현란하게 빛나는 홍장미 레스토랑에 첫 출근을 했다. 저녁에 테니게르가 데리러 오기 전에 탕 사장은 아리오나에게 1,500위안을 내밀며 말했다.

"이건 첫 달의 월급과 수당이오. 우리 음식점은 카운터 직원에게는 월급을 선불로 줘요."

제대로 일도 안 하고 월급을 받으려니 아리오나는 머쓱해졌다.

"아녜요, 저는 월말에 받을게요."

아리오나가 쭈뼛거리며 말하자, 탕 사장은 내심 맘에 들어 하는 온화한 눈빛을 지었다.

"이건 우리 식당 규칙이오! 월급으로 주는 거지 거저 주는 게 아니오."

며칠 일해보고 맘에 안 들면 그만둘 생각이었던 아리오나의 머뭇거리던 마음은 금세 사라졌다. 아리오나는 노동의 대가로 지급되는 첫 월급을 두근거리는 마음으로 받았다. 동시에 오빠가 내게 편하고 대우도 좋은 직장을 구해주었다고 흐뭇해하며, 흡인력 있는 탕 사장의 친절하고 겸손한 성품을 우러러보게 되었다. 이렇게 젊은 나이에 사장까지 된 남자의 첫인상이 매우 강렬하게 기억되었다. 그녀의 기쁘고 두근거리는 표정을 재빨리 포착한 탕 사장은 마음속으로 흡족해했다.

"카운터 일은 누구나 할 수 있는 일이 아니오. 아가씨를 보자마자 이 일을 잘할 거라고 생각했소! 단지 저녁 시간은 손님이 다 나가야 일이 끝나기 때문에 마중 나오는 사람에겐 조금 번거로울 수도 있을 거요."

탕 사장이 차분한 표정으로 이야기하고 있을 때, 얀얀이 무대로 향하는 입구의 검은 문발을 제치며 나왔다.

"사장님, 6번 룸에서 찾아요."

탕 사장은 알겠다는 듯 고개를 끄덕였다.

"세무서에서 일하는 지인이 왔군요, 또 술 한잔 먹여야겠어."

그는 아리오나에게 어쩔 수 없다는 표정을 지어 보이고 안으로 들어갔다.

바늘 끝에 쌀알로 탑 쌓기

한식에 날씨가 안 좋으면 60일 동안 바람 잘 날이 없다 한다. 올해 한식은 정말 못된 시어머니 같은 표정을 짓고 찾아왔다. 서북쪽에서 불어온 바람은 붉은 먼지를 일으키고, 갈색 모래를 흩날리며 하늘과 땅을 하나로 붙여버렸다. 사람들은 '정말 이대로 60일 동안 바람이 불면 에리엔도 고대 왕국 누란처럼 모래 속에 파묻히겠어'라는 생각을 하며 공포에 떨었다.

눈도 뜰 수 없게 미치도록 휘몰아치는 시뻘건 먼지 폭풍 속에서, 나산달라이는 머리를 옆으로 돌리고 검은색 낡은 자전거를 힘껏 밀면서 집을 향해 걷는다. 역풍이 세서 자전거를 탈 수도 없다. 자전거 손잡이에는 무언가를 가득 채운 낡고 흰 가방을 걸어놓았다. 바람 없는 날은 호텔에서 집까지 자전거로 24, 25분이면 도착하는데, 오늘은 반 시간가량이 지났는데도 겨우 절반을 왔을 뿐이다. 나산달라이는 길의 북쪽 가장자리에 붙어 천천히 자전거를 밀며 앞으로 나아가다, 찡그린 눈으로 종종 앞을 쳐다보며 차들을 피해 간다. 앞을 볼 때마다 눈으로 흙먼지가 들어갈 것 같고, 입안에는 흙냄새가 나고, 깨물면 사각사각 모래 씹히는 소리가 들렸다. 시내 중심에서 떨어진 곳

276

이라 차들은 별로 보이지 않았다. 이따금 가방을 멘 외몽골 사람들과 등에 흰 번호가 찍힌 푸른색 재킷을 입은 삼륜거꾼들이 나산달라이와 엇갈려 가거나 앞질러 가곤 한다.

어젯밤 호텔 문을 닫은 후 투숙 중이던 외몽골 남자 하나가 나산달라이를 찾아와, 근처의 테니게르고비 호텔에 가서 친구와 중요한 일을 상의해야 한다며 나산달라이에게 거듭거듭 부탁을 했다. 지난해 말 네 명의 외몽골 사람이 에리옌에서 살해당한 후, 에리옌시 공안국은 호텔마다 통지를 보내 저녁 10시가 되면 호텔 문을 닫고 사람을 들이거나 내보내지 말고, 호텔에 묵은 손님이 외출하면 10시 전에 반드시 돌아오도록 규율을 엄격히 준수하게 할 것이며, 방마다 제때 돌아왔는지 여부를 검사해 특이 사항이 있으면 즉시 관련 기관에 알리도록 했다. 따라서 업무에 성실한 태도로 임하려 애쓰는 나산달라이 씨는 "볼일이 있으면 내일 봐!"라며 외몽골 남자의 부탁을 거절했다. 외몽골 남자는 주머니에서 20위안을 꺼내 나산달라이 씨의 손에 쥐여주었다.

"어르신, 좀 봐줘요. 진짜로 중요한 일이라니까! 20분 안에 꼭 돌아올게요! 감사의 표시로 20위안 드릴게요."

그러자 나산달라이는 정말로 중요한 일이 있는 모양이라고 생각해서 몽골 남자의 이름과 묵고 있는 방의 호수를 물은 후 신신당부했다.

"그럼, 20분 내로 돌아와야 해! 안 그러면 문 안 열어줄 거야! 알았지?"

그리고 20위안을 돌려준 후 열쇠를 가져다 문을 열어주었다.

호약이라는 이름의 그 외몽골 남자는 그러나 밤 12시가 되도록 돌아오지 않았다. 나산달라이 씨는 호텔 문을 닫고 나면 좁은 경비실에 들어가 앉은 채로 깜박깜박 도둑잠을 자곤 했다. 그러나 이날은 호약을 기다리느라 두 다리가 저리도록 서 있어야 했는데, 호약은 아직도 돌아오지 않았다.

"외몽골 사람들 대부분은 약속을 안 지키는 못된 습성을 가졌어."

그는 혼자 화를 내며 문을 열어준 것을 후회했다. 한편으로는 무슨 일이라도 생긴 건 아닐까 하며 별의별 걱정을 하는데, 갑자기 바깥문을 두드리는 소리가 들렸다. 나산달라이 씨가 플래시를 비추며 안쪽 문을 열고 바깥문 쪽으로 다가갔더니 호약이 외몽골 아가씨와 함께 서 있는 게 보였다. 나산달라이 씨는 문을 열어주고 여자는 호텔 규정 때문에 들여보낼 수 없다고 가로막았다. 입에서 술 냄새를 풀풀 풍기던 호약은 사정사정하며 습관인 듯 50위안을 꺼내 나산달라이의 손에 쥐여주었다.

"이 아가씨는 제 여자 친구예요, 테니게르고비 호텔 경비에게 돌아오지 않겠다고 말하고 데리고 나왔어요! 같은 몽골 사람끼리 좀 믿어줘요."

그는 간곡하게 부탁했다.

"자넬 믿었으니까 내보내 줬잖아. 그런데 20분 후에 온대 놓고 왜 이렇게 늦었어?"

나산달라이 씨가 버럭 소리를 질렀지만 외몽골 남자는 계속 사정을 했다.

"테니게르고비 호텔에서 술 한잔하느라 늦었어요, 미안해요!

278

아까 돈 안 받았으니까 이거 받으시고, 어르신 좀 봐주세요."

그는 말과 동시에 아가씨를 잽싸게 안으로 데리고 들어왔다. 나산달라이 씨는 손에 놓인 50위안을 보자 온몸이 화끈 달아올랐다. 그는 부랴부랴 바깥문을 잠갔다. 호약과 아가씨를 쫓아가 돈을 돌려주려고 로비를 돌아 따라갔으나, 긴 복도엔 사람 그림자도 보이지 않았다. 방을 뒤져서 돌려주자니 다른 사람들이 다 자고 있었기 때문에 부적절했다. 이로 인해 나산달라이 씨는 해가 뜰 때까지 50위안을 돌려줄지 말지를 고민해야 했다.

"에라, 내가 뭐 강요해서 받은 것도 아니고, 뺏은 것도 아니고, 속여먹은 것도 아니잖아. 사람이 선의로 준 돈을 받는데 별 문제겠어?! 이 일을 바양뭉흐 사장한테 가서 자백하지 않는 한 누구 이를 사람도 없을 테고."

그는 결국 자기 유리할 대로 생각을 하고 돌려주지 않기로 결심했다. 오늘이 바로 한식날이었다. 한식날이 되면 나산달라이 씨의 고향에선 관습대로 조상님들 무덤에 흙을 보태고, 공물을 바친 후 식구들이 한집에 모여 술을 마시고, 쌀밥을 먹는다. 이는 치열하고 복잡한 세상에서 대를 이어 자신의 가문을 훌륭히 일구어 온 것을 기념하는 것이다. 그렇게 조상님들의 역사와 일화를 이야기하고, 후손들을 위해 당부하고 충고하며 유쾌한 시간을 보내곤 했다. 고향을 떠나 만리타향 에리엔에 온 후로는 조상님의 산소에 흙을 올리거나 제물을 바칠 수 없게 되었지만, 한식이면 잘 차려놓은 음식을 먹고, 두 아들에게 조상님들 이야기를 해주고, 뿌리를 잊으면 안 된다고 재삼재사

당부하는 것을 나산달라이 씨는 소홀히 하지 않았다. 바로 이
때문에, 주머니에 여윳돈이 다 떨어진 나산달라이 씨에게, 좀
전의 50위안은 한식날 필요한 채소와 먹고 마실 것을 사기에
충분한 돈이었다. 덕분에 아이들에게 손 벌릴 필요도 없게 되
었다! 일이 이렇게 공교롭게 되자 나산달라이 씨는 "하늘에 계
신 조상님께서 호약이라는 젊은이를 내게 보내 50위안을 주셨
나?"라는 믿음마저 생겼고…… 오는 길에는 식품점에 들러 자
전거 손잡이에 걸어놓은 가방이 꽉 차게 고기와 채소, 배, 과일
을 샀다……

나산달라이가 모래 인간이 되어 집에 도착했을 때, 어윤다리
의 밝은 표정과 향기롭게 볶은 고깃기름 냄새가 그를 맞이했
다. 어윤다리는 수건을 가져와 바깥방에서 영감의 얼굴과 손과
옷을 닦아주며 밝은 목소리로 말했다.

"오늘이 한식이라고 만라이가 시장에서 고기와 채소를 사 왔
어요. 음식을 차려놓고 당신만 기다리던 중이라오."

"에이, 나도 오면서 고기, 채소, 배, 과일을 사 왔는데."

나산달라이는 아들의 대견한 행동에 속으론 기쁘고 자랑스
러웠지만, 겉으론 괜히 돈만 낭비했다는 듯이 엄살을 떨었다.

"가방 안에 그 불룩한 거 말이우?! 괜찮아, 당신이 가져온
건 내일 먹읍시다."

어윤다리는 그렇게 대답하고 이어서 부드럽게 묻는다.

"그 돈은 어디서 났수? 가불 받았어요?"

나산달라이는 옷을 다 닦아내고 안방으로 들어가며 비밀이
라도 얘기하는 듯한 표정을 지었다.

"월급 안 받았어! 외몽골 남자가 줬어."

두 아들은 식탁을 정리하고, 그릇과 젓가락을 올려놓고, 소주와 맥주를 따르느라 바쁘게 움직인다. 만라이는 아버지를 보고 얼굴에 웃음을 지었다.

"아버지 오셨어요?! 오늘 바람이 어마어마하죠?! 방금 저도 음식 사러 나갔다가, 돌아올 때는 자전거를 거의 들고 왔어요."

만라이는 이어서 함께 그릇을 가지런히 놓던 철멍에게 말했다.

"철멍아, 넌 어머님을 도와서 다 된 음식들 좀 가져와."

철멍은 형이 시키는 대로 밖으로 나갔다. 나산달라이 씨가 투덜거렸다.

"함부로 벌목하고, 아무 데나 농사짓고, 초원이고 강이고 멋대로 파헤쳐 난개발을 하니까, 모래폭풍이 갈수록 심해지는 게 당연해."

나산달라이는 평소와 다름없는 태도로 구두를 벗어 벽 쪽으로 나란히 맞춰놓고, 슬리퍼를 신은 후 다시 바깥방으로 나가 손과 발을 씻기 시작했다.

나산달라이가 세수를 하고 안방으로 들어왔을 때, 식탁엔 고기와 반찬이 풍성하게 차려져 있었다. 두 아들은 식탁에 둘러앉아 젓가락질을 시작했다. 어욘다리는 볶은 채소를 담은 쟁반을 들고 와 식전이면 늘 그렇듯 타박을 했다.

"체면 차려요? 빨리 앉아서 잡숴!"

이 집의 주인은 나야, 하는 듯한 태도로 나산달라이는 온돌마루에 올라가 점잖게 앉았다. 그는 버릇대로 젓가락을 식탁에 탁탁 쳐 끝을 맞춘 후, 큰 접시에 든 닭고기 한 점을 젓가락으로 집어 먹었다. 그는 술잔을 들고 두 아들에게 말했다.

"조상님들의 보살핌 덕에, 우리는 남보다 낫지는 않지만 또 못하지도 않게 살고 있다. 고향에 있었다면 지금쯤 똥거름 나르며 흙먼지와 씨름할 때야! 고향 사람들에 비하면 우리는 여기서 정말 편하고 행복하게 사는 거야! 사람은 제 눈앞의 삶에 만족하고 살면 항상 즐겁고 행복한 법이지."

나산달라이는 어욘다리를 쳐다보며 어젯밤 일을 자세히 말해주었다.

"아이구, 남의 돈을 그냥 받으면 어떡해요?"

어욘다리가 놀란 표정으로 말하자 만라이는 어머니를 못마땅하게 흘겨봤다.

"안 될 게 뭐 있어요?! 나 같으면 으름장을 놔서 못해도 100위안은 받았을걸요."

철멍은 말없이 먹고 마시는 데 열중한다. 만라이는 동생의 잔을 가득 채워주며 물었다.

"철멍아, 어제 후브치가 실링허트에서 일을 구해서 에리옌에 못 온다고 했다며? 이제 넌 무슨 장사를 할 생각이야?"

맥주를 마셔 얼굴이 빨개지고, 눈은 더욱 반들반들해진 철멍은 뭘 해야 할지 정하지 못했기 때문에 한참을 머뭇거렸다.

"2만 위안으로 공부할 거야! 고등학교 1학년부터 공부해서 체육대학 시험을 보려고."

그는 오랫동안 품어왔던 꿈을 말했다. 만라이는 부모님의 얼굴을 한번 쳐다보고 다시 철멍을 향해 부드럽게 말했다.

"고등학교 1학년부터 시작하려면 아직 때가 안 됐어. 9월에 시작하잖아."

철멍이 실망한 듯 침묵하자 만라이는 이어서 말했다.

"이렇게 하자. 내가 2만 위안을 빌려서 본채를 짓는 거야. 올라나는 본채를 지은 후에나 결혼하자고 한다! 네가 공부 시작할 때 내가 돈을 구해주고, 또 대학에 들어가면 비용을 대줄 수 있도록 힘써줄게! 어때?"

그는 부탁인 듯 의논인 듯 애매한 태도로 말했다. 철멍은 형의 마지막 말에 감격해 어느 잡지에선가 읽었던 유대인들의 '형제간에 의좋게 사는 것은 얼마나 큰 행복인가! 이는 곧 값비싼 향수가 아론의 머리에서 수염을 타고 흘러내려, 다시 옷깃으로 흐르는 것과 같으며, 또는 헤르몬산의 이슬이 풀잎에 내리는 것과 같도다. 하느님의 이러한 은총은 영원한 생명을 주는 것이다'라는 말이 생각나 일종의 신뢰 또는 영생의 원동력을 얻은 것 같아서 "좋아" 하고 기꺼이 승낙했다. 형제간의 이런 의좋은 모습은 아버지와 어머니의 눈에 황금보다 값지게 보여 주름진 얼굴엔 행복의 미소가 떠올랐고, 두 사람은 자기도 모르게 잔을 들어 올렸다.

도망간 말은 잡기 어렵고, 첫사랑은 되돌리기 어렵고

너는 사랑을 추억하니?
너는 후회하며 노래하니?
함께하지 못한 내 사랑

사랑이여, 내 첫사랑이여

사랑이여, 순결한 내 사랑이여

따뜻하기도 하지!

넌 내 꿈을 풍요롭게 했다

넌 내 마음을 녹여주었다

한순간의 행복했던 만남이여

사랑이여, 내 첫사랑이여

사랑이여, 순결한 내 사랑이여

인연이 닿지 않았나 보다!

따뜻한 이 세상에서 나는

마음으로 그대를 숭배한다네

그대가 가장 행복하더라도

내가 사랑했음을 잊지 마오!

......

아리오나는 계산대에 턱을 괴고 노래를 듣는다. 서글픈 몽골
노래는 아리오나의 첫사랑 추억을 소환해낸다. 차강사르 때 철
멍이 남부시장에서 숨베르를 보았다는 말을 듣고 아리오나는
자세한 이야기를 물었지만 만족스러운 대답을 듣지는 못했다.
그 후로는 숨베르 소식을 전혀 듣지 못했기 때문에 고향에 갔
을 거라고 생각했다. 이 노래를 듣자 헤어진 숨베르가 몽환처
럼 영원히 먼 곳으로 떠난 듯 생각된다. 숨베르와 사귀고 사랑
했던 아름다운 추억들은 어릴 적 정말로 좋아했던 장난감처럼
느껴지고, 다시 오지 않을 어린 날들도 노랫가락 속에서 잠깐

잠깐 되새겨지는 것 같다. 모든 것이 이미 돌이킬 수 없이 지나가 버렸음을 생각하면 서글퍼지지만, 현재의 삶은 그녀에게 젊은 날을 빛나게 해줄 자유와 희망의 가능성을 열어준 것도 같다. 서른 살까지는 결혼하지 않고 자신의 꿈을 좇으며, 여성을 억압하는 낡은 제도에서 벗어나 살고 싶다고 그녀는 단단히 결심한다. 아리오나는 반 달가량 식당 카운터에서 일하며 돈과 권력을 누리는 사람들을 많이 만났고, 그들의 호감 가득한 눈길과 찬양의 말을 질리게 접하며 자신의 타고난 외모에 자긍심을 느끼게 되었고, 아름다운 외모도 귀중한 자산임을 깨달았다. 화수분처럼 바닥나지 않는 돈을 가진 사람들이 허구한 날 유흥가에 모여 흥청거리는 밤 생활이 아리오나에게는 마땅하고 당연하게 여겨졌다. 빨간색과 파란색이 화려하게 빛나는 이 환락의 세계가 다가오는 모든 이를 보이지 않는 소용돌이 속으로 서서히 빨아들여, 탐닉하고 취하게 하는 마력을 갖고 있음을 아리오나는 깨닫지 못했다……

밖에서 부릉거리는 오토바이 소리가 들리더니 곧이어 아란이 들어왔다. 아란 양은 돈을 끌어모으는, 홍장미 레스토랑의 보배라 해도 과언이 아니다. 긴 머리칼은 선명한 노란색으로 물들여 꽈배기처럼 꼬고, 오리 알 같은 뺨과 사랑스러운 눈을 촉촉하게 빛내는 아란 양은 늙은이 젊은이 안 가리고 돈만 주면 같이 술 마시고, 같이 춤추고, 같이 자는 일을 꺼리지 않는 닳고 닳은 여자였다. 그러나 아리오나는 아란 양이 사랑하지도 않는 사람과 결혼해 툭하면 피떡이 되게 두들겨 맞고 결국 학대를 견디지 못해 다섯 살짜리 딸을 두고 도망 나온, 허베이

출신의 불행한 여자임을 안 뒤로 그녀를 창녀라고 혐오하던 태도를 버렸다. 그저 살기 위해 할 수 없이 이렇게 살고 있는 것으로 이해하고 가여워하게 되었다. 아란 양 말로는 요즘 남자들은 괜찮은 놈은 전혀 없고 허세나 부리는 놈들뿐이라 한다. 손에 조금만 돈이 생기면 딴생각이나 하는 쓸모없는 놈들이라고…… 생각해보면 아란 양의 말은 타당한 말이었기 때문에 아리오나는 가정을 꾸리는 일에 영 흥미가 사라졌고, 제힘으로 돈을 많이 벌어 멋대로 화려하게 사는 게 최고라는 생각을 하게 되었다. 아란 양도 아리오나에게 퍽 호의적이었다. 주방에서 보조로 일하는, 뺨에 칼자국이 있고 사람을 항상 늑대 눈빛으로 훑어보는 순치라는 남자를 제외하면, 홍장미 레스토랑 직원들은 아리오나에게 굉장히 우호적이었다. 그녀의 빼어난 미모 때문인지, 아니면 에리엔 토박이인 데다 부자로 명성이 자자한 부모 때문인지, 이도 저도 아니면 경찰 오빠 때문인지는 모르겠다. 아리오나도 이에 대해 깊이 생각해보지 않았다. 아리오나는 아란, 얀얀, 체체그마, 사란체첵 등의 이력에 대해 웬만큼은 알게 되었고, 자신의 연애 이야기도 그들에게 숨김 없이 털어놓았으며, '홍장미'에 돈을 벌러 온 것이 아니라 적적함을 달랠 생각으로 왔음을 거듭거듭 밝혔다. 어쨌든 아리오나가 이 환경에 굉장히 빨리 적응한 것은 사실이었다.

아란 양은 회오리바람처럼 휘익 들어오더니 아리오나가 듣고 있던 노래를 탁 꺼버리고 아리오나를 나무라는 듯한 눈빛으로 쳐다보았다.

"또 그 남자 생각해?! 쓸데없는 생각 하며 멍 때리고 있냐?"

그녀는 다른 노래를 틀었다. 격렬한 비트에, 불에 기름을 붓듯 젊은이들의 열정을 끓어오르게 하는 외국의 록 음악이 천지를 진동시키며 쿵쾅쿵쾅 울린다. 아란 양은 이렇게 격렬하고 강한 리듬에 맞춰 남자들의 혼을 빼놓을 만큼 멋진 조각 같은 몸을 뱀처럼 꼬며 춤추기 시작했다. 그녀는 춤을 추며 아리오나에게 "나와! 나와!"라고 손가락으로 신호를 보냈지만, 아리오나는 미소를 지으며 고개를 젓고는 카운터에 기댄 채 그녀가 춤추는 모습을 구경한다.

아란 양의 고운 어깨선, 가는 허리, 탄탄한 엉덩이는 너무나 아름답고 빠르고 리드미컬하게 흔들린다. 그녀의 눈은 모든 것을 놓아버린 사람의 격정과 황홀감으로 충만해 있다. 앞섶을 풀어놓은 희고 짧은 옷 속에서, 밖을 향해 힘껏 튀어나온 두 개의 둥근 젖가슴은 율동에 맞추어 흔들리며 마치 살아 있는 토끼 두 마리가 들어가 있는 것 같다! 더욱이 하체의 움푹한 선을 유난히 돋보이게 하는 은빛의 꼭 끼는 바지는, 그녀의 호탕한 젊음을 자랑하는 듯하다. 아리오나가 보기에 아란 양은 애를 낳은 적 없는, 선천적으로 순박하며 장난치기 좋아하는 소녀 같았다. 아리오나는 아란 양의 멋지고 현란한 동작을 눈도 깜박이지 않고 구경하며 감탄을 했다.

바람막이 방*에 의자를 놓고 앉아 길거리를 지나가는 사람들을 구경하며 한담을 나누고, 손님 없는 한가로움을 만끽하면

---

* 문을 열었을 때 외부의 추운 공기가 실내로 직접 들어오지 못하게 입구에 작게 만들어놓은 완충지대. 추위가 심한 지역에서 흔히 볼 수 있다.

서 시끌시끌한 업무 시간이 되기를 기다리던 사란체책, 얀얀, 체체그마 세 사람도 흥겨운 음악에 이끌려 안으로 들어와 춤을 추었다. 그러나 아란 양에 필적할 만큼 잘 추는 사람이 없었기 때문에 몇 번 몸을 흔들다가 아리오나 곁으로 몰려와 아란 양을 구경하거나 아리오나와 잡담을 나눈다. 아란 양은 더 당당하게 몸을 흔들며 춤을 춘다.

이때 술에 취해 얼굴이 시뻘게진 청년이 비틀거리며 들어왔다. 슬픔과 분노로 빨갛게 충혈된 쌍꺼풀 없는 눈, 눈에 띄게 초췌해진 갈색 얼굴, 이발도 하지 않은 머리칼 등을 보고 이 청년이 분명 숨베르인 것을 알아보았지만, 아리오나는 제 눈을 믿지 못해 놀란 암사슴 같은 눈으로 우두커니 쳐다만 본다. 이 상한 동물을 구경하는 듯한 눈빛으로 숨베르를 쳐다보던 얀얀, 사란체책, 체체그마 등은 아리오나의 표정을 보고서야 무슨 일이 벌어졌는지 짐작을 하고 놀란 눈을 휘둥그렇게 떴다. 오직 아란 양만 아무 관심 없는 듯 빠른 리듬에 맞추어 격렬하게 몸을 흔든다. 숨베르는 이 낯선 세상에 들어온 순간 어리둥절한 표정을 지었으나, 아리오나를 발견하자 희망 가득한 눈빛으로 카운터를 향해 술 냄새를 풍기며 다가왔다.

숨베르는 주어즈시엔의 몽골 학교에서 교사로 일하는 동창 터디의 집에서 설을 쇠었는데, 터디의 부인은 굉장히 인색하고 야박한 여자라 그다지 편안하게 차강사르를 보내지 못했다. 그는 화목한 남의 가정생활을 방해한 불청객이 되어버린 것을 깨닫고, 정월 닷새가 되자 머리를 긁적이는 동창 터디와 헤어져 에리엔으로 돌아왔다. 그는 더욱 절망에 빠졌다. 괴로움을 달래기 위해 시와 담배에만 빠져 있던 그는 술까지 마시게 되었고, 밤낮 가리지 않고 몽롱한 상태로 지냈다. 어제 그는 신화서점 앞에서 백화점으로 가던 만라이와 올라나를 우연히 만나 아리오나가 '홍장미'에서 일하고 있다는 말을 들었다. 그리고 어제저녁 '홍장미'의 문 앞까지 찾아왔지만, 차들이 즐비하고 사람도 가득 찬 걸 보고 주눅이 들어 들어오지를 못했다. 그래서 셋집으로 돌아가 술 한 병을 다 마시고 죽은 듯 잠들어버렸다. 정신을 차리고 보니 이미 낮은 다 가고 저녁이 되어 있었다. 머리는 지끈거리고 속은 무언가가 얹힌 듯 전신에 맥이 빠진 숨베르는 미리 사다 놓은 '후시바이'*를 따 다시 반병을 마신 후 곤드레만드레한 채로 찾아온 것이었다.

아리오나는 피할 수 없는 이 만남에 어쩔 줄을 몰랐다. 쩔쩔매던 그녀는 동료들 보기가 창피해 "뭐 하러 왔어?"라고, 사랑했던 사람이 아닌 옴 걸린 늑대라도 본 듯한 표정으로 숨베르를 노려보며 차갑게 소리쳤다. 숨베르의 마음은 희망에서 분노로, 기쁨에서 실망으로 변했다. 그는 멸시와 원망을 담은 눈으로 아리오나를 매섭게 노려보았다.

"밥 먹는 곳에 아무나 오면 안 돼?! 아, 그렇군! 돈 있는 놈들만 처먹고 노는 아방궁에 나 같은 비렁뱅이는 안 된다 이거지?"

그는 아리오나를 만나면 용서를 빌고 화해할 거야, 부모가

---

* 후시바이呼市白: 후시呼市는 후허하오터, 후시바이는 후허하오터에서 생산된 백주白酒를 말한다.

반대하면 아리오나를 설득해 어디로든 도망가야지, 라고 며칠 동안 생각했던 것과 정반대되는 말들을 내뱉었다.

아리오나는 같은 몽골족인 체체그마와 사란체첵 앞에서 이렇게 망신을 당하자 수치스럽고 화가 나 고함을 질렀다.

"너 나가!"

다른 이들은 꼼짝 않고 서서 공짜 굿을 구경한다. 아란 양이 춤을 멈추고 노래를 끄며 말했다.

"무슨 일이야?! 이 총각이 어쩌자는 거야?! 뭔 일인지 모르지만 좋은 말로 하지 그래."

숨베르는 그녀를 거들떠보지도 않고 아리오나를 뚫어져라 쏘아보았다.

"넌 나 모르지?! 네 부모도 돈만 알지 사람은 모르더라! 너도 같은 인간인가 보네?"

그리고 격분하여 주머니에서 100위안을 꺼내 아리오나에게 던졌다.

"잠깐 얘기 좀 하자! 이건 팁이야. 됐지?"

지금의 숨베르는 아리오나를 미워할 뿐, 사랑할 수가 없었다. 숨베르 앞에 있는 아리오나는 그가 사랑하고 사랑받았으며, 애지중지하고 숭배하며 찬양하던 천사 같은 아리오나가 아니었다. 그녀는 현실에 굴복하고, 물질적 삶만을 추구하며, 더럽고 가증스러우며, 어리석고 타락한 인간으로만 보였다. 그녀를 가장 험한 말로 공격하는 것만이 쌓이고 쌓인 분노와 괴로움을 풀 유일한 방법 같았다.

아란 양은 몽골어를 못 알아듣기 때문에 아리오나를 좋아하는 취객이 소란을 피운다고 생각했다. 그녀는 숨베르의 팔짱을 끼고 룸 쪽으로 끌어당기며 살살 달랬다.

"우리 동생, 이리와. 누나가 놀아줄게! 아리오나 양은 카운터 직원이라 손님 접대는 안 해."

이것은 그녀가 수많은 취객을 속이고 달랬던 소소한 테크닉이었다.

숨베르는 팔을 휙 뿌리치고, 아란 같은 창녀를 쳐다보는 듯한 가증스러운 눈으로 아리오나를 노려보았다. 아리오나는 얼굴이 빨개지며 떨리는 목소리로 말했다.

"너랑 할 말 없어! 빨리 가!"

그사이 안안은 자리를 빠져나가 숙소에서 순치, 상인 장 씨, 조 씨와 넷이서 마작을 하던 탕 사장에게 현재 상황을 자세히 알렸다. 순치는 누가 찾아와 난동을 부린다는 말을 듣고, 주먹을 쥐고 눈에 살기를 뿜으며 벌떡 일어났다. 탕 사장이 그를 잡아 앉혔다.

"자네는 나서면 안 돼. 여러분 잠깐만 기다려요! 제가 가보죠."

그는 소란을 피우는 사람에 대한 대략적인 상황을 안안에게 대충 묻고 밖으로 나왔다.

탕 사장은 숨베르에게 다가가 정중하게 말했다.

"손님께선 아리오나 양을 아십니까?! 그녀에게 무슨 볼일이 있으신지?! 저는 그녀의 사장이니 선생께 이런 걸 물어봐도 실례가 아닐 듯한데."

숨베르는 탕 사장을 이글거리는 눈으로 노려보며 사납게 소리쳤다.

"나는 아리오나 양을 뼛속까지 속속들이 알고 있지요! 무슨 볼일이 있는지는 저 여자가 알 거요."

탕 사장은 얀얀에게 아리오나의 첫사랑 이야기를 이미 들은 적이 있기 때문에, 숨베르의 말을 듣자 이놈이 바로 아리오나의 첫 남자 친구임을 바로 알아차렸다. 그는 정중하게 웃으며 말했다.

"실례했군요! 우선 룸으로 들어가 앉아 계세요! 룸에서 아리오나와 천천히 이야기 나누시죠."

그는 체체그마에게 지시했다.

"이분께 음식 좀 준비해드려."

숨베르를 룸으로 유인한 후 아리오나를 피신시키려는 탕 사장의 꾀를 눈치챈 체체그마가 숨베르를 바라보자 숨베르는 꼼짝 않고 고집을 부렸다.

"호의 감사합니다! 아리오나랑 몇 마디만 하면 돼요! 하지만 여기서 말고, 아리오나랑 밖에서 따로 얘기할게요."

아리오나는 탕 사장을 처음 만난 때부터 마음속으로 존경심과 호감을 가졌기 때문에, 이렇게 난처한 상황이 너무 수치스러워 아무 말도 못 하고 얼굴만 붉혔다.

탕 사장은 숨베르를 한번 응시하고 묵묵히 숙소로 돌아왔다. 그리고 고비에게 전화해 옛 남자 친구가 아리오나를 괴롭히고 있다고 알렸다. 탕 사장이 들어간 후 아리오나는 체체그마, 사란체책, 아란, 얀얀에게 눈짓으로 피해달라고 한 후 숨베르에게 말했다.

"도대체 어쩌자는 거야?! 우리 인연은 끝났다고 오래전에 전화로 말했잖아?! 가족들은 절대 허락 안 해."

그녀는 가족 핑계를 댔다. 분노한 숨베르는 차갑게 웃었다.

"헤어지는 게 그렇게 쉬워?"

"그럼 어쩌라고?! 네 3만 위안은 조만간에 꼭 돌려줄게! 더 할 말 있니?!"

"예전의 맹세는 다 잊었어?!"

"세상에 맹세대로 사는 사람이 몇이나 돼?! 그냥 한때의 충동이었을 뿐이야."

"나중에 딴 놈이랑 살면 언젠가 후회하지 않겠어?!"

"난 누구하고도 결혼 안 해. 그런 생각 할 여유도 없고."

이런 환경에서 이런 대화를 나누는 것이 숨베르에겐 너무 어색하게 생각되었다.

"아리오나, 우리 딴 데 가서 얘기하자. 응? 솔직히 말하면 내가 널 때려서 이렇게 된 거잖아. 나한테 사과할 기회를 줘. 우리 둘 다 분노와 원망을 잠시 내려놓고, 다른 데 가서 모든 걸 처음부터 얘기하자! 응?"

그는 많이 부드러워진 태도로 말했다. 아리오나도 마음이 누그러져 어찌해야 할지 몰라 머뭇거렸다. 이때 얀얀이 들어와 "아리오나, 누가 불러"라고 말했다. 이는 아리오나를 숨베르에게서 떼어놓으려는 탕 사장의 계략이었다. 아리오나는 숨베르의 100위안을 돌려주며 말했다.

"부탁이야. 제발 가! 우리가 무슨 말을 하든 이제 아무 소용 없어."

숨베르는 돈을 받아 힘껏 움켜쥐고 "너 정말로 나랑 함께할 생각이 없어졌어?"라고 물으려 했으나, 남자로서의 자존심 때문에 혀끝으로 튀어나오려던 말을 꿀꺽 삼켰다. 그는 너무 슬프고 절망스러운 눈빛으로 아리오나를 한참이나 응시하다가 아랫입술을 깨물며 뒤돌아 나왔다. 아리오나는 숨베르의 뒷모습을 우두커니 쳐다보며 자기도 모르게 한숨을 쉰다.

숨베르가 홍장미 레스토랑에서 나와 두세 발짝을 떼기도 전에 원망과 절망의 눈물이 주체할 수 없이 쏟아지더니, 둑이 무너지고 홍수가 난 것처럼 흘러내렸다. "남자의 눈물은 밖으로 흐르면 황금이요, 안으로 흐르면 불입니다"라던 순달라이의 말이 다시 들리는 것 같았다. 숨베르가 마음에 깊은 상처를 입고, 지나치는 사람들에게 눈물을 보이지 않으려 얼굴을 돌리고 손등으로 눈물을 훔치며 걸어갈 때였다. 별안간 뒤에서 지프차가 달려와 끼익하고 멈추었다. 동시에 문이 탁 열리고 앞머리를 빨갛게 물들인 놈과 노란 머리, 귀 짧은 놈, 이렇게 무섭게 생긴 청년 셋이 뛰쳐나와 숨베르를 둘러싸고 다짜고짜 때리기 시작했다. 대체 어떤 놈들이 왜 때리는지도 모르고 눈을 다친 숨베르는 계속해서 우박처럼 쏟아지는 발길질과 주먹세례에 눈을 감싸 안고 "아야— 아야—" 신음을 내며 쓰러졌다. 머리와 등에도 세 사내의 발길질이 우박처럼 쏟아졌다. 길 가던 사람들이 구경하러 몰려들자 지프차가 뛰뛰 경적을 울렸다. 세명의 괴한은 발밑에서 비명을 지르며 쓰러진 숨베르를 남겨두고 부랴부랴 차를 향해 달려갔다. 안에 탄 사람이 보이지 않게 선팅을 한 지프차는 순식간에 사라졌다. 숨베르는 일어나려 했지만 몸이 말을 듣지 않아 앓는 소리를 하며 길가에 쓰러져 있었다. 그를 둘러싼 구경꾼들은 꽤나 많았지만 부축해 일으키는 사람은 없었다. 이때 사람들을 비집고 눈망울이 새끼 낙타같이 예쁜 아가씨가 뛰쳐나와 숨베르를 일으켰다.

"숨베르 오빠! 무슨 일이에요?! 이런! 저한테 기대요. 병원으로 가요."

그녀는 놀라 소리치며 숨베르를 부축하고 일으켜 세운다. 숨베르가 이를 악물고 고통을 참으며 아가씨를 붙잡고 일어나 다치지 않은 눈으로 바라보니, 자기에게 『실링걸』을 선물했던 부르테 천 식당의 종업원이었다. 숨베르는 그날 저녁 아가씨의 이름도 묻지 않았기 때문에 당장 뭐라고 불러야 될지 몰라 간신히 몸을 일으키며 말했다.

"아가씨, 고맙습니다. 삼륜거 하나만 불러주세요. 다리가 아파서 걸을 수가 없어요. 대체 어떤 놈들이 사람을 이렇게 사정없이 때리는지 모르겠어요."

그녀는 숨베르를 부축한 채 다른 사람에게 삼륜거를 불러달라고 부탁했다.

"큰아버지 댁에서 식당으로 돌아가다가 길가에 사람들이 몰려 있기에 싸움이 벌어진 것 같았어요. 맞고 있는 사람이 낯이 익어 자전거를 세워놓고 와보니 오빠였어요. 너무 끔찍하게 맞았어요."

그녀는 걱정스럽게 말한다.

삼륜거 한 대가 숨베르 곁으로 다가왔다. 삼륜거 끄는 할아버지가 아가씨와 힘을 합쳐 숨베르를 노란 천으로 싼 소파 모양의 의자에 겨우 앉힌 후 병원으로 향했다. 아가씨는 자기 자전거를 타고 삼륜거와 함께 달렸다.

사람 사는 세상에 사랑은 부족하지 않다

숨베르는 개인 병원의 좁은 병실에 침통한 표정으로 드러누워 있다. 손목의 정맥을 통해 포도당액이 차갑게 흘러 들어오는 게 찌릿찌릿하게 느껴진다. 숨베르의 오른쪽 눈은 시퍼렇게 부었다. 코에서 흘러나온 피로 희끗한 운동복 앞자락이 빨갛게 얼룩졌다. 다행히 그놈들은 손과 발 외에 무기를 쓰지 않아 중상은 입지 않았다.

병실에 다른 환자는 없다. '부르테 천'의 아가씨는 숨베르 곁에 말없이 다소곳이 앉아 쇠막대에 매달린 유리병에서 포도당액이 한 방울씩 떨어지는 것을 물끄러미 쳐다본다. 그리고 다시 숨베르의 통통 부어오른 시퍼런 눈두덩을 걱정스레 바라보며 살포시 묻는다.

"아직도 머리가 지끈거려요?"

숨베르는 흰 베개를 베고 있던 머리를 살짝 젓는 듯싶더니 아가씨에게 고맙다는 듯한 미소를 지으며 작은 목소리로 말한다.

"지난번에 아가씨 이름을 묻지 않은 걸 무척 후회했어요! 이름이 어떻게 되죠?"

아가씨는 얼굴을 붉히며 얌전하게 대답한다.

"제 이름은 나르길이에요."

숨베르는 그녀에게 고맙다고 말하려 했지만 어쩐지 빈말 같았다. 가슴속에 나르길이란 이름을 깊이 새기고 얼굴을 까먹지 않고 오래 기억하려는 듯, 묵묵히 아가씨의 새끼 낙타 같은 눈망울을 응시한다. 나르길은 한참이 지난 후 당돌하게 물었다.

"오빠는 대체 누구랑 원수를 졌기에 이렇게 끔찍하게 맞았어요?"

"저도 도대체 누가 이렇게 때렸는지 모르겠어요."

그는 대답을 한 후, 이렇게 착한 아가씨에게 진실을 감추는 건 옳지 않다는 생각을 한 듯 사실대로 고백했다.

"좀 전에 홍장미 레스토랑에 들어가 전 여자 친구와 이야기를 좀 하고 나왔어요. 이름은 아리오나라고 하는데, 헤어지긴 했어도 제가 원한을 살 만한 잘못을 하진 않았으니 사람을 시켜 때리진 않았을 것 같아요."

나르길은 숨베르의 말을 믿어 의심치 않았다.

"그렇다면 놈들이 사람을 착각하고 때렸나 봐요."

숨베르는 내심 홍장미 레스토랑의 사장이 아리오나에게 흑심을 품고, 전화로 사람을 시켜 나를 때렸을지도 몰라, 그 사장을 보고 여우처럼 교활한 놈이라고 느꼈는데…… 라고 생각했으나, 나르길에게는 말하지 않고 멍한 표정으로 누워 있다. 그는 나르길과 처음 알게 된 때를 떠올리며, 이렇게 착한 아가씨가 두 번이나 자기를 도와준 것이 고마워 아가씨에 대해 질문하기 시작했다.

"큰아버지는 뭐 하시는 분이죠?"

"큰아버지는 은행 운전기사예요! 제대하고 그 일을 구했어요!"

"고향은 동부, 맞죠?!"

"맞아요! 전 후레 출신이에요."

"후레 허쇼엔 9,999개의 골짜기가 있다던데 맞아요?!"

"사실이죠! 오빠 고향은 어디예요?"

"향간요!"

"오빠를 보고 많이 배운 분인 걸 알아봤어요. 어느 학교 졸업했어요?!"

"원래는 자치구 사범학교를 졸업했어요. 시골에 돌아가 한 학기 글을 가르치다가 다시 내몽골사범대학교에 진학해 공부를 했죠!"

"와?! 그런 분이 왜 에리엔 같은 데를 떠돌아요?! 참, 아리오나를 따라왔군요?!"

숨베르는 대답이 궁색해졌다. 이를 눈치챈 나르길이 사과했다.

"아차. 묻지 말아야 할 걸 물었네요. 죄송해요."

숨베르가 매달린 유리병 안의 포도당액을 보니 아직 절반 가까이 남아 있었다.

"이제 가보세요! 내가 너무 폐를 끼쳤네요. 사장님이 화내겠어요."

나르길은 손목시계를 보더니, 꽤 늦은 것을 확인하고 다급해하는 눈빛이 역력해졌다. 그러나 차분하게 대답했다.

"전 괜찮아요. 일을 하면 끝마칠 때까지, 소금을 넣으면 녹을 때까지란 말이 있잖아요?! 수액이 다 떨어지면 오빠 집까지 모셔다드릴게요."

"저는 혼자서도 그럭저럭 갈 수 있겠어요…… 하지만 아가씨는 일에 너무 늦으면 안 되죠. 나쁜 사장 같으면 월급도 깎겠다고 성화일걸요?!"

"그럼…… 그럼 나가서 전화로 늦는다고 말할게요!"

나르길은 이렇게 말하고 숨베르와 차마 떨어지기 싫다는 듯 따뜻한 눈으로 처다보고 밖으로 나갔다.

숨베르는 아픔을 참으며 나르길과 대화를 하고 있었다. 나르길이 나가자 그의 머리는 빠개질 것 같았고, 눈도 쿡쿡 쑤시는 듯했으며, 엉덩이도 쓰리고 아파 점점 더 고통이 심해졌다. 아름다운 아가씨와 함께 일하면 피곤하지 않은 것처럼, 젊은 여자가 곁에 있으면 아프던 사람의 고통도 줄어드는 신비로움에 숨베르는 사뭇 놀라워했다. 그는 여자 친구와 이별한 후 타인에게 수모를 당하고, 고향에서 수천 리나 떨어진 타향을 떠돌며 좌절에 빠져 있는 자신의 운명을 한탄했다. 운명을 믿지 않는 사내의 굳건한 의지와 용기마저 사라져가는 듯했다. 삶은 왜 이리 괴팍할까! 숨베르가 아리오나의 집에 처음 발을 들여놓았을 때, 이렇게 고급스럽고 화려한 저택에 자기 같은 사막 출신 촌뜨기가 사위 자격이 있을까, 자격지심에 머뭇거리고 불안해했었다. 사랑을 확신하는 사람에게는 세상 모든 것이 아름답게 생각되지만, 사랑에 배신당한 사람에게 삶은 한도 끝도 없이 황량한 모래벌판처럼 무의미하고 공허하게 느껴진다. 그러나 숨베르의 머릿속에 죽음이라는 불길한 생각이 자리 잡은 적은 없다. 오히려 한도 끝도 없는 황량한 모래벌판에서 푸르디푸른 오아시스를 찾기 위해 모래를 파내고 있다고 할까. 만약 누군가 모래밭에 엎드려 손톱으로 긁어서라도 그 짙푸른 오아시스를 찾아내고, 맑고 깨끗한 물을 마실 수 있다면, 넓디넓은 세상 어디든 날아갈 수 있는 마법의 날개가 옆구리에 돋아난 것처럼 기쁘리라. 아리오나가 미워진다. 아리오나가 원망스럽다. 아리오나의 부모와 오빠인 고비도 밉다. 또 그녀가 지금 하는 일과, 돈과 유흥의 세계가 되어버린 에리엔이 귀신 들린 것처럼 혐오스럽다. 아리오나가 그 일을 계속한다면, 분명 보이지 않는 깊은 소용돌이 속이나, 밑바닥이 보이지 않는 쓰디쓴 후회의 구렁텅이 속으로 떨어질 거라고 숨베르는 생각한다. 그러나 숨베르는 그런 위험에 빠지지 않도록 지켜줄 수도 없게 되었다…… 남자는 단지 사랑만을 위해 태어나지 않았다. 고로 남자는 단지 사랑만을 위해 죽어서도 안 된다! 숨베르는 이런 생각들을 하며 누워 있다가, 빨리 나았으면! 빨리 뭐든 찾아 일을 하고 싶어, 내 운명을 스스로 개척하고 싶어! 하며 답답해한다. 지금 그의 주머니엔 300위안 정도만 남았다! …… 숨베르가 이런 생각들을 하며 멍하니 누워 있을 때, 나르길이 배와 사과, 바나나 등의 과일이 든 비닐봉지를 들고 미소를 지으며 들어왔다.

나르길은 나한테 왜 이리 잘해주지?! 왜 중요한 순간마다 마주치는 걸까?! 하늘에서 정해준 인연인가?! 숨베르는 나르길을 보자마자 빠르게 이런 생각을 했다. 나르길을 아무리 뜯어봐도 그저 착한 친구 아니면 착한 여자 동생일 뿐 그 이상의 느낌은 없었다. 나르길은 숨베르가 자신을 뚫어지게 쳐다보는 것을 알고는 얼굴이 홍당무가 되었다.

"7시까지 간다고 했어요! 이제 걱정 안 해도 돼요."

그녀는 장난치듯 허세를 떨었다.

숨베르는 따뜻한 미소로 응답했다. 나르길은 봉지에 든 과일을 탁자에 올려놓고 주머니에서 선글라스를 꺼내 그에게 내밀었다.

"이거 써요. 옆 가게에서 사 왔어요."

숨베르는 선글라스를 쓰면 시퍼렇게 부은 눈을 남들이 알아볼 수 없다는 걸 바로 깨닫고, 나르길에게 감사의 눈빛을 보내며 선글라스를 썼다.

"와, 숨베르 오빠, 선글라스를 끼니까 조직의 보스처럼 멋져 보여요."

그녀는 생글거리며 봉지 속에 있던 바나나를 꺼내 기분 좋게 껍질을 벗겼다.

소 머리의 양쪽 뿔

사람 가슴 깊이 정도의 긴 구덩이 안에서 검은 민소매 티셔츠를 입은 청년이 곡괭이를 휘두르며 땅을 판다. 곡괭이를 들어 올려 힘차게 내려찍을 때면 자갈과 돌이 섞인 딱딱하고 검은 흙이 쩍쩍 소리를 냈다. 혼자서 수도관을 묻을 구덩이를 파고 있는 이 청년은 철멍이었다.

철명이 곡괭이를 들었다 내려찍을 때마다 노출된 팔뚝 근육
이 힘차게 꿈틀거린다. 그의 얼굴에 달라붙은 흙먼지가 땀에
씻겨 구레나룻을 타고 시커멓게 흘러내린다. 본채를 짓기 위한
벽돌 등을 모두 들여놓았기 때문에, 철명은 우선 수도관을 묻
을 구덩이를 파고 있는 중이었다. "하루 종일 소란스럽고 싶으
면 손님을 부르고, 1년 내내 소란스럽고 싶으면 집을 짓고, 평
생 소란스럽고 싶으면 첩을 얻어라"라는 말은 딱 맞는 말 같
다. 본채를 짓기로 한 후부터 지금까지, 철명의 가족은 돈을 절
약하기 위해 돌과 벽돌, 목재와 들보 등 건축자재를 직접 나르
느라 정신없이 부산을 떨어야 했다.

철명은 곡괭이로 한 층 한 층 깎아낸 흙을 다시 한 삽씩 떠
서 구덩이 밖으로 던진다. 그는 정오 전까지 구덩이 한쪽을 머
리보다 깊게 파냈다. 이렇게 한 시간가량을 쉬지 않고 일해서
몹시 지쳤는지, 철명은 파낸 구덩이 위로 올라가 앉는다. 이미
파낸 색색의 흙과 구덩이 속의 파낸 자리가 층층이 다른 색을
띤 것을 보며 그는 생각에 잠긴다. 지질의 상태와 돌처럼 단
단한 지층의 갖가지 흙 색깔은 에리엔의 이 분지가 바다 밑바
닥이었음을 증명하는 것 같다! 파낸 구덩이의 맨 아래에선 호
수의 진흙 냄새를 풍기는 딱딱하고 푸른 흙이 나왔다. 더 아
래까지 파보면 어떤 색깔의 흙이 나올까?! 한없이 파면 물도
나오겠지! 그러나 에리엔의 지하수를 마시지 못하는 건 괴이
한 일이다. 이곳의 수돗물은 모두 사인오스라는 지역에서 끌
어온다…… 에리엔의 유전油田과 공룡의 뼈…… 이뿐 아니라
엄청난 양의 지하자원이나 신기한 것들이 대지 아래 묻혀 있

다…… 요즘 사람들은 장사를 하는 사람들을 '바다에 뛰어든다'고 표현한다. 에리옌이 옛날에는 사파이어색 바다였다면, 지금은 그 색이 변해 갖가지 상품이 물결치는 비즈니스의 바다가 되었다. 몇백만 년 후에는 다시 일망무제의 모래 바다가 되려나?!

철멍은 다시 이 고대의 바다가 마르며 형성된 땅 한가운데에 지으려는 본채에 대해 생각했다. 그가 2만 위안을 내놓지 않았으면, 형은 본채를 짓겠다는 꿈을 실현하기 위해 한참을 더 기다려야 했을 것이다. 행랑채를 지을 때는 다 같이 돈을 모아서 지었지만, 지금은 형이 그에게 돈을 빌렸다. 한 식구면서 각각의 소유를 구분하는 것은 시사하는 바가 있다! 형제가 평생 같이 살 수는 없겠지만, 철멍은 부모님과 형, 곧 시집을 올 형수와 함께 자신의 꿈과 목표가 실현될 때까지 모여 살아야 한다고 생각한다. 이 집의 집문서를 살 때, 형이 에리옌의 호적에 등록되어 있었기 때문에 형 이름으로 등록을 했다……

철멍은 형과 언제까지나 소 머리에 달린 한 쌍의 뿔처럼 살아야 한다고 생각하기에 이렇게 구덩이를 파면서도 힘들다는 생각이 들지 않았다.

이때 집 지을 인부들을 구하러 나갔던 만라이가 언제 도착했는지, 손에 아이스크림 하나를 쥐고 행랑채 오른쪽으로 돌아서 오는 게 보였다.

만라이는 예쁜 비닐 포장지에 싸인 아이스크림을 동생에게 주고, 허리를 숙여 파놓은 구덩이를 들여다보며 웃음을 지었다.

"와, 이렇게 빨리 팠어?! 1미터 80센티미터 깊이면 됐댔지?"

철명은 아이스크림을 받아 포장을 뜯으며 대답했다.

"내가 방금 파낸 쪽은 1미터 80센티미터가 될 거야! 이 속도로 내일 하루만 더 파면 끝날 것 같아."

그는 초콜릿을 바른 횃불 모양의 아이스크림을 한입 물었다.

"집 지을 사람들은 구했어?"

"구했지! 내일부터 와서 일을 시작할 거야."

만라이는 밝은 표정으로 대답하고 얕은 구덩이에 뛰어내려 동생이 쓰던 곡괭이를 들어 올렸다.

만라이는 몸이 허약했기 때문에 팔에도 힘이 없어 곡괭이는 흙을 조금씩밖에 파내지 못했다.

3장

구름 낀 날, 후환을 남긴 결혼식

먹구름이 하늘을 덮어서 해와 땅이 서로를 바라볼 틈도 없이 온 천지가 흐릿해진 여름날이었다. 홍장미 레스토랑의 입구 양쪽에 크고 빨간 '희囍'* 자가 붙어 있는 게 보인다. 레스토랑 앞에서는, 잿빛 양복을 입고 목에는 붉은 무늬 넥타이를 차고 머리를 멋지게 손질해 헤어젤을 바른 만라이가 아버지와 함께 밝은 얼굴로 하객들을 맞이한다. 만라이의 가슴에 매단 '신랑'이란 금색 글씨가 쓰인 빨간 꽃은, 오늘이 무슨 날인지 길 가는 사람들도 한눈에 알게 해준다.

홍장미 레스토랑 입구의 남쪽과 북쪽에 가지런히 정렬되었거나 또는 제멋대로 놓인 자전거와 오토바이 들은 와야 할 손님들 대부분이 도착했음을 보여준다. 나산달라이 씨는 허리를 반듯이 펴고 길의 남쪽 끝으로 시선을 옮기며 아들에게 말한다.

"작은아버지는 금방 도착한다고 작은엄마한테 전화했다던데. 왜 여태 모습이 안 보이지?! 하일라스도 분명히 온다고 했

---

* 기쁠 희囍 자 두 개를 붙여서 매우 상서롭고 좋은 일을 의미하며 주로 혼례 등에 쓰인다.

는데, 왜 여태 안 오는지 모르겠네! 그들이 오지 않으면 어떻게 혼례를 시작하나?"

돈 있는 인간들 허세가 굉장하다더니 정말이군 하면서 속으로는 짜증이 났지만, 만라이는 아버지 말에 아무 대꾸도 하지 않았다. 대개 그들처럼 사회적으로 명망 있다 하는 인간들은, 늦지 않으면 혼례를 망치기라도 하는 듯 꼭 늦게 온다. 바로 이때, 앞쪽에서 새하얀 택시 한 대가 미끄러져 오는 게 보였다. 만라이는 확신에 차서 "이 차가 분명해요!"라고 소리쳤다. 그러나 숙부인 바양달라이인지, 아니면 아리오나 외삼촌 하일라스인지는 특정해서 말하지 않았고, 특정할 수도 없었다.

택시는 정말로 그들 눈앞에까지 미끄러지듯 다가와 소리 없이 멈추었고, 하일라스 씨가 부인 오란과 함께 내렸다. 나산달라이는 환하게 웃으며 하일라스 씨의 손을 붙잡았다.

"안으로! 안으로!"

하일라스는 만라이가 권한 담배를 받았다.

"형님은 여전히 젊어 보이시는데 벌써 시아버지가 되셨네. 부모로서 자식 잘 키운 것보다 큰 행복이 어디 있겠어요."

그는 외몽골 억양을 써가며 나산달라이를 추켜세운다. 만라이가 하일라스 씨에게 건네준 담배에 불을 붙여주고, 다시 그 옆에서 싱글벙글 웃고 있는 오란 여사에게 담배를 건네자, 오란 여사는 손을 휘저으며 주저리주저리 떠들어댔다.

"됐다! 10시 반에 나오려고 했는데 이 양반 지인이 찾아왔지 뭐야. 원래 이 양반은 오늘 몽골에 갔어야 하는데, 네 결혼식에 참석해야 한다고 미뤘잖니! 이 양반 바쁜 건 너도 알잖아."

만라이는 에리엔에서 이름난 갑부 부부가 결혼식에 와준 것이 결혼식의 품위를 몇 배나 빛내주는 것이라 생각했다. 그는 비곗살로는 누구한테도 뒤지지 않는 뚱뚱한 부부를 존경과 감사의 눈빛으로 번갈아 응시하며 "외삼촌, 외숙모, 안으로 드세요"라고 친절하게 안내한다. 하일라스 씨는 바로 들어갈 생각이 없는 듯 나산달라이와 나란히 서서 대화를 나눈다.

"신부 쪽에서 누가 왔어요?"

"신부 어머님은 오고 싶어도 가축 일과 농사일에 발이 묶여 못 왔네. 사이한탈라에서 교사로 일하는 오빠와 에리엔에 사는 언니 부부는 와 있어! 수건 교환*이나 술대접은 생략하고 약식으로 치르는 거야."

"며느리 고향도 나이만이라 하던데, 맞습니까?!"

"맞아, 맞아."

"본채는 벌써 지어났다고 들었습니다. 제 일이 하도 바빠서 가볼 시간도 없었어요."

하일라스 씨는 말을 마치고 다시 물었다.

"손님들은 다 왔습니까?"

만라이가 아버지의 말을 가로채 대답했다.

"이제 숙부님만 오시면 돼요."

오란 여사가 끼어들어 비아냥거렸다.

"이놈의 바양달라이는 또 어디서 마작질 하느라 못 오는

---

* 남녀 간의 연인관계를 인정하는 의식으로서 일종의 상견례와 비슷하다. 양가 가족이 정해진 날짜에 같이 식사를 하며 서로 간에 준비한 수건을 교환하고 선물을 주고받는다.

게지."

하일라스 씨는 부인의 말을 못 들은 척 화제를 바꾼다.

"형님은 이 음식점의 사장을 잘 아십니까?"

"몰라. 우리 아리오나가 여기서 일하잖아. 만라이가 아리오나와 의논해서 여기서 식을 올리기로 했네."

나산달라이의 말에 오란 여사가 목소리를 낮추어 수군거렸다.

"우리 아리오나는 이 레스토랑의 탕 사장하고 사귄대. 출신도 모르는 외지인하고 사귀어도 될까 몰라."

"남자는 우리 몽골 사람과 성격이 아주 비슷한 젊은이더군. 사람에게 싹싹하고, 부지런하고, 사장이라고 잘난 척도 안하고."

나산달라이 씨는 점잖게 웃으며 자신에게 도움을 준 사람을 함부로 헐뜯지 않는 사람답게 사장 편을 들었다.

하일라스 씨가 부인과 함께 레스토랑으로 들어가자, 카운터 앞에는 테니게르와 척질이 탁자와 의자를 갖다 놓고 나란히 앉아 있었다. 한 명은 장부를 기록하고, 한 명은 돈을 받았다. 한쪽에는 어머니 어욘다리, 구일레스 여사, 척질의 부인인 룽단화르 등이 모여 무언가를 시끄럽게 이야기하다가 하일라스와 오란을 보고 앞다투어 인사를 한다.

"오빠랑 언니 오셨어요?"

"외삼촌, 외숙모 오셨네."

"덩치 두 분이 행차하셨네!"

하일라스 씨는 그들을 향해 고개를 끄덕거리며 인사를 하고,

주머니에서 500위안을 꺼내 테니게르에게 주었다. 테니게르가 돈을 받아 세어보고 척질에게 액수를 불러주었다. 척질은 여러 사람의 이름과 금액을 적어놓은 붉은 종이에 '하일라스, 500위안'이라고 중국어로 능숙하게 갈겨쓴다. 하일라스 외에 탕 사장의 축의금도 500위안으로 적혀 있었다. 하일라스 씨는 명단을 잠시 훑어보다가 척질에게 묻는다.

"손님이 몇 테이블이나 왔나?"

중개업을 하는 나이만 출신의 '부처님 미소'라는 별명을 가진 척질은 하일라스를 향해 웃으며 대답했다.

"대여섯 테이블 정도요."

바로 이때, 바양달라이가 꺼질락 말락 하는 전등처럼 눈이 빨갛게 충혈된 채로 들어오는 게 보였다. 뒤이어 나산달라이, 만라이 등도 따라 들어왔다. 만라이는 아리오나 곁으로 가서 부드럽게 말한다.

"이제 음식 먼저 차리자."

바양달라이는 테니게르와 척질 곁으로 가서, 몸을 탁자에 붙이고 누가 가장 많은 축의금을 냈는지 훑어본 후 천연덕스럽게 말했다.

"내 것은 1천 위안으로 적어! 돈은 지금 만라이한테 줄게."

제대로 쓰는지 유심히 살펴보고 바양달라이가 안으로 들어가자 만라이가 인사하고 안내한다.

"작은아버지, 외삼촌, 아버지 모두 1번 룸으로 들어가세요."

곧 다섯 테이블에 있던 사람들은 저마다 룸으로 들어가 앉고, 얀얀, 체체그마, 사란체첵 등이 음식을 날랐다.

이 틈에 만라이는 척질에게 다가갔다. 몇 사람이나 왔는지 세어본다는 핑계로 훑어보다, 작은아버지 이름에 1천 위안의 축의금이 적힌 것을 보고는 속으로 대단히 기뻐했다. 그는 올라나의 오빠 알트가나, 언니 하르가나, 동서 간인 말썽꾸러기 오치랄트와 룽단화르, 아리오나 등이 있는 방으로 들어갔다. 그들 한가운데 붉은 혼례복 차림에 머리 가득 예쁜 꽃장식을 두르고 앉아 있던 올라나의 귀에, 작은아버지가 1천 위안, 하일라스 씨가 500위안, 탕 사장이 500위안의 축의금을 낸 것을 소곤소곤 말해주었다. 올라나는 수줍어하는 한편 흐뭇한 웃음을 지으며 "다 같이 축배를 들기 전에 누구 한 사람에게 축사를 맡겨야 하지 않아?"라고 만라이에게 귀여운 목소리로 말했다. 기뻐하느라 해야 할 일을 망각한 만라이는 제 뒤통수를 치며 "맞다, 맞아"라고 말하고는 아버지 등이 있는 룸으로 들어갔다. 그들은 의논 끝에 하일라스를 주례로 세우기로 결정했다. 하일라스 씨는 술잔을 들고 룸에서 나와 카운터에 술잔을 올려놓은 후 마이크를 잡고 목청을 가다듬었다.

"여러분 잠깐만 조용히 해주세요. 오늘은 만라이와 올라나 두 사람이 한집에서, 한 베개를 베고, 한솥밥을 먹게 되는 길한 날입니다! 만라이와 올라나 두 사람은 진심으로 사랑해왔고, 그 사랑이 무르익어 인생을 함께하기로 결정하였습니다. 그래서 오늘 형과 언니, 동생, 일가친척 들을 이렇게 좋은 자리에 모시고 성대한 혼례를 올리게 되었음을 기쁜 마음으로 선언합니다."

그가 말을 끝내고 먼저 박수를 치자 각 룸에 있던 손님들도 우레와 같은 박수를 보냈다. 하일라스 씨는 말을 이어나갔다.

"나이 든 사람에겐 존중이, 젊은 사람에겐 가르침이 필요하다는 말이 있지요. 타고난 신분이 아닌 각자의 능력으로 성공하는 지금 세상에서, 가정을 이룬다는 것은 두 사람의 마음을 어떻게 하나로 모아 행복한 삶을 꾸려나갈 것인가 하는 엄혹한 시험이기도 합니다. 우리 모두 만라이와 올라나가 부모님을 존경하고, 형, 동생, 친척과 사이좋게 지내며, 행복하고 아름다운 삶을 이루어나가기를 기원하며 첫 잔을 듭시다! 그다음은 신랑, 신부가 술을 권하도록 하겠습니다."

그는 술잔을 들어 원샷을 했다.

하일라스 씨가 결혼식 분위기를 끌어올려 준 덕분에 밋밋한 결혼식이 될 거라 생각했던 사람들의 예상과 달리 왁자지껄하고 흥겨우며, 신나고 추억할 만한 결혼식이 되었다. 단 하나, 바양달라이 씨가 축의금을 1천 위안으로 적고 돈을 내지 않은 채 떠나버린 불미스러운 일은, 만라이의 입에 얼음을 물리고, 올라나의 입에 몇 번이고 터뜨려도 사라지지 않는 핵폭탄을 물려놓았다.

대우받는 사위의 조건

정말 머리가 익을 듯한 뜨거운 일요일이었다. 바양달라이 씨의 대문 앞에 검은색 택시가 미끄러지듯 다가와 멈추었다. 뒷문이 열리고, 반짝반짝 광을 낸 샌들에 헐렁한 푸른 바지와 얼룩무늬 재킷 차림의 탕 사장이 갈색 가죽 혁대에 핸드폰을 불룩하게 꽂은 채 환하게 웃으며 택시에서 내린다. 차에서 내린 탕 사장은 다시 머리를 차 안으로 집어넣고 선물 등이 담긴 두 개의 큰 비닐 가방을 꺼냈다. 이때 앞문이 열리며 "시아오탕! 이것 좀 받아"라는 아리오나의 꾀꼬리 같은 목소리가 들린다. 탕 사장은 비닐 가방을 바닥에 내려놓고, 아리오나가 껴안고 있던 종이 박스 두 개를 받아 들고는 "천천히 내려"라고 친절하게 웃으며 말한다. 아리오나가 차에서 내려 탕 사장이 안고 있던 종이 박스를 받으며 "우선 초인종부터 눌러"라고 귀엽게 말하자, 탕 사장은 고분고분하게 문으로 다가가 초인종을 눌렀다. 검은색 택시는 미끄러지듯 자리를 떠났다.

아리오나는 오늘 보드라운 흰 허벅지가 은근히 비치는 망사형의 흰색 바지를 입고, 위에는 가는 끈이 달린 황금색 블라우스를 입어서 더욱 세련되고 예뻐 보였다. 백옥 같은 어깨는 햇살에 비쳐 빛이 나고, 두 개의 은빛 무덤 같은 풍만한 가슴은 옷을 밀치며 봉긋하게 튀어나왔다. 왼손 약지엔 시아오탕이 처음 선물한 금반지가 반짝거렸고, 값비싼 옷과 장신구, 곱고 아름다운 몸매가 조화를 이루어 고귀하고 우아해 보인다! 남자 친구의 자격으로 아리오나의 집에 처음 방문하는 탕 사장의 마음은 뒤숭숭했으나, 얼굴엔 조금도 내색하지 않고 사람 좋은 웃음을 지었다.

아리오나가 탕 사장과 사귀는 게 알려진 후, "아리오나가 괜찮은 남자랑 사귄대"라고 모두 한결같이 말하진 않았지만, 많은 지인, 친척은 그녀의 부모나 오빠, 아리오나에게 입이 마르게 칭찬을 하곤 했다. 아리오나의 어머니는 딸이 이렇게 부자 애인을 만나기를 오래전부터 바라고 믿었던 사람이었기 때문에, 소망이 실현되자 딸이 백마를 탄 왕자에게 시집가는 것처럼 좋아하며 빨리 집에 데려오라고 날마다 성화를 부렸다. 남자 친구를 집에 데려오는 것이, 아리오나의 어머니에겐 '수건 교환'이나 '술대접'처럼 공개적인 연애 선언 또는 결혼에 대한 '절반의 보증'으로 여겨지는 듯했다. 그렇지 않다면 만라이의 결혼식장에서 이미 만났던 사람을 굳이 부를 이유가 있을까! 어머니의 조급한 마음은 알지만, 아리오나는 남자 친구를 서둘러 집에 데려올 필요가 없다고 생각했다. 첫 남자 친구를 가족들이 강제로 갈라놓은 것 때문에 아리오나는 여전히 가족들에게 감정이 남아 있었다. 현재의 남자 친구를 성급하게 집에 데려왔다가, 자유로워야 할 두 사람의 연애가 다시 보이지 않는 올가미에 걸려들까 봐 걱정되기도 했다. 그래서 때가 되었다 싶을 때 가족들에게 인사시킬 생각이었다. 그러나 어머니는 만라이의 결혼식장에서 시아오탕을 본 후, 마음에 딱 드는 훌륭한 사윗감을 놓칠까 걱정되는 듯이 날마다 집으로 데려오라고 성화였다. 아리오나도 할 수 없이 생각을 바꾸었다.

검은 철문이 열리고, 진작부터 준비하고 있던 아리오나의 어머니가 나오더니, "어, 왔어?! 어서 와! 어서 와!"라고 활짝 웃으며 시아오탕을 맞이했다. 담 안으로 들어가자 늑대개가 사람을 잡아먹을 듯 사납게 짖으며 쇠사슬을 끊을 것처럼 날뛰기 시작했다. 구일레스 여사는 손을 휘두르고 눈을 흘기며 "야, 걸러어 왜 그래! 네 집으로 들어가"라고 늑대개를 혼낸다. 늑대개는 아리오나와 시아오탕이 현관 복도로 들어갈 때까지 컹컹 거리며 시끄럽게 짖어댔다.

아리오나의 아버지와 오빠, 동생은 거실에서 차를 마시거나 TV를 보고 있었다. 탕 사장을 보자마자 고비는 제일 먼저 일어나 자리를 권했다.

"여기 앉아요! 여기!"

테니게르는 시큰둥하게 일어나 탕 사장에게 고개를 끄덕이며 어색한 웃음으로 인사를 대신한 후 다시 소파에 엉덩이를 붙이고 앉았다. 바양달라이 씨는 자리에 앉아 고개를 끄덕이며 반가움을 표시한다.

아리오나는 그림이 그려진 플라스틱 바구니에, 배와 사과, 오렌지와 바나나 등을 가득 채워 시아오탕 앞에 내려놓고 미소 지으며 "먹어"라고 사랑스럽게 말했다. 그녀는 동생과 오빠에게 오렌지 하나씩을 주고, 다시 시아오탕에게도 하나를 주었다. 구일레스 여사가 탕 사장을 보고 생글거리며 말한다.

"천천히 이야기들 나누고 있어. 아리오나랑 나는 점심 준비할게."

탕 사장은 정중히 사양한다.

"됐습니다. 됐습니다. 그렇게까지 안 하셔도 됩니다. 저희 배안 고파요."

저희란 말엔 아리오나도 포함된 듯하다.

"무슨 소리야?! 점심때가 됐는데 식사를 안 하면 어떡해? 앉아서 이야기들 나눠."

그녀는 딸과 함께 나갔다.

40분 후 그들은 고기와 채소가 풍성하게 차려진 식탁에 둘러앉았다. 아리오나와 테니게르는 음료수를 마셨고, 나머지는 모두 냉장고에서 갓 꺼낸 맥주를 마셨다. 구일레스 여사가 시아오탕의 고향 집에 대해 한참을 묻고 대화를 나눈 후 바양달라이가 입을 열었다.

"우리 몽골 말에 '빙빙 돌리지 말고 직접 말하라'는 말이 있네. 자네들이 서로 좋아하니 우리도 별말 않겠네. 그러나 부모 된 입장에서는 자기 자식이 안정된 반려자를 얻기를 바라는 법일세! 자네 부모님께서도 아들이 어떤 며느리를 얻었는지 보고 싶어 하지 않으시겠나! 시간이 좀 나거든 아리오나와 함께 고향에 가서 부모 형제와 친척들에게 인사라도 하고 오면 서로 좋겠지?! 그때 나 아니면 애 엄마가 따라갈 수도 있고."

시아오탕의 눈에 미세한 망설임이 나타났다가 금방 사라졌다. 그는 웃으며 고개를 끄덕였다.

"맞아요, 맞는 말씀이십니다. 저도 고향에 못 간 지 꽤 되어서 아리오나와 함께 가면 부모님도 아주 좋아하실 겁니다."

그는 맥주잔을 들어 함께 건배한 후 절반을 들이켰다. 바양달라이 씨의 의도는 시아오탕의 부모님에게 찾아가 인사하자는 게 아니라, 시아오탕의 출신이 확실한지 아닌지를 확인하고, 뒤통수 맞는 일 없이 신중을 기하겠다는 노련함에서 나온 것이었다.

어머니의 자식인가, 마누라의 자식인가

새로 지은 본채에 새 며느리를 들인 후, 나산달라이 씨의 가족은 솥을 따로 쓰진 않았지만 두 쪽으로 갈라졌다. 올라나는 평소 행랑채로 찾아와 시부모님과 대화를 나누긴커녕, 시어머니가 차려놓은 음식조차 같이 먹지 않고 꼭 만라이를 시켜 본채로 가져다 둘이서만 먹었다. 가끔씩 둘이 외출을 나가 꿀이나 볶음밥, 배나 과일 등을 사 와도, 부모님께는 드리지 않고 자기들 배만 채웠고, 빈 꿀병, 볶음밥 봉지, 과일 껍질 등의 쓰레기를 행랑채 모퉁이의 구정물과 쓰레기를 버리는 플라스틱 통 안에 넘치도록 버리곤 했다. 게다가 꽉 찬 쓰레기통을 도대체 비울 줄을 몰랐다! 그녀는 들락날락하면서 시부모나 시동생인 철멍과 마주쳐도 원수 본 듯 외면하고 지나가곤 했는데, 가끔은 지나가고 나서 뚝뚝 눈물을 흘리기도 했다. '머리가 깨져도 모자 속에, 팔이 부러져도 소매 속에'란 말처럼, 어욘다리와 나산달라이는 큰아들이 좋아서 택한 며느리가 원망스럽고 미웠지만 자기들끼리 한탄하고 인내하는 수밖에 별도리가 없었다. 철멍도 부모의 성격을 닮아 눈이 달렸어도 장님인 척, 귀가 달렸어도 귀머거리인 척하며 형수 내외가 솥을 들고 분가해서 나가주기만 바라게 되었다. 고부간에 불화한다는 것은 가정의 화목이 깨지고 사이가 벌어져 분위기가 삭막해진다는 뜻이었다.

오늘은 만라이와 올라나가 결혼한 지 스무하루째 되는 날이었다. 나산달라이는 저녁 9시 반이 지나 집에 도착했다. 어욘다리가 가방을 받으면서 불룩하게 튀어나온 걸 보고 물었다.

"뭐요?"

나산달라이는 자랑하듯 싱글거리며 대답했다.

"사탕도 있고, 과자도 있지."

어욘다리는 사탕과 과자가 든 봉지를 가방에서 꺼냈다.

"돈이 어디서 났대?"

"호텔에 버려진 종이 박스를 팔아서 10위안을 벌었지. 만라이네도 좀 갖다줘."

나산달라이는 샌들을 벗고 슬리퍼로 갈아 신는다. 그는 호텔에 묵었던 할흐족들이 버린 종이 박스들을 모아두었다가 고물상에 팔고 그 돈으로 사탕과 과자를 사 오느라 늦은 것이었다. 어욘다리는 "만라이네도 좀 갖다줘"라는 영감의 말을 듣고 낮게 한숨을 쉬었다.

"저것들은 오늘 아침 가스버너랑 솥과 국자, 그릇과 젓가락 등을 사 왔다오! 꼬락서니를 보니 밥을 따로 해 먹자는 것 같아."

나산달라이는 소 힘줄이 목에 걸린 것처럼 씁쓸한 표정을 지었다. 자기 방에서 소형 전자 오락기를 갖고 놀던 철멍이 냉랭하게 외쳤다.

"따로 먹으면 더 좋지! 엄마가 뭐 그 인간들 식모도 아니잖아."

나산달라이 씨의 얼굴이 먹구름처럼 흐려졌다. 그는 말없이 세숫물을 버리러 대야를 들고 밖으로 나갔다.

나산달라이 씨가 대얏물을 통에 부을 때, 본채 문이 끼익 열리더니 올라나가 새로 산 솥을 씻은 구정물을 시아버지에게 뿌렸다. 이런! 제기랄, 이게 무슨 짓이야?! 이렇게 큰 사람이 서 있는데 눈도 안 달린 것처럼 사람한테 더러운 물을 뿌리다니, 나산달라이는 모욕감과 분노를 못 이겨 소리를 질렀다.

"이 못된 계집, 눈이 멀었냐? 사람한테 물을 뿌리게?"

그는 황급히 젖은 재킷을 털고 윗사람이 잘못한 자식 손주를 야단치는 듯한 태도로 호통을 쳤지만, 올라나는 잘못을 인정하긴커녕 시아버지라고 사정을 봐주는 것도 없이 대들었다.

"당신이 진짜 장님이네! 사람이 물을 뿌리는데 피하지도 않는 건 무슨 짓이야?! 죽지도 않는 노망난 늙은이!"

시아버지에게 이렇게 버릇없이 굴며 욕을 퍼붓는 며느리가 도대체 어디 있단 말인가 하는 생각에, 나산달라이는 눈이 캄캄해져 앞이 보이지 않았고 심장이 송곳에 찔린 듯 숨이 턱 막혔다. 그는 노발대발해서 소리쳤다.

"뭐라고? 찢어진 입이라고 아무 말이나……"

올라나는 돌아 들어갈 생각을 하지 않고, 한 손은 솥을 들고 한 손은 옆구리를 짚은 채 험한 말을 하며 행패를 부렸다.

"뒈질 줄도 모르는 노망난 늙은이! 거지 비렁뱅이! 늙어서 나잇값도 못하는 영감탱이!"

이때, 어욘다리도 소리를 듣고 나와 영감의 흠뻑 젖은 재킷과 바지, 신발을 보고 물었다.

"아니, 이게 어찌 된 일이야?"

"이런 못된 며느리가 있나?! 사람 몸에 구정물을 뿌려놓고 쌍욕을 하고 덤비는 것 좀 보게!"

나산달라이가 어욘다리에게 씩씩거리며 말하자, 올라나도

눈을 치켜뜨고 가는 입술을 부르르 떨며 더 사납게 굴었다.

"퉤! 지가 물 뿌리는 것을 못 본 주제에 뻔뻔하게 주둥이를 놀려? 이 쓰레기야!"

평소 누워 있는 양도 놀래주지 않는 온순한 영감을, 갓 시집 온 며느리가 이렇게 모욕을 하니 어온다리도 부아가 났다. 그러나 그녀는 화를 참고 최대한 침착하게 말했다.

"얘야, 말 좀 곱게 하지 못하니?! 실수로 물을 뿌렸으면 미안하다고 사과하면 되지. 이렇게 마구 고함을 치면 이웃집 한족들이 욕할라."

하지만 이 말은 불에 기름을 부은 격이 되었다. 며느리는 더욱 흥분했다.

"노망든 할망구가 알지도 못하면서 막말이야! 이 어른을 너 같은 년이 가르치려고?"

올라나는 입에서 나오는 대로 욕을 퍼부었다.

만라이와 철멍도 각자의 방에서 나와 어머니의 말을 듣고 무슨 일이 벌어졌는지 알게 되었다. 만라이는 올라나를 문 안쪽으로 끌어당겼고, 철멍도 아버지 어머니를 말렸다.

"저런 것하고 싸워봐야 소용 없어요! 관둬요, 관둬!"

서방을 본 올라나는 더 기세등등해졌다. 그녀는 붙잡힌 손을 뿌리치고 시어머니에게 삿대질을 하며 달려들었다.

"노망난 할망구야, 또 한 번만 짖어봐!"

올라나는 정말로 때릴 듯한 자세를 취했다. 어머니가 이렇게 수모를 당하는 것을 보고, 참지 못한 철멍이 어머니 앞으로 달려 나와 형수를 노려보았다.

"분수도 모르는 여편네 같으니, 우리 엄마 몸에 손만 대봐!"

그는 정말로 덤벼들면 주먹질을 할 준비가 되어 있었다. 올라나가 어깨를 붙잡은 남편의 손을 다시 뿌리치고 철명의 얼굴을 향해 팔을 흔들며 달려들자 철명이 그 팔을 쳐내고 힘껏 발길질을 했다.

"아이고! 에미×할 놈의 새끼가 사람 죽이네."

올라나는 아랫배를 움켜잡고 허리를 숙이며 역겨운 목소리로 고함을 질렀다. 자기 마누라에게 이렇게 사정없이 발길질을 하는 걸 보고, 만라이는 올라나를 부축하고 얼굴을 붉히며 철명을 원수 보듯 노려보았다.

"철명, 이 자식, 네가 똥오줌으로 만들어진 놈이면 차 죽여라!"

철명은 적지 않은 날을 가슴에 묻어두었던 불만과 분노를 쏟아냈다.

"형은 누구 돈으로 본채를 지었어?! 나한테 돈을 빌릴 때는 간이라도 빼줄 것처럼 알랑거리더라?! 이제 마누라를 얻으니 생각이 바뀌었어? 부모님도 사람으로 안 보여?"

그는 속으로 끙끙 앓기만 하던 말들을 단숨에 쏟아냈다. 만라이는 창피하고 화도 나서 고함을 질렀다.

"내가 언제 부모님을 사람으로 안 봤냐?! 됐다! 너한테 빌린 돈은 내일 줄게."

"오늘 주면 내가 아버지 어머니 모시고 내일 나가줄게! 하지만 이 행랑채도 돈으로 계산해서 나한테 빌려 간 돈이랑 합해서 돌려줘! 이 행랑채도 거의 다 아버지랑 내가 번 돈으로 지었어! 집 짓느라 흘린 땀은 그냥 버린 셈 칠게."

철멍은 형보다 더 크게 소리를 질렀다. 올라나는 이 말을 듣자마자 아픈 것도 잊고, 허리를 들어 눈을 부릅뜨고 악을 쓴다.

"네 멋대로 방귀 뀌지 마! 이 집의 집문서는 다 만라이 이름으로 돼 있어. 집문서에 등록된 사람이 임자야! 받고 싶으면 딴 데 가서 받아! 세상에 어떤 아비 어미가 아들한테 집을 지어주고 돈을 받아?! 차용증 있냐?"

바로 이때 이웃집의 위씨 성을 가진 한족 여자가 달려와 그녀를 말렸다.

"뭐 해요?! 일이 있으면 좋은 말로 하지 이렇게 막무가내로 소리 질러봐야 무슨 소용이야."

그녀는 올라나와 만라이를 본채 쪽으로 있는 힘껏 밀며 겨우 달래서 끌고 들어갔다.

라나 터너의 법칙

베이징발 에리옌행 기차는 저녁 9시 40분에 종착역에 도착했다. 고요하던 에리옌 기차역은 소란스러워지기 시작했다. 2호 침대칸 출입구를 통해 줄지어 쏟아져 나오는 여행객 속에 아리오나와 시아오탕도 차례대로 내렸다. 시아오탕은 바퀴 달린 커다란 새 가방을 끌고, 아리오나는 작은 가죽 가방과 예쁘게 생긴 전자 기타를 메고 흐뭇한 표정으로 역내를 걷는다. 둘이 가까이 붙어 싱글벙글 즐거워하는 모습을 보면, 열하루 동안의

행복했던 여행이 그들을 단단한 황금 실로 묶어 완전한 연인이
되게 했음을 짐작할 수 있었다.

그들은 시아오탕의 고향에 가서 시아오탕의 부모님께 인사
드린 후 이어서 몇 개의 큰 도시를 여행하고 돌아온 참이었다.

낯익은 버스 정류장, 낯익은 빌딩, 낯익은 길과 골목…… 에
리엔 시내의 이런 낯익은 풍경들이 하나씩 눈에 들어오자, 열
하루 동안 마치 세계의 절반쯤이나 여행하고 온 것처럼 오래
도록 살아온 집과 도시를 떠나 아주 먼 곳을 여행하고 다닌 사
람들의 마음에서나 생겨날 법한 뜨거운 감동이 아리오나의 마
음에 벅차게 밀려왔고, 훈훈한 고향의 공기를 들이마시는 순간
여행의 피로도 소리 없이 사라졌다.

아리오나는 시아오탕과 함께 택시를 타고 홍장미 레스토랑
으로 달려가는 동안, 자신이 산 값비싼 의복과 장신구 들을 어
떻게 자랑할 것인지와 아버지에게 선물할 진주 허리띠와 어머
니에게 드릴 여름옷, 오빠에게 줄 스위스 손목시계, 동생에게
줄 전자 기타, 동료 아가씨들에게 진주 목걸이 등을 한 명 한
명 나눠주고…… 그들은 자신을 능력 좋고 재력 있는 멋진 남
자를 얻었다고 부러워하며 칭찬하고…… 등등 잠시 후면 벌어
질 흐뭇한 일들을 몇 번이고 상상해봤다. '라나 터너의 법칙'에
의하면, 성공한 남자란 자기 여자가 쓰는 것보다 더 많은 돈을
버는 사람이다. 그럼 성공한 여자는 이런 남자를 얻는 여자일
것이라고 생각하며 아리오나는 '라나 터너의 법칙' 만세! 라고
외치고 싶을 만큼 마음이 흥분되었다.

잠시 후 택시는 홍장미 레스토랑 앞에 도착했다. 레스토랑은

문을 닫기라도 한 것처럼 손님도 안 보이고 조용했다. 입구 옆에는 체체그마가 타고 다니는 자전거 한 대만 놓여 있었다. 9시나 10시쯤 되면 손님이 뜸해지는 것을 시아오탕도 잘 알지만, 보통 이렇게까지 조용한 적은 별로 없었다. 그런데 홍장미 레스토랑의 동남쪽에 있는 3층짜리 건물 앞에 노란색, 파란색 등등 가지가지 색깔의 작디작은 삼각 깃발들이 펄럭이는 모습이 눈에 들어왔다. 자세히 보니 반라 여인의 컬러사진 위에 '숭길렘 유흥 센터'라고 쓰인 큰 간판이 2층에 붙어 있고, 그 아래층 입구의 양쪽에는 빨간 종이에 검은 글씨로 '개업 축하'라고 쓴 한자가 선명했다. 이 글자들이 홍장미 레스토랑 입장에선 경쟁 업체의 도발적인 광고임을 시아오탕은 알 수 있었다. 더욱이 출입구 옆에 주차된 두어 대의 승용차는 이 유흥 센터 사장이 사회적으로 대단히 높은 지위에 있는 사람임을 보여주었다. 아리오나는 '숭길렘 유흥 센터'는 거들떠보지도 않았다. 그녀는 베이징에서 사 입은 최신 스타일의 알록달록한 꽃무늬 스커트를 나풀거리며 부랴부랴 레스토랑으로 나비처럼 날 듯이 들어갔다.

"어머, 내 딸 왔구나! 왜 이리 오래 걸렸어."

사란체첵과 무대 중앙의 의자에 나란히 앉아 재잘거리던 어머니는 아리오나를 보자마자 볼에다 두 번 입을 맞추었다. 사란체첵도 의자에서 황급히 일어나, 아리오나와 탕 사장에게 인사를 하고 세숫물을 떠다 주려고 대야를 들고 주방으로 갔다.

"엄마, 왜 둘뿐이에요?"

아리오나가 가방과 기타를 카운터에 내려놓고 여기저기 둘

러보며 묻자, 구일레스 여사는 딸의 옷을 만지작거리고 머리칼
을 사랑스럽게 쓰다듬으면서 설명을 해준다.

"요리사 둘은 자고 있지. 체체그마와 얀얀은 놀러 나갔고. 아
란은 너희들이 없는 동안 몇 번 안 왔다. 너희들이 떠난 다음
에 손님이 줄더니, 그저께 길 건너편 건물에 숭길렘 유흥 센터
라는 큰 가게가 문을 열었고, 우리 가게를 찾던 손님들도 발길
이 뚝 끊겼어."

시아오탕은 바퀴 달린 가방을 벽에 기대어두고 구일레스에
게 초조하게 물었다.

"숭길렘 유흥 센터 사장이 누굽니까?"

"듣자 하니 그 악명 높은 깡패 두목 황 사장이라더군!"

황 사장이란 말을 듣고 탕 사장의 얼굴은 흙빛이 되었다. 그
는 흰 재킷 안에 매고 있던 황금색 넥타이를 풀고, 사란체첵이
가져다준 대야 속의 찬물로 세수를 하기 시작한다. 아리오나의
어머니는 입을 가만두지 못하고 아리오나에게 이것저것 물어
댔다.

"시부모님은 만났어?"

"만났어요. 그분들이 두 분께 안부 전해 달랬어요."

시아오탕의 부모는 아리오나 부모의 안부를 묻지 않았으나
시아오탕의 체면을 생각한 아리오나는 거짓말을 했다. 사란체
첵도 모녀간의 대화를 엿들으며 옆에서 웃는 얼굴로 서 있다.

"사돈집에선 며칠이나 잤냐?"

"이틀. 우리는 하루만 자고 나오려 했는데, 어머님이 며칠 더
자고 가라고 하셔서…… 오는 길에 시아오탕이 나 구경시켜준

다고 다롄, 선양, 베이징 같은 도시로 데리고 다녀서 이렇게 늦었어요."

아리오나는 대답과 함께 바퀴 달린 여행 가방을 열었다. 먼저 부모님 선물을 꺼내 자랑하고, 다시 한 뭉치의 진주 목걸이를 꺼내 그중 하나를 사란체첵에게 주었다.

"이건 너한테 주는 작은 선물이야."

"고마워!"

사란체첵은 진주 목걸이를 받아 들고 뛸 듯이 기뻐했다.

"나한테 고마워할 거 없어! 고마워할 거면 탕 사장에게 해! 다 탕 사장 돈으로 산 거야."

아리오나는 은근히 자신을 과시하는 투로 농담하듯 말했다. 탕 사장은 귀머거리처럼 그들의 이야기에 아랑곳하지 않고 얼굴을 씻고, 문지르고, 닦았다. 그리고 새로 물을 떠다 놓고 부드럽게 말했다.

"아리오나, 세수해."

"응, 잠깐만."

아리오나가 남은 진주 목걸이 세 개를 도로 집어넣으려 할 때, 구일레스 여사가 맘에 들었는지 서둘러 묻는다.

"그렇게 많은 진주 목걸이를 누구한테 주려고?"

"얀얀, 아란, 체체그마한테 줄 거예요."

"어디, 나도 한번 걸어보자."

구일레스 여사가 손을 내밀자 아리오나는 어머니에게 하나를 건넸다. 구일레스 여사는 사란체첵과 경쟁하듯, 진주 목걸이를 금목걸이가 걸려 있던 목에 차고, 벽에 있는 대형 거울을 보며 주저 없이 말했다.

"와, 아주 멋진데?! 아란은 주지 마! 걔는 금목걸이도 여러 개 있는데 이게 필요하겠냐?! 내가 가질게."

아리오나는 남한테 주기엔 아까운 물건도 엄마에게 주는 건 아깝지 않았다. 하나 더 사 왔어야 했는데, 라고 생각하며 대답했다.

"엄마가 가져요! 아란한테는 나중에 다른 걸 선물할게요."

시아오탕은 옷을 갈아입으러 숙소에 들어간 듯 보이지 않았다. 아리오나는 가방에서 한 뼘 두께의 사진들을 꺼냈다.

"이건 새로 산 1천 위안짜리 카메라로 찍은 거야."

그녀는 어머니와 사란체첵에게 반반씩 나눠줬다. 사란체첵은 각지의 풍경을 배경으로 찍은 사진들을 부러운 눈으로 열심히 구경했다. 그러나 구일레스 여사는 딸과 사위의 사진에 그다지 흥미를 느끼지 못하고 건성건성 빠른 속도로 훑어보았다.

"큰아버지 나산달라이는 너희 둘이 떠난 다음 날 짐을 싸서 집에서 나왔다! 좀 전에 큰엄마가 와서 며느리가 큰아빠, 큰엄마에게 얼마나 못되게 굴었는지, 철멍이랑 만라이 형제도 얼마나 사이가 나빠졌는지, 만라이는 친구들한테서 2만 위안을 빌려다 철멍에게 돌려줬고, 철멍은 큰아빠, 큰엄마를 데리고 집을 나와서 어떻게 셋집에 들어가게 되었는지, 울며불며 신세타령을 하다 가셨어. 불쌍해라! 만라이 이놈은 정말 저승사자 같은 마누라를 데려왔어. 저들은 저들대로 본채에서 살고 큰아빠, 큰엄마는 철멍이랑 행랑채에서 살면 서로 방해될 것도 없잖아."

구일레스 여사는 특별히 알려야 할 최근의 중요한 '뉴스'를 신속하게 전해주었다. 아리오나는 놀란 눈으로 말했다.

"어?! 올라나 언니는 아주 똑똑해 보였는데! 결혼한 지 얼마 되지도 않았는데 이런 말썽이 생겼네. 소문나면 좋을 게 없는데."

"큰엄마는 맘고생 하느라 요 며칠 살이 쭉 빠지고 뼈만 남았다. 철멍은 셋집에 오래 살 생각 않고, 꼭 본채를 짓겠다더라! 그래서 어디서 돈을 좀 빌릴 생각이라던데. 나는 우선 본채를 지을 게 아니라 행랑채부터 지어 살아라, 그럼 있는 돈으로 충분하지 않겠냐 하면서 큰엄마한테 몇 번이고 당부를 했는데, 알아서 하겠지."

아리오나는 이런 말을 계속 들으면 마음만 심란해질 거라 생각했는지, 아니면 이 말이 자신과 상관없는 일이라고 생각했는지, 바로 화제를 바꿨다.

"아버지는 몽골에 안 갔죠?! 오빠는 일하고 있고?"

"네 아버지는 하루 종일 마작질 하느라 먹고사는 일은 잊은 모양이다. 네 오빠는 예전처럼 근무 중이고! 며칠 전에 어떤 놈들이 담비 장수를 셋방으로 유인해서 벽돌로 때려죽이고 가지고 있던 돈과 담비 가죽을 갖고 도망친 끔찍한 사건이 터졌단다. 오빠랑 동료들이 며칠을 먼지 날리게 쫓아다녔는데 단서도 못 찾았대."

"끔찍해!"

"에리엔에 끔찍한 일이 어디 한둘이어야지!"

"테니게르는 집 보고 있어요?! 이 전자 기타는 테니게르 줄

건데. 시아오탕이 개한테 꼭 사주겠다고 고집을 부려서 하나 샀어요! 가격이 2천 위안 정도!……"

그들이 이렇게 잡담을 나누고 있을 때, 주방장인 시아오샨이 눈과 입을 비비며 나오더니 아리오나를 보고 미소를 지었다.

"잘 다녀왔어?! 배고프지?"

그는 자기 할 일과 관련된 질문만 했다.

마음은 복잡한 것

에리엔의 백화점 서문으로 사란체책과 아리오나가 팔짱을 끼고 들어간다. 그들 곁으로 드나드는 내외국인들이 인산인해를 이룬다. 백화점의 물건은 남부시장의 물건보다 비싼데도 내내 사람의 발길이 끊이질 않는다. 비싼 건 비싼 값을 한다는 말이 사실임을 증명한다고 할까.

어제 체체그마와 안얀이 백화점에 새로 들어온 망사형 원피스를 각자 하나씩 사 입은 것을 보고 사란체책이 아주 마음에 들어 했다. 그녀는 자기도 꼭 하나 사겠다고 밤새 옷 생각을 하며 잠이 들었다. 체체그마와 안얀은 순치를 도와 채소를 손질하는 중인지라, 예쁜 옷을 사 입고 싶었던 사란체책은 아리오나를 졸라 오토바이 뒤에 타고 백화점에 온 것이었다. 아리오나는 생각에 잠겼다. 여성들은 새로 나온 옷이 있으면 꼭 사서 입어보는 공통된 성향을 보인다. 이상하기도 하지. 맹목적으로 유행 따라 흔들릴 게 아니라 자기 몸에 어울리는 옷을 잘

골라 입는 것이 나만의 아름다움을 표현하고 개성을 드러내는 일종의 테크닉이라 할 수 있다. 이런 테크닉이 우리 여자들에게 많이 부족한 것은 안타까운 일이다…… 그러나 사란체책에게 이런 생각을 말하면 자신을 원망할까 봐 말하지 않았다. 입고 걸치는 면에서 보면 아리오나는 우아하고 세련되며 현대적인 개성을 지닌, 에리옌에서 몇 안 되는 '모델'이었다. 오늘 그녀는 몸에 달라붙는 반들거리는 회색 원피스를 입었는데, 날씬하고 아름다운 몸매가 유난히 돋보여 매우 고급스럽고 신비스러워 보인다.

아리오나와 사란체책은 계단으로 3층까지 올라간 후 남쪽으로 돌았다. 체체그마가 말해준 옷가게에 가까워지자 아주 낯익은 아가씨의 서글서글한 눈빛이 눈에 띄었다. 대학 동기 오양가였다. 오양가는 남자 친구 사초랑고이와 같은 허르친 출신으로 중학교 때부터 사귀어온 유명한 커플이었다. 사범대학교를 졸업하고 둘 다 허르친으로 발령받아 귀향했었다. 그런데 왜 여기서 옷을 팔고 있지?! 아리오나는 놀라움과 반가움에 빠른 걸음으로 다가갔다.

오양가는 가게 안에서 옷을 사려는 젊은 남녀와 흥정하느라 아리오나를 발견하지 못했다. 아리오나는 진열대에 기대어 망사형 원피스를 붙잡고 일부러 생글거리며 묻는다.

"아가씨, 이 옷은 얼마요?"

오양가는 귀에 익은 목소리에 소스라치게 놀라 소리가 난 쪽을 쳐다보았다.

"와, 아리오나! 백만장자의 사모님이 될 거란 말 들었어! 더 예뻐졌구나!"

그녀는 주변 사람들이 깜짝 놀랄 만큼 큰 소리로 말했다. 아까의 두 젊은이는 "다음에 살게요" 하고 나가버렸다. 오양가는 그들을 거들떠보지도 않고 아리오나를 쳐다보며 활짝 웃는다. 아리오나도 고르고 흰 치아를 드러내며 웃는다.

"야, 너는 연락도 없이 여기 와서 옷을 파니?"

오양가는 장난스럽게 검은 눈을 깜박였다.

"말하자면 길어. 사초랑고이와 나는 읍내에 남으려고 백방으로 뛰어다녔지만 결국 시골 초등학교로 발령받았어. 1년 넘게 신물나도록 학생들을 가르쳤는데 월급도 제대로 안 주더라. 일과 생활환경 모든 게 너무 열악했고. 그래서 사초랑고이와 함께 일을 그만두고 이곳으로 왔지 뭐. 이 가게는 사촌 오빠가 세를 얻어 쓰다가 우리한테 넘겨준 거야. 사촌 오빠는 울란바타르를 오가며 일하고 있어. 사초랑고이도 물건 떼러 시지아주앙에 갔고."

아리오나가 일부러 서운한 눈빛을 지으며 말했다.

"에리옌에 왔으면 왜 나를 안 찾아왔어?"

오양가는 눈웃음을 지으며 대답했다.

"널 찾아가고 싶었지. 하지만 전화번호도 모르는데 집집마다 노크하고 다닐 순 없잖아. 그러다 며칠 전에 동부 출신 몽골 여자가 옷을 사러 왔기에 고향 사람이라고 이야기를 나누던 중에 네 소식을 들었어. 사초랑고이가 오면 널 보러 '홍장미'에 갈 생각이었어."

"너흰 세 들어 살아?!"

"응, 여기서 서쪽으로 100미터 정도 떨어진 집에서 행랑채를 빌렸어. 참, 정말! 넌 왜 숨베르랑 헤어졌어?!"

아리오나는 살 옷을 둘러보던 사란체첵을 바라보며 여자끼리 이해 좀 해달라는 듯한 눈빛을 보내고, 다시 오양가에게 "가족들이 반대해서 헤어졌어"라고 시무룩하게 말했다. 사란체첵은 친구끼리 대화하는 것을 방해하지 않으려는 듯 옆 가게로 가서 옷을 구경한다. 오양가가 묻는다.

"숨베르는 지금 어디서 뭘 해?"

"소식 못 들은 지 오래됐어! 지금 사귀는 한족 남자도 정말로 사랑하는 건지 아닌지 잘 모르겠다. 숨베르가 내 마음에 아직도 남아 있나 봐."

아리오나는 마음이 통하는 친구에게 솔직한 마음을 털어놓았다.

이때 키 큰 여자가 가게 앞에 와서 새로 나온 스판 내의를 가리키며 "얼마요?" 하고 물었다.

"살 거면 5위안에 드릴게요."

오양가는 많은 옷 중에서 똑같은 내의 하나를 꺼내어 여자 앞에 펴서 보여준다. 여자는 내의를 돌려보고 뒤집어보고 하더니 "하나 살게요"라며 메고 있던 작은 검정 가방에서 돈을 꺼내 내밀었다. 키 큰 여자가 내의를 사 간 후에 아리오나가 물었다.

"야, 저기 망사 옷 얼마야?! 나랑 같이 레스토랑에서 일하는 여자애가 사고 싶어 해."

아리오나가 손가락으로 가리키며 묻자 오양가는 옆 가게에서 웃으며 다가오는 사란체첵에게 고개를 끄덕이고 미소를 지으며 대답했다.

"남들에겐 최소 170위안은 받지. 네 친구가 사겠다니까 20위안 깎아줄게."

사란체첵은 옷을 받아 몸에 대보고 바로 돈을 세서 주었다. 아리오나는 손목시계를 쳐다보더니 오양가에게 말했다.

"우린 지금 가봐야 해. 다음에 만나서 실컷 얘기하자! 사초랑고이 돌아오면 우리 레스토랑에 놀러와."

오양가는 갑자기 생각난 듯 물었다.

"참, 너희 레스토랑 잘되지?"

"그럭저럭 된다고 해야겠지! 하필이면 우리 레스토랑 근처에 새 유흥업소가 생겨서 매출이 반 토막 났어!"

"그래도 벌 만큼 많이 벌어놨겠지! 어쨌든 너희는 우리와 차원이 달라. 우리는 장사 한번 잘못하면 쫄딱 망한다고!"

"그런 말 하지 마! 말이 씨가 될라?! 그럼, 다음에 보자."

"잘 가, 둘 다 또 와요!"

둘이란 말에는 당연히 사란체첵이 포함됐기 때문에 사란체첵은 오양가에게 고개를 끄덕이며 웃어 보이고 아리오나와 함께 인파 속으로 걸어갔다.

얼마 가지 않아 아리오나는 어느 가게 앞에서 넥타이를 고르는 남녀 한 쌍을 발견하고 걸음을 멈추었다. 짧은 청바지에 살구색 스타킹을 신고 노란 윗도리를 입은 날씬한 여자와 함께 숨베르가 넥타이를 고르고 있었다. 얼마나 공교로운 만남인가?! 방금 오양가와 숨베르에 대해 이야기를 하고 겨우 몇 발짝 가기도 전에 그와 마주치다니 너무 신기하지 않은가!

숨베르와 함께 있는 여자는 나르길이었다. 나르길과 숨베르의 만남이 인연이었다면, 서로 사랑해 하나가 되는 것은 숙명이었던 걸까?! 숨베르가 악당들에게 피투성이가 되도록 얻어맞았을 때, 나르길은 그를 도와 병원으로 데려다주고 오빠나 연인이라도 되는 양 보살펴주었다. 그 후로 둘의 만남은 잦아졌고, 나르길이 용기 있게 사랑을 고백했다. 황량한 사막에 쓰러져 목이 타 죽어갈 즈음에 구름이 나타나 갈라 터진 입술에 단비를 뿌려준 것처럼, 첫사랑과 헤어져 절망에 빠져 있던 숨베르에게 그녀의 사랑은 큰 힘이 되었다. 둘은 어느 순간 연인으로 발전했다. 아리오나를 나르길이 대체할 수 없는 것처럼, 나르길을 아리오나가 대체할 수도 없는 일이었다. 그러나 첫사랑은 신성하기도 하고, 명예롭기도 하고, 황금보다 값진 것이기도 해서, 숨베르는 아리오나를 한밤의 꿈 한낮의 그리움에서 떨쳐낼 수 없었다. 나르길도 차하르 출신의 한 청년과 5년간 연애하다가 최근에 버려져 고통스러웠던 사연을 숨베르에게 숨김없이 털어놓았다. 이렇게 그들은 처지가 너무 비슷했고, 새로 맺은 사랑은 첫사랑에 비하면 낭만적인 색채는 옅어지고, 반면에 현실적인 색채가 더 강했다. 얼마 전 나르길은 아는 사람에게 부탁해 숨베르에게 '갈후르드'라는 회사의 통역 일을 구해주었다. 내일 출근을 앞둔 숨베르는 나르길의 제안으로 백화점에 와 새 넥타이를 사려던 것이었다.

숨베르는 아리오나를 보지 못했다. 아리오나는 숨베르와 함께 있는 여자를 자세히 보고 싶었지만, 숨베르가 자기를 발견하기 전에 부랴부랴 계단으로 내려가다가 사란체첵을 앞질러 버렸다. 아리오나가 마치 빚쟁이를 피해 달아나는 채무자처럼, 또는 무슨 죄가 드러날까 봐 전전긍긍하는 죄인처럼, 갑자기 얼굴이 하얗게 질려 달려가는 것을 사란체첵은 영문도 모른 채 뒤쫓아가며 소리쳤다.

"왜 이렇게 빨리 가?"

부처님 덕에 숨베르가 그녀를 보지 못한 것이 아리오나에겐 자신을 겨눈 총구로부터 무사히 탈출한 것처럼 다행스럽게 생각되었다…… 숨베르와 함께 있던 그 여자는 누굴까? 아리오나는 몇 날 며칠 동안 별의별 상상을 다 해봤다. 헤어지고 나서도 사귀었던 사람을 생각하며 연연하는 이유는 뭘까?! 마음이란 참 알 수 없는 것이다.

남을 돕는다고 다 관세음보살인가

철명은 '홍장미' 주변을 오래도록 맴돌았다. 들어갈까? 말까? 두 갈래의 생각이 그를 머뭇거리게 했다. 철명의 눈은 근심으로 가득 찼다. 무심한 세상의 가혹한 심술에 희롱당하고, 삶에서 전혀 생각지 못한 타격을 받아 좌절하고 고통스러워하는 마음이 얼굴에 선명히 드러났다.

그가 이렇게 두 갈래 생각 사이로 삼륜거를 타고 왔다 갔다 할 때, 홍장미 레스토랑의 발이 쳐진 출입구로 형 만라이가 생글거리며 나오는 게 보였다. 아리오나와 시아오탕도 뒤따라 나와 웃는 얼굴로 배웅했다. 철멍은 형을 보자마자 못 볼 것을 본 것처럼 부랴부랴 삼륜거 손잡이를 180도 돌려 있는 힘껏 달렸다. 만라이는 그를 보지 못했다. 철멍은 속으로 '저 인간도 나처럼 돈 빌리러 온 건가'라고 생각하며, 형이 그가 살아갈 공간을 다 빼앗고 독차지하는 것 같아 더욱 화가 나고 증오심이 일었다.

철멍은 북쪽으로 한없이 달리며 속으로 이제 형이 '홍장미'를 떠났겠지, 돌아가자, 돌아가서 시아오탕에게 돈을 빌리지 않으면 가망이 없어, 빨리 새 집을 지어 셋방을 벗어나자, 라고 생각하며 삼륜거를 다시 천천히 돌렸다. 자기가 지은 좋은 집이 있었는데, 그 집을 친형과 형수에게 양보한 것도 아니고 싸움 끝에 빼앗긴 것을 생각하면, 철멍은 원망보다는 분노가 치밀어 올랐다. 셋집에서는 단 하루를 보내는 것도 억겁의 시간처럼 길게 느껴졌다. 사람이 죽지만 않고 살아가다 보면 하늘이 구원해준다는 말이 사실이었는지, 식구들이 정말 어디서 돈을 구할까 막막해하며 노심초사하고 있을 때인 바로 그저께, 아리오나가 신랑감을 데리고 큰아버지, 큰어머니를 보러 왔었다. 시아오탕은 돌아가면서 철멍에게 "무슨 일이 있으면 나를 찾아와요! 가능한 선에서 도와드리죠"라고 빈말처럼 내뱉었는데, 철멍은 그 말을 마치 황금처럼 소중하게 받아들였다. 철멍에게 시아오탕은 꼭 구원의 빛처럼 보였으며, 이 사람에게 돈을 빌리려면 빌릴 수 있을 거란 생각도 들었다. 아리오나는 구일레스 여사에게 선물하려고 베이징에서 사 온 옷이 엄마에게 맞지 않자 "큰엄마한테 갖다줄까. 심란하실 텐데 조금이라도 위로가 되지 않겠어?"라고 제안했고, 구일레스 여사는 "그럼 신랑이랑 같이 큰아버지, 큰어머니한테 가봐라. 그리고 이 옷을 시아오탕이랑 베이징 여행할 때 큰엄마를 위해 샀다고 해"라고 말했다. 자기가 낳은 자식은 제 부모를 인정 없이 내쫓았는데, 남인 데다 가깝지도 않았던 예비 조카사위가 선물을 들고 인사를 하러 오자, 나산달라이 부부는 이 세상에 아리오나와 시아오탕 외에 어른을 섬길 줄 아는 사람은 없는 것 같다고 생각하며 뜨거운 눈물이라도 쏟을 것처럼 감격했었다.

철멍은 골똘히 생각에 빠져 있다가 자기도 모르게 '홍장미' 입구에 도착했다. 이제 들어가자고 그는 다짐했다. 이 세상에 태어나 지금까지 살아오면서 남에게 골무 하나 빌려본 적 없는 철멍으로선, 오래 알고 지낸 것도 아닌 데다 아직 진짜 친척도 되지 않은 사람에게 돈을 빌린다는 것이 너무 견디기 힘들었다. 그러나 그에게 돈을 빌려줄 만한 다른 사람은 없는 듯했다. 숙부에게 빌리자니 듣기에 빚이 적지 않게 있다 하고, 형 만라이의 결혼식 때 축의금으로 적어놓은 1천 위안도 지금까지 주지 않은 데다 줄 기미도 없었다. 하일라스 씨에게 빌리자니, 오란 여사는 돈이 있어도 늘 없다고 엄살을 부리며, 몇천 위안이 아니라 몇 위안에도 벌벌 떠는 사람이라 그들과 가까이하는 걸 좋아하는 사람이 없었다. 그렇지만 하일라스 씨가 아버지에게 지금의 경비 일을 구해주었으니, 오란 여사는 태산 같은 도움을 준 셈이다. 이에 대한 보답도 하지 않았는데 또 귀찮게 하는 것은 너무 염치 없다는 생각이 든다.

철멍은 삼륜거를 길가에 세워놓고 자물쇠를 채우지 않은 채로, 홍장미 레스토랑 출입구에 쳐진 발을 제치고 들어갔다. 그가 삼륜거의 자물쇠를 채우지 않은 건, 시아오탕에게 돈을 못 빌리면 얼른 돌아 나와 어색한 자리를 바로 뜨겠다는 심산이었다.

시아오탕과 아리오나는 카운터를 사이에 두고 마주 보며 무언가 이야기를 하고 있었다. 철멍을 보자마자 시아오탕은 아리오나에게 눈을 깜빡거린 후, 얼굴에 따뜻한 미소를 띠며 철멍을 맞았다.

"오셨나요?! 앉아요, 앉아!"

그는 옆의 의자를 턱으로 가리켰다. 철멍은 죄지은 아이처럼 얼굴을 붉히며 의자에 앉지 않고 머뭇거렸다.

"오늘은 손님이 없네요?"

그는 간신히 한마디를 꺼냈다. 시아오탕은 손님이 없다고 걱정하거나 답답해하는 표정을 추호도 드러내지 않고 침착하게 웃었다.

"요즘 손님이 줄었어요. 와도 외상으로 먹는 일이 많아요. 어떤 장사를 할지 결정했나요?"

철멍은 뒤통수를 긁적거리면서 몹시 궁색한 표정으로 여전히 얼굴을 붉히며 대답했다.

"당장은 어떤 일을 할지 못 정했어요. 우선 집을 지을 생각입니다."

아리오나가 끼어들었다.

"새 집을 짓는 게 맞아. 셋집에 산다는 건 아무리 생각해도 어려운 일이야."

아리오나가 지원해주자 철명은 용기가 생긴 듯 약간 긴장을 풀고 말했다.

"…… 집을 짓는 데…… 몇천 위안 정도 부족해서. 그래서 부모님 말대로 여기서 돈을 좀 빌릴까 하고 왔습니다."

부모님 얘기를 꺼내면 돈을 빌리는 데 유리할 듯했다. 아리오나가 시아오탕을 슬쩍 쳐다보자 시아오탕은 조금은 난감한 표정으로 물었다.

"돈이 얼마나 부족하신지."

"이제 8천 위안만 있으면 됩니다! 집터는 이미 사놨어요. 돈을 벌면 바로 갚을게요. 신분증을 담보로 맡길 수도 있어요!"

시아오탕은 차분한 표정으로 말했다.

"숨길 게 뭐 있겠소! 방금 만라이가 2만 위안을 빌리러 왔어요. 지인들에게서 빌린 돈을 약속한 날짜까지 절반이라도 갚고 자밍우드에 가서 장사를 할 거랍니다. 당장은 수중에 돈이 없으니, 저도 환전하는 친구에게 돈을 더 빌려서 8천 위안을 구해드리죠! 우선 신분증을 놓고 가세요! 신분증을 담보로 하면 빌릴 때 조금 쉬워요. 하지만 집을 짓고 빠른 시일 내에 갚지 못하면 신분증 대신 집문서를 내놓아야 합니다. 아니면 그 친구도 신분증을 믿지 않을 테니…… 참, 만라이도 집문서를 담보로 내놔야 해요. 나도 몇만 위안 더 빌려서 다른 장사를 할 겁니다. 내일 아침 만라이에게도 돈 받으러 올 때 집문서를 잊지 말라고 전해주세요. 괜찮겠습니까?"

시아오탕이 자기도 돈이 없으면서 남한테 빌려서라도 주겠다고 약속을 하자, 철명은 정말 너무나 기뻐서 뭐라고 해야 할지 몰라 "괜찮아요…… 괜찮아요……"라는 말만 반복하다가 "그럼 저는 가볼게요"라고 말하고 밖으로 나왔다. 아리오나가 쫓아 나와 배웅을 했다.

"차 한잔 안 마시고 그냥 가?"

철명은 형에게 시아오탕의 말을 전해줄 일이 막막했는데, 삼륜거를 몰고 집으로 향하다가 문득, 내일 아침 길에서 기다렸다가 말하자, 라고 결정했다. 그는 죽어도 형네 집 문턱을 넘지 않겠다고 집을 나오던 날 다짐했었다.

운명의 밤

나산달라이 씨 가족이 새 집으로 들어간 지 닷새째 되는 날, 시아오탕과 아리오나 두 사람은 신랑 신부가 되었다. 결혼식의 찬란한 순간이 모두 비디오로 녹화되어, '사실 예술'이라 할 멋진 장면들이 보는 이들의 부러움 속에서 영원한 추억으로 남았다. 식은 말할 것도 없이 홍장미 레스토랑에서 치러졌다.

내린 비는 흘러가고 모인 손님은 흩어진다는 말처럼, 저녁 7시가 되었을 때 하객들은 곳곳으로 떠나고 시아오탕과 아리오나 둘만 남았다. 시아오탕은 주민등록등본을 떼러 고향에 가면서 부모님 중 한 분을 모셔 와 혼례에 참석시키겠다고 했는데, 등본을 갖고 돌아와서는 "아버지가 아프셔서 두 분 다 못 오시게 됐어"라고 말했다. 결국 결혼식장엔 시아오탕의 몇몇 지인을 빼면 대부분 아리오나 쪽 하객이었다.

아리오나는 자기 명의로 산 100제곱미터 아파트의 꽃무늬 가득한 실내장식과 39인치 대형 컬러 TV, 시엔커 VCD 플레이어, 신페이 냉장고, 단풍나무로 만든 티 테이블, 유럽식 수공예 가구 등 세간살이를 두리번거리다가, 어떤 뜨거운 것이 전신을 짜릿하게 휘감으며 행복의 황금빛 소용돌이가 마음속에서 용솟음치는 것을 느꼈다. 시아오탕은 냉장고에서 캔 음료를 꺼내 뚜껑을 딴 후 아리오나에게 건넸다. 아리오나는 고혹적인 눈빛으로 시아오탕을 응시하면서 캔을 빨간 장밋빛 입술에 대고 홀짝거리며 다정하게 묻는다.

"오늘 피곤했지?"

이 말은 시아오탕의 귀에 '당신을 사랑해'라는 말보다 훨씬 뜨겁게 느껴졌다. 그는 무언가를 열망하는 듯한 거친 눈빛을 뿜으며 말했다.

"혼례복 갈아입지?"

아리오나도 웨딩드레스가 거추장스러웠기 때문에 시아오탕을 그윽한 눈빛으로 쳐다보며 캔을 티 테이블에 내려놓고는 옷을 갈아입으러 침실로 들어갔다.

잠시 후 아리오나는 살구꽃 빛 잠옷을 입고 나왔다. 속이 비치는 잠옷 너머로, 선이 뚜렷하고 볼륨이 선명한 곱고 아름다운 몸매가 어른거렸다. 오늘의 결혼식 영상을 TV에 연결해 무덤덤하게 구경하던 시아오탕은 들고 있던 '베이징 맥주'를 다시 한 모금 마시고, 정욕이 충만한 눈으로 아리오나를 응시하며 말했다.

"와, 우리 왕비는 서시와 궁리가 질투할 정도로 예쁜걸."

그는 캔을 티 테이블에 내려놓고 일어나 아리오나에게 다가가 부드럽게 껴안았다. 여자들은 늘 부드럽고 달콤한 칭찬을 좋아하고 마음을 놓으면 절제할 수 없게 취한다는 말처럼 시아오탕의 이 말은 향긋한 프랑스 와인을 마신 듯 아리오나를 취하게 했다. 이 세상에 자기보다 아름답고 빛나는 여자는 없으며 자기보다 더 행복한 사람은 없는 것처럼 생각되어 아리오나는 마치 구름을 탄 듯 황홀해했고, 두근거렸고, 취해버렸다. 시아오탕의 포옹은 점점 강렬해졌고, 눈에선 은밀한 욕망이 활활 타올랐으며, 입술은 아리오나의 빨강과 하양이 선명한 얼굴로 날아들었다. 아리오나의 두 팔도 어느새 시아오탕의 목을 끌어안았고, 입을 맞추라고 말하는 듯 투명하고 예쁜 검은 눈을 꼭 감았다.

뜨거워진 입술이 아리오나의 뺨과 눈, 입술과 목덜미 위로 달려들었다. 시아오탕의 코에 친숙하면서도 낯선 꽃향기가 폐 속으로 훅 밀려왔다. 그는 손오공과 같은 힘과 마법을 갖진 않았지만, 대담하게 천상의 과수원에 잠입해 천도복숭아를 훔쳐 먹는 듯한 극도의 쾌감과 긴장감을 맛볼 수는 있었다.

아리오나의 마음속에 문득 그녀를 껴안고 키스하는 남자가 시아오탕이 아니라 숨베르였다면 얼마나 좋았을까, 하는 생각이 번개처럼 스쳐 갔다. 그녀는 시아오탕과 사귀기 시작한 후로 시아오탕에게서 숨베르의 그림자를 여러 차례 찾아보았지만 그 사실을 아무에게도 말하지 않았다. 숨베르는 과묵한 성격인 데 반해, 시아오탕은 사람들과 호탕하게 이야기 나누길 좋아한다. 숨베르는 아름다운 시를 쓰는 특별한 재능을 가졌지만, 시아오탕은 돈을 눈덩이 불리듯 벌 줄 아는 '마법'을 부렸

다. 숨베르는 돈을 하찮게 여기고, 돈이 모든 것을 대신할 수
없다고 생각하며, 멀리서 빛나는 봉우리를 향해 묵묵히 나아가
는 내면이 강인한 남자지만, 시아오탕은 돈을 숭배하고, 돈만
있으면 무엇이든 얻을 수 있다고 여기며, 쾌락의 바다에서 실
컷 헤엄치며 사는 것을 생의 즐거움으로 삼는 도깨비 같은 남
자다…… 이처럼 경을 읽어도 화음이 맞지 않고 고기를 삶아
도 국물이 섞이지 않을, 서로 언어와 성격과 이상향이 다른 두
남자와 연달아 사귄 것을 돌이켜보며 아리오나는 스스로에게
놀라곤 했다. 숨베르는 자신에게 시를 주었고 꿀 같고 불같은
사랑을 주었다. 아리오나는 숨베르의 시에 얼마나 도취했었던
가?! 또한 숨베르의 꿀 같고 불같은 사랑에 얼마나 두근거렸
던가. 그렇게 영원히 비밀스러운 추억이 되어버린 첫번째의 신
성한 떨림은 평생토록 다시 오지 않을 것이다! 반면에 시아오
탕은 그에게 풍요로운 삶을 가져다주었고, 무한한 물질적 환경
을 제공해주었다. 또한 사회적 긍지와 만족감, 친척들의 찬사
와 부러움 등 무시할 수 없는 것들도 가져다주었다…… 하나를
잃었고 다른 하나를 얻었다. 인생이란 것이 바라는 대로 다 되
는 게 아니다. 100퍼센트 순수한 다이아몬드를 구할 수 없듯이
아무 흠 없이 완벽한 평생의 반려자도 인간 세상에서 구하기
어렵다. 숨베르를 잃은 것이 아리오나에게 영혼을 잃은 것처
럼 고통스러웠다면 시아오탕을 얻은 것은 콜럼버스가 신대륙
을 발견한 것처럼 행운이었다. 순결하고 신성한 첫사랑의 아름
다운 설렘은 다시 올 수 없게 되었지만 수많은 여성이 꿈만 꿀
뿐 가질 수 없는 성대한 결혼의 설렘, 12만 위안으로 산 아파

트에 꾸린 새 가정의 근사한 분위기, 시아오탕의 따뜻하고 사랑스럽고 친밀한 입맞춤은 아리오나의 머릿속 틈을 비집고 들어온 '죄스러운' 것들을 순식간에 밀어내고, 갓 결혼한 신부의 수줍고 온화한 기쁨에 깊이 취하게 했다.

어느 순간 아리오나는 침실의 시몬스 침대 위에서 시아오탕과 함께 가렸던 모든 것을 다 드러내놓고 전신을 불태우고 있었다. 색계의 남녀 의식에서 비롯되는 죽고 싶을 정도의 쾌감과 환희가 홍수처럼 빠져나간 뒤, 아리오나는 시아오탕의 검은 털이 수북한 넓고 튼튼한 가슴을 비단 같은 손으로 어루만지며 사랑스럽게 말한다.

"며칠 내로 병원에 가서 검사를 좀 받아야겠어. 자기 고향 집에 다녀온 후로 생리가 멈추고 구역질이 나기 시작했어."

시아오탕은 너무 피곤한 듯 천장을 보고 누워서 쌀쌀맞게 대꾸했다.

"배 속에 있는 게 내 건지 남의 건지 어떻게 알아?!"

고향에 갔다가 여행차 돌아다녔던 그때, 푸순시에 있는 호텔에서 처음으로 아리오나와 밤을 보낼 때, 침대보에 '붉은 목련 꽃'이 피지 않은 이유를 시아오탕은 아리오나가 이전의 애인과 사귈 때 정조를 잃었기 때문이라고 의심했다. 그러나 이런저런 이유로 그 의심을 마음 한구석에 묻어놓았을 뿐 입 밖으로 꺼내지는 못했다. 오늘 아리오나가 완전히 자기 '소유'가 되자, 오랫동안 묻어두었던 수컷의 이기적이고 치사한 생각이 튀어나와 그 의심을 확인하려고 이 말을 뱉은 것이었다. 아리오나는 이 말을 듣고 너무나 원망스러웠다.

"그럼 내일 가서 낙태시킬게."

그녀는 버럭 화를 내고 반대쪽으로 돌아누웠다.

시아오탕은 아리오나의 이 완강한 태도를 보고 아리오나가 임신한 아이가 자기 아이임을 알게 되었다. 그는 "후후후" 웃으며 아리오나의 부드러운 맨살을 잡아당겼다.

"농담한 거야, 농담. 이쪽을 봐. 농담도 몰라주는 못난 우리 아씨!"

그는 힘으로 아리오나의 몸을 돌려놓았다. 그사이 아리오나의 눈에선 수정 같은 투명한 눈물이 흘러내렸다. 시아오탕은 아리오나의 눈물을 혀로 오래도록 핥고 너무 짜다고 생각하면서 그녀를 달랬다.

"네 눈물은 왜 이리 달지?! 울고 있으니까 우리 왕비가 더 예뻐졌어."

아리오나는 눈물을 손등으로 문지르고 눈을 감은 채로 퉁명스럽게 소리쳤다.

"당신이 나를 임신시키지 않았으면 죽어도 이렇게 어린 나이에 결혼하지 않았어!"

시아오탕은 그녀의 입술에 부드럽게 입을 맞추며 말했다.

"다 내 잘못이야. 모두 내 잘못이야. 내일 병원에 가서 검사해보자! 하지만 아직은 아들인지 딸인지 알 수 없을 거야! 나중에 돈을 더 주고라도 아들인지 딸인지 검사해보고, 아들이면 낳고 딸이면 지우자! 어때?"

아리오나는 눈살을 찌푸리며 잔인한 맹수를 본 것처럼 두렵고 놀란 눈빛으로 시아오탕을 쳐다보았다. 시아오탕은 헤헤거리며 능청을 떨었다.

"또 말을 잘못했나?! 그래, 그래. 내가 아들을 좋아해서 그렇게 말한 거야. 뭐 아들딸 상관 말고 낳자! 이제 자자! 응?"

그는 말을 마치고 몸을 돌리더니 얼마 안 있어 코를 골기 시작했다.

아리오나는 잠이 싹 달아났다. 시아오탕의 진위를 파악할 수 없는 말들을 되새기며 처음으로 자신의 선택이 후회스러워지는 것 같았다.

삶이란 게 무엇이기에

아리오나는 카운터에 턱을 괴고 생각에 잠긴 채 멍하니 서 있다. 어느새 신혼도 다 끝나간다. 하루하루 지나가는 것이 물 흐르듯 빠르다! 새 삶은 기쁨으로 가득해야 한다고 아리오나는 믿고 또 바랐지만, 달고, 짜고, 쓰고, 떫은 맛들을 맛봐야 할 만큼 모두 맛봤다.

아버지는 얼마 전 시아오탕에게 4만 위안을 빌려 몽골에 갔다. 요 몇 년간 아버지는 한물간 장사만 쫓아다니는지, 물건을 수출하거나 수입하러 몽골에 갈 때마다 이익은커녕 본전도 못 건지고 돌아오곤 했다. 아리오나의 어머니는 아버지가 사위한테 돈을 빌려 몽골에서 물건을 수입한다고 할 때 극구 반대했지만, 아버지는 자신만만했다.

"큰 사업을 하는 사람이 손해 볼까 무서워해야겠어?! 요즘 몇 년간은 여기저기 다 경기가 안 좋아서 손해 본 사람이 나 혼자가 아냐. 하지만 남자가 늘 실패만 하란 법은 없어. 이번에 는 분명히 손해 안 봐. 두고 봐!"

그리고 가던 길로 가버렸다. 정말 자주 다니다 보니 몽골에 맛을 들인 모양이다! 아리오나의 어머니는 남편이 사위 돈을 가져다가 또 이자는커녕 원금마저 날릴까 봐 전전긍긍했고, 아 리오나는 아버지가 숨베르의 돈을 가져가 본전도 안 남기고 날 려버린 후 갚아주겠다는 말 한마디 하지 않았던 게 떠올라 마 음이 뒤숭숭했다. 아리오나는 스스로 돈을 마련해 숨베르의 돈 을 몰래 돌려주려 했지만, 마음처럼 간단하지 않았다. 다른 사 람 같았으면 3만 위안을 돌려달라고 날마다 문 앞에 와서 소란 을 피웠겠지만, 숨베르는 한 번도 3만 위안을 달라고 하지 않 았다! 그의 입장에서 3만 위안은 적은 돈이 아니다! 이 한 가 지만 봐도 숨베르의 사람됨을 알 수 있었다. 시아오탕이 결혼 전 아리오나의 이름으로 저축하라며 준 2만 위안을 숨베르에 게 줄까 생각도 해봤지만 금액이 부족했다. 시아오탕은 10여 만 위안이 들어 있는 통장을 그녀에게 보여주기도 했지만, 아 리오나가 그 돈을 멋대로 가져다 전 남자 친구에게 준다면 부 부 사이가 깨질 수도 있는 만큼 위험한 일이다. 사랑하는 사람 의 입장이 아닌 양심이라는 관점에서 아리오나가 숨베르의 돈 을 돌려주겠다고 생각해왔음은 누구나 이해할 수 있을 것이다. 아리오나는 숨베르에게 돈보다 더 귀중한 빚을 지었음도 잘 알 고 있다. 한 사람에게 마음으로나 금전으로나 모두 빚을 지고 있다는 것은 심리적으로 큰 부담이었다! 이런 고민을 다른 사람은 몰랐다.

삶 속에서 걱정거리는 한두 가지가 아니다. 홍장미 레스토랑 사장의 부인으로서 아리오나는 레스토랑의 손님이 줄어드는 일 역시 걱정하지 않을 수 없었다. 황 사장의 둘째 부인 류미친이 투자해 운영하는 숭길렘 유흥 센터엔 밤마다 손님이 넘쳐나 아리오나의 질투심을 자극했다. 듣자 하니 숭길렘 유흥 센터엔 남자들의 혼을 쏙 빼놓을 만큼 예쁜 아가씨들이 우글거렸고, 화려한 룸에는 의자와 식탁 외에도 누울 수 있는 소파와 침대, 풍성한 음식과 음료뿐 아니라 야한 비디오까지 틀어놓고 감상할 수 있게 했으며, 필요할 때는 아가씨도 제공한다고 한다. 사우나를 할 수 있는 방까지 따로 있는 데다, 미녀들이 전천후 서비스를 제공하기 때문에 손님이 대폭 늘었다고 한다! 그뿐 아니라 황 사장은 경찰들과도 가깝게 지내는 거물이라서 그 안에 들어가 무슨 짓을 하건 체포되거나 벌금을 물 일도 없다! 어쩌겠는가? 시대를 잘 타고난 사내의 능력이라 하자. 그런데 황 사장이 수족들과 짜고 홍장미 레스토랑의 '돈줄'인 아란 양을 숭길렘 유흥 센터로 데려가려고 여러 차례 구슬리다가 뜻대로 되지 않자, 어젯밤 아란이 한 남자 손님과 호텔로 갈 때 몰래 뒤쫓아가 경찰에 신고해 체포하게 한 것은 정말 양아치들이나 하는 치사한 짓이었다! 같은 업종끼리는 서로 미워하고 적대해야만 하나?! 각자가 최선을 다해 공정하게 경쟁해서 남을 추월한다면 누구도 비난할 수 없다. 그러나 동종 업계의 모든 수익을 독차지할 생각에, 같은 일을 하는 경쟁자들을 골탕 먹이려 온갖 모략을 일삼는 사람들이 작금의 비즈니스의 '바다'에서 늘어날 뿐 사라지지 않는 것은 답답한 일이다. 이런 일들을 생각하자 황 사장에 대한 미움과 분노가 치솟는다. 할 수 있다면 킬러라도 고용해 황 사장을 없애버리고 싶다! 그러나 답답한 마음에 해본 생각일 뿐, 설사 킬러를 고용할 수 있다 해도 실행할 용기는 없었다. 그저 마음을 추스르고 분노를 다스리기 위한 생각일 뿐이었다.

시아오탕은 방금 얀얀, 체체그마와 함께 택시를 타고 아란을 데리러 갔다. 아리오나와 시아오탕은 어젯밤 늦게 고비에게 아란이 구치소에 갇혔다는 소식을 들었다. 시아오구어가 고비에게 아란이 어느 호텔에서 체포되었는지, 누가 무슨 생각으로 신고를 했는지, 황 사장과 끈이 있는 ××라는 경찰이 아란에게 "너 탕 사장과 잤어, 안 잤어? 만약 사실대로 말하면 지금 풀어줄게"라고 회유했으나 아란은 "그런 적 없어요"라고 대답을 해서 코와 입이 터지게 맞았고, "사실대로 말할 거야?! 안 할 거야?!"라고 위협을 받고도 최근에 남자랑 같이 있다가 잡힌 것 외에 다른 것은 아무것도 자백하지 않았다는 등의 자세한 내용을 모두 알려주었다. 시아오탕이 아란을 구치소에서 빼낼 방법을 묻자, 고비는 "이런 일에 사람이 와봐야 소용없어요. 내일 아침에 벌금을 내라고 하면 내라는 대로 내고 데려오세요"라고 알려주었다. 시아오탕은 오전 8시에 벌러드 국장과 전화 통화를 해서, 벌금 3천 위안을 내면 사람을 데려가도 된다는 허락을 받았다.

아리오나는 되는 것과 안 되는 것 들에 대해 생각하느라 머리에 쥐가 날 것 같았다. 아무래도 어릴 때가 좋았다. 걱정이 뭔지 괴로움이 뭔지 모르는 어린 시절로, 이생에선 다시 돌아갈 수 없다는 게 얼마나 안타까운가?! 이웃집 개구쟁이들에게 괴롭힘을 당하면 오빠가 그녀를 지켜주고 겁을 줘 개구쟁이들을 쫓아내곤 했었다. 오빠가 그녀를 울리면 부모님이 지켜주고 오빠가 빼앗아 간 장난감 등을 되찾아주곤 했었다…… 10분도 안 돼 울음을 그치고 장난치며 놀기 시작했는데…… 자랄수록 걱정은 늘고, 괴로움도 늘어난다. 결혼한 후에는 더욱더 심적인 부담이 많아진다…… 삶이란 게 무엇일까 생각하다 보면 아리오나의 마음은 착잡해진다! 삶은 도대체 뭘까?!…… 아리오나가 이런 생각을 하며 우울해할 때, 밖에서 사란체책이 뛰어들어와 "오빠 왔어!"라고 외쳤다. 정말 입구 쪽에서 오토바이 소리가 들린다. 아리오나가 오빠를 맞으러 몇 발 떼기도 전에 고비가 이미 오토바이 시동을 끄고 들어왔다. 고비는 들어오자마자 여기저기 두리번거리며 물었다.

"시아오탕은 안 왔어?"

"안 왔어! 또 무슨 일 생겼어?"

아리오나는 오빠를 쳐다보았다.

"벌금만 내면 별일 없을 거야! 이제부턴 일하는 아가씨들 함부로 남자들이랑 함께 내보내지 마! 레스토랑으로 돈 벌기 글렀으면, 문 닫고 다른 장사 하는 게 나을 거야. 황 사장한테 웬만한 사람은 상대가 안 돼!"

"시아오탕도 다른 장사를 할 생각이랬어."

"그저께 말한 대로 시아오탕 사진 가지러 왔다! 여기서 가정을 꾸렸으니 호적도 이쪽으로 옮겨야지! 사진 찍었지?!"

"찍었어!"

아리오나는 대답과 동시에 몸을 돌려 카운터로 걸어갔다. 시아오탕의 사진은 그녀의 작은 가죽 가방 안에 있었다.

"나 간다! 시아오탕 오면 내 말 전해줘."

고비는 아리오나에게서 시아오탕의 사진을 받아 들고 바쁘게 나갔다.

꿈에도 생각지 못한 일

시아오탕은 부인 아리오나와 아란, 체체그마, 얀얀, 사란체첵 등과 함께 웃고 즐거워하며 끝이 보이지 않는 짙푸른 벌판 한가운데를 걸어간다. 그들은 모두 머리에 반짝거리는 장식을 잔뜩 달고 망포를 입고 있어 옛날 한족 황제들의 고귀한 황후나 비빈 같다. 아리오나는 '저는 본궁의 황후입니다'라고 말하는 듯이 시아오탕을 요염한 눈으로 응시하며 팔짱을 끼고 걷는다. 비단처럼 푸르른 벌판에는 이름도 알 수 없는 빨갛고 노란 꽃들이 물결처럼 흐드러지게 피어 코를 찌르는 향기가 폐와 심장으로 파고든다. 아란과 체체그마는 "저는 동궁의 부인입니다" "저는 서궁의 부인입니다"라고 경쟁하듯 말한다. 언제나 해맑게 웃으며 수다를 떠는 얀얀은 약간 시무룩한 말투로 "저는 폐하의 첩이옵니다"라고 나지막하게 아뢴다. 그러나 사란체첵은 "저도 폐하의 첩이옵니다"라고 매우 밝게 소리친다. 그녀가 만약 황후였다면 얼마나 기뻐했을까? 시아오탕이 그들에게

"내가 누구지?! 내가 황제가 되었다고?"라고 묻자 모두들 "키득 키득 키득" 장난스레 웃으며 "폐하는 홍장미국의 시아오탕 황제 아니십니까"라고 소리친다. 자신의 몸을 자세히 보니 정말로 곤룡포를 입고 코가 있는 신발을 신었다. 시아오탕은 '나는 황제야! 만인의 머리 위에 군림하는 황제야!'라고 생각하며 온 들판이 쩌렁쩌렁 울리도록 "허허허, 하하하" 미친 듯이 웃었다. 모두가 신나게 떠들며 거닐고 있을 때 수정처럼 맑은 강물이 나타났다. 다섯 명의 여인은 강을 보자마자 다투듯 의복을 벗어 온 들판에 무지갯빛으로 집어 던지고 수정처럼 투명한 강물 속으로 잇달아 뛰어들었다. 시아오탕의 눈에 봉긋하고 예쁜 가슴, 흔들리는 탐스러운 엉덩이 들이 햇빛에 반짝거렸다. 시아오탕은 "이 불룩하고 예쁜 가슴들, 실룩거리는 탐스러운 엉덩이들, 모두 내 거야! 수정 같은 이 투명한 강물, 이 밝고 광활한 벌판도 모두 내 거야, 내 거! 난 부자야! 난 다 쓸 수 없을 만큼 엄청나게 많은 돈을 가진 사람이야"라고 미친 듯 고함을 지르며 옷을 벗고 여인들을 쫓아 투명한 강물로 뛰어들었다. 그가 물속으로 뛰어든 순간 물속에서 "히히히, 헤헤헤" 하며 장난치고 놀던 황후와 비빈들이 신기루처럼 사라지더니, 수정처럼 투명한 강물이 흙탕물로 변하고 거센 파도가 되어 그를 사납게 삼키기 시작한다. 그가 "으악, 으아아" 비명을 지르며 거센 물결 속에 떠밀려 가며 버둥거릴 때 청정하던 하늘에서 마른번개가 치더니, 그를 순식간에 소용돌이 속으로 처넣어 버렸다……

시아오탕은 소스라치게 놀라 정신을 차렸다. 꿈이었다. 도대체 무슨 꿈이지?! 아리오나가 거실에서 "시아오탕! 안 일어날

거야?! 7시가 지났어"라고 사랑스러운 목소리로 부른다. 시아
오탕은 대답하지 않았다. 아리오나는 거실의 테이블과 바닥을
닦는지, 간헐적으로 쓱쓱 문지르는 소리가 들린다.

침실 창문의 커튼을 아리오나가 벌써 걷어놓아서 희끗한 햇
살이 방 안을 가득 채웠다. 시아오탕은 시몬스 침대에 담요를
덮고 드러누워 흰 천장과 커다랗고 둥근 전등을 우두커니 쳐다
보았다. 이 이상한 꿈을 부분부분 떠올려 보니 마음속 깊은 곳
에서 알 수 없는 공포가 용솟음쳤다.

시아오탕은 벌금 3천 위안을 내고 구치소에서 아란을 꺼내
온 일에 대해 생각한다. 황 사장의 부하들이 아란을 미행해서
공안국에 신고한 것을 생각하면, 황 사장의 살을 뜯어 먹고 피
를 빨아 먹어도 분이 풀리지 않을 것 같다.

그는 어젯밤 하 사장 일행이 순치를 불러, 10만 위안을 제시
하며 한 사람을 살해해달라고 의뢰한 일을 떠올렸다. 말할 것
도 없이 순치는 시아오탕에게만 이 일을 털어놓았다. 그가 살
해할 사람이 황 사장인 것 같다고 순치가 말하기 전에 시아오
탕도 짐작을 했었다. 하 사장이 황 사장과 한 하늘 아래 공존
할 수 없는 철천지원수 사이임을 시아오탕도 알았기 때문이
다. 정말 황 사장을 없애버리려 한다면 너무나 반가운 일이다!
시아오탕도 킬러를 고용해 황 사장을 없애버리고 싶은 마음이
야 굴뚝같았지만 단란한 가정을 이룬 처지라 차마 모험을 감행
할 수 없었다. 킬러가 잡히면 그를 고용해서 살인을 교사한 사
람도 들통날 위험이 높았다. 하 사장은 순치에게 이 일을 다른
사람에게 알리지 말라고 했지만 순치는 '알리지 말라'면서 시

아오탕에게 말해주고 이 '거래'를 10만 위안으로 합의해도 괜찮을지를 물었다. 순치는 하 사장이 제안한 '거래'를 즉시 승낙하지 않고 일정 기간 생각해본 후 대답을 주기로 했었다. 시아오탕은 황 사장을 없애버리고픈 생각이야 간절했지만, 사람을 살해한다는 것은 아이들 장난이 아니었기 때문에 신중한 표정으로 "첫째, 자네가 사람을 죽이게 되면 에리엔에 발붙이고 살 수 없게 될 거야! 그러니 안전히 지낼 곳을 먼저 생각해놔야 해. 둘째, 10만 위안은 너무 적은 것 같아. 황 사장의 목숨값은 못해도 30만 위안은 되겠지! 셋째, 어떤 무기로 황 사장을 살해할 건가?! 듣기에 황 사장 패거리들은 모두 신형 총기를 소지하고 다닌다는데"라고 말했다. 순치는 시아오탕의 말을 듣고 "당연히 나도 다른 곳으로 피신해야지요. 여기서 탕 사장의 짐이 되어 계속 숨어 있느니, 차라리 목숨 걸고 전문 킬러 일을 하는 게 나을 거요! 나도 경찰들 손에 걸리면 죽음을 피할 수 없는 죄인이오! 그럼 내일 하 사장과 다시 만날 때 30만 위안을 요구하지요! 총과 총알은 하 사장 일행이 필요할 때 내게 준비해줄 거요"라고 차가운 표정으로 말했다.

순치라는 자가 출신이 분명치 않은 위험한 인물임을 시아오탕은 알고 있다. 순치는 시아오탕과 같은 성* 출신으로 에리엔에서 시아오탕의 비밀을 아는 유일한 사람이다. 순치는 레스토랑에 주방 보조 일을 구하러 왔을 때, 시아오탕에게 자신이 몇 사람을 살해하고 도망 중임을 털어놓고 레스토랑에 한동안 숨

---

* 성省: 중국 지방행정 구역의 명칭.

어 있게 해달라고 부탁했다. 시아오탕은 순치를 전혀 알지 못
했지만 순치는 시아오탕의 내력을 잘 알고 있었다. 무단장 기
차역에 붙어 있던 전단에서 시아오탕의 사진을 보았던 것이다.
시아오탕은 이렇게 느닷없이 찾아온 험악한 사내의 제안에 동
의해서가 아닌, 거절할 방법이 없어서 레스토랑의 주방 보조로
쓰게 되었다…… 시아오탕이 이런저런 잡생각에 빠져 누워 있
을 때, 아리오나가 침실 문을 열고 머리를 내밀며 "빨리 일어
나란 말 못 들었어?! 7시 반이나 됐어"라고 나무라듯 말한 후
다시 머리를 빼고 문을 탁 닫았다. 아리오나가 화났나 보다, 라
고 생각한 시아오탕은 벌떡 일어나 서둘러 옷을 입었다.

시아오탕이 세수하고 양치질을 한 후 겉옷을 다 입고 아리오
나에게 "갈까?"라고 말하자, 아리오나는 옷을 한 아름 껴안고
평소처럼 말했다.

"자기 먼저 가고 있어! 난 이것들 빨아놓고 갈게."

시아오탕이 아리오나의 뺨에 살짝 입을 맞추고 배를 슬쩍 두
드리는 시늉을 했다.

"지나치게 무리하지 마! 자기가 너무 피곤하면 내 아들한테
안 좋아."

아리오나는 얼굴을 붉히며 새침을 떨었다.

"염치없는 인간! 누가 아들이랬어?"

"확실히 아들일 것 같은 예감이 들어. 나중에 의사한테 돈
좀 쥐여주고 검사해보면 알게 되겠지! 확실히 아들이야! 수송
아지 같은 아들."

그는 좀 전의 상념을 싹 잊은 듯 흥분해서 말했다. 그러고는

"안녕, 나 먼저 갈게"라고 말하고 문을 닫고 밖으로 나왔다.

시아오탕은 오토바이를 타고 잠시 후 홍장미 레스토랑에 도착했다. 그런데 상상도 못 했던 일이 이때 발생했다! 그가 끼익 소리를 내며 오토바이를 세우고 다리를 벌리며 내릴 때 레스토랑에서 대여섯 명의 경찰이 회오리바람처럼 달려와 "어이, 잠깐"이라고 말하고는 순식간에 반짝이는 수갑을 손에 채웠다. 경찰들은 레스토랑에 그를 검거하러 왔는데 그가 보이지 않으니 매복을 하고 있다가 그가 나타나자 바짝 몸을 숨기고 다가오기만 기다리고 있었던 듯했다.

시아오탕은 가슴이 철렁 내려앉았다! 망했다! 망했어! 망했어! 모든 게 끝났어! 아리오나…… 아파트…… 레스토랑…… 이 모든 것이 시아오탕의 시야에서 신기루처럼 멀어져 갔고, 머릿속이 칠흑처럼 깜깜해졌다…… 밤낮으로 걱정하던 그 '황금 팔찌'가 오늘 갑자기 그의 손에 채워질 거라고는 시아오탕은 꿈에도 생각하지 못했다!

경찰들 속에 처남인 고비는 보이지 않았다. 그러나 홍장미 레스토랑에 여러 차례 초대받아 오기도 했고, 시아오탕과는 형제처럼 지냈던 시아오구어가 오늘은 전혀 모르는 사람 같은 표정으로 그에게 수갑을 채우고 험악하게 물었다.

"네 진짜 이름은 지앙타오가 맞지?"

"예."

시아오탕은 고개를 떨구고 고분고분하게 대답했다. 길을 지나던 사람들과 동남쪽에 있는 숭길렘 유흥 센터의 직원들이 공짜 굿을 구경하러 몰려왔다. 시아오탕은 저항하지 않았고 이런

저런 말로 발뺌할 생각도 없었고…… 모든 게 다 소용없음을
깨달은 듯했다! 이때 시아오탕의 모습을 보자마자 주유소 안
으로 숨었던 경찰차가 사이렌을 울리며 다가왔다.

경찰들은 경찰차에 시아오탕을 밀쳐 넣고 레스토랑에서 일
했던 사람들도 데려가 조사해야 했기 때문에 두세 명이 다시
식당으로 달려갔다. 조금 전까지 포위된 토끼처럼 몰려 있던
체체그마, 얀얀, 사란체책, 아란, 순치, 시아오샨 등은 주방 뒷
문을 통해 이미 뿔뿔이 도망친 후였다……

신기루처럼 사라진 부귀영화

에리옌시의 공안국 북문으로 한 여인이 오토바이를 타고 날
듯이 달려 들어온다. 머리엔 헬멧을 쓰지 않아 검고 긴 머리칼
이 뒤쪽으로 휘날리는 모습이 매혹적으로 보인다. 그녀의 눈은
놀람과 두려움으로 가득했고, 얼굴은 핏기 하나 없이 창백했
다. 오토바이를 타고 온 이 여인은 다름 아닌 아리오나였다.

아리오나가 집에서 빨래를 하고 있을 때, 공안국에서 전화를
걸어 시아오탕이 체포된 사실을 알렸다. 그리고 즉시 공안국에
와줄 것을 요청했다. 아리오나는 시아오탕이 체포되었다는 말
을 듣고 정수리에 번개를 맞은 것처럼 충격을 받았다. 그녀는
허둥지둥 아파트를 나와 오토바이를 타고 전속력으로 달려왔
다. 오빠가 공안국에서 일하지만 아리오나는 이곳에 와본 적이
없었다. 결혼한 지 얼마 안 된 남편이 느닷없이 체포되어 자신

이 이런 곳에 불려올 거라고는 상상도 못 했다. 시아오탕이 무슨 죄를 지었지?! 억울하게 붙잡혔을 거야! 고비 오빠는 어딨지?! 왜 미리 알려주지 않았을까?!…… 이런 많은 의문이 아리오나의 머릿속에 가득 찼다. 두려움과 놀라움, 초조함과 답답함이 그녀의 심장을 기이할 정도로 두근거리게 했다.

아리오나는 공안국 사무동 건물 앞쪽에 오토바이를 세우고 시동을 끈 후 황급히 안으로 들어간다. 그녀는 발이 이끄는 대로 복도를 따라 오른쪽으로 돌아가서 맨 앞에 있는 방문을 똑똑 두드렸다. 들어오라는 소리를 듣고 문을 밀치고 들어가니 젊은 경찰 하나가 그녀를 보고 의자에서 일어나며 묻는다.

"무슨 일이죠?"

"저는 고비 오빠의 여동생인데요. 제 남편 시아오탕이 체포되었다고 해서 왔어요."

아리오나가 마음을 최대한 진정시키고 용건을 말했다.

"아, 예, 저를 따라오세요."

젊은 경찰은 억지로 미소를 지으며 다른 방으로 안내했다. 그 방에는 아리오나와 약간 안면이 있는 시아오구어가 다른 누리끼리한 얼굴의 경찰과 시아오탕에 대해 이야기하던 중이었는지 팔을 휘둘러가며 시끄럽게 떠들다가 아리오나를 보더니 바로 조용해졌다. 그는 어색한 표정으로 옆의 의자를 가리키며 부드럽게 말했다.

"앉아요! 여기 앉아!"

젊은 경찰은 왔던 길로 돌아갔다. 아리오나는 의자에 앉지 않고 초조하게 물었다.

"시아오탕이 대체 무슨 죄를 지었죠?"

시아오구어는 등받이 의자에 앉아 거드름을 피우며 말했다.

"우선 앉아봐요."

그는 아리오나의 질문에 일부러 뜸을 들이는 것처럼 무게를 잡았다. 아리오나가 의자에 앉은 후에야 시아오구어는 목청을 가다듬으며 말했다.

"시아오탕의 진짜 이름은 지앙타오요. 헤이룽장성 무단장시의 농업은행 제2 지점의 직원이었소. 그는 4년 전에 업무를 빙자해 지점에서 62만 위안을 들고 도망쳤지요! 헤이룽장성 공안국은 오래전 전국 단위 수배령을 내렸고…… 당신이 그와 처음 만나 결혼할 때까지 어떤 의심도 해보지 않았나요?! 특히 그의 화수분 같은 돈의 출처에 대해?"

아리오나는 이 말을 듣고 자신의 두 귀가 믿기지 않아 어리둥절한 표정을 지었다. 아니야, 시아오탕의 신분증에는 분명히 랴오닝성 사람이라고 쓰여 있었는데, 또 나와 함께 고향에도 갔다 왔는데, 왜 헤이룽장성 사람이 되어버렸지?! 틀림없이 사람을 착각한 거야! 아리오나는 자신의 생각을 그대로 말했다.

"시아오탕은 랴오닝성 사람이에요, 헤이룽장성 사람이 아니라고요! 사람을 착각했어요."

시아오구어는 답답하다는 듯한 표정으로 쌀쌀하게 말했다.

"착각할 수가 없어요! 본인도 모든 것을 인정했는데, 당신 혼자 거짓말에 홀려 그놈을 옹호할 필요 없어요. 이제 환상에서 깨어나 우리 업무에 협조해주시길 바랍니다."

"어쨌든 시아오탕을 만나서 묻고 싶어요. 만나게 해줘요!"

아리오나는 눈물을 글썽이며 애걸하듯 말했다. 시아오구어는 머리를 저었다.

"현재로선 누구도 당신들을 만나게 할 수 없어요. 헤이룽장성에서 사람이 와 조사를 한 후에, 그러니까 헤이룽장성으로 범인을 압송하기 전쯤에나 만날지 모르겠군요."

아리오나는 눈앞의 현실을 믿지 않을 수 없었다. 포도알 같은 검은 눈에서 자기도 모르게 수정 같은 투명한 눈물이 줄 끊어진 진주알처럼 주르륵 흘러내렸다.

시아오구어는 직무상 필요에 의해 아리오나에게 많은 것을 물어야 했지만, 한없이 흐르는 아리오나의 눈물을 보자 잠시 할 말을 찾지 못했다. 아리오나뿐이겠는가? 시아오구어도 형동생 하며 사이좋게 지냈던 시아오탕이 은행에서 62만 위안을 훔친 중범죄자일 줄은 꿈에도 생각지 못했다. 레스토랑 사장이 돈이 많은 것을 어찌 의심하겠는가? 그뿐 아니라……

잠시 후 키가 큰 중년 경찰이 문을 밀고 들어와 아리오나를 힐끗 쳐다본 후 시아오구어에게 명령조로 말했다.

"시아오구어, 자네의 다음 업무는 지앙타오의 모든 장물을 신속히 압수하는 일이야. 그의 부인 이름으로 에리엔의 여러 은행에 저축해놓은 돈을 모두 찾아오고, 레스토랑, 아파트 등도 장물로 포함해 국가에 귀속시키게. 그리고 현금은 물론 지앙타오가 타인에게 빌려준 돈도 최대한 돌려받아야 하네. 장인인 바양달라이 씨에게 최근에 빌려준 4만 위안, 그리고 장인의 형님 나산달라이의 두 아들에게 빌려준 2만 8천 위안 등도 받아내게. 2만 8천 위안을 빌려주면서 그들에게 집문서를 담보로 받아 아파트에 보관했다 하네. 그것을 찾아오는 것도 잊지 말고. 시아오구어, 즉시 네 사람을 데리고 지앙타오의 아파트로 가서 수색과 압류를 진행하게! 현금과 통장, 두 집의 집문서 등을 찾아오는 것도 잊지 말고! 시간은 부족한데 할 일은 많아서 버 국장이 전체 회의도 취소했어. 자네들은 당장 출발해."

시아오구어는 아리오나를 힐끗 쳐다보며 그에게 말했다.

"이분은 지앙타오의 부인이자 고비의 여동생 아리오나입니다."

키다리 경찰은 아리오나를 쳐다보며 윗사람이 충고하듯 말했다.

"나도 알아봤어. 아리오나 동지, 우리 일을 양해하고 협조해주세요. 시아오구어와 동행해 아파트 문을 열어주고, 저축한 돈은 모두 찾아주길 바라겠소! 이미 남편이 어떤 사람인지 아셨을 테니, 그 인간 때문에 너무 마음 아파할 것도 없소. 지앙타오의 신분증과 결혼할 때 가져온 주민등록등본도 모두 돈 주고 산 가짜요. 그러니 당신도 우리 일에 협조하고, 조속히 귀찮은 일을 정리한 후 새 인생을 찾아요. 이렇게 젊으니 이번의 실수를 교훈 삼아, 늦지 않게 새 인생을 시작하세요."

아리오나는 시아오구어가 이끄는 경찰들과 함께 아파트로 와서 시아오탕의 가죽 가방을 뒤져봤다. 정말로 10여 만 위안의 현금, 31만 위안의 저축 통장과, 만라이와 철멍에게 담보로 잡은 집문서가 발견되었다. 시아오탕이 도대체 언제 아리오나의 신분증을 가져다 그 많은 돈을 예금했는지 모르겠다. 그러나 아리오나의 아버지는 4만 위안을 빌리면서 어떤 문서도 쓰지 않았고, 담보도 맡기지 않았다. 혹시 아리오나가 '살아 있는 문서' 또는 '담보'라서 다른 문서를 받지 않았는지도 모른다.

공안국 직원들은 아파트와 레스토랑을 압류했고, 아리오나가 타던 오토바이와 걸치고 다니던 장신구와 모든 것을 장물로 간주해 몰수했다. 아리오나는 정말 하룻밤 사이에 아무것도 없는 빈털터리가 되어버렸다.

여자의 기구한 운명

숨베르의 셋방에 아리따운 아가씨가 깊은 생각에 빠져 멍하니 앉아 있다. 그녀의 눈에서 고통과 슬픔이 응어리진 차가운 눈물방울이 하염없이 떨어져 볼을 타고 흘러내렸다. 이 아가씨는 나르길이다. 나르길은 숨베르와 사귄 이후로 이 세상 하루하루를 즐겁고 추억할 만한 것으로 여기며 살았다. 또한 그녀의 이타적이고 상냥한 성격은 숨베르를 기쁘게 했고, 아리오나를 잃고 난 후의 좌절과 깊은 상처, 허무함을 잠시나마 잊게 했으며, 사랑의 뜨거운 힘으로 세상에서 용기 있게 살아갈 수 있는 정서적 치유를 제공해주었다. 일주일 전 숨베르가 통역을 맡아 회사 사장 등과 함께 울란바타르로 떠나며 "잘 있어! 너에게 토올강의 자갈을 갖다줄게. 그 자갈을 꿰 걸고 다니면 병과 근심이 싹 사라진대! 몽골에서 다른 좋은 선물들도 가져올게"라고 했던 말은 설탕을 입에 물고 있는 것처럼 나르길을 달콤하게 했다. 나르길은 행복한 마음으로 하루하루를 손꼽아 기다렸다. 그러나 빛과 그림자가 공존하는 이 세상에서, 삶은 언제나 활기찬 노래와 기쁨과 희망으로만 가득하지 않았다. 재앙은 늘 가련하고 연약한 여인을 뒤쫓아 다녔다. 자신에게 일어난 불행한 일을 다시 떠올리는 것조차 나르길에겐 끔찍했다. 함께 거주하던 종업원 아가씨가 어제 고향으로 돌아가고, 나르길은 숙소에 혼자 남았다. 밤 11시쯤에 그녀는 일에 지쳐 천근만근 무거워진 몸을 이끌고 숙소에 들어오자마자 쓰러져 잠들었다. 숙소의 문을 잠갔는지 여부도 신경 쓰지 못했다. 사실 잠갔어도 열쇠만 있으면 밖에서 열 수 있는 문이었다. 그녀가 자고 있을 때 거대한 바윗덩어리처럼 무거운 것이 몸을 눌렀다. 숨을 쉴 수가 없어 놀라 잠을 깼는데, 건장한 몸의 벌거벗은 사내가 자기 몸을 누르고, 역겨운 술 냄새와 담배 냄새를 풍기는 입으로 입술과 목덜미를 깨물고 침을 발라가며 야수보다 난폭하게 그녀를 유린하는 중이었다. 나르길은 무섭고 수치스러워 있는 힘껏 '살려줘요'라고 외치려 했지만 소리가 나오지 않았다. 젖먹던 힘까지 짜내 저항을 하고, 사나운 야수의 몸뚱이 아래에서 벗어나려 했지만 힘이 미치지 않았다. 이때 그 야수가 "겁내지 마! 나야! 아가씨 때 이놈 저놈 만나 즐기지 않으면, 시집가서 즐기고 싶어도 안 되는 거야"라고 지껄이는 소리를 들었다. 그 소리를 듣고 부르테 천 식당의 척트 사장임을 알게 된 나르길은 용기를 내 "비켜요! 빨리 안 비키면 사람을 부를 거야"라고 상대를 겁줄 생각으로 소리쳤지만, 척트 사장은 더 난폭하게 굴었다. 그는 "이 밤중에 우리 둘 외에 여기 아무도 없어! 조용히 있으면 월급을 150위안 올려줄게"라고 헐떡거리며 소리쳤다. 나르길은 전력을 다해 버둥거리며 마구 욕을 퍼부었지만 아무 소용 없었다. 결국 나르길은 인간의 탈을 쓴 늑대 발톱에 유린당했다…… 나르길은 어제 한밤중에 큰아버지 집으로 도망가 큰아버지, 큰어머니에게 척트의 야비한 행위를 알리려 했으나 끝내 말을 꺼낼 수 없었다. 척트 사장은 큰어머니의 동창이었다. 그 인연 때문에 나르길은 큰어머니의 소개로 부르테 천 식당에서 일하게 되었던 것이다. 척트 사장과 이런저런 관계가 있는 큰어머니에게 척트에 대해 말해봐야 적절한 결과를 얻지 못할 거라고 나르길은 생각한다. 큰아버지로 말하자면 큰어머니가 머리 위에 올라타도 꼼짝 못 하는 유약한 남자라서 의지할 만한 사람도 아니었다. 또 시집도 안 간 여자가 어떻게 그런 일을 입 밖으로 꺼내겠는가? 나르길은 큰아버지 집으로 가는 동안 내내 주저하며 비통해했다. 큰어머니가 문을 열어주자 눈에 맺힌 눈물을 소매로 문질러버린 나르길은 식당 숙소에 손님이 와 있다고 거짓말을 하고 구석의 침대에서 잠을 잤다. 잤다고 하면 거짓말이었고, 동이 틀 때까지 별의별 생각을 다 하면서 이리 뒤척이고, 저리 뒤척이며 누워만 있었다는 게 맞는 말이었다…… 나르길이 아침에 일어나 큰아버지에게 부르테 천 식당을 그만둘 거라고 말하자, 큰어머니는 눈을 흘기며 "뭐?! 그렇게 월급 많이 주는 식당에서 일 안 하면 뭘 할 건데?! 고향에 돌아가 양이나 몰고 가축들 꽁무니나 쫓아다닐래?"라고 나르길의 아픈 곳을 찔렀다. 나르길은 큰어머니와 많은 이야기를 나누고 싶지 않았고, 그저 벙어리가 쇠심줄을 삼킨 것처럼 속으로 구역질만 했다. 그녀는 큰집에 맡겨두었던 약간의 짐을 싸서 "다른 일 구했어요"라고 거짓말을 하고는 삼륜거를 타고 숨베르의 셋방으로 왔다. 울란바타르에 갈 때 숨베르는 그녀에게 셋방 열쇠를 맡기고 갔다.

나르길은 하염없이 흐르는 눈물을 손바닥으로 닦고, 마음을 달래볼 생각에 손에 잡히는 대로 침대 위에 있던 녹색 노트를 펼쳐보았다. 이 노트는 숨베르의 습작 노트였다.

노트를 펼치자 「내 검은 눈」이라는 유난히 눈에 띄는 제목이 먼저 보였다. 옆에는 '사랑하는 나르길에게'라는 부제가 붙어 있었다. 언제 이런 시를 썼을까 하는 생각에 나르길은 숨베르의 재능을 흐뭇해하며 서둘러 시를 읽어나갔다.

　　암사슴 눈처럼 크고 검은 그대 눈동자를 향해
　　화살처럼 질주하는 토올강의 물이었네, 나는
　　자석처럼 빨아들이는 그대 검은 눈썹에
　　무지개처럼 반짝이는 사랑의 꿈이었네, 나는
　　북극성처럼 활기찬 그대 검은 속눈썹에
　　녹아들어 행복해하는 행운의 밤이었네, 나는
　　빛나는 불처럼 복스러운 그대 검은 눈빛에
　　사르르 녹아버린 한겨울 얼음 같은 고독이었네, 나는
　　낮에는 내 마음에서, 밤에는 내 꿈에서
　　맑고 검은 그대 눈은 항상 열려 있었네
　　구름마다 그림자가, 가을마다 서리가
　　아름다운 그대 검은 눈에는 내리지 않는 이유였네

나르길은 이 시를 다 읽고 평소와 달리 가슴이 뭉클해지고 두근거렸다. 또 마음속 어딘가에서 솟구치는 서글픈 감정에 자기도 모르게 빠져들었다. 시의 끝부분과 그녀의 현재 상황이 정반대가 되어버린 것을 어찌해야 할까? 눈에 다시 눈물이 흐르기 시작했지만 나르길은 최대한 마음을 다잡으려고 눈물을 참고 또 참는다.

그녀는 슬픈 분위기에서 벗어나려는 듯 다른 시로 시선을 돌렸다.

나르길은 숨베르의 습작 시들을 공들여 다 읽어보았다. 모두 에리엔에 와서 쓴 시들이었다. 어떤 시들은 의미가 이해되지 않았다.

나르길의 머리는 점점 무거워졌고 몸은 비틀거리며 쓰러질 것 같았다. 숨베르의 침대 한쪽에 눕고 싶었지만, 어젯밤 일을 생각하자 이 침대에 눕는 것은 물론 방 안에 있는 것조차 염치 없는 것 같아 뛰쳐나가 버리고 싶었다. 인적 없는 텅 빈 들판을 있는 힘껏 달리다가 어딘가에 쓰러지면, 그 자리에서 죽어버리고 싶다는 위태로운 생각이 마치 저승사자처럼 그녀의 건강한 사유를 방해하고 흔들어대는 듯했다……

그녀가 막 나갈까 말까 갈등하며 머뭇거릴 때, 밖에서 발걸음 소리가 들렸다. 숨베르가 돌아온 건가?! 분명히 숨베르가 돌아온 거야! 나르길은 이렇게 생각하며 허둥지둥 일어나 수건으로 얼굴을 닦고, 머리를 빗는데, 정말로 문이 열리고 숨베르가 큼직한 가방을 멘 채 만면에 웃음을 띠고 들어왔다.

못된 여자 만나 개팔자 된다

어윈다리는 홍차를 마시며 남편이 가져온 샤오빙*을 함께 먹고 있다. 둘이서 이런저런 이야기를 나눌 때 방문이 확 열리며 큰아들 만라이가 들어왔다. 머리는 헝클어졌고, 홑꺼풀 눈은 빨간 핏발이 선 채로 부어올랐으며, 앞가슴이 흙투성이인 황금색 양복 상의는 검은 양복바지 위로 헐렁하게 흘러내렸다.

이 아드님이 웬일로 오셨대?! 마누라랑 싸우고 어디 한데서 자고 왔나?! 하는 생각에 부부의 마음은 냉담해졌다. 만라이는 정말로 아내와 불꽃 튀게 싸우고 어젯밤 척질 집에서 잠들었다가 눈을 뜨자마자 부모 집으로 기어들어 온 것이었다.

지앙타오는 만라이와 철명에게 돈을 빌려주며 집문서를 다른 사람에게 담보로 잡힐 거라고 말했지만 사실은 자기가 갖고 있었다. 그래서 두 집의 집문서가 공안국 직원들 손으로 넘어갔고, 공안국은 정해진 날짜까지 지앙타오에게서 빌려 간 돈을 공안국에 갖다주지 않으면 집을 헐값으로 팔아버릴 거라고 겁을 줬다. 어제 만라이는 이틀 밤낮을 고민해 내린 결정을 아내에게 말했다.

"공안국에서 집문서를 받아 오려면 집을 파는 수밖에 없겠어."

올라나는 또 버럭 화를 냈다.

"집을 판다고?! 또 뭘 팔 건데?! 네가 집을 팔면 난 너랑 이혼할 거야! 너도 그 뒈질 줄 모르는 것들한테 가서 같이 살아."

---

* 샤오빙燒餅: 밀가루 반죽을 빵 모양으로 만들어 화덕 안에 붙여서 구운 빵.

올라나는 창날처럼 눈꼬리를 세우고 역겨운 목소리로 고함을 질렀다. 만라이도 못났건 잘났건 사내인지라 마누라가 말끝마다 가족들을 욕하고 저주하는 것을 참지 못하고 불같이 화를 냈다.

"주제넘게 말끝마다 빽빽거리고 짖지 좀 마! 집을 팔지 않으면 도대체 무슨 수로 빚을 갚을래? 제 몸을 낙타가 밟고 가는 건 못 보고, 남의 몸에 벼룩이 기어가는 것만 흠 잡는 빌어먹을 버르장머리 좀 고쳐! 너 때문에 부모님 내쫓고 형제끼리 싸우다가 이렇게 된 거잖아!"

그러자 올라나의 불그스름하던 얼굴이 절인 배추처럼 창백해졌다. 그녀는 싸움닭처럼 눈을 부릅뜨고 삿대질을 하며 고함을 질렀다.

"죽으려고 깔딱깔딱하는 아비 어미 얘기 내 앞에서 꺼내지 마! 아들한테 집 한 채 지어주지는 못할망정, 오히려 빚쟁이로 만드는 썩어빠진 부모가 어딨냐?"

부모님 얼굴에 수도 없이 먹칠을 하고 모욕을 하자 격분한 만라이가 살기등등한 표정을 지으며 말했다.

"다시 한번 아버지 어머니 욕해봐! 턱주가리를 날려버릴 테니까."

그러자 올라나가 검지로 삿대질을 하며 만라이의 눈을 찌를 듯이 덤벼들었다.

"네 아비 어미가 뭔데?! 똥개만도 못한 것들 아냐?! 네가 아비 오줌으로 만들어진 놈이면 내 턱주가리를 날려봐."

올라나는 듣는 사람이 치가 떨릴 정도로 빽 소리를 질렀다. 노발대발한 만라이는 화를 참지 못하고, 자기의 눈을 찌를 듯이 치켜든 올라나의 손가락을 탁 쳐내고 짝짝 소리가 나게 뺨을 두 차례 때렸다. 올라나는 더욱 흥분하여 임신한 사실도 잊고 손톱을 세워 제 서방을 할퀼 듯이 달려들었다. 만라이가 마누라의 손목을 잡고 휘청할 정도로 잡아당겨 귀 쪽에 한 차례 주먹질을 했다. 올라나는 "아—" 하는 단말마의 비명을 지르며 바닥에 쓰러졌다. 올라나는 혼절해버렸다. 만라이가 당황해서 어쩔 줄 모르고 우두커니 서 있을 때 문이 홱 열리고 이웃집 위씨 부인이 뛰어들어 왔다.

"아이고! 당신들 이게 뭐 하는 거예요?"

그녀는 바닥에 엎드려 입에 거품을 물고 쓰러져 있는 올라나의 목을 안고 인중을 꼬집었다.

"시아오오,* 시아오오!"

올라나가 "으—음—" 하며 정신이 돌아오는 걸 보고, 만라이는 휘적휘적 밖으로 나가버렸다.

그날 저녁, 홍당무처럼 빨개진 얼굴에 광기 어린 눈빛을 한 취객이, '부처님 미소'라는 별명을 가진 척질의 셋집 대문 앞에 와 비틀거리며 철문이 부서지게 탕탕탕 주먹질을 했다. 만취한 이 남자는 만라이였다. 척질은 남들과 어울리지 않는 괴팍한 인간인데, 혼자 다니면서 몽골 투그릭과 미국 달러를 거짓으로 환전하며 할흐족들을 몇백 위안, 몇천 위안씩 등쳐먹어 적지 않은 돈을 벌어들인 전설적 인물이었다. 그래서 사람들은 '부처

---

* '올라나'라는 몽골어를 중국식으로는 보통 '우라나'로 표기하고 성 앞에 시아오小를 붙여 시아오우로도 부른다. 원래 몽골어에선 '오' 발음이었기 때문에 '시아오오'라고 표기했다.

님 미소 짓는 도둑놈'이라는 말을 따서 '부처님 미소'라는, 꼬락 서니에 딱 맞는 별명을 붙여주었다. 척질의 아내 룽단화르는 오늘 외몽골 사람의 눈을 속이고 1달러 지폐로 100달러 지폐를 바꿔치기한 후 도망가다 경찰에게 붙잡혔다. 1달러를 100달러와 바꿔치기한다는 것은 듣고도 믿기 어려운 일이다. 이는 정말 '사람 등치는 비즈니스'였다. 이 가짜 '비즈니스'를 하려는 사람은 우선 한족 환전상에게 1달러짜리 지폐를 한 장 산 후, 최소 1천 위안과 함께 '밑천' 삼아 갖고 다닌다. 그러고는 남부시장을 오가는 외몽골 사람들에게 슬쩍 다가가 "달러 있어요? 내가 8.7위안으로 살게요"라고 집요하게 달라붙는다. 달러의 가격은 대개 8위안이나 8.3위안을 넘지 않기 때문에, 8.7위안이라 하면 가끔 달러를 팔려는 외몽골 사람들은 이게 웬 떡이냐 하며, 한 손으로는 달러를 주고 다른 한 손으로는 위안화를 받는다. 이건 1달러를 8.7위안에 파는 남는 장사가 맞는다. 그렇지만 외몽골 사람들에게 환전해주고 받은 100달러짜리 한두 장을 가슴에 품고 있던 환전 사기꾼들은 몇 발짝 가지도 않은 외몽골 사람을 다시 쫓아가 붙잡고는, "어이, 방금 잘못 바꿨어! 위안화 돌려줘. 당신 달러도 돌려주겠소"라고 수작을 부린다. 생떼를 쓰면 상대방은 정말로 화가 나서 위안화를 받은 대로 돌려주고 달러를 홱 잡아채서 확인도 하지 않고 주머니에 넣고 가버린다. 이때, 주머니 안에 들어간 달러는 처음의 100달러짜리 지폐가 아닌 사기꾼이 미리 준비해놨던 1달러짜리 지폐로 바뀌어 있다. 1달러, 10달러, 100달러 지폐가 모두 같은 크기인 데다 색깔도 모두 녹색이라 신중하지 않은 사람은 쉽게 속게 된다! 오늘 룽단화르는 이런 방법으로 1달러짜리 지폐를 100달러짜리 지폐로 바꿔 도망을 쳤는데, 달러를 바꾸었던 외몽골 사람이 다른 환전상에게 바로 팔려고 내밀었다가 자기가 속은 걸 알아차리고 곧바로 죽을힘을 다해 쫓아갔다. 룽단화르는 이렇게 끈질긴 추격을 피해 죽어라 줄행랑을 쳤지만, 남부시장의 보안경찰에게 발각돼 허무하게 붙잡혀 버렸다. 아내가 구치소에 들어가자 깜짝 놀란 척질은 지인과 친척을 찾아다니며 공안국 직원을 수소문해 밥을 사고 접대를 했다. 그 결과 내일 4천 위안의 벌금을 납부하면 범죄자를 데려가도 좋다는 약속을 받았다.

강도라도 들이닥친 것처럼 철문을 두드려대는 소리가 나자 2인용 철 침대에 착잡한 마음으로 누워 있던 척질은 후다닥 달려 나가 문을 열었다. 그곳엔 만라이가 술 냄새를 풀풀 풍기며 서 있었다. 척질은 만라이를 혐오스럽게 쳐다봤다.

"아예 문을 부수지?! 집주인이 들었으면 눈깔이 뒤집혔겠다!"

그는 화를 내며 비틀거리는 만라이를 안으로 들이고 문을 닫았다. 그러나 문을 잠그지는 않았다. 만라이가 곧 돌아갈 거라 생각했기 때문이다. 만라이는 룽단화르가 붙잡혔다는 소식을 오는 길에 주워들어서, 셋방에 들어오자마자 "형수는 풀려났어?"라고 비틀거리며 물었다. 취해서 침을 질질 흘린 탓에 만라이의 앞가슴은 흥건히 젖어 있었다. 척질은 못마땅해하며 윗사람이 훈계하듯 화를 냈다.

"안 나왔어! 소파에 앉아 좀 쉬어라! 술을 얼마나 퍼마신 거야?! 누구랑 이렇게 고주망태가 되도록 마셨어?"

"지어미를 때려죽일 나쁜 놈들! …… 오늘 밤 내가 가서……
감옥을 부수고…… 형수를 빼줄게…… 시아오탕도 꺼내줄게."

만라이는 횡설수설하며 비틀비틀 주방으로 들어갔다. 그는
취해서 쉼 없이 중얼거렸다.

"찬물 마실 거면 내가 갖다줄게."

척질이 뒤따라 들어갔다. 만라이는 장롱과 궤짝 위아래를 뒤
져 제법 큰, 쇠자루 달린 도끼를 꺼냈다. 그리고 허리띠에 차더
니 밖으로 달려 나갔다. 정말로 감옥을 부수겠다고 이러는 건
가?! 당황한 척질은 만라이를 쫓아가 반 시간 정도 실랑이를
한 끝에 겨우 도끼를 빼앗고 억지로 끌고 가 침대에 눕혔다.

"오늘 밤 아무 데도 못 가! 여기서 자! 도끼 들고 감옥을 부
수겠다니 무슨 우송, 리쿠이*가 살던 시대인 줄 알아?! 자라,
자! 푹 자고 일어나면 술 깰 거야."

척질은 좋은 말, 나쁜 말 섞어가며 만라이를 달랬다. 만라이
가 다시 일어나 "나 안 취했어, 나 여기서 안 잘 거야"라고 침
대에서 내려오려 하자, 척질은 그를 가로막고 다시 침대에 눕
힌 후 화를 내며 소리쳤다.

"자라면 자! 이 꼬락서니로 집에 가봤자 마누라한테 바가지
나 긁혀."

만라이도 힘껏 입술을 깨물며 소리쳤다.

"헹, 마누라가 뭔데?! 받들어주면 밟으려 하고, 마음 안 맞으

---

* 『수호지水滸誌』 속의 인물. 우송은 무송武松을, 리쿠이는 이규李逵를 가리킨다.

면 개구리처럼 꽥꽥거리고, 서로 화합을 해야 진짜 마누라 아냐? 남자는 가능하면 마누라 없는 게 좋아! 수많은 싸움과 말썽이 여자들 때문에 생겨!"

그는 말을 마치고 다시 벌떡 일어나더니 웩 웩 토하기 시작했다…… 이렇게 밤새 척질을 괴롭히며 밤을 새운 만라이는 아침에 일어나자마자 어머니 아버지 집으로 기어들어 온 것이었다.

어윈다리는 아들의 초라한 몰골을 보고 가슴이 너무 아팠지만, 얼굴에는 조금도 내색을 하지 않았다.

"아침 먹었냐?! 안 먹었으면 샤오빙이나 먹어라."

그녀는 슬쩍 일어나 자리를 권하고 묽은 차를 따라준다. 아들이 늘 묽은 차만 마시는 것을 어윈다리는 잊지 않았다. 이렇게 아들을 손님 대하듯 하는 어윈다리의 마음은 너무 어색하고 처참했다. 열 달간을 배 속에 품었고, 이 세상 누구에게도 손색없는 대장부가 될 거라고 태어난 순간부터 확고하게 믿어왔으며, 입에 넣으면 녹을까, 손바닥에 놓으면 굴러갈까, 애지중지하며 키워온 아들은 마누라를 얻더니 제 부모를 공경하고 보살피긴커녕 맛있는 밥 한 끼 해준 적 없이 집에서 쫓아냈다. 그로 인해 아들이 세상 사람들에게 손가락질을 당할 것을 생각하면, 어윈다리의 심장은 찢어질 듯 아팠고 눈물마저 나올 것 같았다. 그러나 감정을 억누르고 최대한 눈물이 나오지 않게 꾹 참았다.

아들은 이 셋집에 처음 온다. 그런데 이렇게 예전에 없던 꼬락서니를 하고 왔으니 '이놈이 또 며느리랑 싸운 모양이군'이라고 바로 눈치를 챈 나산달라이 씨는 아들에게 아무 말 하지 않고 샤오빙을 쩝쩝 씹고 진한 홍차를 후루룩 들이마신 후 허리를 반듯이 세우고 앉는다.

만라이는 아버지를 정면으로 볼 엄두를 못 내고 슬금슬금 의자에 앉았다. 그리고 식탁에 있던 샤오빙 하나를 들어 입에 넣으려다가 어머니에게 물었다.

"철멍은 삼륜거 끌고 나갔어요?"

어온다리는 앉은 채로 아들을 안쓰럽게 쳐다보았다.

"그래! 너는 왜 세수도 않고 그런 꼬락서니로 다니냐?"

만라이는 이 물음에 뭐라고 대답해야 할지 몰라, 아무 말 없이 샤오빙을 물고 맛있게 씹기만 한다. 어온다리는 계속해서 걱정스럽게 말을 잇는다.

"네 아버지는 바양뭉흐 사장한테 8천 위안을 빌려 집문서를 찾아올 계획이다. 너희들은 이제 어쩔 거냐?"

"집을 팔아야겠어요. 공안에게 부탁해서 기한을 좀 늦춰달라고 해야죠. 그러지 않으면 기일 내에 집을 팔지 못할 것 같아요."

아내와 싸우고 술에 취해 남의 집에서 소란을 피우며 잔 일과 수없이 많은 고민거리를 부모님 앞에서 최대한 드러내지 않으려는 듯, 만라이는 눈살을 찌푸리고 차분하게 말했다. 어온다리는 "며느리도 집을 팔기로 동의했냐?"라고 물으려다 그만두고, 속으로 이래서 여자를 잘 만나야 하는 건데, 우리 만라이가 좋은 아내를 얻었으면 우리가 이렇게 쫄딱 망했겠나? 이렇게 걱정을 하겠나? 이렇게 고생을 하겠나? 라고 원망하며 땅이 꺼지게 한숨을 쉬고 찻잔을 잡아당겼다.

모든 죄를 용서할 수 있을까?

정오 전이었다. 아리오나가 공안국의 출석요구를 받고 택시를 타고 와 정문에서 내리자 맞은편에서 만라이가 녹색 자전거를 타고 날 듯이 달려오고 있었다.

아리오나는 사촌 오빠와 마주치자, 울어서 약간 부어오른 눈에 일말의 부담감과, 어느 정도의 부끄러움과, 일정 정도의 절망감을 드러내며 할 말을 못 찾고 머뭇거렸다. 자전거에서 내린 만라이도 궁색한 웃음을 지었다.

"너도 공안국에 온 거야?"

아리오나는 고개를 끄덕이고 만라이와 나란히 안으로 들어갔다. 그녀는 나직한 목소리로 묻는다.

"만라이 오빠, 집문서는 받았어요?"

만라이는 자전거를 밀면서 안으로 걸어가며 막막한 표정으로 대답했다.

"아니. 헤이룽장성에서 온 경찰에게 며칠만 시간을 연장해달라고 부탁하러 온 거야."

"……"

만라이는 잠시 묵묵히 걷다가 주워들은 소식에 대해 물었다.

"작은아버지는 울란바타르에서 돌아오셨다며?"

"돌아온 다음 날 사이한탈라로 가버리셨어요."

아리오나는 작게 한숨을 쉬며 대답했다.

그들은 뭔가 다른 이야기를 하고 싶었으나 무슨 이야기를 해야 할지 몰라서 둘 다 입을 다물어버렸다. 이렇게 각자의 생각에 골몰한 채 나란히 걸어간 후 만라이는 자전거를 사무동 입구 계단 앞에 세워두고 아리오나를 뒤쫓아 안으로 들어갔다.

두 사람이 직원에게 물어 헤이룽장성에서 온 경찰의 임시 사무실로 함께 들어가자 얼굴이 검게 탄 중년 경찰이 그들을 번갈아 쳐다보며 의자를 내밀었다.

"앉으세요! 앉으세요!"

아리오나와 만라이는 의자에 앉지 않고 쭈뼛거리며 서 있기만 했다. 광대뼈가 튀어나온 젊은 경찰은 아리오나에게 부드럽게 물었다.

"지앙타오의 부인이시죠?"

아리오나는 지앙타오가 시아오탕의 본명인 것을 이제 알았으므로 "예"라고 나지막하게 대답했다. 젊은 경찰이 만라이를 물끄러미 쳐다보며 "선생은?"이라고 물었다.

"저는 만라이라고 합니다. 이…… 아리오나의 사촌 오빠 됩니다…… 제 집문서가 공안국에 있어서…… 제가 돈…… 없어서…… 집을 팔아 이 빚을 갚고…… 집문서를 받으려고…… 며칠만 시간을 더 달라고…… 부탁하러 왔습니다."

만라이는 더듬거리며 말했다. 원래 말재주가 없는 데다 낯선 경찰 앞이라 혀마저 제대로 움직여주지를 않았다! 얼굴이 검게 탄 경찰이 물었다.

"2만 위안을 빌렸군요?"

"예."

"언제 집을 팔 계획이죠?!"

"한 일주일 정도면 팔 수 있을 것 같아요!"

"아…… 그럼 닷새 여유를 주겠소. 집을 적당한 가격으로 파세요! 아니, 웬만하면…… 2만 위안 정도는 빌려도 될 것 같은데?!"

"이게…… 팔지 않고는 방법이 없습니다."

"그렇군요?! 그럼 닷새 내로 2만 위안을 내고 집문서를 받아가세요."

"예! 예!"

대화는 순조롭게 끝났고, 만라이는 경찰에게 감사 표시를 한 후 사무실을 나왔다.

얼굴이 검게 탄 경찰은 아리오나에게 유감을 표시한 후 친척 어른이라도 되는 양 친절하게 말했다.

"출신이 분명치 않은 사람과는 가능한 한 어울리지 않는 게 좋아요. 안타깝게도 막대한 피해를 입었네요! 지앙타오는 사형까지는 아니어도 평생 감옥에서 썩어야 할 신세지요. 그놈에게 기대를 걸고 기다리지 마세요……"

여자에게 다른 건 부족해도 눈물만은 부족하지 않다는 속담처럼, 아리오나는 이 말을 듣고 손수건을 눈물로 흠뻑 적셨다……

오후 3시가 되어서야 아리오나는 감옥에서 지앙타오와 만날 수 있었다. 철망, 철문, 철창, 철 자물쇠…… 이런 것들을 보며 아리오나는 눈앞이 캄캄해졌다. 풍요롭고 여유로운 삶에 취

378

해 주변 사람들의 부러움과 질투 어린 시선을 즐기고 우쭐대느라 이 세상에 사람이 사람을 잡아 가두는 이렇게 처참한 곳이 있는 줄도 모르고 살았다. 이토록 처참한 곳에, 자기가 철석같이 믿고 일편단심으로 사랑했던 남편이 개돼지처럼 갇히게 될 거라곤 꿈도 꿔본 적이 없었다. 살다 보면 생각지도 못한 좋고 나쁜 일들을 수도 없이 겪게 되는 것을 어쩌랴. 망하려야 망할 수 없는 부자라고 오만방자하게 살던 사람이 갑자기 재앙을 만나 하루아침에 구차한 목숨만 남기고 아무것도 없는 알거지가 되기도 한다. 평생 늙지 않을 것처럼 제멋대로 살던 젊은이가 느닷없이 병에 걸려 반신불수가 되기도 한다. 영원한 감투라도 쓴 양 설치며 돈과 여색에 빠져 살던 사람이 갑자기 벌을 받아 반평생을 불행하게 보내기도 한다…… 아, 사람이란……

아리오나가 생각에 잠겨 인간이란 동물에 대해 그동안 느껴보지 못했던 혐오감을 느끼며 수감자 면회실에서 혼자 서성거릴 때, 철커덩 소리가 나고 눈이 아니면 알아보지 못할 빡빡머리 남자를 교도관이 개돼지 쫓듯 몰고 들어왔다.

이 사람이 남편이라 불렸던 시아오탕이 맞나?! 이 사람이 사람들 앞에서 함께 팔짱을 끼고 갈 때면 여자의 마음을 한없이 설레게 하고 의기양양하게 하던 사장님이 맞나?! 만나자마자 달려가 목을 끌어안고 소리 내어 울 거라고 예상했던 상봉의 첫 장면은 너무나 달랐다. 둘은 처음 만나는 것처럼 서로를 낯선 눈으로 쳐다보았고, 두렵고 암울한 표정으로 적당한 거리를 두고 섰다.

"빨리 얘기하쇼! 너무 길게는 안 돼!"

교도관은 험악하게 소리치고 한쪽으로 물러서서 지켜본다.

벽에 기대어놓은 긴 나무 의자 외에 아무것도 없는 면회실은 바늘 떨어지는 소리도 들릴 만큼 고요해졌다. 문 옆에서 지켜보는 교도관은 마치 허수아비 같다. 시아오탕은 의외로 차분한 표정을 지으며 똑바로 서 있다. 사실 지금 이 순간 그의 마음은 갈등으로 가득했다. 그는 눈에 띄게 수척해졌다. 사각형의 얼굴은 깎아낸 것처럼 뾰족해졌고, 눈 주변은 움푹했다. 두 사람은 이렇게 40초가량을 침울하게 서 있었다. 결국 지앙타오가 입을 열었다.

"가족들은 다들 잘 지내시지?"

이런 곳에서 이런 말을 듣는 것이 아리오나에겐 너무 비참했다. 이 말을 다른 곳에서 들었다면 얼마나 좋았을까 하는 생각이 들자 아리오나의 눈에서 진주 같은 눈물이 뺨을 타고 흘러내렸다. 지앙타오의 눈은 날개가 잘려 죽음을 기다리는 매의 눈처럼 흐릿했다.

"미안해! 사실 너한테는 내 잘못을 미리 알렸어야 했는데. 그런데 말할 용기가 없었어. 그래서 나를 괴롭히는 이 죄를 너에게 평생 말하지 않기로 결심했어. 하지만 너만은 정말로, 진심으로 사랑했어. 죽을 때까지 너랑 행복하게 사는 것이 반평생 넘게 남은 내 생에 최고의 바람이었어. 내가 도망 중인 죄인이라고 사실대로 고백했으면 넌 나와 결혼하지 않았을 거야. 그래서 사업으로 돈을 벌었다고 거짓말을 한 거야. 큰아버지, 큰어머니를 아버지, 어머니라고 너에게 소개한 것은 내 과거를 들키지 않으려고 그런 거야. 그래서 가짜 등본을 가져다 너랑 결혼을 한 거지…… 이런 일들을 하며 마음은 너무나 고통스럽고 불안했어. 정말 형언할 수 없을 정도의 지옥을 맛봤지. 처음엔 언젠가 붙잡힐 것 같아 너무 무서웠어. 그런데 시간이 지나고 4, 5년이 지나도 나를 의심하는 사람이 없다 보니 갈수록 대담해졌고, 내 과거가 완전히 잊혔다고 방심하게 되었지. 더구나 경찰의 여동생인 너와 결혼한 후로는, 나 자신을 보통 사람들과 완전히 같거나 훨씬 더 운 좋은 사람이라 생각하게 되었고, 에리옌시의 신분증을 만들라는 네 오빠의 제안을 선뜻 받아들인 거야. 하지만 죄지은 사람은 법망을 벗어나기 어려웠지. 아무리 후회하고 아무리 괴로워도 이미 일이 이렇게 되었으니 다 소용없게 됐어! 나는 마땅한 벌을 받는 것 같아! 내 잘못으로 너도 큰 피해를 보았어…… 우리 아버지 어머니는 모두 시골의 평범한 농민들이셔. 누워 있는 양도 놀래지 않는 착한 분들이야. 우리 형님이 부모님과 함께 살고 있어. 내 전처가 낳은 딸도 그분들이 돌보고 있어! 너한테 미혼이라 했던 것도 거짓말이야! 난 한 번 이혼했지. 가짜 신분증에 적힌 나이도 가짜야. 사실은 서른네 살이야. 너보다 아홉 살 많아! 그 모든 게 다 거짓이었지만, 너를 보자마자 사랑에 빠진 내 마음만은 거짓이 아니란 걸 1만 개의 눈이 달린 하늘이 알아. 이제 너도 내가 죽도록 싫지?! 내가 보기도 싫을 만큼 밉지?!"

그는 잠시 말을 멈추고 아리오나의 표정을 살피며 무슨 말이 나올지 기다리는 듯한 표정을 짓는다.

아리오나는 눈물을 닦고, 수천 개의 송곳에 찔린 듯 시큰거리는 심장 주위를 왼손으로 누르며 말했다.

"당신이 나를 진심으로 사랑했다면 어쩌자고 나를 속여?!
나를 왜 이렇게 망쳐놓고 세상 사람들 얼굴도 볼 수 없게 만
들어?! 당신이 정말 나를 사랑했으면 내게는 진실을 말했어
야지."

죄와 잘못을 그리 쉽게 용서할 사람은 없을 것이다.

"세상 사람들은 모두 이기적이고, 사랑은 더 이기적인 거야.
도리를 따르자면 내가 너를 속이고 부인으로 맞이하면 안 되
는 거였어. 너도 나 같은 수배범이 아니라 멀쩡한 직업이 있는
좋은 남자와 부부가 되었어야 맞겠지. 너를 진심으로 사랑했지
만 너랑 같이 살 자격이 없음을 인정하고, 다른 남자와 행복하
게 삶을 꾸리기를 바라며 나는 조용히 사라졌어야 했어. 그게
훌륭한 남자가 할 행동이겠지. 하지만 난 그렇게 할 수 없었어.
난 진정한 사내가 아니야! 사실을 말했다간 널 잃을까 두려
웠어."

지앙타오는 최대한 침착하려 애썼다. 아리오나는 이 말을 듣
고 마음이 혼란스러워져 한쪽 입술을 자국이 남을 정도로 힘껏
깨물었다.

"이제 난 어떡해?! 언제까지 당신을 기다려?! 배 속의 아이
를 낳으면 어떻게 키우지?"

그녀는 혼잣말하듯 절망스럽게 물었다. 지앙타오는 이 물음
에 대해 이미 곰곰이 생각해둔 것처럼 교도관을 힐끔힐끔 쳐다
보며 낮은 목소리로 말했다.

"네 이름으로 예금한 2만 위안과 레스토랑에서 외상을 준 몇
만 위안은 자백하지 않았어. 그 돈을 빨리 찾다가 써."

그는 말을 끊고 다시 교도관을 훔쳐본다. 아리오나는 그 2만 위안을 벌써 국가에 반납했다. 그러나 그 일을 언급하고 싶지도 않았다. 지앙타오는 계속해서 말했다.

"네가 만약 나를 용서한다면 그 돈을 생활비로 쓰다가 애 낳을 때쯤 내 고향에 가서 애를 낳아도 돼. 우리 부모님, 형과 형수가 너를 소홀히 대하지 않을 거야. 내가 은행에서 갖고 나온 돈 대부분은 공안국에 몰수당했어. 만약에 형이 나를 동생으로 여기고 애써준다면, 내가 써버린 20만 위안 정도를 여기저기서 빌려다 갚고, 다시 약간의 돈만 찔러주면 가벼운 처벌을 받을지도 몰라. 그러면 난 몇 년 후에 다시 자유를 찾겠지. 네가 나를 진심으로 사랑하고 내 말을 믿어준다면, 그래서 나를 기다린다면…… 내가 석방된 후 우리는 땀 흘려 일하고 돈을 벌어 행복하게 살 수 있을 거야. 그때는 나도 네가 시키는 대로 마소처럼 일해서 빚진 것들을 갚도록 할게! 네 마음이 완전히 식어서 청춘을 허비해가며 날 기다릴 생각이 없다면, 나도 너한테 이래라저래라 강요할 순 없지. 너도 네 운명을 스스로 선택할 권리가 있으니까."

그러나 이 말들 역시 어느 정도의 속임수가 섞인 말이었다.

아리오나는 부모님의 당부와 오빠, 지인, 친척 들의 충고, 얼굴이 검게 탄 경찰의 말이 떠올라 바로 대답할 수 없었다. 요 며칠 그녀도 이 일에 대해 결론을 내리지 못하고 머뭇거리다가 어쨌든 지앙타오와 만나 이야기를 해보고 결정하기로 했다. 그러나 지앙타오의 이 장황한 말은 아리오나의 마음을 더 복잡하게 했다. 지앙타오가 정말 몇 년 내로 감옥에서 나오기만 한다면, 이미 배 속에 애를 품은 아내로서 기다려보는 것이 옳은 것 같다. 그러나 한쪽이 가짜 신분증으로 혼인 증명서를 받았기 때문에 그들은 합법적인 부부라 하기도 어렵다. 이에 대해 아리오나는 사람들에게 자세히 물어보고 싶었지만 머뭇거리느라 알아보지 못했다. 만약 경찰 말대로 지앙타오가 평생을 감옥에서 썩게 된다면, 자기도 평생 과부처럼 살게 될 거다. 더구나 지앙타오는 중죄인이고 희대의 사기꾼이다…… 아리오나가 오랫동안 생각에 잠긴 채 땅바닥만 쳐다보고 있자, 지앙타오가 길게 한숨을 쉬었다.

"당장 결정 못 하는 게 당연해. 이건 네 일생과 관련된 어려운 선택이니까. 아니면 내가 몇 년 형을 받을지 판결을 기다렸다가 결정해도 돼. 5년 이상이면 나를 기다릴 필요 없어. 내가 아무리 이기적인 놈이어도, 나 자신만의 이익을 위해 남을 전혀 배려 안 하는 놈은 아냐. 하지만 너한테 딱 한 가지만 부탁하자! 내 형한테 딸이 둘이고, 내 전처도 딸을 낳았어. 형제가 모두 대를 이을 아들 하나 낳지 못한 게 너무 한스러워! 우리 아버진 이 때문에 돌아가실 때도 편히 눈을 못 감으실 거야. 네 배 속의 아이가 분명 아들일 거라는 어떤 계시 같은 게 느껴져. 그러니 이 아들을 어떻게든 이 세상에 건강하게 낳아주기를 부탁할게! 그 애를 힘들게 혼자 키울 필요 없어. 우리 형과 형수에게 데려다주면 돼. 아니면 우리 고향 집에 가서 몸을 풀고 아들만 두고 와도 돼! 너한테 부탁할게, 제발! 이생에서 네 은혜에 보답하지 못하면 다음 생에서라도 꼭 보답할게."

그는 침통하게 말했다.

바로 이때, 문 옆에 허수아비처럼 서 있던 젊은 교도관이 다가왔다.

"이제 됐어. 시간 끝났어."

교도관은 험악하게 소리치며 뭘 해야 하는지 알지? 하는 매서운 눈으로 지앙타오를 쳐다보았다.

지앙타오의 얼굴에 남아 있던 일말의 희망이 절망에 가까운 비관으로 바뀌었다. 그는 교도관의 말을 못 들은 듯이 제자리에 얼어붙은 채 꼼짝하지 않았다. 한기가 올라올 것 같은 그의 눈빛은 아리오나를 망설이게 했을 뿐 어떤 희망과 비전도 보여주지 못했다. 아리오나는 그의 말에 바로 대답하지 않고 우물쭈물하며 서 있었다.

교도관이 지앙타오를 노려보며 "못 들었어? 왔던 곳으로 가라고 했잖아!"라고 험악한 목소리로 명령했다.

지앙타오는 죽음을 앞두고 구원을 바라는 듯, 아리오나를 간절한 눈빛으로 쳐다보며 꼼짝하지 않았다.

교도관은 버럭 화를 내고 앞으로 달려와 지앙타오를 툭 밀치며 다그쳤다.

"이 자식아, 빨리 가!"

지앙타오는 비틀거리면서도 교도관의 말에 따르지 않았다. 그는 자신의 기대가 물거품이 될까 봐 두려워하는 눈으로 아리오나를 쳐다보았다.

"아리오나! 내 부탁을 들어줘! 아리오나!"

그는 절규하듯 말했다. 아리오나는 최대한 눈물을 참으며 촉촉해진 눈을 손가락 끝으로 누른 채 묵묵히 괴로운 표정만 지었다.

이때 밖에서 교도관 두 명이 바람처럼 달려와 지앙타오의 양
팔을 잡고 억지로 끌어당겼다.

이게 마지막 만남일 수도 있음을 깨닫자, 지앙타오의 눈앞에
지옥이 펼쳐지는 것 같았다. 사랑하는 자식을 배 속에 잉태한
아름다운 부인과, 자유롭고 화려했던 삶, 이 모든 게 다시는 돌
아올 길 없이 사라질 것 같은 절망감에 그는 이성을 잃어버렸
다. 그는 팔다리를 허우적거리며 발버둥 쳤다.

"아니야, 나를 놔줘! 나는 부모가 있고 마누라와 자식이 있
는 사람이야! 나를 놔줘!"

그는 머리끝이 쭈뼛할 정도로 소름 끼치는 소리를 질러댔다.

세 명의 교도관은 악을 쓰고 발버둥 치는 지앙타오를 끌고
나갔다.

아리오나의 뇌는 활동을 멈춘 것 같았다. 그녀는 넋 나간 표
정으로 제자리에 꼼짝 않고 서 있었다.

지앙타오의 실성한 듯한 고함이 텅 빈 복도에 메아리치며 아
리오나의 심장을 찢을 듯이 끔찍하게 울려 퍼졌다.

이것이 아리오나와 지앙타오 두 사람의 마지막 만남이었다.

4장

콩 심은 데 콩 나고 팥 심은 데 팥 난다

복은 더불어 오지 않고 화는 홀로 오지 않는다는 말은 딱 들어맞았다. 아리오나의 집에 아직도 액운이 모자랐던 모양인지 생각지도 못한 또 하나의 딱한 사건이 닥쳐왔다.

부인의 "빨리 돌아와!"라는 전화를 받았을 때, 바양달라이 씨는 형제처럼 가까운 오랜 친구 하스바타르의 집에서 마작판에 둘러앉아 눈이 벌겋게 도박을 하고 있었다. 그는 사이한탈라에 도착하자마자 부인에게 누구 집에 있는지 전화로 알렸기 때문에 구일레스 여사는 그에게 바로 전화를 할 수 있었다. 구일레스 여사는 무슨 일이라고 자세히 말해주지 않고 그저 "빨리 돌아와. 중요한 일이야"라고만 했다. 그러나 바양달라이 씨는 하스바타르에게 빌린 5천 위안 중 3천 위안 정도를 잃은 터라 잃은 돈을 도로 따겠다는 의지가 부인의 지시대로 바로 귀가해야겠다는 생각보다 강했다. 그는 다음 날 해가 뜰 때까지 도박을 했고, 잃은 돈을 되찾긴커녕 남은 2천 위안가량의 돈마저 잃고, 주머니엔 집으로 돌아올 차비 20위안 정도만 남았다. 그는 20위안은 손대지 않고, 게임에서 진 돈인 몇백 위안마저 외상으로 달아놓아 더는 내놓을 현금이 없었고, 결국 도박도 끝이 났다. 바양달라이는 이렇게 오랜 친구 하스바타르에게 5천 위안을 빚지고 주머니에 남은 20위안으로 오후에 출발하는 에리엔행 기차를 타러 가던 중 운 좋게 같은 방향으로 가는 친구를 우연히 만나 친구의 트럭 한쪽에 끼어 점심때쯤 집으로 돌아왔다. 공안국에서 시아오탕에게 빌린 돈을 재촉하는 건가?! 아니면 또 무슨 귀찮은 일이 생겨 나를 부른 건가 하고 바양달라이 씨는 오는 길 내내 머리를 굴려야 했다.

그가 문턱을 넘자마자 부인이 송곳 같은 눈으로 째려보며 거칠게 몰아붙였다.

"사실대로 말해! 몽골의 더르너체첵이라는 여자랑 무슨 관계야."

바양달라이는 더르너체첵이란 이름을 듣자마자 가슴이 철렁했다. 더르너체첵이라면 그가 울란바타르에서 방을 얻어 5년간 몰래 동거하던 여자였다. 그뿐 아니라 둘 사이에는 토올이라는 무척 귀여운 네 살짜리 딸도 있었다. 바양달라이 씨가 울란바타르에 갈 때마다 여러 날을 '살다가' 오곤 했던 것은 순전히 귀여운 딸을 점지 받아 하루하루 키워가던 더르너체첵과 서로 결혼한 부부처럼 알콩달콩 행복하게 지냈기 때문이었다. 죄지은 놈은 잔꾀만 는다더니 바양달라이 씨는 최대한 자연스러운 표정을 지었다.

"무슨 더르너체첵?! 누구한테 또 헛소리를 들은 거야?"

그는 이미 숨길 수 없게 된 사실을 발뺌하려 했다. 구일레스 여사는 그의 뻔뻔스러운 표정과 거짓말에 더욱 화가 치밀었다.

"이래도 숨길 생각이야?! 더르너체첵이 직접 집에 찾아와 있는 그대로 말하고 갔어."

그녀는 추측과 실제 사실을 근거로 맹렬하게 몰아붙였고, 바양달라이 씨는 대단히 당황한 표정을 지으며 눈알만 굴렸다.

"더르너체첵이 언제 에리엔에 왔어? 누구랑 왔어?"

그는 믿기지 않는다는 듯한 표정으로 물었다. 구일레스 여사의 쌀쌀하고 창백하던 얼굴이 찬바람 몰아치는 사나운 날씨처럼 변하더니 묻는 말에는 대답도 없이 자기 말을 이어나갔다.

"몽골에 가면 반년 아니면 몇 달씩 살다 오더니, 그게 사업하러 간 게 아니라 계집질하러 간 거였군. 나는 너 같은 인간하고 평생 같이 살고 싶지 않아. 가자! 당장 이혼하러 가!"

그녀는 울며불며 남편의 손을 잡고 밖으로 끌어당긴다. 바양달라이는 손을 탁 빼냈다.

"미쳤어? 이혼하려면 혼자 법원에 가! 나는 안 가."

바양달라이는 소파에 털썩 주저앉아 TV가 놓인 유리 탁자 서랍에서 '나비샘'을 꺼내 불을 붙인다. 그는 담배 연기를 위로 뿜으며, 눈을 감고 뒤통수를 소파 등받이에 기대고 깊은 생각에 빠진 표정으로, 가랑이를 쩍 벌리고 발은 바닥에 축 늘어뜨린다. 더르너체첵이 왜 에리엔에 왔지?! 더르너체첵이 어떻게 집을 찾았을까? 도대체 무슨 생각으로 왔을까?! …… 바양달라이는 이런 생각을 하며 어떤 안 좋은 일들이 계속 일어날 것 같은 불길한 예감에 사로잡혔다.

바로 이때 전화벨이 따르릉따르릉 요란하게 울렸다. 바양달라이는 눈을 감고 등을 기댄 자세로 앉아 담배를 빨아대며 연기만 뿜어댈 뿐 전화를 받을 생각이 없어 보인다.

전화기가 다시 울렸다. 반짝반짝 닦아놓은 대리석 바닥 위에서 옆구리에 손을 짚고 중국어와 몽골어를 섞어가며 욕과 저주를 퍼붓던 구일레스 여사는 눈물을 훔치며 뚜벅뚜벅 걸어가 전화를 받는다. 그리고 저쪽에서 뭐라고 했는지 "몰라!"라고 노발대발 고함을 지르며 수화기를 탁 내려놓았다. 구일레스 여사는 거의 실성한 듯했다.

"××가 근질근질한 암캐 같으니! 지네 나라에서 수컷을 찾지 않고, 처자식 있는 외국 놈하고 놀아나는 건 무슨 짓이야? 너 나랑 이혼하고 저년한테 가 살아! 난 너랑 못 살아. 그냥 애들 셋이랑만 살 거야! 자식들도 다 컸는데 아비라는 인간이 다른 여자랑 놀아나고 부끄럽지도 않아?! 안 쪽팔려?"

그녀는 계속해서 욕을 퍼부었다. 방금 전화한 사람이 바로 더르너체첵이었음을 바양달라이 씨만 몰랐다. 더르너체첵이 전화로 "바양달라이 씨 오셨나요?"라고 물었기 때문에 구일레스 여사의 분노가 폭발하여 "몰라!"라고 소리친 것을 듣고는, 너무 무례한 거 아냐?! 라고 생각했을 뿐이다. 이 전화 때문에 구일레스 여사가 전화를 끊고 더 거친 욕설을 퍼부은 것도 모르고 그저 화풀이가 계속되는 줄로만 알았다.

채 20분이 지나지 않아서 바양달라이 씨 현관문이 톡톡톡 울렸다. 누가 곧장 안 들어오고 이렇게 예를 차리게 되었나, 라고 생각하던 바양달라이 씨가 어쨌든 쉴 새 없이 욕을 퍼붓는 마누라의 주둥이를 막아줄 사람이 와줘서 다행이라고 생각할 때 문이 승낙도 없이 열렸고, 바양달라이 씨의 가늘게 뜬 눈에 느닷없이 햇살처럼 친근하고 따뜻한 자태가 나타났다. 더르너체책은 구일레스 여사의 "몰라!"라는 말에서 바양달라이가 돌아왔을 거라 짐작하고 바로 호텔에서 나와 택시를 타고 온 것이었다. 쇠사슬로 묶어놓은 걸러어라는 이름의 늑대개가 더르너체책을 보고 컹 하고 짖지도 않은 건 이상한 일이었다. 더르너체책이 어제 바양달라이 씨의 집을 아는 내몽골 사람의 삼륜거를 타고 와 처음 들어왔을 때도 이 늑대개는 주인을 본 것처럼 짖지 않았다.

더르너체책은 안에 들어오자마자 이 집에 전장의 긴장이 짙게 깔린 것을 눈치챘다. 구일레스 여사의 눈이 그녀를 향한 질투와 증오로 이글거리는 것을, 더르너체책은 전혀 개의치 않았다.

"당신 오늘 돌아왔어요?"

그녀는 바양달라이 씨를 의심쩍은 시선으로 쳐다보며 물었다. 더르너체책을 보자마자 바양달라이 씨는 반가워하긴커녕, 얼굴을 찌푸리고 살기를 내뿜었다. 그는 자리에서 벌떡 일어나, 부드럽게 인사하는 더르너체책에게 버럭 화를 냈다.

"네가 여길 왜 와?! 누가 너보고 여기 오랬어?"

그러나 속으로는 스스로의 비인간적인 말과 행위에 매우 괴로워하고 있음을 마음의 창인 눈동자가 말해주었다. 구일레스 여사는 마치 철천지원수를 본 듯 도끼눈을 뜨고 달려가 더르너체책을 갈기갈기 찢어놓고 싶었지만 겨우 감정의 고삐를 당기고 깨끗한 대리석 바닥에 뚝뚝 눈물만 흘렸다. 더르너체책은 바양달라이의 성난 황소처럼 험악한 표정을 보자, 아주 난처한 처지가 되어, 수정 같은 투명한 눈을 놀란 암사슴처럼 휘둥그렇게 뜨고 겨우 말을 꺼냈다.

"바양달라이 오빠, 나와봐요! 우리 둘이 따로 이야기해야 할 것 같아요."

구일레스 여사도 눈물 한 방울을 바닥에 뚝 떨구었다.

"남들 앞에서 말 못 할 만큼 무슨 더러운 짓을 했기에 따로 얘기하겠다는 거야?! 할 말 있으면 내 앞에서 해!"

그녀는 얼굴을 찌푸리며 소리쳤다. 두 여자 사이에 낀 바양달라이 씨의 심장은 불규칙적으로 쿵쾅거렸고, 온몸의 피가 머리로 몰려들었다. 그는 사나운 늑대가 앙숙을 만난 것처럼 눈을 부릅뜨고 더르너체첵에게 삿대질을 했다.

"꺼져! 어디서 왔는지 온 데로 꺼져버려. 나는 너를 전혀 몰라."

그는 더르너체첵이 꿈에도 생각지 못한 괴상망측한 말로 그녀를 공격했다. 더르너체첵의 눈에서 원망의 눈물이 흘렀다.

"당신은 왜 나를 모른 척해?! 부인이랑 헤어지고 나랑 평생 함께 살겠다고 약속해놓고, 나와 딸을 버리다니 이게 무슨 짓이지?! 내가 뭘 잘못했어?! 당신은 정말 구일레스와 나 둘 중에 누구랑 살 거야? 오늘은 우리 둘 앞에서 분명히 정해요!"

버림받지 않으려는 측은한 목소리였다. 그녀의 이 말은 바양달라이 씨가 더르너체첵에게 매몰차게 대해 비밀을 숨김으로써 본처 앞에서 체면을 세우려고 했던 가짜 분노와 거짓 연극을 완전히 망쳐버렸다. 또한 구일레스 여사가 남편의 입으로 자백하게 하려고 실성한 듯 다그쳤으면서도 실은 듣고 싶지 않았던 사실을 통째로 폭로해버린 것이었다. 이 말을 듣고 구일레스 여사는 정말로 돌아버렸다.

"이 잡년! 갈보! 암캐! 오늘 네년 머리칼을 다 뽑아놓고, 네년 ××를 짝짝 찢어놓지 않으면 내가 우리 엄마 딸이 아니다!"

그녀는 앙칼지게 고함을 지르며 바로 더르너체첵에게 달려들어 뺨을 때리고, 할퀴고, 머리채를 잡아당기는 등 여자의 미친 재능을 드러내기 시작했다.

더르너체첵은 뺨과 머리를 몇 차례 맞고 얼굴과 목이 몇 번 할퀴어졌지만 방어만 할 뿐 맞서 싸우지는 않았다. 나중에는 상대의 팔을 잡아 할퀴지 못하도록 막으며 말했다.

"당신이 왜 남의 몸에 손을 대?! 경찰 데려올 거야."

그녀는 최대한 합법적으로 자신을 보호하려 했다. 그러나 경찰관의 엄마인 구일레스 여사는 그 말에 더욱 기고만장해졌다.

"너도 경찰서에 가서 남의 남편과 놀아나고, 남의 가정을 파탄 낸 벌을 받아봐! 너 같은 잡년을 잡아 죽인다고 죄가 되겠어?! 살을 도려내서 개한테 줘도 개가 역겨워 냄새도 안 맡을걸."

그녀는 고함을 지르는 동시에 꽉 붙잡힌 두 팔을 빼내 다시 할퀴려고 맹렬하게 덤벼든다. 바양달라이는 두 여자의 싸움을 뜯어말리긴커녕 불에 기름을 붓듯이 기세를 잡은 부인에게 지시 조로 외쳤다.

"그년을 밖으로 쫓아내 버려."

사람이란 게 크고 작은 집단에 속해 살아가는 동물들이라, 끼리끼리는 아무리 옥신각신해도 외부의 '적'이 침입하면 한편이 되어 똘똘 뭉치는 일이 흔한 것처럼, 구일레스 여사도 처

음에 남편에게 퍼붓던 욕과 저주를 잊고 남편의 말에 고분고분
따랐다.

"빨리 꺼져! 이 집에 너 같은 년은 발붙일 권리도 자격도 없
어! 죽고 싶지 않으면 꺼져! 꺼지라잖아! 염치없는 암캐야."

그녀는 온갖 험한 말을 토해내며 더르너체첵을 밖으로 밀치
기 시작했다. 더르너체첵은 쫓겨 나가지 않으려고 문을 잡고
버텼다.

"바양달라이 오빠랑 할 말이 있어! 나는 외면해도 자기 친딸
은 돌봐야지! 우리 둘 사이에서 나온 딸을 부양할 의무를 다해
야지."

그녀는 해야 할 말을 하고 있었다.

늑대나 승냥이도 제 새끼는 목숨보다 더 사랑하건만 고등
생물인 인간에게는 더 말할 나위가 있겠는가! 자신의 정액으
로 빚어낸 딸자식을 생각하면 바양달라이의 가슴은 천 개의 화
살에 찔린 듯 아팠지만, 이 나라에 데려와 키울 가능성이 전혀
없는 데다가 지금은 자신도 빚더미에 빠져 허우적거리는 터라
딸에게 약간의 돈을 주는 것으로 아버지로서의 의무를 조금이
나마 떠맡고 싶어도 뜻대로 되지 않을 것 같았다…… 바양달
라이 씨가 나중에라도 아버지로서 딸에게 진 빚을 갚을 거라
고 마음속으로 다짐하고 살아온 것은 틀림없는 사실이었다. 그
러나 눈썹이 타들어 갈 상황이니 눈앞의 '화재'부터 진압하는
것이 더 다급한 일인 듯했다. 그는 현재의 가정을 온전히 유지
하고, 에리옌에서 자신의 명예를 지키며, 성인이 된 세 자녀에
게 아버지로서 존경받으며 살기 위해 눈앞에 닥친 골칫거리를

반드시 단호하게 잘라내야 했다. 이런 생각이 들자 바양달라이 씨는 더르너체첵을 잠시 억울하게 한들 어떠랴…… 라고 생각하고 그녀를 향해 눈을 흘기며 소리쳤다.

"그만 짖어! 몽골에 아비 없는 애들이 도처에 널렸어! 네가 모든 아비를 찾아서 부양을 시킬 수 있을 것 같아? 말하자면 네 딸도 내 딸인지 남의 딸인지 누가 알아?"

그는 인성에 반하는 인정머리 없는 말을 내뱉었다. 더르너체첵은 이 말을 듣고 수치스러워하며, 사람이 사람을 죽인다는 게 이런 거구나. 정말 피 한 방울 흘리지 않고 죽이네! 차라리 찔러 죽이는 게 더 낫지, 생각하면서 당장이라도 쓰러질 듯 비틀거리며 겨우 서 있었다.

바로 이때 구일레스 여사가 힘껏 밀치자 더르너체첵은 열려 있던 문을 통해 밖으로 밀려났다. 바양달라이 씨가 서 있던 자리에서 꼼짝 않고 문밖의 소동에 귀를 기울여보니 더르너체첵은 여전히 가지 않고 집으로 들어오려 실랑이를 하고 있었다.

담 안에서 소동이 생기면 성가시다! 이렇게 소란이 반나절이 지나도 끝나지 않자 바양달라이의 넓은 가슴은 참새 가슴처럼 작아지고, 너그럽던 그의 마음도 순식간에 전기가 나간 전등처럼 꺼져버려, 오직 체면 하나만 생각하는 남자의 이기적인 마음에서 비롯된 분노만 활활 타올랐다. 그는 부인과 힘을 합해 울며불며 버티는 더르너체첵을 담 밖으로 끌어내고 검은 철문을 부서져라 닫은 후 안에서 잠가버렸다.

더르너체첵은 구일레스 여사에게 머리칼을 뜯기고 얼굴이 할퀴어지며 반나절이나 실랑이를 하는 동안 바양달라이가 나

와 자기를 옹호해주기를 몇 번이나 바랐지만 최소한의 기대마
저 물거품이 되었다. 그녀는 여기서 아무리 버텨봐야 얻을 게
없음을 깨닫고 할퀴고 찢긴 얼굴에서 나는 피를 손수건으로 누
르며 가야 할 곳으로 향했다……

더르너체첵을 쫓아낸 후 구일레스 여사는 남편을 향해 곁눈
질 한번 하지 않고 침실로 달려가 침대 위에 엎드려 흐느껴 울
었다. 한참을 울고불고하더니 갑자기 벌떡 일어나 바람을 일으
키며 밖으로 후다닥 달려 나간다. 바양달라이는 부인을 소 다
섯 마리로 잡아당겨도 바로 되돌릴 수 없음을 알았고, 어디든
가고 싶으면 가라며 거들떠보지도 않고 소파에 드러누워 연신
줄담배만 피운다. 머지않아 방 안에 담배 연기가 가득해졌다.

몇 날 밤을 잠들지 못했던 아리오나는 위층 침실에서 세상모
르고 자느라 좀 전의 소동을 전혀 모르고 있었다.

인생은 고달프거나 아름답거나

숨베르는 돼지고기, 구운 닭고기, 녹두, 가지, 토마토 등을
자전거 바구니에 가득 싣고 셋방으로 돌아왔다. 오늘 회사에서
월급을 탔다. 지난 달 회사의 실적이 좋았기 때문에 숨베르도
500위안을 더 받았다. 주머니는 불룩했지만 숨베르의 얼굴에
웃음은 보이지 않는다. 그의 얼굴은 비라도 내릴 것 같은 하늘
처럼 어둡다. 에리엔에 대하여, 에리엔에서 일어나는 수많은
사건 사고에 대하여, 그는 단 하루도 생각하지 않을 수 없었

다. 사람의 에리엔,* 돈의 에리엔, 사회의 에리엔, 에리엔……
에리엔…… 에리엔…… 도시 에리엔은 참으로 에리엔한 세상
의 축소판이 된 듯하다. 에리엔에서 외몽골 사람 네 명을 살해
한 범인이 외몽골 사람이었다는 것을 처음 듣고 숨베르는 경악
했고, 아리오나의 남편이 희대의 사기꾼이었다는 것을 듣고 말
문이 막힐 정도로 경악했다. 가슴 아픈 일은 이걸로 그치지 않
았다. 그가 울란바타르에서 돌아왔을 때 나르길에게 닥친 끔찍
한 일은 숨베르를 더욱 비참하게 했다. 그날 숨베르가 셋방에
도착했을 때 나르길은 혼자 울고 있었다. 그를 본 나르길은 비
참함과 괴로움을 최대한 숨기고 얼굴에 웃음을 지었지만, 숨베
르는 그녀의 눈에서 어떤 불행한 일이 생겼다는 것을 알아차
렸다. 둘이서 저녁을 먹고 늦게까지 잡담을 나누던 중, 나르길
은 갑자기 일어나 "저 갈게요. 오빠 편히 주무세요"라며 나가
려 했다…… 나르길의 눈에서 대체 어디로 가야 할지 몰라 망
설이는 기색을 숨베르는 놓치지 않았다. "이렇게 늦었는데 어
디로 갈 거야?! 여기서 대충 자! 널 잡아먹지 않을 테니까." 숨
베르는 진심을 담아 말했다. 나르길도 여자로서의 체면 때문에
한 말이었기 때문에 결국 숨베르의 말에 묵묵히 따랐다. 둘은
침대에 누워 껴안고 입을 맞추었다. 그러다 나르길이 거리를

---

* 에리엔은 중의적인 의미를 지닌다. 도시 이름이기도 하면서 몽골어로 '얼룩
이 있는' '반점이 있는' '문양이 있는' '얼룩무늬가 있는' '줄무늬가 있는' '울긋불
긋한' '알록달록한' 등의 뜻이 있으며 '별의별' '각양각색의' '잡다한' '형형색색
의' 의미로도 쓰인다. 이 소설에선 상황에 따라 '비인간적인 것' '부패하고 부조
리한 것' '요지경' 등의 뜻으로도 해석할 수 있으며 대부분 부정적인 의미로 쓰
였다고 볼 수 있다.

두며 피하자, 마음이 달아오른 숨베르는 "우리 헤어지지 말고 이렇게 같이 살자"라고 말했고, 나르길은 소리 내어 울기 시작했다. 그리고 자신이 부르테 천 식당의 척트 사장에게 당한 사연을 숨베르에게 털어놓았다. 자기 몸은 다시 태어나 바닷물로 씻어도 지워지지 않을 정도로 더럽혀졌고, 오빠랑 같이 살 자격도 없다며 그녀는 서럽게 흐느껴 울었다. 숨베르는 그 말을 듣고, 마흔을 넘어 쉰이 되어가는 척트 사장에게 격분했고, 주체할 수 없을 정도로 화가 치밀어 칼로 찔러 죽이겠다는 생각을 했다…… 그 밤 숨베르는 나르길에게 "울지 마. 그건 네 잘못이 아니야. 인간의 탈을 쓴 그 늑대 같은 놈은 조만간에 벌을 받을 거야! 우리 둘의 관계가 그놈 때문에 깨질 순 없어! 깨져서도 안 되고……"라고 몇 번이고 계속해서 달래다가 자기도 울고 말았다. 자신이 사랑하는 여자가 다른 사람에게 유린당했을 때보다 더 수치스럽고 괴로운 일이 있을까?! 그는, 척트를 고발할 거야, 천벌을 받게 할 거야, 생각했지만, 그로 인한 소동과 세상의 쑥덕거림으로 인한 압박을 나르길이 감당할 수 없음을 알았기 때문에 화를 참고 마음을 다스렸다…… 어쨌든 나르길과 숨베르는 그날 밤부터 셋방에서 동거를 하게 되었다. 그러나 이렇게 안락한 행복 한편에 영원히 지워지지 않을 마음의 상처가 숨겨져 있음을 어느 누구도 완전히 잊지는 못했다……

셋집 문 앞에 도착한 숨베르가 자전거 벨을 따르릉따르릉 울리자 문이 열리고 나르길이 미소를 지으며 나왔다. 나르길은 숨베르의 자전거 바구니 안에 있는 고기와 채소 봉지를 보고는 낙타 새끼 같은 예쁜 눈을 반짝이며 반가운 표정을 지었다.

"와, 고기랑 채소를 이렇게나 많이 샀어?"

그녀는 반가워하는 까치처럼 깍깍거렸고, 숨베르는 따뜻한 웃음으로 응답했다. 나르길은 자전거 바구니 안의 비닐봉지에 든 고기와 채소를 하나씩 들어 품에 안고 방으로 들어가며 말했다.

"방을 싹 바꿨어."

그녀는 사랑하는 사람에게 애교 부리듯 말한다. 숨베르는 자전거 자물쇠를 채우고, 무엇을 바꿨는지 궁금해하며 나르길을 따라 들어갔다가 놀라서 눈이 휘둥그레졌다.

나르길은 벽에 붙은 낡은 사진들을 모두 떼어내고, 그 자리에 큼지막한 외국의 호수 사진을 걸어놓았고, 반듯하게 갠 베개와 이불 위로 새 수건을 덮고, 침대 위에는 황금색 비단 침대보를 깔아두었다. 한쪽 서랍장 위에 놓인 작은 카세트에선 은은한 몽골 노래가 멋지게 흘러나와, 정말로 제대로 된 가정집 모양을 갖춘 듯했다. 숨베르는 만면에 웃음을 지었다.

"훌륭해! 우리 둘에게 부족한 건 혼인 증명서뿐이겠어."

나르길은 이 말에 행복하게 웃었다. 그리고 숨베르가 가져온 고기와 채소를 부지런히 씻고 칼질하느라 바쁘게 움직인다.

숨베르는 평소처럼 침대에 드러누워 책 읽을 자세를 취하려 했으나, 깔끔하게 정돈해놓은 침대보가 흐트러질까 봐 잠시 망설였다. 그는 그냥 침대 위에 걸터앉아 얼마 전 울란바타르에서 가져온 세·푸레브의 『물의 거리』라는 책을 뒤적거린다. 그러더니 갑자기 무언가 생각난 것처럼 정색을 하고 말을 꺼냈다.

"광따 호텔에 외몽골 여자들이 와서 스트립 댄스를 춘대. 들었어?"

나르길은 콩 껍질을 벗기며 시무룩하게 말했다.

"스트립 댄스?! 망측해라! 몽골 여자들이 왜 그런 짓을 하지."

"다들 선녀가 울고 갈 정도로 예쁜 여자들이래! 나랑 같이 일하는 시아오장이 오늘 저녁에 그 춤을 구경하자고 졸라서……"

"그래서 속으론 좋으면서 겉으로는 싫은 척 빠져나왔다 이거야?!"

나르길의 장난에 숨베르가 헤헤헤 웃으며 사실대로 말했다.

"자기가 있는데 그거 봐서 뭐 하겠어."

나르길은 가볍게 웃고, 잠깐 동안 묵묵히 일을 하더니 갑자기 생각난 듯 말했다.

"참, 어제 새까만 잡놈이 맞아 죽었단 얘기 들었어?"

"새까만 잡놈이 죽었다고?! 왜?!"

"오늘 뭐 좀 사러 나갔다가 옛 친구를 만나 들은 이야기야. 짐꾼들이 황 사장의 동업자 짐을 날라주고 돈을 적게 줬다고 200달러를 뺏어 갔대. 황 사장이 그 얘길 듣고 부하에게 의논했더니, 그 부하는 새까만 잡놈과 계약 오치랄트를 추천했다지. 그래서 그 둘에게 '일을 해결하라'고 보냈대. 둘은 식칼을 들고 짐꾼들 숙소로 가서 돌아가며 턱을 부숴놨대. 돌아 나오다가 새까만 잡놈이 분이 덜 풀렸는지 다시 한차례 돌아가며 얼굴을 망가뜨려놨고, 처음엔 이를 악물고 참았던 10여 명의 짐꾼들이 마침내 폭발해버린 거야. 짐꾼들은 두 사람을 둘러싸고 벽돌로 때리기 시작했대. 계약 오치랄트는 빈틈을 노려 재빨리 빠져나왔지만, 벽돌에 맞은 새까만 잡놈은 머리가 터져 병원에 가기도 전에 죽었대……"

"나쁜 놈들 밑에서 날뛰는 놈들 결말이 다 그렇지! 에리엔에는 이런 일들이 끊이질 않는군! 답답한 일이야!"

"……"

"……"

숨베르와 나르길은 마음이 통하는 연인들이 으레 그러하듯, 보고 들은 것, 생각한 것들에 대해 이야기를 나누며 자신들의 마음 깊은 곳의 상처와 아픔이 조금씩 옅어지고, 잊히는 것을 느꼈다. 카세트에서는 서정적인 몽골 노래가 은은하게 흘러나왔다……

내렸다 말 타고 가실 때 백발 아버지
웃으며 가시는 이유를 말해주리라
나 노래할 때 인자한 우리 어머니
눈물 흘리시는 까닭을 알아보리라
깨달아가며 살아가는 세상이라고
얘야, 너에게 말하는 거란다!
남의 행복을 위해 노래할 때
자신을 행복하게 하는 그 마음을 깨달으렴
바느질이 끝나면 실 끝을 여미어두듯

하는 일마다 뒷일을 생각하며 마무리하여라……

열 손가락이 고르지 않고,
한배에서 난 자식들도 같지 않고

저녁 6시가 되자 고비는 일을 마치고 집으로 돌아왔다. 집에 흉사가 생긴 후로 그는 말수가 줄었고, 늘 얼굴을 찌푸리고 다녔다. 그가 거실에 들어왔을 때 아버지는 열세 개비째 담배를 거의 다 피워가고 있었다.

방 안 가득 악취가 풀풀 나고, 아버지 입에선 담배 연기가 연신 뿜어져 나온다. 고비는 반발심 가득한 사나운 눈으로 아버지를 노려보았다.

"너구리 잡아요?!"

그는 다소 시건방진 말투로 소리쳤다. 밖에 나갔다 돌아온 아들이 아버지를 보자마자 '별일 없으셨죠?'라는 인사도 없이 퉁명스러운 말투로 툭 쏘아붙이자 바양달라이 씨는 다소 불쾌했다. 그러나 더 많은 귀찮은 일들이 마음속에 가득 차, 소파에 등을 기대고 앉은 채 아들을 힐끗 쳐다보고는 피우던 담배를 피우고 생각하던 것을 생각한다. 고비는 얼굴을 찌푸리고 맞은편 소파에 앉아 아버지를 힐끔 쳐다보더니 목소리를 가다듬고 묻는다.

"아버지랑 엄마는 몽골 여자랑 왜 싸웠어요?"

소파에 기대 누워 줄담배를 뻑뻑 피워대던 바양달라이 씨는 아들의 말에 깜짝 놀라 소파 등받이에서 머리를 들어 올렸다.

"누구한테 들었어?"

그는 컬컬한 목소리로 당황한 듯 물었다.

"누구한테 들어요?! 양 부국장이 저한테 대충 말해줬어요. 몽골 여자가 엄마랑 아버지를 상해죄로 고소했대요! 두 분이 사람을 붙잡아 때리고 금귀걸이도 한쪽을 뜯어냈다면서요?!"

"그래서 양 부국장이 이 사건을 어떻게 처리할지도 말했냐?!"

"즉시 두 분을 공안국으로 소환해 사건을 처리해야 하지만, 양 부국장이 제 얼굴을 봐서 저녁에 퇴근해 자세한 사정을 알아보고, 내일 이 일을 마무리 짓자고 했어요. 두 분은 정말 법도 안중에 없는 막무가내가 되셨습니까?! 어쩌자고 외국인한테 손을 대요? 지앙타오 사건 때 망신당한 걸로 부족해서 한 건 더 하자는 겁니까? 저도 직원들 얼굴을 똑바로 볼 수 없을 정도로 창피해죽겠어요!"

아들의 말을 듣고 바양달라이는 할 말이 없어졌다. 무슨 말을 하겠는가?! 이렇게 아들도 다 컸는데, 부인 몰래 외국 여자와 사귀고 만인의 조롱거리가 될 짓을 벌여놓은 마당에 무슨 할 말이 있겠는가?! 그는 삶을 즐기며 살았다. 삶이 이제 그에게 가혹한 형벌을 내리려는 건가?! 최근 수년간 그는 내리막길을 걸었다. 여러 차례 큰 사업에 실패했다. 얼마 전 지앙타오한테 빌린 4만 위안도 울란바타르의 밤 강도에게 다 털렸다. 딸도 사기를 당해 세상 사람들의 웃음거리가 되었다. 이제는 가족이 해체될지도 모르는 크나큰 위험에 처해 있다! ……

이런 일들을 생각하자 바양달라이 씨의 마음은 새카맣게 타들어 간다. 그는 담배꽁초를 재떨이에 넣고 땅이 꺼지도록 한숨을 쉰 후, 다 잊고 싶다는 듯 두 손으로 얼굴을 가리고 위아래로 힘껏 문질렀다.

이때 밖에서 막내아들 테니게르가 들어왔다. 지앙타오는 체포되고 누나는 새 가정을 잃고 어머니 곁으로 마맛자국처럼 돌아와 밤이고 낮이고 슬픔과 후회와 하염없이 쏟아지는 눈물 속에서 지내자, 테니게르는 집에 있을수록 마음이 괴로워지고 무력감만 커지는 것 같았다. 그래서 종일 밖으로 쏘다니며 당구를 치거나, 전자오락을 하거나, 비디오를 보면서 시간을 보내거나 스트레스를 풀었다. 원래 괴롭지 않은 청춘이란 이 세상에 없다! 그런 괴로움은 끝이 보이지 않는 짙은 안개처럼 젊은 때의 수많은 날을 자욱하게 덮어 앞길을 보이지 않게 하고, 삶을 의미 없는 것으로 생각하게 하고, 생명조차 무의미한 것으로 생각하게 해서 다가오는 미래마저 흐릿하고 공허한 것으로 여기게 만든다. 인생이 복잡하다는 말도 사실이고 인생이 고달프다는 말도 사실이고 인생의 복잡함과 고달픔을 현실 속에서 맞닥뜨리며 젊은 날의 괴로움이 더해지는 것도 사실이다! 그래서 테니게르는 당구를 칠 때마다 스스로를 당구봉을 쥔 애송이가 아닌 강철 검을 쥔 전사로 여기고 상대방을 적으로 대했다. 구멍에 당구공을 넣을 때마다 상대편의 오장육부에 상처를 입힌다고 생각하고 게임에서 이긴 것을 적에게 승리해 명예로운 이름을 떨친 것처럼 여기며 마음의 괴로움을 승리의 자부심과 흥분으로 바꾸곤 했다! 테니게르는 서로 살육하고 총질하는 영화를 볼 때면 불사조 같은 영웅을 자신과 동일시하고 영화 바깥의 현실과 연결해 불가능한 공상의 세계 속에서 종종 헤매기도 했다. 특히 전자오락을 할 때면 한 단계를 통과할 때마다 성공의 꼭대기에 한 발짝 가까워진 것처럼 흥분해, 괴로움을 깨끗이 잊곤 했다…… 그는 종종 독수리가 되고 싶다고 생각한다. 가끔은 늑대가 되고 싶다는 생각을 한다. 또 가끔은 모래폭풍이 되어 온 세상의 좋고 나쁜 것 가리지 않고 다 날려버리고 싶다는 생각을 한다…… 테니게르는 아버지와 형의 찌푸린 얼굴을 힐끗 쳐다보고 아버지에게 억지웃음을 지으며 인사를 했다.

"아버지 언제 오셨어요?"

"점심 지나서 바로 왔다."

바양달라이 씨는 막내아들을 쳐다보며 시큰둥하게 말했다. 테니게르는 다시 형의 눈치를 살폈다.

"엄마 안 계셔?"

그는 TV 리모컨을 들고 형 옆에 앉았다. 고비는 눈길을 주지 않고 "몰라"라고 퉁명스럽게 대꾸하고는 나무라는 투로 말했다.

"넌 하루 종일 어디를 쏘다니는 거야?"

그가 하루 종일 밖으로 쏘다니지만 않았다면, 오늘 부모님이 몽골 여자를 때리는 일도 생기지 않았을지 모른다. 그런 고비의 생각을 테니게르는 알지 못했고, 자기가 일도 안 하는 데다 집도 안 지키고 제멋대로 밖으로 돌아다니는 게 보기 싫어서 형이랍시고 잔소리를 하나 보다 생각했다. 테니게르는 TV 채널을 21번에 맞추고 만화영화를 시청한다. 방금 형이 한 말은 그냥 왼쪽 귀로 듣고 오른쪽 귀로 흘려버린 것 같은 표정이다.

부자 셋이서 이렇게 뻘쭘하게 저마다의 생각에 빠져 자기 할 일만 하며 데면데면하게 앉아 있을 때 발소리와 함께 하일라스 씨와 구일레스 여사가 들어왔다.

"부자 셋이 다 모였네."

하일라스 씨는 억지웃음을 지으며 들어오자마자 중얼거리듯 말을 하고 바양달라이에게 걸어간다. 구일레스 여사는 마치 고양이 일곱 마리쯤은 죽인 사람 같은 표정으로 오빠를 따라 들어와 바양달라이 씨를 역겹다는 듯한 눈빛으로 흘겨봤다. 바양달라이는 처남을 보자마자 마지못해 반가운 표정을 지으며 자리에서 일어났다.

"형님 안녕하셨소?! 여기 앉으세요, 여기 앉아요."

그는 옆의 소파를 가리키며 담배 한 개비를 권했다. 구일레스 여사는 컵을 닦고 오빠에게 차를 따라주었다.

"오빠 차 드세요."

그녀는 아리오나가 없네 하는 듯한 눈빛으로 두리번거리며 위층에 올라가 보려는 듯 거실을 나갔다.

"오늘 사이한탈라에서 돌아왔다고?"

하일라스 씨는 별일 없는 듯 묻고 소파에 앉아 받아 든 담배에 불을 붙이고 가볍게 연기를 뿜었다. 바양달라이는 처남 옆에 앉아 자기도 담배에 불을 붙이며 친근하게 묻는다.

"예, 그렇습니다! 형님 요새 바쁘시죠?"

"바쁘다고 해야겠지?! 하루 종일 이런저런 일이 끊이질 않아. 고비는 요새 왜 이리 얼굴을 볼 수 없니?"

그는 고비에게도 따뜻하게 물었다……

그들이 이렇게 형식적인 인사말을 나누며 앉아 있을 때, 구일레스 여사가 아리오나를 데리고 거실로 들어왔다. 아리오나는 마치 무슨 중병에 걸렸다가 간신히 살아난 사람처럼 얼굴이 핼쑥해졌고 아름답던 검은 눈도 생기를 잃고 움푹해졌으며 입술은 갈라지고 창백했다. 아리오나는 이전의 우아하고 세련된 자태를 다 잃은 모습으로 하일라스 씨를 향해 억지로 웃고 테니게르 옆에 앉는다.

하일라스 씨는 아리오나를 따뜻하면서도 측은해하는 눈으로 응시하며 잠깐 위로의 말을 한 후, 손가락 사이에 끼운 손가락 크기만큼 타들어 간 담배를 재떨이에 비벼 껐다. 이어서 구일레스 여사를 의미심장하게 한번 쳐다보고, 아랫입술을 깨물며 결심한 듯 말을 꺼냈다.

"오빠이면서 형님이고 또 외삼촌으로서 내가 몇 마디 하지. 불을 종이로 쌀 수 없다는 속담이 있어! 오늘 구일레스가 나를 찾아와 바양달라이의 이야기를 털어놓고 울며불며 이혼한다고 말했네. 자네들의 세 자녀도 모두 스무 살이 넘어 성인이 되었어. 자네 둘의 나이는 이혼한다고 해서 할 수 있는 나이도 아니야! 내 의견을 구일레스는 받아들이지 않는 것 같아! 그래서 내가 세 아이 의견이라도 들어보자고 구일레스를 달래고 달래서 데리고 왔네."

그가 천천히 말을 꺼내는 동안, 무언가 미심쩍어했던 고비는 모든 상황을 눈치챈 듯 벌떡 일어나, 부모님의 방으로 씩씩거리며 들어갔다. 그리고 얼마 지나지 않아 아버지의 여권을 들고 와 여러 사람이 보는 앞에서 갈기갈기 찢어 마룻바닥에 뿌렸다.

"나한테 이렇게 몰염치한 아버지는 필요 없어! 엄마한테도 이런 무책임한 남편은 필요 없어. 엄마 이혼해!"

그는 분노로 불타는 눈을 이글거리며 바락바락 고함을 질렀다. 바양달라이는 아들이 이렇게 심하게 자신을 비난할 거라고는 꿈에도 생각지 못했다. 아들이 찢은 것은 여권이 아니라 그의 심장을 갈기갈기 헤집은 듯 느껴졌다. 고비가 한 모든 말은 야생에 사는 맹수가 날카로운 어금니로 오장육부를 끊어 뽑아낸 것처럼 아팠고 눈에선 참을 수 없는 회한의 눈물이 흘러내렸다.

이렇게 엉망이 되어버린 집안 꼴을 놀라서 바라보던 아리오나는 무슨 생각을 했는지 갑자기 손바닥으로 얼굴을 감싸며 "으앙" 하고 울기 시작했다.

하일라스 씨의 진짜 의도는 세 아이가 이혼을 받아들이지 않을 게 확실하므로 그들의 의견을 듣고, 여동생의 마음을 돌려보겠다는 것이었다. 그러나 시작하자마자 이 목적이 어긋날 줄을 누가 짐작이나 했겠는가?! 하일라스 씨의 눈에는 '문화혁명' 기간에 자기 친부모를 군중 앞에서 무릎 꿇리고 욕보이던 '홍위병'이 보이는 것 같았다. 그는 속으로 이렇게 불효막심한 아들을 낳는 일을 된똥 싸는 일에 비할까, 내 자식이 이렇게 대들었으면 뺨을 후려쳤을 거라고 생각하며 호통을 쳤다.

"고비 너 무슨 버르장머리냐! 이분은 너를 낳아주신 아버지야! 넌 방에 들어가 있어!"

410

고비는 어쩔 수 없이 씩씩거리며 방으로 들어갔다. 하일라스 씨는 엄마에게 달라붙어 흐느끼는 아리오나를 쳐다보며 큰 소리로 물었다.

"아리오나, 우리 아기 그만 울어. 울어야 할 때 우는 거야! 넌 부모님이 이혼하는 데 찬성하니?"

아리오나는 고개를 저으며 반대 표시를 하고 계속 흐느끼기만 했다. 엄마는 아리오나의 헝클어진 검은 머리를 쓰다듬으며 "우리 딸 울지 마! 울지 마!"라고 달래듯 속삭이다가, 자기도 뚝뚝 눈물을 흘렸다. 하일라스 씨는 평소에 말이 없는 테니게르에게 희망을 찾는 시선을 보냈다.

"테니게르, 네 생각을 말해봐."

테니게르는 한참을 우두커니 생각하다가 대답했다.

"이혼하지 않는 게 낫겠어요."

이 말을 듣자마자 하일라스 씨는 구일레스를 향해 말했다.

"소수는 다수를 따르는 법이야! 구일레스! 너도 봤지? 들었지? 두 아이는 자네들 두 사람의 이혼을 찬성하지 않아! 나도 자네들 이혼을 바라지 않아."

그는 다시 바양달라이를 향해 침울한 어조로 충고했다.

"자신을 알아보면 사람이요, 초원을 알아보면 가축이라고, 듣기엔 거슬려도 새겨들어야 할 말이 있네. 자네는 명예를 생각해야 하네. 한편으로 그 몽골 여자의 행복을 생각하는 것도 당연하지. 하지만 이 둘은 양립 불가능한 문제야. 사람의 몸을 둘로 나눌 순 없기 때문에 어쩔 수 없이 한쪽을 희생시키고 다른 한쪽을 구해야 하네. 명예가 실추되는 것은 남자로서 가장 큰 금기일세! ……"

바양달라이 씨는 두 팔꿈치를 무릎에 대고 두 손으로 얼굴을 감쌌다. 그가 깊은 생각에 잠겨 의기소침하게 고개를 떨구고 있는 모습은 너무나 침통해 보였다.

한밤의 전화

오늘 오후, 갈후르드 컴퍼니는 한텡게르 식당에서 외몽골 동업자 네 명에게 식사를 대접했다. 이들 네 명의 동업자는 뭉흐나르, 니나, 너민달라이, 바야르트였다. 니나는 토올강의 강물처럼 투명하고 푸른 눈에 자작나무처럼 호리호리한 몸매의 아가씨로 러시아인 아버지와 몽골인 어머니 사이에서 태어난 미녀였다. 그녀의 우아한 미소, 고급스러운 옷차림, 값비싼 금붙이와 진주 장식을 보면 누구나 이 아가씨가 부잣집 따님임을 알 수 있었다.

"친구, 우리 호텔에 가서 같이 한잔해."

식사 후 크고 건장한 30대의 위풍당당한 남자인 뭉흐나르가 숨베르의 어깨를 친근하게 두들기며 동행을 권했다. 식당 벽에 걸린 시계를 보니 밤 9시가 다 되었지만, 친하게 지내는 외몽골 친구의 호의적인 초청을 단번에 거절하기 난처해서 숨베르는 머리를 끄덕이며 승낙했다. 네 명의 외몽골인들은 티엔 사장이나 시아오장과는 말이 통하지 않았기 때문에 초대하지 않은 듯했다. 뭉흐나르 일행은 샹드 호텔에 묵고 있었다. 그들의

412

숙식비는 갈후르드 컴퍼니에서 부담했다.

잠시 후 샹드 호텔 305호실에서 너민달라이, 바야르트, 뭉흐나르, 니나, 숨베르 이렇게 다섯 명과 두 명의 몽골 아가씨가 추가로 합류해 조촐한 파티가 시작되었다. 이 방은 말할 것도 없이 뭉흐나르 등이 묵는 방이었다. 뭉흐나르와 바야르트는 호텔 매점에서 38도짜리 몽골 소주인 '두루분 오올린 세르짐' 두 병과, 베이징 맥주 열 병가량을 사다 놓고 소주병을 따 모두의 잔에 가득 채웠다. 나중에 끼어든 두 명의 몽골 아가씨도 어디서 구했는지, 카세트를 가져와 신나는 노래를 틀어놓고 댄스곡 테이프 몇 개를 준비해 춤을 추며 놀 준비를 마쳤다. 그리고 여러 사람 속에서 유난히 돋보이는 니나의 노래로 파티가 시작되었다.

안개 낀 날이에요, 캄캄해지려나 헤이
안개가 걷히면 쾌청해지겠네 헤이
수천수만의 사람들 중에서
내 마음속 그이는 젤로 진실한 사람이야 헤이
아아, 이내 마음아 헤이
쇠붙이는 대장장이에게 맡길래 헤이
열쇠를 만들려나, 자물쇠를 만들려나? 알아서 해요 헤이
이내 몸은 님에게 맡길래요
안아주려나, 밀쳐내려나? 알아서 해요 헤이
아아, 마음이 알겠지 헤이
녹슨 쇠는 대장장이에게 맡길래 헤이

괭이를 만들려나, 호미를 만들려나? 알아서 해요 헤이
예로써 이내 몸 님에게 맡길래요
행복하게 해주려나, 기쁘게 해주려나? 알아서 해요 헤이
아아, 마음이 알겠지 헤이……

니나는 이 노래를 부르는 동안 내내 너를 위한 노래야, 라고
말하는 듯이 애정이 넘치는 투명하고 아름다운 눈으로 숨베르
를 뚫어지게 응시하였다. 숨베르는 어찌해야 할지 몸 둘 바를
몰랐지만 사람들 앞에서 남자가 너무 숙맥처럼 보일 수도 없어
서 최대한 천연덕스러운 표정으로 노래에만 집중했다. 니나가
조용하면서도 부드럽고 선명하며, 달콤하고 매력적인 음색으
로 부른 이 노래의 가사는 숨베르의 마음에 격렬한 소용돌이를
일으켰다. 나르길이 생각났다. 나르길은 정말로 "이내 몸은 님
에게 맡길래요 안아주려나, 밀쳐내려나? 알아서 해요"라는 노
랫말을 진심으로 실천한 보기 드문 여자였다. 아리오나도 생각
났다. 아리오나는 그러나 진심으로 사랑했던 사람이 아닌, 다
른 사람에게 자신을 기대었다가 나락에 떨어지지 않았던가?!
니나는 숨베르를 처음 본 때부터 시종일관 뜨거운 시선으로 그
를 응시했다. 그러나 니나가 그를 진심으로 사랑한다고 생각한
다면 착각일지도 모른다. 니나의 복장, 행동거지, 말투를 지켜
봤던 사람이라면 그녀가 유럽의 문화 습관이 몸에 밴 자유분방
하고 세련된 아가씨임을 알게 된다. 이런 아가씨의 사랑이 숨
베르에겐 끈 없이 날아가는 연같이 생각되었다. 그러나 이건
아무 남자나 겪을 수 없는 원초적이고, 낭만적이며, 자유로운

또 다른 종류의 사랑이 아니겠는가?!

사람들의 박수가 끝나자 뭉흐나르가 모두에게 술을 권한 후 사회자처럼 말했다.

"그럼, 우리 니나 양의 햇살처럼 따스한 눈빛과 성수처럼 아름다운 노래에 마음 설렜던 운 좋은 남자, 청년 시인 숨베르가 여러분들, 특히 니나 양에게 자신의 멋진 시 하나를 바쳐야 하지 않을까요?"

"좋지."

모두들 깔깔거리며 우레와 같은 박수를 보낸다. 니나는 자리에 앉아 매우 은근하면서도 뜨거운 눈빛으로 숨베르를 쳐다보며 활짝 웃는다. 술기운에 얼굴과 목까지 빨갛게 달아오른 숨베르는 난감한 표정을 지으며 일어나 두 손바닥을 모으고 말했다.

"제가 시를 몇 줄 끄적거리긴 하지만 낭송은 못 합니다! 좀 봐주십시오."

뭉흐나르가 그의 말을 받아쳤다.

"시인이 시 낭송을 못 한다는 말을 나는 들어본 적이 없소! 시인이라면 눈감고도 몇 구절쯤은 유창하게 읊어야 하지 않겠소! 그러니 오늘 밤 숨베르는 니나 양을 위한 사랑 시 한 수를 낭송해야 합니다! 그렇죠?"

"맞소, 맞소."

사람들은 우렁찬 목소리로 호응하며 숨베르를 쳐다보았다. 숨베르에겐 상당히 난처한 시험대였다! 시인의 명예를 실추하지 않기 위해, 더욱이 이들 앞에서 내몽골 청년 시인들의 명예를 지켜내기 위해 숨베르는 반드시 시를 낭송해야 했다. 그것도 매우 멋지게 낭송해야 했다! 게다가 사랑 시라니! 더욱이 식사 때 여기저기서 권하는 술을 적지 않게 마셔 머리는 얼떨떨하고 정신도 산만해진 숨베르가 무슨 수로 니나에게 멋진 사랑 시를 즉석에서 낭송해주겠는가? 그는 급한 대로 머리를 짜냈다. 아리오나에게 쓴 시를 적당히 바꾸어 낭송하면, 체면도 세우고 이 가혹한 시험도 그럭저럭 통과할 것 같았다.

"그러면 니나 양을 위해, 보잘것없는 시 몇 줄을 여러분께 낭송하지요."

그는 웃으며 말을 마치고, 가슴에 박히고 심장에 새겨진 그 시를 절묘하게 바꿔가며 감정을 실어 낭송했다.

호수 가득 노랫소리 지저귀는 물새 같은 그대와
마주칠 인연이 부족했다면, 니나
내 한 번뿐인 생, 하고많은 날들이
붉은 사막처럼 푸르름을 잊었을 거야
별빛에 반짝이는 흑장미 같은 그대 눈썹을
마주할 행운이 부족했다면, 니나
거룩한 내 청춘 짧디짧은 순간들이
혹한의 겨울 오아시스처럼 두근거림을 멈추었을 거야
등 뒤에서 구름을 타고 오는 그대
비단 같은 손으로 내 눈을 가리네
그대 향기로운 사향 냄새가 가슴을 파고드네
살아 있는 낭만의 세계가 내 주위를 돌아가네

북고비의 참나리꽃은 내 가슴에서 피고

따뜻한 그대 숨결에 저녁달도 훈훈해지네

아름다운 그대 사랑은 대자연에 녹아들어 즐거워하네

대서양 푸른 물은 그대 손바닥에서 출렁이네!

뺨을 빨갛게 물들이며 태양은 그대 손바닥에서 떠오르네

노래는 그대 눈에서 사랑으로 퍼져나가네

나의 니나여 밤마다 꿈속에서 재잘거리네

보름달이 그대 꿈속에서 초승달을 향해 가면 큰 실수

사하라사막이 네 문 앞으로 옮겨 가면 큰 잘못

아름다운 아리오나와 한 쌍이 되어 살 수 없었다면

이 세상에 태어나 가장 큰 착오

숨베르가 이렇게 시의 끝부분에 '아름다운 니나와'라고 바꿔야 할 부분을 자기도 모르게 '아름다운 아리오나와 한 쌍이 되어 살 수 없었다면'이라고 잘못 낭송한 것을 흥분한 사람들은 주의하지 않고 들었거나, '니나'라고 낭송한 걸로 착각했다. 니나는 너무 기쁘고 흥분하여, 숨베르에게 감미로운 눈길을 보냈다.

"정말 아름다운 시예요! 너무나 행복해요!"

다른 사람들도 "멋진 시야" "우리 니나는 에리엔에 남아서 숨베르랑 살아야겠어!" "맞아, 맞아!"라며 법석을 떨었다. 뜨거운 찬사와 열렬한 반응에 숨베르도 기분이 들떴다. 기분 내키는 대로 술잔을 들어 건배를 하고 절반을 넘게 마셔버렸다.

파티는 계속되었다. 각자의 장기 자랑이 끝나고, 신나는 댄

스음악과 함께 혼자 또는 쌍쌍으로 자유롭게 춤을 추기 시작할 즈음에 몽골 소주 두 병이 바닥났고, 열 병가량의 베이징 맥주도 대부분 동이 났다.

나르길에게 알리지도 않았는데 이렇게 늦었으니…… 숨베르는 걱정이 되었지만, 파티가 끝나기 전에 빠져나가기도 곤란했다. 게다가 춤곡이 시작되자마자 니나가 그에게 다가와 춤을 청했기 때문에 이 고민도 그만둬야 했다. 아름답고 세련된 외국인 아가씨를 껴안고 춤을 추며, 그녀의 몸에서 풍기는 색다른 향기와 비단처럼 부드러운 손바닥을 통해 짜릿하게 전해지는 생생한 떨림 때문에 숨베르의 심장은 유난히 쿵쿵거렸고, 남자들 누구나가 품어볼 만한 갖가지 잡념도 불쑥불쑥 튀어나왔다……

몽흐나르는 언제 나갔다 왔는지, 다시 열네 병의 맥주병을 들고 와 뚜껑까지 따놓고 바로 마실 수 있게 준비해놓았다. 이렇게 얼마나 많은 맥주를 마시고 춤을 몇 곡이나 추었는지 모른다. 보아하니 이들은 해가 뜰 때까지 자리를 마칠 생각이 없어 보였다. 숨베르는 결국 몽흐나르에게 다가가 조용히 말했다.

"이제 끝날 때 되지 않았어요?! 시간이 너무 늦어 옆방 손님들 자는 데 방해되겠어요. 또 내일 일에도 차질이 생길까 걱정돼요."

몽흐나르는 손목시계를 보고 밤 12시가 다 된 걸 확인하고는, 고개를 끄덕이며 사람들에게 소리쳤다.

"오늘 파티는 여기서 끝냅시다! 시간이 늦었네요."

뭉흐나르는 음악을 껐다. 숨베르는 그들에게 작별 인사를 했다.

"그럼, 안녕히. 내일 뵐게요."

그가 나오려 할 때 뭉흐나르가 그의 어깨를 붙잡았다.

"이 밤에 어딜 가려고?! 자네 혼자 산다고 했잖아?! 여기서 자고 가."

그는 진심을 담아 말했다. 숨베르는 그들에게 나르길과 동거 중임을 숨기고 혼자 방을 얻어 살고 있다고 거짓말을 했었다. 바야르트도 숨베르 앞으로 와서 의미심장하게 눈을 깜박거렸다.

"여기서 같이 자! 자네가 가버리면 니나가 얼마나 섭섭하겠어."

그는 장난스럽게 말한다. 이 말에 숨베르의 마음은 어지러워졌다. 외몽골 사람들은 저런 면에서 우리보다 훨씬 유럽화되어 있다. 니나가 나와 정말로…… 라는 생각을 하다가, 곧 도대체 무슨 생각을 하는 거야?! 그랬다간 나르길 얼굴을 어떻게 보려고? 라고 생각하며 단호하게 말했다.

"아니요. 전 가야 해요! 편히들 쉬세요."

말을 마치고 그는 서둘러 나와버렸다.

거리엔 인적도 없고, 당연히 삼륜거도 없다. 캄캄한 어둠 속에서 길 양편의 가스등이 깜박깜박 근처의 건물들을 흐릿하게 비춘다. 숨베르가 길 한가운데를 혼자 걷고 있을 때, 길가의 전화기에서 불콰하게 취한 외몽골 사람 세 명이 전화를 하는 게 보였다. 그가 지나갈 때 그들은 전화를 끊고 돈을 계산한 후 옆에 있는 호텔을 향해 비틀거리며 걸어갔다.

숨베르는 갑자기 아리오나와 통화를 하고 싶었다. 뜨거운 술기운이 남아 있어서인지, 떠나간 첫사랑을 그리워하고 그녀의 불행한 처지를 걱정하는 마음도 몇 배나 커져, 한밤에 아리오나가 잠들었건 말건 개의치 않고 막 문을 닫으려던 전화 가게로 다가갔다. 그는 외우고 있던 아리오나의 전화번호를 익숙하게 눌렀다. 곧 수화기 너머에서 "여보세요, 누구요?" 하는 남자의 목소리가 들렸다. 바양달라이 씨의 목소리라는 걸 알고 숨베르가 말했다.

"저 숨베르예요! 아리오나 좀 바꿔주세요."

한참 후에 수화기 저편에서 "여보세요" 하는 풀죽은 여자 목소리가 들렸다. 아리오나의 목소리를 듣자 숨베르의 심장이 마구 두근거렸다.

"아리오나?!…… 나 숨베르야."

그는 간신히 말을 꺼냈다.

"너…… 어디야?!"

"에리엔에 쭉 있었어…… 지앙타오 얘기 들었어! …… 살다 보니 이렇게 생각지도 못한 일들이 수도 없이 생기더라! 너한테 여러 번 전화하려 했지만 못 했어…… 오늘 밤 용기를 내서…… 난 그냥, 마음 단단히 먹으라고, 지난 상처는 잊고 새 삶을 시작하라고 친구 입장에서 말해주고 싶었어……"

수화기 저편에서 흐느끼는 소리가 들린다. 숨베르도 마음이 아파 눈물을 떨구었다.

"울지 마! 너무 울면 때론 눈물의 가치가 사라져버려! 사람은 과거를 위해서가 아니라, 미래를 위해 사는 거야……"

그는 상대방의 마음을 최대한 위로하려고 애쓴다.

"숨베르…… 내가 잘못했어!…… 정말 널 볼 면목이 없게 됐어……"

"그렇게 말하지 마. 넌 내게 잘못한 거 없어! 오히려 내가 잘못한 것 같아. 됐어. 지난 일은 다시 언급하지 말자! 내일을 얼마나 용감하게 마주할 것이냐, 그것만이 우리가 할 일이야! …… 10년 후에, 아니면 20~30년 후에 서로에게 좋은 소식이 있기를, 서로가 빌어주자! 내가 너를 잊을 수 없듯이 너도 나를 잊지 못할 거라고 생각해! 하지만 우리 둘이 이생에서 함께할 가능성은 사라져버렸어. 너를 사랑했고 너에게 사랑받았던 사람이 날마다 네 행복을 위해 기도하고 있다는 것을 믿는다면 삶에 굴복해선 안 돼……"

"숨베르…… 너랑 결혼하지 않은 것은 내 생에 가장 큰 실수였어! …… 너한테 빚이 많아…… 어떤 실수는 평생 돌이킬 수 없듯이, 어떤 빚은 평생 갚을 수 없는 것 같아! …… 다음 생에선 절대 너랑 헤어지지 않은 짝이 될게. 이생의 잘못을 바로잡고 빚도 갚을게……"

"아리오나, 우리 삶에 감사하자! 진정한 사랑의 가치를 깨닫게 해준 삶에 감사하자! 하지만 우리 이생에서 다시는 실수하거나 넘어지지 말자!…… 그럼, 안녕, 울지 마, 아리오나, 안녕."

숨베르는 끝까지 전화기를 붙잡고 아리오나와 대화를 나누고 싶었으나 옆에서 기다리던 늙은 전화기 관리인이 "빨리해,

빨리! 일이 있으면 내일 다시 전화해"라고 두 번이나 재촉했기 때문에 할 수 없이 수화기를 내려놓았다.

숨베르는 길고 긴 밤거리를 혼자 걸으며, 나르길이 나더러 늦었다고 화내려나?! 니나에게 시를 바치고, 아리오나에게 전화한 사실을 그녀에게 말하면 싫어하겠지?! 말해서 서운하게 하느니 말없이 지나가는 게 낫겠지?! 난 아무 잘못도 하지 않았잖아…… 통역 일도 오래 할 일이 아닌 것 같아. 다른 방법을 찾아야겠어. 원래 다른 방법을 찾으러 왔는데, 여태 찾지도 못하고…… 라는 생각을 한다.

아이를 가졌을 때 어머니 생각을 했어야

올라나는 염라대왕에게 혀를 잘린 꿈을 꾸었다. 가위에 눌려 소리 지르며 깨어나 보니, 복부가 참을 수 없을 정도로 아팠다. 그녀는 두 손을 뻗어 공을 집어넣은 듯 부푼 배를 살며시 누르고 쓰다듬어도 봤지만 도움이 되긴커녕 몸이 더 꼬이고 부풀어 올라 통증은 커져만 갔다……

만라이는 옆에서 코를 골며 잠들어 있다. 그날 밤 내내 코빼기도 보이지 않던 만라이는 어제 공기 빠진 공처럼 홀쭉해져서 들어왔다. 마누라를 기절할 정도로 때린 것도 잊은 것처럼 "점심 먹었어?"라고 점잖게 물었다. 가슴이 터질 것처럼 화가 나 누워 있던 올라나는 쉽게 마음을 열지 않았다. 그녀는 듣고도 못 들은 척 누워만 있었다. 만라이는 "허허허" 웃으며 아내의 옷 속에 손을 넣고 배를 쓰다듬으며 천연덕스러운 표정을 지었다.

"어젯밤은 내가 잘못한 걸로 치자! 곧 엄마 아빠가 될 텐데 애들처럼 굴면 못쓰잖아?"

올라나는 배를 쓰다듬던 만라이의 손을 탁 치며 사납게 말했다.

"너한테도 아버지가 되겠다는 생각이 있냐?! 나를 죽도록 패서 기절시키더니 아주 죽여버리지 그랬어?! 그럼 배 속에 있는 애를 낳고 기르느라 고생할 필요도 없잖아."

만라이는 제 이마를 치며 후회하는 시늉을 했다.

"화가 가득 차 있는데 어디 풀 데가 없어서 그랬나 봐. 내가 맛있는 음식 해줄게."

그는 주방으로 들어갔다…… 어쨌든 밥을 다 먹고 난 후 둘의 얼굴은 화해한 듯한 표정으로 바뀌었다.

어젯밤 2인용의 큰 이불을 덮고, 만라이는 아내의 부풀어 오른 배를 살살 쓰다듬으며 치근거렸다.

"임신한 여자가 부지런히 돌아다니면 아들을 낳는대! 우린 틀림없이 수송아지 같은 아들놈을 낳겠어! 그럼 이름을 뭐라고 지을까?"

그는 잘못을 만회하려는 듯한 표정으로 아주 친절하고 상냥하게 속삭였다. 올라나는 이 말을 듣고서야 얼굴이 펴졌다.

"아들은 중국어로 교육시키자. 중국어로 교육받으면 중학교만 졸업해도 밥은 먹고 살아. 그러니까 이름도 한족 이름으로 지어주자."

"좋아, 좋아! 아들은 시아오룽이라고 짓자!"

둘은 대화를 나누며 점점 가까워졌고, 가까워질수록 만라이의 입술은 올라나의 입술과 볼에 밀착되었고, 손은 은밀한 곳을 더듬기 시작했다. 이렇게 해서 달아오른 만라이가 아내의 삼각팬티를 아래로 끌어 내리려 하자, 올라나는 "안 돼! 배 속의 아이가 눌릴라"라고 야단을 쳤다. 만라이는 못 들은 척 팬티를 벗기고 아내를 밀어 반대쪽을 보게 눕힌 후, "아이 눌리지 않게 할 방법은 많아"라고 중얼거리며 하던 일을 계속했다. 점점 속도가 빨라지고 더 거칠게 들어오자 올라나는 애원하듯 "살살, 배 아파죽겠어! 살살 하라니까……"라고 앓는 소리를 했지만, 꿀보다 맛있고 부처님 석가모니 되는 것보다 더 좋은 속세의 쾌락에 취한 만라이는 숨을 헐떡이며 더욱 격렬하게 덤벼들었다. 결국 폭발하고 나서야 그는 잠잠해졌다……

배가 점점 아래쪽으로 배배 꼬이며 아파오자, 올라나는 죽은 듯 잠든 만라이를 밀쳐 깨웠다.

"아이고…… 어찌 된 거야? 배 아파죽겠어…… 이 인간이 어젯밤 실성한 듯이 덤벼들더니 배 속의 아이를 건드렸나 봐!"

그녀는 비명을 지르고 앓는 소리를 내며 일어나 옷을 입었다. 만라이는 아내의 말을 듣고 깜짝 놀라 벌떡 일어났다. 그는 허둥지둥 바지와 재킷을 입으며 "그럼 의사 부를까?"라고 눈을 굴리며 불안한 표정으로 물었다. 마음속으로는 내 잘못으로 애가 떨어지지 않게 해주세요, 라고 아무 부처에게나 기도를 한다. 올라나는 찡그린 눈으로 만라이를 바라보며 울상이 되어 말했다.

"지난번 검사받을 때 이달 말쯤 출산할 거라고 의사가 그랬어. 아야…… 아아…… 이 근처에 괜찮은 의사도 없다고. 우선 뭐 좀 아는 이웃집 아줌마라도 불러와! 아야!"

만라이는 달려 나갔다. 그러나 막상 문밖으로 나오자 당장 누구를 찾아가야 할지 갈피를 잡을 수 없었다. 이웃집 위씨 성을 가진 젊은 아낙을 부르자니 민망한 생각이 든다. 근처에 몽골인 가정집이 있다고 해도 평소 왕래가 없었고, 설사 왕래했다 해도 산파를 할 만한 나이 든 여자는 없었다. 만라이는 어머니를 떠올렸다. 못나도 어머니가 있으면 좋고, 쓰러져가도 집이 있으면 좋다는 말처럼, 마누라가 아무리 부모님을 원수처럼 미워해도 이렇게 긴급한 때 어머니 말고 마땅한 사람이 떠오르지 않았다.

만라이가 부모님 집을 향해 자전거를 타고 날 듯이 달려갈 때, 작은어머니 구일레스 여사가 방금 가게에서 산 듯한 화장지를 옆구리에 끼고 집으로 가는 게 보였다. 작은어머니라도 불러볼까 하는 생각이 잠깐 들었다. 그러나 작은어머니는 자기와 올라나가 부모님을 내쫓은 후로 웃는 모습 한번 보여주지 않았고, 자녀들도 서로 왕래하지 못하도록 단속을 했다. 만나는 사람들에겐 "내가 어욘다리 형님이었으면 그 못된 며느리를 발로 차서 내쫓았을 거야! 어쩌자고 본채를 양보해?! 어이구, 형님은 정말 너무 착해"라고 말하고 다녔다. 이 말은 에리엔의 중개업자들 입을 통해 올라나의 귀에도 들어왔고, 올라나는 작은어머니에게 별의별 욕을 퍼부어댔다. 과거의 서운한 일부터 새로 생긴 감정까지 더해져 두 집 사이는 더욱 멀어졌다. 이런 생각이 들자, 만라이는 작은어머니라도 부를까 하던 생각을 거두었다. 그는 자전거를 더욱 빠르게 몰아 작은어머니를 못 본 척 획 지나쳐 버렸다……

만라이는 어머니가 탄 삼륜거보다 5, 6분 일찍 집에 왔다. 올라나의 비명 소리는 더 요란해졌고, 침대 위에 웅크려 피가 날 정도로 입술을 깨물고 있었다. 어윤다리가 허둥지둥 들어와 며느리에게 어떻게 아픈지를 물었다.

"어쨌든 빨리 병원으로 가지 않으면 안 되겠다! 가자! 서둘러!"

어윤다리는 며느리의 오른팔을 부축했다. 시어머니를 여태껏 '어머니'라고 한번 불러본 적 없는 고집 세고 시기심 많은 올라나였다. 다른 때 같으면 거들떠보지도 않고 투덜투덜 욕이나 퍼부었겠지만 지금은 그럴 여유가 없었다. 과거에 뭘 어쨌는지도 다 잊었다. 그녀는 시어머니의 부축을 받고 낮은 신음을 흘리며 밖으로 걸어 나갔다.

택시를 잡으려 했지만 교외에 속한 이 근처에 택시라곤 보이지 않았다. 할 수 없이 좀 전에 어윤다리를 태우고 왔다가 돌아가던 삼륜거를 불렀다. 어윤다리의 조언대로 삼륜거에 담요를 깔고, 올라나를 안쪽에 앉힌 후 바깥쪽에는 어윤다리가 앉았다. 만라이는 자전거를 타고 쫓아갔다. 우여곡절을 겪어보지 않은 젊은 사람에 비하면 나이 든 사람이 아무래도 노련해서, 앞뒤 정황을 고려해 올바른 판단을 내릴 수 있었다! 어윤다리는 가는 길 내내 "겁낼 거 없어. 애가 나오려고 그렇게 아픈 거야. 조금만 참아라"라는 몇 마디 말을 되풀이했고, 만라이는

"빨리 좀 가요. 조금만 더 빨리!"라고 삼륜거꾼을 재촉했다.

산부인과의 당직 의사는 올라나를 침대에 눕힌 후 언제 임신을 했고, 몇 달이 되었는지를 물었다. 그리고 복부 쪽 옷을 걷고 여기저기 더듬고 눌러보더니 안경을 매만지며 어욘다리와 만라이를 번갈아 쳐다보았다.

"곧 애가 나오겠어요. 제왕절개로 할까요?! 아니면 자연분만으로 할까요?"

어욘다리는 제왕절개란 말을 들어보기만 했지 직접 본 적이 없었기 때문에, "어쩌지?" 하는 눈빛으로 만라이를 쳐다보았고, 만라이는 어쩔 줄 몰라 쩔쩔매기만 했다. 주근깨투성이의 길쭉한 얼굴에 근시 안경을 낀 30대가량의 통통한 여의사는 어쩔 줄 몰라 하는 만라이의 모습을 힐끗 쳐다보았다.

"아무래도 부인은 난산일 것 같아요. 제왕절개로 낳으면 산모와 아이 양쪽의 안전을 보장할 수 있고, 산모의 고통도 덜합니다. 돈은 조금 더 들죠."

"아이고—, 얼마 들든 상관없어! 빨리 제왕절개 해서 낳자!"

만라이가 막 하려던 말을 올라나가 해버리자 만라이도 하려던 말을 하지 않으면 안 될 것처럼 맞장구를 쳤다.

"그래요! 그래요! 제왕절개로 해요!"

잠시 후 올라나는 다른 병실로 실려 갔고, 어머니와 아들만 복도에 남았다. 아내가 유산하려는 게 아니라 애를 낳으려 한다는 것을 의사 입을 통해 확인한 순간부터 당황스럽던 마음은 진정이 되었다. 기쁘고 들뜬 기분으로 만라이는 어머니를 복도의 의자에 앉히고, 자기는 올라나가 들어간 병실 문이 언제 열릴까 하는 눈빛으로 왔다 갔다 하며 서성거린다. 그에게는 1분이 한 시간처럼 길게 느껴진다. 한 시간쯤 지난 후, 수술을 집도한 좀 전의 주근깨투성이 의사가 나왔다.

"선생 부인은 2킬로 250그램의 아들을 낳았습니다."

세상에서 가장 설레는 말이었다.

경찰관의 아버지, 어머니

구일레스 여사가 남편의 정부인 외몽골 여자 더르너체첵을 폭행한 다음 날 아침 공안국 직원이 바양달라이와 구일레스 두 사람을 전화로 불러냈다. 안 좋은 일이 하나 생기면 일곱 가지 액운이 따라온다더니, 바양달라이 씨에게 좋지 않은 일들이 연달아 찾아오는 것이 원망스러울 정도였다.

바양달라이 씨는 어젯밤 방을 따로 쓴 부인과 삼륜거를 타고 공안국으로 가는 동안 내내 머리를 떨구고 침통한 표정을 짓는다. 자신의 명예에 먹칠을 한 걸로 그치지 않고 자녀들의 명예까지 실추하고 말았다. 고비가 어젯밤 여권을 찢고 엄마에게 아버지와 이혼하라고 소리치는 것을 듣고는 오장육부가 끊어지는 것처럼 가슴이 아프고 눈앞이 캄캄해졌지만, 아버지로서의 위신을 스스로 깎아내린 마당에 아들이 달구지를 부수는 송아지처럼 대들어도 묵묵히 참는 수밖에 달리 방법이 없었다. 아들은 경찰인데, 부모는 죄인이 되어 아들이 일하는 공안국에 불려온다는 것은 누가 들어도 바람직한 일은 아니었다…… 이런 생각이 들자 바양달라이 씨의 얼굴은 더 창백해졌고, 잠시라도 이런 일들을 생각하지 않으려는 듯 눈을 감고 길게 심호흡을 했다. 구일레스 여사는 남편과 말을 섞지 말자 하고 이를 악물었지만 다짐대로 하지 못하고 먼저 입을 열었다.

"몹쓸 암캐가 고소를 해? 나는 그년이 간통해서 애까지 낳았는데도 고소를 안 했는데⋯⋯"

그녀가 중얼거리는 말을 듣고 바양달라이가 버럭 화를 냈다.

"죽을 닭들이 서로 할퀴어댄다더니⋯⋯"

그는 말을 하다 말고 "허허" 하고 차갑게 웃었다. 구일레스 여사는 남편을 노려보며, 너랑 이야기하며 입이 닳느니 말을 안 하는 게 낫겠다는 표정을 짓고, 몸을 뒤쪽으로 돌려 거리를 지나가는 젊은 연인을 부러운 눈으로 쳐다봤다. 부부가 탄 삼륜거는 요즘 에리옌에서 유행하는 노란 색깔의 소파 형태 의자가 아닌, 예전에 에리옌에서 흔하게 보였던 양쪽에 평평한 의자가 마주 보는 삼륜거였다. 삼륜거꾼 노인은 힘껏 페달을 밟는다.

바양달라이는 더르너체첵을 생각했다. 더르너체첵은 바양달라이의 외몽골 친구 밤바 씨의 여동생이었다. 더르너체첵의 촉촉하게 빛나는 매력적인 검은 눈, 그린 것보다 더 균형 잡힌 가늘고 검은 눈썹, 상아를 조각해놓은 듯한 아름답고 오뚝한 코, 막 피어나려는 연꽃 봉오리 같은 단아한 분홍빛 입술과 달덩이처럼 둥근 볼, 그리고 마누라에 비해 훨씬 젊고, 날씬하고, 호리호리하며 차분하고 단아한 자태에 바양달라이는 주체할 수 없게 반해버렸고, 이 여자를 위해서는 무엇이든 아낌없이 바치겠다는 생각마저 하게 되었다! 대개 남자라는 족속은 많은 돈이 생기면, 옛것에 싫증을 느끼고 새로운 것을 좋아하는 못된 습성이 튀어나오는 건가?! 바양달라이는 더르너체첵을 알게 된 날 저녁 그녀와 울란바타르의 클럽에서 데이트를 하며 사랑을 고백했고, 노래와 술과 춤 그리고 그녀의 따뜻하고 사려 깊은 마음에 취했다. 그리고 그들은 갈라설 수 없는 연인이 되어 토올 강가에서 자주 데이트를 하며 사랑을 불태웠다…… 테를지의 여름 별장에도 자주 가 화려하게 즐겼다…… 들로 산으로 다니며 푸르른 몽골의 신성한 자연의 품에서 마음껏 즐거워했다…… 나중엔 울란바타르의 서쪽에 집을 얻어서 세상에 둘도 없는 두 사람만의 보금자리를 마련했다…… 다음 해 여름의 첫 달에 더르너체첵은 아주 예쁜 딸을 낳았고 이는 두 사람의 인생에 형용할 수 없는 기쁨을 가져다주었다…… 바양달라이는 부인과 자식들이 있다는 것을 더르너체첵에게 숨기지 않았고, 자기 부인을 진심으로 사랑한 적이 없다는 것도 다 털어놓았다. 다 쓸 수 없을 만큼 많은 돈을 번 후에 몽골에 완전히 정착할 거라고 바양달라이는 더르너체첵에게 자주 말했다…… 바양달라이는 뱜바 씨가 빌려 간 3만 위안을 최근 여러 차례 갚으라고 독촉했지만 받지 못했다. 뱜바는 빚을 갚긴커녕 몇몇 친구와 함께 시골로 놀러 가자고 바양달라이를 데려가서는, '생매장'을 시키겠다고 협박해 돈을 돌려받았다는 가짜 영수증을 쓰게 했는데, 이때부터 바양달라이와 더르너체첵 사이에도 불화가 생겨 다툼이 끊이지 않게 되었다…… 지난 수요일 바양달라이는 울란바타르에 갔다. 사업 논의가 끝나고 저녁에 더르너체첵과 딸이 사는 셋집으로 택시를 타고 가던 중 밤 강도들에게 갖고 있던 돈을 다 털렸다. 그러잖아도 약간 마음이 멀어진 바양달라이는 이 원통한 일을 더르너체첵에게 말하지 않고 넋 나간 사람처럼 이틀간 먹지도 자지도 않았다. 이때 에리엔에서 전화가 와 급한 일이 있다며 그를 불렀던 것이다. 바양달라이 씨가 에리엔에 있을 때 더르너체첵이 그에게 볼일이 있으면 쳉겔트라는 친구에게 전화해 쳉겔트를 통해 바양달라이와 소통을 하곤 했던 것처럼, 에리엔에 있는 부인과 아이들은 울란바타르에 있는 바양달라이에게 볼일이 생기면 치메드라는 동업자의 전화로 연락하곤 했었다. 그런데 그때 집에서 전화가 왔던 사실을 바양달라이는 더르너체첵에게 직접 말하지 않고 치메드를 통해, "에리엔에 급한 일이 있어 빨리 가봐야 할 것 같다. 다시는 울란바타르에 오지 못할 수도 있다. 내 딸을 잘 키워달라"라고 전해달라고만 했다…… 더르너체첵이 왜 자기를 찾아 에리엔에 왔는지 바양달라이가 정말로 모를 리가 없었다. 그는 어제 더르너체첵에게 못된 짓을 했음을 잘 알고 있다. 더르너체첵은 여전히 사랑하니까 평생 함께 살 거라고 믿었다는 것도 그는 분명히 알고 있다. 그러나 몽골에 정착해 살겠다는 처음의 희망을 이미 오래전에 상실해버린 바양달라이는 현재의 가족도 그렇게 쉽게 포기할 생각이 없었다. 이 가족이 아무리 단란하지 못하고 즐거움이 샘솟지 않아도, 사회에서 명망 있는 사내대장부로 살아가려면 오장육부처럼 부족해선 안 되는 존재였다. 그래서 바양달라이는 현재의 가족을 온전히 지켜내고, 남들에게는 사람다운 사람으로 인정받고, 아이들에게도 아버지로서 존경받고, 사회에서도 명예롭게 살려면, 반드시 한쪽을 희생시키고 다른 한쪽을 살려야 했다. 즉 더르너체첵과 철저하게 갈라서야 했다. 더르너체첵도 불쌍하다! 그녀는 풍요로운 삶에 대한 믿음과 희망을 바양달라이에게 쏟아부었던 착하고 예쁜 여자였다. 낙타가 한 마리면 제멋대로 돌아다녀 찾기 어렵고, 부인이 둘이면 먹여 살리기 어렵다고 했다! 바양달라이는 두 '가정'을 똑같이 부양하기 위해 헤아릴 수 없이 많은 돈을 썼다. 더르너체첵은 그와 헤어지면 도대체 누구에게 의지해 딸을 키울 수 있을까?! 몽골에서 한 아이를 키운다는 것은, 확실히 의지할 곳도 없고 직업조차 없는 여자에게는 너무 가혹한 일이다! 지금 몽골에는 심각한 위기와 절박한 어려움에 처한 여성들이 도처에 널렸다. 몽골에는 몰지각하고, 방탕하며, 술만 좋아하고, 가난하면서 빚내기를 즐겨 하며, 보잘것없으면서 잘난 척만 하고, 가정도 돌보지 않는 무책임한 남자들이 너무 많아진 탓에 수많은 가정이 대책 없이 갈팡질팡하고 뿔뿔이 흩어지는 일이 흔한 현상이 되었다. 예쁜 여자들은 아무 의지도 되지 못하는 거친 남자들에게서 벗어나 외국인과 결혼하길 바라는 경우가 많아졌고, 또 일부는 "나쁜 남자랑 사느니 혼자 사는 게 낫다"면서 순결하고 아름다운 몸을 지저분한 돈벌이의 미끼로 삼게도 되었다. 여기엔 말할 것도 없이 사회나 시대, 정치적 이유도 숨어 있다…… 더르너체첵은 외국인과 결혼하기를 꿈꾸었던 여성들 중 하나로 볼 수 있다. 이번 생은 아버지 나이대의 바양달라이와 축복으로 만나 사랑 밖의 사랑, 혼인 밖의 혼인 관계를 맺었다. 그러나 결말은 어떤가?! 정말 믿

432

었던 개가 온돌 위에 똥 싼 꼴이 되었다. 하루하루 늙어가면서, 남편의 귓구멍에 뱀과 개구리나 쑤셔 넣는 구일레스에 비하면 더르너체첵은 너무나 보고 싶고, 함께 살고 싶을 만큼 예쁘고, 또 상냥한 여자다. 애정이나 행복 같은 측면에서 보자면, 바양 달라이는 더르너체첵과 남은 반생을 보내야 했다. 그러나 그럴 수 없다⋯⋯

어느새 삼륜거는 공안국 정문에 도착했다. 공안국의 경찰들 대부분은 바양달라이 부부를 잘 알았기 때문에, 도둑이 제 발 저리고 등창 걸린 말이 움찔한다고 그들은 사람들과 마주치지 않게 해달라고 마음속으로 기도하며 주변 눈치를 보면서 안으로 들어간다.

두 사람이 사무동 복도로 걸어 들어갈 때 막 사무실에서 나오는 구어 성을 가진 뚱뚱한 경찰과 마주쳤다. 시아오구어는 억지웃음을 지으며 최대한 공손하게 대했다.

"아, 오셨어요?! 두 분 사건은 제가 맡고 있습니다! 우선 한 분만 저를 따라 사무실로 들어오십시오."

말할 것도 없이 바양달라이 부부는 사건의 경과를 하나하나 진술해야 했다⋯⋯

최종적으로 공안국은 바양달라이 부부에게 외국인의 신체권을 침해한 죄로 벌금 300위안, 실랑이하는 중에 더르너체첵의 한쪽 금귀걸이를 분실케 한 대가로 300위안, 도합 600위안을 받아 더르너체첵에게 주고 이 사건을 종결했다. 이는 말할 것도 없이 바양달라이 씨와의 옛정, 그리고 공안국에서 경찰로 일하는 아들의 체면을 고려한 결정이었다. 중국인들의 인정을 중시하는 훌륭한 습관이 가끔씩 나쁜 관례로 변해버리는 일은 아주 흔하게 보이는 현상이다. 인정에 따라 체면을 봐주고, 사정을 봐주고, 인맥을 끌어들이고, 공정하게 일을 처리하지 않고 아는 사람의 체면만 봐주고, 유능한 인재를 중용하지 않고 자기 이익과 관련된 사람만을 쓰거나, 진실을 따지지 않고 자신의 죄와 잘못을 비호하며, 타인의 정당한 권익을 훼손하고…… 등등 사회 발전에 이롭지 못한 커다란 장애가 되고 있으니 답답한 노릇이다!

역시 이런 인정이 한몫한 탓인지, 공안국은 바양달라이 씨가 지앙타오에게 빌린 4만 위안도 여태까지 강하게 독촉하지 않았다.

외국인의 권익을 침해한 사건을 마무리하고 바양달라이 씨가 한숨 돌리고 있을 때 헤이룽장성에서 온 얼굴이 검게 탄 경찰이 그를 불렀다. 이 경찰은 누구에게나 모질지 못한 듯 바양달라이 씨가 임시 사무실에 들어서자 그와 악수하고 인사하며 담배를 권했다. 바양달라이 씨는 담배를 받아 불을 붙이고는 의자에 다리를 꼬고 앉아 얼굴에 억지웃음을 지으며 상대방과 대화를 시작했다. 기차 안에서 만난 동년배들끼리 스스럼없이 이것저것 물어보듯이 얼굴이 검게 탄 경찰은 그의 성명이 무엇인지, 이전에 어디에 살았는지, 원래 어떤 기관에서 공무를 수행했는지 등을 물어보았다. 이렇게 일상적인 대화를 하다가 경찰은 본 주제로 화제를 바꾸었다.

"바양달라이 선생, 선생께서는 은행에서 거액을 들고 도망친 우리 헤이룽장성의 범죄자 지앙타오에게 4만 위안을 빌린 적이 있으시죠?"

그의 추궁에 바양달라이는 태연하게 말했다.

"예, 그는 내 사위였잖소?! 그래서 급히 쓸 데가 있어 4만 위안을 빌리긴 했소. 그런데 그 돈을 울란바타르에서 밤 강도들한테 모두 털려버려 바로 돌려주지 못한 거요! 이건 한 치의 거짓도 없는 사실이오."

그는 고분고분하게 사실을 털어놓았다. 이 말을 들은 경찰은 믿을 수 없다는 눈빛으로 정색을 하고 말했다.

"우리는 지앙타오가 훔친 돈을 최대한 거두어들여 국가 손실을 최소화하려 노력하고 있습니다. 바양달라이 선생, 우리 일에 협조하셔서 국가 재정의 손실을 줄일 수 있게 그 4만 위안을 최대한 빨리 저에게 돌려주셔야 합니다. 선생의 아들도 공안국에서 일하고 있으니 선생께서도 틀림없이 우리 일에 협조할 것이라 믿습니다."

바양달라이 씨도 경찰을 흉내 내 진지한 표정을 지었다.

"맞아요, 맞아! 내가 당신들 일에 성심성의껏 협조하려 한다는 것을 믿어주세요! 나는 사이한탈라에 가서 돈을 빌리러 다녔는데 집에서 안 좋은 일이 생겼다고 불러서 돌아온 거외다. 내가 돈을 빌려서라도 어떻게든 국가의 돈을 갚으리다."

그는 약속하듯 말했다.

사실 바양달라이 씨는 이 4만 위안을 돌려주지 않기로 이미 오래전에 마음먹었다. 그래서 사이한탈라에 숨어 있다가 바람이 잠잠해지면 돌아올 생각이었다. 4만 위안을 빌릴 때 계약서나 증서도 남기지 않았기 때문에 경찰 측에서도 강제로 어쩌지 못하는 것을 그는 잘 알고 있었다. 이렇게 미적대다 보면 해결될 거라고 그는 생각한다. 얼굴이 검게 탄 경찰은 그의 이런 생각을 꿰뚫고 있다는 듯이 펜과 종이를 내밀었다.

"그럼 선생께서 4만 위안을 언제까지 돌려주겠다고 서약서를 써주세요. 가능하겠죠?"

바양달라이는 잠깐 꾸물거리다 대답했다.

"내 아들도 여기서 일하고 있는데 내가 거짓말을 하겠소? 좀 믿어주세요! 하지만 현금이 없어서 남에게 빌려야 하니, 언제 준다고 구체적으로 말하기가 어렵소."

그가 증거를 남기지 않으려고 잔머리를 굴리자, 경찰은 어쩔 수 없다는 듯 웃고는 다시 정색을 하고 신신당부했다.

"그럼 선생을 믿지요. 최대한 나흘 안으로 돈을 구할 수 있도록 힘써주세요! 아셨죠?"

바양달라이 씨는 일찌감치 자리를 떠 쉬고 싶다는 듯 엉덩이를 들고 일어났다.

"걱정 마세요! 틀림없이 일주일 내로 돈을 구해 드리리다! 그럼, 안녕히."

그는 사무실을 나왔다. 경찰이 매서운 눈으로 그를 배웅했다. 경찰은 속으로 '이 작자는 자루에 넣어도 잡히지 않고, 절구에 넣어도 찧어지지 않을 교활한 인간이군. 아들이 경찰만 아니었으면 확실하게 해결했을 텐데. 4만 위안을 돌려줄 생각이 없어도 아들 일에 방해되지 않으려면 말한 대로 해야 할 거야'라고 바양달라이 씨의 생각을 훤히 들여다보았다.

운명인가? 징벌인가?

만라이네 집 문 앞에 세워둔 삼륜거가 보인다. 잠시 후 만라이가 동생 철멍과 함께 갈색 참나무로 만든 작은 상자를 들고 나와 삼륜거에 조심스레 싣는다. 당연히 이 삼륜거는 철멍의 것이다. 나산달라이 씨는 두 아들 뒤에서 혼자 티 테이블을 껴안고 나와 삼륜거의 빈 곳에 싣는다. 오늘은 만라이가 셋방으로 이사 가는 날이다.

만라이는 집을 3만 2천 위안에 한씨 성을 가진 호짜에게 팔았다. 사실 그는 집을 팔고 싶지 않았다. 그러나 이미 일이 이렇게 된 마당에, 집을 파는 것 외에 다른 방법이 없었다. 최근 몇몇 친구에게 돈을 빌렸다가 절반도 갚지 못한 상태라 돈을 빌릴 곳조차 없어졌다. 집을 파는 것만이 유일한 방법이었다. 얼마 전까지만 해도 집을 파는 것을 단호히 거부했던 올라나도, 병원에서 이런저런 비용이 들어가자 결국은 침묵으로 동의했다.

만라이가 셋집으로 이사하기로 결정했을 때, 어원다리는 병원에 입원 중인 며느리를 묵묵히 돌보았고, 또 철멍을 보내 이삿짐 나르는 일을 돕게 했다. 그리고 나산달라이 씨도 일을 도우러 왔다.

철멍은 삼륜거가 쓰러질 정도로 실어놓은 상자와 장롱, 식탁과 의자를 아버지와 함께 단단히 묶은 후 셋집을 향해 천천히 페달을 밟았다. 아버지와 형도 같이 짐을 내리기 위해 철멍의 삼륜거 앞뒤로 각자의 자전거를 타고 이동했다.

그들은 10여 분 후 만라이의 셋집에 도착했다.

셋집은 큰 집이었다. 한 달에 120위안의 월세를 내기로 집주인과 합의를 마쳤다. 그러나 수도 요금과 전기 요금은 따로 내기로 했다.

부자 셋은 말없이 짐을 풀기 시작했다.

나산달라이 씨의 눈앞에 문득 철멍 형제의 어린 시절 모습이 떠올랐다. 만라이는 풀로 만든 새집에 여치를 넣고 장난을 치고, 동생은 이 장난감을 얻으려고 형을 쫓아간다. 잡히지 않자 동생은 앙앙 운다. 형은 놀라서 새집을 동생에게 쥐여주며 "울지 마! 울지 마!"라고 달랜다. 소달구지의 바퀴를 고치던 나산달라이가 이 모습을 보고, "만라이야, 넌 형이 되어서 동생이랑 사이좋게 지내야지 왜 울리냐?"라고 야단을 친다. 만라이는 아버지가 무서워 "여치 한 마리 더 잡아줄게"라며 동생의 손을 잡고, 둘이 "히히…… 헤헤……" 웃으며 집 뒤쪽의 풀밭으로 달려간다…… 이 모습이 순식간에 돌변해 형과 동생이 원수처럼 서로를 미워하는 모습으로 바뀌고, 따로따로 깃발을 들고 세상 사람들의 구경거리가 되었던 최근의 모습을 떠올린다. 나산달라이의 가슴은 미어지고 눈앞이 캄캄해지는 것 같다.

철멍도 말없이 형의 짐을 내리고 옮기며 생각에 잠긴다…… 이제는 이미 호짜의 것이 되었지만, 형이 날려버린 그 집을 짓느라 철멍이 가장 많은 땀을 흘렸다. 벽돌 한 장 한 장에 철멍의 피땀이 스며 있다…… 기왓장 한 장 한 장에도 철멍의 뜨거운 손자국이 남아 있다…… 아까운 집…… 아까운 집…… 형에 대한 원망보다 형수에 대한 미움이 더 크다. 형수의 앵앵거리는 가는 목소리를 듣고 있으면 올빼미 울음소리처럼 귀에 거슬린다. 만약 형이 그런 '창만 안 든 깡패' 같은 마누라가 아닌 지혜롭고 포용력 있는 여자를 얻었다면 지금까지 한집에서 사이좋게 살고 있었을 것이다. 형수가 싸움을 일으켜 차지한 집은 이제 알지도 못하는 호짜의 소유가 되었다! 형수 입장에서는 뱀이 제 독에 상처 입은 꼴이라고 비웃음을 살 일이 되었다!…… 나쁜 말을 타느니 목마를 타는 게 낫고, 나쁜 아내를 얻느니 혼자 사는 게 낫다는 말이 있다…… 이런 여자와 평생을 사느니 일찌감치 이혼하는 게 낫다. 난 이런 마누라를 얻지 않을 거야. 어려움에 처했을 때 손을 내밀어 도우러 온 아버지와 동생을 보고 형은 진심으로 반가워 눈에 웃음이 피어났지만 곧 침울해졌다. 형이 짊어진 굴레도 무거워 보이고, 형의 마음도 무거워 보인다! 어떻게 보면 형도 불쌍하다.

사람이란 동물은 제 눈에 흙 들어가는 걸 싫어하고, 제 몸에 먼지가 묻는 것도 싫어한다. 만라이도 마음속으로 자신을 합리화하고 있었다. 철멍이 바보처럼 집문서만 맡기지 않았어도…… 그가 지앙타오에게 2만 위안을 빌릴 때 차용증만 쓰지 않았어도, 이렇게 목이 매여 끌려다니지 않았을 텐데. 차용증만 없었으면, 다급한 개가 담을 넘는다고, 그렇게 많은 돈을 빌린 적이 없다고 우기기라도 할 텐데…… 증거가 없는 이상 돌벽에 못질하는 것처럼 법도 부러지거나 휘어졌을 것이다…… 에이, 당나귀 같은 고집쟁이 녀석! 동생이니 용서하고 달래는 수밖에…… 어떻게 하면 얻고 어떻게 하면 잃는지, 어떻게 해야 옳고 어떻게 해야 그른지 예측하고 통찰하는 지혜를 늦지 않게 배웠으면! 그래야 나중에 아버지 어머니도 덜 고생하시지. 형인 나도 걱정을 덜고……

이렇게 각자의 생각에 빠져 부자 셋은 삼륜거로 일곱 번을 왔다 갔다 했고, 정오쯤에야 모든 살림살이를 이사 갈 집으로 다 날랐다. 소금을 넣으면 녹을 때까지, 일을 하면 끝날 때까지란 말대로, 옮겨 온 짐들을 제자리에 배치하기 위해 세 사람은 다시 분주하게 움직였다.

바로 이때 대문으로 누군가 들어오는 게 보였다. 바양달라이 씨였다. 만라이와 철멍은 물항아리를 밖에서 안으로 나르고 있었다. 말똥구리 두 마리가 똥 덩어리 하나를 굴리고 가듯 양쪽에서 항아리를 붙잡고 밑바닥을 굴리며 가다가 작은아버지를 보고는 '작은아버지가 길을 잘못 찾아온 거 아냐?' 하는 눈으로 서로를 마주 보았다. 바양달라이 씨는 1년 중 설날에나 형님 집에 한두 번 들를 뿐, 다른 때는 문짝이 어디에 달렸는지도 모르는 사람이었다. 더군다나 조카 만라이가 따로 살기 시작한 후로는 실수로라도 조카 집을 찾은 적이 없었다. 그러니 만라이와 철멍이 그런 눈빛으로 서로를 쳐다볼 수밖에! 바양달라이 씨는 만라이와 철멍의 곁으로 다가와 "어, 여기로 이사 왔구나. 이 집은 올봄에 2층짜리 양옥집을 산 세관 직원 양 씨가 살던 집 아냐?"라며 담장과 문, 창 등을 두리번거린다. 철멍은 이 질문이 자기와는 무관하다는 표정으로 아무 대꾸도 하지 않는다. 만라이는 마지못해 미소를 지으며 "예! 맞아요"라고 대답을 하면서 무언가를 탐색하듯 작은아버지의 얼굴을 훑어보았다.

만라이는 숙부가 이어서 이 집의 월세가 얼마인지, 이전 집은 얼마에 팔았는지, 아내와 아들은 언제 퇴원을 하는지 등을 따뜻하게 물어볼 거라 생각했지만, 예상외로 바양달라이 씨는 곧바로 안으로 걸어 들어갔다. 그는 거실에서 식탁과 소파 등을 정리하고 있던 형님과 몇 마디 간단한 대화를 나눈 후 그대로 돌아 나왔다. 바양달라이 씨는 시종일관 딱한 표정을 짓고는 간절한 눈빛으로, 동생과 함께 항아리를 들고 문턱을 넘어가려던 만라이에게 말했다.

"만라이야! 이리 좀 와봐라! 너한테 볼일이 좀 있어 왔다."

그는 대문 쪽으로 몇 걸음 걸어갔다. 작은아버지의 모습을 보자마자 틀림없이 무슨 사연이 있어 왔음을 눈치채고, 얼굴에서 무언가를 탐색하듯 훑어보던 만라이는 항아리를 내려놓고 그를 따라갔다.

바양달라이와 만라이가 마당 한가운데 서서 작은 목소리로 뭔가 이야기하는 모습을, 항아리를 껴안고 서 있던 철멍이 불만에 찬 눈빛으로 자꾸 쳐다본다. 남들은 안중에도 없이 나폴레옹처럼 거들먹거리던 바양달라이 씨는, 5월의 '인도네시아 폭동'* 때 습격을 받아 폭행당한 호짜처럼 구원을 요청하는 눈빛으로 만라이를 쳐다보았다.

"작은아버지가 급하게 돈 쓸 일이 생겨서 할 수 없이 널 찾

---

* 1998년 수하르토 정권 시기에 인도네시아에서 일어난 유혈 폭동. 화교를 중심으로 한 빈부격차 심화, 부정부패 만연으로 그동안 쌓여 있던 인도네시아인들의 불만이 1997년 아시아 외환위기를 기화로 폭발하였다. 수하르토 정권에 대한 규탄 시위로 시작되었으나 화교에 대한 공격으로 변질되었다.

아왔다. 듣자 하니 집을 3만 2천 위안에 팔았다던데. 2만 위안을 지불하고 공안국에서 집문서를 돌려받았지?! 나한테 1만 위안만 빌려줘라. 작은아버지가 정말 급하게 쓸 데가 있어! 작은아버지는 너한테 거짓말 안 한다. 일주일 내로 돌려주마."

그는 정말로 절실하게 말했다. 만라이는 머뭇거렸다.

"2만 위안을 지불하고 집문서를 받아 왔어요. 올라나도 병원에 입원해서 2천 위안 정도 들어간 데다, 셋집 때문에 몇백 위안 들어갔어요. 친구들에게 빌린 돈도 절반은 못 갚았어요. 중개업이라도 하려면 손에 최소 몇천 위안은 있어야 하고요."

그는 자신의 상황을 구구절절 이야기해서 작은아버지에게 그렇게 많은 돈을 빌려줄 수 없음을 에둘러 표현했다. 바양달라이 씨는 절박한 표정으로 말했다.

"너희 상황은 나도 안다. 작은아버지가 조금이라도 방법이 있었다면 너희들 난처하게 하겠냐. 작은아버지는 남한테는 몰라도 너한테는 거짓말 안 해. 일주일 후에는 받은 대로 확실히 돌려줄게."

그는 절망스럽게 만라이를 바라보며 사정하듯 말했다. 이름난 부자인 작은아버지에게 이렇게 궁색해질 날이 올 줄을 만라이는 상상도 못 했다. 게다가 자기에게 돈을 빌리러 올 줄은 꿈도 꾸지 못했다. 작은아버지에게 정말로 급전이 필요한 모양이다. 만라이의 마음이 흔들리기 시작했다. 돈을 빌려주자니, 난처하다. 안 빌려주자니, 역시 난처하다. 만약에 돈을 빌려주고 제날짜에 돌려받지 못하면, 아내는 정말 돌아버릴 거다……작은아버지에게 돈을 빌려주는 것조차, 아내가 알면 절대 허락

하지 않을 거다…… 작은아버지가 결혼식에 1천 위안의 '가짜 축의금'을 낸 일을 올라나는 생각날 때마다 끄집어내 작은아버지는 사람도 아니라며 욕을 퍼붓곤 했다. 만라이는 이런 생각을 하며 어색하게 물었다.

"작은아버지, 도대체 얼마나 급한 일입니까?"

바양달라이 씨는 창백했던 얼굴을 붉게 물들이며 몹시 민망해했다.

"작은아버지는…… 몽골의 더르너체첵이라는 여자를 만나 토올이라는 딸을 낳았다. 이제 그 딸이 네 살이 됐어. 나는 아마도 다시 몽골에 가기 어려울 것 같고, 더르너체첵이 지금 에리옌에 와 있다. 묵고 있는 호텔 사장한테 전화했더니 내일 울란바타르로 돌아간다는구나. 그래서 난 아버지 된 도리로, 최소한 토올이 자라는 동안 필요한 비용 정도는 줘서 보내려고 뛰어다니는 중이다. 이제 딱 1만 위안이 부족해."

그는 솔직히 털어놓았다. 이는 사실 비밀이라 하기엔 다 알려진 '비밀'이었지만 바양달라이 씨는 조카에게 이런 말을 하는 것이 너무나 창피해서 얼굴이 홍당무처럼 빨개졌다.

만라이는 이 말을 듣고 오히려 자기가 더 민망해 어쩔 줄을 몰랐다. 그는 바로 품속을 더듬었다.

"그럼 작은아버지, 여기 1만 위안을 갖다 쓰세요! 앞으로 며칠 동안은 장사할 시간이 없으니까 그동안은 자금이 없어도 되겠어요."

조카에게서 떨리는 손으로 1만 위안을 받아 들 때, 바양달라이 씨의 두 눈에선 굵은 눈물이 뚝뚝 흘러내렸다.

결정하기 어려운 일

아리오나는 택시를 타고 에리엔 시립 병원을 향해 달려간다. 그녀는 눈에 띄게 말라 얼굴이 뾰족해 보일 정도다. 그러나 콤팩트와 립스틱을 요령껏 바른 덕분에 원래의 우아한 자태는 잃지 않았다. 길고 검은 머리는 뒤쪽으로 묶었고, 커피색 바지와 재킷을 입고, 짙은 갈색 선글라스를 꼈다. 겉모습만으로는 이 여자가 배 속에 아이를 잉태하고, 가슴에 괴로움을 품은 여자임을 알아볼 수 없었다. 아버지가 몽골 여자와 바람을 피워 단란했던 가정이 거의 파탄 지경까지 갔던 일은, 아리오나의 크게 상처받은 마음에 설상가상으로 큰 충격을 주었다. 아버지는 아내와 아이들에겐 '영감님'이었지만, 한편으로는 외국 여자와 정을 통해 아이까지 낳았다. 그 파렴치한 행위를 하늘이 미워하여 그 벌을 대신 내게 내리신 건가 하는 생각에 아리오나의 마음은 침통해졌다. 이 세상이 너무 가증스럽고 죽고 싶은 생각도 들었다. 아리오나가 그날 밤 베개가 젖도록 울며 죽음 같은 절망감에 버둥거리고 있을 때 숨베르에게서 전화가 왔다. 그는 이 세상에는 간과 심장이 쪼그라들 일이 수도 없이 많다며 그녀의 마음에 바른 생각을 심어주었다. 그로 인해 그녀는 헛발을 디뎠던 인생의 '굴레'에서 완전히 벗어나 새 삶을 선택하도록 노력하겠다는 생각을 하게 되었다. 그러나 배 속의 생명은 그녀가 새 삶을 선택하는 데 가장 큰 '굴레'가 되었다. 지앙타오가 했던 말을 그녀는 날마다 몇 번씩 되새겨보며 고민했다. 감옥에 5, 6년 정도만 갇혀 있을 것 같으면 지앙타오는 자기를 기다려달라고 했다. 아리오나에게 자기 고향 집에 가 '아들'을 낳고, 이 세상에 지앙 씨의 혈통을 잇게 해달라고 했다. 그러나 지앙타오의 말은 시간이 갈수록 그녀에게 무의미하게 생각되었다. 더욱이 지앙타오가 교도관들에게 끌려 나갈 때 보여준 절망적인 버둥거림과 절규를 떠올리면 아리오나의 마음은 더 냉랭해졌고, 지앙타오에 대한 기대와 믿음도 깡그리 사라졌다. 어찌해야 좋을지 만 번을 망설이고 천 번을 갈팡질팡하는 짓을 그만둘 때가 되었다. 다시 생각하면 홍장미 레스토랑에서 외상으로 먹고 간 사람들로부터 외상값을 받아 생활비로 쓰라는 지앙타오의 말도 부질없는 당부인 셈이다! 홍장미 레스토랑의 사장이 체포된 것을 세상 사람들이 다 아는데, 혹 죽었다 다시 태어나면 몰라도 누가 그 빚을 갚겠는가?! 게다가 대부분 사인도 하지 않은 메모에 불과한 장부라서, 아리오나는 외상을 받는 일을 머릿속에서 지운 지 오래였다. 그러지 않으면 또 어쩌란 말인가?! 즉, 아리오나에게 '아들'을 낳을 마음의 확신이나 물질적 보증이 다 부족해졌단 말이다. 그뿐 아니라 가족들부터 시작해 일부 친척들까지 배 속의 애를 빨리 지우라고 반복해서 다그치거나 달래곤 했다……

아리오나는 고심 끝에 배 속에 든 아이를 몰래 지우기로 했다. 오늘 아침을 먹자마자 어머니에게, "백화점 가서 화장품 좀 사 올게"라고 말한 후 집을 나섰다. 택시를 탄 그녀는 당연히 백화점이 아닌 시립병원으로 향했다.

에리엔 시립병원은 시내 서북쪽에 있기 때문에 아리오나의 집에서 꽤 멀었다. 그러나 택시는 겨우 5분 정도 만에 목적지에 도착했다. 택시에서 내려 북쪽으로 문이 나 있는 병원 건물 쪽으로 걸어가는데, 갑자기 두려움이 밀려왔다. 배 속에선 무언가가 꿈틀거리며 요동치는 듯했고, 두 다리는 몇 배나 무거워진 것 같았다. 마음속에 공포와 망설임이 더욱 끈질기게 엄습해왔다. 그렇지만 아리오나는 아무렇지 않은 표정으로 유리문을 열고 안으로 들어갔다.

아리오나가 복도로 들어섰을 때, 복도 앞 작은 매점에서 햄과 빵, 해바라기씨 등 간식을 사 2층으로 가려던 만라이와 딱 마주쳤다. 아리오나를 바로 알아본 만라이는 의아한 눈빛으로 더듬거리며 물었다.

"너 여기?!……"

아리오나는 당황했으나 침착하게 대답했다.

"언니랑 조카 좀 보러 왔어! 몇 호실이야?!"

이 말에 만라이는 밝게 웃었다.

"아, 2층 217호야. 따라와."

그는 계단으로 올라갔다. 아리오나는 이곳에 온 목적을 잠시 미뤄두고 만라이를 쫓아갔다.

원래 뾰족하던 만라이의 얼굴은 요새 들어 더욱 초췌해지고 말았다. 눈은 움푹해졌고, 듬성듬성한 수염도 깎지 않아 삐죽삐죽 자라난 모습이 볼썽사나웠다. 아리오나는 사촌 오빠의 이렇게 마르고 볼품없어진 모습을 보며, 인생이란 건 누구에게나 가혹하게 장난질을 하는구나, 라고 생각했다.

올라나가 입원 중인 산부인과 병실로 들어섰을 때, 큰어머니 어욘다리는 이미 와서 자고 있는 손자의 머리 위에 덮어둔 베갯잇용 붉은 꽃무늬 수건을 매만져주고 있었다. 올라나는 개어 놓은 담요에 기대앉아 따뜻한 물을 마시고 있다가 아리오나를 보고 매우 반가워했다.

"아리오나 왔네!"

그녀는 마치 시어머니에게 들으라는 듯 말했다. 아리오나도 얼굴에 미소를 머금었다.

"언니, 잘 지내셨죠?! 몸은 아직 덜 회복되었나 봐요."

아리오나의 얼굴엔 웃음이 선명했지만, 눈에는 시종 깊은 괴로움이 어른거렸다.

"몸은 아직 회복 안 됐어요! 앉아요! 앉아!"

올라나는 좀 전의 웃는 모습 그대로 자리를 권한다. 아리오나는 어온다리에게 "큰어머니도 이렇게 일찍 오셨네요"라고 말하고는 메고 있던 작은 가죽 가방을 뒤쪽으로 돌리며 자고 있는 아기에게 다가간다. 만라이는 사 온 간식을 맞은편 탁자에 내려놓고 몸을 돌리며 말했다.

"어머니는 날마다 일찍 오셔. 올라나의 매끼 식사는 대부분 어머니가 집에서 가져오시거든. 그거 말고도 깔개와 담요, 베개나 배두렁이 같은 물품도 어머니가 만들어서 가져오셨어! 안 그랬으면 아무 준비 없던 우리야 뭘 어찌해야 할지 몰라 쩔쩔매고 있을걸."

그는 어머니 공치사를 하며 '그렇지?'라고 동의를 구하는 듯한 눈빛으로 올라나를 쳐다보았다. 올라나는 만라이의 말을 못 들은 듯한 표정으로 반쯤 남은 물잔을 만라이에게 준 후, 아들의 머릿수건을 당겨 얼굴 전체를 아리오나에게 최대한 보여주

려 한다. 아리오나는 선글라스를 벗고 겨우 얼굴만 보이는 갓
난아이에게 다가가 허리를 굽힌다. 아리오나가 쌔근쌔근 잠들
어 있는 갓난아이에게 가까이 가자, 어욘다리는 밖에서 들어
와 바로 갓난아이를 보면 안 되는데, 하지만 겨울도 아니고 이
렇게 잘 덮어놓았으니 찬바람을 맞진 않겠지 하고 생각했으나,
내색하지 않고 이제 할머니 된 사람으로서 너그럽고 여유로운
미소를 짓는다.

"아리오나, 이 아이가 아버지를 닮았니? 어머니를 닮았니?"

아리오나는 갓난아이를 자세히 살펴봤지만, 누구를 닮았는
지 도저히 알 수 없었다. 그녀는 아들이니 아버지를 닮았을 거
라고 생각했다.

"아버지 닮았나 봐요."

그녀는 대답과 함께 내 배 속에 든 아기가 정말로 아들일
까?! 아들이면 이렇게 예쁜 아이겠지, 이 애를 지우기도 괴롭
고, 지우지 않기도 괴롭고…… 정말 어떡해야 하나 하는 고민
이 순식간에 머리를 스쳤다. 아리오나가 방금 한 말을 어욘다
리가 이어받았다.

"나도 우리 귀여운 손자가 아버지를 닮았다고 하는데, 만라
이 오빠는 엄마를 닮았다고 우긴다."

그녀는 여전히 미소 지으며 말했다. 올라나는 시어머니의 말
이 탐탁지 않은 듯 입술을 실룩거렸다. 그녀는 다리를 덮고 있
던 담요를 당겨 아리오나에게 침대 한쪽을 내주며 부드럽게 말
한다.

"여기 앉아요."

이 병실엔 환자가 올라나뿐이었기 때문에 다른 세 개의 침대는 비어 있었다. 아리오나는 올라나가 내준 자리가 아닌 주인 없는 침대에 걸터앉아 올라나를 쳐다보고 묻는다.

"언니는 살이 많이 쪘네요! 제왕절개로 낳았어요?! 아프지 않았어요?"

올라나는 정말로 살이 찐 데다가 얼굴도 옥가루를 발라놓은 것처럼 반들거린다. 그녀는 홑꺼풀 눈을 실처럼 가늘게 뜨고 웃으며 대답했다.

"엄청 아팠어요. 의사 말로는 자연분만에 비하면 훨씬 덜 아프대요."

그사이 만라이는 올라나가 마시고 있던 분유를 한 잔 따라 아리오나의 옆에 있는 침대 난간에 올려놓으며 권한다.

"마셔."

환경은 사람에게 영향을 주고 태도와 감정을 변화시키기도 한다. 쌔근쌔근 잠들어 있는 갓난아이는 병실을 드라마틱하게 평온하고 화기애애하고 의미심장한 색조로 바꾸어놓은 것 같았다. 누구라도 인간세계에 온 지 얼마 안 된 갓난아이 옆에선 안 좋은 이야기는 피하고 좋은 것만 이야기한다. 이 아이 이름을 어떻게 지을까에 대해, 수술한 상처는 나았는지에 대해, 내일 퇴원하기로 한 것에 대해, 손자가 생기니 나산달라이가 얼마나 좋아하는지에 대해…… 이런 일상적인 대화가 반 시간가량 계속되었다.

아리오나는 병실에서 나올 때, 메고 있던 작은 가방에서 100위안을 꺼내 갓난아이 곁에 살짝 내려놓았다.

"제가 서둘러 오느라 아무것도 사 오지 못했어요. 이걸로 우리 조카에게 옷 한 벌과 영양식이라도 사주세요."

만라이는 매우 민망해하며 말했다.

"돈은 뭐 하러?! 너 쓰지."

아리오나는 한 귀로 듣고 한 귀로 흘렸다.

"언니, 큰어머니, 그럼 저 먼저 갈게요! 안녕히 계세요."

그녀는 인사를 하고 밖으로 나왔다. 만라이와 어욘다리도 복도로 나와 배웅했다.

"천천히 가거라!…… 집에 한번 들러."

그들은 아리오나가 계단으로 내려가 보이지 않을 때까지 배웅했다. 아리오나는 계단을 내려와 선글라스를 끼고, 아이를 지우려던 처음의 생각을 잠시 유보한 채 출구를 향해 빠르게 걸어갔다. 그녀의 마음은 더욱 무거워졌다.

마지막 밤

해가 질 즈음 바양달라이는 택시를 타고 샹드 호텔에 도착했다. 오는 길 내내 그는 깊은 생각에 잠겼다. 공안국에 불려가 더르너체첵의 신체권을 침해한 죄와 잃어버린 금귀걸이에 대한 대가로 600위안의 벌금을 낸 것이, 구일레스 여사에게는 참을 수 없는 굴욕이었지만 바양달라이의 양심에 비춰보면 가벼운 처벌이었다. 그날 밤 더르너체첵이 집에 전화를 했고 마침 바양달라이가 받았다.

"샹드 호텔에서 전화하는 거예요. 곧 울란바타르에 가서 딸을 데려와 당신에게 맡길게요. 죽일 건가요?! 살릴 건가요? 당신이 알아서 하겠죠. 딸 문제는 법정으로 가지 않고, 개인적으로 이렇게 처리하기로 결정했어요! 알았죠?"

더르너체첵은 단호한 어조로 말을 끝내자마자 전화를 끊었다. 이 말은 바양달라이 씨를 추억과 슬픔과 한없는 걱정 속에 몰아넣어 동이 틀 때까지도 잠들지 못하게 했다. 그는 결국 이를 악물고 바로 5만 위안을 빌려 더르너체첵에게 주고 딸이 다 클 때까지 부양할 막중한 의무를 그녀에게 떠넘기기로 결심했다. 그리하여 이틀 동안 발이 닳도록 돌아다니며 친구, 친척 가리지 않고 만나 무릎을 꿇다시피 애원해서 간신히 5만 위안을 마련해 더르너체첵에게 주려고 온 것이었다.

바양달라이 씨는 카운터에 서 있던 꽃처럼 단정한 아가씨에게 물었다.

"울란바타르에서 온 더르너체첵은 어느 방에 묵고 있소?"

그녀는 숙박객 장부를 뒤져보고 대답했다.

"207호요."

바양달라이 씨는 2층으로 올라가 207호 객실로 가서 똑똑똑 가볍게 노크를 했다.

"들어와요."

방 안에서 여자 목소리가 들린다.

바양달라이 씨가 문을 살짝 밀고 들어가자 객실에는 더르너체첵과 네 명의 외몽골 손님이 있었다. 더르너체첵 외에는 그가 전혀 알지 못하는 사람들이다. 눈썹과 입술을 무서울 정도

로 칠한 뚱뚱한 여자 두 명이 바닥에 쭈그려 앉아 '돼지'를 정
리하느라 분주하다. 더르너체첵은 창문 옆 침대 위에 쌓아놓은
담요에 기대어 두 손가락 사이에 불붙은 담배를 끼우고 우두커
니 앉아 있었다. 그녀의 침대와 나란히 놓인 옆 침대에선 30대
남녀가 나란히 앉아 맥주를 마시며 무언가 이야기하는 중이었
다. 바양달라이는 더르너체첵의 옆으로 다가가 주인에게 죄지
은 삽살개 같은 눈빛으로 살갑게 물었다.

"저녁 먹었어?"

더르너체첵은 그를 보자마자 침대 머리맡에 놓인 재떨이에
담배를 눌러 끄고, 황급히 침대 가에 걸터앉아 바닥에 놓인 뾰
족구두에 발을 집어넣으며 짧게 대답했다.

"먹었어요."

바양달라이는 더르너체첵의 침대에 나란히 앉아 할 말을 못
찾고 머뭇거린다. 더르너체첵의 수정 같은 눈망울이 서러움으
로 흐려졌다.

바양달라이는 더르너체첵을 쳐다보며 물었다.

"언제 돌아갈 계획이야?"

"내일 가요! 오늘 이 사람들이랑 같이 버스 타고 자밍우드로
갔다가, 자밍우드에서 다시 기차를 타고 울란바타르로 갈 생각
이었는데, 이 호텔 측에서 우리 표를 구하지 못했어요. 내일 치
표만 구했다네요."

"당신한테 중요한 볼일이 있어서 왔어. 어디 가서 따로 얘기
해야 할 것 같아."

더르너체첵은 조금 전의 원망 가득한 눈이 아닌 기대와 믿음

으로 충만한 아름다운 눈빛으로 바양달라이 씨를 물끄러미 쳐다보았다. 그녀는 일어나 챙이 달린 모자 아래로 흘러내린 긴 머리칼을 귀 뒤쪽으로 쓸어넘기고, 귀밑에 새 상처가 난 둥근 얼굴로 최대한 엄숙한 표정을 지으려 애쓰며 다른 외몽골 사람들에게 말했다.

"저 나갔다 올게요! 이분은 내 친구예요."

"그래! 그래."

물건을 정리하던 두 여자는 밝은 얼굴로 고개를 끄덕인다. 나올 때 더르너체첵은 바양달라이 씨의 당부대로 작은 가방을 멨다.

두 사람은 샹드 호텔에서 나와 동쪽을 향해 발길 가는 대로 걸었다. 샹드 호텔은 실린로의 서쪽에 위치한 상당히 큰 호텔이었다. 호텔에서 나와 동쪽으로 얼마 안 가면 한고비 식당과 하르만다르바 목욕탕이 나온다.

"점심때 친구랑 밥 한 그릇 먹고 저녁에 아무것도 못 먹었어. 우리 한고비 식당에 들어가 뭐 좀 먹으면서 이야기하자."

바양달라이는 이렇게 말하고 앞서 걸어갔다.

둘은 쾌적한 룸으로 들어가 앉았다. 바양달라이 씨는 음식 두 가지와 슈에화 맥주 한 병, 캔 음료 한 개, 호쇼르 한 근을 주문했다. 음식 하나가 나온 후 바양달라이 씨는 두 개의 잔에 각각 맥주와 음료를 채웠다.

"오늘 저녁 둘이서 잘 먹고, 잘 마시고, 즐겁게 이야기하자."

그는 재밌는 말로 무거운 분위기를 최대한 바꾸어보려 노력한다. 더르너체첵은 마지못해 웃으며 사랑과 희망이 담긴 따뜻한 시선으로 그를 쳐다본다. 사랑하는 마음이 큰 만큼 질투심도 크고, 결국은 용서하는 마음도 큰 것 같다. 바양달라이는 맥주잔을 들어 더르너체첵의 음료수 잔에 부딪쳤다.

"과거의 멋지고 아름다웠던 추억을 위해!"

그는 벌컥 벌컥 벌컥 세 모금 만에 잔을 비워버렸다.

더르너체첵은 잔에 든 음료수를 절반쯤 마시고 둥근 식탁에 가볍게 내려놓았다. 이때 계란 볶음이 나왔다. 바양달라이는 좀 전에 나온 양고기 볶음을 젓가락으로 집으며 더르너체첵에게도 권했다.

"당신도 먹어."

더르너체첵은 숟가락을 들고 방금 나온 계란 볶음이 담긴 접시를 턱 아래로 끌어당겨 주저 없이 먹기 시작한다. 외몽골 사람들은 식사를 할 때 따로따로 음식을 주문하고 각자 주문한 음식만을 먹는 습관이 있어서, 더르너체첵도 그 습관대로 계란 볶음을 자기 턱 아래 갖다 놓고 먹는 것이다. 바양달라이는 잔두 개를 다시 채웠다.

"둘째 잔은 딸의 행복한 미래를 위하여."

그는 잔을 탁 부딪치고 역시 벌컥벌컥 마셔버렸다. 더르너체첵은 바양달라이를 이상스럽다는 듯한 눈빛으로 바라보며 꾸짖듯이 말한다.

"조금씩만 마셔요."

그녀의 사랑스러운 꾸지람을 듣자 바양달라이의 눈에서 눈물이 흘러내렸다. 그는 팔꿈치를 식탁에 기대고 다섯 손가락으로 이마를 짚으며 눈을 감고 "아" 하는 긴 탄식을 내뱉고는, 눈물이 그렁그렁한 눈으로 더르너체첵을 응시하며 침통하게 말했다.

"나를 용서해줘! 난…… 내가 당신에게 잘못했어! 딸에게도 죄를 지었어! 또 마누라에게도 죄를 지었어. 그리고 많은 사람에게도 죄를 짓고 살았어."

더르너체첵은 놀라서 그의 곁으로 옮겨 와 왼손을 힘껏 붙잡았다.

"저도 당신에게 잘못했어요! 당신이 갑자기 이상한 말을 남기고 사라져버렸기 때문에 내 인생의 황금 기둥이 무너진 것처럼 너무 겁이 나서, 어쨌든 당신을 만나 사정을 알아보려고 황급하게 에리옌에 왔다가 당신에게 너무 큰 문제를 일으켰어요! 당신도 절 용서해줘요."

그녀는 사랑스러운 목소리로 속삭인다. 바양달라이의 눈에선 자기도 모르게 뜨거운 눈물이 흘러내렸다.

"마누라는 말로는 이혼하자고 큰소리치지만 사실은 이혼을 원치 않아…… 큰아들도 당신 만나는 걸 반대하며 내 여권을 찢어버렸지…… 이제 내 빚도 도처에 깔렸어! 나도 정말 먹고 살 길이 막막해졌어! 몽골에서 살고 싶지만 능력이 안 돼! 주변 상황이 나를 진실한 사랑에게서 떠나게 했어. 당신에게서 멀어지게 했어! 빚이 많아지면 병이 된다더니 내게 안 좋은 일들만 생겨. 우리 딸 아리오나도 사기를 당해 지금은 자포자기 상태야…… 난 스스로의 체면을 지키고 마누라와 자식과 에리옌 사람들 앞에서 더 이상 창피당하지 않으려고 그날 마누라를 편들고 당신을 쫓아냈던 거야."

그는 자신의 심적 고통을 털어놓았다. 사람이 상대방의 고통을 살피지 않고 자신만의 고통을 생각할 때, 상대방의 마음을 이해하지 못하게 되고 둘 사이의 간극도 더 커진다. 이러한 균열을 치유하거나 줄이는 유일한 방법은 서로 간에 흉금을 털어놓을 기회를 갖는 것뿐이다. 더르너체첵의 온화하고 투명한 눈에서도 뜨거운 눈물이 봇물처럼 쏟아졌다. 바양달라이는 품에서 5만 위안을 꺼내 더르너체첵에게 건넸다.

"자, 오십천 위안이야. 가방에 넣어둬! 이건 내 딸에게 주는 작은 마음의 표시야! 당신이 나를 용서할 생각이 있다면 내 딸을 곁에 두고 훌륭한 사람으로 키워줘. 나중에 당신과 딸을 보러 몽골에 갈 날이 반드시 올 거야! 나한테 딸을 맡기면 법적으로 용납되지도 않고 따뜻하게 돌봐줄 만한 사람도 구할 수가 없어! 내 부탁을 들어줄 거면 빨리 가방에 넣어."

그는 간절한 눈빛으로 그녀를 쳐다보며 호소했다. 더르너체첵은 울면서 물었다.

"그럼 나는 미망인처럼 살면서 우리 딸을 아빠 없는 아이로 기르란 말이에요?"

바양달라이는 더르너체첵에게 잡혀 있던 손을 빼내 다시 그녀의 손을 잡고 쓰다듬었다.

"당신이야 어쩌겠어. 괜찮은 남자 만나면 결혼해도 되잖아! 우리 딸을 고생시키지 않고 잘 키우겠다고만 약속해줘! 정 안 되겠으면 내 딸은 외할머니에게 맡기고 생활비를 조금씩 보내주면서 키워달라고 해도 되잖아! 그러면 당신이 다른 사람과 결혼하는 데도 문제없을 거야."

그는 위로 반, 충고 반 섞어서 말한다. 더르너체첵은 눈물을 닦고 의미심장하게 대꾸한다.

"사랑이란 것이 아무한테나 줄 수 있는 게 아니에요. 준 사람에게서 돌려받을 수 있는 것도 아니고요."

바양달라이는 그녀의 가방을 잡아당겨 돈다발을 집어넣었다.

"나도 당신을 진심으로 사랑했어. 지금의 마누라와 결혼한 첫날부터 한 번도 마음 맞아 산 적이 없었어. 결혼한 날 저녁에 사소한 일로 화를 내며 내 머리에 뜨거운 찻물을 뿌린 것을 난 영원히 잊지 못해. 이렇게 모진 여자랑, 딱 한 번뿐인 내 삶의 한평생을 같이 살아야 하는 게 내 운명인가 봐! 진심으로 사랑했던 여자와 구레나룻이 백발이 되도록 행복하게 살 수 없는 것 역시 이번 생의 내 운명인가 봐! 우리 둘이 이번 생에선 함께할 수 없는 운명이라 해도 다음 생에선 꼭 부부의 연을 맺도록 하자."

그는 비통한 어조로 말을 마치고 세번째 잔을 들었다.

"이 잔은 다음 생의 보름달처럼 가득한 축복을 위하여!"

바양달라이는 다시 한 잔을 다 마셔버렸다.

이때 호쇼르가 나왔다.

더르너체첵은 바양달라이의 마음에서 우러나온 말과 평소와 다른 행동들로 인해 한편으로는 들뜨고 한편으로는 걱정이 되어 달래듯 말한다.

"이제 식사해요! 술도 못 이기면서 맥주 한 병을 다 비웠으니 그만 마셔요!"

바양달라이는 더르너체첵의 말을 고분고분하게 따랐다. 식사를 마친 후 바양달라이가 계산을 하고 두 사람은 밖으로 나왔다.

밖은 상당히 어두웠다. 길가의 빨간색 초록색 등이 현란하게 반짝거린다. 광활한 밤하늘에 별들이 가득해 보인다. 바양달라이는 식당을 나오자마자 더르너체첵의 손을 끌었다.

"같이 목욕탕에 들어가 묵은 때나 벗기자! 씻고 나서 호텔에 데려다줄게!"

그는 옆에 있는 하르만다르바 목욕탕을 향해 걸어갔다. 이번에는 더르너체첵이 고분고분하게 바양달라이의 말을 따랐다.

그들은 별도로 두 명이 목욕하는 '원앙 룸'을 골라 들어갔다. 탈의실 오른쪽 벽에는 아마도 미국인일 듯한, 금발 머리에 푸른 눈인 알몸의 미녀를 가슴에 털이 수북한 건장한 남자가 꽉 껴안고 입 맞추는 큰 사진이 걸려 있다. 더르너체첵은 바지와 재킷을 벗고 브라와 팬티 차림으로 욕실로 들어가려 했다. 바양달라이가 말했다.

"다 벗어! 여기는 우리 둘 외에 다른 사람은 안 들어와."

더르너체첵은 부부처럼 함께 살았던 사람 앞이지만 어쩐지 부끄러운 생각이 들어 통통하고 둥근 뺨을 나팔꽃처럼 분홍빛으로 물들였다. 그녀는 브라와 팬티를 살짝 벗어 바지와 재킷을 넣어둔 보관함에 집어넣었다. 더르너체첵의 아래로 처지는 듯 앞으로 불룩 솟은 크고 흰 가슴, 코담배의 진주 뚜껑처럼 예쁘고 볼록한 젖꼭지, 애를 낳고도 남들처럼 늘어지거나 주름지지 않은 날씬한 뱃살, 그리고 가는 허리에서 당당하게 휘어지며 퍼져나간 엉덩이, 탄탄하고 매끄럽고 눈부신 허벅다리 등은 벽에 걸린 미국 여자의 나체사진보다 더 아름다워 보인다.

자신이 점유하고 누렸던 이 여성의 육체가 오늘 밤 바양달라이에게는 보옥을 조각해놓은 듯 너무나 우아하고 아름답게 느껴지고, 이렇게 우아하고 아름다운 여자와 영원히 함께 살 수 없는 자신의 기구한 팔자가 몹시 안타깝게 생각된다. 이게 우리 둘의 마지막 밤인가 하는 생각에 커다란 슬픔이 밀려온다.

두 사람은 욕실에 들어가 샤워기를 틀고 따뜻한 물로 온몸을 적셨다. 바양달라이는 몸을 대충 몇 번 문지른 후 더르너체책에게 다가가 더운 수증기 속에서 더 원초적이고 아름답게 보이는 부드러운 흰 몸을 거칠게 껴안고 온몸에 입을 맞추기 시작했다. 두 사람의 머리 위에서 수천수만의 물보라가 빗물처럼 부서져 내렸다.

바양달라이의 입술이 더르너체책의 입술에 포개졌다. 바양달라이는 혀를 입안으로 밀어 넣는 동시에 한 손으로 더르너체책의 불룩하고 물컹한 두 가슴을 번갈아 쓰다듬는다. 이렇게 불룩하고 큰 가슴을 움켜쥐면 마치 해면체처럼 잡히는 느낌이 너무 좋다……

물속에서 사랑을 나누는 일은 사람의 마음을 무척 흥분시키는 일종의 마법적 쾌락을 선사하는 행위였다. 바양달라이와 더르너체책은 좀 전의 괴로움을 깡그리 잊고 서로의 벌거벗은 몸을 껴안고 어루만지며, 입 맞추고 빨아대는 커다란 환희에 지칠 줄 모르고 허우적거리며 전율했다.

두 사람은 반 시간 넘게 껴안고 입을 맞춘 후, 서로 간의 몸을 씻고 문지르기 시작했다. 무더운 수증기가 종종 그들의 호흡을 거칠게 했다. 더르너체첵의 비단처럼 부드러운 손바닥이 바양달라이의 온몸을 훑자, 바양달라이는 인내심을 완전히 상실했다.

바양달라이는 더르너체첵을 뒤에서 힘껏 끌어안고 한 쌍의 작고 둥근 언덕 사이 좁고 깊은 골짜기를 뒤져, 법열의 성수가 있는 늪 속의 샘을 노련하게 찾아냈다. 그는 남자의 모든 힘을 다 짜내 샘의 깊은 바닥을 뚫기 시작했다⋯⋯ 더르너체첵은 신음을 흘리며 연신 "너무 좋아, 좋아"라고 속삭이며 바양달라이를 더욱 흥분시킨다⋯⋯ 마침내 바양달라이의 굴착기가 깊고 뜨거운 곳의 마찰열을 견디지 못하고 갑자기 폭발하는 듯하더니 서서히 힘을 잃었다.

두 사람은 계속해서 몸을 앞뒤로 닦아주고 씻어주며, 입을 맞추고, 껴안고, 어루만지기를 잊지 않았다. 이러기를 30분쯤 지나자 바양달라이의 욕망에 다시 불이 붙었고, 좀 전의 행위가 다시 시작되었다. 이번엔 더 오랜 시간이 지나서야 끝이 났다. 그들은 녹초가 된 서로의 몸을 한참 동안 꼼꼼히 씻겨주고 닦아준 후, 서로 오래도록 껴안고 입을 맞춘 후에야 욕실에서 나왔다.

더르너체첵은 혹시 누가 들어오지 않을까 불안해하며 부랴부랴 옷을 입고 가방을 멨다.

"전 밖에서 기다릴게요."

극도로 흥분했던 탓에 얼굴이 핏기 하나 없이 창백해진 바양달라이는 그녀를 간절하게 쳐다보았다.

"날 버리고 가지 마, 내 사랑."

그는 한순간도 떨어지기 싫은 표정으로 말했다.

"왜 가겠어요?"

더르너체첵은 바양달라이를 향해 밝게 웃어 보이며 먼저 밖으로 나왔다.

더르너체첵이 객실의 대형 거울 앞으로 가 머리를 빗고, 볼에 화장품을 바르고, 입술을 예쁘게 칠할 때까지도 바양달라이는 나오지 않았다.

더르너체첵은 다시 몇 분을 기다렸지만 바양달라이는 역시 감감무소식이었다. 불길한 생각이 들어 탈의실 문을 밀치고 들어가자, 눈앞에 너무나 무서운 광경이 펼쳐졌다! 바양달라이가 옷을 절반쯤 입은 채로 죽은 듯 바닥에 쓰러져 있었다.

"바양달라이! 바양달라이!"

더르너체첵은 황급히 달려가 열몇 번을 불렀지만 아무 반응이 없었다. 가슴은 호흡이 느껴지지 않을 정도로 미약하게 움직였다. 더르너체첵은 그의 인중을 자국이 날 정도로 눌러댔지만 도움이 되지 않았다. 더르너체첵은 혼비백산하여 밖으로 달려 나갔다.

"빨리! 사람…… 의식을 잃었어요."

그녀는 손짓을 하고 떠듬거리며 응급 상황을 알렸다.

양아치들의 본성

바양달라이 씨와 더르너체첵이 한고비 식당에 들어가 음식을 주문하고 있던 그 시간에 일어난 일이다. 철멍은 삼륜거에 알탄수흐와 아기라는 건장한 중년 남자 두 명과, 아기의 여동생 타아나를 태우고, 밤이면 발 디딜 틈 없이 불야성을 이루는 우의로의 '에인절'이라는 가전제품 상가를 향해 있는 힘껏 페달을 밟으며 달려간다. 알탄수흐, 아기, 타아나 세 사람은 리더인 툭스바타르가 이끄는 단체 관광객의 일행이었다. 단체 관광객은 사실 물건을 사러 온 상인들이었다. 관광 비자로 에리엔에 들어오면 수속 비용이 많이 절약된다. 세 사람은 석재 회사가 운영하는 호텔에 묵었다. 낮에 남부시장에서 의류, 신발류 등을 도매로 사놓았기 때문에 이번엔 카세트, VCD 플레이어 등을 사러 '에인절' 상가로 가는 중이었다. 알탄수흐 씨는 오래전부터 철멍과 잘 알던 사이라 어제 버스 정류장에서 내리자마자 그의 삼륜거에 탔고, 오늘은 30위안에 삼륜거를 하루 종일 빌리기로 했다. 이렇게 하면 양쪽 모두에게 편하고 경제적으로도 이익이었다.

'에인절' 가전 상가 입구에 도착한 알탄수흐 일행은 삼륜거에서 내려 상가로 들어갔다. 철멍도 삼륜거를 길가에 세워놓고, 구입한 물건을 들어줄 생각으로 그들을 따라 들어갔다.

'에인절'은 정말 없는 게 없는 종합 상가였다. 난만쯔들이 이상가를 운영하는데, 남녀 난만쯔들은 각자의 상품을 가득 쌓아놓은 진열대 옆에 그냥 서 있거나 몽골 손님들과 흥정을 하거나 한다. 또 일부는 10여 대의 컬러 TV에 같은 화면을 틀어놓고 손님들의 관심을 끌어모으려 한다. 그러나 그들은 물건을 사건 안 사건 봄 날씨처럼 변덕 부리지 않으며 모든 손님을 똑같이 공손하게 대한다. 노련한 장사꾼인 그들은 손님을 함부로 대하지 않는다. 눈부신 가전제품들 사이에 선 철멍은 마치 상도 안 받는 사람이 수상자들과 함께 시상대에 올라와 있는 것처럼 어색했다. 아무것도 없는 자신의 삶을 생각하니 초라한 신세가 서글퍼지고 세상의 불평등도 원망스러웠다.

아기는 한 개당 1,200위안짜리 VCD 플레이어 다섯 개를 샀다. 철멍이 세 개, 아기가 두 개를 들고 와 삼륜거에 실었다.

"철멍! 자넨 여기서 물건 좀 지켜! 나머지는 우리가 직접 들고 올게."

아기는 철멍에게 당부하고 다시 상가로 들어갔다.

아기가 상점 문을 열고 들어가는 그 순간, 앞쪽에서 검은 오토바이를 탄 젊은이 두 명이 날 듯이 달려와 철멍의 삼륜거 옆으로 바람을 일으키며 지나갔다. 뒤에 타고 있던 놈이 철멍의 삼륜거에 실어놓은 포장된 VCD 플레이어를 보며 다른 놈에게 뭐라고 귓속말을 하자, 그놈은 오토바이의 속도를 줄여 한 바퀴 맴을 돌더니 철멍의 옆으로 '부릉부릉' 소리를 내며 다가왔다.

머리를 빡빡 민 놈이 오토바이 앞바퀴를 철멍의 삼륜거 앞바퀴와 한 뼘 정도의 거리에 세웠다. 그와 동시에 여자처럼 머리칼을 어깨까지 길게 늘어뜨린 놈이 오토바이 뒤에서 다리를 벌리고 내렸다. 그는 술 냄새를 풍기며 위협적으로 물었다.

"형제, 삼륜거에 실은 건 로오멍* 물건이지?"

이 둘은 황 사장의 부하인 대머리 원숭이와 미친 늑대였다.

---

* 몽골인을 비하해서 부르는 말인 '라오멍老蒙'의 방언.

철멍은 대머리 원숭이와 미친 늑대를 알지 못했지만 좋은 놈들이 아님을 짐작하고 겁을 먹었다. 그러나 속으로 이놈들 앞에서 겁먹은 표정을 지으면 안 돼, 무서워하면 더 위협적으로 나올 거야, 라고 생각하며 억지로 용기를 내 사납게 소리쳤다.

"로오멍 거면 어때서?"

대머리는 삼륜거 맨 위에 올려놓은 VCD 플레이어를 집어 다른 놈 품에 안겨주고 말했다.

"주인이 누구건 상관없어, 우리가 하룻밤만 빌리자."

철멍은 술 냄새 풍기는 두 불량배의 오만불손한 태도에 버럭 화가 났다. 그는 달려가 머리 긴 사내가 껴안고 있던 VCD 플레이어를 홱 잡아채 원래 있던 자리에 갖다 놓았다.

이를 본 대머리가 제 어미 가랑이에서 떨어지자마자 배워먹은 근성으로 험한 욕을 내뱉으며 철멍의 얼굴에 주먹을 날렸다. 세상의 더러운 것을 누구보다 혐오했던 철멍은 이유 없이 모욕을 당하자 눈에서 불이 날 정도로 격분했다. 그는 두려움도 싹 잊고 거친 노동으로 단련된 커다란 주먹으로 대머리의 삐쩍 마른 가슴을 퍽퍽 소리가 나게 두 번 치고, 가죽 구두로 사타구니를 한 대 걷어찼다. 상대방은 "아, 어" 소리를 지르며 고꾸라졌다.

머리 긴 놈이 뒤쪽에서 철멍의 머리를 잡고 뒤로 당기며 쓰러뜨리려 하자 철멍은 그 손을 으스러지게 움켜쥐고 머리칼을 빼냈다. 그리고 코끼리 칭호*를 받은 씨름 선수가 풋내기를 바

---

* 몽골 전통 씨름에서 7~8번 우승한 씨름 선수를 일컫는 칭호.

닥에 메다꽂듯이 그를 집어 던졌다.

불량배 두 놈은 서른두 개의 이빨이 가루가 되도록 갈아대며 동시에 벌떡 일어나더니 각자의 품에서 잭나이프를 꺼내 앞쪽과 오른쪽 양편에서 덤벼들었다.

바로 이때, 바깥에서 소란스러운 소리가 나는 것을 듣고 알탄수흐, 아기 등이 달려 나왔다. 철멍은 칼을 든 두 불량배와 맨손으로 싸우면 큰 화를 입을 것 같아서 뒷걸음질 치며 알탄수흐와 아기에게 소리쳤다.

"이놈들이 당신들 물건을 빼앗으려 해요! 물건을……"

그는 말을 끝맺지 못하고 반대 방향으로 줄행랑을 쳤다.

머리 긴 놈이 그를 60여 미터쯤 쫓아가다 따라잡지 못하자 쌍욕을 퍼부으며 되돌아갔다. 철멍은 사람을 부르지 않으면 안 되겠다고 판단하고, 바로 아버지가 일하는 델히 호텔을 향해 바람처럼 달려갔다.

철멍이 숨을 헐떡이며 델히 호텔로 달려 들어갔을 때, 아버지는 프런트에서 망나니 막사르, 말썽꾸러기 오치랄트 두 사람과 무언가 이야기를 나누고 있었다. 델히 호텔 312호에 묵고 있는 상자이자브라는 외몽골 손님이 여우 가죽 몇 개를 몰래 들여와 막사르와 오치랄트에게 팔려고 "저녁 8시에 호텔로 오세요"라고 두 사람을 불러놓고 자기는 밖으로 나가 아직 돌아오지 않아서 둘은 그를 기다리며 막 출근한 나산달라이 씨와 잡담을 나누고 있었던 것이다. 철멍이 헐떡헐떡 숨을 몰아쉬며 세 사람에게 방금 있었던 일을 더듬거리며 설명하자 나산달라이는 크게 화를 냈다.

"어떤 놈이 법도 무시하고 백주 대낮에 남의 물건을 강탈해?! 가자! 무슨 짓을 하는지 가서 보자."

그는 다른 종업원에게 잠시 다녀온다고 하고 앞장서서 밖으로 나갔다. 말썽꾸러기 오치랄트와 망나니 막사르도 빠른 걸음으로 뒤따라가며 철멍에게 묻는다.

"어떻게 생긴 놈들이야?! 술 많이 처먹었어?"

철멍은 그들이 묻는 말에 하나하나 대답해주면서 최대한 빠른 걸음으로 걸어간다. 그들 네 명이 '에인절' 가전 상가 입구의 몽골인과 한족 들이 모여 웅성거리는 곳에 도착했을 때, 상대방은 둘이 아니라 다섯으로 늘어나 있었다. 그들은 몰려든 사람들 속에서 늑대 같은 싸늘한 눈빛으로 철멍 일행을 쏘아보았다.

자세히 보니 철멍의 삼륜거를 아스팔트 서쪽 편으로 옮겨 뒤집어질 듯 기울여놓았고, 검은 오토바이는 자신의 삼륜거에 부딪혀 앞바퀴에 깔린 것처럼 눕혀놓았다. 알탄수흐 일행은 VCD 플레이어 박스 다섯 개를 길가에 내려놓고, 물건을 지키며 곁에 모인 몽골인들에게 상황을 설명하고 있다.

그들이 도착하자 좀 전의 대머리와 머리 긴 놈, 그리고 한두 명의 불량배가 주먹과 칼을 흔들며 자웅을 겨뤄보자는 듯 씩씩거렸고, 한 남자가 손을 들어 그들을 제지했다. 양쪽으로 가르마를 타 빗질을 하고 헤어젤을 바른, 회색 체크무늬 양복에 검은 양복바지 차림의 우두머리쯤 되어 보이는 30대가량의 잘생기고 거만한 그 남자가 앞으로 나와 나산달라이 씨와 철멍 일행을 늑대 눈으로 노려본다.

"강호인들은 나를 황 사장이라 부르지. 너희들은 누구 밑에 있는 똘마니들이야?"

그는 깔보는 투로 차갑게 물었다. 나산달라이는 그들이 가증스러웠지만, 최대한 좋은 말로 대화하지 않으면 화를 입을까 봐 차분한 목소리로 말했다.

"나는 이 삼륜거 주인의 아버지요! 당신네 두 사람이 술이 과했던 모양이오! 외국인의 물건을 뺏는 것은 법을 위반하는 심각한 행위요! 내 생각에 이 일은 여기서 끝내는 게 서로에게 좋을 것 같소."

황 사장이 차갑게 웃으며 말했다.

"영감, 상황을 보고 말을 해! 당신 아들 삼륜거가 출발하려던 오토바이를 받아서 사람에게 상해를 입히고 오토바이도 깔아뭉갰어. 도로교통법으로 봐도 당신 아들 과실이야! 당신 아들이 사람을 치고 뺑소니까지 친 것은 더 큰 죄야! 말해봐? 우리끼리 해결할까? 법으로 해결할까?"

철명은 아버지에게만 들릴 정도로 작게 속삭였다.

"길 동쪽에 있던 삼륜거를 저놈들이 반대쪽으로 옮겨놨어요. 부딪힌 것처럼 조작해놓고 뒤집어씌우는 거예요."

철명의 목소리는 떨리고 있었다. '내가 동북 지방의 호랑이야'라며 일반인들을 겁주고 다니던 말썽꾸러기 오치랄트도 '황 사장'이란 이름을 듣자 차마 도망도 못 가고 겨우 용기를 내 쥐 죽은 듯 꼼짝 않고 있다. 망나니 막사르는 속으로 괜히 따라왔다고 크게 후회를 한다. 이때 알탄수흐가 소리 질렀다.

"이 자식들이 멀쩡한 철명의 삼륜거를 끌어다가 저렇게 눕혀놨어요! 경찰 불러요."

대머리 원숭이가 달려들어 알탄수흐의 눈앞에 칼을 흔들며 위협을 했다.

"죽고 싶으면 다시 소리쳐봐!"

이놈들과 옳고 그름을 논하는 것은 염라대왕과 나이를 흥정하는 것처럼 소용없는 짓이었다. 나산달라이는 빨리 일을 마무리하자는 생각에 말을 꺼냈다.

"우리끼리 일을 해결하려면 어떻게 하면 좋겠소?"

황 사장은 다섯 손가락을 펼쳤다.

"이만큼만 주면 이 일은 여기서 끝내지."

"50위안?!"

"아니!"

"500?!"

"아니! 5천 위안!"

5천 위안이란 말을 듣고 나산달라이는 머리가 솥뚜껑만큼이나 커지는 느낌을 받았다. 그는 속으로 흥, 너희들에게 5천 위안은커녕 5마오*도 못 주지, 어디 한번 해보자! 라고 결심하고 단호하게 대꾸했다.

"나한테 그렇게 큰돈은 없소. 아무래도 경찰을 불러 이 일을 해결해야겠소."

머리 긴 사내가 나산달라이의 말에 버럭 화를 내며 소리쳤다.

"사장님, 저것들하고 시간 낭비할 거 없습니다. 죽도록 패놓

---

* 마오毛는 중국의 화폐 단위로서 위안元의 10분의 1이며 지아오角라고도 한다.

고 줄지 말지 지켜봅시다."

황 사장은 나산달라이의 뒤에 서 있는 남자 셋을 하나씩 훑
어보고 이놈들과 싸우면 저기 몽골 놈 둘도 합세할 텐데 그럼
우리가 불리하다. 또 일이 커지면 모든 죄를 우리가 뒤집어쓸
거야, 라고 재빨리 계산을 했다.

"영감, 네까짓 게 이 어른이랑 해보겠다고? 그럼 나도 영감
이랑 끝까지 놀아주지!"

그는 차갑게 소리치고, 허리끈에 매단 핸드폰을 꺼내 띠띠띠
눌러대더니 거짓으로 사건을 신고했다.

"여보세요, 교통경찰이오? 에인절 상가 앞에서 삼륜거 한 대
가 오토바이를 덮치고, 오토바이에 타고 있던 두 사람을 때려
상해를 입혔소! 당장 사고 현장으로 사람을 보내주시겠소?"

에리옌의 달은 둥글어지지 않는다

응급 전화를 받고 구일레스 여사가 세 자녀와 함께 택시를
타고 시립 병원으로 달려왔을 때 바양달라이 씨가 새하얀 환
자용 침대에 의식을 잃고 누워 있는 게 보였다. 쇠막대에 매달
린 수액이 한 방울 한 방울 천천히 떨어져 바양달라이 씨의 오
른손 정맥으로 흘러 들어가고 있었다. 병실에는 의사와 간호사
말고도 데르너체첵이 두렵고 근심스러운 표정으로 두 팔을 가
슴에 모은 채 서 있다. 병실은 두려울 정도로 적막하다. 형광등
의 새하얀 불빛에 바양달라이 씨의 얼굴은 더욱 창백해 보인

다. 구일레스 여사는 허둥대며 병실에 들어오자마자 더르너체첵을 의심과 증오에 찬 눈으로 노려보고는 바양달라이 씨의 머리 쪽으로 다가가 나이 든 의사에게 다급하게 묻는다.

"바양달라이는 어디가 아픈 거죠?"

의사는 조용히 하라는 듯 손짓을 하며 대답했다.

"환자는 원래 고혈압이 있었던 것 같아요. 그래서 지나치게 화를 냈거나 과로로 인해 뇌출혈이 생겨 실신한 것 같습니다."

그는 더르너체첵과 구일레스를 번갈아 쳐다보며 물었다.

"환자의 부인이십니까?"

구일레스 여사는 고개를 끄덕이고, '꺼져! 넌 여기 서 있을 자격도 없는 년이야'라고 말하는 듯 더르너체첵을 이글거리는 눈으로 노려보았다. 아리오나와 테니게르의 앞에 서 있던 고비는 아버지의 창백한 얼굴을 응시하며 나이 든 의사의 말을 귀 기울여 듣고 있다가 의사에게 중국어로 물었다.

"환자는 완쾌할 수 있나요?"

의사는 경찰 제복을 입은 고비를 조심스러운 눈빛으로 쳐다보며 말했다.

"환자의 뇌에서 상당히 많은 출혈이 생겨 회복할 가능성이 매우 적어요. 조심하지 않으면 평생 불구가 될 수 있어요! 환자를 최대한 안정시키고 어떤 정신적 충격이나 스트레스도 주면 안 돼요."

이때, 여기서 간호사로 일하는 고비의 여자 친구 오르나가 흰 가운 차림을 하고 따뜻한 물을 담은 수액 병을 안고 들어왔다. 그녀는 와야 할 사람은 모두 와 있는 것을 보고 고개를 끄덕이며 인사를 하고는 가져온 병을 포도당액이 흘러 들어가는 바양달라이 씨의 오른팔 손목에 살짝 대주었다. 포도당액은 차갑기 때문에 정맥 속으로 흘러 들어간 후에 혈관을 차갑게 식혀버린다. 이렇게 따뜻한 물이 든 병을 손목에 붙여놓으면 차가워진 혈관을 데워준다는 것을 쳐다보는 사람들 모두 잘 알고 있었다. 오르나가 없었다면 바양달라이 씨가 실려 왔을 때 직원들이 바로 접수를 하고 응급조치를 했을지도 의문이었다. 더르너체첵은 병원 직원들과 말이 통하지 않는 것은 물론이고, 수속을 어떻게 하는지도 전혀 몰랐다. 목욕탕 직원 두 명은 바양달라이 씨를 병실에 데려다주고는 바로 사라져버렸다. 이렇게 위급한 때 오르나가 나타나, 입원 수속도 하기 전에 의사를 불러 환자에게 응급조치를 시켰다. 그러곤 고비의 집에 급히 전화를 했다.

고비는 의사의 말을 듣고 무언가 알 것 같다는 듯, 갈 곳을 못 찾고 사람 손에 붙잡힌 낙타 새끼 같은 눈빛을 하고 서 있는 더르너체첵에게 눈짓을 해 복도로 불러냈다. 아버지의 연인이면서 국적은 달라도 같은 언어를 쓰는 이 미모의 여인을 볼수록 고비는 미움보다는 불쌍하다는 생각이 더 들었다. 그는 최대한 부드러운 말투로 물었다.

"아버지는 어디서 쓰러지셨죠? 알고 계시죠?"

더르너체첵은 자기가 바양달라이 씨를 그렇게 만든 것처럼 고비에게 미안한 표정을 지으며 있는 그대로 말했다.

"바양달라이 씨는 목욕탕에서 갑작스럽게 쓰러졌어요."

이 말을 듣고 아버지가 당연히 더르너체첵과 함께 목욕탕에 들어갔을 것임을 짐작한 고비는 이에 대해 자세히 캐묻지 않고 화제를 바꾸어 묻는다.

"아버지께서 무슨 일로 그쪽을 찾아갔습니까?"

묻자마자 민망한 질문을 했나?! 오해가 없으려면 물어야 할 질문이야, 라고 그는 재빨리 생각을 정리했다.

"개인적인 일로 의논할 게 있었어요!"

"그쪽에서 불러내셨나요?"

"아니요. 스스로 오셨어요. 그리고 같이 식사하고, 식사 후에 목욕탕에 갔고…… 바양달라이 씨는 목욕을 끝내고 옷을 입다가 갑자기 쓰러지셨어요! 난 바로 목욕탕 직원들과 함께 바양달라이 씨를 모시고 병원으로 왔어요! 방금 그 의사가 뭐랬죠?! 바양달라이 씨는 언제쯤 회복되나요?"

"의사 말로는 아버지의 혈압이 원래 높은 상태에서 지나치게 화를 냈거나 과로를 해서 뇌혈관이 터졌답니다. 생명이 위중한 병이에요! 뇌졸중에 걸리면 생명을 건져도 대부분 반신불수가 돼요! 회복하는 경우는 대낮의 별처럼 드물어요!"

더르너체첵은 고비의 말을 듣고 눈물을 흘리며 작게 말했다.

"다 제 잘못이에요! 바양달라이 씨가 기운을 차릴 때까지 돌보고 싶어요."

고비는 더르너체첵이 둘도 없는 진실한 마음으로 아버지를 대하는 것을 마음속으로 존경스럽게 생각했지만 황급히 말을 막았다.

"됐어요! 그쪽은 갈 길로 가세요! 우리가 있으니 아버지를 돌보는 건 문제없어요! 아버지도 그쪽에 큰 잘못을 하셨네요!

472

아버지를 대신해 제가 사과할게요."

더르너체첵은 손끝으로 눈물을 찍어내며 말했다.

"그럼 바양달라이 씨를 마지막으로 한 번이라도 보고 갈 게요."

고비는 그녀의 사랑을 자신의 이익보다 하찮게 여겼다.

"됐어요. 지금 가세요! 어머니가 그쪽을 또 보면 가만히 안 계실 거예요! 지금 가세요. 가요."

그는 쫓아내듯 말했다. 더르너체첵은 고비의 말이 아닌 자신 의 처지를 원망했다. 그녀는 눈앞이 막막해지고, 무엇을 어찌 해야 할지 몰라 머뭇거리다가 느닷없이 가방을 열어 바양달라 이 씨가 그녀에게 주었던 두꺼운 돈다발을 꺼냈다.

"받아요! 이건 바양달라이 씨가 딸이 클 때까지 쓰라고 내게 준 오십천 위안이에요. 바양달라이 씨가 다른 사람들에게 빌린 돈일 거예요! 이제 바양달라이 씨가 제 잘못으로 큰 병에 걸렸 으니 많은 돈이 필요할 거고, 또 이 돈을 빌린 빚도 당신들이 갚아야 할 거예요! 이 돈을 돌려줄게요…… 우리 딸이야 어떻 게 해서든 잘 키울 수 있으니까요."

고비의 눈에 이 몽골 여자가 갑자기 비범하고 고귀해 보였 다. 그는 돈을 받지 않았다.

"아니요. 이 돈은 가져가세요. 이건 아버지의 마음입니다."

"바양달라이 씨의 마음은 내 마음에 간직할게요. 아드님께서 이 돈을 받아주세요!"

더르너체첵은 단호하게 말하고, 돈뭉치를 고비의 손에 억지 로 쥐여주고는 몸을 돌려서 가려다가 잠시 멈추었다.

"울란바타르에 바양달라이 씨가 자기 마음의 진주, 눈 속의 눈동자로 여겼던 딸이 있다는 것을 오빠인 당신도 잊지 마세요! 이름은 토올이라고 해요."

그녀는 말을 마치고 눈물을 떨구며 병실 복도를 지나 멀어져 갔다.

병실 복도 저편에서 더르너체책의 가슴에 새겨진 바양달라이 씨의 낮고 사랑스러운 목소리로 부르던 그 노래가 불현듯 메아리치는 것 같았다.

생각이 나겠지, 내 생각이 나겠지
달과 해를 재우고 깨우며 넌 내 생각을 하겠지
해가 떠도 넌 내 생각에 시들어가겠지
달이 떠도 넌 내 생각에 어두워지겠지
해가 떠도 넌 내 생각에 시들어가겠지
달이 떠도 넌 내 생각에 어두워지겠지
그리워지겠지, 넌 나를 그리워하겠지
밤이면 잠들어 꿈속에서 그리워하겠지
아침에 일어나 눈빛으로 그리워하겠지
네 가슴이 나를 그리워하겠지
아침에 일어나 눈빛으로 그리워하겠지
네 가슴이 나를 그리워하겠지
갈망하겠지, 넌 나를 갈망하겠지
너뿐이겠니 나도 널 간절히 원하는 걸
먼 땅 국경선 위로

474

두 마음이 간절히 서로를 찾아 헤매네

먼 땅 국경선 위로

두 마음이 간절히 서로를 찾아 헤매네……

어느 순간 더르너체첵은 병원을 나왔고, 형형색색의 등불이 무지개처럼 반짝이고, 몽골 노래와 중국 노래가 울려 퍼지는 에리엔의 거리를 혼자서 걷는다. 그녀의 귀에, 보는 이들의 귀여움을 독차지하던 예쁜 딸이 했던 말들이 들리는 것 같았다.

"엄마! 아빠는 어딨어?!"

"에리엔이라는 곳에 있어!"

"엄마! 아빠는 날 보고 싶어 해?!"

"보고 싶어 하지! 누구보다도 제일 보고 싶어 하지."

"아빠는 엄마를 보고 싶어 해?!"

"…… 당연히 보고 싶어 하겠지!"

"그럼 아빠는 왜 우리를 버리고 가셨어?! 엄마!"

"아빠는 바쁘시잖아! 엄마는 내일 아빠를 만나러 갈 거야! 우리 딸, 할머니랑 잘 지내고 있어! 엄마는 에리엔에서 과자랑 옷이랑 장난감을 이만큼 사다 줄게!"

"아니, 난 과자랑 옷이랑 장난감이랑 필요 없어. 아버지만 있으면 돼. 엄마, 에리엔에서 아빠만 데려와 줘……"

이 대화를 회상하며 더르너체첵의 마음이 어두워진다. 에리엔에 온 후 애간장을 태우던 일들이 머릿속에서 어른거린다…… 갑자기 더르너체첵의 눈에 하늘의 동쪽 끝에 걸린 초승달이 보였다. 검푸른 밤하늘에 초승달이 마치 누군가의 해골처럼 징그러워 보인다.

"저 달은 평생 보름달 되긴 글렀어."

더르너체첵은 혼잣말로 중얼거리며 어두운 밤하늘에 반짝거리는 밝은 별처럼 반짝이는 수정 눈망울에서 하염없이 눈물을 흘린다.

못난 남자는 죽음을 두려워하지 않는다

아침 8시 반이 되었다. 만라이가 세 든 집 대문 앞에 빨간 택시가 미끄러지듯 다가와 천천히 멈추었다.

차 뒷문이 열리고 만라이가 나왔다. 그는 달려가 대문을 열어놓고 다시 택시로 돌아와 머리까지 보자기로 감싼 아이를 아내 손에서 받아 들었다. 아내는 끙끙거리며 보따리를 껴안고 차에서 내리며 짜증스러운 목소리로 묻는다.

"차비는 냈어?"

"자기가 내."

만라이는 아이를 껴안고 헤헤 웃으며 아내 얼굴을 바라보고 서 있다. 올라나는 못마땅한 표정으로 주머니를 뒤져 아리오나가 주었던 100위안짜리 지폐를 꺼내 여자 기사에게 내밀며 만라이에게 물었다.

"얼마 주기로 했어?"

"10위안."

"5위안이면 될 걸 이 정도 거리에 10위안이나 줘? 이 여자한

476

테 반해서 마음이 약해진 거야?"

만라이의 대답에 올라나는 몽골어로 툴툴거렸지만 돈을 물리지는 못했다. 한족 여자는 올라나에게 급하게 90위안을 세어주고 빠르게 떠나버렸다.

올라나는 만라이를 따라 셋집으로 들어오자마자 만라이의 귀에 종을 치고 북을 치기 시작했다.

"이씨, 이따위 집을 한 달에 120위안이나 내?! 완전히 원시시대 움막집이네! 60위안으로도 살지 않을 집을 120위안이나 줘? 너 말고 어떤 멍청이가 이런 바보 천치 같은 짓을 해?"

만라이는 침실로 들어가 잠에 취한 갓난아이를 담요가 깔린 침대 위에 조심스레 눕혔다.

"에리옌에서 이렇게 큰 집을 이 가격에 얻을 수 없단 것만 알아둬!"

올라나는 아들을 고쳐 눕히고 지난 일을 끄집어냈다.

"모두 그 못돼먹은 동생 놈 때문이야! 집문서만 안 잡혔으면 그 빚을 언제 갚든 상관 없는 일이잖아."

"됐어! 됐어! 그까짓 거 말하나 안 하나 이미 벌어진 일이야."

만라이는 신경질을 내며 말했다. 자기 입으로 동생의 잘못을 탓할 순 있지만, 남이 말하는 것은 듣고 싶지 않았다.

올라나는 침실에서 나와 주방으로 들어갔다.

"에이! 이게 사람 사는 집이야? 완전히 돼지우리지!"

그녀는 투덜거리면서 부엌에 늘어놓은 솥 등을 뗑그렁뗑그렁 소리를 내며 한쪽에 똑바로 정리해놓고 바닥을 쓸기 시작했다. 나산달라이 씨는 두 아들과 함께 식탁과 의자, 장롱, 쌀, 항아리와 화로 등 큰 물건들을 적당한 자리에 다급하게 정리해놓았지만, 자질구레한 물건들까지 적당한 자리에 정리해놓을 여유는 없었던 모양이다. 시간이 있었다 해도 이렇게 소소한 물건들을 적재적소에 배치해놓을 만한 여성의 안목과 섬세함이 세 남자에겐 없었다. 만라이가 올라나를 따라 들어와 달래는 투로 부드럽게 말했다.

"줘봐, 내가 비질할게! 의사가 산후조리 할 때 무리하면 병난다고 하더라. 어머니도 주의를 주셨다고."

"저리 꺼져! 꺼져버려! 어디로 좀 사라져버려! 내가 아파서 빨리 뒈져버리면 네 아버지, 엄마보다 네가 더 좋아할 거야……"

올라나는 만라이의 배려에 대한 대답으로 악의적이고 못된 말을 쏟아부었다. 만라이는 화난 눈으로 마누라를 노려보며 말했다.

"입만 열면 식구들 탓하는 짓 좀 하지 마! 어머니가 여태 널 돌봐주기만 했지, 죄지은 거 있냐?"

만라이 부부가 이렇게 티격태격하고 있을 때 바깥문이 끼익 열리며 가느다란 여자 목소리가 들렸다.

"올라나, 아들이랑 퇴원했어?"

만라이와 올라나가 앞서거니 뒤서거니 맞으러 나가보니 부처님 미소 척질의 부인인 룽단화르가 주근깨투성이의 뾰족한 얼굴에 억지웃음을 지으며 무언가를 담은 비닐봉지를 들고 들어왔다. 그녀는 올라나를 한번 쳐다보고 "어, 퇴원했네!"라고 자기가 방금 던진 질문에 스스로 답을 했다. 방금 전까지 다투느라 찌푸렸던 올라나의 얼굴이 순식간에 미소 띤 밝은 얼굴로 바뀌었다. 올라나는 소파를 가리키며 말했다.

"언니, 앉아요."

올라나는 이어서 수다를 떨기 시작했다.

"우리도 방금 들어왔어요. 병원에 일주일 넘게 입원해 있었는데 정말 답답해서 미치는 줄 알았어요."

룽단화르는 비닐봉지에 든 영양식을 한쪽에 있던 작은 상자 위에 올려놓았다.

"아기는 자? 좀 볼까 했는데 자고 있으면 잠깐 기다려야겠네."

그녀는 소파에 가서 앉는다.

"이런, 우리도 막 들어와서 물도 못 끓여놨네요. 형수, 임시로 음료수라도 마셔요."

룽단화르가 산후조리 하는 올라나를 들여다보러 온 것임을 깨달은 만라이는 장롱 위에 있던 캔 음료를 꺼내 픽 소리가 나게 뚜껑을 따 룽단화르 앞의 티 테이블에 올려놓았다. 룽단화르는 사양하며 말한다.

"됐어, 됐어! 음료는 무슨…… 몇 번이나 병원에 가보려 했는데 이런저런 일들 때문에 못 갔어. 오늘 퇴원한단 말을 듣고 마침 집도 가깝고 해서 와봤어."

만라이와 올라나가 그녀의 관심에 감사 표시를 하느라 고개를 끄덕거리며 미소를 짓자 룽단화르가 다시 입을 열었다.

"아이는 제왕절개로 낳았겠지?"

"예."

만라이가 대답했다. 룽단화르는 결혼한 지 오래된 여자답게 거리낌 없는 표정으로 말했다.

"내가 애를 낳을 땐 병원에도 안 갔어. 3.7킬로나 나가는 큰 놈을 낳느라고 이틀 밤을 고생한 것을 생각하면 끔찍해. 정말 저승 문턱까지 갔다 왔다니깐! 시골이라 제왕절개가 뭔지도 몰랐어. 사람들 말로는 배를 갈라서 낳으면 엄마는 많이 아프지도 않고 나중에 둘이 좋은 거 할 때도 처음 할 때처럼 좋대."

그녀는 자기가 한 말에 재밌어하며 키득키득 웃었다. 얼굴이 빨개진 만라이는 올라나를 한번 쳐다보고 농담 투로 말했다.

"우리 형수는 모르는 게 없는 분이세요."

룽단화르는 갑자기 웃음을 그치고 정색을 하며 제 머리를 쳤다.

"참! 이런 바보 같으니! 쓸데없이 수다 떠느라고 깜박할 뻔했네. 바양달라이 씨가 어젯밤 뇌졸중으로 입원한 얘기 들었어?"

만라이는 깜짝 놀라 믿기지 않는다는 듯한 표정을 지었다.

"누구한테 들었어요?! 우리도 병원에 있었지만 그런 말 못들었는데."

"우리 이웃에 사는 간호사 화 씨한테 아침에 쓰레기 버리면서 들었어! 척질한테 얘기했더니 밥 먹자마자 문병 간다고 나갔어."

만라이는 이 놀라운 소식을 듣고 쓰러질 듯이 휘청거렸다.

"망했다! 망했어! 작은아버지가 나한테 1만 위안을 빌려 갔는데……"

만라이는 아내에게 여태 숨기고 있던 사연을 엉겁결에 말해버렸다. 그는 돈을 돌려받을 때까지 아내에게 말하지 말고 지내야지, 말하면 또 싸움만 벌어질 거야, 하고 생각했었다. 그러나 이 충격적인 소식을 듣자마자 당황하여 비밀을 발설해버렸다. 올라나의 얼굴은 부풀어 올랐고, 눈은 꼬챙이처럼 빛났다.

"뭐? 1만 위안을 빌려줬다고?! 뇌졸중에 걸린 사람은 반신불수에 백치가 되어버리는데 이제 누구한테서 돈을 받을 거야? 제 앞가림도 못 하는 놈이 무슨 관세음보살이라도 돼? 누가 너한테 그렇게 많은 돈을 빌려주랬어? 네 숙부 숙모가 너 아들 낳았다고 한 번이라도 찾아왔어? 너처럼 싹수없는 놈하고 사느니 차라리 죽는 게 낫겠다!"

그녀는 집에 손님이 있건 말건 개의치 않고 고함을 지르며 화를 내기 시작했다.

만라이는 고개를 떨군 채 말없이 서 있다. 만라이가 말없이 서 있는 것을 보고 올라나는 더 화가 나서 달려가 만라이를 바깥으로 떠밀었다.

"1만 위안 당장 받아 와. 오늘 1만 위안 못 받아 오면 내가 죽어줄게! 지는 2만 위안도 못 빌려 집까지 팔아먹고는…… 너처럼 똥이나 처먹을 멍청이가 세상에 또 있을까……"

그녀는 있는 힘껏 소리를 질렀다.

일이 이렇게 될 거라고 꿈에도 생각지 못한 룽단화르가 부랴부랴 자리를 뜨려고 일어나는데, 안방에서 갓난아이의 "응애, 응애, 응애" 하는 울음소리가 들렸다. 룽단화르는 올라나에게 다가가 소매를 끌어당겼다.

"애가 놀랐어! 빨리 들어가서 아기 좀 봐."

그녀는 올라나를 설득해 안방으로 데리고 갔다.

올라나가 아이를 받아 재킷을 열고 입속에 청갈색 젖꼭지를
물려주자, 아이는 울음을 그치고 젖을 쭉쭉 빨기 시작한다. 올
라나는 눈물이 샘처럼 솟는 눈으로 아이를 쳐다봤다.

"너는 어쩌자고 이런 못난 부모한테서 태어났니?! 나는 어
쩌자고 저런 한심한 잡놈과 결혼을 했을까……"

그녀는 비통하게 중얼거린다. 당황한 룽단화르는 곁에 앉아
그녀를 위로한다.

"그런 말 함부로 하면 못써! 누구한테나 안 좋은 일은 일어
날 수 있는 거야."

거실에서 넋 나간 듯 서 있던 만라이는 갑자기 궤짝을 뒤져
약병 두 개를 꺼냈다. 그리고 한쪽에 놓여 있던 술병을 집어
이빨로 뚜껑을 따고 병에 든 약을 마신 후 술을 벌컥벌컥 들이
켰다. 그의 머릿속은, 내 인생은 끝났어. 이런 더러운 거짓과
허위, 이간질, 다툼뿐인 에리옌한 세상에서 내 인생은 끝났어.
이렇게 구차하게 사느니 죽는 게 나아…… 라는 생각으로 가득
찼다. 갑자기 그의 배 속이 무언가에 찔린 듯 아프고, 구역질이
나는 것 같고, 머리는 어질어질해졌다. 그는 소파 쪽으로 한 발
두 발 다가가 털썩 주저앉았다.

만라이는 앉은 채로 병에 든 술을 다 마셔버리고 유리병을
바닥에 핑 소리가 나게 떨어뜨렸다. 그리고 죽기만 기다리며
힘없이 드러누웠다. 얼마 지나지 않아 창자가 끊어질 것처럼

배배 꼬이고 아프기 시작했지만 그는 빠드득 소리가 날 정도로 이를 악물고 배를 누르며 소리를 내지 않고 참았다. 만라이는 갑자기 정신을 차려 한 달도 안 된 아들 곁에서 죽어선 안 돼. 가까운 똥통에 가서 죽으면 죽었지 아들 옆에서 죽으면 안 돼, 라는 생각을 하고 한 손으로는 배를 부둥켜안고 한 손으로는 소파를 붙잡고 일어나 비틀거리며 밖으로 걸어갔다.

집에서 나와 마당 한가운데에 이르자 그는 더 가지 못하고 질척한 밀가루 반죽처럼 바닥에 고꾸라졌다. 빠르지도 늦지도 않은 바로 이때, 바깥에서 경찰 제복을 입은 고비가 황급히 들어오는 게 보였다. 그는 땅바닥에 쓰러져 배를 움켜쥐고 발버둥 치는 만라이를 보고는 눈이 튀어나올 것처럼 놀라, 허둥지둥 달려가 목을 부축해 일으키고 큰 소리로 부른다.

"만라이 형! 무슨 일이야? 이게 어떻게 된 거야?!"

만라이는 눈을 가늘게 뜨고 힘없이 말한다.

"나…… 나…… 나를…… 놔둬."

사태의 심각성을 알아차린 고비는 만라이를 놔두고 방으로 뛰어 들어갔다. 거실에 굴러다니는 약병 두 개와 빈 술병이 불길해 보였다. 안방에서 들릴 듯 말 듯 한 사람 소리가 들렸다. 문을 밀치고 들어가 보니, 올라나와 룽단화르가 밖에서 무슨 일이 벌어지는지 모르는 듯한 표정으로 앉아 있었다. 올라나의 눈에는 눈물 자국이 보인다. 고비는 바로 상황을 파악하고, 주머니에서 돈다발을 꺼내 침대 위로 던져주었다.

"이건 우리 아버지가 만라이 형한테 빌린 1만 위안이오."

그는 올라나를 험악한 눈으로 노려보며 말했다.

"만라이 형이 약과 술을 섞어 먹고 마당에서 죽어가고 있소. 당신들은 어쩌자고 일을 더 성가시게 만드는 거요?"

고비는 말을 마치고 만라이를 병원으로 데려가려고 다급하게 뛰쳐나왔다. 고비는 오늘 아침에 정신이 든 아버지의 당부대로 만라이의 1만 위안을 돌려주러 온 것이었다. 바양달라이 씨는 더르너체첵이 5만 위안을 돌려주었다는 말을 고비에게 듣고 가슴 아파하다가 누구누구에게 돈을 빌렸는지를 기억해냈다. 형편이 어려운데도 만라이가 돈을 빌려준 것을 기억해내고 고비에게 만라이 돈부터 먼저 갖다주라고 말했던 것이다. 고비는 만라이가 죽으려고 약과 술을 섞어 마신 이유가 분명 아버지가 빌린 1만 위안 때문임을 알았다. 아버지 때문에 만라이가 어떻게 되었다는 구설에 휘말리지 않도록 조치를 취해야 한다는 것을 깨닫고 올라나에게 재빨리 1만 위안을 던져준 듯하다!

올라나와 룽단화르가 소스라치게 놀라서 뛰쳐나왔을 때 고비는 이미 만라이를 업고 대문 쪽에 서 있던 택시 앞에 도착했다.

고비는 아이를 룽단화르에게 맡기고 빨리 차에 타라고 성난 목소리로 올라나에게 소리를 쳤다. 올라나는 방에서 자고 있는 아이를 룽단화르에게 부탁하고 울면서 허둥지둥 택시에 올라탔다.

올라나가 승차하자 택시가 부릉 소리를 내며 출발했다. 올라나의 귀에는 남편의 괴로워하는 소리가 아들의 으앙으앙 하는 울음소리가 되어 심장을 찢고 후벼 파는 것처럼 들렸다.

고비는 만라이를 부축하고 앉아 있으면서 내내 마음이 착잡하다! 만라이는 차 안에서 끊임없이 "아이고— 아이고" 소리를 내며 배를 부둥켜안고 몸부림을 친다⋯⋯

악당들은 왜 그리 간이 클까

나산달라이 씨는 막내아들 철멍과 함께 석재 회사 소속 호텔에 도착해 어젯밤 사건의 증인이 되어주기로 한 아기, 알탄수흐 등을 불러냈다. 그들과 교통경찰대대에 도착했을 때는 시간이 오전 8시 40분을 지나고 있었다.

철멍의 삼륜거와 대머리 원숭이, 미친 늑대의 검정 오토바이는 어젯밤에 가져다 놓은 그대로 교통경찰대대 구석에 놓여 있었다. 대머리 원숭이와 미친 늑대는 벌써 도착해 검은 선글라스를 낀 교통경찰과 삼륜거의 아래위로 무언가를 가리키며 이야기를 나누고 있었다. 나산달라이와 알탄수흐 등이 가까이 다가가자, 검은 선글라스를 낀 젊은 경찰이 거들먹거리며 오더니 험악한 목소리로 물었다.

"누가 이 삼륜거 주인이야?"

철멍은 자기가 죄를 지은 것처럼 쩔쩔매며 고분고분하게 대답했다.

"접니다."

나산달라이는 이 경찰을 미심쩍은 눈으로 뚫어지게 쳐다보았다. 어젯밤 현장에 출동해 조사한 후 오토바이와 삼륜거를 교통경찰대대로 끌고 와 양쪽 모두에게 "내일 아침에 이리 오시오"라고 지시했던 세 명의 경찰 중 누구도 아니었다. 그가 물었다.

"그쪽은?"

"난 여기 경찰이오! 오늘 아침 교통경찰대대 랑 과장이 나한테 이 사건을 맡겼소! 저 삼륜거꾼은 당신과 무슨 관계요?"

그는 여전히 거들먹거리는 목소리로 되묻는다.

나산달라이는 그의 표정을 보고 사건의 진상에는 관심이 없어 보인다고 생각했지만, 얼굴에는 조금도 드러내지 않고 차분하게 대답했다.

"내 아들이오."

"당신 아들이라고? 당신은 어디서 일하는 사람이오?!"

"델히 호텔 경비원이오."

"당신 아들은 남의 오토바이를 들이받고 또 사람까지 때리나 보네? 호랑이 쓸개를 빼먹은 노비 새끼요? 가서 보쇼. 오토바이 페인트가 아들 삼륜거에 묻은 거 보쇼!"

검은 선글라스의 추상같은 질책에 나산달라이 씨는 속으로 낡은 오토바이의 페인트가 벗겨지면 바닥에 떨어져야지, 새로 칠한 것처럼 부딪친 자리에 묻을 리가 없는데, 정말 귀신이 곡할 노릇이라고 괴이하게 여겼지만 바로 다가가 살펴보지 않고, 검은 선글라스를 마주 보고 서서 항변했다.

"저들이 내 아들 삼륜거에 실은 외몽골 손님들의 VCD 플레이어를 뺏으려고 해서 내 아들이 막은 것뿐이오. 그러니까 저들이 먼저 사람을 쳤단 말이오. 내 아들은 정당방위로 맞서 싸운 거요! 나중엔 저들이 칼을 꺼냈기 때문에, 내 아들이 겁을 먹고 호텔로 도망쳐 왔소. 그사이 저들이 오토바이와 삼륜거를 길 반대쪽에 옮겨놓고 충돌한 것처럼 조작한 거요. 같이 온 몽골 손님들이 직접 목격했소."

그는 사건의 진상을 한 차례 설명하고, 누명을 씌우려 하는 저들의 행태에 증인을 내세워 반박하려 했다.

그러나 검은 선글라스를 낀 경찰은 그가 설명하는 것을 똥 뀐 소리로도 듣지 않았다. 그는 삼륜거 쪽으로 가 어깨를 한번 으쓱하고, 얼굴에 조롱 섞인 웃음을 띠고 있는 두 악당과 함께 삼륜거를 삐걱거리며 뒤집어놓고 소리를 질렀다.

"영감, 와서 보쇼! 당신 아들 삼륜거에 오토바이 페인트가 이렇게 많이 묻었는데, 영감은 현장에 있지도 않았으면서 왜 멋대로 지껄이는 거야……"

중국어를 모르는 알탄수흐와 아기는 철명에게 그들이 뭐라고 말했는지 묻고 황당한 표정을 지었다.

"정말 개소리하고 있네. 이놈도 한패 아냐?"

그들은 툴툴거리며 뒤집어놓은 삼륜거 쪽으로 가서 자세히 살펴보았다. 나산달라이는 도대체 어떻게 오토바이의 페인트가 삼륜거에 묻은 건지 의아해했고, 아기는 엎드려 갓 칠한 듯한 페인트를 손가락으로 만져보았다.

"이런 나쁜 놈들, 새것도 아닌 오토바이 페인트가 이렇게 축축할 리가 없지. 또 앞바퀴랑 부딪혔다고 했는데, 삼륜거 뼈대와 뒤 칸에 페인트가 묻을 수가 없잖아? 우리가 눈에 불을 켜고 쳐다보는데 이놈들이 어디서 수작을 부리고 있어."

그는 저들의 속임수를 폭로했다. 나산달라이는 버럭 화를 내며 선글라스에게 소리쳤다.

"난 당신하고 말 안 해. 당신 과장을 만나야겠어."

그는 몸을 돌려 사무실 쪽으로 걸어갔다.

"어이! 어이! 돌아와! 돌아오라니까!"

선글라스가 소리쳤지만 나산달라이는 거들떠보지도 않고 낙타처럼 앞으로 걸어갔다. 철멍, 알탄수흐 등도 나산달라이 씨를 따라 걸어갔다.

나산달라이는 바로 교통경찰대대 랑 과장의 사무실로 들어갔다. 랑 과장은 나산달라이가 공안국 벌러드 국장의 아버지가 운영하는 호텔에서 일하고 있다는 말을 듣고 바로 친절하게 맞이했다. 그는 즉시 충돌했다는 차량이 있는 곳으로 가서 알랑거리며 웃고 있는 대머리 원숭이를 노려보았다.

"이 오토바이는 번호판도 없는 불법 차량이잖아."

그는 상대의 약점을 잡고 호통을 쳤다. 검은 선글라스는 과장을 보고 바로 고분고분해지며 장단을 맞추었다.

"당신들 둘은 불법 차량을 탄 주제에 충돌했다고 시비를 걸어? 게다가 별로 다친 데도 없으니 누가 누구를 고발할 것도 없어. 각자 자기 것 갖고 돌아들 가!"

그는 아까와 정반대의 태도를 보였다. 정말로 귀에 걸면 귀걸이 코에 걸면 코걸이라는 말은 이를 두고 한 말인가 보다. 불량배들이 가지 않고 꾸물거리자 랑 과장이 소리쳤다.

"뭐야?! 당신들 또 뭘 기다려?"

그 말에 대머리 원숭이는 나산달라이와 철멍을 이글거리는 눈빛으로 노려본 후 오토바이의 시동을 켰다. 그러고는 미친 늑대를 뒤에 태우고 하얀 연기를 뿜으며 멀어져 갔다.

바로 이때 젊은 경찰 하나가 달려와 소리쳤다.

"어느 분이 나산달라이 선생이시죠?"

"접니다!"

"방금 공안국의 고비한테서 전화가 왔는데, 선생의 큰아들이 약을 먹고 자살을 시도했답니다. 현재 병원에 있다고 신속히 전해 달랬습니다."

"뭐요?!"

이 소식을 듣고 나산달라이는 자기 두 귀를 믿을 수가 없었다. 마치 머리에 번개를 맞은 것처럼 충격적인 소식이었다. 고비는 만라이를 병원까지 싣고 가서 응급실에 입원시키고, 바로 밖으로 나와 소식을 알리기 위해 아까 탔던 택시를 타고 나산달라이 씨의 집으로 달려왔다. 나산달라이 씨의 집에는 전화기가 없었기 때문에 급한 일을 알리기에 영 불편했다. 고비가 큰아버지 집에 도착해보니 큰어머니 혼자뿐이었다.

"큰아버지는 교통경찰대대에 가셨다! 어젯밤 철멍이 양아치들과 시비가 붙어서 이렇게 귀찮게 되었지 뭐냐! 또 무슨 일 생겼어?! 아이고. 부처님!"

고비는 자기 아버지가 입원한 일과, 만라이가 약을 먹고 응급실에 실려 간 일을 큰어머니에게 말할 뻔했으나 큰어머니 얼굴을 보니 큰아버지와 철멍 두 사람 때문에 걱정하느라 경황이 없으신데, 내가 이 일을 지금 말하면 엎친 데 덮친 격이 될라! 지금은 말하지 않는 게 낫겠어, 라고 마음속으로 생각했다.

"아무 일 아니에요! 가볼게요."

그는 바로 나와버렸다. 그리고 오는 길에 교통경찰대대에 전화를 했다…… 이 모든 일을 나산달라이 씨가 어떻게 알겠는가! 지금 그는 어떤 것도 생각할 겨를이 없었다.

"서둘러! 빨리! 병원으로 가자!"

그는 철멍을 재촉하며 중얼거렸다.

"제길, 멀쩡한 놈이 갑자기 약을 먹고 죽겠다니, 도대체 무슨 귀신이 붙은 거야."

에리옌의 밤은 너무 길고

밤의 시커먼 비단 장막이 또 도시를 뒤덮었다. 도시 중심가는 예전과 다름없이 수천수만 가지 색등이 무지갯빛으로 반짝거렸고, 중국 노래와 몽골 노래가 뒤섞여 흘러나왔다. 인파와 차량 들이 여기저기서 마구 뒤섞여 예전처럼 소란스럽고 떠들썩했다. 철멍은 소란스럽고 떠들썩한 중심가를 벗어나 집을 향해 천천히 삼륜거 페달을 밟는다. 그는 오늘 힘줄이 늘어날 정도로 이곳저곳을 뛰어다녔다. 아침밥을 먹는 둥 마는 둥 하고 삼륜거를 찾으러 아버지와 함께 걸어서 교통경찰대대로 갔다…… 교통경찰대대에서 시립 병원으로 삼륜거를 타고 형을 보러 갔다…… 병원에서 죽을 고비를 넘긴 형을 셋집까지 데려다주는, 피할 수 없는 임무를 맡았다…… 점심때 잠깐 쉬다가 1시가 되자마자 또 삼륜거를 몰고 거리로 나가 아는 몽골인 두 명을 태우고 이리저리 달렸다…… 철명은 이제야 그 몽골인들을 호텔에 데려다주었다. 몸이 너무 지쳤기 때문에 다른 손님을 태울 생각도 사라졌다. 그저 배불리 먹고 실컷 자고 싶다는 생각에 집으로 향하는 중이다. 지금 이 순간 배불리 먹고 실컷 자는 것보다 더 좋은 것은 없는 것 같다. 수없이 많은 골치 아픈 일들이 이제는 떠올리기도 지긋지긋했다. 그의 몸은 완전히 녹초가 되었고 마음도 무척이나 지쳤다.

철명이 삼륜거를 몰고 천천히 달리고 있을 때, 갑자기 뒤쪽에서 택시 한 대가 빠른 속도로 달려왔다. 그를 추월하자마자 택시가 끼익하고 멈추더니 그 안에서 남자 셋이 뛰쳐나왔다. 철명은 그들을 보자마자 가슴이 철렁 내려앉았다. 그들이 자기에게 앙갚음하러 온 대머리 일당임을 알아본 철명은 삼륜거에서 잽싸게 뛰어내려 반대 방향으로 줄행랑을 쳤다.

"멈춰! 안 서면 총으로 쏴 죽인다."

머리끝이 송연할 정도로 무시무시한 소리가 등 뒤에서 들린다.

철명은 필사적으로 달리다 북쪽으로 난 좁은 골목을 돌아서 집으로 이어진 또 다른 골목길을 따라 내달린다.

철명은 있는 힘껏 달려 집 앞에 도착했다. 대문 안으로 들어오자마자 철문을 잠그고, 다시 방으로 헐레벌떡 뛰어 들어갔다. 그는 지쳐서 녹초가 되었던 것도 싹 잊고 마치 결승점에 들어온 마라톤 선수처럼 빠르게 달려 소리 지르며 추격하던 놈들을 거의 100미터가량 따돌려버렸다.

행랑채로 들어온 철명은 문을 쾅 닫고 위아래 자물쇠를 채운 후 문밖의 동정에 귀를 기울였다. 깡패 셋이 대문을 열려 하거나 두드려대는 소리는 들리지 않았다. 혼자 집에 있으면서 아들이 돌아오기를 기다리던 어윤다리는 깜짝 놀라서 묻는다.

"무슨 일이야? 뭐가 왔어?"

겁에 질린 철명은 눈알이 이마로 튀어나올 정도로 눈을 똥그랗게 떴다.

"어젯밤 외몽골 손님들 VCD 플레이어를 빼앗은 깡패들이 쫓아왔어요! 대문 부수는 소리가 안 나는 걸 보니 담을 넘어오는 건가?"

그는 떨리는 목소리로 말하고 창고 방으로 들어가 도끼를 들고 나왔다. 깡패들이 정말로 담을 넘어와 방문마저 부수고 들어오면 철명도 목숨 걸고 싸울 각오를 한 것 같았다. 어윤다리도 혼비백산하여 어쩔 줄을 모른다.

"이제 어떡하냐?! 전화도 없는데 이제 어쩐다냐? 고함 지르면 옆집 사람들이 나와 도와주겠지?"

철명은 문틈으로 밖을 한참 동안 내다봤지만, 대문은 아무 움직임도 없었고 담을 뛰어넘는 사람도 보이지 않았다. 깡패들이 돌아간 건가 하는 생각이 들자 입 밖으로 튀어나올 것처럼 팔딱거리던 심장도 조금 진정이 되었다. 어윤다리는 여전히 바깥방을 서성거리며 중얼거린다.

"부처님 삼보님 구해주세요! 요샌 왜 이리 끔찍한 일들이 생기는 거야? 괜한 사람한테 죄를 뒤집어씌우더니 또 쫓아다닌다고?! 그럼 삼륜거는 어디다 됐어? 그놈들이 삼륜거를 가져가 버린 거 아냐?"

철멍이 생각해보니 어머니 말이 맞는 것 같았다. 그는 다시 문틈으로 바깥을 기웃거렸지만 수상한 낌새는 보이지 않았다. 철멍은 이웃집 사람들이 들락날락하는 소리라도 들리길 바랐지만 이웃들은 다 죽기라도 한 것처럼 발소리조차 들리지 않았다. 바로 이 순간 사람의 발소리라도 들렸다면 철멍에게나 어윤다리에게는 구원의 소리처럼 안락하게 들렸을 것이다……

이때, 대문 밖으로 삼륜거 한 대가 왼쪽에서 오른쪽으로 지나가며 덜컹거리는 소리가 또렷하게 들렸다. 어윤다리의 눈에는 의지할 곳을 찾은 사람의 안도감이 역력했다.

"오른쪽 집에 세 들어 사는 삼륜거꾼이야! 대문 쪽에 사람이 있었다면 삼륜거 소리를 듣고 바로 도망쳤을 거야."

어윤다리는 아들의 두려워하는 마음을 진정시키려는 듯 위로가 될 말을 해주었다. 철멍도 어머니의 말을 믿는 것처럼 손에 든 도끼를 문 옆에 내려놓고 문틈으로 바깥을 자세히 살펴보았다.

"그놈들이 집까지 쫓아오진 않은 것 같아요. 삼륜거는 맘대로 하라고 해! 다 때려 부수면 더 좋고! 어쨌든 다시는 삼륜거 안 몰 거야!"

그는 말을 마치고 안방으로 들어갔다.

모자가 이 밤을 뜬눈으로 지새웠음은 말할 것도 없다. 엄마와 아들이 "제발 동이 터라! 빨리 날이 밝아라!" 하며 밤새 얼마나 많이 기도했는지 아무도 모를 것이다.

에리엔의 밤은 너무 길었다.

피비린내 나는 강호

밤이면 낮보다 더 왁자지껄하고 번잡해지는 3층짜리 숭길렘 유흥 센터는 건물 입구에 자가용이 가득 차고, 조명은 화려하게 반짝였으며, 노랫소리가 시끄럽게 흘러나왔다. 나비처럼 예쁘고 세련된 아가씨들이 왔다 갔다 하고 들락날락하는 모습은 길을 지나가는 남자들의 혼을 빼놓는다. 숭길렘 유흥 센터는 처음 시작할 때부터 전천후 서비스로 돈 많은 졸부들을 끌어모아 사업이 정말 남들이 질투할 정도로 번창해서 에리엔시의 이름난 '기생집' 중 하나로 자리매김했다.

숭길렘 유흥 센터로 들어가는 길 입구에 택시 한 대가 멈추었다. 택시는 포장도로 옆에 붙어 있을 뿐, 안으로 들어가지는 않았다. 뒷문이 열리고 정강이까지 내려오는 검은 가죽 코트를 입은 훤칠한 검은 얼굴의 사내가 나오더니, 곧바로 숭길렘 유흥 센터를 향해 걸어갔다. 그를 본 아가씨들은 한여름에 검은 가죽 코트를 입다니 미친놈 아냐? 하는 비아냥 섞인 웃음을 보이다가, 그의 험악하고 흉터 자국이 난 검은 얼굴과 차가운 빛을 뿜는 늑대 눈빛을 보자 금세 웃음을 거두고 겁에 질린 표정을 지었다.

검은 가죽 코트를 입은 사내는 카운터로 다가가 여직원을 뚫어지게 쳐다보며 주머니에서 1천 위안을 꺼내 계산대에 던졌다.

"룸 하나 줘! 1천 위안어치 술과 음식을 내오고! 그리고 술 한잔 같이하자고 황 사장 좀 불러! 나는 사장 친구야! 와보면 알 거라고 해!"

그는 명령조로 말했다. 여직원은 이 이상한 손님을 수상쩍은 눈으로 쳐다보았다.

"예, 예. 102호실로 들어가 계세요."

검은 가죽 코트를 입은 사내는 거침없이 102호실을 향해 뚜벅뚜벅 걸어갔다.

검은 가죽 코트가 룸으로 들어가자, 여직원은 전화기를 들어 황 사장의 핸드폰 번호를 누르고 현재의 정황을 자세히 보고했다. 황 사장은 이 손님을 몇 호실로 들였는지 묻고, "너희는 술과 음식을 주문한 대로 갖다줘! 알았어?"라고 말하고 전화를 끊었다.

숭길렘 유흥 센터의 비밀 방에는 몰래카메라 장비가 설치되어 있었다. 몰래카메라를 통해 황 사장은 다른 사람들의 '음란 영상'을 생중계로 구경하곤 했으며, 어쩌다 괜찮은 것은 녹화를 해서 후흐허트의 밀매 조직과 연계해 직접 음란 영상을 제작한 후 다른 지역으로 유통하기도 했다. 그는 또 에리옌의 일부 권력자들이 아가씨를 데려와 음란 행위를 하는 장면을 녹화해두고, 나중에 자신에게 '위협'이 될 경우를 대비해 이걸 무기로 그들을 협박하려고 보관했다!…… 황 사장은 2층 휴게실에서 류미친과 무언가를 이야기하던 중에 좀 전의 수상한 전화를 받았다. 그는 이야기를 끊고 황급히 일어나 비밀 방으로 달려 들어갔다. 그 비밀 방은 바로 몰래카메라 영상을 볼 수 있는 방이었다. 카운터의 여직원은 황 사장이 몰래카메라로 손님을 관찰할 수 있도록 일부러 검은 가죽 코트를 102호실로 안내

한 것이었다!

황 사장이 모니터를 켜자, 102호실의 검은 가죽 코트를 입은 늑대 눈빛의 사내가 등받이 의자에 꼿꼿한 자세로 앉아 있는 게 보였다. 테이블 담당 여직원이 그에게 차를 가져다주었지만, 그 남자는 천장을 관찰하느라 여직원은 거들떠보지도 않았다.

"놈이 결국 왔군."

황 사장은 차갑게 중얼거리고 느긋하게 핸드폰을 꺼내어 문자 인식이 가능한 호출기 번호를 눌러 대머리 원숭이, 미친 늑대, 여우 가죽 세 명에게 "즉시 돌아올 것!"이라고 지시를 내렸다.

이 호출이 철명을 늑대의 아가리에서 구했다! 대머리 원숭이, 미친 늑대, 여우 가죽 셋이 철명의 뒤를 전력으로 쫓으며 고함을 지르던 바로 그때 세 사람의 호출기가 연달아 띠이······ 띠이······ 띠이······ 울린 것이다. 이는 주인의 비상 호출임을 호출기를 확인해보지 않고도 알았던 대머리 원숭이 등은 추격을 멈추고 바로 택시를 향해 달려갔다······ 그러지 않았으면 철명도 이들 셋에게 드러누울 정도로 두들겨 맞거나 집 대문이 부서지는 위험을 피하지 못했을 것이다. 이는 말할 것도 없이 철명이 대머리 원숭이, 미친 늑대와 척을 진 때문이었다.

황 사장은 측근들을 불러모으는 한편, 여직원에게 전화를 해서, "그 손님한테 가서 황 사장은 외출했지만 곧 올 거라고 해"라고 지시했다······

반 시간 후 테이블 담당 여직원이 102호실로 다시 들어왔다.

"황 사장님 오셨습니다! 내실에서 손님을 기다리십니다! 저를 따라오세요."

검은 가죽 코트는 내실에서 기다리고 있다면 더 잘됐다는 듯 경쾌하게 일어나 여직원을 따라 이리저리 돌아간 끝에 등불이 켜진 지하의 비디오방에 도착했다. 이곳에 사람은 보이지 않았다. 검은 가죽 코트는 주변을 미심쩍은 눈으로 둘러보며 물었다.

"황 사장은 어디에 있나?"

"제가 불러올게요! 선생께선 잠깐만 기다리세요."

여직원은 공손하게 말하고 밖으로 나갔다.

바로 이때, 다른 문을 통해 검은 양복 차림에 선글라스를 낀 건장한 남자가 들어왔다. 검은 가죽 코트는 바로 품 안의 총을 꺼내어 쏘지 않았다. 그는 다가오는 남자가 황 사장이 맞나 안 맞나 확인하는 듯한 눈으로 뚫어지게 쳐다본다.

황 사장은 느린 걸음으로 검은 가죽 코트와 네 걸음 정도의 거리까지 다가온 후, 더 가까워지면 상대방이 손을 쓸 수 있다는 듯 걸음을 멈추고 차갑게 말했다.

"내가 잘못 보지 않았다면 당신 이름은 순치겠군! 맞소?"

순치는 이자가 어떻게 내 이름을 알지 하는 표정을 짓고 예의 그 늑대 눈빛으로 황 사장을 뚫어지게 쳐다보며 생뚱맞게 말했다.

"선생이 정말 황 사장이라면 선글라스를 벗어보시지."

황 사장은 그의 말대로 선글라스를 벗어 손에 들었다.

"하 사장한테 30만 위안을 받기로 하고 나를 죽이러 왔지, 맞소?"

"그렇소, 누구한테 들었소?!"

"난 하 사장의 발가락 움직임까지 상세히 알고 있는데 이쯤은 손바닥 뒤집듯 쉬운 일이오! 자세히 말할 건 없고! 어쨌든 난 당신과 흥정을 좀 하고 싶은데!"

곧 죽어야 할 놈이 자기와 흥정을 하자니 당돌하단 생각에 순치는 비웃듯 말했다.

"말해보시오! 3분 주겠소!"

그는 뱀 마크가 반짝거리는 검은색 독일제 권총을 꺼내 위쪽으로 향하게 하고 방아쇠를 잡았다. 황 사장이 말했다.

"내가 당신에게 현금 50만 달러를 주지! 하 사장을 없애주시오! 당신에겐 돈이 중요하지 누구를 죽일지가 중요한 건 아니니까."

황 사장이 태연하게 말하자 순치는 눈을 괴이하게 빛내며 잠깐 머뭇거렸다.

"그 말이 사실인지 아닌지 어떻게 알지?"

그는 총을 황 사장의 머리에 겨누었다. 황 사장은 정면으로 자기를 겨눈 시커먼 총구 앞에서 조금도 기죽지 않고 손뼉을 세 번 쳤다. 그러자 날씬한 몸매의 아가씨가 커다란 가죽 가방을 들고 사뿐사뿐 걸어 들어왔다. 아가씨는 순치의 총을 보고 겁먹은 듯한 눈빛을 보였지만, 겉으로는 최대한 침착한 표정을 지으며 황 사장과 순치 사이에 서서 그 가죽 가방을 열었다. 정말로 100달러짜리 지폐가 가득했다.

황 사장이 과장되게 웃으며 친구처럼 말했다.

"나는 당신이 남자 중의 남자라고 믿고 있소. 이 돈을 미리 주는 것은 어떤 속임수를 쓰기 위한 게 아니오! 당신도 나를 믿어주시오!"

"하지만 나는 이미 하 사장에게 약속했소! 강호인은 약속을 어기지 않는다는 것을 황 선생도 알 텐데?"

황 사장은 큰 소리로 웃었다.

"당신이 나를 죽이고 여기서 살아 나갈 수 있으리라고 생각하시오?! 지피지기 백전불태라는 옛 성현의 말을 당신도 알 거요! 당신 뒤에 얼마나 많은 총구가 당신을 겨누고 있는지 보시지."

정말 순치 뒤쪽에 대머리 원숭이, 미친 늑대, 여우 가죽 등 10여 명의 사내가 길고 짧은 총을 들고 소리 없이 둘러싸고 있었다. 그 사실을 순치만 몰랐다. 황 사장은 분노로 이글거리는 순치의 눈을 응시했다.

"당신이 정말 나를 죽이기로 결심했으면 지금 죽일 수 있소. 난 죽음을 잠자는 것쯤으로 여기는 사람이지. 하지만 당신은 나를 죽여도 하 사장의 30만 위안을 받을 수 없소. 가끔은 남자도 약속을 어기는 법! 아니면 바보 천치가 될 뿐이지! 당신이 내 거래를 수용하면 여기를 떠나는 건 간단하오! 내가 당신의 인질이 되어 안전한 곳까지 배웅하리다! 어떻소?"

순치는 아랫입술을 힘껏 깨물었다. 그는 계속 총을 겨눈 채 가죽 가방의 손잡이를 집어 들고 황 사장에게 앞서라는 신호를 했다. 돈을 가져다준 날씬한 아가씨는 어느새 보이지 않았다.

몸을 돌려 북쪽 문을 향해 걸어가는 황 사장의 교활한 눈은 승리의 오만함으로 빛났고, 그의 머릿속엔 하 사장이 자신의 총에서 발사된 총알에 살해당하는 비참한 모습이 어른거리는 것 같았다……

죽고, 나고

오후 3시가 되었다. 바양달라이의 이층집은 몹시 휑뎅그렁하고 쓸쓸했다.

테니게르는 입원 중인 아버지를 간병하느라 이틀 밤을 새웠다. 잠이 부족했던지 지금은 침실에서 이불을 덮고 곤히 잠들었다……

아리오나는 거실에 혼자 우두커니 앉아 있다. 거실의 가구와 세간 들에는 손가락 두께만큼의 먼지가 쌓여 있고, 소파의 방석은 여기저기 어지럽게 널브러져 마치 사람이 살지 않는 집처럼 보인다.

아버지는 여전히 퇴원을 못 하고 있다. 어머니는 아들들과 번갈아 가며 밤낮없이 식물인간에 가까운 아버지를 간병한다. 의사 말로는 병세가 이 상태만 유지되어도 부처님이 보살핀 덕이라 한다. 이생에서 다시는 아버지 같은 아버지를 볼 수 없다는 것을 생각하면 아리오나는 눈앞이 캄캄해진다. 아리오나도 최근 반 달가량을 앓아누웠다가 그저께부터 겨우 생기가 도는 듯했다…… 이런저런 이유로 배 속의 아이를 지우는 일은 미뭐지고 미뤄지고…… 아리오나의 배도 부풀고 부풀었다. 다시 두 달쯤 지나면 해산할 때가 된다. 낙태할 것인가, 아이를 낳을 것인가, 아리오나는 결정하지 못했다. 아비는 참수형을 당해도 싼 죄인이라 치자. 하지만 아리오나의 배 속에 있는 아이는 그녀의 살과 피로 빚어낸 온전하고 뜨거운 생명이다. 만약 지앙타오가 그런 범죄자가 아니었다면 아리오나는 아이의 어머니가 될, 세상에서 가장 큰 행복의 날을 손꼽아 기다릴 것이다. 이제는 출산 예정일이 하루하루 가까워질 때마다 상상할 수 없을 정도의 괴로움과 곤란이 그녀에게 밀려오는 것 같았다.

될 대로 되라지. 이런저런 상념에 빠져 있느니 집 안의 먼지라도 닦으면 시간이 좀 빨리 가겠지. 아리오나는 소파의 방석을 하나씩 반듯하게 정돈하고 걸레로 가구와 탁자 등을 꼼꼼히 닦기 시작했다.

걸레질한 지 얼마 지나지 않아 그녀의 배가 갑자기 월경 때보다 훨씬 심하게 터질 듯이 아파왔다. 그녀는 자기도 모르게 비명을 지르며 배를 안고 소파에 드러누웠다. 조금 지나면 통증이 줄어들겠거니 했지만, 시간이 갈수록 배는 더 붓고 꼬이며 통증이 심해졌다. 유산되려는 건가 하는 걱정에 아리오나의 얼굴은 말린 배추처럼 하얗게 변했다. 그녀는 두렵고 당황해서 "테니게르, 테니게르" 하고 동생을 불렀다.

그녀의 외침 소리는 매우 작았지만 다행히 테니게르를 잠에서 깨울 수 있었다. 위층에서 허겁지겁 뛰어 내려온 테니게르는 병원으로 가기 위해 누나를 부축하고 밖으로 나왔다……

에리엔 시립 병원 205호 병실에 나산달라이, 어윤다리, 철멍,

구일레스 등이 앉아 있거나 혹은 서 있는 게 보인다.

새하얀 환자용 침대 위에서 바양달라이는 개어놓은 담요에 등을 기대어 다리를 뻗고 앉아 있다. 창백한 얼굴과 멍하게 고정된 눈, 종종 남의 이야기를 들으며 <u>흐흐흐</u> 의미를 파악할 수 없는 기괴한 웃음을 짓는 등 백치가 되어버린 동생의 모습을 보며 나산달라이는 가끔씩 땅이 꺼질 듯한 한숨을 쉰다.

환자보다 더 마르고 초췌해진 구일레스 여사는 동서를 향해 비통한 표정으로 넋두리를 한다.

"흥할 때는 친구가 소털보다도 많고, 망할 때는 친구가 대낮의 별보다 적다더니, 딱 맞는 말이에요. 바양달라이가 이렇게 오래 입원해 있어도 옛 친구들은 한 명도 오질 않아요. 어쨌든 내일 퇴원하기로 했어요. 2만 위안 가까이 들었어요! 그 많은 빚을 지고…… 이렇게 백치가…… 이제 어떻게 살아야 할지 몰라."

어욘다리는 막막한 표정을 짓고 푹푹 한숨을 쉬며 주름진 얼굴로 구일레스를 위로했다.

"그래도 어쩌겠나?! 어떡하든 살아나가야지! 사람이 살아야 뭐라도 하지."

철멍은 우두커니 창밖을 바라본다. 그는 병실에 들어온 후 실수로라도 말 한 마디 꺼내지 않았다. 모진 세상은 그를 너무 가혹하게 가지고 놀았다. 세상에 하나뿐인 형 만라이는 얼마 전에 이혼했다. 아내와 아이에게 모든 재산을 넘겨주고 자기는 날마다 술에 절어 실성한 사람처럼 싸움질이나 하고 다닌다…… 절박할 때 바양뭉흐 사장에게 빌렸던 8천 위안을 돌려줘야 할 날짜가 다가오고 있다…… 망할 깡패들과 원수를 진 후로 공포와 위험이 늘 자신을 뒤쫓아 다닌다…… 죽어도 삼륜거는 몰지 않겠다고 다짐했지만 다른 무엇을 해야 할지 알 수 없다…… 이 모든 것을 생각하면 철명의 눈앞은 캄캄해지고 심장은 멎을 것 같다. 철명이 이렇게 생각에 잠겨 우두커니 창밖을 바라보고 있을 때 아래층에서 사람들이 모여 머리털이 쭈뼛할 정도로 아이고, 아이고 곡하는 소리가 들렸다. 또 누가 세상을 떴나 보다!

이때, 간호사 오르나가 남자 친구의 아버지를 살피러 들어왔다가 나산달라이, 어욘다리에게 인사를 하고 사람들이 곡하는 사연을 말해주었다.

"하 사장이 피살당했어요."

이 말을 듣고 속으로 에이 씨, 하 사장이 아니라 황 사장이 죽었어야 하는데 하면서 철명은 내내 창밖만 바라보고 서 있다. 남녀노소 40~50명 정도가 영안실 앞에 몰려와 더 큰 목소리로 울고불고하느라 소란스럽고 혼잡해졌다.

잠시 후 눈을 휘둥그렇게 뜬 테니게르가 숨을 헐떡이며 들어왔다. 그는 들어오자마자 어머니에게 소리쳤다.

"서둘러요! 누나가 애를 낳을 것 같아!"

믿을 수 없다는 듯한 표정을 지으며 구일레스 여사가 벌떡 일어났다.

"어딨어?! 데려왔어?"

그녀는 묻는 동시에 밖으로 달려 나갔다. 어욘다리도 "아이고, 맙소사!" 하면서 구일레스와 오르나를 쫓아 나갔다.

병실엔 철멍, 테니게르, 나산달라이 씨 그리고 바양달라이 넷만 남았다. 마치 금기라도 되는 것처럼 아무도 말을 하지 않았다. 병실의 분위기는 더욱 침통하게 얼어붙었다.

철멍은 여전히 창밖을 바라보고 서 있다.

숨베르, 나르길, 오양가 세 사람이 택시에서 내리더니 본관 건물을 향해 황급히 걸어가는 모습이 눈에 들어왔다. 그들은 꽃을 들거나, 무언가를 싼 비닐봉지를 들었다. 원래 그들은 큰 곤란에 처한 대학 동창 아리오나를 위로하러 들렀다가 이웃집 할머니에게 방금 병원으로 갔다는 소식을 듣고 뒤따라온 것이었다.

그들 세 사람 곁으로 짙은 청색 아우디 승용차가 들어와 영안실 앞에서 곡하고 있는 사람들과 50여 미터가량 거리를 두고 멈추었다. 차 안에는 황 사장이 타고 있었지만 검은 선팅이 되어 있어 철멍은 보지도 못했고, 더욱이 황 사장이 하 사장의 죽음을 몸소 확인하러 왔다는 건 알 도리조차 없었다.

아우디 승용차는 오래지 않아 왔던 길로 되돌아 사라졌다.

숨베르, 나르길, 오양가 세 사람은 사람들이 몰려와 천지가 캄캄해지도록 울어대는 모습을 호기심 가득한 눈으로 쳐다보며 본관 입구로 들어갔다. 바로 이때였다.

"으앙, 으앙, 으앙……"

처음으로 세상에 나온 아이의 낭랑하고 우렁찬 울음소리가 병원 복도에 메아리쳤고, 병실에 남아 있던 네 사람의 귀에도 선명하게 들렸다. 아리오나가 정말로 애를 낳았나? 철멍은 귀를 믿을 수가 없었다. 테니게르도 귀를 믿을 수가 없었다. 나산달라이도 귀를 믿을 수가 없었다……

　병실 밖의 곡소리와 바양달라이의 "ㅎ ㅎ ㅎ …… ㅎ ㅎ ㅎ ……"
하는 백치 웃음소리는, 어머니의 고귀한 배 속에서 갓 세상으
로 나온 아이의 울음소리와 완전한 불협화음을 이루었다.

　　　　　1999. 12. 27.~2000. 6. 27. 타칭탈라 발가스에서

역사에서 현실로, 영웅에서 서민으로

1. 현실 도시 '에리엔'

『에리엔』은 1990년대 말 중국 내몽골자치구의 국경도시 에리엔에서 살아가는 몽골인들의 삶을 그린 장편소설이다. 에리엔은 광활한 고비사막 중앙에 자리 잡고 있으며, 북쪽으로는 몽골국과 국경을 접한 작은 국경도시다. 소설 속 표현을 빌리자면 '도시 북쪽 편의 아무 건물에나 올라가 북서쪽을 바라보면, 몽골국의 국경도시인 자밍우드 기차역의 흰색 첨탑과, 누리끼리한 색깔의 게르 수백 채가 신기루처럼 어른'거려 보일 정도로 몽골국과 가까이 붙어 있다. 중국의 베이징에서 몽골의 수도 울란바타르, 나아가 러시아의 모스크바를 연결하는 국제 철도가 지나는 거점이기도 한 에리엔은 개혁 개방 이후 몽골과 중국 간 교역이 활발히 이루어지는 국경 자유무역 도시로 발전하였다.

'에리엔'은 도시 이름이면서 몽골어로는 '잡색의, 얼룩덜룩한, 다채로운, 얼룩이 있는, 반점이 있는, 줄무늬가 있는' 등의 의미를 갖고 있다. 얼룩소나 얼룩말의 '얼룩'처럼 '에리엔'도 가치 중립적인 단어지만, '뱀의 에리옌(얼룩)은 겉에, 사람의 에리옌(얼룩)은 안에'라는 몽골 속담처럼 문맥에 따라 부정적인 의미로 쓰이기도 한다. 후흐허트 민족학원 학술잡지에 발표한 「장편소설 『에리옌』의 상징성을 논하다」라는 글에서, 평론가 허환▱▱은 소설에 사용된 '에리옌'의 개념을 '비뚤어진, 잘못된' 등의 의미로 보았는데, 그 해석을 참고한다면 도시 '에리옌'은 '비뚤어지고, 왜곡되었으며 부조리함으로 얼룩진 도시'쯤으로 해석해도 될 듯하다. 번역 후 저자 오손보독에게 '에리옌'의 의미에 대해 물었을 때, 오손보독은 "에리옌은 밤에 길을 잃기 쉬운 곳을 의미합니다. 그런 곳으로 가면 아침이 올 때까지 그 주변을 헤매다가 목적지에 도착하지 못하게 되죠"라는 대답을 주었다. 이런 여러 가지 설명을 참고해볼 때, 소설 『에리옌』은 도시 이름이기도 하면서 '앞이 보이지 않는 미로처럼 복잡하고 방향을 잡을 수 없는 혼란스러움'이라는 뜻을 가진 중의적 표현으로 쓰였다는 것을 어렵지 않게 짐작할 수 있을 것 같다. 이런 중의적 의미를 음미하며 소설을 읽으면, '에리옌'이란 말이 함축하는 의미와 소설이 전하고자 하는 메시지를 이해하는 데 많은 도움이 될 것이다.

소설 『에리옌』은 고비사막 한가운데 위치한 도시를 배경으로 이야기가 전개되는데, 우리가 흔히 상상하듯 가도 가도 끝이 보이지 않는 망망대해 같은 들판이나 너울대는 사막의 모래언덕, 그 모래언덕 위로 줄지어 가는 낙타 행렬 따위는 이 소설의 주된 이야기가 아니다. 작가는 이런 목가적이고 낭만적인 풍경을 먼 원경으로 밀어놓고 도시 안에서 살아가는 다양한 층

위의 '현대화 과정 속에 놓인 도시인'의 이야기에 초점을 맞추
었다. 이 점이 바로 소설 『에리엔』이 이전의 장편소설들과 차
별화되는 주요한 특징 중 하나이기도 하다.

　오손보독 이전에 내몽골 문학에선 과거 중국 문학이 그랬던
것처럼, 일본 제국주의의 침략과 싸우는 해방전쟁이나 국내 정
치의 왜곡을 다룬 문화혁명 시기의 역사 이야기가 주로 다루
어졌다. 그 시기적 특성상 전통적 유목 생활 또는 유목에서 반
농반목으로 변해가는 몽골인들의 생활상 역시 작품 내에 자연
스럽게 녹아들어 있었다. 아·엇서르ᠬ·ᠪᠣᠷᠣ의 『기마병의 노래
ᠬᠠᠷᠠᠴᠤ ᠵᠠᠩᠭ ᠤᠨ ᠳᠠᠭᠤᠤ』, 잘가후ᠵᠠᠯᠭᠠᠬᠦ의 『초원의 안개ᠲᠠᠯ ᠤᠨ ᠮᠠᠨᠠᠨ』『가다
메이린 이야기ᠭᠠᠳᠠ ᠮᠠᠶᠢᠷᠡᠨ ᠦ ᠳᠣᠮᠣᠭ』 등을 비롯해 말친후ᠮᠠᠯᠴᠢᠨᠬᠦ, 에네릴
트ᠡᠨᠧᠷᠢᠯᠲ 등의 작품이 그 대표적인 예라 할 수 있다. 므·하스바간
ᠮ·ᠬᠠᠰᠪᠠᠭᠠᠨᠠ의 『자사긴허트고르ᠵᠠᠰᠠᠭᠲᠤ ᠠᠨ ᠬᠣᠲᠣᠭᠣᠷ』, 부렝툭스ᠪᠦᠷᠢᠨᠲᠦᠭᠦᠰ의 『델
게르항가이ᠳᠡᠯᠭᠡᠷ ᠬᠠᠩᠭᠠᠢ』, 아양가ᠠᠶᠠᠩᠭ의 『흑황세계ᠬᠠᠷ ᠱᠠᠷ ᠤᠨ ᠶᠢᠷᠲᠢᠨᠴᠦ』
등의 장편소설 역시 그 계보를 잇는 작품들이다. '역사'를 매개
로 현실과 소통하려 한 이들 소설은 문학사에서 매우 중요한
위치를 차지하며 내몽골의 대표적인 장편소설로 평가받고 있
다. 하지만 시간이 흐르고 사회가 변하면서 이러한 문학적 성
취를 계승할 작품들이 눈에 띄게 나타나지 않았다. 지난 시절
의 전쟁과 상처, 혼란의 극복이라는 소재만으로는 현대화된 대
중의 달라진 욕구를 충족하기 어려웠기 때문에 변화된 시대에
맞는 새로운 내용을 다룬 새로운 형식의 소설이 필요해졌다.
바로 이 시기에 오손보독은 장편소설 『에리엔』을 발표했다. 이
전의 명작들이 과거의 몽골 사회에 대한 이야기를 전개했다

면 오손보독은 그로부터 한참 시간이 흐른 지금 몽골의 모습이 어떤지에 대한 선명한 그림을 그려 대중들에게 보여주었다. 즉 이 소설에는 과거의 이야기가 아닌 '바로 지금, 이곳의 이야기'가 담겨 있다. 오손보독은 소설 속에서 잃어버린 초원의 낭만과 거시적인 투쟁의 역사가 아닌, 욕망에 찌든 도시 소시민들이 현재를 살아가는 이야기를 그려, 현재 몽골 사회를 현미경처럼 자세히 묘사하였고, 그리하여 '새로운' 이야기에 목말라하던 독자들의 큰 호응을 받기도 했다. 한마디로 표현하자면 이 소설은 몽골 문학의 소재를 역사에서 현실로 전환한 대표적 작품이라 할 수 있다. 문학을 비롯한 예술 전반의 중요한 미덕 중 하나가 '참신함'이라 한다면, 역사에 대한 천착에서 벗어나 '현실'에 대한 관심과 성찰로 시선을 돌려놓은 것만으로도 오손보독의 『에리옌』은 예술적 '참신성'을 충분히 증명했다고 볼 수 있다.

2. 청년 작가의 감수성이 포착한 에리옌의 민낯

내몽골자치구의 동북부에 위치한 대흥안령산맥 주변에는 많은 몽골족이 거주한다. 오손보독도 대흥안령산맥에서 서쪽으로 조금 떨어진 나이만이라는 시골에서 태어났다. 그는 고등학교를 졸업하고 잠깐 농사를 짓다가 1994년에 에리옌으로 왔는데, 이때 에리옌에서 생활한 체험을 바탕으로 에리옌과 관련된 일련의 작품들을 쓰게 된다. 1995년에 발표한 「에리옌 남부시장에서 ᠡᠷᠢᠶᠡᠨ ᠤ ᠡᠮᠦᠨᠡᠲᠦ ᠵᠠᠬᠠᠨ ᠳᠤ」라는 단편소설에서 작가는 에리옌에 대해 '3분의 1은 외몽골 상인들, 3분의 1은 호짜(한족) 상인들, 3분의 1은 내몽골 동부지역 중개업자들'이라고 설명한 바 있다. 자국에서 필요한 물건을 사기 위해 국경을 넘어온 외몽골 상인들과 그들에게 물건을 팔려는 한족들, 그리고 그들 사이에서 외몽골 사람들과 국적은 다르지만 같은 말을 쓰는 몽골족들이 중개업을 하며 살아가는 에리옌의 현황을 잘 개괄해 주는 표현이다. 이듬해인 1996년에 발표한 중편소설 「에리옌, 에리옌, 에리옌 ᠬᠤᠷ᠊᠂ ᠬᠤᠷ᠊᠂ ᠬᠤᠷ᠊」에서는 이런 중개업자들의 밑천을 돈이 아닌 '말'이라고 표현했다. 중개업을 하는 몽골족들의 비즈니스 수단은 자본이 아닌 '언어 능력'이었는데, 중국인이면서 몽골족인 그들은 중국어와 몽골어 양쪽에 모두 능통하다는 이점을 활용해 중개업에 종사하곤 했다. 그런데 그들은 중국어를 모르고 중국 문화에도 익숙하지 않은 외몽골 상인들을 속여가며 중간에서 폭리를 챙기는 일이 많았다. 오손보독은 이런 행태를 가까이에서 지켜보며 매우 큰 괴로움을 느꼈던 것으로 보인다. 「에리옌, 에리옌, 에리옌」에서 주인공은 시집을 출간할 비용을 마련하기 위해 에리옌이라는 격랑의 바다(비즈니스)에 뛰어들었지만, 돈을 벌기 위해 동족끼리 서로 속이거나 갈취하는 모습을 보았고, 그렇게까지 해서 돈을 벌고 싶지 않았던 주인공은 결국 큰 반감과 상처를 안고 에리옌을 떠난다. 이는 에리옌에 대한 작가 자신의 체험과 태도가 반영된 것으로 보인다. 그리고 오손보독의 이러한 체험과 일관된 문제의식은 단편과 중편의 창작에 이어 장편소설 『에리옌』을 탄생시키게 된다. 작가의 실제 체험과 많은 양의 자료를 바탕으로 완성된 이 소설은 도시 '에리옌'에 대한 르포르타주라고도 할 수 있을 정도로 심도 있고 사실적이다.

오손보독은 장편소설 『에리엔』에서 현대 도시에서 살아가는 각계각층의 인물들과 그들 사이의 관계망을 다양하고도 자세하게 묘사했다. 뜨내기 장사꾼과 중개업자, 떠돌이 시인, 삼륜거꾼, 호텔 경비, 매춘부, 갑부, 특권층, 폭력배, 식당 종업원 등 다양한 당대의 인물들이 복잡하게 얽히고설키며 만들어가는 '지금 이곳'의 이야기는 기존의 역사 소설과는 또 다른 생생하고 실감 나는 현실을 독자들에게 보여주었다.

내몽고문화출판사 주임이었던 테르겔**~~** 은 2001년 『몽골 언어문학』에 쓴 평론에서, 본 소설이 현실에 대한 관심과 존재 가치에 대한 탐색을 통해 이전의 장편소설들과 다른 방식으로 세계를 그렸다고 평가했다. 그의 표현대로 작가는 급격한 경제체제 변화로 인한 에리엔의 혼란상과 부조리, 서민의 어려운 삶 등 변화의 한가운데 서 있는 현대 도시인의 이야기를 실시간으로 중계하듯 직접적으로 묘사했다. 자본주의에 익숙해진 우리에게는 이미 식상할 수도 있는 황금만능주의나 물질만능주의라는 말로 요약될 수 있는 에리엔의 현재 생활상에 대한 생생한 묘사는 자본주의적 삶에 낯설었던 당시의 독자들에게 매우 충격적인 경험이었을 것이다.

3. 순수에 대한 믿음

오손보독의 '현실 고발'은 자연스레 이 부조리한 현실 속에서 어떻게 살아야 할지에 대한 실존적 고민으로 이어진다. 이런 고민은 주로 청년 시인 숨베르를 통해 표현된다. 숨베르는

'몽골 놈이 몽골 놈에게 못되게 굴고, 나무 삽이 진흙을 못 뜬다'라는 몽골 속담을 인용해 주로 내몽골의 몽골족(내몽골에는 몽골족 외에도 많은 한족이 거주한다)과 외몽골 상인들 간의 갈등 양상에 대한 우려를 드러냈다. 이와 비슷한 표현이 앞서 언급한 중편소설에서도 나타난 바 있는데, 중편에서 주인공은 "네가 남을 속이지 않으면 남이 널 속일 거야. 즉 네가 남을 잡아먹지 않으면, 남이 널 잡아먹는다는 거지"라는 친구의 충고를 듣는다. 에리옌이라는 곳은 동족마저 잡아먹지 않으면 살아남기 어려운 치열한 전쟁터 같은 곳이었다. 그러나 주인공은 그러한 에리옌의 생리에 동조하지 못한다. 그리하여 불량배들이 '사냥감'에 대해 정보를 요구할 때도 그는 입을 열지 않는다. 이렇게 단편과 중편 소설에서 주인공이 보여준 비판적인 태도는 장편소설 『에리옌』에서도 일관되게 이어졌으며 더 완숙된 모습으로 나타나게 된다. 장편소설에서는 이전의 작품에서 보여주었던 비판과 동시에 긍정적 신호를 탐색하려는 적극적인 모습도 함께 나타난다. 이런 비열하고 부조리한 행위는 일부의 사람들에 의해 발생할 뿐, 아직도 대다수 몽골족은 같은 민족에 대한 동질성과 유대감을 갖고 있다는 믿음을 드러내며 작가는 나름대로 민족의 희망과 가능성을 보여주려 노력했다. 숨베르가 식당이나 시장에서 만난 외몽골 사람들과 이야기를 나누고 싶어 하거나, 시인 순달라이와 순수한 우정을 나누는 모습, 토그치를 배웅하러 기차역에 왔다가 문득 몽골국의 수도 울란바타르에 가고 싶다는 생각을 하는 것 등은 실제 많은 몽골족이 외몽골 사람들에 대해 갖고 있는 정서와 태도를 반영한 것이기도 하다. 이런 장면을 통해 오손보독은 에리옌에서 벌어지는 수많은 갈등과 충돌에도 불구하고 대다수의 몽골족은 고비사막 북쪽의 동족을 향한 순수한 동경과 그리움을 품고 있으며, 동시에 그런 정신적 유대감과 동질성을 계속 지켜 나가기 위해 관계를 오염하는 행위를 하지 말아야 한다는 것을 강조했다.

소설 『에리옌』의 주인공 숨베르가 시적, 예술적 이상향을 추구하는 시인으로서 에리옌에 대해 우려의 시선을 보내는 것처럼, 박학다식한 공상가인 토그치 역시 풍부한 지식과 식견으로 에리옌의 세태를 비판하며 에리옌의 미래에 대해 걱정한다. 그는 동부 출신 몽골족들이 외몽골 말투를 흉내 내거나, 한족들이 어설픈 몽골어를 쓰는 것이 몽골의 문화 발전에 아무 도움이 되지 않는다고 혹평한다. 또한 정치적, 지리적 단절로 인해 외몽골의 언어와 내몽골의 언어 간에 이질성이 커지는 현상이나, 한족을 매우 싫어하는 외몽골 사람들이 근래 들어 한족보다도 같은 민족인 몽골족들을 더 싫어하게 된 현 상황을 꼬집어 비판한다. 그러면서 에리옌의 이런 뒤틀리고 왜곡된 환경 속에서 오래 생활하다 보면, 자신들도 에리옌식 인간으로 적응해야 할지, 아니면 거부해야 할지 갈등하게 될 것이라고, 자신과 숨베르가 처한 현실에 대해 존재론적 고민을 토로한다. 「에리옌, 에리옌, 에리옌」에서 주인공이 에리옌을 떠나는 장면이나 소설 『에리옌』에서 토그치가 "에리옌에 있을수록 마음이 고통스러워"라고 말하며 에리옌을 떠나는 장면은 그 고민의 결과를 보여준다. 이 역시 작가의 실제 체험에 가까워 보이는

데, 에리옌식 인간형이 되기를 거부하고 순수를 지켜내겠다는 비타협적 의지의 표현이라 할 수 있다.

숨베르와 토그치가 지식인의 입장에서 논리적인 방식으로 순수에 대한 믿음과 의지를 보여주었다면, 더르너체첵은 감성적인 방식으로 그 순수성을 보여주었다. 그녀는 일방적으로 연락을 끊은 바양달라이를 만나기 위해 국경을 넘어온다. 자신을 버리고 다른 남자를 찾아가라는 바양달라이에게 그녀는 "사랑이란 것이 아무한테나 줄 수 있는 게 아니에요. 준 사람에게서 돌려받을 수 있는 것도 아니고요"라고 항변한다. 바양달라이와 그녀의 관계는 사회적으로 허용되지 않는 관계지만, 그녀의 이런 사랑, 또는 이런 태도는 아내 구일레스에 비해 훨씬 고귀하고 순수해 보인다. 그녀는 홀로 딸을 키우며 생계마저 걱정해야 하는 처지임에도 불구하고, 환자가 된 바양달라이에게 돈을 되돌려주고 떠나는데, 이런 행위는 에리옌에서는 상상하기 어렵다. 그녀의 행위는 독자들을 안타깝게 할 정도로 순수하고 이타적이며, 그녀를 통해 독자들은 몽골인들 속에 남아 있는 어떤 동질성과 순수성을 발견할 수 있게 된다.

소설에서 에리옌이란 도시는 유토피아가 아닌 디스토피아에 가깝게 그려졌지만, 숨베르와 토그치, 더르너체첵 같은 순수성을 지키려는 인물들을 통해 작가는 어둡고 암울하고 혼란스러운 와중에서도 빛과 희망의 가능성조차 다 사라진 것은 아님을 보여주려 했다. 덕분에 독자들도 소설을 읽는 동안 내내 마냥 우울해할 필요는 없을 것이다.

4. 신적인 영웅에서 평범한 서민으로

소설 『에리옌』에서 오손보독은 격변하는 도시의 삶을 주제로 하여 각자 다른 직종, 다른 성격, 다른 사회계층의 인물들을 고루 표현했다. 이런 인물들 중 특히 주인공의 형상에 주목할 필요가 있다. 소설 『에리옌』에 등장하는 주인공은 이전의 문학 작품에서 드러난 주인공의 형상과 사뭇 다른 특징을 갖고 있기 때문이다. 전통적인 몽골 영웅 서사시의 주인공 장가르나 게세르 같은 인물은 신적인 지위와 신비한 초월적 힘을 가졌다. 또 오손보독 이전의 현대 소설에서 많이 등장하는 의적이나 투사, 혁명가 들은 보통 사람들과는 다른 영웅적인 태도와 비범한 재능을 겸비했다. 그러나 오손보독의 소설 속 주인공들은 매우 평범하다는 점에서 이전의 주인공 형상과 크게 다르다. 숨베르는 어떤 신적인 능력도 갖고 있지 않다. 사회에 대한 문제의식은 있지만, 세상을 바꿀 만한 지도력이나 혁명 영웅의 비범한 풍모도 갖추지 않았다. 그저 자기감정도 통제하지 못해 여자친구 집에서마저 쫓겨나는 소인에 가까운 인물인 데다, 돈 버는 재주도 없는 무능하기까지 한 인물이다. 또 다른 주인공인 철명 역시 운동선수가 되겠다는 꿈을 갖고는 있지만, 현실에선 나약하고 무력한 삼륜거꾼에 불과하다. 만약 이전의 소설, 예를 들어 『자사긴허트고르』나 『흑황세계』 등의 소설에 등장한 주인공이었다면 불량배들과 시비가 붙었을 때 그 악당들을 통쾌하게 제압했겠지만, 소설 『에리옌』의 주인공 철명은 건장하고 힘 좋은 청년이면서도 폭력배들을 피해 도망 다니고, 그러다 유일한 돈벌이 수단인 삼륜거마저 포기하는 무력한 소시민일 뿐이다. 이 소설 속 주인공들은 이처럼 힘없고 무기력하고 비참하기까지 한데, 다른 말로 하면 이전의 '낭만적 사실주의' 또는 '낭만적 혁명주의' 소설에 비해 더 현실적이고 사실적이며 인간적인 인물이라고 할 수 있겠다.

하나. 경계인

상술했듯이 오손보독의 소설에서 주인공들은 완전히 땅에 내려온 평범한 인간으로 바뀌었다. 이들은 돈을 벌기 위해 도시 에리엔에 몰려온 시골 출신의 이방인이며, 낯선 도시에서 자리를 잡지 못하고 시행착오를 거듭하는 부족한 소시민이다. 도시에서 살고는 있지만 안정된 도시인도 아니면서, 시골과 도시 사이에 낀 이런 인물들을 평론가 첼게르 ༛는 '경계인'이라 했는데, 그 성격상 주인공인 숨베르와 철멍을 포함해 월급쟁이, 소상인, 또는 마땅한 일을 못 찾고 빈둥거리는 사람들과 어렵게 생활하는 도시 서민들까지 모두 이 범주에 포함해도 무방할 듯하다.

경계인의 대표적인 인물로는 청년 시인 숨베르를 들 수 있다. 숨베르는 사범대학을 졸업한 후 교사의 길을 포기하고 애인 아리오나를 따라 에리엔에 온다. 이곳에서 그는 이전과는 완전히 다른 낯선 세상을 본다. 온갖 상품이 파도처럼 밀려오고 그 상품들 주위로 내외국인들이 몰려들어 교역을 하는 역동적인 모습들이 그에겐 처음엔 신기하고 새로운 풍경이었지만, 시간이 가면서 조금씩 알게 되는 그 이면의 세계는 상상했던 것과 달리 파렴치한 거짓말과 속임수, 혼란으로 얼룩진 곳이었다. 이방인 숨베르는 물과 기름처럼 에리옌의 그런 세태와 불화하는데, 더부살이하는 여자 친구의 집에서도 다르지 않다. 도시의 부유층을 대표하는 화려한 저택에 거주하는 아리오나 가족들의 모습은 숨베르가 살아온 사막의 촌 동네와는 너무 달랐다. 그런 이질적인 환경에서 숨베르는 가난한 시골뜨기라고 못마땅해하는 가족들의 눈치를 봐야 했고, 고향 집 전 재산을 다 팔아도 구할 수 없는 거금을 구해 오라는 요구마저 받는다. 어렵게 친구의 도움으로 돈을 구하기는 하지만, 아리오나의 아버지는 그 돈을 가져가 탕진해버린다. 또 설상가상으로 아리오나의 어머니 구일레스 역시 숨베르의 시인 친구 순달라이의 물건을 빼돌려 숨베르를 곤란에 처하게 한다. 어렵게 마련한 거금도 잃고 장인 장모가 될 사람들에 대한 신뢰도 깨진 상태에서 숨베르는 아리오나와 함께 집을 나가 자신들만의 보금자리를 꾸리자고 제안하지만, 아리오나는 그의 제안을 거절한다. 결국 마찰 끝에 숨베르는 아리오나의 집에서 쓸쓸히 쫓겨나게 된다. 숨베르는 이 곤란을 극복할 수 있는 어떤 비범한 능력도 가지지 못한 가난하고 평범한 현실 속의 '인간'으로서 초라하게 친구의 도움으로 셋방살이를 하고, 이별의 고통 속에서 절망하다 술에 취해 옛 연인 아리오나를 찾아가 추한 모습을 보이기도 한다. 그 후 자신을 조건 없이 도와준 나르길이라는 여성을 만나 새로운 삶을 시작하지만, 이번에는 나르길이 시련을 당하는 모습을 지켜볼 수밖에 없는 아픔을 겪는다. 숨베르는 분노하고 괴로워하지만, 지켜보고 위로하는 것 외엔 아무것도 할 수 없다. 숨베르는 그저 무기력한 경계인으로서 경계인들의 고통과 그 고통을 유발하는 도시의 무자비함을 드러내주는 평범한 주인공일 뿐이다.

철명은 작가가 숨베르와 함께 많은 공을 들인 인물로서, 가장 전형적인 서민의 모습을 하고 있다. 가족과 함께 고향을 떠나온 지 3년째인 그는, 체육대학에 진학해 유명한 농구선수가 되겠다는 꿈을 품고, 힘들지만 성실하게 일하는 순박한 청년이다. 그러나 원대한 꿈과 달리 그는 하루 종일 삼륜거를 몰아 겨우 몇 푼을 버는, 에리엔에서 가장 천대받는 삼륜거꾼에 불과하다. 제아무리 뼈 빠지게 일해도 돈은 모이지 않고, 마땅한 다른 일을 구할 수도 없는 그에게 농구선수의 꿈도 점점 멀어져 간다. 조금도 개선될 기미가 보이지 않는 막막한 현실 속에서 철명은 조금씩 '에리엔식'으로 변해간다. 우연히 도로 위에 떨어진 비단 뭉치를 주운 그는 습득한 물건을 주인에게 돌려주지 않고 처분해 목돈을 마련하는데, 이는 그가 에리엔식 인간형으로 변해가는 과정을 보여준다. 그는 그 돈으로 양파 도매업에 뛰어들지만 제대로 장사를 해보지도 못하고 망한다. 그 일로 좌절을 겪은 후 무력하게 지내던 철명은 다시 삼륜거 일을 하다가 우연히 만난 고향 친구와 함께 외몽골 사람들을 속여먹는 환전 사기에 나서지만, 성격상 그 일을 계속하지도 못한다. 그렇게 철명은 조금씩 에리엔에 물들어간다. 그러나 여전히 완전한 에리엔식 인간이 되지도 못하고, 또다시 삼륜거꾼으로 돌아오길 반복하며 '어정쩡'하게 중간에 서 있는 경계인으로 남을 뿐이다.

호텔에서 경비 일을 하는 나산달라이 역시 비슷한 유형의 인물이다. 시골에서 똥거름을 지던 때와 비교하면 에리엔에 사는 자신들은 훨씬 편하고 행복하게 살고 있다고 말하는 부지런한 소시민이다. 오랫동안 힘들게 일해 빚도 갚고 집도 마련했으니 스스로가 비교적 성공한 사람이라는 믿음을 갖고 살아간다. 하지만 그 안정성도 매우 '불안정'한 것이어서 며느리와의 갈등으로 그 집마저 날리게 된다. 며느리이자 만라이의 아내 올라나는 탐욕스럽고 표독한 여자로 묘사되었지만, 어쩌면 그 표독함조차 에리엔에서 살아남기 위한 변화의 결과였는지도 모른다. 부모도 없이 낯선 땅에 와서 살아간다는 게 여성으로서 만만치 않은 일이지 때문이다. 이 밖에도 전형적인 도시인인 오란에게 착취당하는 순박한 시골 처녀 우우뎅, 착하고 성실하게 살아가지만 식당 사장에게 억압당하는 나르길 등도 모두 에리엔에서 자리 잡기 위해 아등바등하지만, 스스로의 힘만으로 성공하기엔 환경이나 객관적 조건들을 갖추지 못하고 어중간하게 끼어 있는 경계인들이다.

둘. 중개업자(거간꾼)

소설 속에서 가장 많이 언급되는 인물 유형은 중개업자들이다. 철멍이 옛 친구 후브치를 만나 신뢰할 만한 중개업을 해보자고 말하자, 후브치는 "넌 에리엔에서 몇 년이나 산 놈이 여전히 정직하게 살 생각을 하냐?! 하하하…… 이 시대엔 매춘부한테 빌붙지 않고, 살인만 안 하면 뭘 해서 돈을 벌든 다 괜찮아"라고 말하는데, 이처럼 중개업자들은 돈을 벌기 위해 수단과 방법을 가리지 않는 부류들로 묘사되었다.

중개업자의 대표적 인물 중 하나는 만라이다. 에리엔의 때가 덜 묻은 동생 철멍에 비하면 형인 만라이는 일찌감치 에리엔식 생활 방식을 습득한 에리엔식 인간형에 가깝다. 그는 외몽골 상인에게 산 염소 털에 무게를 늘리는 약을 섞어 한족에게 팔아 넘기기도 하고, 철멍에게는 훔친 것도 아닌데 주운 물건을 왜 돌려주냐며 '에리엔식 인간성'을 설파하기도 한다. 또 철멍이 학교 진학을 위해 모아놓은 돈으로 자신의 신혼집을 짓고, 아내와 가족들 사이에 갈등이 생기자 아내 편에 서서 철멍을 비롯한 가족들을 쫓아내는데, 이는 이전에 살던 시골에선 상상하기 어려운 일들이다.

구일레스도 대표적인 중개업자 중 하나다. 그녀는 과거에 손버릇 나쁜 중개업자로 악명 높았던 사람으로서 철저하게 실리 위주로 살아가는데, 사위가 될 사람도 마치 중개업을 하듯 물질적 기준으로 판단한다. 미래의 사윗감인 숨베르를 처음 만났을 때도 그녀는 숨베르의 인성이나 능력, 시인으로서의 재능에 대해서는 털끝만치도 관심을 갖지 않았다. 그녀가 관심을 보인 것은 집에 가축이 몇 마리나 되는가 하는 것이었는데, 시골의 몽골인들에게 가축의 수는 재산의 정도를 뜻하기 때문이다. 구일레스가 가난한 숨베르를 사윗감으로서 탐탁지 않게 여긴 것과 돈 잘 버는 음식점 사장 시아오탕을 사윗감으로 탐내는 것은 모두 물질적 기준이라는 점에서 일맥상통하는 행위다. 그녀는 딸과 결혼하려면 장사 밑천으로 쓸 3만 위안을 구해 오라며 숨베르를 괴롭히고, 순달라이의 물건을 빼돌려 숨베르를 곤란에 처하게 한다. 그녀의 이런 행태에 대해 바양달라이는 "같은

말을 쓰는 동족끼리 서로 등쳐먹는 못된 것들!"이라고 비난한
바 있는데, 이 말 역시 중개업자를 매우 압축적으로 드러내는
표현이라 할 수 있다.

이 밖에도 '부처님 미소'와 룽단화르 역시 시장에서 외몽골
사람들을 찾아다니며 환전 사기를 일삼는 중개업자다. 이들
처럼 '에리엔(잘못된, 부조리한)'한 일을 하는 것이 에리엔에선
부끄러운 행위도 아니며, 그런 짓을 한다고 해서 그들의 본성
이 특별히 악한 것도 아니다. 이들은 남을 속이면서도 너무 천
연덕스러운데, 그들 사이에서는 남을 등치는 일이 마치 생계
를 위한 기술 또는 재능 정도로 여겨진다는 느낌을 떨치기 어
렵다.

셋. 사회 내부의 부패 세력

숨베르는 "사람의 에리엔, 돈의 에리엔, 사회의 에리엔, 에리
엔…… 에리엔…… 에리엔……"이라고 비통해하며, 도시 에리
엔은 에리엔한 세상의 축소판이 되어버린 것 같다고 비판한다.
여기서 말하는 '사회의 에리엔'은 사회의 부패와 부조리라는
의미 정도로 이해할 수 있으며, 소설 속에선 이들을 대표하는
부류 중 하나가 앞에서 예를 든 중개업자이고, 또 다른 부류는
부패하고 타락한 관료들, 그리고 폭력배들이다.

중개업자들이 주로 국경을 넘어선 민족 간의 갈등을 야기하
는 세력이었다면, 관료들은 사회 내부의 부정부패와 부조리를
양산하는 세력들이다. 그들은 든든한 배경과 자기들만의 카르
텔을 바탕으로 권력을 사적으로 휘두르고, 이권이 큰 카지노

운영권을 따고, 자녀들을 좋은 자리에 취업시켜 자신들의 부와 권력을 키우고 유지하며 계승해나간다. 그들 중 상당수는 개혁개방 초기 정부기관이 설립한 회사에서 이익을 빼돌려 부를 축적하고 자본가로 성장하기도 했다. 관료들은 권력을 활용해 각종 사건을 좌지우지하는데, 폭력배 우두머리 황 사장의 아버지가 황 사장의 살인을 알고도 덮어버린 일이나, 황 사장의 부하들이 철명을 교통사고 가해자로 조작할 때 경찰관들이 가해자와 공모하는 행위가 그 예다. 이렇게 권력자들이 사익을 추구하며 사회를 부정과 부패로 만연하게 만든 행태를 비판하기 위해 '사회의 에리엔'이란 표현을 사용한 듯하다.

조직폭력배들 역시 세상을 어지럽게 하는 '사회의 에리엔' 중 한 부류다. 관료들이 보이지 않게 나쁜 짓을 할 때, 조직폭력배는 드러내놓고 나쁜 짓을 하기도 한다. 법과 윤리, 인정과 의리, 사회 안정, 민족 같은 거추장스러운 개념들은 이들의 세계에 존재하지 않는다. 황 사장과 하 사장은 에리엔을 양분하는 조직폭력배로서 폭력은 물론 사기, 도둑질, 밀수, 살인도 주저하지 않는 자들이다. 황 사장은 달러쟁이 여자를 살해하고 차지한 돈을 밑천 삼아 지금의 부를 이루었다. 또 권력자 아버지 덕분에 거대한 이권이 걸린 카지노를 운영하기도 한다. 카지노는 거금을 가진 사람들로 문전성시를 이루는데, 그들이 쓰는 돈은 일반인들이 상상도 할 수 없는 큰돈이다. 황 사장의 경쟁자인 하 사장 역시 밀수한 총으로 야생동물을 무차별적으로 사냥하고, 현지 유목민의 양 떼를 훔치는 등 불법을 일삼는다. 이런 무법자들의 안하무인과 그들을 막고 처벌해야 할 권력자들이 그들과 결탁해 '에리엔'하게 만들어놓은 세상이 바로 도시 '에리엔'이다.

5. 경계에서

소설 『에리엔』은 여러 가지 사회문제를 다루었지만, 소설 전체를 관통하는 가장 주된 내용은 몽골 민족의 삶과 운명에 관한 것이다. 오손보독이 1999년에 발표한 「경계(界)」라는 단편동화를 잠깐 언급해보자. 이 동화에는 우리 어릴 적 경험과 비슷한 일화가 나온다. 책상 하나를 어린 학생 두 명이 공동으로 쓰다가 짝꿍과 마찰이 생긴다. 생각 끝에 아이들은 책상 한가운데 줄을 그어 경계를 나눈다. 그런데 책상 위에 '삼팔선 같은 줄'을 긋자, 이번에는 그 줄을 넘을 때마다 약속을 깼다는 이유로 싸우게 된다. 결국 아이들은 줄을 지워 경계를 없애버리고 화합하기로 한다. 다분히 교훈적인 이 동화에서 오손보독은 책상 위의 이 경계를 한반도의 분단을 상징하는 '삼팔선 같은 줄'이라고 표현했다. 도시 '에리엔'을 소재로 한 작품들을 연달아 발표하던 시기에 「경계」를 발표했다는 점에서 이 '경계'란 말은 자연스럽게 에리엔을 떠올리게 하는데, 에리엔이 바로 몽골족의 분단의 현장이기 때문이다. 천진난만한 아이들이 공부하는 작은 책상에서도 삼팔선 같은 갈등의 골이 생기는데, 생존을 위해 각축하는 전쟁터 같은 도시 에리엔에서라면 그 골이 얼마나 깊겠는가? 그것도 오랜 세월 갈라져 언어, 문화조차 이질적으로 변해가는 사람들 사이에서 갈등이 발생하는 것은 불가피한 것인지도 모른다. 그렇다고 책상 위의 줄을 지우듯,

4,700킬로미터나 되는 거대한 국경을 지우개로 지울 수 없다는 것을 작가는 잘 알고 있다. 그래서 작가는 순달라이의 입을 통해 말한다. "저는 조국이란 개념 역시 국경으로 나뉜 영토가 아닌, 사람의 마음을 통해 한없이 연결된 사랑과 신뢰의 영역으로 봅니다⋯⋯"라고. 이 표현에는 몽골 민족에 대한 작가의 깊은 고민이 묻어난다. 그리고 이 소설을 읽는 동안 한반도에 사는 우리 역시 이런 고민에서 자유롭지 못할 것이다.

이 소설을 번역하는 동안 필요할 때마다 국경 너머에서 메신저로 도움을 준 박시민족학교(土默特左旗)把什民族學校의 두다골 ᠳᠤᠳᠠᠭᠤᠯ 선생에게 진심으로 감사드린다. 작업하는 내내 유일한 벗이셨던 한중석 님, 그리고 이정례 님과 가족들, 몽골을 알게 해주신 이영진 시인, 충고를 아끼지 않으신 민미숙 선생님과 이규호, 이명기에게도 감사의 마음을 전한다.

작가 연보

1969   12월 1일(음력) 몽골족인 항타고드 오손보독(중국명 杭福柱)은 중화인민공화국의 내몽골자치구 나이만 허쇼의 툴렌탈 솜 세친탈라(ᠮᠣᠩᠭᠣᠯ ᠤᠯᠤᠰ ᠤᠨ)라는 가차(촌, 마을에 해당한다)에서 아버지 을지바야르와 어머니 진량 사이에 세 아들 중 첫째로 태어남. 아버지는 임시 교사를 하다가 솜의 병원에서 회계 일을 함. 어머니는 농민이었으며 이후 10여 년간 가차의 부녀회장을 맡음.

1983   첫 작품인 산문 「꿈 아닌 '꿈' ᠮᠥᠷᠥᠭᠡᠳᠡᠯ(ᠮᠥᠷ)」을 잡지 『처머를릭 ᠴᠡᠴᠡᠷᠯᠢᠭ』에 발표.

1984   시 「난초와 국화 ᠴᠡᠴᠡᠭ ᠪᠣᠯᠣᠨ ᠴᠡᠴᠡᠭ」를 잡지 『처머를릭』에 발표. 이후 다수의 시를 지속적으로 신문과 잡지에 발표함.

1989   고등학교 졸업. 이후 시골로 돌아와 2년간 농부로 일함.

1994   에리옌으로 가서 2년가량 중개업에 종사.

1995   2월 첫번째 중편소설 「사랑의 검은 눈 또는 추억의 녹색 목걸이 ᠬᠠᠢᠷ᠎ᠠ ᠶᠢᠨ ᠬᠠᠷ᠎ᠠ ᠨᠢᠳᠦ ᠪᠤᠶᠤ ᠳᠤᠷᠠᠰᠤᠮᠵᠢ ᠶᠢᠨ ᠨᠣᠭᠣᠭᠠᠨ ᠬᠦᠵᠦᠭᠦᠪᠴᠢ」를 잡지 『지림문학 ᠵᠢᠷᠢᠮ ᠤᠨ ᠤᠷᠠᠨ ᠵᠣᠬᠢᠶᠠᠯ』에 발표. 10월 단편소설 「에리옌 남부시장에서」(몽골어)를 잡지 『우느르체첵 ᠦᠨᠦᠷ ᠴᠡᠴᠡᠭ』에 발표.

1996   11월 중편소설 「에리옌, 에리옌, 에리옌」이 『우느르체첵』의 중편소설상을 수상.

1997   『우느르체책』 출판사가 실링걸 아이막의 숄론후흐 허쇼에서 주최한 젊은 작가들의 문예창작회에 참여. 농부였을 때 참여한 자치구 전체 규모의 첫번째 문예창작회였음.

1999   5월 동화집 『단편동화모음 ᠥᠭᠥᠯᠡᠯ ᠤᠨ ᠬᠤᠷᠢᠶᠠᠩᠭᠤᠢ』(몽골어, 내몽고출판사) 출간.

2000   9월 중편소설집 『길고 검은 머리 ᠤᠷᠲᠤ ᠬᠠᠷᠠ ᠦᠰᠤ』(몽골어, 내몽고인민출판사) 출간. 12월 장편소설 『에리옌』(몽골어, 민족출판사) 출간. 『에리옌』은 2016년 중국작가협회의 소수민족문학발전 번역출판지원사업에 선정되어 2022년 3월 중국어로 번역 출판되었으며, 내몽고인민출판사에서 출판된 '몽골문학의 정수'라는 총서에 수록됨.

2004   8월 중편소설 「이장移葬 ᠰᠢᠯᠵᠢᠭᠦᠯᠦᠨ ᠣᠷᠤᠰᠢᠭᠤᠯᠬᠤ」(몽골어, 『우느르체책』) 발표. 본 중편소설로 내몽골자치정부의 제8회 설렁거(무지개) 문학상을 수상.

2006   12월 단편소설집 『검은 불 ᠬᠠᠷᠠ ᠭᠠᠯ』(몽골어, 내몽고소년아동출판사) 출간.

2007   1월 22일 내몽골작가협회 회원으로 등록.

2008   11월 10일 루쉰문학원 제10기 고급연구토론반에 등록해 학습(2009년 1월 10일까지).

2009   내몽골민간구전문학인협회 회원으로 등록.

2010   3월 츠쯔젠遲子建의 수필 「봄은 조금씩 피어나고春天是一點一點化開的」를 몽골어로 번역. 「타반무스회사 이야기- 새 사장 ᠲᠠᠪᠤᠨ ᠮᠤᠤᠰ ᠺᠣᠮᠫᠠᠨᠢ ᠶᠢᠨ ᠦᠯᠢᠭᠡᠷ- ᠰᠢᠨ᠎ᠡ ᠳᠠᠷᠤᠭ᠎ᠠ」 「사랑으로 엮인 고향 ᠬᠠᠶᠢᠷ᠎ᠠ ᠪᠠᠷ ᠬᠣᠯᠪᠤᠭᠠᠰᠤᠨ ᠨᠤᠲᠤᠭ」 등이 내몽고위성TV(內蒙古衛視)에

서 방송됨. 산문「흰 낙타 ᠴᠠᠭᠠᠨ ᠲᠡᠮᠡᠭᠡ」가 잡지『알탄간다리 ᠠᠯᠲᠠᠨ ᠭᠠᠳᠠᠰᠤ』에서 상을 받음. 9월 16일 중국소수민족작가협회 회원 등록. 11월 중편소설「너건자야 ᠨᠥᠭᠦᠭᠡᠵᠢᠶ᠎ᠠ」(몽골어,『지림문학』) 발표.

2011   6월 13일에 중국작가협회 회원으로 등록. 11월 중편소설집『항타고드 오손보독의 중편소설집 ᠬᠠᠩᠲᠠᠭᠤᠳ ᠣᠰᠣᠨᠪᠣᠳᠣ ᠶᠢᠨ ᠲᠤᠭᠤᠵᠢᠶᠠᠰ ᠤᠨ ᠲᠡᠭᠦᠪᠦᠷᠢ』(몽골어, 내몽고출판집단, 내몽고인민출판사) 출간. 12월 시집『그날 밤 해후는 꿈과 같이 ᠲᠡᠷᠡ ᠰᠥᠨᠢ ᠶᠢᠨ ᠤᠴᠠᠷᠠᠯ ᠵᠡᠭᠦᠳᠦᠨ ᠰᠢᠭ』(몽골어, 내몽고인민출판사), 전기집『나이만의 몽골 위인들 ᠨᠠᠢᠮᠠᠨ ᠤ ᠮᠣᠩᠭᠣᠯ ᠲᠡᠷᠢᠭᠦᠲᠡᠨ』(내몽고출판집단, 내몽고인민출판사) 출간.

2012   6월에서 7월까지 루쉰문학원의 내몽골 영상작가양성반에서 학습. 7월 10일 내몽고대학 문학연구반 3년 과정을 완료. 10월 18일 중국몽골문학협회 회원 등록.

2013   잡지『나이만문학 ᠨᠠᠢᠮᠠᠨ ᠤ ᠤᠷᠠᠨ ᠵᠣᠬᠢᠶᠠᠯ』을 편집 출판하였으며,『먹물 ᠪᠡᠬᠡ ᠶᠢᠨ ᠤᠰᠤ』『사회 ᠨᠡᠢᠭᠡᠮ』등 잡지의 편집 출판에도 참여. 내몽골작가협회 계약작가로 선정.

2014   6월에 장편소설『연적 ᠬᠣᠷᠸ᠎ᠠ ᠶᠢᠨ ᠥᠷᠢᠰᠦᠯ』(몽골어, 내몽고출판집단, 내몽고인민출판사) 출간. 6월 13일에 통리아오시 창작편집실의 제1기 특별초청작가로 초빙됨. 10월에 중국 TV예술가협회 회원으로 위촉됨.

2015   1월 산문집『수채화 ᠤᠰᠤᠨ ᠪᠤᠳᠤᠭ ᠤᠨ ᠵᠢᠷᠤᠭ』(몽골어, 내몽고인민출판사) 출간. 7월에 잡지『우느르체첵』의 3년 계약작가로 선정. 7월 21일부터 8월 10일까지 루쉰문학원의 19기 소

수민족문학창작양성반에 등록해 학습.

2016 4월에 장편소설『한 생은 얼마나 긴가一生有多長』(중국어, 작가출판사) 출간. 11월 몽골족 민요를 연구한『너건자야』(몽골어, 내몽고소년아동출판사) 출간.

2017 9월에 상하이시의 교통대학에서 사회 신계층 자격으로 일주일간 교육 이수. 10월 '초원의 유목문화 기록草原文化標志叢書' 총서의『나이만 허쇼 편』(내몽고출판집단, 내몽고과학기술출판사) 출간. 10월 28일부터 29일까지 나이만 허쇼의 몽골 작가 양성반을 맡아 강의. 중국어로 작품 활동을 하는 작가들의 양성반을 개설하여 주관.

2018 6월 동시집『동생이 그린 세계 ᠠᠠᠠᠠ ᠠᠠᠠ ᠠᠠᠠᠠ ᠠᠠᠠᠠᠠ』(몽골어, 내몽고소년아동출판사) 출간. 8월 10일에 통리아오시의 제4기 작가협회대표회의에 참가, 부주석으로 뽑혔음.

세계문학과 한국문학 간에 혈맥이 뚫려,
세계-한국문학의 공진화가 개시되기를

    21세기 한국에서 '세계문학'을 읽는다는 것은 무엇을 뜻하는
가? 자국문학 따로 있고 그 울타리 바깥에 세계문학이 따로 있
다는 말인가? 이제 한국문학은 주변문학이 아니며 개별문학만
도 아니다. 김윤식·김현의 『한국문학사』(1973)가 두 개의 서문
을 통해서 "한국문학은 주변문학을 벗어나야 한다"와 "한국문
학은 개별문학이다"라는 두 개의 명제를 내세웠을 때, 한국문학
은 아직 주변문학이었다. 한데 그 이후에도 여전히 한국문학은
주변문학이었다. 왜냐하면 "한국문학은 이식문학이다"라는 옛
평론가의 망령이 여전히 우리의 의식을 장악하고 있었기 때문
이다. 그렇게 생각하고 그렇게 읽고, 써온 것이었다. 그리고 얼
마간 그런 생각에 진실이 포함되어 있는 것도 사실이었다. 그러
나 천천히, 그것도 아주 천천히, 경제성장이나 한류보다는 훨씬
느리게, 한국문학은 자신의 '자주성'을 세계에 알리며 그 존재
를 세계지도의 표면 위에 부조시키고 있었다. 그런 와중에 반대
방향에서 전혀 다른 기운이 일어나 막 세계의 대양에 돛을 띄운
한국문학에 위협적인 격랑을 밀어붙이고 있었다. 20세기 말부

터 본격화된 '세계화'의 바람은 이제 경제적 재화뿐만이 아니라 어떤 나라의 문화물도 국가 단위로만 존재할 수 없게 하였던 것이니, 한국문학 역시 세계문학의 한 단위라는 위상을 요구받게 되었던 것이다.

그러니 21세기 한국에서 세계문학을 읽는다는 것은 진정 무엇을 뜻하는가? 무엇보다도 세계문학이라는 개념을 돌이켜 볼 때가 되었다. 그동안 세계문학은 '보편문학'의 지위를 누려왔다. 즉 세계문학은 따라야 할 모범이고 존중해야 할 권위이며 자국문학이 복종해야 할 상급 문학이었다. 그리고 보편문학으로서의 세계문학의 반열에 올라간 작품들은 18세기 이래 강대국의 지위를 누려온 국가의 범위 안에서 설정되기가 일쑤였다. 이렇게 해서 세계 각국의 저마다의 문학은 몇몇 소수의 힘 있는 문학들의 영향 속에서 후자들을 추종하는 자세로 모가지를 드리워왔던 것이다. 이제 세계문학에게 본래의 이름을 돌려줄 때가 되었다. 즉 세계문학은 보편문학이 아니라 세계인 모두가 향유할 수 있도록 전 세계 방방곡곡에서 씌어져서 지구적 규모의 연락망을 통해 배달되는 지구상의 모든 문학이라고 재정의할 때가 되었다. 이러한 재정의에는 오로지 질적 의미의 삭제와 수량적 중성화만 있는 게 아니다. 모든 현상학적 환원에는 그 안에 진정한 가치를 향해 나아가고자 하는 지향성이 움직이고 있다. 20세기 막바지에 불어닥친 세계화 토네이도가 애초에는 신자유주의적 탐욕 속에서 소수의 대국 기업에 의해 주도되었으나 격심한 우여곡절을 겪으며 국가 간 위계질서를 무너뜨리는 평등한 교류로서의 대안-세계화의 청사진을 세계인의 마음속에 심게 하였듯이, 오늘날 모든 자국문학이 세계문학의 단위로 재편되는 추세가 보편문학의 성채도 덩달아 허물게 되어, 지구상의 모든 문학들이 공평의 체 위에서 토닥거리는 게 마땅하다는 인식이 일상화까지는 아니더라도 최소한 정당화되고 잠재적으로 전망되는 여건을 만들어내게 되었던 것이다.

또한 종래 세계문학의 보편문학적 지위는 공간적 한계만을 야기했던 게 아니다. 그 보편문학이 말 그대로 보편성을 확보했다기보다는 실상 협소한 문학적 기준에 근거한 한정된 작품 집합에 머무르기 일쑤였다. 게다가, 문학의 진정한 교류가 마음의 감동에서 움트는 것일진대, 언어의 상이성은 그런 꿈을 자주 흐려왔으니, 조급한 마음은 그런 어둠 사이에 상업성과 말초적 자극성이라는 아편을 주입하여 교류를 인공적으로 촉진시키곤 하였다. 이제 우리는 그런 편법과 왜곡을 막기 위해서, 활짝 개방된 문학적 관점을 도입하여, 지금까지 외면당하거나 이런저런 이유로 파묻혀 있던 숨은 걸작들을 발굴하여 널리 알리고 저마다의 문학을 저마다의 방식으로 감상할 수 있는 음미의 물관을 제공해야 할 것이다. 실로 그런 취지에서 보자면 우리는 한국에 미만한 수많은 세계문학전집 시리즈들이 과거의 세계문학장을 너무나 큰 어둠으로 가려오고 있었다는 것을 절감한다.

이와 같은 인식하에 '대산세계문학총서'의 방향은 다음으로 모인다. 첫째, '대산세계문학총서'의 기준은 작품의 고전적 가치이다. 그러나 설명이 필요하다. 이 고전은 지금까지 고전으로 인정된 것들에 갇히지 않는다. 우리가 생각하는 고전성은 추상적으로는 '높은 문학성'을 가리킬 터이지만, 이 문학성이란 이미 확정된 규칙들에 근거한 문학성(그런 문학성은 실상 존재하지 않거니와)이 아니라, 오로지 저만의 고유한 구조를 통해 조직되는데 희한하게도 독자들의 저마다의 수용 기관과 연결되는 소통로의 접속 단자가 풍요롭고, 그 전류가 진해서, 세계의 가장 많은 인구의 감성을 열고 지성을 드높일 잠재적 역능이 알차게 채워진 작품의 성질을 가리킨다. 이러한 기준은 결국 작품의 문학성이 작품이나 작가에 의해 혹은 독자에 의해 일방적으로 결정되는 것이 아니라, 세 주체의 협력에 의해 형성되며 동시에 그형성을 통해서 작품을 개방하고 작가의 다음 운동을 북돋거나작가를 재인식시키며, 독자의 감수성을 일깨워 그의 내부에 읽기로부터 쓰기로의 순환이 유장하도록 자극하는 운동을 낳는다는 점을 환기시키고 또한 그런 작품에 대한 분별을 요구한다.

이 첫번째 기준으로부터 두 가지 기준이 덧붙여 결정된다.

둘째, '대산세계문학총서'는 발굴하고 발견한다. 모르거나 잊힌 것을 발굴하여 문학의 두께를 두텁게 하고, 당대의 유행을 따라가기보다는 또한 단순히 미래를 예측하기보다는 차라리 인류의 미래를 공진화적으로 개방할 수 있는 작품을 발견하여 문학의 영역을 확장할 것을 목표로 한다. 이는 또한 공동선의 실현과 심미안의 집단적 수준의 진화에 맞추어 작품을 선별한다는 것을 뜻한다.

셋째, '대산세계문학총서'가 지구상의 그리고 고금의 모든 문학작품들에게 열려 있다면, 그리고 이 열림이 지금까지의 기술그대로 그 고유성을 제대로 활성화시키는 방식으로 진행되는것이라면, 이는 궁극적으로 '가장 지역적인 문학이 가장 세계적인 문학'이라는 이상적 호환성을 추구한다는 것을 가리킨다. 이는 또한 '대산세계문학총서'의 피드백에도 그대로 적용될 것이다. 즉 '대산세계문학총서'의 개개 작품들은 한국의 독자들에게 가장 고유한 방식으로 향유될 터이고, 그럴 때에 그 작품의 세계성이 가장 활발하게 현상되고 작용할 것이다.

　이러한 기준들을 열린 자세와 꼼꼼한 태도로 섬세히 원용함으로써 우리는 '대산세계문학총서'가 그 발굴과 발견을 통해 세계문학의 영역을 두텁고 넓게 하는 과정 그 자체로서 한국 독자들의 문학적 안목과 감수성을 신장시키는 데 기여할 것을 기대하며, 재차 그러한 과정이 한국문학의 체내에 수혈되어 한국문학의 도약이 곧바로 세계문학의 진화로 이어지게끔 하기를 희망한다. 이는 우리가 '대산세계문학총서'를 21세기의 한국사회에서 수행하는 근본적인 소이이다. 독자들의 뜨거운 호응을 바라마지않는다.

'대산세계문학총서' 기획위원회

대산세계문학총서